Ullstein

W0084505

Richard Woodman

Die Abenteuer des Nat Drinkwater

Die Augen der Flotte

Kutterkorsaren

Zwei Romane

Ullstein

ein Ullstein Buch
Nr. 23528
im Verlag Ullstein GmbH,
Frankfurt/M – Berlin
Titel der Originalausgaben:
»An Eye of the Fleet«
Aus dem Englischen von
Uwe D. Minge
»A King's Cutter«
Aus dem Englischen von
Klaus D. Kurtz
Erstveröffentlichungen 1981/1982
bei John Murray
(Publishers) Ltd., London

Vom selben Autor
in der Reihe
der Ullstein Bücher:

Kurier zum Kap der Stürme (23247)
Die Korvette (22559)
Der Mann unterm Floß (20881)
In fernen Gewässern (22124)
Der falsche Lotse (22375)
Unter falscher Flagge (22553)
Die Wette (22808)
Gezeiten der Nacht, 2 Bde.
(22879 und 22932)
Das Fliegende Geschwader (23230)

Umschlaggestaltung:
Theodor Bayer-Eynck
Illustration:
Ernest Nisbet/Garden Studio
Alle Rechte vorbehalten
© Richard Woodman 1981, 1982
© Übersetzungen 1985
Verlag Ullstein GmbH,
Frankfurt/M – Berlin
Printed in Germany 1995
Druck und Verarbeitung:
Ebner Ulm
ISBN 3 548 23528 X

Januar 1995
Gedruckt auf alterungs-
beständigem Papier mit
chlorfrei gebleichtem Zellstoff

Die Deutsche Bibliothek –
CIP-Einheitsaufnahme

Woodman, Richard:
Die Abenteuer des Nat Drinkwater : zwei
Romane / Richard Woodman. [Aus dem
Engl. von Uwe D. Minge ; Klaus D.
Kurtz]. – Frankfurt/M ; Berlin :
Ullstein, 1995
  (Ullstein-Buch ; Nr. 23528)
  ISBN 3-548-23528-X
NE: GT

Richard Woodman

Die Augen der Flotte

Nat Drinkwaters Feuertaufe
auf der Fregatte *Cyclops*

Roman

Inhalt

Vorwort   7

ERSTES KAPITEL
Oktober – Dezember 1779
Der Grünschnabel   9

ZWEITES KAPITEL
Januar 1780
Die dänische Brigg   18

DRITTES KAPITEL
Januar 1780
Die Mondscheinschlacht   28

VIERTES KAPITEL
Januar 1780
Die spanische Fregatte   34

FÜNFTES KAPITEL
Februar – April 1780
Das Böse im Menschen   44

SECHSTES KAPITEL
Mai 1780
Prisengeld   56

SIEBENTES KAPITEL
Juni – Juli 1780
Das Duell   65

ACHTES KAPITEL
Juli – August 1780
Die Wegnahme der *Algonquin*   83

NEUNTES KAPITEL
August 1780
Ein Rollentausch   95

Zehntes Kapitel
August 1780
Elizabeth   104

Elftes Kapitel
August – Oktober 1780
Zwischenspiel   117

Zwölftes Kapitel
November 1780 – Januar 1781
Neue Order   131

Dreizehntes Kapitel
Februar 1781
Das Gefecht mit *La Créole*   147

Vierzehntes Kapitel
März 1781
Der Mensch denkt . . .   155

Fünfzehntes Kapitel
März – April 1781
. . . und Gott lenkt   167

Sechzehntes Kapitel
April 1781
Der Ausbruch   182

Siebzehntes Kapitel
April – Oktober 1781
Entscheidung vor Virginia   193

Vorwort

Die hauptsächlichen Ereignisse dieser Erzählung sind geschichtlich verbürgt. Einige der Personen, wie z. B. die Admirale Kempenfelt und Arbuthnot, Kapitän Calvert, Jonathan Poulter und Wilfried Collingwood, sind Gestalten der Geschichte, und ihre Persönlichkeit ist so beschrieben worden, wie sie uns glaubwürdig überliefert worden ist.

Die Reisen der *Cyclops* sind erfunden, halten sich aber sowohl im nautischen wie auch im politischen Bereich im Rahmen des Möglichen. Die Währung der um ihre Selbständigkeit ringenden Amerikaner war tatsächlich so entwertet, daß der Unabhängigkeitskampf daran fast gescheitert wäre. Die Kämpfe in Carolina und Georgia waren von äußerster Grausamkeit gekennzeichnet, auch wurden viele Greueltaten verübt; einen Galuda River gibt es allerdings nicht.

Es wurde darauf geachtet, daß alle beschriebenen nautischen Manöver realistisch sind. Die Einzelheiten der »Mondscheinschlacht« werden durch andere Quellen bestätigt, die Eroberung der *Santa Teresa* aber ist *Cyclops'* ureigener »Anteil« an der Schlacht.

Mit besonderer Sorgfalt wurden die Lebensumstände an Bord eines Kriegsschiffes während des amerikanischen Unabhängigkeitskriegs genau beschrieben. Ein Pedant wird vielleicht anmerken, daß zu Beginn von Drinkwaters Seefahrtszeit die Offiziere den »gunroom« als Messe benutzten, während die Fähnriche zur See und die Steuermannsgehilfen noch im Lazarett wohnten. Zu Anfang des folgenden Jahrhunderts zogen sie dann in den »gunroom« um, mit dem Artillerieunteroffizier als väterlicher Autorität und Schulmeister, dem die Erziehung der »jungen Herren« anvertraut war. Zu jener Zeit hatten die Offiziere schon eine eigene große Messe.

R. W.

Ich ziehe so viele Fregatten zusammen, wie ich irgend kann; denn würde ich den Feind entkommen lassen, weil es mir an »Augen der Flotte« mangelt, müßte ich mir selbst die größten Vorwürfe machen.

Nelson

ERSTES KAPITEL

Oktober–Dezember 1779

Der Grünschnabel

Kläglicher Sonnenschein brach durch die Wolkendecke und warf einen bleichen Lichtfleck auf die Fregatte. Der frische Westwind und der gegenanlaufende Flutstrom bauten eine bösartige See auf, als das Schiff unter Mars- und Stagsegeln ostwärts, dem Prince's Channel folgend, aus der Themse segelte.

Auf dem Achterdeck ließ der Navigator das Ruder aufkommen, um zu verhindern, daß man sich dem Pansand zu sehr näherte. Die vier Rudergänger mühten sich, das Schiff unter Kontrolle zu halten, als die Speichen durch ihre Finger wirbelten.

»Mr. Drinkwater!« Der alte Navigator, dessen weißes Haar im Wind wehte, rief einen mageren Jungen von mittlerer Größe heran. Der Fähnrich hatte feine, fast weibliche Gesichtszüge und einen ungesund blassen Teint. Er trat voll nervösen Eifers vor.

»Sir?«

»Meine Empfehlung an den Kommandanten. Bitte teilen Sie ihm mit, daß wir die Pansand-Bake querab haben.«

»Ja, Sir.« Er wandte sich zum Gehen.

»Mr. Drinkwater!«

»Sir?«

»Wiederholen Sie bitte meine Nachricht, und antworten Sie korrekt.«

Der Junge wurde puterrot, und sein Adamsapfel hüpfte vor Erregung.

»Ihre, äh, Empfehlung an den Kommandanten, und wir haben die Pansand-Bake querab, aye, aye, Sir.«

»Sehr gut.«

Drinkwater eilte ins Achterschiff hinab, wo ein rotuniformierter Posten der Seesoldaten die Anwesenheit des Kommandanten Seiner Britannischen Majestät 36-Kanonen-Fregatte *Cyclops* anzeigte.

Kapitän Hope rasierte sich gerade, als der Fähnrich an die Tür klopfte. Er nickte, als er die Nachricht gehört hatte.

Drinkwater zögerte unsicher, da er nicht wußte, ob er gehen durfte. Nach einer kleinen Ewigkeit schien der Kommandant mit seinem Kinn zufrieden zu sein, wischte sich den Schaum ab und begann, seine Halsbinde zu knoten. Er fixierte den jungen Fähnrich mit wäßrig blauen Augen, die in einem Gesicht saßen, das von tiefen Falten zerfurcht und leichenblaß war.

»Und Sie sind . . .?« Er ließ die Frage unvollendet.

»Drinkwater, Sir, Fähnrich zur See.«

»O ja, der Rektor von Monken Hadley ersuchte mich, Sie einzustellen, ich erinnere mich . . .« Der Kommandant ergriff seinen Rock. »Tu deine Pflicht, Junge, und du wirst nichts zu befürchten haben. Aber sei ganz sicher, daß du weißt, was deine Pflicht ist!«

»Ja. Ich meine, aye, aye, Sir.«

»Sehr gut. Bestell dem Navigator, daß ich in Kürze an Deck komme, sobald ich mein Frühstück beendet habe.«

Kapitän Hope glättete seinen Rock und wandte sich ab, um aus den Heckfenstern zu schauen, als sich die Tür hinter Drinkwater schloß. Er seufzte. Der Junge schien ihm ziemlich alt zu sein für einen Neueingetretenen, trotzdem konnte er sich nicht von dem Gedanken befreien, daß er eben sich selber vor vierzig Jahren gesehen hatte.

Kapitän Hope war sechsundfünfzig Jahre alt und hatte seinen jetzigen Rang erst drei Jahre inne. Ohne Protektion wäre er wohl als Commander auf Halbsold gestorben, hätte nicht dieser unpopuläre Krieg mit den rebellierenden amerikanischen Kolonien die Admiralität gezwungen, ihn einzustellen. Viele fähige Seeoffiziere hatten sich geweigert, gegen die Kolonisten zu kämpfen, besonders Sympathisanten der Whigs* und Freidenker. Als die Rebellen mächtige Verbündete für sich gewinnen konnten, wurde die Royal Navy bis an die Grenze ihrer Leistungsfähigkeit beansprucht: Zur Überwachung der vorsichtigen, aber feindseligen Holländer, der parteilich »neutralen« Ostsee-Anrainer und der offen feindlichen Franzosen und Spanier. In dieser Notlage hatten Ihre Lordschaften wohl den Topf ausgekratzt und im Bodensatz den lieben alten Henry Hope entdeckt.

---

* Whigs (brit.): liberalkonservative Oberhausfraktion (hist.)

Hope war ein überaus fähiger Seemann. Er hatte als Leutnant die Schlacht in der Quiberon-Bucht mitgemacht und sich mehrfach während des Siebenjährigen Krieges ausgezeichnet. Gegen Ende des Krieges hatte er das Kommando über eine Sloop erhalten; damals war er vierzig und ohne große Hoffnung auf einen weiteren Aufstieg. Er hatte eine verwitwete Mutter, die von einer verwitweten Schwester versorgt wurde, aber keine eigene Familie: ein Mann, der an Pflicht und Leiden gewöhnt war. Also gut dazu geeignet, ein Schiff zu kommandieren.

Aber als er jetzt aus den Heckfenstern in das trübe, brodelnde Kielwasser starrte, das eine glatte Bahn in die Kabbelsee der äußeren Mündung schnitt, dachte er an den jugendlichen Hope, der er einst gewesen war. Nun schien ihm sein Familienname voll heimlichen Spotts zu stecken. Er machte sich noch einige müßige Gedanken über den jungen Mann, der gerade die Kajüte verlassen hatte, verscheuchte sie aber, als sein Steward das Frühstück auftrug.

Cyclops ankerte drei Tage lang in den Downs, während sich ein kleiner Konvoi von Handelsschiffen um sie sammelte. Sie wartete auf günstigen Wind, um ihre Reise nach Westen fortsetzen zu können. Als sie dann mit ihren Schutzbefohlenen auslief, sah es so aus, als würde sie ein günstiger Ostwind durch den Kanal schieben; doch er drehte, und eine Woche lang kämpfte sich *Cyclops* gegen den letzten Äquinoktialsturm nach Westen.

Nathaniel Drinkwater mußte eine gründliche, aber harte Ausbildung über sich ergehen lassen. Er enterte mit den Toppsgästen auf, zitternd vor Kälte und Angst, wenn die widerspenstigen Bramsegel um ihn herum schlugen und knallten. Es gab keine Beschwerdemöglichkeit, wenn ihn ein übereifriger Bootsmannsmaat mit dem »Starter« prügelte. Grausamkeit gehörte zum täglichen Leben und wurde in den stinkenden, überbelegten Decks nur noch gefördert. Ausgelaugt durch die unaufhörliche Arbeit einer ganzen Woche in ungewohnter Kälte, entnervt von dem Zwang, mäßiges Essen mit einem Glas schlechten Biers hinunterspülen zu müssen, dazu ständig schikaniert und angebrüllt, brach Drinkwater eines Nachts zusammen.

Er weinte in seiner Hängematte vor Verzweiflung und Einsamkeit. Seine Träume von Ruhm und dem Ehrendienst für ein dankbares Vaterland lösten sich auf in einem Tränenstrom, und in seinem Unglück suchte er Trost im Gedanken an zu Hause. Er dachte an seine gramgebeugte Mutter, die energisch versuchte, ihren Söhnen einen festen Platz im Leben zu sichern; an ihre Freude, als sie vom Rektor erfuhr, daß der Bruder seines Freundes, ein gewisser Kapitän Hope, Nathaniel als Fähnrich einstellen wolle. Wie sehr hatte sie frohlockt, als ihr ältester Sohn schließlich den respektablen Rang eines Offiziersanwärters in der Kriegsmarine erreicht hatte.

Nat weinte auch aus Sehnsucht nach seinem Bruder, dem sorglosen, unbezähmbaren Ned, der immer in Schwierigkeiten steckte; Ned, den der Rektor selber für den Diebstahl von Äpfeln verhauen hatte; Ned, mit dem er Stockfechten geübt hatte; seine Mutter pflegte von ihm zu sagen, daß nur die starke Hand des Vaters aus ihm einen Gentleman hätte machen können. Ned hatte den Kopf zurückgeworfen und darüber gelacht, während Nat auf der anderen Seite des Zimmers den Blick seiner Mutter suchte und sich für die Gefühllosigkeit seines Bruders schämte.

Er hatte nur eine schwache Erinnerung an seinen Vater: Er war für ihn eine schattenhafte Gestalt, die ihn in die Luft geworfen hatte, nach Wein und Tabak riechend, mit einem wilden Lachen. Bald danach hatte er sich den Hals bei einem Reitunglück gebrochen. Ned hatte das leidenschaftliche Ungestüm und die Liebe zu Pferden von seinem Vater geerbt, während Nat die stille Stärke seiner Mutter besaß.

In dieser schrecklichen Nacht, als Hunger, Krankheit, Kälte und Hoffnungslosigkeit seine Moral zermürbten, griff das Schicksal nach ihm; denn in der Dunkelheit wurde sein Schluchzen von seinem Nachbarn, dem ältesten Fähnrich, gehört.

Während des Dinners am folgenden Tag, als acht oder neun der zwölf Fähnriche sich durch ihren Erbsenbrei kämpften, erhob sich der Messevorstand, Fähnrich zur See Augustus Morris, langsam von seinem Platz am Kopfende des schmutzigen Tisches.

»Wir haben einen Feigling unter uns, meine Herren«, gab er bekannt, ein eigentümlich bösartiges Leuchten in den überschatteten Augen. Die Fähnriche, deren Alter zwischen zwölf und vierundzwanzig lag, blickten abschätzend in die Runde. Auf wen würde sich der Zorn des Mr. Morris entladen?

Drinkwater krümmte sich bereits, denn er wußte instinktiv, daß die Anklage auf ihn gemünzt war. Als Morris' Blick langsam über die ihm zugewandten Gesichter glitt, wandte sich eins nach dem anderen wieder den Zinntellern und den Bierkrügen vor ihnen zu.

Keiner würde Morris unterstützen, aber keiner würde ihn daran hindern, eine Bosheit in die Tat umsetzen.

»*Mister* Drinkwater«, Morris betonte sarkastisch die Anrede, »ich werde mich bemühen, Ihrer Vorliebe für Tränen zu entsprechen, indem ich Ihrem Hintern Scharfes zu kosten gebe – legen Sie sich über jene Seekiste!«

Drinkwater wußte, daß es sinnlos war, sich zu sträuben. Schon als sein Name genannt wurde, hatte er sich unsicher erhoben. Er blickte dumpf zu der bezeichneten Kiste hin, seine Beine zitterten und verweigerten ihm den Dienst. Dann ließ ein gefühlloser Zufall *Cyclops* hart überholen, und Drinkwater wurde von den Naturgewalten über die Kiste geworfen. Mit unnatürlichem Eifer stürzte sich Morris auf ihn, schob die blauen Rockschöße beiseite, griff in den Bund und entblößte mit einem Ruck, der den Kattun der Hose zerriß, die Hinterbacken seines Opfers. Dieser erniedrigende Akt brannte sich tiefer in Drinkwaters Gedächtnis ein, als die sechs kräftigen Stockschläge, die Morris ihm versetzte.

Seine Mutter hatte diese Hose genäht, die Nadel mit ihren gichtigen Fingern sorgfältig führend, in den Augen Tränen, wenn sie an die bevorstehende Trennung von ihrem Ältesten dachte.

Doch irgendwie, mit der Unverwüstlichkeit der Jugend, überstand Drinkwater die Reise bis zum Spithead. Trotz seines schmerzenden Hinterns lernte er zwangsläufig viele Einzelheiten über die Führung eines Segelschiffes, denn der Weststurm zwang die Fregatte, in hartem Kampf nach Luv aufzukreuzen. So war die zweite Oktoberwoche 1779 herangekommen, ehe sie Anker auf der Reede von St. Helen in Lee von Bembridge fallen lassen konnten.

Kaum hatte *Cyclops* mit backgesetztem Großmarssegel Fahrt über den Achtersteven aufgenommen, die Ankertrosse rumpelnd durch die Klüse fierend, als der Dritte Offizier auch schon das Gig für den Kommandanten klarmachen ließ. Morris war der Bootssteurer. Er teilte Drinkwater als Bugmann ein, und ein grinsender Seemann drückte dem Jungen einen Bootshaken in die Hand. Das Gig dümpelte gegen die hölzernen Scheuerleisten der Fregatte, Drinkwater hielt den Bootshaken in die Rüsten eingehakt. Unsichtbar über sich konnte er das Poltern der Seesoldaten hören, die am Fallreep antraten. Dann folgte das Zwitschern der Pfeifen. In der Fallreepspforte stand Kapitän Hope. Es war erst das zweite Mal seit ihrer kurzen Unterhaltung, daß Drinkwater ihn von Angesicht zu Angesicht sah. Ihre Augen trafen sich, die des Jungen voller Ehrfurcht, die des Mannes leer und gleichgültig. Hope drehte sich um, packte die Handläufe und kletterte bis auf einen Fuß über das Dollbord des Bootes hinab. Dort wartete er, und als das Boot hochschwang, sprang er an Bord und landete mit wenig Geschick zwischen der Schlagducht und der zweiten Ruderbank. Er kletterte über die Ducht nach achtern, auf der die Seeleute ehrerbietig zur Seite rutschten, und setzte sich.

»Riemen hoch!« brüllte Morris. »Setz ab vorn!«

Drinkwater drückte kräftig gegen den Bootshaken. Der hatte sich in den Rüsteisen verhakt, als das Boot wegsackte, und bewegte sich nicht. Der Schaft rutschte durch seine Hände und stand grotesk von der Bordwand ab. Nat lehnte sich weit außenbords und packte das Ende, Angstschweiß tropfte von seiner Stirn. Er zog nochmals am Bootshaken und wäre beinahe über Bord gefallen.

»Setzen im Vorschiff!« rief Morris, und Drinkwater drückte sich in den Bug, von Angst übermannt.

»Riemen bei und ruder an überall!«

Die Riemen bissen ins Wasser und stöhnten in den Dollen. Nach wenigen Minuten waren die Rücken der Männer schwarz vor Schweiß. Drinkwater warf einen Blick nach achtern. Morris starrte voraus, eine Hand auf der Pinne. Kapitän Hope blickte unbeteiligt nach Backbord, zu den grünen Ufern der Isle of Wight hinüber.

Da durchzuckte Drinkwater ein schrecklicher Gedanke: Er hatte den Bootshaken in der Bordwand zurückgelassen. Was sollte er in Gottes Namen benutzen, wenn sie das Flaggschiff erreichten? Fast außer sich vor Schreck suchte er im Vorschiff nach einem zweiten Bootshaken. Es war keiner da.

Während der zwanzig Minuten, die das Gig über die bewegten Seen tanzte, deren Gischt vom Westwind weggerissen wurde, lag Drinkwater im Kampf mit seiner Unschlüssigkeit. Er wußte, daß ihr Ziel die HMS *Sandwich* war, das Flaggschiff mit 90 Kanonen, auf dem sogar die einfachen Seeleute hochmütig über das schlichte Boot ihrer Fregatte lachen würden.

Unregelmäßigkeiten in seiner Handhabung mußten auf den laschen Dienst auf *Cyclops* zurückgeführt werden. Dabei traf Nat ein zweiter Gedanke bis ins Mark: Eine solche Zurschaustellung schlechter Seemannschaft würde auf den Fähnrich zur See Mr.

Morris zurückfallen, und es war unwahrscheinlich, daß er sich ungestraft in ein schiefes Licht setzen ließ. Die Vorstellung einer weiteren Prügelstrafe verängstigte den Jungen noch mehr.

Drinkwater blickte voraus. Das flache Ufer von Hampshire lag vor ihm, die Sonne schien auf die dunklen, gedrungenen Umrisse der Festungen Gosport und Southsea, die die Einfahrt zum Hafen von Portsmouth sicherten. Zwischen dem Gig und der Küstenlinie lag eine lange Reihe von Linienschiffen vor Anker, massige Rümpfe unter dem Gewirr der Masten und Rahen. Große Nationalen knallten lebhaft an ihren Hecks, und das fröhliche Flattern der Unionsflaggen über den Vorschiffen verlieh der Szene einen festlichen Anstrich. Da und dort wehte die quadratische Flagge eines Konter- oder Vizeadmirals von einem Masttopp aus. Sonnenlicht glitzerte auf den vergoldeten Galionsfiguren und auf den Schnitzereien der achteren Aufbauten, als die Kriegsschiffe bei Stillwasser in den Wind drehten. Die Reede war von kleineren Fahrzeugen wie übersät: Küstensegler, die mit backgesetzten Segeln Ruderbooten jeder nur denkbaren Größe auszuweichen suchten; kleine Beiboote und Gigs, die Offiziere und Kommandanten beförderten; größere Boote und Kutter mit winzigen Fähnrichen oder bärenstarken Steuermannsmaaten brachten Nachschub, Pulver oder Kugeln vom Arsenal. Wasserleichter und Schaluppen mit ihren vor den Preßkommandos sicheren zivilen Besatzungen dümpelten längsseits der Linienschiffe. Endlose Rededuelle wurden zwischen ihren Schiffen und besorgten Marineoffizieren ausgefochten, die Bestellisten schwenkten. Solch einen Ausbruch an Energie und hektischer Betriebsamkeit hatte Drinkwater noch nie erlebt. Sie passierten einen kleinen Kutter, in dem ein halbes Dutzend aufgedonnerter Dockschwalben saß, bleich von den Bewegungen des Bootes. Zwei der Hürchen winkten frech dem Gig zu, durch dessen Mannschaft beim ungewohnten Anblick der wohlgerundeten Körper ein Schauer ging.

»Augen ins Boot!« schrie Morris wichtigtuerisch, während er die in strammen Miedern dargebotene Üppigkeit verächtlich betrachtete.

Die *Sandwich* war nun näher, und auf Drinkwaters Stirn brach wieder kalter Schweiß aus. Dann löste er sein Problem durch Zufall. Während er sich umwandte, um den Ausblick voraus zu studieren, stieß seine Hand an etwas Scharfes. Er blickte hinunter. Unter der Gräting sah er den Umriß von etwas, das wie ein Haken

15

aussah. Er verlagerte sein Gewicht und hob die Holzplanke an. In der Bilge lag ein kleiner Draggen. Er fischte ihn heraus, knotete das Ende der Vorleine daran und schoß den Rest in seiner Hand auf. Nun besaß er einen Ersatz für den Bootshaken und entspannte sich. Wieder sah er sich um.

Es war aber auch ein toller Anblick. Hinter der Front der Linienschiffe lagen mehrere Fregatten vor Anker. Sie hatten bereits eine passiert, die als Wachschiff beim Warner lag; wäre Drinkwater vorher nicht über den Verlust seines Bootshakens so beunruhigt gewesen, hätte er ihr gleich mehr Aufmerksamkeit geschenkt. Aber nun konnten sich seine Augen satt sehen an diesem Anblick, den ihm seine ländliche Herkunft bisher versagt hatte. Jenseits von Fort Gilkicker ragten noch mehr Masten in die Höhe, über Rümpfen, die in der Ferne graublau verschwammen. Drinkwaters unerfahrene Augen konnten sie nicht als Truppen-transporter erkennen.

Es war eine mächtige Flotte. Britannien unternahm große Anstrengungen, um die Bedrohung von seinen Westindischen Besitzungen zu wenden und die ausgebluteten Streitkräfte der Nordamerikanischen Station zu verstärken. Seit zwei Jahren, seitdem sich Burgoynes Armee ergeben hatte, versuchte Britannien, den listigen George Washington zur Schlacht zu stellen, während es gleichzeitig eine wachsende Zahl europäischer Feinde daran hindern mußte, sich entfernte Kolonien anzueignen, weil Englands Aufmerksamkeit woanders beansprucht wurde.

Daß diese Anstrengungen erschwert wurden durch Korruption, Unterschlagung und offene Schiebung, die das öffentliche Leben im allgemeinen und Lord Sandwichs Marine im besonderen kor-rumpiert hatten, war für Drinkwater bei diesem großartigen Spektakel kein Grund zur Besorgnis. Als das Gig sich der mächti-gen Seite der *Sandwich* näherte, lenkte Kapitän Hope Morris' Aufmerksamkeit auf etwas. Der Fähnrich drehte das Boot mit dem Bug in die See.

»Auf Riemen!« befahl er, und das Wasser tropfte von den horizontal gestellten Blättern.

Drinkwater schaute sich um und suchte den Grund für diese Unterbrechung. Aber es gab keinen, soweit er sehen konnte. Nochmals zur *Sandwich* blickend, entdeckte er Unruhe auf ihren Decks. Offiziere in blitzendem Blau und Weiß spähten durch funkelnde Teleskope nach achtern in Richtung Portsmouth.

Drinkwater konnte auf *Sandwich* gerade noch die schwarzen Hüte der Seesoldaten sehen, die Aufstellung nahmen. Dann erscholl ein Trommelwirbel, und die schwarzen Hüte wurden von einer Reihe silberner Bajonette überragt: die Seesoldaten schulterten ihre Gewehre. Dann zwitscherte eine Pfeife, und die Aktivität auf *Sandwich* verebbte. Das große Schiff schien gespannt zu warten, während ein kleiner schwarzer Ball an seinem Großmast zum Flaggenknopf hinaufwanderte.

Dann schoß die Barkasse eines Admirals um das Heck und in Drinkwaters Blickwinkel. An ihrem Bug flatterte das rote Sankt-Georgs-Kreuz. Die Ruderer arbeiteten mit unnachahmlicher Präzision, ihre rot und weiß gestreiften Oberkörper bewegten sich im Gleichtakt, ihre Köpfe waren mit schwarzen Bibermützen bedeckt. Ein schlanker, schmucker Fähnrich stand aufrecht im Heck, die Hand an der Pinne. Seine Uniform war makellos, sein Hut saß in einem verwegenen Winkel. Drinkwater musterte seinen eigenen zerknautschten Rock, die schlecht geflickte Hose, und fühlte sich unbehaglich.

Im Heck der Barkasse saß ein ältlicher Mann, in einen Bootsmantel gehüllt; den nachhaltigsten Eindruck auf Drinkwater machte sein dünnlippiger, harter Mund. Dann ging die Barkasse bei *Sandwich* längsseits, und Admiral Sir George Brydges Rodney erklomm die Gangway seines Flaggschiffs. Pfeifenschrillen, Trommelwirbel und dann ein Lichtblitz, als die Bajonette präsentiert wurden: Am Großmast entfaltete sich der schwarze Ball und entpuppte sich als Admiralsflagge mit dem Georgskreuz. Bei ihrem Anblick feuerten die Kanonen der Flotte Salut.

Admiral Rodney war angekommen, um das Kommando zu übernehmen. Wenige Minuten später warf Drinkwater seinen Draggen in die Großrüsten von *Sandwich*. Glücklicherweise hielt er beim ersten Mal, und nach einem relativ bescheidenen Zeremoniell konnte Kapitän Hope seinem Vorgesetzten Bericht erstatten.

ZWEITES KAPITEL

Januar 1780

Die dänische Brigg

Am Neujahrstag 1780 war Rodneys Armada auf See. Außer den als Aufklärer eingesetzten Fregatten und den einundzwanzig Linienschiffen verließen an jenem kalten Morgen nicht weniger als dreihundert Handelsschiffe den Kanal. *Cyclops* gehörte nach ihren Befehlen zum Geleitschutz und konnte so am Gefecht vom 8. Januar nicht teilnehmen.

Ein spanisches Geschwader, bestehend aus vier Fregatten, zwei Korvetten, dem 64-Kanonen-Schiff *Guipuscoaño* und einem Konvoi von fünfzehn Handelsschiffen, wurde vor Kap Finisterre in ein Gefecht verwickelt. Das gesamte Geschwader wurde eingeschlossen und erobert. Prisenkommandos wurden an Bord gesetzt und die erbeuteten Schiffe unter dem Schutz der *Guipuscoaño* – zu Ehren des Herzogs von Clarence, der als Fähnrich in Rodneys Flotte diente, in *Prince William* umbenannt – nach England zurückgeschickt. Spanische Schiffe, deren Ladung aus Lebensmitteln bestand, wurden zurückbehalten, um damit den Nachschub für Gibraltar zu verbessern.

Während die Flotte mühsam ihren Weg entlang der iberischen Küste nach Süden fortsetzte, saß Drinkwater am Fünfzehnten des Monats nachmittags im Mastkorb der *Cyclops*. Dort war seine Gefechtsstation, und irgendwie betrachtete er den Korb als sein eigenes Reich, bewehrt wie es war mit Musketen und der Drehbasse. Hier oben war er befreit von den widerlichen Eifersüchteleien zwischen den Decks, den sinnlosen Schikanen von Morris. Während der Hundewachen lernte er hier auch einige Fingerfertigkeiten des seemännischen Handwerks, und zwar von einem Vollmatrosen namens Tregembo.

Nathaniel faßte schnell auf und beeindruckte die meisten seiner Vorgesetzten durch den Eifer, mit dem er an alles heranging. Aber

an diesem Nachmittag genoß er die Ruhe und saugte den ungewohnten Luxus der Januarsonne in sich auf. Es schien ihm
unglaublich, daß er noch vor wenigen Monaten nichts von diesem
Leben gewußt hatte. Die Zeit seit der Verabschiedung von seiner
Mutter und seinem jüngeren Bruder war so voller Ereignisse und
Eindrücke, daß sie ihm wie ein ganz neues Leben vorkam. Nun war
er, glaubte er mit aufkeimendem Stolz von sich sagen zu können,
ein vollwertiger Teil der Organisation, die aus *Cyclops* ein Kriegsschiff machte.

Drinkwater musterte das leise knarrende Schiff unter sich. Er
sah Kapitän Hope, eine ferne alte Gestalt, neben seinem Ersten
Offizier stehen, von dem er sich schroff unterschied. Der Ehrenwerte John Devaux war der dritte Sohn eines Earls und ein
Aristokrat vom Scheitel bis zur Sohle, wenn auch verarmt und ein
überzeugter Anhänger der Whigs. Er und Hope waren politische
Gegner, denn Devaux' hochmütige Jugend ärgerte den Kapitän.
Doch Henry Hope war zu lange im Dienst, um dies deutlich zu
zeigen, da er sich den einflußreichen Devaux nicht zum Feind
machen wollte. Tatsächlich ließen sich die Fähigkeiten des jüngeren Mannes nicht bestreiten. Anders als viele Angehörige seiner
Klasse interessierte er sich ernsthaft für maritime Kriegführung,
und zwar nicht nur aus Überlebensinstinkt. Wären seine politischen Ansichten anders oder die Whigs an der Regierung gewesen,
so hätten Hopes und seine Positionen leicht vertauscht sein
können. Beide hatten die Intelligenz, dies zu erkennen, und so
wurden die Spannungen immer wieder verschleiert.

Auf *Cyclops* selbst hatte man sich so recht und schlecht arrangiert wie auf jedem anderen Schiff, das mit einer gepreßten
Besatzung bemannt war. Die Mannschaft exerzierte unter Anlei-
tung der Divisionsoffiziere an den schweren Kanonen, und die
Signalgasten hatten bis zur Erschöpfung zu tun, um unter den
disziplinlosen Handelsschiffen Ordnung zu halten. Kommandant
und Erster Offizier waren sich einig: Im großen und ganzen lief es
nicht schlecht. Hope machte sich keine Illusionen über Ruhm und
Ehre, deshalb war Fanatismus seinem Charakter fremd. Seine
Offiziere mußten tüchtig und die Besatzung willig sein, mehr
verlangte er nicht.

Für Nathaniel Drinkwater, der im Mastkorb döste, war *Cyclops*
die einzig existierende Welt geworden. Seine Befürchtungen begannen dank der Wetteränderung und der Anpassungsfähigkeit

der Jugend nachzulassen. Er lernte allmählich, daß die Fähnrichsmesse eine Einrichtung war, in der es nur ums Überleben ging. Nach wie vor verabscheute er Morris und konnte auch einige der älteren Messemitglieder nicht ausstehen; die Mehrheit jedoch schienen ihm wirklich freundliche Jungs zu sein. Sie hielten fest zusammen, um Morris' Schikanen mit Standhaftigkeit ertragen zu können, und bemitleideten einander im gemeinsamen Haß auf ihn.

Drinkwater begegnete Leutnant Devaux mit Ehrfurcht und dem alten Navigator Blackmore, zu dessen Pflichten es gehörte, den Fähnrichen die Grundbegriffe der Navigation beizubringen, mit einem Respekt, wie er ihn seinem Vater entgegengebracht hätte, wäre dieser noch am Leben gewesen. Einer Freundschaft am nächsten kam sein Verhältnis zum Toppsgast Tregembo, der die Drehbasse im Gefecht bediente. Dieser erwies sich als nie versiegende Informationsquelle über die Fregatte und ihre Einzelteile. Er stammte aus Cornwall, wußte sein Alter nicht genau und war auf seines Vaters Lugger von einem Zollkutter bei Kap Lizard aufgebracht worden. Sein Vater hatte den Beamten bewaffneten Widerstand geleistet, da seine Fischluke Fracht zweifelhafter Herkunft enthielt, und war dafür gehängt worden. Als Gnadenakt wurde sein Sohn zur Zwangsrekrutierung verurteilt: ein mildes Urteil, das den Schmerz der Schmugglerwitwe mildern würde, meinten jedenfalls die Richter. Tregembo hatte seitdem kaum einen Fuß an Land gesetzt. Drinkwater lächelte weise, denn hier oben in seinem kleinen Königreich erfüllte ihn jugendliche Selbstsicherheit. Unten an Deck schlug eine Glocke an. In fünfzehn Minuten begann seine Wache. Er erhob sich und blickte auf.

Über ihm war die Bramstenge auf die Marsstenge aufgesetzt, und auf einem oberen Masthummer saß der Ausguck. In einem Anflug von Übermut beschloß er, zu dem Hummer emporzuklettern und von dort an den Wanten herab an Deck zu rutschen; das würde eine überzeugende Demonstration seines seemännischen Könnens werden.

Ein Bein über die Bramrah schwingend, setzte er sich neben den Ausguckposten. Tief unter ihm rollte *Cyclops* leicht. Der Blick auf das Deck wurde durch die bauchigen Segel teilweise verdeckt; das stehende und laufende Gut sorgte für einen perspektivischen Eindruck, denn jede Leine verlief nach unten zu ihrem Belegnagel oder Augbolzen.

Der Seemann rückte etwas zur Seite, und Drinkwater schaute

sich um. Die blaue Scheibe der See war übersät mit mehr als zweihundert weißen Flecken, unter denen die britische Armada nach Süden hielt. In dieser Richtung, aber unter der Kimm, segelten die Fregatten als Vorhut und Aufklärer. Hinter ihnen folgten in drei Kolonnen die dunklen Rümpfe der Linienschiffe, von denen einige schon die gelben Streifen entlang der Batteriedecks trugen, die bald allgemein eingeführt werden sollten. In der Mitte der zentralen Marschsäule segelte *Sandwich* mit Admiral Rodney, dem Mann, der für all dies verantwortlich war. Hinter den Linienschiffen folgten einige Kutter, ein Schoner und mehrere Flottentender wie Hunde der Spur ihres Herrn. Dann kam das Gros der Konvoischiffe – Truppentransporter, Versorger und Handelsschiffe – mit einer Eskorte von vier Fregatten und zwei Kriegsslups. *Cyclops* Station war an der dem Land zugekehrten Seite des Geleits, sie stand hinter dem letzten Linienschiff und vor dem ersten Schiff des Konvois.

Auf seiner erhöhten Position schaute Drinkwater nach Backbord. In über dreißig Meilen Entfernung, von der schon im Westen stehenden Sonne schwach beleuchtet, war die portugiesische Küste klar zu sehen. Gleichgültig glitt sein Blick über den Horizont, und er wollte schon seinen Abstieg in Richtung Deck beginnen, als eine Unregelmäßigkeit seine Aufmerksamkeit erregte. Ein kleiner weißer Fleck hob sich querab vom dunklen Hintergrund der Küste ab. Er stieß den Matrosen an und zeigte in die Richtung.

»Ein Segel, Sir«, stellte der Mann sachlich fest.

»Ich melde es.« Dann rief er mit seiner männlichsten Stimme: »An Deck!«

Schwach kam die Stimme von Keene, dem Dritten Offizier, zurück: »Aye, Aye!«

»Segel acht Strich an Backbord!« Drinkwater packte das Want und begann Hand über Hand seinen spektakulären Abstieg. Doch in der allgemeinen Aufregung über das fremde Segel beachtete ihn niemand.

»Signal vom Flaggschiff«, sagte Leutnant Keene gerade zu Kapitän Hope, als Drinkwater nach achtern kam.

»Ja?«

»Unser Erkennungssignal: Wir sollen rekognoszieren!«

»Bestätigen«, sagte der Kommandant. »Mr. Keene, bringen Sie bitte das Schiff vor den Wind!«

Drinkwater half beim Zusammenstecken des Antwortsignals,

als der Leutnant sich umdrehte, um seine Befehle durch die Flüstertüte zu brüllen. Die Bootsmannsgehilfen trieben ihre Leute an, und das Ruder wirbelte herum. *Cyclops* fiel nach Osten ab, die Brassen ratterten durch die Blöcke, als die Rahen herumschwangen.

»Alle Segel setzen, Mr. Keene!«

»Aye, aye, Sir!« Begeisterung schwang in der Stimme des Leutnants mit, und eine Welle der Erregung durchlief das Schiff. Von der Verpflichtung befreit, ihre angewiesene Position halten zu müssen, entfaltete die Fregatte ihre Flügel. Die Geitaue und Gordings wurden von den Belegnägeln losgeworfen, als die Toppsgasten auf den Fußpferden auslegten, um das Segeltuch zu lösen. Wenn die Steuermannsgehilfen, die an jedem Segel an den Nockgordings arbeiteten, ihre Bereitschaft in Richtung Deck signalisierten, wurde der Befehl zum Dichtholen der Schoten gegeben. Die Bramsegel blähten sich, fielen zusammen und füllten sich wieder, als die Decksleute die Fallen holten und die Rahen von den Eselshäuptern nach oben schwebten. *Cyclops* legte sich unter dem wachsenden Druck über, das Hanftauwerk spannte sich, und das Schiff begann zu zittern, als es mehr Fahrt aufnahm. Die Fregatte schnitt durch den dunklen Atlantik, der weiße Schaum des Kielwassers strömte unter ihrem Heck hervor.

Auf dem Deck wurde die Wache abgelöst, und die Kuhl* leerte sich wieder, als die Schaulustigen und Neugierigen allmählich nach unten gingen.

Drinkwater merkte, daß der Kommandant ihn scharf anblickte.

»Sir?« fragte er zaghaft.

»Mr. äh...«

»Drinkwater, Sir.«

»Ah ja. Mr. Drinkwater, nehmen Sie ein Fernglas mit in den Vormasttopp, und sehen Sie zu, was Sie ausmachen können. Denken Sie, daß Sie das schaffen?«

»Aye, aye, Sir!« Aus einem Gestell griff sich Drinkwater ein stark verbeultes Teleskop, das von einem spendablen Marineamt ausschließlich für die »jungen Herren« zur Verfügung gestellt worden war; damit verschwand er im Vormast.

Es dauerte eine gute Viertelstunde, bevor er wieder an Deck erschien. Da er sich darüber klar war, daß Hope seine Fähigkei-

---

* Teil des Oberdecks, Vertiefung zwischen Back und Poop

ten testen wollte, hatte er so lange gewartet, bis er Definitives zu melden hatte.

Er salutierte vor dem Kommandanten.

»Es ist eine Brigg, Sir. Sie zeigt keine Flagge.«

»Sehr gut, Mr. Drinkwater.«

»Ich sehe sie jetzt von Deck aus, Sir«, steuerte Devaux bei.

Der Kommandant nickte. »Lassen Sie die Bugkanonen feuerklar machen, Mr. Devaux.«

Auch Drinkwater konnte jetzt das zweimastige Fahrzeug sehen, auf das sie zuhielten. Er wartete auf den hellen Farbfleck, der bald erscheinen und seine Nationalität verraten mußte. Ein Dutzend anderer Teleskope wartete gespannt auf dieselbe Information. Da wanderte ein roter Punkt an ihrem Mast hoch, rot mit einem weißen Kreuz.

»Ein Däne!« Aus einem Dutzend Kehlen zugleich kam der Ruf. *Cyclops* stieß auf ihr Opfer herab, und auf ein Nicken des Kommandanten bellte vorn eine Kanone; ihr Rauch rollte langsam der vorwärtsstürmenden Fregatte voraus.

Eine weiße Fontäne erschien vor dem dänischen Schiff. Sie lag eine Kabellänge zu kurz, hatte aber den gewünschten Effekt, da der Däne sein Großmarssegel backsetzte und beidrehte.

»Mr. Devaux, Sie gehen an Bord!«

Befehle hallten über Deck. Wo eben noch Neugierige aufmerksam die Jagd verfolgt hatten, brach Chaos aus. Als Folge dieser zeitweisen Unordnung wurden Großsegel und Fock aufgegeit, und eine andere Gruppe machte sich daran, achtern in Lee ein Boot wegzufieren, als *Cyclops* ihr Großmarssegel back kommen ließ.

Devaux rief weitere Befehle, und Drinkwater hörte im Durcheinander seinen Namen.

»Ins Boot mit dir, Junge!« schrie der Erste Offizier, und Nathaniel lief in die Kuhl, wo ein Kletternetz über die Bordwand ausgebracht worden war. Die Bootsmannschaft war schon an Bord, aber weitere Seeleute, mit Entermessern bewaffnet, strömten nach unten. Drinkwater warf ein Bein über die Reling, blieb mit einem Hosenbein an einem Belegnagel hängen und hörte das Gewebe reißen. Diesmal kümmerte es ihn nicht.

Er kletterte ins Boot hinab. Zu seiner Überraschung war Devaux schon da, immer noch rufend. »Wo, in Gottes Namen, ist Wheeler?« Und als der rotberockte Leutnant der Seesoldaten mit sechs Leuten ungeschickt das Netz herabkletterte, die Towermusketen an den Riemen schlenkernd: »Kommt schon, ihr verdammten Hummer!«

Die Matrosen quittierten den Spitznamen mit einem verständnisinnigen Grinsen. Leutnant Wheeler nahm die Beleidigung seiner Truppe zwar übel, konnte sich aber nicht rächen, da er vollauf damit beschäftigt war, sich und seinen Degen ins Boot zu bringen, ohne auch noch die letzte Würde zu verlieren.

»Absetzen! Riemen bei! Ruder an überall! Und legt euch rein!«

Das große Boot setzte sich in Bewegung, und Devaux drückte Drinkwater die Pinne in die Hand. »Geh an der Leeseite längsseits und halt sie dort!« Er wandte sich an Wheeler: »Da es sich um einen Neutralen handelt, entern Sie besser nicht, es sei denn, Sie hören mich rufen.« Er hob die Stimme: »Bootsmannsmaat!«

Der Unteroffizier der bewaffneten Matrosen erhob sich vom Bug.

»Sir!«

»Machen Sie keinen Versuch zu entern, außer wenn ich Hilfe benötige – aber sobald ich rufe, will ich euch alle schlagartig an Deck sehen!«

Die Seeleute grinsten und befingerten ihre Klingen. Einige Minuten später gellte Drinkwaters überkippende Stimme: »Bug! Auf Riemen! Riemen ein! Einhaken!« Schon war Leutnant Devaux in die Rüsten des Dänen gesprungen. Ein bis zwei Sekunden lang ruderten seine eleganten Beine unangemessen in der Luft herum, dann hatte er sich an Deck der Brigg gehievt.

Das Boot tanzte an der Seite des fremden Schiffes auf und ab. Gelegentlich spähte ein blonder Kopf neugierig zu ihnen herunter. Im Boot waren alle nervös. Schon zwei oder drei über die Reling geworfene Kanonenkugeln konnten die Beplankung des Bootes durchschlagen. Es schien Drinkwater, als sei der Leutnant seit Stunden weg. Er sah die Reling sich nähern und wieder entfernen, wenn der Atlantik das Boot anhob und dann fallen ließ. Ängstlich sah er Wheeler an. Der Offizier lächelte. »Wenn Hon John in der Tinte steckt, dann quiekt er schon.«

Zu seiner unendlichen Erleichterung sah Drinkwater schließlich Devaux' Beine über der Reling erscheinen und hörte die verbindliche Stimme des Leutnants, die jede Härte verloren hatte: »Ihr Diener, gnädige Frau.« Im nächsten Augenblick taumelte er ins Boot und nahm Drinkwater die Pinne ohne Förmlichkeit aus der Hand.

»Absetzen! Riemen bei! Ruder an und pullt, ihr Armleuchter!«
Devaux duckte sich im Heck, den Körper vor Anspannung vorgebeugt. »Pullt! Zieht durch! Zieht, wie ihr einen Franzosen von
eurer Mutter ziehen würdet!«

Die Männer grinsten über diese Obszönität, denn Devaux
verstand sein Geschäft. Die Matrosen bogen die Riemen durch, die
Blätter sprangen aus dem Wasser und flogen zum nächsten Zug nach
vorn. Hinter ihnen setzte der Däne Segel. Devaux blickte zurück,
und Drinkwater sah einen farbigen Fleck dort, wo eine Frau winkte.

»Wheeler«, sagte Devaux, »wir haben ein Stück Arbeit vor uns.«
Ganz bewußt erzählte er ihm dann die Neuigkeiten. Er wußte, daß
die Männer, die mithörten, sie an Bord verbreiten würden. Und er
ahnte, daß sich Hope nicht die Mühe machen würde, die Besatzung
zu informieren. Folglich würde nur eine verstümmelte Version
kursieren, wenn Devaux die Neuigkeit nicht selber in Umlauf
setzte. Diese Männer mußten in Kürze dem Tod ins Auge schauen,
und der Erste Offizier gedachte, sie mit Blutdurst zu infizieren. Er
hatte erlebt, welche Begeisterung bei britischen Seeleuten ausgelöst
werden konnte, und er wußte, daß *Cyclops* in den kommenden
Stunden diese Begeisterung benötigen würde.

»Der Däne ist gerade aus Cadiz ausgelaufen. Die Dons* sind mit
einer Flotte in See. Reines Glück, daß der Däne probritisch
eingestellt war.« Er machte eine nachdenkliche Pause. »Mit einer
Engländerin verheiratet, eine verdammt schöne Frau...« Er
grinste, die Matrosen grinsten auch – die Nachricht war angekommen.

Es wurde dunkel, ehe *Cyclops* wieder die Flotte erreichte. Der
Vollmond versetzte Hope in die Lage, sein Schiff durch die
Ansammlung anderer Fahrzeuge zu manövrieren, bis zu den drei
Laternen im Rigg von *Sandwich*, die das Flaggschiff des Admirals
kennzeichneten.

Die Fregatte kürzte Segel und sandte ein Boot hinüber; Devaux
erstattete Rodney Bericht. Das Ergebnis war, daß *Cyclops* erneut
alle Segel setzte, um die Fregatten der Vorhut zu warnen. Die
Flotte hatte bei Sonnenuntergang Segel weggenommen, um ein
Zerstreuen zu vermeiden und das Halten der Stationen zu erleichtern. So schloß *Cyclops* bald zu den Linienschiffen auf, passierte

* Spitzname für Spanier

25

deren scharf ausgerichtete, massige Rümpfe, welche die schnellere Fregatte förmlich schrumpfen ließen, als sie im Mondschein leise knarrend vorbeizog.

Als der Morgen dämmerte, hatte *Cyclops* die Fregatten in Sicht. Achteraus waren noch Toppsegel der Flotte zu sehen, die der *Bedford* nämlich, eines Zweideckers mit 74 Kanonen, der unter vollen Segeln versuchte, zu den Fregatten aufzuschließen.

Von dem schlechten Signalcode behindert, hatte Hope Schwierigkeiten, seine Nachricht den weiter entfernten Fregatten zu übermitteln. Durch einen glücklichen Zufall wählte er jedoch das Signal »Klar zum Gefecht«. Zwei Stunden später schloß *Bedford* mit demselben Signal zu ihnen auf, die beiden Kanonenreihen schon ausgerannt, denn Rodney hatte in der Morgendämmerung der Flotte eben diesen Befehl gegeben.

Schon beim ersten Trommelwirbel fiel Drinkwater die Spannung in *Cyclops* auf. Er kletterte hastig auf seine Station im Mastkorb, wo die Drehbasse geladen und zündfertig gemacht wurde. Aber es bestand kein Grund zur Eile. Den ganzen Vormittag blieben die Briten gefechtsbereit, ohne daß sich ein Feind zeigte. Während des Vormittags änderte dann eine Division der Flotte nach der anderen ihren Kurs auf Südost, um das rötlich schimmernde Kap Saint Vincent in Richtung Gibraltar zu runden. Mittags wurde jeweils die halbe Besatzung von *Cyclops* zu einer Mahlzeit aus Bier, Eierflip und Schiffszwieback unter Deck geschickt.

Nach dem hastig verschlungenen Essen kehrte Drinkwater eilig in den Mastkorb zurück, um keine Sekunde von dem zu versäumen, was eine große Seeschlacht werden würde, wie alle vorhersagten. Er blickte sich um. Die Fregatten hatten sich zum Gros zurückfallen lassen, und *Bedford* sicherte die innere Flanke.

Im Mastkorb hatten Drinkwaters Männer ihre Musketen geladen. Tregembo streichelte zärtlich seine Drehbasse, die wie eine Spielzeugkanone wirkte. Achtern im Großmastkorb war deutlich der blaue Rock von Morris zu erkennen. Er beugte sich über einen jungen Matrosen aus Devon, dem sein hübsches Gesicht schon einige rauhe Späße der Kameraden eingebracht hatte. Drinkwater wurde sich nicht ganz schlüssig über seine Gefühle, als er Morris so eifrig beschäftigt sah; er empfand nur eine unbestimmte Unruhe, denn den Perversitäten der Menschen stand er immer noch höchst unschuldig gegenüber.

Achtern im Kreuzmastkorb kommandierte Sergeant Hagan

seine Scharfschützen. Ihre scharlachroten Röcke waren ein lebhafter Farbklecks vor dem schwarzen Tauwerk, das die Sicht beinahe verdeckte. Nach unten hatte Nat einen unbehinderten Blick auf das Achterdeck, da Groß- und Kreuzsegel geborgen worden waren, als das Schiff klar zum Gefecht gemacht hatte.

Er sah Kapitän Hope und Leutnant Devaux bei dem alten Navigator stehen, daneben den Quartermaster und den Rudergänger. Eine schwatzende Gruppe von Fähnrichen und Steuermannshelfern stand in Bereitschaft, um Befehle zu überbringen oder Signale zu übermitteln. Aber neben dem Blau war achtern auch Rot vertreten. Wheeler strahlte förmlich herauf in seinem prächtigen Rock, der karmesinroten Schärpe und dem glitzernden Halstuch der Seesoldaten. Er trug seinen Degen lässig in der Armbeuge, aber der Glanz der Schneide war eine heimtückische Erinnerung an den Tod. Darin unterschied er sich sehr von den Stockdegen aus Eschenholz, mit denen Drinkwater zu Hause zustoßen und parieren gelernt hatte. Er hatte noch nicht viel über den Tod nachgedacht. Ein möglicher Sturz aus der Takelage hatte ihn zuerst beunruhigt, aber nicht lange. Daß ein Mast, sein Vormast vielleicht, weggeschossen werden könnte, daran dachte er nicht.

Er blickte wieder nach unten, wo Netze über das Deck gespannt waren, die herabfallende Spieren und Teile des Riggs von den darunter schuftenden Stückmannschaften fernhalten sollten. Zur Zeit lümmelten diese Männer noch um ihre Kanonen herum. Für Nathaniel auf dem Hauptdeck unter der Gräting gerade noch sichtbar, konferierten der Zweite und der Dritte Offizier mittschiffs miteinander. Ihre Haltung war bemüht lässig.

Bis auf das Knirschen im Rumpf, die Windgeräusche und das Rauschen der Bugwelle war *Cyclops* ein stilles Schiff. Seine über zweihundertfünfzig Männer warteten so gespannt wie alle anderen Besatzungen der Flotte.

Nachmittags um ein Uhr feuerte *Bedford* einen Schuß ab, signalisierte an *Sandwich* und ließ ihre Bramsegel auswehen. Für jene, die zu weit entfernt waren, um das Signal zu entziffern, war das Killen der Segel ein zeitsparender Hinweis darauf, daß eine feindliche Flotte in Sicht kam.

»Der Wind frischt auf«, sagte Tregembo in die Stille des Mastkorbs hinein.

DRITTES KAPITEL

Januar 1780

Die Mondscheinschlacht

Die nun folgende Schlacht war eine der dramatischsten, die jemals von der Royal Navy geschlagen wurde. Die Gewässer, auf denen die feindlichen Flotten kämpften, wurden fünfundzwanzig Jahre später berühmt, als Nelson hier, vor Trafalgar, siegte und fiel; aber dem Treffen in der Nacht vom 16. zum 17. Januar 1780 wurde kein geographisches Beiwort verliehen.

Zu einer Zeit, da Admirale unter Androhung der Todesstrafe an das taktische Konzept der geschlossenen Schlachtlinie gebunden waren, stellte Rodneys Freigabe der Schiffe eine höchst bedeutsame Neuerung dar. Die Bravour, mit der dies in jener wilden Mondscheinschlacht vollzogen wurde, ist von einer so großen Anzahl Segelschiffe und unter solchen Umständen nie wieder erreicht worden.

Tregembo behielt recht. Eine Stunde, nachdem *Bedford* elf spanische Linienschiffe und zwei Fregatten gesichtet hatte, war der Himmel bedeckt. Der Wind drehte auf West und legte zu.

Auf *Bedfords* Signal hin hatte Rodney seinen Kriegsschiffen »Freie Jagd« befohlen. Nun versuchte jeder Kommandant, die anderen zu übertrumpfen, und die Schiffe mit dem neuen Kupferbeschlag unter Wasser setzten sich an die Spitze. Die Zweidecker *Defence, Resolution* und *Edgar* lagen an der Spitze. Die Offiziere überprüften ängstlich das Material, als die Kommandanten unbekümmert wie Schulbuben mit Vollzeug draufhielten. Der Wind nahm weiter zu. Besorgt wurden Teleskope auf die Spanier gerichtet, die sofort, nachdem sie die Übermacht erkannt hatten, nach Lee wendeten – in Richtung auf den Schutz von Cadiz.

Als Rodney die Absetzbewegung sah, signalisierte er seinen Schiffen, von Lee aus anzugreifen; damit übermittelte er den

Kommandanten zugleich das taktische Konzept: Der Gegner mußte überholt und vom sicheren Hafen abgeschnitten werden.

Es war ein Wettrennen geworden.

Die britischen Schiffe stürmten platt vor dem Laken dahin, Rauchwölkchen stiegen über ihren Vorschiffen empor, als die Kanoniere sich einschossen. Zuerst lagen die in den brechenden Seen schwer auszumachenden Einschläge weit achteraus von den Spaniern. Aber allmählich, während sich die Minuten zu einer Stunde summierten, kamen sie deutlich näher.

Auf *Cyclops* balancierte Devaux vorn auf der Back, das Glas am Auge, als die Neunpfünder der Fregatte auf den Feind feuerten, sobald sich ihr Bug hob. Fast genau darüber beobachtete Drinkwater aufmerksam. Sein ungeübtes Auge verpaßte den Einschlag, aber die erregende Szene fesselte ihn ganz. *Cyclops* zitterte vor Jagdlust und gab damit nur dem allgemeinen Gefühl an Bord Ausdruck. O'Malley, der verrückte irische Koch, saß im Schneidersitz auf dem Ankerspill und kratzte auf seiner Fiedel. Sein überdrehter Jig mischte sich mit dem Zischen und Klatschen der Seen und dem Jaulen des Sturms, der auf dem hänfenen Rigg klimperte.

Kapitän Hope kreuzte den Kurs der langsameren *Bedford* und hielt auf das nördlichste spanische Schiff zu, eine etwa gleichgroße Fregatte. Südlich ihrer Beute erstreckten sich in unterbrochener Reihe die hohen Heckaufbauten der spanischen Linienschiffe, hinter denen sich die zweite Fregatte im Osten versteckte.

Plötzlich stieg eine weiße Fontäne vor *Cyclops'* stampfendem Bugspriet in die Höhe. Drinkwater blickt auf. Vom achterlichen Wind unter der Heckgalerie eines spanischen Zweideckers festgehalten, löste sich die weiße Qualmwolke nur langsam auf.

Tregembo fluchte. »Das war ein verdammt guter Schuß für einen Spanier«, sagte er. Erst in diesem Augenblick begriff Drinkwater, daß sie unter Feuer lagen.

Als *Cyclops* bei ihrer Jagd auf die Fregatte das Heck des Zweideckers passierte, hatte dieser einen Probeschuß abgegeben. Jetzt lag ein Rauschen in der Luft, dann kam ein Geräusch, als ob zwei Flaschen entkorkt würden. Aufblickend sah Drinkwater ein Loch im Vormarssegel und ein weiteres im Großsegel. Das war unangenehm nahe gewesen. Wenn ihre Hecks von den nachlaufenden Seen angehoben wurden, feuerten die Spanier auf die sich gegen die sinkende Sonne abzeichnenden Silhouetten der Briten.

Drinkwater fröstelte. Mit der kurzen winterlichen Wärme war es vorbei, die frische Brise hatte sich zu einem vollen Sturm ausgewachsen. Er sah wieder zu der spanischen Flotte hin, sie waren merklich näher gekommen. Dann gewahrte er zwei weiße Fontänen beim Heck des Spaniers, aber ihre eigenen Kanonen schwiegen. Fragend blickte er Tregembo an.

Der Seemann wies nach Steuerbord. Dort, für den kauernden Fähnrich vom Mast verdeckt, überholte sie die *Resolution,* ein neu mit Kupfer beschlagener Vierundsiebziger. Die Wetterbedingungen begünstigten nun die größeren Schiffe. *Resolution* holte die Spanier schnell ein, und weiter hinter ihr schlossen *Edgar* und *Defence* zum Feind auf. Bevor die Sonne hinter einer Wolkenbank unterging, warf sie ihr letztes Licht auf *Resolution.*

Die nahezu waagerechten Strahlen betonten jedes Detail der Szene. Die See, deren schattige Oberfläche – ein dunkles Indigoblau – in ständiger Bewegung dort golden aufglänzte, wo sie die Sonnenstrahlen einfing, ließ das Kriegsschiff auf ihrem Rücken als einen Gegenstand in Ruhe erscheinen. Der Rumpf der *Resolution* war dunkel, mit Ausnahme ihrer drohenden Backbordbatterien, als sie in kaum zwei Kabellängen Abstand *Cyclops* passierte. Ihre Segel blähten sich und zogen das große Schiff vorwärts, alle Kraft über die Masten und das Rigg auf den riesigen Eichenrumpf übertragend, den sie mit dem Gewicht seiner Artillerie und der 750 Mann Besatzung mit zehn Knoten vorwärts trieben.

Drinkwater konnte die Köpfe der Kanoniere auf dem Oberdeck und eine Reihe der rot-silbernen Seesoldaten auf der Poop sehen. An Heck und Gaffel wehten die Kriegsflaggen aus, angriffslustig voraus auf den Feind gerichtet. Wieder bellten die Bugkanonen. Diesmal erschien keine weiße Säule. Devauxs Fernglas schwang herum. »Sie haben sie getroffen, bei Gott!« rief er.

Irgend jemand auf der Back brachte ein Hurra aus. Andere fielen ein, die Mannschaft von *Cyclops* brüllte ihren Beifall beim Anblick der ins Gefecht segelnden *Resolution*. Drinkwater hörte sich wild mit den anderen rufen. Tränen liefen über Tregembos Wangen. »Diese Hunde, diese verdammten Hunde . . .« schluchzte er. Drinkwater war nicht sicher, wen er damit meinte, es schien ihm auch nicht wichtig, zumal Tregembo es wahrscheinlich selbst nicht wußte. Was er ausdrücken wollte, war seine Hilflosigkeit, die übermächtige Wut, die diese Männer überkam: zwangsrekrutierte Säufer, Galgenvögel und Taschendiebe. Der Abschaum der Gesellschaft des achtzehnten Jahrhunderts, in einen Schiffsrumpf gepreßt und durch erbarmungslose Disziplin in Schach gehalten, segelte jauchzend in einen Hagel von Blei und Eisen. Bis ins Innerste aufgewühlt, konnten sie selbst nicht verstehen, warum der Anblick der kriegerischen *Resolution* sie hatte jubeln lassen. Mit solch spontanen Gefühlsausbrüchen wurden die Kämpfenden im Krieg schon immer übertölpelt und in Helden verwandelt, ebenso wie der falsche Glanz einer Schlacht ihnen mörderische Wut einflößt, die ihren politischen Herren sehr gelegen kommt.

Vielleicht war es das letztere, was der sprachungewandte Tregembo hatte ausdrücken wollen.

»Ruhe! Ruhe an Deck!« rief Hope vom Achterdeck, und das Jubeln ebbte ab. Die Männer grinsten einander dämlich an und schämten sich ihres Gefühlsausbruchs.

Über die trennende See klang ein schwaches Hurra von der *Resolution* wie ein Echo herüber, und Drinkwater erkannte, daß *Cyclops* für den Vierundsiebziger ein ebenso hinreißendes Bild abgeben mußte. Vor Stolz und Kälte schauderte es ihn.

Bevor der Admiral durch die Dunkelheit von seinen Schiffen abgeschnitten wurde, gab er einen letzten Befehl: »Ran an den Feind!« Rodney spornte seine Kommandanten damit an, die Spanier bis zum äußersten in die Zange zu nehmen. Beide Flotten hielten auf eine Leeküste mit vorgelagerten Untiefen zu, und gegen fünf Uhr war es nahezu dunkel. Der Wind hatte volle Sturmstärke erreicht, schwarze Wolken jagten über den Himmel. Aber der Mond ging auf, ein voller gelber Mond, der sein unbeständiges Licht durch die dahineilenden Wolkenfetzen auf die unheilvolle Szenerie warf.

Bis Sonnenuntergang hatten *Resolution*, *Edgar* und *Defence* mit den langsamsten spanischen Schiffen gleichgezogen. Beim Passieren wurden Breitseiten ausgetauscht, aber die Briten hetzten weiter, um die in Lee stehenden Feinde von Cadiz abzuschneiden.

»Klar bei Backbordbatterie!« hallte ein Befehl übers Deck, und Drinkwater wandte seine Aufmerksamkeit der Backbordseite zu. *Cyclops* verwandelte sich schlagartig. Das Warten war vorüber, die Kanoniere sprangen zu ihren Lafetten, und die britische Fregatte holte den Spanier ein.

Der Feind lag dicht vor ihrem Backborbug. Unter Drinkwater bellte eine Bugkanone, und im Großmarssegel des Spaniers erschien ein Loch.

Devaux rannte auf dem Backbord-Seitendeck nach achtern, den Leutnants unten im Batteriedeck Befehle zurufend. Er stieß zu Hope auf dem Achterdeck, wo sie gemeinsam ihren Gegner studierten. Schließlich rief der Kommandant einen Fähnrich heran.

»Meine Empfehlung an Leutnant Keene, und wenn er das Feuer eröffnet, soll er auf das Rigg halten.«

Der Junge krabbelte nach unten. Hope wollte den Spanier bewegungsunfähig schießen, bevor beide Schiffe in der Hitze des Gefechts zu weit nach Lee gerieten, wo die niedrige spanische Küste lauerte und davor die Untiefe von St. Lucar.

»Mr. Blackmore!« Hope rief jetzt den Navigator heran.

»Sir?«

»Die Untiefe von St. Lucar – wie weit noch?«

»Zwölf bis sechzehn Meilen, Sir«, antwortete der alte Mann nach einem Augenblick der Besinnung.

»Sehr gut. Schicken Sie einen Maat in den Vortopp. Ich will sofort informiert werden, wenn das Flach gesichtet wird.«

Ein Steuermannsmaat enterte auf und kam an Drinkwater vorbei, der ihn mit einer Frage aufhielt.

»Der Alte macht sich Sorgen über die Untiefen in Lee«, klärte ihn der Maat auf.

»Oh!« sagte Drinkwater, nach vorn blickend. Aber alles, was er sehen konnte, war eine Wüste aus schwarzem und silbernem Wasser, Wolkenfetzen vor dem Mond und Gischtfetzen, die von nach Lee brechenden Wellenkämmen gerissen wurden.

In der Backbordbatterie gab das Quietschen der Lafetten davon Kunde, daß die Männer mit Handspaken ihre Kanonen gegen den Feind ausrichteten. Die spanische Fregatte war noch vor *Cyclops,* aber wenn sie querab stehen würde, mußte der Abstand etwa zwei Kabellängen betragen.

»Klar zum Feuern!«

Der Befehl lief das dunkle Batteriedeck entlang. Im Mastkorb prüfte Drinkwater die Drehbasse. Unter dem Fußliek des Marssegels hindurch konnte er die hohen Heckaufbauten des Spaniers sehen. Tregembo schwang die Drehbasse herum und zielte dorthin, wo er die spanischen Offiziere vermutete. Die anderen Matrosen spannten ihre Musketen und peilten den Mastkorb im Kreuzmast des Gegners an, wo, wie sie wußten, wiederum spanische Soldaten auf die britischen Offiziere zielten.

Die spanische Fregatte stand nur noch zwei Strich vorlicher als Backbord querab. In der Dunkelheit des Batteriedecks peilte Leutnant Keene, der die Backbordbatterie der Zwölfpfünder kommandierte, über den Lauf der hintersten Kanone. Wenn sie auf das Heck des Feindes zeigte, mußten alle seine Kanonen auf die Fregatte zielen.

Ein Fähnrich tauchte vor ihm auf und meldete: »Empfehlung des Kommandanten, Sir, und Sie dürfen Feuer eröffnen, wenn alle Kanonen das Ziel aufgefaßt haben.« Keene bestätigte und blickte das Deck entlang. An das Zwielicht gewöhnt, konnte er die lange Reihe der Kanonen unterscheiden, die nur hier und dort von Laternen beleuchtet wurde. Die Männer kauerten um die Lafetten herum, gespannt auf den Feuerbefehl wartend. Die Stückführer blickten, ihren Luntenstock umklammernd, aufmerksam in seine Richtung. Alle Kanonen waren mit Kartätschen und Kugeln geladen . . .

Ein zerrissener Feuerblitz zuckte an der Bordwand des Spaniers auf, aber der Donner seiner Breitseite wurde vom Sturm fortgerissen. Mehrere Kugeln trafen *Cyclops'* Rumpf, große Eichensplitter losreißend, die wie Lanzen durch die überfüllten Decks flogen. Ein Mann schrie, ein anderer wurde vom Deck hochgerissen; sein blutiger, zu Brei geschlagener Körper klatschte gegen eine Kanone.

Oben in den Bramsegeln taten sich Löcher auf, und dem Steuermannsmaaten, der auf der Vormarsrah ritt, riß eine in unmittelbarer Nähe vorbeifliegende Kugel die Schuhe von den Füßen. Knallend brachen einige Tampen, die Großroyalrah kam mitsamt dem untergeschlagenen Segel krachend von oben.

Den Toppsgasten wurde befohlen, die losen Teile zu sichern.

Währenddessen spähte Keene immer noch aus seiner hintersten Stückpforte. Er sah nichts außer See und Himmel. Die Nacht war erfüllt vom Heulen des Sturms und dem Zischen der See.

Dann rückte das Heck der spanischen Fregatte in sein Blickfeld, dunkel und furchteinflößend; eine weitere ungleichmäßige Breitseite züngelte aus ihrer Seite. Keene trat zurück und wartete den höchsten Punkt der Rollbewegung ab: »Feuer!«

VIERTES KAPITEL

Januar 1780

Die spanische Fregatte

Fregatten unterschieden sich zwar in Größe und Bauausführung, aber im allgemeinen verfügten sie über ein Batteriedeck, das sich über die ganze Schiffslänge erstreckte. Vor einer Schlacht wurden die Schotte, die die Unterkünfte des Kommandanten und der Offiziere trennten, vorübergehend abgebaut. Über dem Batteriedeck erstreckte sich das Achterdeck bis fast zum Fuß des Großmasten, von dort wurde das Schiff gesteuert. Einige leichte Kanonen und Waffen zur Bekämpfung der gegnerischen Mannschaft standen ebenfalls auf dem Achterdeck. Vom Bug bis hinter den Vormast verlief das gleichfalls erhöhte Vordeck, auch Back genannt. Back und Achterdeck waren an beiden Bordseiten mit hölzernen Laufplanken verbunden, den Seitendecks; sie verliefen über dem hier offenen Batteriedeck, der sogenannten Kuhl. Der freie Raum zwischen den Seitendecks war mit Balken überbrückt und nahm die Klampen für die Beiboote auf; deshalb war die Ventilation für das Batteriedeck, vorsichtig ausgedrückt, mangelhaft.

Als die Backbordbatterie das Feuer eröffnete, verwandelte sich der beengte Raum ihres Decks in eine brüllende Hölle. Die Mündungsfeuer tauchten die Szene jäh in grelles Licht, um sie sofort wieder in schwarze Finsternis versinken zu lassen. Trotz der kalten Jahreszeit waren die Körper der Seeleute bald schweißüberströmt. Sie wischten die Rohre aus, luden und schossen. Der Abschußlärm und das Rumpeln der Lafetten beim Rückstoß waren ohrenbetäubend. Die Männer arbeiteten in dichten Klumpen um ihre Kanone gedrängt, die Leutnants und Steuermannsgehilfen kontrollierten die Zielrichtung, als vom Salventakt zum Einzelfeuer übergegangen wurde. Über die mit Sand bestreuten Decks flitzten die Pulveräffchen, kleine unterernährte Bengel, die vom düsteren Batteriedeck nach unten hasteten, wo der Stückmeister in seinen Filzschuhen über das geheimnisvolle alchemistische Reich der Kartuschenherstellung herrschte.

An den Niedergängen standen Marinesoldaten mit aufgepflanztem Bajonett und geladenen Musketen. Sie hatten den Befehl, jeden – mit Ausnahme von Meldegängern und Sanitätern – zu erschießen, der nach unten wollte. Panik und Feigheit wurden so im Keim erstickt. Nach unten gelangte man nur mittels einer Bahre, auf dem Weg zum Chirurgen Mr. Appleby und seinen Sanitätsgasten. Jener besaß wie der Stückmeister sein eigenes Reich, und zwar im Lazarett der Fregatte. Die Seekisten der Fähnriche bildeten die Kulisse für den Operationssaal. Mit Segeltuch bedeckt, waren sie auch der Operationstisch, auf dem es dem Arzt freistand, die Untertanen Seiner Majestät zu schlachten. Wenige Fuß über dem Pestilenzgestank der mit Ratten verseuchten Bilge, in einer stickigen, beengten Atmosphäre, die nur von ein paar blakenden Öllampen erhellt wurde, lagen die verwundeten Männer, um Linderung zu finden, und taten statt dessen meist ihren letzten Schnaufer.

Cyclops feuerte sieben Breitseiten, bevor die beiden Schiffe längsseits geschoren waren. Die Spanier feuerten mit wachsender Unregelmäßigkeit zurück, da die britischen Kanonen mit fürchterlicher Präzision das Gefüge ihres Schiffes zerschlugen. Immerhin schossen sie *Cyclops* den Kreuzmast über den oberen Salingen weg. Tauwerk riß, und das Großbramsegel, an einigen Dutzend Stellen durchschossen, löste sich plötzlich in ein flatterndes, schlagendes Durcheinander von zerrissenem Segeltuch auf, als der Sturm das Werk beendete, das die Kugeln begonnen hatten.

Dann plötzlich waren beide Fregatten auf gleicher Höhe, die See rauschte schwarz zwischen ihnen. Der Mond trat hinter einer dunklen Wolke hervor. Einzelheiten beim Gegner ätzten sich in Drinkwaters Gedächtnis ein. Er konnte Männer in den Mastkörben sehen, Offiziere auf dem Achterdeck und die Betriebsamkeit der Stückmannschaften auf dem Oberdeck. Eine Gewehrkugel klatschte in den Mast über ihm, dann noch eine und noch eine.

»Feuer!« schrie er unnötig laut seinen Freunden zu. Auch hinter ihm, im Großmastkorb, wurde das Feuer eröffnet, und dann feuerte Tregembo seine Drehbasse ab. Drinkwater sah, wie ihr Schrothagel das Deck des Spaniers aufriß. Er beobachtete fasziniert, wie ein Mann, marionettenhaft in der bizarren Beleuchtung, sich in einem wachsenden dunklen Fleck an Deck wand. Jemand rempelte Drinkwater an und lehnte sich dann gegen den Mast. Wo das rechte Auge des Mannes gewesen war, klaffte ein schwarzes Loch. Drinkwater packte seine Muskete und zielte auf eine schattenhafte Gestalt im Großmastkorb des Feindes, die mit Nachladen beschäftigt war. Kaltblütig wie beim Jahrmarktschießen zog er den Abzug durch. Der Feuerstein blitzte, und der Musketenkolben schlug gegen seine Schulter. Der Mann fiel.

Tregembo hatte die Drehbasse neu geladen. Der Mond verschwand gerade hinter den Wolken, als sie abermals aufbrüllte.

Die Druckwelle einer schrecklichen Explosion ging über beide Schiffe hinweg und ließ die Kämpfenden kurz innehalten. Weiter unten im Süden hatten sechshundert Männer aufgehört zu existieren, als das Siebzig-Kanonen-Schiff *Santo Domingo* in die Luft flog. Feuer war in das Pulvermagazin gelangt.

Die Unterbrechung durch die Explosion erinnerte sie an die anderen Schiffe, die weiter südlich im Kampf standen. Drinkwater lud seine Muskete neu, aber keine feindlichen Kugeln pfiffen mehr um ihn herum. Den Lauf senkend, blickte er auf. Der Großmast des Spaniers neigte sich in einem unnatürlichen Winkel nach vorn. Stage brachen, und die großen Spieren stürzten, den Besan mit sich ziehend. *Cyclops* zog vorbei.

Hope und Blackmore starrten besorgt nach achtern, wo der angeschlagene Spanier rollte. Riggteile hingen ihm über die Seite, während er nach Steuerbord herumschwang. Wenn der spanische Kommandant schnell reagierte, konnte er *Cyclops* jetzt der Länge nach bestreichen, ihr eine ganze Breitseite in das empfindliche Heck jagen. Die Kugeln würden auf ihrem Weg durch die überfüllten Decks Fürchterliches anrichten. Es war der Alptraum jedes Kommandanten, so beharkt zu werden, insbesondere von achtern, wo die verletzlichen Heckfenster den feindlichen Kugeln keinen Widerstand bieten konnten.

Die treibenden Riggteile zogen den Spanier herum. Eine seiner Backbordkanonen feuerte, und Splitter spritzten über das Achterdeck der *Cyclops*. Jedenfalls hatte jemand drüben die Gelegenheit erkannt.

Cyclops luvte an, um auf Parallelkurs zu kommen, aber ihr Besansegel barst unter dem Beschuß, dann ging die Kreuzmaststenge über Bord, und *Cyclops* verlor die Stütze, derer sie bedurft hätte, damit auch das Heck herumschwang.

Es war eine vergleichsweise kümmerliche Breitseite gewesen,

aber ihre Wirkung war nicht weniger tödlich als die der Briten. Obwohl schon fast eine Viertelmeile entfernt, hatte der Feind mit erschreckendem Erfolg zurückgeschlagen. Während Kapitän Hope mit Devaux den Schaden besichtigte, kam der Warnruf: »An Deck! Brandung in Lee!«

Die britische Fregatte war durch den Verlust der achteren Segel ihrer Manövrierfähigkeit beraubt. Auf dem Achterdeck gab es besorgte Gesichter. Die Offiziere schauten nach oben. Der Kreuzuntermast stand noch, er war etwa sechs Fuß unter seinem Topp gebrochen. Riggteile hingen über die Backbordseite und zogen das Schiff in diese Richtung, während der Sturm in den Vorsegeln es weiterhin unerbittlich auf die Untiefe von St. Lucar zuschob. Äxte waren schon im Einsatz, um die Whuling zu klarieren.

Hope sah eine Chance und ließ das Ruder hart überlegen, um die Drehung nach Backbord zu vollenden. Devaux blickte voraus und dann den Kommandanten an.

»Lassen Sie das Kreuzsegel setzen, ein neues Besansegel anschlagen und das Vormarssegel aufgeien!« befahl dieser ihm knapp. Der Erste Offizier rannte nach vorn und rief dabei nach den Toppsgasten, nach jeder Hand; er zog die Mannschaften der Oberdeckkanonen mit sich und schickte Bootsmannsgehilfen in verschiedene Richtungen aus...

Männer eilten in die Takelage, verschwanden unter Deck, flitzten und hasteten unter den sich überschlagenden Anweisungen des Ersten.

»Wheeler, lassen Sie Ihre Seesoldaten die Bagienrah brassen!«

»Aye, aye, Sir!«

Wheelers Männer stampften mit den Brassen längs Deck, als die Toppsgasten das Segel ausschütteten. Ein Steuermannshelfer löste die Luvschot und holte sie mit Hilfe eines anderen durch, während zwei oder drei Matrosen unter Leitung eines Bootsmannsgehilfen die Geitaue und Gordings lösten. Das große weiße Segel explodierte förmlich im Mondlicht. Es schlug wild im Sturm, dann straffte es sich, und *Cyclops* begann zu drehen.

Von seinem Mastkorb aus konnte Drinkwater nun die Untiefe sehen: eine graue Linie voraus, etwa vier oder fünf Meilen entfernt. Dann merkte er, daß er von unten angerufen wurde: »An Vortopp!«

»Aye, Sir?« Er schaute über den Rand und sah den Ersten Offizier heraufblicken.

»Entern Sie auf und bergen Sie das Marssegel!«

Drinkwater blickte hoch und sah, daß das Vormarssegel schon einzufallen begann, da die Schoten gefiert wurden und Geitaue und Gordings es unter die Rah holten. Es schlug fürchterlich, und das Zittern des Mastes war ein Zeichen dafür, daß viele seiner Stage weggeschossen sein mußten.

Tregembo war schon in den Wanten, als Drinkwater den heimischen Mastkorb verließ, beschwingt von der irrwitzigen Erregung dieser Nacht. Als der Kampf mit dem Segel beendet war, lag Drinkwater erschöpft über der Rah. Hunger und Kälte quälten ihn. Er blickte nach Steuerbord. Die weiße Brandungslinie der Sandbank schien nun sehr nahe zu sein, *Cyclops* rollte schon im Schwell, der sich im flacheren Wasser aufbaute; aber sie segelten nun mit halbem Wind etwa parallel zur Untiefe. Die Abdrift würde sie zwar noch weiter nach Lee versetzen, aber sie hielten wenigstens nicht mehr vierkant auf die Barre zu.

Im Süden und Westen ließen dunkle Schatten und Blitze erkennen, wo die beiden Flotten kämpften. Nahebei – nun an Backbord – rollte die spanische Fregatte, quer zum Wind und zur See liegend. Sie trieb in Richtung Untiefe.

Eine Gruppe pulvergeschwärzter, erschöpfter Männer vom Batteriedeck mühte sich, den Reservebesan an Deck zu ziehen. Die lange harte Segeltuchwurst schlängelte sich aus der Last. Dreizehn Minuten später stieg das neue Segel an den unbeschädigten Spieren hoch.

Cyclops war wieder unter Kontrolle. Das Kreuzsegel wurde geborgen, die Schoten der Vorsegel wurden gefiert. Ihr Bugspriet zeigte wieder in Richtung Untiefe, als Hope halsen ließ, um mit Steuerbordhalsen zu dem immer noch hilflos rollenden Spanier zurückzusegeln.

Die britische Fregatte lief vor dem Wind, dann schwang ihr Bugspriet von der Untiefe weg. Der Wind kam zunächst über das Steuerbordachterschiff ein, dann von dwars. Die Rahen wurden angebraßt, die Vorsegel dichtgeholt. Der Wind heulte über den Steuerbordbug, stärker nun, da sie gegenan liefen. *Cyclops* setzte in eine See ein, und ein Gischtschauer überschüttete sie. Halbnackte Kanoniere eilten unter Deck zu ihren Waffen.

Hope gab Befehl, *Cyclops* wieder ins Gefecht zu führen; sie näherten sich dem Widersacher, ihn langsam in Lee lassend.

Die Kanonen donnerten wieder, und der Spanier feuerte zurück. Devaux fragte Blackmore, das Krachen überschreiend: »Warum ankert er nicht?«

»Damit wir mit Halbwind vor ihm auf und ab segeln und ihn beharken können?« höhnte der ältere Mann.

»Was bleibt ihm aber anderes übrig? Außerdem können wir nicht beliebig lange hier herumhängen. Was wir brauchen, ist Luvraum . . .«

Hope hatte zugehört. Von der unmittelbaren Gefahr befreit, nun da er sein Schiff wieder unter Kontrolle hatte, irritierte ihn diese Unterhaltung.

»Ich möchte Sie dringlichst ersuchen, jenes Schiff zu bekämpfen, Mr. Devaux, und *mir* die taktischen Entscheidungen zu überlassen.«

Devaux verstummte. Er blickte mürrisch zu dem Spanier hinüber und wurde von Hopes nächstem Befehl überrascht: »Geben Sie eine Schlepptrosse aus der achtersten Stückpforte, schnell Mann, schnell!« Zuerst verstand Devaux nicht, dann brach der Mond wieder hervor, und der Blick des Ersten folgte Hopes zeigender Hand: »Sehen Sie!«

Das Rot und Gold Kastiliens war vom Heck verschwunden, die spanische Fregatte hatte die Flagge gestrichen.

»Feuer einstellen! Feuer einstellen!«

Cyclops' Kanonen verstummten, als sie am Feind vorbeistampfte. Die Kanoniere brachen nach der Anstrengung fast zusammen, aber Devaux war, jeden Widerspruch vergessend, schon wieder unter ihnen und trieb sie zu weiteren Taten an. Er brüllte Befehle, und Bootsmannsgehilfen schwangen ihre Tauenden. Die Nachricht, daß sich der Spanier ergeben hatte, verbreitete sich blitzschnell. Die Mattigkeit schwand im Nu, denn wenn das Schiff vor der Strandung gerettet werden konnte, war es ihre Prise.

Sogar der aristokratische Devaux verstand die Habsucht seines Kommandanten. Die Chance, sein armseliges Erbteil zu mehren, wollte er mit Eifer nutzen. Er ertappte sich dabei, daß er hoffte, *Cyclops* möge keinen zu schweren Schaden angerichtet haben . . .

Auf dem Achterdeck ließ Kapitän Hope die Vorhaltungen des Navigators über sich ergehen. Er war die einzige Person, die das Recht hatte, den Entscheidungen des Kommandanten zu widersprechen. Aus der Sicht des Navigators protestierte Blackmore energisch gegen das gefährliche Manöver, mit dem die Fregatte in

Schlepp genommen werden sollte, nicht mehr als zwei Seemeilen von einer gefährlichen Untiefe entfernt.

Aber die Anstrengungen der Nacht hatten die Männer unterschiedlich belastet. Wovon sich Blackmore verbittert abwandte, das war für Hope eine letzte Gelegenheit. Viele verlorene Jahre lang hatte er auf solch eine fette Prise gehofft, deshalb opferte er seine Vorsicht der Versuchung. Nach einem Leben im Dienst, das ihm konsequent alle Illusionen geraubt hatte, hielt das Schicksal nun einen Geldpreis von enormer Größe für ihn bereit. Dazu mußte er nur das Fachwissen anwenden, das die Jahre auf See ihn gelehrt hatten.

»Lassen Sie bitte halsen, Mr. Blackmore!« Der Kommandant drehte sich um und stieß gegen eine kleine Gestalt, die erschreckt zurückfuhr.

»Ent... Entschuldigung, Sir.« Drinkwater war aus dem Mastkorb niedergeentert, nun salutierte er.

»Was gibt's?«

»Das Flach ist eine Meile in Lee, Sir.«

Eine Minute lang studierte Hope das junge Gesicht; er sah einen Hoffnungsschimmer. »Danke, Mr. äh...«

»Drinkwater, Sir.«

»Richtig. Bleiben Sie bei mir; mein Läufer ist gefallen.« Der Kommandant zeigte auf die Überreste des zwölfjährigen Fähnrichs. Der Anblick des kleinen, zerbrochenen Körpers ließ Drinkwater schwindlig werden. Ihm war kalt, außerdem hatte er Hunger. Aber er wußte, daß die Fregatte vor dem Wind zu dem zerschossenen Spanier lief.

»Der Erste Offizier ist im Batteriedeck. Sehen Sie nach, wie weit er mit seinen Vorbereitungen ist.«

Verständnislos eilte Drinkwater nach unten. Im düsteren Batteriedeck herrschte betriebsame Ordnung. Hundert Kanoniere mannten eine riesige Trosse nach achtern. Drinkwater entdeckte den Ersten Offizier ganz hinten und lieferte seine Frage ab. Devaux grunzte und befahl dann, über seine Schulter blickend: »Folgen Sie mir!«

Sie rannten beide zum Achterdeck zurück. »Wir sind nahezu fertig, Sir«, meldete Devaux, auf den Kommandanten zuschreitend. Er zog seinen Degen, schnitt das Logscheit von der Leine ab und rief Drinkwater heran.

»Schieß das klar zum Laufen auf, junger Spund.« Er deutete auf die lange Logleine, die aufgerollt in ihrem Korb lag. Einen Augenblick stand der Junge unschlüssig davor, dann begann er, die Leine aufzuschießen, wie er es von Tregembo gelernt hatte.

Devaux trieb eine Gruppe Matrosen an, die eine Rolle vierzölliger Leine nach achtern brachten. Er beugte sich über die Heckreling, jemandem unten zuschreiend und ein Ende der Leine schwingend. Schließlich wurde das Ende ergriffen, nach innen gezogen und an der schweren Trosse angesteckt. Devaux richtete sich auf. Ein Seemann nahm die Logleine und befestigte sie an der vierzölligen Leine.

Devaux schien zufrieden. »Banyard«, sagte er zu dem Matrosen, »du wirfst die Leine zum Spanier hinüber, sobald ich's sage.«

Cyclops näherte sich der verkrüppelten Fregatte. Sie erschien Drinkwater unglaublich groß, wenn sie sich auf den Wellen 15 bis 20 Fuß über ihnen auftürmte. Ihr Bugspriet hob und senkte sich, schabte an *Cyclops'* Bordwand entlang, bis sie auf ihrer Back Gestalten ausmachen konnten. Wenn der Besan jetzt wieder zerriß, war *Cyclops* verloren, denn dann wurde sie manövrierunfähig und mußte vor dem Sturm abfallen. Der Bugspriet zeigte wieder nach oben, krachte dann nach unten, als die Fregatte in ein Wellental fiel. Er traf die Heckreling von *Cyclops* und wurde dort einen Augenblick festgehalten; dann befreite er sich mit einem splitternden Geräusch. Auf ein Signal von Devaux hin warf Banyard die Leine flink hinüber, sie verfing sich in den Schnitzereien des Bugspriets, der immer noch auf das Heck des Briten zeigte.

»Mir nach, Junge!« rief Devaux. Damit packte er die Spiere und zog sich mit stoßenden Beinen auf diese herauf. Ohne nachzudenken, getrieben von der Macht des Befehls, folgte ihm Drinkwater. Unter ihnen driftete *Cyclops* vorbei und achteraus.

Der Wind riß an Drinkwaters Rockschößen, als er vorsichtig hinter Devaux auf der Spiere an Bord rutschte. Herumhängende Riggteile boten ihnen genug Halt, und es dauerte nicht lange, dann stand er mit seinem Vorgesetzten auf der Back des Spaniers.

Ein aufgeputzter Offizier machte einen Kratzfuß vor Devaux und reichte ihm seinen Degen. Aber der Erste – ungeduldig angesichts der Untätigkeit der Spanier – ignorierte ihn. Er machte dem Offizier, der die Wurfleine angenommen hatte, ein Zeichen, worauf einige Seeleute die vierzöllige Leine einholten. Der Mond kam wieder hervor, und Devaux wandte sich an Drinkwater. Er nickte in Richtung des sich immer noch nachdrücklich verbeugenden Spaniers. »In Gottes Namen, nehmen Sie den Degen, aber geben Sie ihn gleich wieder zurück – wir benötigen ihre Hilfe.«

So nahm Nathaniel Drinkwater die Kapitulation der Achtunddreißig-Kanonen-Fregatte *Santa Teresa* entgegen. Es gelang ihm, auf dem stampfenden Deck eine ungeschickte Verbeugung zu machen, und so elegant wie möglich gab er die Waffe wieder zurück. Das Mondlicht funkelte auf der blanken Toledoklinge.

Devaux rief wieder: »Männer! Hombres!« Die vierzöllige Leine war jetzt an Bord gekommen, und das Gewicht der dicken Schlepptrosse zog schon daran. Mit wilder Gestik und Mimik drängte Devaux die niedergeschlagenen Spanier zur Aktivität. Er deutete nach Lee: »Muerto! Muerto!«

Das verstanden sie.

In Luv vor ihnen wendete *Cyclops*. Es war lebenswichtig, daß die Schlepptrosse in wenigen Sekunden belegt wurde. Die vierzöllige Leine spannte sich, denn die dicke, zehnzöllige Trosse hatte sich beim Aufhieven unter dem Bug der *Santa Teresa* verhakt.

»Hievt!« brüllte Devaux, außer sich vor Aufregung. *Cyclops* würde den Zug der Trosse spüren und dadurch vielleicht nicht durch den Wind auf den anderen Bug gehen können ...

Plötzlich kam die Trosse mit einem Ruck an Deck. Die treibende Lose wurde an Bord gespült, als der Bug von *Santa Teresa* in ein tiefes Wellental fiel.

Drinkwater war erstaunt. Wo sie eben noch so wild gerollt hatten, waren die Seen nun harmlos an der Bordwand gebrochen. Irgend etwas mußte nicht stimmen. Er blickte sich um. Die See leuchtete weiß im Mondlicht und brach sich wie an einem Strand. Sie waren in der Brandung von St. Lucar! Über dem Geheul des Windes, dem Schreien der spanischen Offiziere dröhnte der Donner des Atlantiks, der sich auf die Sandbank warf – ein tiefes, furchteinflößendes Rumoren.

Devaux mühte sich schwitzend mit dem Ende der zehnzölligen Trosse.

»Lassen Sie eine Kanone abfeuern, schnell!« befahl er.

Drinkwater zeigte auf eine Kanone, machte eine beschreibende Handbewegung und sagte: »Bäng!«

Die Matrosen verstanden, schnell war eine Kartusche geladen. Drinkwater ergriff den Luntenstock, der Schuß löste sich. Ängstlich spähte er zu *Cyclops* hinüber. Mehrere Spanier starrten entsetzt nach Lee. »Dios!« sagte einer, sich bekreuzigend. Andere taten es ihm nach.

Devaux atmete langsam auf, denn *Cyclops* hatte erfolgreich gewendet. Die Leine hob sich aus dem Wasser und wurde steif. Es quietschte, und Drinkwater schaute zu *Santa Teresas* Vormast, wo Devaux einen Rundtörn genommen und die Schleppleine beigelascht hatte. Weitere Laschings wurden von den Matrosen aufgesetzt. Die *Santa Teresa* zitterte – als Folge des Schleppens, oder hatte sie Grundberührung? *Cyclops'* Heck stampfte auf und nieder. Die Leine war in der Dunkelheit nicht sichtbar, doch sie blieb belegt, und *Santa Teresa* begann, in den Wind zu drehen. Sehr langsam schleppte *Cyclops* ihren ehemaligen Widersacher nach Südwesten, einen Fuß nach Luv gewinnend für jeden Meter, den sie nach Süden zurücklegte.

Devaux drehte sich zu Drinkwater herum und schlug ihm auf den Rücken. Auf seinem Gesicht erschien ein jungenhaftes Grinsen.

»Wir haben es geschafft, Junge! Bei Gott, wir haben es geschafft!«

Drinkwater sank langsam an Deck nieder, die Bewußtlosigkeit völliger Erschöpfung hüllte ihn ein.

FÜNFTES KAPITEL

Februar–April 1780

Das Böse im Menschen

Rodneys Flotte lag in der Bucht von Gibraltar vor Anker und reparierte ihre Schäden nicht ohne Befriedigung, umgeben von den Beweisen ihres Sieges: die spanischen Schiffe, welche die britischen Farben über ihren eigenen fuhren.

Die Schlacht hatte Don Juan de Langaras Geschwader aufgerieben. Vier Linienschiffe hatten bis Mitternacht die Flaggen gestrichen. Der Admiral auf *Fenix* hatte sich Rodney ergeben, aber *Sandwich* hielt den Druck aufrecht. Gegen zwei Uhr am Morgen des Siebzehnten überholte sie die kleinere *Monarcha* und zwang sie mit einer fürchterlichen Breitseite, ihre Flagge zu streichen. Zu dieser Zeit – *Cyclops* bemühte sich, die *Santa Teresa* freizuschleppen – operierten beide Flotten schon im Flachwasserbereich.

Zwei Siebzig-Kanonen-Schiffe, die *San Julian* und die *San Eugenio,* liefen hilf- und rettungslos auf Grund, wobei entsetzliche Verluste an Menschenleben zu beklagen waren. Den übrigen, Spaniern wie Briten, gelang es, sich nach Luv zu schummeln.

Im Durcheinander, das beim Sichern der Prisen entstand, entkamen ein spanisches Linienschiff und die andere spanische Fregatte. Mit Ausnahme der *San Domingo* und der Entkommenen war Langaras gesamtes Geschwader in Rodneys Hände gefallen: ein harter Schlag für den maritimen Stolz der Spanier, der schon verletzt worden war, als spät im Jahr zuvor die westindischen Schatzschiffe von britischen Freibeutern abgefangen worden waren.

Nun lagen die großen Schiffe friedlich vor Anker. *Fenix* sollte in *Gibraltar* umgetauft werden, und auch andere sollten für die britische Marine angekauft werden. Ihre Anwesenheit besserte die Moral von General Elliotts schwer unter Druck stehender Garnison erheblich und zwang die Belagerer, innezuhalten und nachzudenken. Nach der Flotte war auch der Geleitzug wohlbehalten eingetroffen, und das Heer bewirtete nun die Kameraden von der Marine. Fähnriche jedoch, zumindest jene auf *Cyclops,* dinierten weiterhin an Bord, mit Hartbrot, Erbsenbrei und Salzfleisch.

Während ihres Aufenthalts in Gibraltar wurde *Cyclops* ein glückliches Schiff. Sie hatte ein Flottentreffen ehrenvoll bestanden, und diese Erfahrung machte aus der Mannschaft eine verschworene Gemeinschaft. Die Verluste waren leicht gewesen: vier Tote und einundzwanzig Verwundete, zumeist verursacht durch Splitter und herabfallende Riggteile. Morgens, wenn die Männer an Deck kamen, suchte jeder mit den Augen zuerst die *Santa Teresa.* Die spanische Fregatte war ihr ureigener Ehrenpreis.

Die Männer reparierten die Schäden an *Cyclops* mit Begeisterung, und dies war auch eine Aufgabe, die Drinkwater faszinierte. Die Grundlagen der Seemannschaft, die er sich schon angeeignet hatte, wurden nun durch die Techniken des Maststellens und Aufriggens erweitert. Als Leutnant Devaux dann sein Augenmerk auf die *Santa Teresa* richtete, wurden Drinkwaters Kenntnisse noch weiter vertieft. Der Erste Offizier hatte nach ihren gemeinsamen Erlebnissen auf der gekaperten Fregatte Gefallen an Drinkwater gefunden, in dem er einen eifrigen und intelligenten Schüler fand – wenn sein Magen gefüllt war.

Cyclops' Mannschaft sparte mit keiner Anstrengung, um so viele Schäden wie möglich zu beseitigen, die ihre Kanonen verursacht hatten; das Schiff sollte sich in möglichst gutem Zustand dem Prisengericht präsentieren. Unter dem Vorsitz von Rodneys Vizeadmiral Adam Duncan veranstaltete dieses hochgestellte Gremium vorläufige Besichtigungen der Prisen, bevor die noch brauchbaren Schiffe nach England entlassen wurden. Bis diese Untersuchung vorüber war, arbeiteten die Männer mit wilder Energie.

Die harte Arbeit brachte es mit sich, daß die Fähnriche oft abwesend und kaum jemals alle gleichzeitig an Bord waren. Zum ersten Mal fühlte sich Drinkwater verhältnismäßig frei von Morris' Einfluß. Eingespannt, wie sie alle waren, ergab sich für den älteren Fähnrich kaum eine Gelegenheit, seine jüngeren Kameraden zu schikanieren. Die Aussicht auf enorme Prisengelder erzeugte bei allen eine beschwingte Stimmung, und sogar der verdrehte Morris fühlte etwas von dieser allgemeinen guten Laune. Doch dann war mit einem Schlag Drinkwaters Schonfrist vorbei.

Cyclops lag nun seit elf Tagen in der Bucht von Gibraltar. Die Reparaturen waren beendet, die Arbeiten auf *Santa Teresa* fast abgeschlossen. Die Spieren waren alle vorbereitet, und es wurde Zeit, ihre neuen Marsstengen zu montieren. Devaux hatte nahezu die gesamte Mannschaft auf die *Santa Teresa* mitgenommen, um das Hieven und Holen zu erleichtern. Toppsgäste und Deckshände, Seesoldaten, Kanoniere, Vorschiffsgäste, alle waren an den sorgfältig vorbereiteten Taljen eingeteilt, um das Schiff neu aufzutakeln.

Kapitän Hope weilte mit Leutnant Keene an Land, deshalb hielt nur eine Handvoll Männer unter dem Navigator die Stellung an Bord. Die restlichen Freiwächter schliefen oder faulenzten unter Deck. Eine schläfrige Atmosphäre lag über der Fregatte. Mr. Blackmore und der Bordarzt Mr. Appleby räkelten sich auf dem Achterdeck, sich von den kürzlichen Anstrengungen erholend.

Drinkwater war mit dem Beiboot ausgeschickt worden, um ständige Befehle an etwa ein Dutzend Transporter zu überbringen, die auf der äußeren Reede lagen. Diese Schiffe waren für Port Mahon bestimmt, und *Cyclops* würde sie eskortieren. Als er zu *Cyclops* zurückkehrte, kam er an der *Santa Teresa* vorbei. Der Klang von O'Malleys Fiedel drang über das ruhige Wasser, die schweren Taljen quietschten unter dem Gewicht zweier Spieren, die an den neu gesetzten Masten aufgeheißt wurden. Drinkwater winkte Fähnrich Beale zu, als seine Barkasse das Heck der Fregatte rundete. Das Gelb und Rot der spanischen Flagge streifte die Köpfe der Ruderer, wie sie da so trostlos schlaff unter den britischen Farben herunterhing. Drinkwater legte die Barkasse an die Großrüsten von *Cyclops*.

Mr. Blackmore nahm seine Meldung lustlos zur Kenntnis, und danach ging Drinkwater unter Deck. Er hatte halbwegs gehofft, Morris oben vorzufinden, damit er mit ihm nicht in der Messe zusammentreffen mußte. Seine Abneigung gegen Morris war so tief, daß er lieber wieder an Deck gegangen wäre, als in seiner Gegenwart unten zu bleiben. Morris umgab eine undefinierbare Ausstrahlung, die Drinkwater als abstoßend empfand, ohne eine Erklärung dafür zu wissen.

Im Zwischendeck war es dämmrig und fast still; das Knistern der Balken überhörte Drinkwater. Ein paar Männer saßen an Messetischen, die zwischen den Kanonen aufgeschlagen waren, faulenzten und redeten. Einige schliefen in ihren Hängematten, andere sahen Drinkwater mit müßiger Neugier nach. Aber dann stieß einer, ein fuchsgesichtiger Mann namens Humphries, seinen Nachbarn an. Der große Toppsgast drehte sich herum, aber Drinkwater entging die Bosheit, die in Threddles Augen aufglomm.

Drinkwater stieg ins Orlopdeck hinab und wandte sich nach achtern, wo hinter einer Segeltuchwand die »jungen Herren« der Fregatte wohnten, blind gegen die Drohung, die in der Luft lag. Im Orlopdeck herrschte Dunkelheit, nur unterbrochen von vereinzelt an der Decke schwingenden Laternen, die in der schlechten Luft schwach glühten. Drinkwater erreichte die Leinwandklappe, die von den Fähnrichen als Tür bezeichnet wurde.

Er hielt inne, als sei er gegen eine Wand gelaufen. Zuerst verstand er gar nichts. Dann überflutete ihn die Erinnerung an ähnliche, flüchtig erblickte Szenen. Mit einem Schlag und einem instinktiven Rühren in seinen Lenden traf ihn die volle Erkenntnis.

Er fühlte Übelkeit in sich aufsteigen.

Morris stand, von den Hüften abwärts nackt, über dem hübschen jungen Seemann vom Großmastkorb, der sich über die Seekiste eines Fähnrichs beugte. Es gab keinen Zweifel, was hier vorging.

Einige Sekunden verharrte Drinkwater wie angenagelt und sah den atemlosen Anstrengungen Morris' zu. Dann gewahrte er die Initialen auf der Seekiste: »N. D.« Er drehte sich um und rannte davon, stolperte durch das Orlopdeck, voll Sehnsucht nach der kühlen Frische des Oberdecks.

Aber er rannte vierkant in Threddle hinein, der ihn zurückstieß. Drinkwater taumelte, und bevor er sich fassen konnte, zogen ihn Threddle und Humphries nach achtern. Drinkwater wehrte sich voll panischer Angst gegen das Betreten der gräßlichen Unterkunft, doch Threddle schleuderte ihn vorwärts, und er fiel auf den Rücken. Minutenlang hielt er die Augen krampfhaft geschlossen, dann zwang ihn ein Tritt in die Nieren, sie zu öffnen. Wieder völlig bekleidet, stand Morris über ihm. Threddle und Humphries hielten sich hinter dem Fähnrich. Der hübsche Matrose kauerte in einer Ecke und weinte.

»Was sollen wir mit ihm anstellen, Mr. Morris?« fragte Humphries. Seine Augen glitzerten, als er die Möglichkeiten überdachte. Morris musterte Drinkwater mit verschleierten Augen. Er leckte sich die Lippen, während er diese neue Gelegenheit erwog. Aber vielleicht schreckte ihn etwas in Drinkwaters Ausdruck, möglicherweise war auch sein Verlangen im Moment gestillt, oder er fürchtete die Gefahr, entdeckt zu werden. Jedenfalls kam er schließlich zu einer Entscheidung und beugte sich über Nathaniel.

»Falls«, Morris betonte das Wort, »falls du auch nur ein einziges Wörtchen zu jemandem sagst, werden wir dich töten. Es ist sehr einfach – ein Unfall, du verstehst? Oder vielleicht möchtest du lieber, daß dir unser Freund Threddle hier«, der Matrose drängte sich vor, eine Hand an die Gürtelschnalle legend, »zeigt, was man unter Bumsen versteht?«

Drinkwaters Mund war trocken. Er schluckte mühsam.

»Ich . . . Ich verstehe.«

»Dann scher dich an Deck, wo du hingehörst, Speichellecker!«

Drinkwater floh. Die Normalität des Lebens oben schockierte ihn. Als er in der Kuhl ankam, trat Tregembo auf ihn zu und musterte ihn mit einem sonderbaren Blick, aber der Fähnrich war zu verstört, um es zu bemerken.

»Mr. Blackmore fragte nach Ihnen, Sir«, meldete Tregembo.

Drinkwater ging mit klopfendem Herzen nach achtern und versuchte, seine zitternden Gliedmaßen unter Kontrolle zu bringen.

Eine Woche später war die Festung von Gibraltar wieder eng von den belagernden Spaniern eingeschlossen. Rodney hatte die Truppentransporter weiter nach Menorca geschickt und ließ die Einheiten der Kanalflotte unter Konteradmiral Digby in die heimischen Gewässer zurücksegeln. Die bereits leeren Transporter waren ihnen gefolgt. Und nachdem er seine Aufgabe erfüllt hatte, war der Admiral mit Verstärkungen für Westindien weitergesegelt.

Von Gibraltar nach Port Mahon auf den Balearen sind es fünfhundert Meilen. Die kurze Wetterberuhigung war vorbei, der Levante blies ihnen in die Zähne, als *Cyclops* und *Meteor* versuchten, Ordnung unter den Truppentransportern und Versorgungsschiffen zu halten. Der Geleitzug kämpfte sich Kreuzschlag auf Kreuzschlag mühsam nach Luv. Zuerst hielten sie reichlich nach Süden, um den ungünstigen Strom an der spanischen Küste und das Inselchen Alboran zu meiden, dann, nach genug Ost, hielten sie nach Norden, bis die schneebedeckten Gipfel der Sierra Nevada zu sehen waren und Kap Gata gerundet werden konnte. Als mehr Seeraum zur Verfügung stand, zerfiel der Konvoi, und der Geleitschutz hatte alle Mühe, seine Schäfchen beisammen zu halten.

Das Wetter verschlechterte sich. *Cyclops* war ein Jammertal. Feuchtigkeit hing in jedem Winkel des Schiffes, Pilze wuchsen an den nassen Stellen. Die Niedergänge waren verschalkt, aber durch die geschlossenen Stückpforten leckte das Wasser, so daß die Bilgen ständig gelenzt werden mußten. Der Mangel an Ventilation füllte die Wohnräume mit einem fauligen Gestank, der den Männern den Atem stocken ließ, wenn sie unter Deck kamen. Unaufhörlich löste eine Wache die andere ab – vier Stunden Dienst, vier Stunden Freiwache. Das Kombüsenfeuer ging aus, und nur die tägliche Ration Grog und die Furcht vor der Peitsche hielt die Männer aufrecht. Aber trotzdem kam es zu hitzigen Temperamentsausbrüchen, Raufereien waren an der Tagesordnung und viele Namen wurden ins Bestrafungsbuch eingetragen.

Die Lage entspannte sich auch nicht, als *Meteor* signalisierte, daß sie den Konvoi nach Port Mahon hinein begleiten würde, während *Cyclops,* vor der Küste kreuzend, das Löschen der Schiffe abwarten sollte. Obwohl der Kommandant von *Meteor* nur halb so alt war wie Hope, hatte er den höheren Dienstrang. Und seine Schwäche für guten Wein, dunkelhaarige Damen und Tafelfreuden war bekannt. Daher war es *Meteor,* die an einer Boje im Lazaretto Reach festmachte und *Cyclops,* die hart heruntergerefft vor der Küste auf und ab patrouillierte und Ausguck nach spanischen Fregatten hielt.

Am vierten Tag, nachdem der Geleitzug sicher in Port Mahon eingelaufen war, ging Humphries über Bord. Keiner hatte es beobachtet, er fehlte einfach bei der routinemäßigen Musterung, und eine Durchsuchung des Schiffes verlief ergebnislos. Als Drinkwater davon hörte, packte ihn plötzlich die Angst. Morris bedachte ihn mit einem bösartigen Blick.

Am siebten Tag begann sich das Wetter zu beruhigen. Aber die See ersetzte wie üblich das eine Übel nur durch ein anderes, womöglich größeres. Denn gegen Abend schlief der Wind völlig ein und ließ *Cyclops* in einer Dünung aus Südost fürchterlich rollen.

So blieb das Chaos ein treuer Begleiter der Fregatte und machte Fähnrich Drinkwaters Elend voll. Irgendwie erschien ihm das Glücksgefühl, das er in Gibraltar empfunden hatte, völlig unwirklich, ohne Hintergrund. Er fühlte, daß ihn seine eigene treuherzige

Naivität betrogen hatte. Morris' Schmutzigkeiten und seine perversen Busenfreunde aus dem Unterdeck schienen ihm das Schiff zu infizieren wie die Feuchtigkeit und der widerliche Gestank. Für ihn verband sich dies so eng mit dem Gestank übelriechender Körper in beengten, ungelüfteten Räumen, daß er auch später nie diesen Geruch in die Nase bekommen konnte, ohne verschwommen an Morris zu denken. Die Sache hatte einen Namen, Morris hatte ihn mit Stolz benutzt. Aber die konkrete Erinnerung ließ Drinkwater in Schweiß ausbrechen. Er sah überall Anzeichen dafür, obwohl in Wahrheit nur ungefähr ein Dutzend der zweihundertsechzig Männer homosexuell war. Doch für Drinkwater, der vom Fieber der Pubertät geschüttelt wurde, stellten sie eine Bedrohung dar, genährt durch Morris' fortgesetzte Tyrannei und die seiner Handlanger, des Schwergewichts Threddle und seiner Kumpane.

Drinkwater begann, in einem Kokon aus Angst zu leben. Er rang unschlüssig mit sich, hätte das unheilvolle Wissen, das er mit sich herumtrug, gern mit jemandem geteilt.

Endlich von schlechtem Wetter verschont, kreuzte *Cyclops* eine Woche unter angenehmen Bedingungen. Leichte bis frische Winde und wärmere Brisen ließen den März in den April übergehen. Die Fregatte roch besser, als frische Luft durch die Mannschaftsquartiere wehen konnte, und die Räume wurden mit reichlich Essigwasser geschrubbt. Devaux ließ die Decksbauern und Landratten malen und lackieren, bis die Wassergräben karmesinrot glänzten, die hölzernen Täfelungen auf dem Achterdeck strahlten und die Messingbeschläge in der Frühlingssonne funkelten.

Am letzten Märzsonntag hatte Kapitän Hope anstelle des Gottesdienstes die Kriegsartikel verlesen. Drinkwater stand inmitten der anderen Fähnriche, als Hope den grimmigen Katechismus der Admiralität anstimmte. Er fühlte, wie er rot wurde, über seine eigene Schwäche beschämt, als Hope den 29. Artikel verlas:

»Wer in der Flotte das unnatürliche und verabscheuungswürdige Verbrechen der Päderastie oder Sodomie mit einem Mann oder Tier begeht, soll mit dem Tode bestraft werden...«

Drinkwater biß sich auf die Lippen und beherrschte nur mit großer Anstrengung die in seinen Eingeweiden wühlende Furcht. Er mied die Blicke jener, von denen er wußte, daß sie ihn jetzt anstarren würden.

Nach der bedrückenden Erinnerung an die Macht, die in den

Händen des Kommandanten lag, mußten die Mannschaften einem Strafvollzug beiwohnen. Während der vergangenen Schlechtwetterperiode waren zwei Männer als permanente Missetäter aufgefallen. Zwar war Hope kein boshafter Kommandant, und Devaux, mit seinem schlichten aristokratischem Vertrauen, daß man ihm zu gehorchen hätte, drängte nie persönlich auf strikte Bestrafung, da er doch die Lässigkeit so bevorzugte. Er war zufrieden, wenn die Bootsmannsgehilfen das Schiffsvolk von *Cyclops* zur Pflichterfüllung anhielten. Aber diese beiden Männer hatten eine private Vendetta angezettelt, und weder der Kommandant noch der Erste Offizier konnten das durchgehen lassen.

Eine Trommel dröhnte, die Seesoldaten stampften in Hab-acht-Stellung, als die Gräting an den Großmastwanten befestigt wurde. Ein Mann wurde aufgerufen. Bevor er sein Urteil fällte, hatte Hope vergebens versucht, die Gründe für den Streit herauszufinden. Das Unterdeck hielt sein eigenes Gericht und wahrte seine Geheimnisse. Der Mann trat vor, zwei Bootsmannsgehilfen ergriffen ihn und laschten seine Handgelenke an die Gräting. Ein Stück Leder wurde in seinen Mund gepreßt, damit er sich nicht die Zunge durchbiß. Es war Tregembo.

Unter Trommelwirbel schwang ein dritter Bootsmannsgehilfen die geschmeidige neunschwänzige Katze und zog Tregembo das erste Dutzend über; dann übernahm ein anderer das zweite und ein weiterer das dritte Dutzend. Nachdem ein Eimer Wasser über den Unglücklichen gegossen war, wurde er losgeschnitten. Mit einigen Schwierigkeiten schwankte Tregembo zurück auf seinen Platz zwischen den mürrischen Matrosen. Der zweite Mann wurde herausgeführt: Threddle; sein kräftiger Rücken war von früheren Auspeitschungen vernarbt, aber er steckte seine drei Dutzend ebenso tapfer ein wie Tregembo. Als er losgeschnitten wurde, stand er ohne Hilfe da, in seinen Augen glitzerten Tränen und finsterer Haß. Er blickte Drinkwater direkt an.

Der Fähnrich war von der Brutalität der Auspeitschung berührt, aber seltsamerweise hatte dieses Schauspiel ihn weniger betroffen gemacht als die klangvolle Verlesung des 29. Artikels.

Wie viele der Offiziere und Mannschaften hatte er während des Strafvollzugs an etwas anderes gedacht; er konzentrierte sich ganz auf die Reihe Feuerlöscheimer, von denen jeder sorgfältig mit dem königlichen Monogramm bemalt war. Sie schwangen im Takt der Schiffsbewegungen. Er empfand diese Einrichtung als hilfreich bei der Wiedererlangung seines inneren Gleichgewichts. Deshalb war er auf Threddles Blick nicht vorbereitet. Nun fühlte er die dunkle Welle seines Hasses beinahe körperlich. Der Fähnrich wußte nun, daß er auf geheimnisvolle Weise in die Gegnerschaft der beiden Männer verstrickt war, die sich in ständigen Prügeleien manifestiert hatte. Nur unter Schwierigkeiten vermied er eine Ohnmacht. Ein Seemann aber wurde ohnmächtig: der hübsche junge Toppsgast.

Später am Tage ging Drinkwater zu Tregembo, der unter Schmerzen an einem Spleiß arbeitete.

»Es tut mir leid, daß Sie ausgepeitscht worden sind, Tregembo«, sagte er leise. Der Mann blickte auf. Schweiß lief über seine Stirn, denn es war eine Qual für ihn, mit zuschanden geschlagenem Rücken zu arbeiten.

»Sie brauchen sich nicht zu sorgen, Sir«, antwortete er. Dann setzte er gedankenverloren hinzu: »Es hätte aber nicht so weit kommen müssen...«

Drinkwater ging weiter und sann über diese letzte, ihm unverständliche Bemerkung nach.

Später in der Nacht frischte der Wind auf. Um vier Uhr früh wurde Drinkwater zur Wache geweckt. In Richtung Niedergang stolpernd, stellte er fest, daß *Cyclops* wieder rollte und stampfte. »Sie werden in Kürze reffen«, murmelte er vor sich hin, in sein Ölzeug schlüpfend, als er an Deck trat. Die Nacht war schwarz und kalt, Spritzwasser schlug ihm ins Gesicht. Er löste Beale ab, der ihn freundlich angrinste.

Eine Viertelstunde nach vier Uhr wurde Befehl gegeben, die Marssegel doppelt zu reffen. Drinkwater enterte auf. Er dachte nicht mehr lange darüber nach, sondern nahm wie selbstverständlich seinen Platz draußen an der Rahnock ein. Nach zehn Minuten war das große Segel gerefft, und die Männer machten sich auf zu den Backstagen, um in der Dunkelheit niederzuentern. Als er von der Rahnock nach innen kam und sein Gewicht auf ein Backstag verlagerte, ergriff eine Hand sein Gelenk.

»Was, zum Teufel...?« Er wäre beinahe abgestürzt. Da tauchte ein Gesicht aus der sturmzerrissenen Dunkelheit vor ihm auf. Es war der gutaussehende Toppsgast vom Großmast, und in seinen Augen stand verzweifeltes Flehen.

»Sir! Um Christi willen, helfen Sie mir!« Drinkwater, hundert Fuß über dem schwankenden Deck schaukelnd, fühlte heftigen

Widerwillen bei der Berührung dieses Mannes. Aber trotz der Düsternis sah er Tränen in seinen Augen. Gern hätte er seine Hand befreit, aber seine unsichere Lage ließ es nicht zu.

»Ich bin keiner von ihnen, Sir, ehrlich. Sie zwingen mich dazu . . . Sie machen es mit Gewalt, Sir. Wenn ich mich weigere . . . Dann treten sie mich, Sir.«

Drinkwater fühlte den Brechreiz abklingen. »Treten? Wie meinen Sie das?« Er konnte den Mann kaum verstehen, da die Worte vom Wind nach Lee fortgerissen wurden.

»In die Eier, Sir . . .« schluchzte er. »Um Gottes willen, helfen Sie mir!«

Sein Griff löste sich. Drinkwater schwang sich weg und glitt an Deck. Für den Rest der Wache, während es im Osten dämmerte, und später, als der Tag über der See erstrahlte, wälzte er das Problem. Er sah keine Lösung. Wenn er einem Offizier über Morris Meldung machte, würde man ihm glauben? Es war eine sehr schwerwiegende Anschuldigung. Hatte nicht Kapitän Hope den 29. Artikel verlesen? Auf Sodomie stand der Tod . . . Es war eine schwere, eine schreckliche Beschuldigung, und Drinkwater wand sich unter der Vorstellung, daß er quasi das Werkzeug zur Hinrichtung eines Menschen sein sollte. Morris war schlecht, dessen war Drinkwater sicher, verdorben nicht nur durch seine perversen Neigungen. Aber er war mit dem riesigen Vollmatrosen Threddle verbündet, und wovor würde Threddle schon zurückschrecken?

Drinkwater verstrickte sich immer tiefer in seine Angst und die Unfähigkeit, dem Toppsgasten zu helfen. Er fühlte, daß er seine erste Bewährungsprobe als Offizier zu verlieren drohte . . . An wen konnte er sich nur um Rat wenden?

Da erinnerte er sich an Tregembos Bemerkung. Was hatte er gesagt? Er grub den Satz aus dem hintersten Winkel seines Gedächtnisses: »Es hätte nicht so weit kommen müssen.« Wieso hätte es nicht . . .? Was hatte Tregembo davor gesagt? »Sie brauchen sich nicht zu sorgen.« Das war es! Er, Drinkwater, sollte sich keine Sorgen machen. Zweifel überkamen ihn. Er hatte sein Bedauern ausgesprochen, daß der Seemann ausgepeitscht worden war, aber Tregembo war dafür bestraft worden, weil er Threddle bekämpft hatte. Nun sagte er, daß der Fähnrich sich keine Sorgen zu machen brauche. Tregembo mußte also etwas über die Vorfälle wissen. Hätte es nicht so weit kommen sollen, daß Drinkwater sich sorgen mußte? Würde das Unterdeck seine eigene rauhe Gerichts-barkeit ausüben? War das Urteil bereits gefällt und an Humphries vollstreckt worden?

Plötzlich fiel es Drinkwater wie Schuppen von den Augen, dabei hatte er es längst geahnt. Threddles Blick hatte ihn für seine Auspeitschung verantwortlich gemacht, und im Unterbewußtsein hatte er auch die Verantwortung für Tregembos Schmerzen über-nommen.

Er beschloß, mit Tregembo zu sprechen.

Bei der zweiten Hundewache ergab sich eine Gelegenheit dazu. Er rief Tregembo beiseite unter dem Vorwand, die Logge für Mr. Blackmore überholen zu wollen.

»Tregembo«, begann er vorsichtig, »warum haben Sie mit Threddle gekämpft?«

Tregembo schwieg einen Moment, dann seufzte er und fragte: »Warum wollen Sie das wieder aufrühren, Sir?«

Drinkwater atmete tief ein. »Wenn es sich um das dreht, woran ich denke, ist es auch eine Angelegenheit der Fähnriche, nicht nur des Unterdecks ...«

Er beobachtete, wie sich Tregembos verwirrtes Gesicht straffte, als er sich entschloß. »Ich weiß alles, Sir«, sagte er ruhig und blickte offen in Drinkwaters Augen. »Ich habe gesehen, was sie in Gibraltar mit Ihnen gemacht haben, Sir.« Nun war es an Drinkwa-ter, verlegen zu werden. »Ich wurde durch Zufall Zeuge.« Tregem-bo errötete, dann fuhr er mit entwaffnender Einfachheit fort: »Deshalb habe ich das mit Humphries erledigt.«

Drinkwater war schockiert. »Sie haben Humphries ermordet?«

»Er rutschte aus, und ich habe ein wenig nachgeholfen.« Tre-gembo zuckte die Achseln. »Auf dem Klüverbaum, Sir. Er war keinen Schuß Pulver wert«, ergänzte er, um Drinkwaters offen-sichtlichen Schrecken zu mildern.

Aber der Fähnrich verdaute die Neuigkeit nur langsam. Die Last hatte sich verdoppelt, die er zu teilen gedacht hatte. Sein Respekt vor dem Gesetz, tief verwurzelt durch seine Erziehung, hatte sich erneut als weltfremd erwiesen. Tregembos Skrupellosigkeit war eine neue Erfahrung für ihn, und sein Gesicht verriet seine Betroffenheit.

»Machen Sie sich keine Sorgen, Mr. Drinkwater. Wir sind an Schwule und ihre Intrigen gewöhnt. Die meisten Schiffe haben welche, aber wir mögen es nicht, wenn sie nicht unter sich bleiben.« Er deutete auf den hübschen jungen Matrosen, der mittschiffs eine Leine aufschoß. Dieser blickte in ihre Richtung, und in seinen Augen stand ein verzweifelter Hilferuf, als kenne er den Inhalt der Unterredung, die sechzig Fuß entfernt geführt wurde.

»Der junge Sharples ist ein guter Toppsgast, aber von ihnen eingeschüchtert worden. Wenn Sie gesehen hätten, was sie ihm angetan haben . . .« Tregembo griff in die Tasche und steckte sich ein Stückchen Kautabak in den Mund. »Er wird nicht mehr lange warten müssen«, schloß er grüblerisch.

Drinkwater blickte Tregembo nur scharf an.

»Das Unterdeck wird sich um seine Probleme kümmern, Sir, aber Mr. Morris ist Ihr Problem. Fähnrichsmessen haben gewöhnlich ihre eigene Justiz, Sir.« Tregembo machte eine Pause, während er Drinkwaters körperliche Unterlegenheit abschätzte. »Sie sind doch in der Überzahl – oder, Sir?«

Die Logleine war sauber im Korb aufgeschossen, und Tregembo erhob sich. Er ging nach vorne und berührte grüßend seine Stirn mit den Knöcheln, als er den Ersten Offizier passierte. Drinkwater blieb an der Heckreling stehen, mit starrem Blick nach achtern schauend, ohne etwas zu sehen. Er empfand keine Scham darüber, daß er allein mit Morris nicht fertig werden konnte, aber die Vorstellung stimmte ihn traurig, daß solch ein Mann nicht nur ihn und die anderen Fähnriche terrorisieren konnte, sondern auch den unglücklichen Sharples. In dieser Welt gab es so viele Dinge, die er nicht verstand, die im Widerspruch zu dem Bild standen, das ihm Bücher und Schule eingeprägt hatten. Vielleicht . . . aber nein, es war unmöglich.

Er drehte sich um. *Cyclops* lag in ganzer Länge vor ihm. Devaux und Blackmore standen am Fuß des Kreuzmastes, den Besanbaum und sein Segel über ihren Köpfen. Es war ein sehr schönes Ding, das Schiff, dieses Produkt aus menschlichem Leistungsvermögen und Eroberungswillen. Die Menschheit strebte vorwärts, in eine ungewisse Zukunft, koste es, was es wolle. Aus dieser Entschlossenheit, die so perfekt von der Fregatte verkörpert wurde, bezog Drinkwater die Kraft, das zu tun, was er als richtig erkannt hatte.

SECHSTES KAPITEL

Mai 1780

Prisengeld

Die Fregatten Seiner Britannischen Majestät *Meteor* und *Cyclops* geleiteten ihre Schutzbefohlenen in der letzten Maiwoche des Jahres 1780 nach Spithead hinein. Gerade waren Neuigkeiten von den Westindies eingetroffen: Admiral Rodney hatte am 17. April eine große Seeschlacht mit De Guichen vor Martinique geschlagen. Aber sie hatte keine Entscheidung gebracht, und es gingen Gerüchte um, daß Rodney seine Kommandanten wegen Gehorsamsverweigerung vor ein Kriegsgericht stellen wollte.

Diese Neuigkeit, obwohl für den Fortgang des Krieges von großer Wichtigkeit, war für *Cyclops'* Besatzung von zweitrangiger Bedeutung. Die ganze langweilige Reise vom Mittelmeer herauf hatte das Schiff vor Spekulationen über den Wert der Prise gesummt. Es gab niemanden an Bord, der sich nicht Luxus oder großartige Ausschweifungen erträumte, ermöglicht dank des Ankaufs der *Santa Teresa* durch die Royal Navy. Für Henry Hope bedeutete das Prisengeld Sicherheit im Alter, für Devaux den Wiedereintritt in die Gesellschaft und hoffentlich eine vorteilhafte Heirat. Männer wie Morris, Tregembo und O'Malley phantasierten von ungeahnten Besuchen in den Tempeln des Bacchus und der Aphrodite.

Aber als die beiden Fregatten und ihr leerer Geleitzug nordwärts segelten, verflog die erste Erregung. Andere Erwägungen wurden laut, zum Beispiel, wieviel klingende Münze wirklich dabei herausschauen würde, und noch wichtiger: wieviel jeder von ihnen bekommen würde. Gerüchte, Spekulationen und Mutmaßungen fluteten durch das Schiff wie Wind durch ein Kornfeld. Die vage Bemerkung eines Offiziers wurde von einem Quartermaster aufgeschnappt, ins Unterdeck weitergegeben und ließ dort die Wogen erneut hochbranden, durch nichts anderes ausgelöst als durch Wunschdenken. Erst im vergangenen Jahr hatten Fregatten wie *Cyclops* die jährliche spanische Schatzflotte aus Westindien aufgebracht. Das hatte ihre Kommandanten unwahrscheinlich wohlhabend gemacht; sogar die einfachen Seeleute hatten eine Summe von 182 Pfund erhalten. Aber es waren nicht nur Visionen von ungeahntem Reichtum, die die Gemüter der Besatzung bewegten. Als die Fregatte nordwärts zog, kamen auch andere Gerüchte in Umlauf. Vielleicht war die *Santa Teresa* von den Spaniern zurückerobert worden, die Gibraltar wieder belagerten? War sie durch Granatfeuer versenkt oder in Brand gesteckt worden?

Und wenn die Spanier sie schon nicht zurückerobern konnten, würden sie dann nicht zumindest ihre Ehre dadurch wieder herzustellen versuchen, daß sie einige der Prisen in der Bucht von Gibraltar zu zerstören trachteten? Trübsinn breitete sich auf *Cyclops* aus, und im Verlauf der Tage wurde das Thema Prisengeld immer seltener erwähnt. Als dann Kap Lizard in Sicht kam, war das Thema zum Tabu geworden. Ein merkwürdiger Aberglaube hatte Mannschaft und Offiziere ergriffen. Sie glaubten, wenn sie das Thema erwähnten, würde ihre Gier den Zorn des Schicksals herausfordern, jenes Schicksals, das ihr Leben mit solch willkürlicher Strenge beherrschte. Kein Seemann konnte, unabhängig von Stand oder Rang, der philosophischen Maxime zustimmen, daß Atropos, Lachesis oder Clotho und ihre irdischen Vertreter unparteiisch handelten. Seine eigenen Erfahrungen bewiesen ihm fortgesetzt das Gegenteil: Stürme, Schlachten, Leckagen, Entmastungen, Krankheit und Tod, höhere Gewalt, Verfügungen der Admiralität wirkten alle zusammen, um die Seefahrt unerträglich zu machen. Alle schienen nur ein Ziel zu haben, nämlich mit dem vollen Gewicht ihres Zorns den Seemann zu treffen. Entbehrungen waren ein selbstverständlicher Teil des Lebens, und schon der schiere Anschein einer goldenen Leiter zu Wohlstand und Müßiggang wurde mit tiefem Mißtrauen betrachtet.

Als dann *Cyclops'* Ankertrosse mit ihrem Buganker vor Spithead aus der Klüse rauschte, wagte es keiner mehr, den Namen *Santa Teresa* auch nur zu erwähnen. Aber als der Erste Offizier die Bootsmannschaft des Kommandanten ausrufen ließ, gab es auch keinen an Bord, dessen Herz nicht schneller schlug.

Hope war drei lange Stunden vom Schiff abwesend.

Als er schließlich zum Boot zurückkehrte, das an der Königstreppe gewartet hatte, konnte niemand von der Bootsmannschaft etwas aus seinem Gesicht ablesen. Drinkwater war Steuerer des Gigs und hatte die Aufgabe, es durch das Gewühl der Kleinfahrzeuge zu bringen, die sich im Hafen von Portsmouth drängelten. Eigentlich hatte er weniger als die anderen an das Prisengeld gedacht, denn Geld war etwas, womit er keine Erfahrung hatte. Zu Hause war immer Geld – wenig genug davon – dagewesen, und später hatte das Interesse an seinem Beruf ihn davor bewahrt, über seine Armut nachzudenken oder sich darüber klar zu werden, wie wenig er besaß. Auch waren seine bisherigen Erfahrungen mit den Begierden eher verworrene Experimente gewesen, in denen romantische Vorstellungen, bewirkt durch seine rudimentäre Bildung, hart mit der rauhen Wirklichkeit zusammenstießen. Er wußte noch nicht, daß man sich mit Geld Lust erkaufen konnte, und sein Verhältnis zum anderen Geschlecht war jugendlich zwiespältig. Außerdem fand er, vielleicht mangels anderer Ablenkungen, den Beruf des Seeoffiziers höchst interessant. Er hatte sich seit seinem ersten Bootsausflug auf den Gewässern des Spithead bemerkenswert verändert. Obwohl er wenig an Größe und Umfang zugenommen hatte, war sein Körper kräftiger geworden, seine Muskeln waren sehnig und stark, seine Hände von der harten Arbeit schwielig. Seine Gesichtszüge wirkten noch immer fein geschnitten, aber in ihnen lag nun eine Spur von Härte, von Autorität, die den weibischen Anflug verdrängt hatte. Ein dunkler Bartschatten zwang ihn zur gelegentlichen Rasur, und seine frühere Blässe hatten Wind und Wetter durch Bräune ersetzt.

Geblieben war jedoch die intelligente Eifrigkeit, die Devaux' Aufmerksamkeit erregt hatte, so daß er immer Drinkwater einteilte, wenn eine schwierige Aufgabe auf die »jungen Herren« wartete. Der Erste Offizier hatte Drinkwater auch den Ehrenplatz als Bootssteuerer des Kommandantengigs verschafft. Wenn er schon keine aufgeputzte Bootscrew zum Prahlen hatte, so sollte Hope zumindest mit einem aufgeweckten Fähnrich auffallen, der – den Dolch an der Seite – im Heck kommandierte.

Auch Blackmore hielt Drinkwater für den begabtesten seiner Schüler. Und wäre da nicht immer Morris' dunkler Schatten gewesen, hätte sich Nathaniel im Wohlwollen seiner Vorgesetzten ruhig sonnen können.

Das Gig tanzte über die Wellen. Neben Drinkwater saß in steinerner Ruhe Hope, die Fakten verdauend, die der Sekretär des Admirals ihm mitgeteilt hatte. *Santa Teresa* war als Prise angekauft worden. Das Gericht hatte unter dem Vorsitz von Konteradmiral Kempenfelt getagt. Seine Aufgabe war es gewesen, die Ergebnisse von Duncans erster Untersuchung in Gibraltar zu überprüfen. Kempenfelt und sein Prisengericht hatten entschieden, daß sie tatsächlich eine sehr gute Fregatte war, und hatten sie für die Summe von 15.750 Pfund in den Dienst übernommen. Der Anteil von Kapitän Hope würde sich auf 3.937 Pfund und 10 Shilling belaufen. Nach langen Dienstjahren mit wenig Glanz und ohne materielle Belohnung, außer seinem mageren und verspäteten Sold, hatte ihm das Glück gelacht. Er konnte es kaum glauben und betrachtete es mit dem Zynismus des Seemanns, was seinen steinernen Gesichtsausdruck erklärte.

Drinkwater brachte das Gig längsseits. Hope kletterte an Deck, und die Pfeifen zwitscherten ihren Salut. Jedermann auf dem Oberdeck unterbrach seine Arbeit, um einen Blick auf den Kommandanten zu werfen. Aber Hope ging direkt nach achtern und verschwand. Einhundertsechsundsiebzig Männer, die gerade zu diesem Zeitpunkt an Deck beschäftigt gewesen waren, erstarrten in schweigender, bitterer Enttäuschung.

Etwa eine halbe Stunde später war Drinkwater wieder mit dem Gig unterwegs und statt des Kommandanten begleitete er diesmal Mr. Copping, den Zahlmeister, an Land. Mr. Copping teilte ihm mit, daß er damit betraut sei, einige Spezialitäten für den Kapitänstisch einzukaufen, da der Kommandant am Abend ein Essen für seine Offiziere geben wolle. Außerdem überreichte er Drinkwater einen Brief in der alten, unleserlichen Handschrift Kapitän Hopes. Die Anschrift lautete: »An Seine Exzellenz Richard Kempenfelt, Konteradmiral«. Drinkwater sollte ihn überbringen, während der Zahlmeister seine Einkäufe tätigte.

Hope hatte alle seine Offiziere, den Navigator, den Stückmeister und die Fähnriche eingeladen. Auch Appleby, der Chirurg, war anwesend. Sie versammelten sich alle geräuschvoll achtern, als während der zweiten Hundewache drei Glasen angeschlagen wurden. Nur der Erste Offizier und Wheeler fehlten, sie bildeten das Empfangskomitee für den Admiral.

Als Hope impulsiv seine Einladung an den Admiral herausschickte, war er voll jugendlichen Übermuts gewesen. Aber er hatte sich beherrscht, als er Copping seine knappen Befehle gab. So hatte der Zahlmeister seinen Kommandanten in der Gewißheit verlassen, daß die schlimmsten Befürchtungen der Besatzung wahr geworden waren; sofort gab er die Parole aus, daß weiterer Optimismus verfehlt sei.

In Hopes Augen war der Admiral der wahre Urheber seines Glücks, deshalb wollte er ihm auf diese Weise seine Dankbarkeit zeigen. Kempenfelt war ein populärer Marineoffizier, dessen Brillanz weithin leuchtete in einer Zeit, in der nicht Intelligenz über die Qualifikation zum Flaggoffizier entschied. Seine Neuerungen wurden von jenen in der Flotte bewundert, die bei der Marine nicht nur einen Job oder Versorgungsposten gesucht hatten. Und für Hope war der Admiral vielleicht noch mehr. Dem Kommandanten, der seinen Rang eben dem politischen Klüngel verdankte, den er verachtete, war der Konteradmiral eine Respektsperson. In einer Zeit, da höchst elegante Lippenbekenntnisse die wahren Motive verschleierten, wollte ihm Hope ehrliche, einfache Bewunderung zollen.

Als sich seine Offiziere oben an Deck versammelten, überkamen den Kommandanten heimliche Zweifel. Fähnrich Drinkwater hatte die Zusage des Admirals mitgebracht. Der Ulk, den er mit seiner Besatzung trieb, war kindisch. Natürlich konnten sich Kommandanten gegenüber ihrer Besatzung allerhand erlauben, aber Admirale waren etwas anderes. Er war nicht sicher, was Kempenfelt denken würde . . .

Über seinem Kopf summten die Spekulationen und sickerten durch das Skylight. Die Offiziere mochten von der Entscheidung des Prisengerichts irgendwie Wind bekommen haben; das war sogar wahrscheinlich. Zweifellos verachteten sie ihn längst als einen alten Narren.

Hope wurde rot, aber er faßte sich wieder, als er den resignierten Unterton des Gemurmels oben hörte. Er lauschte aufmerksamer. Der Zweite Offizier, Mr. Price, rief gerade in seinem schwungvollen walisischen Dialekt ärgerlich: »Ich hab's ja gleich gesagt, stimmt's, Blackmore?«

Hope konnte sich den alten Navigator lebhaft vorstellen, der hier als Leidensgenosse miteinbezogen werden sollte: einen Mann, der ihm in vielem so sehr glich, daß der Kommandant die jahrelange Erfahrung nachempfand, die aus seiner Antwort sprach: »Das ist schon richtig, Mr. Price. Sie werden es nie erleben, daß Hein Mück mal einen Penny nebenbei machen kann!«

Die Worte kamen langsam und voller Autorität. Wie oft hatte

Hope diese Behauptung schon gehört und selber geäußert. Er mußte plötzlich grinsen. Zur Hölle mit allen Admiralen! Er hatte eine Überraschung für Blackmore, und sogar eine gute. Am meisten freute es ihn, daß auch der weißhaarige Navigator seinen Anteil erhalten würde.

Es klopfte, Devaux trat ein.

»Es ist alles vorbereitet, Sir. Die Barkasse des Admirals ist in Sicht.« Der Erste Offizier zögerte, offensichtlich wollte er etwas fragen. »Sir...«

Hope genoß die Verlegenheit Devauxs. Zu oft hatte ihn die selbstsichere Gewandtheit des Mannes irritiert.

»Ja, Mr. Devaux?«

»Die – die Prise, Sir?«

Hope blickte scharf auf; vielleicht ließ ihn seine Schauspielerei etwas überreagieren, aber der gewünschte Effekt wurde erzielt. Der Erste Offizier sprang in Richtung Tür wie ein vergatterter Fähnrich.

»Die Prise, Mr. Devaux, die Prise...« Hope gelang der Tonfall entrüsteten Anstands. »Sprechen Sie mir nicht von Prisen, wenn es gilt, einen Admiral zu empfangen.«

Konteradmiral Richard Kempenfelt begrüßte Kapitän Hope mit einem Lächeln. Er lüftete seinen Dreispitz in Richtung Wheelers Ehrenwache und nickte Devaux zu. Sein Blick wanderte über *Cyclops* und ihre Besatzung, als Hope ihn nach achtern begleitete, wo die Gruppe der Offiziere stumm wartete. Wer auf Kleinigkeiten achtete, hätte feststellen können, daß der Kommandant ernsthaft auf den Admiral einredete. Er hätte ebenfalls bemerken können, daß sich das Lächeln des Admirals vertiefte, und daß er schließlich laut herauslachte. Bei diesem Lachen entspannte sich Hope. Er hatte heute wohl wirklich seinen Glückstag.

Hope stellte seine Offiziere, Unteroffiziere und Fähnriche vor. Dann bat der Admiral um eine Führung durch das Schiff. »Ich möchte einen Eindruck von *Cyclops* und den tapferen Jungs gewinnen, die den Spanier erobert haben«, sagte er.

Jemand in der Kuhl brachte ein höfliches Hurra auf den Admiral aus, aber seine Halbherzigkeit klang in Devauxs Ohren jammervoll. Er merkte nicht, wie sich die Lachfältchen in Kempenfelts Augenwinkeln amüsiert vertieften.

Nach einem kurzen Rundgang durch die Fregatte wandte sich der Admiral an Hope: »Sie haben ein verdammt schmuckes Schiff,

Kapitän Hope. Wir werden bestimmt noch Arbeit für Sie finden. Bis dahin...« Er senkte seine Stimme.

Hope nickte und wandte sich an Devaux: »Lassen Sie alle Mann nach achtern pfeifen, Mr. Devaux.« Beim Zwitschern der Pfeifen und dem Befehlsgebell setzte ein großes Geschiebe und Hasten ein. Rotberockte Seesoldaten stampften nach achtern, und allmählich stellte sich eine Art Ordnung ein. Kempenfelt trat vor.

»Hört gut zu, Jungs«, begann er. »Kapitän Hope hat mich gebeten, daß ich Euch die Neuigkeit, Eure Prise *Santa Teresa* betreffend, übermitteln soll.« Er schwieg, um das gespannte Zittern zu genießen, das durch die Versammlung lief. Die Aufmerksamkeit schlug in unruhige Erwartung um, die ungeordneten Reihen wogten.

»Ihr werdet erfreut sein zu hören, daß sie aufgekauft wurde für...« Er hielt inne, als ein Flüstern ausbrach, das sich schnell zu lautem Stimmengewirr steigerte.

»Ruhe dort unten!« rief Devaux.

»Sie wurde für fünfzehntausend Guineen Sterling angekauft, und ihr werdet euren Anteil nach Brauch und Sitte erhalten.« Der Admiral trat zurück.

Devaux blickte Hope an und lächelte strahlend. Dann, als ihm der richtige Moment gekommen schien, rief er: »Drei Hurras für den Admiral...«

Was nun folgte, war nicht mehr halbherzig. Man hörte den Lärm noch eine Meile entfernt auf der *Cerberus*. Als die Rufe verklungen waren, wandte sich Hope an den Ersten: »Mr. Devaux, Sie können morgen die Frauen und Freundinnen an Bord lassen. Der Admiral war so freundlich und hat unsere Ankunft schon vor einigen Tagen bekanntmachen lassen...«

Kapitän Hope hatte eindeutig seinen großen Tag. Als er den Admiral und den Flaggleutnant in seine Kajüte begleitete, wurden weitere Hochrufe ausgebracht, diesmal auf den Kommandanten.

Das Essen in Kapitän Hopes Kajüte war, wie es Dinner bei der Marine zu sein pflegten, keiner besonderen Erwähnung wert. Aber die untergehende Sonne warf eine goldene Bahn vom Horizont bis zu den Heckfenstern von *Cyclops* und verlieh der Szene etwas Magisches. Das erregte Gespräch und die gehobene Stimmung, hervorgerufen durch den ungewohnten Genuß von Wein und den freudigen Anlaß, verliehen dem Ereignis doch eine gewisse Denkwürdigkeit.

Copping hatte in den Grenzen seiner Möglichkeit ein Bankett ausgerichtet. Wenn Kempenfelt von der Kochkunst nicht beeindruckt war, so zeigte er es jedenfalls nicht, und für die sonst so knapp gehaltenen Fähnriche war jede reichliche Mahlzeit mit mehr als einem Gang ein Ausflug in die Haute Cuisine.

Glücklicherweise hatte die Beute von der *Santa Teresa* auch ausreichend Sherry und Portwein umfaßt, was über die Mittelmäßigkeit von Kapitän Hopes Rotwein hinwegtröstete. Zigarren aus Havanna wurden gereicht, die, nachdem die Kapaune verzehrt waren, die Luft mit ihrem aromatischen blauen Rauch erfüllten.

Eine Stunde, nachdem man sich zum Essen gesetzt hatte, durchströmte Drinkwater ein leicht rauschhaftes Gefühl. Sein Magen war durch die ungewohnten Portionen gebläht, und sein Kopf begann die klarsichtige Losgelöstheit vom Körper zu verspüren, die das schönste, aber kürzeste Stadium der Trunkenheit ist. Seine Beine kamen sich so verlassen vor, als habe ihr Herr sie irgendwo abgestellt, nachdem er ihnen alle Kraft entzogen hatte, um seine Aufmerksamkeit ganz auf die Festlichkeit zu konzentrieren. Ohne völlig zu verstehen, hörte er die älteren Offiziere über Kempenfelts neuen Signalkode diskutieren. Auch die Erklärungen des Admirals zu Rodneys Schlacht vor Martinique erreichten seine Ohren und gaben seinem Geist Gelegenheit, bestimmte einprägsame Sätze in seiner regen Phantasie auszuspinnen. Hope, Price, Keene, Devaux und Blackmore lauschten dem Konteradmiral mit professioneller Aufmerksamkeit; für Drinkwater aber verschwamm die großartige Gestalt Kempenfelts zu dem Stoff, aus dem Träume bestehen.

Nach dem Toast auf den König brachte Kempenfelt einen auf *Cyclops'* Tapferkeit in der Mondscheinschlacht vor Cadiz aus. Hope revanchierte sich mit einem Toast auf den Admiral, »ohne dessen Zustimmung unser Glück unvollkommen geblieben wäre«. Der Admiral stieß nun seinen Flaggleutnant an, und der wackere Mann erhob sich schwankend, um eine vorbereitete Rede zu verlesen, in der Leutnant Devaux und Fähnrich Drinkwater für ihr blitzschnelles Entern der Prise gewürdigt wurden. Ihr Einsatz hatte ihnen einen Ehrenplatz in Hopes Bericht eingetragen. Devaux erhob sich und verbeugte sich dankend vor dem Flaggleutnant und dem Admiral. Er brachte in Erinnerung, daß der Fähnrich die Ehre gehabt hatte, die Kapitulation des Spaniers entgegenzunehmen, deshalb sei es nur angemessen, ihn antworten zu lassen.

Drinkwater hatte kaum mitbekommen, was man von ihm erwartete; aber plötzlich bemerkte er, daß Morris ihn von der entfernten Tischseite mit einem bösen Grinsen anstarrte. Sein Gesicht schien größer und größer zu werden, erschreckend und erdrückend bösartig. Die Unterhaltung verstummte, als sich alle Drinkwater zuwandten. Er war verwirrt, aber er erinnerte sich, daß seine Vorgesetzten beim Reden aufgestanden waren; also erhob er sich unsicher. Ein, zwei Augenblicke stand er leicht schwankend da. Der gelangweilte Ausdruck des Flaggleutnants wich plötzlichem Interesse, weil Aussicht auf einen netten kleinen Fauxpas bestand, mit dem er seine vornehmen Freunde würde unterhalten können.

Drinkwater starrte aus den Heckfenstern, hinter denen die letzten Sonnenstrahlen am Horizont flackernd verglühten. Morris' Gesicht verschwand, und das seiner Mutter tauchte vor ihm auf. Er erinnerte sich, wie sie seine Ausrüstung vorbereitet hatte, wie sie ein Tischtuch genäht hatte, das er auf See benutzen sollte. Es lag unbenutzt auf dem Boden seiner Seekiste, aber es trug einen Wahlspruch. Diese Worte standen plötzlich glasklar vor seinen Augen und drängten heraus. Mit lauter, gebieterischer Stimme rief er: »Nieder mit allen Feinden des Königs!«

Ohne zu stocken, in einem Atemzug, hatte er den Satz hervorgestoßen. Nun sank er schlagartig auf seinen Stuhl zurück, als zustimmendes Gebrüll am Tisch aufbrandete. Der Flaggleutnant setzte wieder sein gelangweiltes Gesicht auf.

Nur schwach vernahm Drinkwater den beifälligen Kommentar Kempenfelts: »Fürwahr, Kapitän Hope, ein richtiger Feuerfresser!«

...

SIEBENTES KAPITEL

Juni–Juli 1780

Das Duell

Beim Erwachen am nächsten Morgen hatte Drinkwater nur eine schwache Vorstellung, wie die letzte Nacht verlaufen war. Er wußte nicht mehr, wann der Admiral gegangen war, denn nach seinem Toast verschwamm alles in seiner Erinnerung. Die blauweißen Uniformen, die goldenen Litzen, die rosigen Gesichter schienen durch mehr als nur Tabakrauch verschleiert zu sein. Wheelers scharlachroter Rock und sein gleißendes Halstuch hatten wie eine Ersatzsonne im Kerzenlicht geleuchtet, als gelacht und gescherzt und auch wieder ernsthaft diskutiert wurde. Die Unterhaltung hatte sich um eine Vielzahl von Dingen gedreht, um Allgemeines und um Besonderes, um Zotiges oder Technisches, je nachdem, wie sich die Gesprächsrunden bildeten, trennten und wieder vereinigten in diesem verbalen Gezeitenstrom.

Der Abend war für Henry Hope ein voller Erfolg. Zur Krönung hatte Blackmore nach ein wenig Musik verlangt, und schon wurde um O'Malley geschickt. Der winzige irische Koch trat ein, heimliche Seitenblicke auf die Überreste des Mahls und die leeren Flaschen werfend. Er spielte einige süße melancholische Weisen im Stil der Zeit, die ihm die anerkennende Stille der Tischrunde einbrachten. Dann fuhr er unter lautem Applaus mit einem wilden Jig aus seiner Heimat Irland fort, getrieben vom Ungestüm seines Volkes. Drinkwater schien die Musik eine heitere Version jener Mondscheinschlacht zu sein, an der diese freundlichen Männer so viel Anteil hatten.

Der kleine O'Malley ging, um zwei Guineen reicher, nach einem devoten Abschied, dessen Unterwürfigkeit nicht ganz ernst zu nehmen war. Vielmehr schien er dabei anzudeuten, daß er bei der Zubereitung der Kapaunen, deren Überreste er so neidisch betrachtet hatte, und bei der Weinprobe des Zahlmeisters mitgehalten hatte.

Außer seiner schwachen Erinnerung an einen gelungenen Abend beschäftigte Drinkwater das beunruhigende Gefühl, daß alles nicht so war, wie es sein sollte. Er hatte von der ungewohnten Menge Wein Kopfschmerzen, aber das war es nicht allein. Er kramte in seinem Gedächtnis nach einem Hinweis auf den Grund dieser Unruhe. Zuerst dachte er, er hätte sich vielleicht danebenbenommen. Sein Magen zog sich bei der Vorstellung zusammen, daß er sich in Anwesenheit des Admirals eine Blöße gegeben haben könnte. Aber eine Gestalt, die das dunkle Orlopdeck durchquerte, brachte die Erinnerung zurück.

Es war Morris, der ihn zur morgendlichen Ankerwache purrte. Sein Gesicht wurde von der Laterne dämonisch beleuchtet, der Rest des Körpers war in der Dunkelheit unsichtbar. Diese Erscheinung wurde, als sie Drinkwater wach vorfand, eine einzige Maske der Bösartigkeit, die einen gezischelten Strom Schmähungen ausspie. Nathaniel erstarrte vor Schreck, was seine wehrlose Lage noch verschlimmerte. Eifersucht und Haß brannten in Morris und konkurrierten mit der Angst, die er wegen Drinkwaters Wissen um seine Verfehlungen empfand. Aus diesem Konflikt erwuchs eine mächtige, nagende Wut.

»Komm hoch, du Speichellecker des Admirals! Raus aus deiner Hängematte, und setz deinen fetten Arsch in Richtung Deck in Marsch! Verflucht sollst du sein für deine Kriecherei!«

Drinkwater antwortete nicht, kroch nur verstört tiefer in seine Decke. Eine Sekunde lang hing Morris' Gesicht über ihm, und die Feindseligkeit in seinen Augen war beinahe körperlich spürbar. Dann zog Morris mit einer schnellen Bewegung ein Messer, und die Laterne ließ die Klinge düster blinken. Im Bruchteil einer Sekunde fühlte Drinkwater, wie ihn die Angst auf unerklärliche Weise verließ. Er spannte sich und erwartete das Unvermeidliche.

Morris hieb mit dem Messer zu. Die Lasching der Hängematte gab nach, und Drinkwater landete mit einem unangenehmen Bums an Deck. Nachdem er sich aus seiner Decke gekämpft hatte, fand er sich allein in der Dunkelheit wieder.

Draußen fegte eine Regenbö über den Spithead, und der nachfolgende Wind war durchdringend kalt. Drinkwater zitterte und zog seinen Wachmantel enger um sich. Die Dämmerung hatte noch nicht eingesetzt, und Morris' Gestalt war kaum auszumachen; sie drückte sich in den dürftigen Schutz des Kreuzmastriggs.

Bei Drinkwaters Nahen löste sich die Gestalt aus den Schatten. Das Gesicht war nun dunkel und schob sich dicht heran. Der ältere Fähnrich ergriff den Arm des jungen. Speichel sprühte angriffslustig auf Drinkwaters Wange.

»Hör gut zu«, zischte Morris. »Nur weil du ein kriechender Bastard bist, mußt du noch nicht auf dumme Gedanken kommen. Threddle hat seine Auspeitschung nicht vergessen, und keiner von uns hat Humphries vergessen. Denk also daran, was ich dir gesagt habe. Ich meine es ernst!« Die Drohung war unmißverständlich. Drinkwater wich vor der Stimme, dem Speichel und dem boshaften Griff zurück. Morris' Knie zuckte hoch und traf ihn in den Unterleib. Er japste vor Schmerz.

»Hast du mich verstanden, verdammt?« drängte Morris, heimlichen Zweifel in der Stimme.

»Ja . . . ja«, flüsterte Drinkwater, gekrümmt vor Schmerz; sein Kopf drehte sich. Eine andere Gestalt tauchte aus der regennassen Dunkelheit auf. Einen schrecklichen Augenblick dachte Drinkwater, es sei Threddle, aber es war Tregembos Stimme, die fragte: »Alles in Ordnung, Mr. Drinkwater?«

Er fühlte, wie Morris erstarrte und sich dann entspannte, als er sich aufrichtete. Tränen liefen über seine Wangen, aber er schaffte es, sich so weit zusammenzureißen, daß er murmeln konnte: »Ja, danke.«

In verändertem Tonfall übergab Morris die Wache an ihn. »Die Leutnants sind für heute nacht von der Wache befreit. Lassen Sie alle Männer um drei Glasen wecken.«

Ein Quartermaster näherte sich, das Halbstunden-Glas in der Hand. Die untere Hälfte war fast gefüllt. »Acht Glasen, Mr. Morris!«

»In Ordnung, lassen Sie glasen.«

»Aye, aye, Sir.«

Es war vier Uhr früh.

Als Morris hinuntergegangen war, wechselte Drinkwater zur Luvseite. Der Regen peitschte ihm ins Gesicht, brachte ihm aber eine gewisse Erleichterung. Der Schmerz in seinem Unterleib flaute ab, und die Kopfschmerzen ließen nach. Doch dann überschwemmte ihn Übelkeit. Der Schmerz, der Wein und der Ekel vor sich selbst zwangen ihn, sich in die schwarzen, klatschenden Fluten des Spithead zu übergeben. Danach fühlte er sich besser. Er blickte noch immer nach Luv, beide Hände um die Reling geklammert. Unzufriedenheit nagte an ihm. Warum hatte er nicht zurückgeschlagen? Nur ein einziges Mal? Er mußte sich eingestehen, daß er sich fürchtete und den kühnen Entschluß vergessen hatte, den er gefaßt, aber fortwährend auf eine passendere Gelegenheit verschoben hatte. Nun war sie da. Morris hatte ihn angegriffen. Vorbei war es mit seiner Hoffnung, daß Morris ihn in Ruhe lassen würde, wenn er sich nur zurückhielt. Aber Morris konnte das nicht . . .

Er wünschte sich sehnlichst, daß er die Dinge, die er über Morris wußte, nicht erfahren hätte. Sie waren so ekelhaft, daß schon die Erinnerung daran, die noch in seinem leicht zu beeindruckenden Gemüt brannte, ihm abscheulich war. Drinkwater fürchtete sich fast mehr vor dem, was er gesehen hatte, als vor denen, die es getan hatten. In dieser Angst übersah er, welche Macht er über Morris besaß. Alles, was er in seinen Angriffen sah, war Brutalität. Er machte sich nicht klar, daß diese Brutalität nur die Angst verdeckte. Er gewahrte nicht die Ursache, nur die vordergründigen Handlungen.

Plötzlich merkte er, daß jemand neben ihm stand und sich entschuldigend räusperte. Nervös begann sich Drinkwater zu entfernen.

»Entschuldigung, Sir!«

»Ja?«

»Ich habe gesehen, was passiert ist, Sir. Ich habe gesehen, wie er Sie mißhandelt hat. Wenn Sie einen Zeugen brauchen, Sir . . .«

»Nein danke, Tregembo.« Drinkwater machte eine Pause. Er erinnerte sich an die Unterhaltung mit Tregembo im Mittelmeer. Die Erinnerung an Humphries zuckte durch sein Gehirn, an Sharples und Threddle und an die Auspeitschung Tregembos. Drinkwater musterte den Matrosen scharf. Er erwartete wohl von ihm, daß er sich nun mit Morris schlagen würde; sonst mußte er Drinkwater für einen Feigling halten.

Drinkwater erinnerte sich plötzlich an den Augenblick, als ihn die Angst verlassen hatte. Das war noch keine Stunde her. Ein Gefühl der Kraft überkam ihn. Er konnte nicht länger unter der Tyrannei von Morris leiden. Deshalb beschloß er, den Älteren zu fordern. Es war ein verzweifelter Schritt, aber unter den gegebenen Umständen war es einfach, einen solchen Entschluß zu fassen; schwierig war nur seine Ausführung.

Drinkwater zwang sich zu einem grimmigen Unterton. »Nein, Tregembo, das ist eine Angelegenheit der Fähnrichsmesse, wie du richtig festgestellt hast. Ich wäre dir dankbar, wenn du den Mund darüber halten würdest.«

Der Mann verschwand enttäuscht. Er hatte seine Hilfe offenbar zur falschen Zeit angeboten, hatte angenommen, daß Drinkwater nach einer rechtlichen Handhabe suchte, mit der er Morris ein für allemal ruinieren könne. Tregembo erinnerte sich an den 29. Kriegsartikel: Wenn jemals ein Mann einen anderen in der Hand hatte, dann doch wohl Drinkwater. Er hatte zu dem Jungen gehalten und konnte nicht verstehen, warum dieser Morris nicht das Handwerk legte. Tregembo hatte so etwas von Zeit zu Zeit auf anderen Schiffen erlebt, aber er war zu unempfindlich, um Drinkwaters Sensibilität zu erkennen, ebenso wie Drinkwater nicht bemerkte, daß Morris' Brutalitäten aus einer kleinmütigen Seele kamen; einer Tatsache, der sich wiederum Tregembo völlig bewußt war.

Im ersten Morgengrauen sah Drinkwater dem niedergeschlagenen Toppsgasten nach.

»Tregembo!«

»Sir?« Der Mann zögerte.

»Sprich doch mal mit einem Zimmermannsgehilfen, ob er nicht unter der Hand zwei Eschenstöcke für mich vorbereiten kann. Jeder sollte dreißig Zoll lang sein. Hast du verstanden?«

»Aye, aye, Sir. Und vielen Dank, Sir.«

Drinkwater hatte nicht die leiseste Idee, warum sich Tregembo bei ihm bedankte, aber plötzlich fiel der Regen weich auf sein nach oben gewandtes Gesicht.

Die Neuigkeiten über ihre Prise und die Erlaubnis, Besucher an Bord zu empfangen, machten *Cyclops* zum glücklichsten Schiff auf der Reede. Noch vor Ende der Morgenwache hatten die Matrosen ungewohnt fröhlich die Decks geschrubbt und alle Enden aufgeschossen. Als Devaux erschien, glänzte das Messing schon in dem dunstigen Sonnenschein, der nach dem nassen Anfang einen schönen Tag verhieß.

Die Männer begannen schon über das bleierne Wasser in Richtung Fort Gilkicker und Hafen zu starren. In den vergangenen

Tagen hatten gemietete Punts und Langboote vergeblich Frauen und Kinder herausgebracht. Zwar waren viele Boote mit Huren gefüllt, aber es waren auch einige mit Ehefrauen darunter gewesen. Sie hatten einen verlorenen Eindruck gemacht, wie sie so, gerade eben frei von den Bordwänden, unglücklich Grüße oder kurze Gesprächsfetzen austauschten, bis die Matrosen von den Bootsmannsgehilfen oder den Offizieren wieder an die Arbeit getrieben wurden. Die Boote wurden ebenfalls vertrieben, entweder durch das falsch verstandene Pflichtbewußtsein eines Offiziers oder durch den eifrigen Einsatz der Wachboote. Das bereitete den darauf eingeteilten Seeleuten besonderes Vergnügen, denn schließlich gönnten sie das, was ihnen selber verboten war, auch keinem anderen.

Obwohl *Cyclops* in Chatham in Dienst gestellt worden war, hatten einige ihrer Mannschaften, meist Freiwillige, Ehefrauen in der Umgebung von Portsmouth. Gelegentlich reiste auch eine junge Frau an, für Gott weiß welche Unkosten, mit nicht mehr als der Hoffnung, daß ihr die Erlaubnis erteilt würde, ihren Mann zu treffen. Aber es waren eher die anderen Frauen, die *Cyclops'* Mannschaft an diesem fahlen Morgen interessierten. Heute konnte sie kein Wachboot stören, wenn sie ihr Vergnügen suchten. Die Tatsache, daß diesmal *Meteor* die Wachboote stellte, verdoppelte noch den Genuß. Es war eine süße Rache für Port Mahon.

In der Offiziersmesse thronte Leutnant Devaux, offensichtlich bester Laune, vor frischem Kaffee und Toast.

»Nun, Appleby«, sagte er, zu dem rundlichen Arzt gewandt, »warum blicken Sie so verdammt finster?«

»Der Grund sind die Torheiten der Menschen, Mr. Devaux. Ach ja, eine Tasse Kaffee wäre mir sehr willkommen, vielen Dank für Ihre Freundlichkeit.« Er setzte sich auf den Stuhl, der ihm vom Ersten Offizier angeboten wurde.

Devaux goß ein. »Die Frauen, Mr. Appleby?« fragte er lächelnd.

»Die Frauen, Mr. Devaux«, nickte der Chirurg resigniert. »Und natürlich die Männer.«

Devaux lachte hell auf. »Armer Appleby! Wir gewinnen oder verlieren in der Schlacht, aber Sie können niemals gewinnen, Sie armer Teufel.«

»Sie haben doch hoffentlich genug Quecksilber, um mit dem

Problem fertig zu werden?« fiel Leutnant Price ein, dessen Takt in hoffnungslosem Kampf mit seiner Neugierde lag.

Appleby holte tief Atem, und Devaux wußte, daß er nun eine seiner langatmigen Reden anstimmen würde, für die er berüchtigt war.

»Mr. Price, die Versorgung mit Quecksilber durch die Admiralität – ich wiederhole: die Versorgung der Kriegsschiffe mit Quecksilber – ist nicht ausreichend, um den Ausbruch einer epidemischen Syphilis bekämpfen zu können, außer vielleicht auf den allerkleinsten Schiffen. Ihre Lordschaften haben es nämlich unterlassen, zur Kenntnis zu nehmen, daß die Zahl der Besatzung umgekehrt proportional zur Einteilung nach Schiffsgröße ist. Nun zur Syphilis, und ich meine damit diese zerstörerische Infektion des Blutes, die umgangssprachlich als ›Rotz‹ bezeichnet wird, ein Euphemismus, der zwar kaum die Auswirkungen auf den menschlichen Körper mildert, aber den ungebildeten Matrosen seine neue Errungenschaft leichter ertragen läßt, da er sie für nicht viel schlimmer hält als eine kleine Erkältung. So greift das Mißverständnis um sich. Unglücklicherweise verharrt er bei dieser falschen Auffassung, bis sein Schritt unsicher wird, sein Geist sich verwirrt und er über die Toleranzschwelle seiner Kumpane hinaus entstellt wird. Dann schiebt man ihn in ein Asyl ab – zur unvermeidlichen Schande seiner Familie und zur ewigen Verdammnis seiner unsterblichen Seele.«

Devaux hatte dies alles schon früher gehört.

»Darüber hinaus«, fuhr Appleby fort, als Devaux ächzte, »darüber hinaus unterdrückt meines Erachtens die Verabreichung von Quecksilber nur die Symptome; es gestaltet das Leben des Betroffenen angenehmer und erlaubt es ihm, die Ansteckung unentdeckt weiterzugeben. Mit der Zeit jedoch greifen die Keime wichtige Organe an und verursachen einen plötzlichen Tod durch Schlaganfall oder durch Stillstand anderer unerläßlicher körperlicher Funktionen.«

»Würden Sie mir zustimmen, wenn ich die Erlangung von Lust zu den ›unerläßlichen körperlichen Funktionen‹ zähle?« Devaux blinzelte Price zu, aber dieser hatte plötzlich eine ungesunde Gesichtsfarbe.

»Der Ehrenwerte John Devaux stellt mir eine Frage, die ein Mann von seiner Belesenheit sicherlich selbst beantworten kann. Die ›Erlangung von Lust‹ ist eine natürliche Manifestation des

Zeugungstriebes, den der Brauch nur unter der ehelichen Bettdecke sanktioniert. Die Natur will nicht wahllose Fortpflanzung . . .«

»Aber, Doktor, das will sie doch«, unterbrach ihn Price, der nun, da das Thema nicht mehr rein medizinisch war, wieder in Fahrt kam.

»Aye, Mr. Price, dann will sie aber auch die Ausbreitung der Krankheit, über die wir gerade gesprochen haben. Bestimmt ist sie eine Strafe Gottes.«

»Bah!« explodierte Devaux, der nun doch über den Doktor erbost war.

»Von wegen bah, Sir.« Appleby blieb unbeeindruckt. »Betrachten wir den Beweis. Dem Wirken Christi auf Erden folgte die Ausbreitung seiner Kirche, und etwa tausend Jahre lang gewann die christliche Religion an Boden gegen das Heidentum. Aber dann war die Römische Kurie korrumpiert, sie widersetzte sich Gott, der Teufel stieg herab und versuchte die Herzen der Menschen mit seinen flüchtigen Künsten. Er brachte hervor, was gebildete Menschen als ›Renaissance‹ zu bezeichnen belieben. Der Mensch wandte sich von Gott ab auf der Suche nach ›Wissen‹. Doch was brachte uns Columbus aus seinem famosen Amerika zurück? Die Syphilis!«

»Bravo, Medico!« lachte Devaux ironisch. »Solch eine Vereinfachung ist doch eines Wissenschaftlers nicht würdig, dessen Beruf von eben diesem Streben nach Wissen abstammt. Ein Streben, ohne das er arm dran wäre!«

»Ich kann mich meiner Zeit nicht entziehen«, erwiderte der Arzt in tragischem Tonfall.

»Sie reden wie ein verdammter Wesleyaner, Appleby.«

»Vielleicht hege ich gewisse Sympathien für diesen Mann.«

»Ha! Ich will verdammt sein, wenn Sie an meinem Tisch auch nur noch eine Tasse Kaffee bekommen. Ja, Drinkwater?« Die letzte Bemerkung richtete sich an den Fähnrich, der in der Messetür aufgetaucht war.

»Entschuldigung, Sir, aber es nähern sich Boote.«

Das Glühen in Devaux' Augen war eine beredte Bestätigung von Applebys Ahnungen. »Danke, Drinkwater.« Der Fähnrich wandte sich ab. »Oh, Drinkwater!«

»Sir?«

»Setz dich, Junge, und hör dir ein paar gute Ratschläge an«, sagte der Erste Offizier, auf den freien Stuhl deutend.

Drinkwater setzte sich verwirrt.

»Mr. Appleby hat dir etwas zu sagen. Nicht wahr, Appleby?«
Appleby nickte, sammelte sich und begann nun, den Fähnrich zu
traktieren.

»Also, junger Mann, der Erste Offizier spielt auf eine ansteckende Krankheit an, die man am besten und wirkungsvollsten durch
völlige Enthaltsamkeit vermeidet...«

Eine Sekunde lang genoß Devaux den erschreckten Ausdruck
auf Drinkwaters Gesicht, dann stülpte er seinen Dreispitz auf und
winkte Price, ihm zu folgen. Die beiden Leutnants verließen die
Offiziersmesse.

»...völlige Enthaltsamkeit, die zu üben ich Sie ernsthaft anflehe. Dabei appelliere ich an Ihre höchsten Werte...«

Die Ankunft der Frauen brachte alle Mann an Deck. Sie hingen
über die Finknetze, lehnten sich aus den Stückpforten, kletterten
in die Unterwanten, um auf die Fährboote schielen zu können, die
längsseits dümpelten.

Die Männer dachten nicht darüber nach, daß das Bevorstehende
kein Ersatz für einen richtigen Landgang sein konnte, den man
ihnen aus Angst vor Desertation verwehrte. Frauen und Gin waren
an Bord!

Zunächst unternahm Wheeler mit seinen Seesoldaten noch
einen schwachen Versuch, die Ordnung aufrechtzuerhalten. Aber
da es der Brauch erlaubte, daß alle möglichen Frauen an Bord
kamen, waren Trunkenheitsdelikte und sexuelle Ausschweifungen
zu ignorieren. Es war klar, daß der größte Teil der Frauen aus
Huren bestand und daß sich das Zwischendeck schlagartig in ein
Bordell verwandelte. Die Frauen waren sehr unterschiedlich:
müde, angemalte, schlampige Dockschwalben in abgetragenen,
gestopften Kleidern, mit einem ebenso ordinären Jargon wie der
ihrer Kunden, und Mädchen, deren Jugend im rauhen Wind der
Erfahrung verweht war.

Auch einige rechtmäßige Ehefrauen waren darunter. Die älteren waren an ihre gewerblichen Schwestern gewöhnt, die zwei oder
drei jüngeren waren erstaunt und schockiert über die Vorgänge im
Geschützdeck. Da war vielleicht ein armer Buchhaltergehilfe in
den Dienst gepreßt worden, der nun von seiner vornehm tuenden
Frau unter den scheußlichsten Bedingungen besucht wurde. Solche Frauen wurden sofort zum Gespött der anderen, die ihre rauhe
Zungenfertigkeit an ihnen erprobten. Manchmal hatten sie auch

doppeltes Pech, nämlich wenn ihr lieber Ehemann seine bürgerliche Herkunft schon vergessen hatte.

Rechtmäßige Ehefrauen waren leicht auszumachen, denn sie schwangen Zettel oder Passierscheine, kümmerten sich ernsthaft um ihre Ehemänner und mieden die handgreiflichen Anträge der anderen. Für einige dieser Frauen endete der Besuch mit erbitterten Kämpfen. Da sie ihre Ehefrauen nicht erwarteten, waren die Männer schon mit Huren handelseinig geworden. Eine enorme Matrone, die angetraute Ehefrau eines Signalgasten, fand ihren Mann zwischen zwei Zwölfpfündern derart beschäftigt und bearbeitete seinen auf und ab wogenden Hintern mit den zerfetzten Überresten eines Regenschirmes, einen Strom schmutziger Schimpfworte ausstoßend. Schnell war sie von einer Menge begeisterter Seeleute und Dirnen umgeben, die das Trio anstachelten. Die Ehefrau machte eine Pause und nahm einen langen Zug aus der Ginflasche, die ihr jemand hinhielt. Währenddessen hatte ihr Ehemann sein Bedürfnis befriedigt, und das Mädchen schlängelte sich unter ihm hervor, sich hastig bedeckend. Sie hielt ihm die Hand Geld heischend hin, änderte aber ihre Meinung, als sie den Gesichtsausdruck der Ehefrau sah. Sie duckte sich unter den Lauf der Nachbarkanone, als die beleidigte Dame sie ankreischte: »Versuch' es nur und nimm das Geld, das mir gehört, du aufgetakeltes Flittchen! Du bist in dem Geschäft ohnehin keinen Schuß Pulver wert!« Darauf packte der Mann den Arm seiner Frau und schlug ihr auf den Mund. »Wie, zum Teufel, kannst du das beurteilen? Das würde mich doch mal interessieren«, schrie er.

Die Menge verlief sich, da aus dem allgemeinen Spektakel nun eine geregelte häusliche Angelegenheit geworden war. Der Tag verging mit dem Auf und Ab der Liebschaften. Das bißchen Geld, das die Männer in der Tasche gehabt hatten, war schnell in den Börsen der Frauen verschwunden. Mr. Copping, der Zahlmeister, hatte mit der Findigkeit seines Berufsstandes einen Tisch aufgestellt, an dem die gierigsten Männer Übereignungserklärungen unterschreiben konnten. Sie bekamen dann zu Lasten ihrer Heuer oder ihres Prisengeldes einen Vorschuß in bar. Viele überschritten dabei die Grenzen der Klugheit, aber die Gunstbeweise der Damen wurden eben sehr dringend benötigt. Zahlmeister waren eine allgemein verhaßte Sorte Mensch, aber keiner von ihnen war arm.

Meteors Wache ruderte düster um *Cyclops*. Gelegentlich flog eine Flasche oder der Schlüpfer einer Frau aus den geöffneten Stückpforten, begleitet von Hochrufen und Quieken. Die Besatzung des Kutters kochte sichtlich im eigenen Saft, bis der Steuermannsmaat, der das Boot befehligte, schließlich *Cyclops'* Achterdeck anrief.

»Sir«, schrie er Leutnant Keene zu, »Ihre Männer sind respektlos!«

»Wenn Sie das stört, rudern Sie doch Wache um den Rest der Flotte. Sie können hier ohnehin nichts abstauben!«

Der Steuermannsmaat spuckte über die Seite und knurrte seine Mannschaft an: »Ruder an, ihr verdammten Landratten!«

Während des Vormittags kam auch Sharples' Frau an Bord. Sie war sehr jung und hatte, was nur wenige wußten, die weite Reise von Chatham hierher gemacht. Es hatte eine Woche gedauert und war wegen ihrer Schwangerschaft zu einem Alptraum geworden. Sharples hatte sie an der Fallreepspforte unter dem sentimentalen Beifall seiner Messegenossen mit einem Kuß begrüßt. Niemand hatte den sauren Gesichtsausdruck von Morris gesehen, der gerade vorbeiging. Das heißt, niemand außer Tregembo. Sharples und seine Frau stiegen eng umschlungen über die hingestreckten Körper, blind gegen die Zerrbilder der Liebe.

Tregembo trat auf Morris zu und grüßte. »Entschuldigung, Mr. Morris«, sagte er mit ausgesuchter Höflichkeit, »aber Leutnant Keene bittet Sie, die Barkasse zu nehmen und vom Flaggschiff Befehle abzuholen.«

Morris knurrte Tregembo zunächst wütend an, dann aber trat ein bösartiges Glitzern in seine Augen. Vorwärtsschlendernd rief er die Namen einiger Männer auf, es waren die schwarzen Schafe der Besatzung. Einige, die anderweitig beschäftigt waren, meinten nur, er solle sich zum Teufel scheren.

Vorn im Geschützdeck lagen Sharples und seine Frau. Ihr Kopf ruhte auf seiner Hängematte, in ihrem Gesicht stand fassungsloses Entsetzen. Denn ihr Mann, der Vater ihres ungeborenen Kindes, dessen Bild sie in der Erinnerung so sorgfältig gepflegt hatte, lag schluchzend in ihren Armen. Die ganze miese Geschichte mit Morris war aus ihm herausgeströmt, denn es wäre ihm unmöglich gewesen, mit seiner Frau zusammen zu sein, solange ihn diese Last bedrückte. Sharples bemerkte Morris' Anwesenheit erst, als der Urheber seiner Leiden schon eine volle Minute neben dem Paar gestanden hatte.

»Sharples!« unterbrach Morris scharf den Monolog des Unglücklichen. »Du wirst bei der Arbeit verlangt!«

Die Frau erkannte instinktiv die Identität des Störers und protestierte.

Morris grinste. »Ziehen Sie meine Befehle in Zweifel?«

Die Frau blickte Morris nur an und biß sich auf die Lippen.

»Ich kann Sie melden, Sie haben einen Offizier bei der Ausübung seiner Pflicht behindert. Die Strafe dafür ist Auspeitschen ... Ihr Mann ist ebenfalls schuldig, er hat seine Hängematte außerhalb der Zeit aus den Netzen genommen ...« Er spie ihr die Worte förmlich ins Gesicht.

Die Angst um seine Frau brachte Sharples wieder zu sich; er schob sie sachte zur Seite. »Was – was für Befehle haben Sie, Mr. Morris?«

»In die Barkasse!«

Der Toppsgast zögerte, denn er gehörte nicht zur regulären Besatzung des Bootes. Aber dann wandte er sich seiner Frau zu und flüsterte: »Ich bin gleich zurück!«

Die junge Frau brach schluchzend zusammen, und eine der älteren Frauen, für die Fähnriche kleine Lichter waren, nahm sie tröstend in den Arm. Ein Strom schmutziger Flüche folgte Morris auf seinem Weg durch das Deck.

Das Boot war drei Stunden unterwegs. Nach einer Weile suchte Sharples' Frau, der die Szenen im Geschützdeck zuwider waren, Licht und Luft an Deck. Nachdem sie über den Steuerbordniedergang nach oben gelangt war, suchte sie sich ihren Weg zur Reling, wo sie sich als kleiner bunter Fleck von den aufgeschossenen Bündeln dunklen Hanftauwerks abhob.

Über den hellen Spithead starrend, streichelte sie das Ungeborene, das sich in ihr regte. Das Herz war ihr bis zum Überlaufen voll Elend und Sorge. Tränen liefen über ihre Wangen. Blind starrte sie auf die Schiffe, die im Gezeitenstrom lagen. Was sie gehört hatte, bedeutete Schande für ihren Mann und für sie, Schande auch für das ungeborene Kind. Das Ausmaß der Erniedrigung, das Menschen anderen Menschen bereiten konnten, drohte sie zu übermannen.

Es dauerte einige Zeit, bevor der alte Blackmore die einsame Gestalt an der Reling entdeckte. Er hatte Keene abgelöst und schickte jetzt Drinkwater, um die Frau wieder unter Deck zu weisen. Blackmore, der in der Handelsmarine aufgewachsen war, hielt an seinem zivilen Vorurteil fest, daß Frauen nicht an Bord gehörten. Er seufzte. Wenn er schon nicht die verrückte Logik der Admiralität ändern konnte, so wollte er wenigstens nicht zulassen, daß das Oberdeck durch den Anblick einer Hure verschandelt wurde.

Drinkwater näherte sich der jungen Frau. In sich versunken, wie sie war, hörte sie ihn nicht. Er hüstelte, und sie wandte sich ihm zu, schreckte aber sogleich vor seiner Uniform zurück, aus Angst, daß die von Morris angedrohte Auspeitschung nun vollzogen werden könnte.

»Entschuldigung, Madam«, begann Drinkwater unsicher. »Aber der Segelmeister läßt Sie bitten, wieder unter Deck zu gehen...«

Sie blickte ihn verständnislos an.

»Bitte, Madam«, beharrte der Fähnrich, »niemand von den, äh, Damen darf aufs Oberdeck.«

Sie begann zu begreifen, und ihr Mut wuchs angesichts seiner Verlegenheit. Hier war jemand, dem sie die Meinung geigen konnte.

»Meinen Sie vielleicht, ich sei eins dieser Flittchen?« fragte sie indigniert. Drinkwater wich einen Schritt zurück, und die junge Frau bezog aus seinem Unbehagen neue Kraft. »Ich bin eine rechtmäßig angetraute Ehefrau, Mrs. Sharples für Sie, wenn's Ihnen nichts ausmacht. Ich bin eine Wochè gereist, um meinen Tom zu besuchen...«

Drinkwater versuchte, sie zu beschwichtigen. »Mrs. Sharples, würden Sie dann bitte zu Ihrem Mann gehen und bei ihm bleiben?«

Spöttisch erwiderte sie: »Nur zu gern, Herr Offizier, wenn Sie ihn mir zurückbringen. Aber er ist irgendwo dort draußen«, sie zeigte über die Reling, »fort in einem Boot. Und ich, schwanger und nach einer Woche Mühsal auf den Straßen, was finde ich vor? Meinen Mann gedemütigt und...« Sie brachte es nicht über sich, den Vorwurf auszusprechen; der Mut verließ sie wieder. Sie machte einen Schritt vorwärts und sank ohnmächtig in die Arme des verstörten Fähnrichs, dem schlagartig aufging, daß sie alles wußte.

Er schickte nach Appleby, und dem Arzt genügte ein Blick, um den Zustand der Frau zu erkennen. Er massierte ihre Handgelenke und schickte Drinkwater nach Riechsalz aus seiner Apotheke. Einige Minuten später kam die Frau wieder zu sich. Blackmore trat

hinzu und verlangte eine Erklärung. Auf seinem Weg zur Schiffs-
apotheke hatte Drinkwater erfahren, daß Sharples mit Morris im
Beiboot unterwegs war, und das sagte er nun dem Navigator.

»Aber Sharples gehört nicht zur Bootsbesatzung!«

»Ich weiß, Mr. Blackmore«, erwiderte Drinkwater nur.

»Hat Morris ihn absichtlich ausgewählt?«

»Scheint so, Sir.« Drinkwater biß sich auf die Lippen.

»Haben Sie eine Idee, warum er das getan hat?« fragte Blackmore, der scharfäugig den Schatten des Mitwissers im Gesicht des
Fähnrichs erkannt hatte. »Los, los, junger Spund, wenn du es
weißt, dann heraus damit!«

Der Fähnrich schluckte nervös. Er blickte auf die erschöpfte
Frau nieder: goldene Locken umrahmten ein anmutiges Gesicht,
sie wirkte auf ihn wie ein junges, schutzbedürftiges Mädchen.
Drinkwater wurde der Kragen eng, er trat unbehaglich von einem
Fuß auf den anderen. »Morris hat es mit ihrem Mann getrieben«,
sagte er schließlich leise.

»Mit Sharples?« forschte Blackmore.

»Er wurde dazu gezwungen, Sir . . .«

Blackmore warf Drinkwater einen scharfen Blick zu, stellte aber
keine weiteren Fragen. Langjährige Erfahrung sagte ihm, was sich
hier zugetragen hatte. Morris hatte Drinkwater sicherlich unter
Druck gesetzt, ihm Schläge oder gar Schlimmeres angedroht. Der
alte Mann war bis oben hin voll Abscheu für die Kriegsmarine, die
nur durch Brutalität zusammengehalten wurde.

»Lassen Sie die Dame also frische Luft schnappen«, sagte er
abrupt und wandte sich dem Achterdeck zu.

Als die Barkasse zurückkam, war Sharples bald wieder mit
seiner Frau vereint. Er hatte drei Stunden lang die Beschimpfungen und den Spott von Morris und der Besatzung über sich ergehen
lassen müssen. Morris seinerseits stieg, nachdem er die Befehle des
Admirals abgeliefert hatte, in die Fähnrichsmesse hinab.

Drinkwater war ebenfalls abgelöst worden und traf beim Hinun-
tergehen auf Tregembo. Der Mann aus Cornwall grinste. In der
Hand hielt er zwei Eschenstöcke, jeden etwa drei Fuß lang, die mit
einem Handschutz aus Weidengeflecht versehen waren. »Hier,
Sir«, sagte er.

Drinkwater nahm die Stöcke und blickte Tregembo an. Es war
wohl besser, wenn er dem Mann erzählte, was sich oben ereignet
hatte, bevor der Klatsch das Unterdeck erreichte.

»Der Navigator weiß, daß Morris Sharples mißbraucht hat. Es wäre gut, wenn du ein Auge auf Threddle halten würdest.«

Ein Schatten lief über das Gesicht des Matrosen, dann leuchtete es wieder auf. Mit dem Fähnrich hatte er wohl doch keine Niete gezogen. »Sie werden ihn leicht schlagen, Sir. Viel Glück . . .«

Drinkwater setzte seinen Weg fort. Er hatte Worte ausgesprochen, die dazu führen konnten, daß ein Mann gehängt wurde, Worte, die er zu Hause nicht einmal zu denken gewagt hätte. Er war eiskalt und besorgt, aber finster entschlossen.

In der Messe aßen Morris und die anderen Fähnriche, gefüllte Bierkrüge standen vor ihren Plätzen. Der Steward brachte auch einen Teller für Drinkwater, aber mit einer Handbewegung winkte ihn dieser zur Seite. Er ging zu seinem Platz, blieb dort stehen und räusperte sich.

Niemand nahm von ihm Notiz. Das Herz klopfte ihm im Hals, aber er war immer noch ganz kühl.

»Mr. Morris!« sagte er laut; nun hatte er ihre ungeteilte Aufmerksamkeit. »Mr. Morris, heute am frühen Morgen haben Sie mich bedroht und geschlagen . . .«

Ein Steuermannsgehilfe steckte den Kopf durch die Segeltuchtür. Selbst um zwei Uhr nachmittags wurden hier unten im Orlopdeck zwei Laternen gebraucht. Die Luft knisterte vor Spannung. Bald spähten schon zwei Steuermannsgehilfen herein.

Morris erhob sich langsam. Drinkwater sah nicht, daß sich die Besorgnis in seinen Augen in Angst verwandelte; er war zu sehr damit beschäftigt, eiskalt zu bleiben.

»Sie haben mich geschlagen, Sir«, fuhr er fort und warf einen der Stöcke auf den Tisch, der einen Krug umstieß. In der Stille hörte man das Plätschern des Bieres, das auf den Boden lief.

»Meine Herren, vielleicht würden Sie nach dem Essen so freundlich sein, mir den Platz hier frei zu machen, damit ich Mr. Morris eine Lektion im Stockfechten erteilen kann. Steward, bringen Sie mir jetzt bitte mein Essen.«

Drinkwater setzte sich und stellte dankbar fest, daß sein Becher voll geblieben war. Die Mahlzeit wurde in völligem Schweigen beendet. Die beiden Steuermannsgehilfen verschwanden.

Man war sich hinterher allgemein einig, daß es außerordentlich sportlich von Drinkwater gewesen war, eine Frist zu setzen, damit sich die Nachricht von dem bevorstehenden Duell rechtzeitig herumsprechen konnte. So war es eine ziemliche Menschenmenge,

die den Duellanten den nötigen Platz freiräumte, während Drinkwater Rock und Halsbinde ablegte. Beide waren nun in Hemdsärmeln; Drinkwater ergriff seinen Stock und testete die Balance.
Er hatte diese Waffe gewählt, weil sie ihm am vertrautesten war,
denn in Barnet war sie das bevorzugte Sportgerät der Jungen
gewesen. Der Stock verband die Eleganz des Degens mit der
Brutalität des Säbels. Der Zimmermannsgehilfe hatte gute Arbeit
geleistet.

Drinkwater sah zu, wie Beale die letzte Seekiste an die Seite
rückte. »Mr. Beale, wollen Sie mein Sekundant sein?«

»Mit Vergnügen, Mr. Drinkwater«, sagte der Junge, einen
Seitenblick auf Morris werfend.

Der sah sich verzweifelt suchend um. Schließlich sekundierte
ihm einer der Steuermannsgehilfen, um den Spaß nicht platzen zu
lassen.

Da Duelle an Bord verboten waren, erwies sich Drinkwaters
zufällige Waffenwahl als praktisch. Jeder Anschuldigung der
Schiffsführung konnte mit der Erklärung die Spitze abgebrochen
werden, daß es sich nur um eine sportliche Übung handle. Nachdem die Sekundanten so weit übereingekommen waren, entschieden sie, daß der Steward Wheeler suchen sollte, der trotz seines
Status' als bestallter Offizier sicher stolz sein würde, einen solchen
Kampf leiten zu dürfen.

Die Arena war klein: ungefähr fünf Fuß und vier Zoll hoch, bei
einer Fläche von fünfzehn mal zehn Fuß. Die Zuschauer wichen bis
an die Bordwände zurück, einige boten Wetten an, und das
Gemurmel erregter Stimmen sorgte für weiteren Zulauf. In dieses
Durcheinander schob sich die glanzvolle Figur von Leutnant
Wheeler, der um Ruhe bat. Seine Ankunft wurde vom Reißen der
Segeltuchtrennwand begleitet, die Zahl der Zuschauer verdoppel-
te sich dadurch noch.

Wheeler blickte sich um. »Was für einen hübschen kleinen
Hexensabbat haben wir denn hier? Zum Teufel, besorgt mehr
Laternen, ein Schiedsrichter muß sehen können, versteht ihr?«

Anschließend gab Wheeler den Gegnern seine Anweisungen.
»Meine Herren, es gelten die Regeln für Florettfechten. Treffer
sind mit der Spitze anzubringen und nur auf den Körper. Sie sind
unmaskiert, was ich nicht schätze, aber da es sich nur um einen
sportlichen Wettkampf handelt«, er machte eine bedeutungsvolle
Pause, »brauche ich Sie nicht besonders auf die Gefahren hinzu-

weisen.« Nach kurzer Unterbrechung kommandierte er: »En garde!«

»Etes-vous prêts?«

»Aye, aye.«

Wheeler zog bei dieser Erwiderung eine Grimasse. »Allez!«

Drinkwater stand mit federnden Beinen bereit zum Ausfall da, einen Arm in die Seite gestützt, da für die vorschriftsmäßige Fechthaltung der Platz fehlte. Morris hatte eine ähnliche Position eingenommen. Dicke Schweißperlen standen auf seiner Stirn. Drinkwater hieb auf Morris ein und brachte seine Deckung ins Wanken. Er setzte nach und stach zu. Die Spitze traf Morris am Brustbein, doch der machte einen Schritt zur Seite und hätte Drinkwaters Kopf getroffen, hätte dieser den Ausfall nicht blitzschnell pariert.

»Halt!« unterbrach Wheeler, und dann: »En garde!«

Dieses Mal schwang Drinkwater den Stock weit ausgestreckt gegen Morris, zog den Gegner heran, löste sich von ihm und machte einen Ausfall. Die Spitze, stumpf wie sie war, kratzte und schabte über Morris' Oberarm, dessen Hemd dabei zerriß.

»Halt!« schrie Wheeler, aber während Drinkwater gehorsam in Ausgangsstellung zurückfiel, drang Morris mit einem Wutschrei auf die offene Flanke seines Gegners ein. Der Hieb traf Drinkwaters Schwertarm und verletzte seine Rippen. Tränen traten ihm in die Augen, und sein Arm sank herab. Aber nur einen Moment, dann ging sein Temperament mit ihm durch, und er hieb drauflos. Wheeler brüllte Haltkommandos, aber da traf Drinkwaters Stock schon die Bauchmuskeln von Morris, der strauchelte und sich krümmte. Drinkwater wich einen Schritt zurück und hob den schmerzenden Arm; er zog die ganze Länge seines Stockes über Morris' Rücken.

»Halt! Halt!« kreischte Wheeler und sprang erregt auf und ab.

»Weiter! Weiter!« riefen die begeisterten Zuschauer.

Drinkwater schlug Morris wieder und wieder, bis dieser zu Boden ging. In seinem Arm staute sich das ganze Gift seines Hasses. Er schlug Morris für sich selbst, aber auch für Sharples und für Mrs. Sharples, bis ihn endlich jemand von hinten festhielt. Morris lag flach auf dem Bauch. Man gab einen Eimer nach vorn durch. Eine Frau kreischte, er sei mit »Damenpipi« gefüllt, und die Umstehenden klatschten begeistert Beifall, als er über Morris' Rücken entleert wurde.

Leutnant Devaux war durch Gebrüll und Stampfen beim stillen Genuß seiner dritten Flasche erbeuteten Madeiras gestört worden. Nun bahnte er sich einen Weg durch die Menge, ungepflegt und mit trüben Augen. Er betrachtete leicht schielend die Szene.

»Unser verdammter kleiner Feuerfresser, wenn ich nicht irre?« Schweigen breitete sich aus. Die Umstehenden verschmolzen mit der Dunkelheit.

»Schicken Sie diesen Pöbel nach vorn! Wheeler – was, in Gottes Namen, machen Sie überhaupt hier? Wer hat Wache? Wheeler, was soll das Ganze?«

Gerade als Wheeler zu einer Erklärung ansetzte, kam ein erstaunter Leutnant Price hinzu. Er blickte sich bedauernd um, weil er die »Schlacht« nicht miterlebt hatte, und sprach dann den Ersten Offizier an: »Empfehlung des Kommandanten. Sie möchten sich umgehend in seiner Kajüte melden.«

Als Antwort fluchte Devaux entsetzlich und verließ die Arena. Einige Augenblicke später machte er sich gestriegelt und mit Hut und Rock auf den Weg nach achtern.

»Die Segelorders, denke ich«, sagte Price erklärend zu Wheeler.

Drinkwater hörte es nicht. Er atmete tief durch und wandte dem schwankenden Morris den Rücken zu. Seinetwegen konnten sie nun zur Hölle und zurück segeln, ihn würde seine Jugend nicht länger belasten.

ACHTES KAPITEL

Juli–August 1780

Die Wegnahme der *Algonquin*

Cyclops steuerte unter leichter Besegelung südwärts. Mittags wurde beigedreht, man versuchte, die Labadie-Bank anzuloten. Als die Rahen herumschwangen, ertönte plötzlich ein Ruf aus dem Masttop: »Segel in Sicht!«

Devaux befahl Drinkwater, mit einem Fernglas aufzuentern, und als dieser zurückkehrte, war Hope an Deck.

»Ein Schoner, Sir«, meldete der Fähnrich.

»Mit Mastfall nach achtern?«

»Jawohl, Sir!«

»Also ein Yankee«, folgerte Hope. »Hören Sie mit dem unsinnigen Loten auf, Mr. Blackmore. Mr. Devaux, lassen Sie alle Segel setzen. Süd!«

Niedergeschlagen nahm Blackmore das Lot entgegen und untersuchte die Lotspeise. Um ihn herum brach hektische Aktivität aus. Die Bramsegel wurden in ihren Gordings gefiert, die Rahen wurden vorgeheißt und innerhalb weniger Minuten so gebraßt, daß die Segel sich prall füllten. *Cyclops* preschte vorwärts.

»Royals, Sir?« fragte Devaux zweifelnd, als er mit Hope die Windstärke prüfte.

»Royals«, stimmte der Kommandant zu.

»Klar bei Royalfallen . . . Setzt Royals!«

Ihre leichten Rahen wurden fliegend über den geblähten Bramsegeln und ohne weitere Verstagung am Mast gesetzt. Nachdem die Fregatte ihr Gefieder gespreizt hatte, ging Hope nach vorn und erklomm vorsichtig den Vormast. Achtern bezweifelte Devaux schon wieder die Weisheit des Entschlusses, bei der herrschenden Brise die Royals zu setzen. Laut äußerte er seine Meinung über Kommandanten, die ihren Offizieren zutrauten, daß sie über alles und jedes Berichte schrieben. Zehn Minuten später kam Hope wieder herunter und sagte zu den Offizieren, die auf dem Achterdeck zusammenstanden: »Es handelt sich tatsächlich um einen Yankee: klein, schmal und vollgestopft mit Männern. Zu unserem Glück steht er in Lee, und der Wind scheint weiter aufzufrischen.«

»Dann könnten wir ihn erwischen«, meinte Devaux, wobei er bedeutsam nach oben zu den Royals blickte.

»Aye«, grübelte Blackmore, der immer noch wegen der Nichtachtung seiner navigatorischen Mühen eingeschnappt war. »Aber wenn er nach Luv durchbrechen kann, geht er viel höher an den Wind als wir.«

»Ruhe!« befahl Hope. »Wir wollen klar zum Gefecht machen.«

Seit dem Verlassen des Spithead, auf Patrouille gegen feindliche Freibeuter und Handelsstörer, hatte sich die Stimmung in der Fähnrichsmesse gewandelt. Das Duell zwischen Morris und Drinkwater war die *cause célèbre* des Schiffes gewesen, da viele, besonders im Zwischendeck, den Hintergrund des Geschehens kannten. Die unmittelbare Folge für die Duellanten war ein längerer Strafaufenthalt im Masttop. Morris hatte alles Ansehen in der Messe verloren. Er wußte, wie dünn das Eis war, auf dem er sich jetzt bewegte, deshalb übte er sich in Zurückhaltung. Zwar nährte er weiter seinen versteckten Haß gegen Drinkwater, aber er wußte, daß die Schlinge des Henkers drohend über ihm schwebte.

Andererseits war Drinkwater über Nacht eine Art Volksheld geworden. Er schien mehrere Handbreit gewachsen zu sein, und auch sein Selbstbewußtsein nahm täglich zu. Zu Wheeler hatte er ein fast freundschaftliches Verhältnis entwickelt und erhielt von ihm Unterricht im Fechten. Er wurde schnell ein guter Fechter und sogar ein- oder zweimal in die Offiziersmesse eingeladen. Tregembo und Sharples hielten sich möglichst in seiner Nähe auf und bildeten eine Art Leibwache.

Nach der Auseinandersetzung hatte ihn Blackmore beiseite genommen und über Morris ausgefragt. Drinkwater wollte nicht, daß förmlich Anklage erhoben wurde, und Blackmore sorgte dafür, daß Morris dies auch erfuhr. Der alte Mann war zuversichtlich, daß Morris auf der gegenwärtigen Reise keinen Ärger mehr machen würde.

Der Yankeeschoner war *Cyclops'* erste Gelegenheit zum Abfangen eines Gegners, denn bis jetzt war man nur Handelsschiffen begegnet; folglich war die Besatzung freudig erregt, als man auf die Beute herabstieß. Dort hatte man *Cyclops* zwar ausgemacht, die

Gefahr aber zu spät erkannt. Da man die Fregatte nur von vorne gesehen hatte, hielten die Amerikaner sie zunächst für ein Handelsschiff und somit für eine potentielle Prise. Das Ausfahren der Kanonenrohre auf *Cyclops* veranlaßte die Rebellen dann aber schnell zur Flucht. Sie fielen ab und liefen vor dem Wind davon.

Es handelte sich um ein schmales, flachbordiges und schnelles Schiff aus leichtem Weichholz, auf einer der Werften von Rhode Island gebaut. Aber *Cyclops,* die jetzt auch noch ihre Leesegel trug, stieß bei auffrischendem Wind auf sie herab. Der Amerikaner ließ zwar ebenfalls alle Segel stehen, aber er schwebte in Gefahr, sein kleineres Schiff mit der riesigen Tuchmenge über Kopf zu segeln. Die britische Fregatte näherte sich mit einem großen weißen Knochen zwischen den Zähnen. Auf ihrer Back wartete Devaux, bis sich ihr Bug hob, dann bellte vorn die Jagdkanone.

»Zu kurz, verdammt!« Die Stückmannschaft lud erneut, und wieder stieg Rauch auf, als sich die Fregatte aufbäumte. Ein Dutzend Gläser war auf den Schoner gerichtet, der gut an Backbord lag. In einer Gruppe von Offizieren wurden murmelnd Meinungen ausgetauscht. Auch Drinkwater drückte sich dort herum, weil er als Melder des Kommandanten eingeteilt war.

»Wir holen schnell auf.«

»Er hat immer noch keine Flagge gezeigt.«

»Da ist sie.«

Die amerikanische Flagge stieg hoch und wehte an der Gaffel aus. Der Schoner wurde unter zu viel Segelfläche vorwärtsgeprügelt, weißes Wasser gurgelte von seinem Bug die Seiten entlang. Ein schwacher Rauchball erschien, der sofort vom Wind verweht wurde. Im Vorsegel der Fregatte öffnete sich ein Loch.

»Ein guter Schuß, alles was recht ist!«

»Aye, und der Ehrenwerte Johnny muß sich verdammt ...«

Devaux' Neunpfünder donnerte wieder; ein Loch erschien im Großsegel des Schoners.

»Quid pro quo«, sagte Keene weise.

»Was sagst du nun?« fragte Wheeler niemand im besonderen.

»Ich würde anluven, was das Zeug hält. Einmal in Luv, könnte er entwischen«, sagte Leutnant Price. Jeder wußte, daß der Schoner mit seinem Gaffelrigg mehr Höhe als ein Rahsegler laufen konnte, aber Prices Meinung wurde von Drinkwater in Zweifel gezogen, der nicht länger ruhig bleiben konnte.

»Entschuldigung, Mr. Price, aber er hat jetzt seine Bäume auf der

Backbordseite stehen, bei achterlichem Wind. Um nach Luv zu kommen, müßte er entweder halsen oder unseren Bug kreuzen ...«

»Irgendwas muß er jedenfalls machen«, erwiderte Price ärgerlich.

»Seht!« riefen mehrere Beobachter gleichzeitig.

Der amerikanische Kommandant verstand sein Geschäft. Nachdem er eingesehen hatte, daß sein verzweifeltes Hasardspiel nicht aufgehen konnte, hatte er sich entschieden, auf Steuerbordbug nach Luv durchzubrechen. Das Risiko, daß bei der nun notwendigen Halse etwas brach, war groß. Sie durfte aber nicht schiefgehen, wenn er entkommen wollte, also mußte er sich etwas ausdenken, um das Risiko zu mindern. Hope studierte intensiv den Yankee, seine Gedanken folgten den gleichen Bahnen, die Drinkwater aufgezeigt hatte. Er ahnte, daß die Rebellen gleich handeln würden.

Was die Offiziere gesehen hatten, war das Einfieren der zwei großen Gaffelbäume. Die hölzernen Gaffeln hingen an ihren Piekfallen herunter und nahmen so die Kraft aus dem Segeltuch. Aber Hope hatte schon gesehen, wie sich die Dirk straffte, bevor die Piekfallen richtig Lose bekamen. Er begann Befehle zu brüllen.

»An die Brassen! Bewegt euch, verdammt noch mal!«

»Vor- und Großschoten!«

Die Offiziere und ihre Helfer stürzten sich in das Geschehen. Hope hielt wieder Ausschau nach dem Schoner, dessen Geschwindigkeit abgenommen hatte. Als Devaux' Kanone zum dritten Mal dröhnte, ging der Schuß zu weit. Der Schoner begann zu drehen. Nun zeigte sein Heck in Richtung *Cyclops*. Durchs Glas konnte Drinkwater den Namen lesen: *Algonquin*, Newport. Er meldete dies Hope. Der Schoner rollte weit nach Steuerbord, als sein Heck durch den Wind ging, dann kamen seine Bäume über. Aber die Amerikaner waren vom Fach. Vor- und Großschot wurden übergeholt, und der Wind ließ die gefierten Segel killen.

»Anluven!«

»Hol die Leebrassen!«

»Hol die Großschot!«

»Fier und hol gleichmäßig!«

Noch während die Gaffeln der *Algonquin* wieder gesetzt und ihre Segel flach getrimmt wurden, drehte *Cyclops* schon. Hopes Aufgabe bestand darin, in dem nun entstehenden Dreieck die Hypothenuse abzulaufen. Der Schoner konnte mehr Höhe am Wind segeln, und wenn er die Ecke des imaginären Dreiecks vor *Cyclops* ohne

Schaden erreichte, war sein Entkommen fast sicher. Auf der Back konzentrierte sich Devaux jetzt auf die Steuerbordbugkanone, während *Cyclops* unter dem Druck der Segel auf den neuen Kurs einschwang.

Ein Knall oben: das Großroyalsegel war in wirbelnde Streifen zerfetzt.

»Hoch und bergt den Schund!«

Die *Algonquin* luvte tüchtig, aber sie trug immer noch zu viel Segel. Nichtsdestoweniger machte sie Raum gut. Einige Minuten stürmten die beiden Schiffe dahin, das Brausen des Windes im Rigg und das Zischen des Wassers an den Rümpfen waren die einzigen Geräusche, die den grimmigen Wettlauf begleiteten. Dann feuerte Devaux die Bugkanone an Steuerbord ab. Die Kugel durchschlug das Großsegel der *Algonquin* dicht neben dem ersten Loch. Eine Naht öffnete sich, und das Segel zerfiel in zwei, drei Teile.

Cyclops holte ihr Opfer ein und drehte in Luv bei. Die Yankeeflagge wehte immer noch von der Gaffel aus.

Hope wandte sich an Drinkwater: »Meine Empfehlung an Mr. Devaux, er soll die erste Division auf diesen Burschen abfeuern.«

Drinkwater eilte nach vorn und lieferte den Befehl ab. Der Erste Offizier stieg ins Batteriedeck, und die vorderen Zwölfpfünder der Steuerbordbatterie brüllten überredend auf. Der Amerikaner strich die Flagge.

»Mr. Price, nehmen Sie einen Fähnrich, zwei Quartermaster, zwei Bootsmannsgehilfen und zwölf Mann. Aus Plymouth oder Falmouth, Mr. Price. Mr. Wheeler, eine Abteilung Ihrer Seesoldaten!«

»Aye, aye, Sir!«

Die große Barkasse wurde aus der Kuhl über die Seite gehievt, die Blöcke an den Rahen quietschten unter den Anstrengungen der Seeleute. Als sie im Wasser lag, sprangen die Männer hinein. Drinkwater hörte, wie sein Name von Price aufgerufen wurde.

»Mr. Drinkwater, lassen Sie sich vom Navigator unsere Position und eine Seekarte geben.«

»Aye, aye, Sir!« Der Fähnrich machte sich auf die Suche nach Blackmore. Der alte Navigator maulte immer noch über die Unterbrechung seiner Lotungen an der Labadie-Bank, aber er schrieb dann doch eilfertig die gegißte Breite und Länge auf. Als sich Drinkwater abwandte, hielt ihn der alte Mann am Arm fest.

»Sei vorsichtig, Junge«, sagte er besorgt. »Die Yankees sind aus anderem Holz als die Dons.«

Drinkwater schluckte. In der allgemeinen Aufregung hatte er noch gar nicht die möglichen Konsequenzen bedacht, die daraus erwuchsen, daß er an Bord einer Prise ging. Er stieß zur Besatzung der Barkasse. Wenige Minuten später ruderte man über die Wasserfläche zwischen den beiden Schiffen.

Als sie aus der schützenden Abdeckung der Bordwand kamen, riß der Wind die Gischt von den Wellenkämmen, und Sprühwasser wehte ins Boot. Sergeant Hagan erinnerte seine Männer daran, ihre Zündhütchen trocken zu halten. Die Seesoldaten deckten sofort wie ein Mann die Pfannen ihrer Gewehre mit den Händen ab. Auf halbem Weg zwischen *Cyclops* und *Algonquin* tauchte das Boot so tief in die Wellentäler, daß von Bord nur noch die Mastspitzen der beiden Schiffe zu sehen waren. Als die von *Algonquin* über ihnen aufragten, waren die von *Cyclops* kaum noch zu erkennen.

Drinkwater hatte ein eigentümlich leeres Gefühl im Magen. Er spürte die Spannung des Prisenkommandos, das mit steinernen Gesichtern dasaß, jeder in seine eigenen besorgten Gedanken versunken. Drinkwater fühlte sich klein und verwundbar neben Price, während er das zerbrechliche Boot über das aufgewühlte Meer steuerte. Hinter ihnen lag *Cyclops*, ihre mächtige, schützende Heimat, und versank langsam in Bedeutungslosigkeit.

Hope hatte absichtlich eine starke Abteilung an Bord des Freibeuters abkommandiert. Er wußte, daß er eine zahlreiche, aggressive Besatzung haben würde, weil er die eigenen Prisen bemannen mußte. Bei der Annäherung erkannte Drinkwater, daß die Befürchtungen Blackmores berechtigt waren. Kein Vergleich mit den Verhältnissen, die er beim Entern der *Santa Teresa* kennengelernt hatte. Dort hatte er, eingehüllt in den Schutz einer mächtigen Flotte, keine Bedenken gehabt. Die dramatische Mondscheinschlacht und die sich überschlagenden Ereignisse, die in der Degenübergabe gipfelten, hatten sich in seiner Erinnerung zu einem fast glanzvollen, heiteren Ereignis verklärt. Dieser Glanz fehlte jetzt völlig. Die Bajonette der Seesoldaten funkelten grausam. Mit plötzlicher, würgender Angst stellte sich Drinkwater vor, wie es sein würde, von so einer gräßlichen Waffe durchbohrt zu werden. Er schüttelte sich bei diesem Gedanken.

Im nächsten Augenblick waren sie bei dem Schoner längsseits.

Die zwanzig Seeleute folgten Price über die Seite, Hagan und die Seesoldaten bildeten die Nachhut.

Leutnant Price wandte sich an einen blau gekleideten Mann, der der Kommandant zu sein schien: »Legen Sie mir bitte die Schiffspapiere vor, Sir!«

Der Blaue drehte sich um, und Sergeant Hagan ließ seine Leute das Schiff durchsuchen. Es hatte eine Besatzung von siebenundvierzig Mann. Nachdem man sich vergewissert hatte, daß der große Raum unter der Back durch eine Luke zu verschließen war, wurden alle dort hineingetrieben. Da die Kanonen von *Cyclops* nur drei Kabellängen entfernt waren, fügten sie sich grollend, aber ohne Widerstand. Nachdem sich Price derart auf dem Schiff eingerichtet hatte, ließ er die britische Flagge setzen und beorderte seine Leute an die Reparatur des Großsegels. Die Offiziere des Freibeuters wurden achtern in der Kajüte eingeschlossen, ein Seesoldat hielt davor Wache. Als nächstes ließ der Leutnant zwei der achteren Kanonen binnenbords drehen und mit Kartätschen laden, damit konnte jetzt das Deck bestrichen werden. Die Schlüssel für das Pulvermagazin waren sicher verwahrt, und die Einzelheiten über das Schiff wurden in das Langboot unten übergeben, das sie der wartenden *Cyclops* bringen würde.

Da das Großsegel beschädigt war, konnte Price nur mit dem Vorsegel und den Stagsegeln arbeiten, aber trotzdem setzte er den Kurs ab und ließ die Schoten entsprechend einstellen. Nach dreiundzwanzig Minuten war der Freibeuter *Algonquin* aus Newport, der mit einem Kaperbrief des amerikanischen Kongresses operiert hatte, fest in der Hand der Marine Seiner Britannischen Majestät.

Der Mann im blauen Rock blieb an Deck und starrte zu der Fregatte hinüber, die ihm sein Schiff genommen hatte. Der Abstand vergrößerte sich. Der Offizier schlug mit der Faust auf die Reling, dann drehte er sich abrupt um und sah jetzt den englischen Leutnant vor sich.

»Ich bedaure zutiefst, daß ich Ihnen als das personifizierte Unglück erscheinen muß, aber Sie haben illegal im Auftrag einer Rebellenorganisation operiert, die nicht berechtigt war, Kaperbriefe auszustellen. Geben Sie mir Ihr Ehrenwort, daß Sie nicht versuchen werden, das Schiff zurückzuerobern, oder muß ich Sie wie einen gemeinen Verbrecher behandeln?« Prices höfliche Stimme mit ihrem unverkennbaren Waliser Akzent konnte das Mißtrauen nicht verdecken, das er dem schweigsamen Amerikaner gegenüber hegte.

Endlich antwortete der Mann im langgezogenen Tonfall der Kolonien: »Sie, Sir, sind der Verbrecher! Sie und die perfiden Gesetze Ihres tyrannischen Landes sollen verdammt sein! Ich gebe Ihnen mein Ehrenwort nicht! Sie sind in der Minderzahl, und ich kann Ihnen versichern, daß meine Männer da vorn nicht lammfromm bleiben werden. Leutnant, Sie werden an Bord sehr wenig Schlaf kriegen. Denken Sie immer daran, und gehen Sie zum Teufel!« Der Blaue drehte sich barsch um.

Price nickte Hagan zu, der mit zwei Seesoldaten den Kommandanten nach unten bugsierte. Price schaute ihm nach. Die Arbeiten am Großsegel machten Fortschritte. Fähnrich Drinkwater und zwei Quartermaster hatten alles an Deck organisiert, die Pinne war bemannt und der Kurs auf den Englischen Kanal abgesetzt. Price blickte nach achtern. *Cyclops* war nur noch ein kleiner Fleck am Horizont. Er fühlte sich einsam. Während seiner acht Jahre auf See hatte er schon mehrfach als Kommandant einer Prise fungiert, aber das waren unterbemannte Handelsschiffe gewesen, deren Kapitäne und Besatzungen angesichts der bewaffneten Übermacht wenig Ärger machten. In den düsteren Jahren des Krieges mit den Amerikanern hatten die Briten lernen müssen, daß ihre Gegner ein schon fast unfaires Gespür für günstige Gelegenheiten hatten. Ihr General Washington zum Beispiel war ständig von Meutereien bedroht, aber wenn es galt, die Briten in einer für sie prekären Situation zu überraschen, waren die verdammten Yankees wie durch Zauberei voll da. Burgoyne mußte das schmerzlich erfahren, und St. Leger erging es nicht besser. Sogar als der genialste amerikanische Taktiker, Benedict Arnold, die Seiten wechselte, erkannte das britische Oberkommando den Wert eines solchen Talents zu spät.

Leutnant Prices Schicksal wurde durch eben diese ruhelose Energie besiegelt. Er war überrascht, sogar noch in seiner Todesstunde, daß Männer seiner eigenen Rasse ihm seine Menschlichkeit so übel vergalten.

Zwei Tage steuerte *Algonquin* einen südöstlichen Kurs, um die Scillies im Süden zu passieren, bevor man in den Englischen Kanal eindrehen konnte. Das Großsegel war repariert und gesetzt worden. Drinkwater war höchst interessiert an den Segeleigenschaften des Schoners, und das faszinierte ihn. Er hätte sich nicht träumen lassen, daß man bei halbem Wind so schnell segeln konnte. Mit größtem Interesse lauschte er einer Diskussion zwischen den beiden Quartermastern, die darüber stritten, ob es möglich sei, schneller als der atmosphärische Wind zu segeln. Die Ängste, die Blackmore ihm eingeimpft hatte, verschwanden mit der Zeit, als er die Freuden der Unabhängigkeit zu genießen begann. Das Wetter blieb sonnig und angenehm, der Wind war schwach, aber günstig. Die Amerikaner wurden in kleinen Gruppen zum Luftschnappen an Deck gelassen, Sergeant Hagan und seine Seesoldaten führten die Aufsicht. Die Offiziere des Amerikaners verursachten keinen Ärger. Sie waren in der einen Kajüte eingeschlossen, während der Kommandant in der anderen gefangengehalten wurde. Es war ihnen erlaubt worden, einzeln an Deck zu kommen, so daß gewöhnlich immer einer von ihnen während des Tages in der Nähe der Großmastrüsten stand. Die Eignerkajüte war von Price und dem Fähnrich in Beschlag genommen worden, die Seeleute und die Seesoldaten hausten im Zwischendeck. Ursprünglich war es dafür vorgesehen, die Besatzungen der Schiffe aufzunehmen, die von der *Algonquin* aufgebracht wurden.

Am Abend des zweiten Tages wich die Spannung ein wenig von Price. Eine Stunde zuvor hatte einer der amerikanischen Seeleute darum gebeten, ihn sprechen zu dürfen. Price war nach vorne gegangen. Ein Mann war vorgetreten und hatte gefragt, ob ihr eigener Koch kochen dürfe, da das Essen, das sie erhielten, sie krank mache. Falls der Leutnant dies erlaube, würden sie versprechen, sich anständig zu benehmen. Price überdachte den Vorschlag und stimmte schließlich zu; weitere Erleichterungen könne er aber nicht gewähren. Er schätzte, daß sie jetzt etwa dreißig Seemeilen südlich vom Lizard standen und daß er morgen auf Nordkurs gehen und Falmouth anliegen konnte.

Während der Nacht flaute der Wind ab und schlief dann völlig ein. Ein nebliger Morgen graute. Der Schoner lag rollend in einer schwachen Dünung, die Blöcke schlagen und Segel wie Tauwerk schamfielen ließ.

Als Price auf Wache kam, erwartete er einen baldigen Wetterumschwung. Gegen Mittag rührte sich aber noch kein Lüftchen, und er ließ die großen Gaffelsegel bergen, um das Schamfielen einzuschränken. Die Männer waren mit dieser Arbeit beschäftigt, als der amerikanische Koch mit einem großen Topf Suppe nach vorne ging. Drinkwater stand ganz achtern. Als das Großsegel fiel, holte er die Lose aus der Großschot und schoß sie sauber auf.

Plötzlich ertönte vorn ein Schrei. Als der Posten der Seesoldaten sich vorgebeugt hatte, um dem Koch den Niedergang aufzuschließen, schüttete ihm dieser die kochendheiße Suppe ins Gesicht. Blitzartig ergriff der Amerikaner die Muskete des Soldaten und hielt die vier Seeleute in Schach, die das Vorsegel fierten. Einen Augenblick standen alle Männer an Deck der *Algonquin* wie versteinert, dann strömten die Amerikaner unaufhaltsam aus ihrem Gefängnis. Sie umzingelten die unbewaffneten Seeleute, und als diese die Fallen fahren ließen, rissen sie die Belegnägel als Waffen aus den Nagelbänken und stürmten wie eine menschliche Brandungswoge schreiend nach achtern. Donnernd kam das Vorsegel von oben, was die Situation noch weiter verwirrte. Die Seeleute auf dem Vorschiff wurden schnell überwältigt, aber achtern waren einige Seesoldaten auf Posten. Die Musketen krachten, und drei Amerikaner fielen. Leutnant Price zog seinen Degen und sprang ans Steuerbordgeschütz. Blitz und Donner zerrissen den Nebel, als die Kartätschen wahllos Freund und Feind niedermähten. Einen Moment nur zögerte die menschliche Flut, dann brach sie über das Achterdeck herein.

Drinkwater stand wie angewurzelt. Das mußte nur ein schlechter Traum sein. Jeden Augenblick würde der Nebel aufreißen und *Algonquin* wieder so ordentlich sein wie vorher. Eine Pistolenkugel schlug neben ihm in die Reling. Er sah, wie Price mit gefletschten Zähnen mit seinem Degen um sich hieb. Ein, zwei Rebellen fuhr die scharfe Spitze in den Körper, dann spaltete ein riesiger Mischling mit einer Handspake den Kopf des Leutnants. Es war ein ekelerregendes Geräusch.

In Drinkwater wuchs plötzlich eine unerklärliche Wut. Er nahm kaum wahr, daß britische Seeleute und Soldaten mit jeweils drei, vier Freibeutern im Handgemenge waren. Er wußte, daß er sterben mußte, und dieses Wissen machte ihn böse.

Er schluchzte wütend, Tränen liefen ihm über die Wangen. Plötzlich war der kurze Dolch in seiner Hand, und er sprang vorwärts. Der große Mischling sah ihn zu spät, denn er hatte neugierig Prices Degen aufgehoben. Als der Fähnrich ihn angriff, hielt er ihn vor sich wie ein Jagdmesser. Drinkwater erinnerte sich an seine Fechtstunden. Als der Indianer den Degen hochriß, wehrte er ihn mit einer halbkreisförmigen Parade ab und durchbrach die

Deckung mit so viel Schwung, daß seine Spielzeugwaffe fast ganz im Bauch des Indianers verschwand. Der Mann schrie vor Schmerz und Überraschung auf, als sie aufeinanderprallten, dann brach er zusammen. Drinkwaters Wut war verpufft, er wurde von kalter Angst überwältigt, Angst, die auch einen großen Teil Erleichterung enthielt. Doch ein Schlag auf den Kopf riß ihn in einen Strudel des Vergessens.

Als Drinkwater sein Bewußtsein wiedererlangte, dauerte es mehrere Minuten, bevor er sich an das Geschehen erinnern konnte. Die totale Dunkelheit verwirrte ihn. Ein regelmäßiges Quietschen war zu hören, das in eine Folge gleichmäßigen Klopfens überging.

»Wo bin ich?« fragte er laut.

Ein Stöhnen antwortete neben ihm, dann fühlte er eine Hand auf seinem Knie.

»Mr. Drinkwater?« fragte eine überanstrengte Stimme voller Schmerz und Besorgnis.

»Ja.«

»Gestatten, Sir, ich bin Seesoldat Grattan. Wir sind unter der Back ... Nur die Verwundeten, Sir.«

»Die Verwundeten?«

»Aye, Sir. Sie waren bewußtlos. Mein Arm ist gebrochen.«

»Oh, tut mir leid.«

»Danke, Sir.«

Drinkwater begann die Situation zu begreifen und betastete die riesige schmerzende Beule auf seinem Kopf.

»Was ist das für ein Lärm da oben?«

»Riemen, Sir. Die anderen müssen pullen.«

Bevor er weiterfragen konnte, flog die Luke auf, kühle Tropfen fielen in Drinkwaters aufwärts gerichtetes Gesicht. Dann kletterte ein Mann aus dem nebligen Tag herunter. Er beugte sich nacheinander über jeden Gefangenen. Als er Drinkwater erreichte, knurrte er: »Du bist fit, scher dich an Deck!« Er ergriff Drinkwaters Arm und zog ihn auf die Füße. Einige Minuten später stand Drinkwater unsicher an Deck und blickte nach achtern.

Die *Algonquin* war immer noch von dichtem Nebel umgeben, sie machte langsame, aber gleichmäßige Fahrt über die ruhige graue See. Zwischen den Stückpforten waren zwei Holzstäbe als behelfsmäßige Dollen an der Reling befestigt worden. Jeder Riemen wurde von zwei Männern bedient, so daß der Schoner sich wie eine Galeere bewegte. Die Männer an den Riemen waren ausschließlich Briten. Ein amerikanischer Steuermann lief an Deck auf und ab, in der Hand ein Tauende. Von Zeit zu Zeit ließ er es auf den nackten Rücken eines Seemannes oder die schweißdurchtränkte rote Uniformjacke eines Seesoldaten klatschen.

Drinkwater wurde ein Eimer grünes Wasser aus einer Deckwaschpumpe über den Kopf geschüttet, dann schob man ihn neben einen Seesoldaten, der den achteren Backbordriemen bediente. Es war Hagan; der Schweiß tropfte von seinem Gesicht wie die Nebeltröpfchen vom Rigg.

Hagan grunzte einen Willkommensgruß, und Drinkwater ergriff den Schaft des Riemens. Er war glitschig vom Blut des Mannes, der vor ihm hier gesessen hatte. Nach einer halben Stunde wußte Drinkwater, warum der Freibeuter gerudert wurde. Der Weg, den sie so durch den Nebel nach Süden zurücklegten, kam dem amerikanischen Kommandanten zwar auch zupaß, aber ebenso wichtig war, daß die Kräfte der Briten so am wirkungsvollsten erschöpft wurden. Eine ausgelaugte Prisenmannschaft konnte keinen Widerstand mehr leisten.

Nach einer Stunde hatte Drinkwater einen Grad körperlicher Erschöpfung erreicht, der ihn fast übermannte. Als er kurz innehielt, spürte er den Tampen des Steuermanns. Sein Kopf schmerzte, aber sein Verstand hatte aufgehört zu arbeiten. Hagan holte ihn aus seiner halben Bewußtlosigkeit, indem er zwischen den zusammengebissenen Zähnen hervorpreßte: »Es frischt auf!«

Drinkwater hob den Kopf und wischte sich den Schweiß aus den Augen. Auf dem glatten Wasser waren die Katzenpfoten einiger Windstriche zu sehen. Die Sonne schien nun heller und wärmer. Er wußte nicht, wie spät es war und wie lange er halb bewußtlos gewesen war. Unmerklich begannen sich Wind und Sonne gegen den Nebel durchzusetzen, und schon eine Stunde später wehte eine hübsche Brise. Leicht und unbeständig zuerst, pendelte sie sich dann auf Nordwest ein und frischte auf. Der amerikanische Kommandant ließ die Riemen einholen und Segel setzen. Bevor sie wieder unter die Back getrieben wurden, hörte Drinkwater das Ruderkommando: Die *Algonquin* steuerte nach Südosten. Als die Luke über den Briten geschlossen wurde, legte sich der Schoner schon leicht über, und das Wasser des Ärmelkanals zischte mit zunehmender Geschwindigkeit an seinem Waschbord entlang.

NEUNTES KAPITEL

August 1780

Ein Rollentausch

Das britische Prisenkommando der *Algonquin* befand sich in kläglichem Zustand. Es war gegen Abend, als die Amerikaner ihr Schiff zurückerobert hatten. Die ganze folgende Nacht über hatten die Briten das Fahrzeug südwärts gerudert, weg von der Küste Cornwalls. Erst am nächsten Morgen hatte Drinkwater das Bewußtsein wiedererlangt und war an Deck gebracht worden. Und der Tag war schon ein gutes Stück vorgerückt, als endlich Wind aufkam.

Unter der stinkenden Back lagen die Briten nun in völliger Erschöpfung hingestreckt. Nach einer Weile hatten sich Drinkwaters Augen an die Dunkelheit gewöhnt, und er musterte die schlafenden Männer, blickte sich nach Grattan um. Der Mann zuckte unruhig, sein Blick war starr, aber er war als einziger wach. Ein anderer, dessen Namen Drinkwater nicht kannte, war tot. Er hatte eine Kopfverletzung erlitten, das getrocknete Blut färbte sein Gesicht schwarz. Er lag steif da, mit offenem Mund einen lautlosen Schrei ausstoßend, dessen Echo nur aus der Ewigkeit kommen konnte. Drinkwater fröstelte. Grattan murmelte wirres Zeug, seine Armverletzung hatte ein Fieber heraufbeschworen.

Gegen Mittag öffnete sich die Luke, eine Kanne voll dünner Suppe, etwas Zwieback und Wasser wurden heruntergelassen. Die Luke ging schon wieder zu, als sich Drinkwater erhob und rief: »Wir haben einen Toten hier unten!«

Die Luke stand still, ein Mann zeichnete sich mit Kopf und Oberkörper gegen den Himmel ab. »Und?« knurrte er.

»Lassen Sie ihn bitte an Deck schaffen.«

Eine Pause entstand. Dann: »Er gehört zu euch. Ihr habt ihn mitgebracht, ihr könnt ihn auch behalten.« Ein dicker Klumpen Speichel flog herunter, und die Luke wurde zugeschlagen.

Der Wortwechsel hatte die Männer geweckt. Sie stürzten sich auf das Essen, tauchten den Zwieback ein und saugten ihn gierig aus.

Nach einiger Zeit kam Sergeant Hagan zu Drinkwater gekrochen. »Verzeihung, Mr. Drinkwater, aber haben Sie irgendwelche Befehle?«

»Wie bitte?« Drinkwater verstand nicht.

»Mr. Price ist tot, Sie haben das Kommando, Sir!«

Drinkwater musterte die Quartermaster und Seesoldaten. Sie waren alle älter als er, waren viel länger zur See gefahren. Sie konnten doch nicht von ihm erwarten... Er blickte Hagan an. Hagan, der über zwanzig Dienstjahre bei der Marineinfanterie auf dem Buckel hatte, Hagan mit den tollen Geschichten über seinen Dienst unter Hawke und Boscawen, Hagan mit seiner Findigkeit und seinem Mut... Aber Hagan blickte auf *ihn*. Drinkwaters Mund öffnete sich, um zu protestieren, denn er hatte nicht die leiseste Idee, was er tun sollte. Aber er schloß ihn wieder.

Hagan kam ihn zu Hilfe. »Auf, auf, Jungs, Mr. Drinkwater möchte eine Musterung vornehmen. Also wollen wir doch mal sehen, wie viele noch unter uns sind.« Hagan hustete. »Seesoldaten, abzählen!«

Außer dem Sergeanten waren noch fünf Soldaten übrig.

»Quartermaster?« Beide waren wohlauf und unverwundet.

»Bootsmannsgehilfen?« Stille.

»Matrosen?« Elf Stimmen konnten gezählt werden, eine meldete einen verstauchten Fuß.

»Das macht mit Ihnen, Sir, genau zwanzig Mann, wenn einer auch nicht ganz fit zu sein scheint.« Hagan sprach, als sei diese runde Zahl ein toller Erfolg für die Briten.

»Danke, Sergeant.« Drinkwater ahmte im Ton unbewußt Devauxs Art nach. Aber nun wußte er nicht, was man als nächstes von ihm erwartete. Hagan fragte ihn: »Wohin bringt man uns, Sir?«

Drinkwater wollte schon antworten, daß auch er keine Ahnung habe, als ihm das Ruderkommando einfiel, das er an Deck gehört hatte.

»Nach Südost«, sagte er. Er stellte sich die Karte vor, wiederholte still für sich den Kurs und wußte plötzlich ihre Bestimmung: »Nach Frankreich...«

»Aye«, fiel einer der Quartermaster zustimmend ein, »die verdammten Rebellen haben mit den Froschfressern innige

Freundschaft geschlossen. Sie bringen uns bestimmt nach Morlaix oder St. Malo.«

Hagan ergriff wieder das Wort, und seine einfache Frage traf Drinkwater wie eine kalte Dusche. Hagan war ein Kämpfer, ein Vollstrecker von Befehlen, Hagan schreckte vor keiner körperlichen Arbeit zurück, wenn sie ihm zugeteilt wurde, aber er blickte auf zu seinem Vorgesetzten, der die Ideen produzieren mußte. Für ihn war Drinkwater, dieser halberwachsene Jüngling, der qualifizierte Denker. Im festen Schema der Marine mußte jemand von Drinkwaters Rang automatisch die richtige Antwort zur Hand haben. Er war eben – wie man auf den Schiffen des Königs zu sagen pflegte – ein »junger Herr«.

»Was machen wir also, Sir?«

Drinkwaters Mund klappte lautlos auf, dann gewann er seine Selbstbeherrschung wieder. Ihre Lage mußte sich von Stunde zu Stunde nur verschlechtern, also antwortete er: »Wir erobern das Schiff zurück!«

Schwacher, aber merkwürdig befriedigter Beifall kam von den Männern. Drinkwater zwang sich zum klaren Denken und fuhr fort: »Jede Meile, die das Schiff zurücklegt, bringt uns Frankreich näher, und wir wissen alle, was das bedeutet...« Ein dumpfes Murmeln bestätigte ihm, daß sie es nur zu genau wußten. »Wir haben hier neunzehn voll einsatzfähige Männer. Wie stark ist der Gegner, ungefähr drei Dutzend Mann? Weiß jemand Genaueres über ihre Verluste?«

Das nun einsetzende, spekulative Durcheinander war ein Zeichen für steigende Kampfmoral. »Viele kamen um, als der Leutnant die Kanone abfeuerte, Sir...«

Drinkwater erkannte Sharples' Stimme. Im schnellen Gang der Ereignisse hatte er völlig vergessen, daß Sharples zum Prisenkommando gehörte. Nun war er über seine Gegenwart merkwürdig erfreut.

»Wir haben einige erledigt, und Sie, Sir, haben es auch einem besorgt...« Deutlich schwang Bewunderung in der Stimme des Mannes mit.

Er wurde von Hagan unterbrochen; schließlich war es die Aufgabe des Sergeanten, Verluste zu schätzen. »Ich denke, daß wir ein Dutzend getötet haben, Mr. Drinkwater. Ungefähr drei Dutzend sollten noch übrig sein.«

Zustimmendes Gemurmel kam von den Männern.

»Einigen wir uns also auf drei Dutzend«, fuhr Drinkwater fort. Ein Gedanke hatte sich in seinem Gehirn eingenistet. »Sie sind bewaffnet, wir sind es nicht. Wir sind unter der Back eingeschlossen, die völlig vom übrigen Schiff isoliert ist. Das war der Platz, den wir für *sie* ausgesucht hatten.« Er machte eine Pause. »Sie konnten sich befreien, weil sie einen Plan hatten. Ich hörte zufällig mit, wie der amerikanische Kommandant Leutnant Price prophezeite, daß er sein Schiff zurückerobern würde. Es hörte sich ein wenig nach Prahlerei an, man weiß ja, daß die Amerikaner zum Prahlen neigen . . .«

Ein vereinzeltes Krächzen, wohl ein Lachen, kam aus der Dunkelheit.

Hagan unterbrach wieder: »Ich sehe nicht, was uns das hilft. Sie kamen jedenfalls raus.«

»Ja, Mr. Hagan, sie kamen raus, weil sie einen Plan hatten. Sie waren mustergültige Gefangene, bis ihre Vorbereitungen vollendet waren. Sie wiegten uns in Sicherheit, dann holten sie sich ihr Schiff zurück. Wenn wir nicht in den Nebel gelaufen wären, stünden wir jetzt schon in Lee des Lizzard . . .« Er machte wieder eine Pause und ordnete seine Gedanken; sein Herz machte einen Sprung, als ihm ein Einfall kam. »Jemand erzählte mir, diese Yankeeschiffe wären aus Weichholz gebaut und sehr anfällig gegen Rott.«

Zustimmendes Gemurmel kam von den Älteren.

»Vielleicht gelingt es uns, durch ein Schott oder das Deck in den Laderaum durchzubrechen und so unseren Weg nach achtern zu finden. Dann können wir den Spieß umdrehen.«

Sofort erhob sich interessiertes Gemurmel, nur Hagan gab sich unbeeindruckt und wandte onkelhaft ein: »Aber, Nat, wenn wir das schaffen könnten, warum haben es dann die Yankees nicht auch so gemacht?«

»Richtig, richtig«, zweifelten einige Stimmen im Dunkel. Drinkwater war überzeugt, daß sein Plan ihre einzige Chance darstellte; er wehrte ab: »Ich vermute, daß sie kein Aufsehen mit verdächtigen Geräuschen erregen wollten. Das wird auch unser größtes Problem sein. Außerdem bin ich sicher, daß sie einen vorbereiteten Plan hatten, der davon ausging, daß wir uns auf vorhersehbare Weise verhalten würden. Jetzt sollten wir aber besser anfangen und eine geeignete Stelle suchen.«

In der Dunkelheit brauchten sie eine volle Stunde, um eine

schwammige Stelle zu finden. Hagan half dem Mangel an Werkzeug dadurch ab, daß er seine Stiefel zur Verfügung stellte, und das Gelächter darüber erhöhte ihre Moral wieder. Denn die Stiefel der Seesoldaten, der ungeliebten Polizeitruppe jedes Kriegsschiffes, waren den barfüßigen Matrosen ständig ein Anlaß zum Spott.

Es gelang Hagan, ein Loch in die Planke zu treten, das groß genug war, um eine Hand durchzustecken. Er achtete darauf, daß seine Tritte mit dem Einsetzen des Schiffes in die kurzen Wellen des Kanals zusammenfielen. Der Wind hatte geschralt, und der Schoner krängte stark, stürmte aber wie ein Vollblut luvwärts. Gleichmäßig schlug der Bug in die Wogen, und jedesmal übertönte er damit die Geräusche der Befreiungsaktion.

Nachdem erst ein Anfang gemacht war, ließ sich das Loch schnell erweitern; bald war der Zugang zum darunterliegenden Kabelgatt hergestellt. Drinkwater ließ sich hinunter.

Das Ankertau des Schoners war hier auf einer hölzernen Gräting aufgeschossen und das Rauschen und Glucksen des Bilgenwassers darunter versprach einen gangbaren Weg nach achtern, wenn auch in völliger Finsternis. Drinkwater versuchte, den fürchterlichen Gestank zu ignorieren. Verzweiflung trieb ihn vorwärts. Er zwängte sich über die Tauwerkrollen und entdeckte in einer Ecke das Schott, welches das Vorschiff vom Laderaum trennte. Die Gräting paßte hier ungenau und war außerdem gebrochen. Hinter dieses verdammte Schott mußte er gelangen.

Er ließ sich in die Ecke hinab und schlängelte sich unter die zerbrochene Gräting. Etwas huschte über seine Füße, und er erstarrte vor Schreck: Ratten. Seine Angst vor ihnen hatte er nie überwinden können. Trotzdem ließ er sich in die Bilge hinab. Das kalte, stinkende Wasser stieg bis zu seinem Bauch hinauf, und einen Augenblick hielt er wie gelähmt inne. Dann überkam ihn ein sonderbar losgelöstes Gefühl; es war, als könne er sich selber beobachten. Neue Kraft durchströmte ihn plötzlich, und er konnte weitermachen. Als er sich in die stinkende Brühe hinabließ, blieb seine Kindheit endgültig hinter ihm zurück.

Algonquin segelte mit Backbordhalsen, lag also nach Steuerbord über. Durch einen glücklichen Zufall hatte Drinkwater das Schlupfloch an Backbord gefunden. Der größere Teil des Wassers befand sich auf der Steuerbordseite, und so verblieb ein etwas trockener Teil, in dem er sich vorwärtswinden konnte. Alles war glatt und schlüpfrig vor stinkendem Schleim. Er konnte nichts sehen, trotzdem starrte er angestrengt in die Dunkelheit. Alle seine Sinne waren auf das äußerste angespannt, wobei der Geruchssinn vor dem überwältigenden Gestank der Bilge kapitulierte. Obwohl er einige Male vor Widerwillen schauderte, trieb ihn irgendeine Kraft unablässig an; seine körperliche Schwäche wurde von seinem Willen überwunden. Er kletterte über die Bodenwrangen nach achtern. Schließlich entdeckte er etwas, worauf er kaum zu hoffen gewagt hatte. Die Konstrukteure des Schoners hatten das Schott nicht bis zu den Bodenplanken heruntergezogen. Es reichte nur bis zu einer Reihe von Längsträgern, auf denen der Boden des Laderaums auflag. Zwischen diesem Boden und der Außenhaut erstreckte sich ein schmaler Durchlaß, der als Bilge über die ganze Schiffslänge verlief.

Drinkwater kroch weiter nach achtern. Nachdem er seine Vermutung bestätigt gefunden hatte, kehrte er zu seinen Mitgefangenen zurück, die ihn schon ungeduldig erwarteten. Sie boten ihm einen Zug aus der Wasserflasche an. Er trank dankbar und musterte dann den Kreis der kaum zu unterscheidenden Gesichter. Mit neugefundener Autorität sagte er: »So, Jungs, hört zu! Wir machen es folgendermaßen . . .«

Kapitän Josiah King, Kommandant des Freibeuters *Algonquin*, saß in seiner hübschen Achterkajüte und trank eine erbeutete Flasche Malmsey. Wenn der Wind nicht noch weiter schralte, würden sie gegen Morgen Morlaix erreichen. Dort konnte er die britischen Gefangenen loswerden. Er schüttelte sich, als er an den zeitweiligen Verlust seines Schiffes dachte. Aber der britische Leutnant war ein Narr gewesen. Das waren die Briten wohl alle. King hatte im Jahr 1772 an der Verbrennung des Regierungsschoners *Gaspée* durch Whipple teilgenommen. Er erinnerte sich an den Kommandanten, ein Leutnant Duddingstone, der mit seinem Degen fuchtelnd den Helden markiert hatte. Ein Tritt in den Unterleib hatte ihn schnell beruhigt, dann hatten sie den unglücklichen Leutnant mit einem kleinen Boot ausgesetzt. King lächelte in der Erinnerung. Als die Untersuchungskommission den Fall durchleuchten wollte, stellte sich die ganze Stadt unwissend, aber King wußte, daß jeder aufrechte Mann in Newport Whipples Aufforderung nachgekommen war.

Der Amerikaner lächelte wieder. Auch Burgoyne war ein Narr gewesen mit seinem Geschwätz über eine ehrenvolle Kapitulation. Es tat nichts zur Sache, daß Gates freien Abzug zur Küste garantiert hatte; als die Briten die Waffen streckten, wurden sie zur Strafe für ihre Dummheit hinter Schloß und Riegel gebracht. Das war es, was im Krieg zählte: gewinnen – nur das und nichts anderes.

Von schönen Erinnerungen abgelenkt und wohlig durchwärmt vom Wein, überhörte er die leisen Fußtritte auf dem Gang...

Drinkwaters Plan funktionierte perfekt. Sie warteten bis lange nach Sonnenuntergang, dann wurden die einsatzbereiten Männer angewiesen, eine Reihe zu bilden und immer engen Kontakt mit dem Vordermann zu halten. Der Fähnrich zeigte ihnen den Weg. Der Wind hatte abgeflaut, das Schiff krängte weniger, und der Weg durch die Bilge war noch ekelerregender als vorher. Ratten flohen quiekend, aber niemand beschwerte sich, denn auch unter der Back hatte es nach dem verwesenden Leichnam und ihren eigenen Exkrementen gestunken. Aktivität, selbst in dieser übelriechenden Bilge, war immer noch besser, als untätig den Hauch des Todes zu ertragen, der über dem engen Logis lag.

Als das Ende des Laderaums erreicht war, trat Drinkwater zur Seite. Hier verliefen Grätings um das Lazarett des Schoners. Das Pulvermagazin lag in der Mitte des Schiffes, von einem Rundgang umgeben, und dieser Rundgang versperrte ihnen nun den weiteren Weg. Normalerweise wurde der Gang von den Gehilfen des Stückmeisters benutzt, wenn sie die verglasten Lampen trimmten, in deren Schein er seine Kartuschen vorbereitete.

Sergeant Hagan war Drinkwater gefolgt, beide hoben eine Gräting an und stiegen durch. Die Männer folgten leise. Es war immer noch völlig dunkel, aber sie spürten einen leichten frischen Luftzug, der durch eine kleine Luke vom Oberdeck kam. Drinkwater und Hagan tasteten im Raum herum und fanden eine Tür, die in die hinteren Quartiere führte; sie war verschlossen.

Hagan fluchte. Alle wußten, wenn es ihnen gelang, durch diese Tür zu kommen, hatten sie eine gute Chance, ihren Ausflug erfolgreich zu beenden. Denn hinter der Tür lagen die Unterkünfte der Offiziere. Wenn die Eroberung des Decks scheitern sollte, bedeutete der Besitz dieser Unterkünfte, daß sich wenigstens die Offiziere in ihrer Gewalt befanden; sie konnte man als Geiseln benutzen.

Aber die Tür vor ihnen war verschlossen, und Drinkwater wagte nicht, daran zu rütteln. In der Dunkelheit hörte er das heftige Atmen seiner Männer. Sie verließen sich alle auf ihn, aber was konnte er machen? Er fühlte heiße Tränen der Wut in seinen Augen, und zum ersten Mal war er für die Dunkelheit dankbar.

»Entschuldigung, Sir...« flüsterte eine Stimme. »Ist die Tür verschlossen?«

»Ja«, erwiderte er ohne Hoffnung.

»Lassen Sie mich mal einen Blick darauf werfen, Sir.«

Es gab ein Schieben und Stoßen, als sich der Mann seinen Weg nach vorn bahnte. Achtzehn Männer hielten den Atem an. Sogar die Geräusche des Schoners und das Rauschen der See schienen zu verstummen. Dann hörte man ein leichtes Klicken, und der Mann verschwand wieder in der Schlange.

»Versuchen Sie's jetzt mal, Sir«, sagte er und drückte sich vorbei.

Drinkwater ertastete den Griff und drehte ihn langsam. Die Tür gab nach. Er zog sie wieder zu und fragte: »Wie ist Ihr Name?«

»Besser, Sie wissen ihn nicht, Sir!«

Unterdrücktes Gekicher klang auf. Der Mann war zweifellos einer der vielen zum Dienst gepreßten Diebe, die es auf *Cyclops* gab. Jedenfalls hatten seine bemerkenswerten Fähigkeiten die Situation gerettet.

»Alles klar?« fragte Drinkwater flüsternd.

»Aye, aye!« Die Erwiderung kam leise, klang aber tatendurstig.

Drinkwater öffnete die Tür und lief direkt auf den Niedergang zu. Hagan und der Seesoldat hinter ihm stürzten sich auf den Waffenschrank vor der Heckkajüte. Immer abwechselnd erschien ein Seemann und ein Seesoldat im schwachen Licht des Ganges. Die Seesoldaten bewaffneten sich mit den Entermessern, die Hagan ihnen zuwarf, dann brachen sie jeweils zu zweit in die Kammern ein. Sie überwältigten Josiah King, bevor er die Füße an Deck setzen konnte. Seine dünne Kajütentür war schnell gesplittert, und nun zielte Hagan mit seinem Entermesser auf Kings Brust, das Gesicht zu einer wütenden Grimasse verzerrt.

Drinkwater stürzte nach oben. Sein Herz schlug heftig, und die Angst verlieh ihm eine ungekannte Wildheit. Der Niedergang führte hinter einem Skylight an Deck. Zum Glück für die Briten war dies mit Segeltuch abgedeckt, um eine Blendung des Rudergängers zu vermeiden. Der Rudergänger stand direkt hinter dem Niedergang am Kompaßhaus und stemmte sich gegen die Pinne, um das Schiff so hoch wie möglich am Wind zu halten. Der Wachhabende hielt sich etwas weiter vorn auf, drehte sich aber beim erschrockenen Aufschrei des Rudergängers um. Drinkwater rannte vierkant in den Offizier, beide fielen zu Boden. Die folgenden Männer nahmen sich des Rudergängers an. Obwohl dieser lautstark lamentierte, wurde er achtern über Bord geworfen. Der nächste Mann übernahm sofort die Pinne, so daß *Alonquin* kaum vom Kurs abkam. Der amerikanische Offizier rollte keuchend über Deck und versuchte, die Wache zu Hilfe zu rufen. Drinkwater, der sich auch erst von dem Zusammenprall erholen mußte, zog einen Belegnagel aus einem Brett, das harte Holz krachte auf den Kopf des Mannes und streckte ihn bewußtlos auf die Planken nieder.

Drinkwater zitterte vor Anstrengung, das Blut rauschte in seinen Ohren. Es schien ihm unglaublich, daß die Besatzung der *Algonquin* nichts von dem Lärm gehört haben sollte. Um ihn sammelten sich schattenhaft die Briten, und wie ein Mann stürmten sie nach vorne. Die Amerikaner an Deck bemerkten zu spät, daß etwas schiefgelaufen war, sie gingen brüllend und kämpfend unter. Einer versuchte, die Schlafenden unter Deck zu wecken, aber jeder Widerstand war aussichtslos, denn die Männer, die von langer Gefangenschaft oder Galeerendienst bedroht waren, kämpften verzweifelt. Fünf Amerikaner ertranken, weil sie über die Seite gingen, einige endeten durch Schläge auf den Kopf. Acht wurden von Stichwaffen getötet, die übrigen wurden im Laderaum eingeschlossen.

Nach zehn Minuten war das Schiff zurückerobert. Eine halbe Stunde später wurde der Kurs geändert und die Schoten wurden gefiert. Drinkwater ließ mit hoher Fahrt auf die Küste Englands zusteuern.

ZEHNTES KAPITEL

August 1780

Elizabeth

Drinkwater beugte sich über die Karte. Quartermaster Stewart stand neben ihm und wies ihn auf die verschiedenen navigatorischen Schwierigkeiten hin. Stewart war als Steuermann auf einem Handelsschiff gefahren, und Drinkwater schätzte seinen Rat hoch.

»Ich denke, Sie sollten Falmouth anlaufen, Mr. Drinkwater«, sagte der Mann. »Sie werden sehen, daß die Entfernung geringer ist, außerdem müssen Sie dann nicht den Eddystone fürchten. Der Leuchtturm ist zwar eine schöne Sache, aber sein Feuer ist sehr schwach. Ich bin wirklich der Meinung, daß die beiden Pechpfannen vom Lizard eine bessere Ansteuerungsmarke abgeben . . .«

Drinkwater betrachtete Stewart. Der ehemalige Steuermann war ein harter, erfahrener Seemann, der durch die widersinnige menschliche Sozialordnung unter seine Befehlsgewalt geraten war.

»In Ordnung, wir gehen nach Falmouth. Aber ich fürchte noch immer, daß die Yankees versuchen werden, das Schiff zurückzuerobern. Wir haben noch etwa sechzig Seemeilen vor uns, bevor wir den Lizard in Sicht bekommen.«

»Ich glaube nicht, daß sie es noch einmal versuchen. Hagans Wachen können jeden Ausbruchversuch vereiteln. Sie müssen ihnen nur alle Vergünstigungen und Bitten abschlagen, Mr. Drinkwater.«

Nachdem sie die Karten aufgerollt hatten, gingen sie an Deck. *Algonquin* stürmte vorwärts durch den Englischen Kanal, die Takelage ächzte unter dem Druck. Der Wind war stark, aber gleichmäßig. Der Schoner konnte viel Segelfläche tragen und spulte gleichmäßig sieben Knoten ab. Am nächsten Morgen um acht Glasen fielen die ersten Sonnenstrahlen auf die weißen Zwillingstürme des Lizard, und gegen Mittag lief die *Algonquin* in den Hafen von Falmouth ein; nun befand sie sich im Schutz der

Kanonen von St. Mawes und Pendennis Castle. An ihrer Mastspitze wehte die britische Flagge über der amerikanischen. Drinkwater ankerte in Schußweite einer Fregatte, die auf der Reede von Carrick lag.

Drinkwater zögerte, die *Algonquin* zu verlassen und auf der Fregatte Bericht zu erstatten, aber das Kriegsschiff schickte schon sein Boot, um ihn an Bord zu holen. Es stellte sich als *Galatea* heraus.

Er meldete sich beim Dritten Offizier und erfuhr, daß der Kommandant an Land wohnte und der Erste Offizier seinen Bericht entgegennehmen würde.

Drinkwater wurde nach achtern geleitet, wo ihn ein langer, dünner Offizier erwartete. Unter die Decksbalken gebückt, hustete er krampfartig.

»Sir, dies ist Fähnrich Drinkwater von der *Cyclops*, der Prisenkommandant des Schoners da hinten.«

Drinkwater fühlte sich plötzlich wieder als Junge, denn alle Verantwortung wurde ihm von diesem einschüchternden Fremden abgenommen. Er war sehr müde, müde und schmutzig.

Der große Mann blickte ihn an und lächelte. Dann sagte er: »Ich habe Ihr Ankermanöver beobachtet. Gut gemacht! Ohne Zweifel haben Sie Gefangene an Bord?«

»Aye, Sir, ungefähr zwanzig.«

Der Leutnant wiederholte ungläubig: »Ungefähr?« Wieder erlitt er einen Hustenanfall.

»Ich habe keinen an Deck gelassen, Sir. Deshalb weiß ich nicht genau, wie viele letzte Nacht bei den Kämpfen ums Leben kamen.«

Die Stirn des Offiziers furchte sich noch mehr. »Sagten Sie nicht, daß Sie von *Cyclops* sind, mein Sohn?«

»Stimmt, Sir.«

»Aber das Schiff operiert zur Zeit irgendwo vor Irland. Wie könnt ihr dann letzte Nacht gekämpft haben?«

Drinkwater berichtete, wie die Amerikaner den Schoner zurückerobert hatten, wie Leutnant Price ums Leben gekommen war, und erwähnte auch kurz den Handstreich, mit dem sich die Prisencrew wieder die Oberhand verschafft hatte. Das Stirnrunzeln des Leutnants wich einem schiefen Grinsen. »Dann werden Sie solche Unruhestifter sicher gern loswerden wollen, und zwar schnell.«

»Gewiß, Sir.«

»Ich schicke ein paar Mann mit unserem Langboot hinüber. Sie werden die Gefangenen nach Pendennis Castle schaffen müssen. Das heißt, noch bevor Sie Kapitän Edgecumbe in der ›Krone‹ Bericht erstatten.« Der hochgewachsene Offizier wies zuerst auf den gedrungenen Festungsturm auf der oberhalb des Hafens gelegenen Landzunge und dann zu der Schar Häuser und Katen hinüber, die den Marktflecken Falmouth bildeten. Ein neuer Hustenanfall schüttelte ihn.

»Vielen Dank, Sir.«

»War mir eine Freude, mein Sohn.« Damit wandte sich der Leutnant ab.

»Bitte um Vergebung, Sir, aber...«

Ein blutiges Taschentuch vor den Mund gepreßt, wandte sich der Erste noch einmal um.

»Dürfte ich Ihren Namen erfahren –«

»Collingwood«, keuchte der lange Leutnant.

Leutnant Wilfred Collingwood hielt Wort. Nach einer halben Stunde lag das Langboot der *Galatea* längsseits, und eine Abteilung Seesoldaten kam an Bord. Hagan hatte sein Bestes getan, um ihre Leute wieder auf Vordermann zu bringen, aber mit den Männern der *Galatea* konnten sie nicht mithalten.

Die Amerikaner wurden in das Langboot getrieben. Drinkwater ließ das Beiboot der *Algonquin* zu Wasser bringen und sich mit Stewart an Land rudern. Auf dem steinernen Pier des inneren Hafens von Falmouth wurden die Gefangenen von den Seesoldaten aufgereiht, mit Josiah King an der Spitze. Die scharlachroten Uniformen umringten die niedergeschlagene kleine Schar. Drinkwater, dessen Hose noch immer feucht war und nach Bilge stank, marschierte an der Spitze, Stewart und sechs mit Entermessern bewaffnete Seesoldaten bildeten den Schluß.

Hagan, der ebenfalls kräftig nach Bilge stank, marschierte neben Drinkwater. Es war Markttag und ganz Falmouth auf den Beinen. Die Passanten ließen die kleine Prozession hochleben, die sich ihren Weg durch die engen Gassen bahnte. Drinkwater war sich der Blicke der Frauen und Mädchen bewußt und empfand sie als durchaus angenehm erregend. Aber so ist das mit der menschlichen Eitelkeit: Auch Sergeant Hagan drückte seine Brust heraus und meinte, all die bewundernden Blicke gälten nur ihm. In Wahrheit galten sie dem hübschen, schmollenden amerikanischen Kommandanten, der in der romantischen Stunde seiner Niederlage die Sympathien der Frauen seltsamerweise auf seiner Seite hatte.

Josiah King brannte inwendig vor fürchterlicher Wut, die ihn zu verzehren schien. Er empfand bohrende Scham darüber, daß er sein Schiff ein zweites Mal verloren hatte, nagenden Ärger, daß das Schicksal ihm, Josiah King aus Newport, den Lorbeer des Sieges aus der Hand gewunden und ihn einem dürren jungen Fähnrich verliehen hatte, dem die nasse stinkende Hose bei jedem Schritt um die Beine klatschte. Das Wissen, daß er gerade in dem Augenblick ausgetrickst worden war, als er sich selbst zu seiner Voraussicht beglückwünscht hatte, ließ ihn fast explodieren. Das war für ihn der bitterste Teil, die privateste Demütigung bei der ganzen Affäre. Seine Leute trotteten in unordentlicher Marschordnung hinter ihm her, als sie die Stadt verlassen hatten und die Höhe zu erklimmen begannen.

Die Straße führte durch Unterholz. Es war heiß, und die Sonne brannte auf sie herab. Plötzlich erhoben sich links von ihnen Wälle, sie überquerten Festungsgräben und standen dann vor dem Torhaus, hinter dessen Portal man die gewaltigen Abmessungen von Pendennis Castle ahnen konnte.

Die Wache hatte den Sergeant gerufen, und der hatte den Hauptmann benachrichtigt. Der Hauptmann hatte einem Fähnrich befohlen, die Angelegenheit zu regeln, und setzte dann sein Mittagsschläfchen fort. Der Fähnrich machte sich unausstehlich wichtig, nachdem er entdeckt hatte, daß die Eskorte von einem nicht sonderlich sauberen Fähnrich zur See kommandiert wurde. Sein herablassendes Gehabe ärgerte den erschöpften Drinkwater, der den langweiligen und ungewohnten Papierkrieg zu bewältigen hatte, ohne den auch das Geschäft des Krieges nicht zu führen ist. Jeder einzelne Amerikaner mußte identifiziert werden, worauf beide Fähnriche zu unterzeichnen hatten. Und die ganze Zeit brannte die Sonne auf sie herab. Drinkwater fühlte, daß die Erschöpfung der schlaflosen Nacht seine euphorische Erleichterung darüber zu ersticken drohte, daß er die Verantwortung nun abgeben konnte. Schließlich war der hochmütige Fähnrich zufriedengestellt.

Die Seesoldaten hatten sich wieder formiert, und die kleine Gruppe begann ihren Abstieg zur Stadt.

Drinkwater begab sich mit Stewart zum Gasthof »Zur Krone«. Doch Kapitän Edgecumbe von Seiner Britannischen Majestät

Fregatte *Galatea* war ein Offizier der alten Schule. Wenn bei ihm eine Vogelscheuche von einem Fähnrich in dreckiger Hose erschien, dann wurde er doch wohl zu Recht zornig. Und als derselbe schäbige Fähnrich den Versuch machte, ihm die Ankunft eines aufgebrachten Freibeuters namens *Algonquin* zu melden, dann ließ er sich von solchen Nebensächlichkeiten nicht ablenken. Denn er haßte es, unterbrochen zu werden.

Der Anschiß, den er Drinkwater verpaßte, war ebenso lang wie unnötig. Der Fähnrich stand ruhig da und stellte nach einigen Minuten fest, daß er gar nicht zugehört hatte. Draußen schien die Sonne heiß, und er fühlte das seltsame Verlangen, in diesem Sonnenschein zu faulenzen und vielleicht den Arm um die Hüfte eines dieser hübschen Mädchen zu legen, die er im Ort gesehen hatte. Der süße Duft Cornwalls, der durch das offene Fenster hereinwehte, lenkte seine Gedanken von den Pfaden der Tugend ab. Erst als der Kapitän seine Tirade kurz unterbrach, erwachte Drinkwater aus seinen Träumereien und blickte sein Gegenüber an.

Wie er so in Hemdsärmeln dasaß, sah Edgecumbe genauso aus wie das, was er war: ein ausschweifend lebender, unfähiger Offizier, der nicht an Bord seines Schiffes wohnte, um seinen sexuellen Appetit mit Hilfe örtlicher Damen befriedigen zu können. Drinkwater empfand plötzlich Verachtung für ihn.

Er salutierte. »Aye, aye, Sir. Vielen Dank, Sir.« Damit machte er eine zackige Kehrtwendung und marschierte schneidig aus dem Zimmer.

Unten im Schankraum fand er Stewart, der mit einem rotbäckigen Mädchen flirtete. Mit einem seltsamen Gefühl in der Magengegend stellte Drinkwater fest, daß das Mädchen leuchtende Augen und Apfelbrüste hatte.

Leicht verlegen bestellte Stewart ein Bier für den Fähnrich.

»Ist das dein Käpt'n?« fragte das Mädchen ungläubig kichernd, als es den Humpen vor Drinkwater niedersetzte.

Der Quartermaster nickte, wurde aber rot dabei. Drinkwater verwirrte die ungewohnte körperliche Nähe des Mädchens, doch die Achtung, die Stewart seiner gegenwärtigen Dienststellung zollte, bestärkte ihn in seiner Männlichkeit. Die Kellnerin lehnte sich frech an ihn.

»Benötigen Euer Ehren etwas?« fragte sie fürsorglich.

Ihr wogender Busen konnte sein neugefundenes Selbstbewußtsein nicht mehr erschüttern. Er nahm einen langen Zug, starrte die Kellnerin über den Rand des Kruges an und genoß ihre Verlegenheit, während das Bier seinen Bauch wärmte. Immerhin war er Prisenkommandant der *Algonquin* und unter den bewundernden Blicken Dutzender Frauen durch Falmouth marschiert . . .

Er leerte den Krug. »Um die Wahrheit zu sagen, Gnädigste, ich verfüge nicht über genug Mittel, um mehr als ein oder zwei Krüge Bier zu erstehen.«

Sofort ließ sich das Mädchen auf die Bank neben Stewart plumpsen. Es wußte, daß der Quartermaster eine Guinee oder einen halben Sovereign in der Tasche hatte, denn sie hatte Gold in seiner Hand glitzern gesehen. Der erfahrene Stewart war nicht ohne die Mittel an Land gelangen, die für eine kleine Liebelei oder eine gute Flasche nötig waren. Die Kellnerin lächelte Drinkwater an. Schade, dachte sie, ein netter junger Mann und hübsch, wenn man den etwas farblosen Typ mag. Sie fühlte, wie Stewarts Arm sie umfaßte. Nun ja, schließlich mußte ein Mädchen leben . . .

»Euer Ehren haben sicherlich noch Geschäfte von großer Dringlichkeit zu erledigen«, sagte sie sehr betont und schmiegte sich eng an Stewart, der ihn nur anstarrte. Sein einer Arm preßte sich an ihren großen Busen, das weiße Fleisch wurde hochgedrückt und schien aus dem Mieder quellen zu wollen.

Drinkwater lächelte beschwingt. Während er sich erhob, warf er einige Kupfermünzen auf den Tisch.

»Seien Sie bei Sonnenuntergang an Bord, Mr. Stewart.«

Bei seiner Rückkehr zur *Algonquin* fand Drinkwater den Schoner aufgeklart vor. An Deck lag ein längliches Bündel, ein toter Mann. Die Verwundeten waren versorgt, Grattans Arm war vom Schiffsarzt der *Galatea* geschient worden. Während der Abwesenheit des Fähnrichs war Collingwood an Bord des Schoners gewesen und hatte das alles arrangiert. Er hatte auch dafür gesorgt, daß die Gesunden die Prise säuberten.

Collingwood interessierte sich für die *Algonquin*, da er in Kürze nach den Westindischen Inseln versetzt werden sollte, wo es solche Fahrzeuge im Überfluß gab. Außerdem hatte er Gefallen an dem jungen Fähnrich gefunden, der seine Aufgabe so gut bewältigt hatte. Einige diskrete Fragen an die Prisenbesatzung informierten ihn, wie gut. So hatte der Leutnant Nachricht hinterlassen, daß sich Drinkwater nach seiner Rückkehr bei ihm melden solle.

Das Achterdeck der *Galatea* erinnerte Drinkwater an *Cyclops*; die Erinnerungen an seine Fregatte stürmten auf ihn ein. Collingwood nahm ihn zur Seite und fragte ihn aus.

»Waren Sie bei Kapitän Edgecumbe?«

»Jawohl, Sir.«

Der Leutnant hatte einen Hustenanfall. »Welche Befehle hat er Ihnen gegeben?« fragte er schließlich.

»Keine, Sir.«

»Keine?« fragte der Leutnant ungläubig, eine spöttische Falte auf der Stirn.

»Nun ja, Sir ...« Drinkwater stockte. Was sagte man einem Ersten Offizier, dessen Kommandant einen mit Widerwillen erfüllte? »Er hat mich angewiesen, meine Uniform zu wechseln, Sir, und ...«

»... und sich beim Flaggoffizier in Plymouth zu melden. Das hat er doch ohne Zweifel gesagt, nicht wahr, mein Junge?«

Drinkwater blickte Collingwood verständnislos an, dann ging ihm langsam ein Licht auf. »O ja, Sir, das ist richtig.« Er wußte nicht weiter.

»Sehr gut. An Ihrer Stelle würde ich gleich morgen früh aufbrechen.«

»Aye, aye, Sir.« Der Fähnrich salutierte und wandte sich ab.

»Und noch etwas, Mr. Drinkwater!«

»Sir?«

»Sie können den Toten nicht im Hafen versenken. Mein Zimmermann fertigt ihm einen Sarg an. Ich habe mir erlaubt, einen Begräbnisgottesdienst für heute nachmittag zu bestellen. Sie nehmen daran um vier Uhr in der Kirche Charles the Martyr teil. Danken Sie dem Herrn bei dieser Gelegenheit für Ihre Rettung ...« Der lange Leutnant drehte sich um, geschüttelt von einem weiteren krampfartigen Hustenanfall.

Drinkwater legte sich kurz schlafen und wurde um fünf Glasen wieder geweckt. Er fand seine Hose gesäubert und gebügelt vor. Hagan hatte seine Seesoldaten aufpoliert, und die kleine Abteilung marschierte ernst mit ihrer traurigen Last zur kleinen Pfarrkirche. Die Ausrichtung eines kirchlichen Begräbnisses für einen der Ihren war eine Auszeichnung, die Drinkwater zu diesem Zeitpunkt noch nicht recht würdigen konnte.

Aufgerufen, ihr Blut im Dienst des undankbaren Vaterlandes zu vergießen, waren die britischen Seesoldaten daran gewöhnt, schlimmer als Tiere behandelt zu werden. Doch Gesten wie die Wilfred Collingwoods berührten ihr Innerstes und wühlten sie emotional auf. Während Edgecumbe auf dem Weg des liederlichen, unsensiblen Autokraten verharrte, lernten Collingwood und andere allmählich die Kunst der Menschenführung. Und keiner konnte besser auf dem Instrument menschlicher Emotionen spielen als Horatio Nelson, aber er blieb nicht der einzige.

Die Kirche wirkte nach der Hitze des Nachmittags wunderbar kühl, als die kleine Trauergemeinde ungeschickt auf ihre Plätze schlurfte. Später, draußen unter den Eiben, hüllte wieder Hitze die Gruppe ein. Drei Männer weinten, als der einfache Sarg ins Grab gelassen wurde, sie waren nach all den Anstrengungen mit ihrer Fassung am Ende.

Nach der kurzen Trauerfeier bereiteten sich Seeleute und Seesoldaten auf den Rückmarsch in die Stadt vor. Aber der Pfarrer, ein dünner, verwelkter Mann, der sein Haar nach alter Sitte schulterlang trug, trat noch auf den Fähnrich zu.

»Ich würde mich sehr geehrt fühlen, Sir, wenn Sie mit mir im Pfarrhaus dort drüben eine Tasse Tee trinken würden.«

»Vielen Dank, Sir.« Drinkwater verbeugte sich.

Die beiden Männer betraten das Haus, das ähnlich kühl war wie die Kirche und Drinkwater schmerzlich an sein Zuhause erinnerte. Der Tisch war für drei Personen gedeckt.

Anscheinend hatte der Pfarrer von den Taten des Prisenkommandos gehört, denn er redete enthusiastisch auf Drinkwater ein: »Ich bin zwar nur sein Stellvertreter, aber bestimmt wäre auch der hiesige Amtsinhaber mit mir einer Meinung, daß ich die Gelegenheit nutzen muß, einen Seehelden in diesem Hause zu bewirten.«

Er bot Drinkwater einen Stuhl an.

»Sehr freundlich«, erwiderte Drinkwater. »Aber ich bezweifle doch, daß meine Taten heldenhaft waren.«

»Na, hören Sie...«

»Bestimmt nicht, Sir. Nur die Furcht vor dem französischen Gefängnis hat uns so beflügelt.« Er erhob sich, als eine Frau mit dem Teekessel eintrat.

»Ah, meine Liebe, der Tee...« Der alte Mann war aufgesprungen und rieb sich die Hände. »Mr. Drinkwater, ich möchte Ihnen meine Tochter Elizabeth vorstellen. Elizabeth, meine Liebe, dies ist Mr. Drinkwater. Ich fürchte, ich kenne Ihren Vornamen nicht, vielleicht wären Sie so nett, ihn uns zu nennen...« Er öffnete und schloß seine Hände, bis sie wie schlecht geführte Marionetten wirkten.

»Nathaniel, Sir.« Drinkwater kam der Aufforderung willig nach. Die Frau drehte sich um, und Drinkwater blickte in die Augen eines umwerfend hübschen Mädchens, das ungefähr so alt wie er selber war. Er ergriff ihre Hand und machte eine kleine, ungeschickte Verbeugung, wobei er vor Überraschung und Verlegenheit errötete. Ihre Finger hatten die Kühle der Kirche. Er murmelte: »Ihr Diener, Gnädigste.«

»Sehr verbunden, Sir.« Ihre Stimme war leise und klar.

Das Trio setzte sich, und Drinkwater fühlte sich sofort von der Qualität des Geschirrs gehemmt; so feines Porzellan nach all den Monaten mit grobem Schiffsgeschirr machte ihn unbeholfen. Doch der Anblick eines Tellers mit Gurkensandwiches ließ ihn sein Unbehagen schnell vergessen.

»Nathaniel, so, so«, murmelte der alte Mann. »Also ein Geschenk Gottes.« Er kicherte in sich hinein. »Sehr passend, wirklich sehr passend.«

Drinkwater fühlte sich in einer Woge puren Wohlbehagens versinken. Der kleine Raum mit bunten Chintzvorhängen und bemaltem Porzellan erinnerte ihn lebhaft an zu Hause. Er strahlte sogar den gleichen Anschein fadenscheiniger Vornehmheit aus und einen Stolz, der manchmal als Ersatz für handgreiflichere Vorzüge dienen mußte.

Während sie den Tee eingoß, betrachtete Drinkwater die Pfarrerstochter. Er fand bestätigt, daß sie in seinem Alter war, obwohl das altmodische Kleid sie reifer wirken ließ. Ganz auf das Eingießen des Tees konzentriert, biß sie sich auf die Unterlippe und zeigte dabei eine Reihe gleichmäßiger, nahezu perfekter Zähne. Ihr dunkles Haar fiel als einfacher Zopf auf den Rücken und paßte in der Farbe zu ihren Augen von tiefem, verständnisvollem Braun, die ihr Gesicht unsagbar traurig machten.

Er war von dieser Melancholie so angerührt, daß er ihrem Blick standhielt, als sie ihm seine Teetasse reichte. Dabei lächelte sie, und er war überrascht über die plötzliche Lebendigkeit dieses Gesichts, das seine ungehörige Direktheit keineswegs tadelte. Er empfand ein Glück, das er viele Monate entbehrt hatte, und den heißen Wunsch, diesem Mädchen zu gefallen, nicht aus purem Übermut, sondern weil es eine Aura der Stille und Ruhe um sich verbreitete. Bei dem Durcheinander seines bisherigen Lebens verlangte es ihn stark nach Frieden für sein Gemüt.

So tief war er in seine Gedanken versunken, daß er nicht bemerkte, wie er einen großen Teil der Brote allein verspeiste.

Isaac Bower und seine Tochter waren erstaunt.

»Entschuldigen Sie die Frage, Sir – aber haben Sie längere Zeit nichts gegessen?«

»Etwas so Gutes habe ich nahezu zwölf Monate nicht bekommen«, lächelte Drinkwater unbefangen.

»Aber speisen Sie an Bord Ihres Schiffes nicht jeden Tag fürstlich?«

Drinkwater lachte kurz auf, dann erzählte er ihnen, wie seine Kost beschaffen war. Als er sah, wie erschrocken und überrascht der Vikar war, wurde ihm klar, daß die britische Bevölkerung über die Lebensumstände der Seeleute kaum Bescheid wußte. Ehrlich entrüstet fragte der alte Mann den Fähnrich über den Speiseplan, die tägliche Routine und die Pflichten der einzelnen an Bord aus. Er begleitete Drinkwaters Antworten mit lebhaften Ausrufen, tiefen Seufzern und heftigem Kopfschütteln. Drinkwater seinerseits schilderte die Einzelheiten seines Berufes mit dem Enthusiasmus und der Genauigkeit eines professionellen Anwerbers. Das Bild vom Leben auf einer Fregatte, das so entstand, war zwar etwas verzerrt und auch leicht egozentrisch gefärbt, was zu entschuldigen war, trotzdem kam es, durch den Scharfsinn des alten Mannes gefiltert, der Wirklichkeit sehr nahe.

Während sich die Männer unterhielten, füllte Elizabeth ihre Tassen nach und studierte dabei den Gast. Wenn man von seinem abgescheuerten Hemdkragen und den Manschetten absah, machte er einen durchaus ansehnlichen Eindruck. Sein dunkles Haar war einfallslos in einen Nackenzopf geflochten und rahmte ein Gesicht ein, das Wind und Wetter leicht gebräunt hatten. Diese Bräune betonte noch die helleren Falten um seine Augen, für die er eigentlich zu jung war. Die Augen selbst waren von einem verschleierten Grau und erinnerten sie an den Himmel über Kap Lizard bei Sturm. Sie wurden aber vom Schatten der Verantwortung und Sorge verdunkelt. Während des Gesprächs jedoch rötete sich sein Gesicht mit einer ansteckenden Begeisterung, er strahlte ein natürliches Selbstbewußtsein aus, das ihm selber vielleicht gar nicht bewußt war, von Elizabeth aber deutlich erkannt wurde.

Sie besaß trotz ihrer Jugend mehr Lebenserfahrung, als der behüteten Tochter eines Landpfarrers gemeinhin zugebilligt wurde. So kannte sie das Leben am Rande der Armut, seit ihr Vater vor zwei Jahren seine Stellung verloren hatte, denn er war so leichtsinnig gewesen, den lasterhaften Lebenswandel anzugreifen, den der Erbe seines Patrons führte. Als dieser Edelmann dann sein Erbe antrat, hatte er sich an dem Pfarrer gerächt. Der Tod seiner Frau, der diesen Ereignissen folgte, hatte Bower mit einer Tochter zurückgelassen, die er am Abend seines Lebens allein erziehen mußte.

Unter diesen Umständen war Elizabeth vorzeitig gereift und hatte die Pflichten der Hausfrau willig übernommen. Obwohl sie im Windschatten des väterlichen Berufs aufwuchs, waren ihr die Härte und Strenge des profanen Lebens nicht fremd. Einen Teil ihrer jugendlichen Unbekümmertheit hatte sie schon bei der Pflege ihrer siechen Mutter verloren, als sie die Begleiterscheinungen von Krankheit und Tod aus nächster Nähe kennenlernte. Während sie nun nachdenklich die Reste eines Fruchtkuchens betrachtete, der für sie und den Pfarrer mindestens eine Woche gereicht hätte, bemerkte sie, daß sie lächelte. Sie war dankbar für diese Teestunde. Drinkwater trat mit der Unbekümmertheit der Jugend auf, die ihr bisher gefehlt hatte. Welch ein wohltuender Unterschied zu dem bombastischen Überschwang der rotgesichtigen Landjunker oder zu der schlappen Trägheit der Infanterieoffiziere aus der Garnison, die für sie bis jetzt die einzig interessanten Vertreter des anderen Geschlechts gewesen waren. Sie fühlte, daß ihr der junge Mann da gegenüber sympathisch war. Mehr noch, daß sie eine Zuneigung zu ihm gefaßt hatte, die auf seiner Sensibilität, den beginnenden Spuren der Verantwortung und auf seiner nervösen Erschöpfung beruhte.

Schließlich ebbte das Gespräch ab, beide Männer hatten sich angefreundet. Drinkwater entschuldigte sich dafür, daß er die Unterhaltung meist allein bestritten und die Gastgeberin vernachlässigt hatte.

»Sie müssen sich wirklich nicht entschuldigen, Mr. Drinkwater, meinem Vater fehlen solche Gespräche sehr.« Sie lächelte wieder. »Ich bin sehr froh, daß Sie gekommen sind, wenn der Anlaß auch traurig war.«

Reuig wurde es Drinkwater wieder bewußt, daß er am Nachmittag an einem Begräbnis teilgenommen hatte. »Vielen Dank, Miß Bower.«

»Beantworten Sie mir doch noch eine Frage, Mr. Drinkwater: Fürchten Sie sich nicht bei Ihren vielen Abenteuern?«

Ohne zu zögern antwortete Drinkwater: »Wie ich schon Ihrem Vater vorhin sagte, halte ich es für möglich, daß ... ja, daß meist Angst die Ursache für Mut ist ...« Er unterbrach sich; ganz offensichtlich hatte er genau das gesagt, was er meinte, und wollte nun vermeiden, daß Elizabeth ihn mißverstand oder falsch einschätzte.

»Ich möchte nicht den Eindruck erwecken, daß ich vor Heldenmut platze. Aber je klarer ich mir über die Folgen der Untätigkeit wurde, desto mehr Kraft wuchs mir zu, die Umstände zu ändern. Dabei wurde ich von den Mitgliedern meiner Prisenbesatzung hervorragend unterstützt.«

Sie lächelte ihn ohne jede Koketterie an.

Nathaniel tauchte in dieses Lächeln ein. Es schien das ganze Zimmer zu erhellen.

Der Kuchen war aufgegessen, der Tee getrunken und das Gespräch versandet; Drinkwater erhob sich. Die Sonne stand schon tief im Westen, Schatten füllten den Raum. Er verabschiedete sich vom Pastor.

Der alte Mann drückte seine Hand. »Auf Wiedersehen, mein Sohn. Wann immer Sie in Falmouth sind, erwarten wir gern Ihren Besuch, obwohl ich nicht weiß, wie lange wir noch hier bleiben werden.« Sein Gesicht umwölkte sich, als er an die Unsicherheiten seiner Stellung dachte. »Möge Gott Sie schützen, Nathaniel.«

Drinkwater fühlte sich seltsam berührt; er verbeugte sich vor Elizabeth.

»Ihr Diener, Miß Bower ...«

Sie antwortete nicht, wandte sich aber an ihren Vater: »Ich begleite Mr. Drinkwater zum Gartentor, setz dich hin und ruh dich aus. Nach dem langen Gespräch siehst du müde aus.« Der alte Mann nickte und ließ sich schwer in seinen Sessel fallen.

Freudig erregt über die Aussicht, einige Minuten mit Elizabeth allein zu sein, folgte ihr Drinkwater. Sie hatte einen Schal um die Schultern geworfen, als sie das Haus verließen. Nun öffnete sie die Pforte und trat auf die Straße. Er stand neben ihr, blickte in ihr Gesicht, fingerte an seinem Hut und fühlte sich plötzlich elend, weil er diese Teestunde mit all ihren Erinnerungen an zu Hause und die englische Häuslichkeit so genossen hatte. Doch es war mehr als das gewesen. Erst die Anwesenheit Elizabeths hatte den

Nachmittag und den Abend so unvergeßlich gemacht. Er schluckte.

»Vielen Dank für Ihre Gastlichkeit, Miß Bower.«

Die Luft war schwer von Blütenduft. In der zunehmenden Dämmerung der schmalen kornischen Landstraße leuchteten die Farnwedel am Wegesrand wie grüne Feuerzungen. Über ihren Köpfen schossen pfeilschnelle Mauersegler hin und her.

»Nochmals vielen Dank für die freundliche Bewirtung, Miß Bower...« Sie lächelte und reichte ihm die Hand. Schnell ergriff er sie und blickte ihr kühn in die Augen.

»Elizabeth«, sagte sie, die Grenzen der Schicklichkeit vergessend und ihre Hand seinem Zugriff überlassend. »Bitte, nennen Sie mich Elizabeth.«

»Dann müssen Sie mich Nathaniel nennen...«

Sie schwiegen unsicher, einige Sekunden lang hing ein peinlicher Schatten über ihnen, dann aber lächelten beide und lachten hell auf.

»Ich dachte...« begann sie.

»Ja?«

»Ich hoffe, daß Sie nicht vollständig aus unserem Leben verschwinden. Es wäre schön, Sie wiederzusehen...«

Als Antwort zog Nat ihre Hand an die Lippen. Er fühlte wieder die Kühle ihrer Haut; es war nicht die Kälte der Zurückweisung, sondern der Balsam der Gelassenheit.

»Ich bin«, sagte er mit Nachdruck, »Ihr sehr ergebener Diener, Elizabeth.« Noch einen Moment hielt er ihre Hand, dann drehte er sich schnell um.

Bevor die ländliche Straße eine Kurve machte, blickte er noch einmal zurück. Er sah ihr Gesicht im Zwielicht leuchten und auch, daß sie ihm nachwinkte.

In dieser Nacht kam ihm die *Algonquin* wie ein Gefängnis vor.

ELFTES KAPITEL

August–Oktober 1780

Zwischenspiel

Es wurde Herbst, bevor Drinkwater *Cyclops* wiedersah. In England war inzwischen die Nachricht vom Übertritt Benedict Arnolds zur britischen Sache und die darauf folgende schmachvolle Hinrichtung von Major John André bekannt geworden. Doch für Drinkwater, der in Plymouth die Zeit totschlug, war es kaum vorstellbar, daß ein schrecklicher Krieg tobte.

Nachdem er mit der *Algonquin* in Plymouth eingelaufen war, wurde ihm die Befehlsgewalt über das Schiff schnellstens entzogen; der Schoner kam unter den Befehl des Standortadmirals. Drinkwater fand sich mit Stewart, Sharples und den anderen auf einem Wachschiff wieder, wo sie sich vor lauter Warten Schwielen am Hintern holten. Das Wachschiff, ein ausgemustertes 64-Kanonen-Linienschiff, war überfüllt und stank. Für seine Überfüllung sorgten frisch gepreßte Seeleute, die auf ihren Einsatz warteten, und junge Offiziere, die wie er auf die Rückkehr ihrer Schiffe oder ein neues Kommando hofften. Die an Bord herrschenden Bedingungen waren schuld, daß das Schiff wie ein Gefängnis geführt wurde, trotzdem gewann die moralische Zersetzung schnell die Oberhand. Glücksspiele, Rattenwettfang und Hahnenkämpfe wurden heimlich veranstaltet, Sauf- und Sexorgien waren nachts die Regel. Die erzwungene Untätigkeit der eintausendzweihundertsiebzig Männer bot dem Teufel ein reiches Betätigungsfeld.

Vom kommandierenden Offizier auf eigenem Schiff sank Drinkwater auf ein Nichts zurück. Wieder ein Fähnrich unter vielen, blieb ihm reichlich Zeit, über die Widersprüchlichkeiten in der Karriere eines Marineoffiziers nachzudenken.

Es war eine schlimme Zeit für ihn. Die Gedanken an Elizabeth Bower quälten ihn, denn Falmouth war nicht weit entfernt. Verzweiflung überfiel ihn, wenn er sich vorstellte, daß die Vertretung des Pfarrers zu Ende gehen und die beiden irgendwohin verschlagen werden könnten. Er war noch nie verliebt gewesen und verlor sich völlig in seinen egozentrischen Emotionen. Und die unerfreuliche Umgebung förderte sein ungeselliges Verhalten noch erheblich.

Woche reihte sich an Woche in einer Kette der Widrigkeiten. Immerhin hielt ihn seine verliebte Niedergeschlagenheit von einer Teilnahme an den groben Zerstreuungen ab und ließ ihn zu den Büchern greifen, die auf dem Wachschiff verfügbar waren. So konnte er ungestört träumen.

Als einige Zeit ins Land gegangen war, verblaßte Elizabeths Bild ein wenig, und er konnte wieder konzentriert lesen. Er legte etwas von seinem wenigen Bargeld in Büchern an, die von seinen Kameraden angeboten wurden, weil sie für ihre Wettleidenschaft Kapital benötigten. Auf diese Weise erstand er ein Exemplar der »Elements of Navigation« von Robertson und ein weiteres von Falconer. Seiner Meinung nach wurde das Geld, einige auf der *Algonquin* gefundene spanische Münzen – also von Rechts wegen Eigentum der Krone –, richtiger und besser zur Weiterbildung eines königlichen Offiziers angelegt, als daß es die Tasche eines Lakaien in der Admiralität füllte.

Nach zehn Wochen voller Langeweile hatte Drinkwater Glück. Eines Morgens ankerte ein reich verzierter Kutter in der Jennycliff Bay. Ein Boot kam zum Wachschiff herübergerudert und bat um die leihweise Abstellung eines Steuermannsmaaten oder Fähnrichs. Der Zweite Offizier des Kutters war erkrankt, und der Kommandant brauchte für ein paar Tage Ersatz.

Zufällig war Drinkwater an Deck und die erste Person, die dem Leutnant der Wache unter die Augen kam. Nach wenigen Minuten saß er im Beiboot des Kutters und wurde über das bleierne Wasser des Sundes gerudert, das ein feiner Regen zu beleben begann.

Das Boot rundete das Heck des Kutters, und Drinkwater sah, daß seine Galerie reich mit vergoldeten Ornamenten verziert war. Ein großes Wappen prangte zwischen den Fenstern und zeigte vier Schiffe, die das St.-Georgs-Kreuz voneinander trennte. Die Flagge am Heck war rot und führte dieses Wappen ebenfalls. Der Wachhabende, es war der Erste Offizier, erklärte ihm, daß es sich um eine Yacht des Trinity House handelte, die auf dem Weg zu den Scilly Islands war, um dort den Leuchtturm von St. Agnes zu warten.

Drinkwater hatte von den Eldermännern des Trinity House gehört, welche die Betonnung in der Themsemündung und einige Leuchtfeuer entlang der Küste unterhielten, und zwar von Blackmore. Bevor dieser Sailing Master der Royal Navy wurde, hatte er sich einer Prüfung durch die Eldermänner unterziehen müssen, die ihm sein Navigatorspatent verliehen. Blackmore, der schon ein Schiff in der Ostseefahrt als Kapitän geführt hatte, war darüber verärgert gewesen und hatte sich säuerlich über diesen Brauch geäußert.

Jetzt war Drinkwater jedoch sofort von der makellosen Erscheinung der Trinity-Yacht beeindruckt. Die Mannschaft bestand aus Freiwilligen, die dem Zugriff der Preßgangs entzogen waren, und machte – verglichen mit den Vogelscheuchen in der Königlichen Marine – einen wohlgenährten und kompetenten Eindruck. Der Kapitän, ein gewisser John Poulter, schien ein angenehmer Mann zu sein und begrüßte Drinkwater herzlich. Nachdem dieser ihm erklärt hatte, daß er nur sehr wenige Kleidungsstücke besaß (seine Seekiste war an Bord von *Cyclops* geblieben), bot er ihm eine neue Hose, eine Jacke und einen Ölmantel an.

Mit großer Erleichterung richtete sich Drinkwater in seiner kleinen Kammer ein. Er genoß den Luxus des Alleinseins, den er zwar schon auf *Algonquin* kennengelernt hatte, der dort aber durch die Last der Verantwortung überschattet gewesen war. Bis zu diesem Augenblick war er sich nicht klar darüber gewesen, wie sehr die dumpfe Atmosphäre des Wachschiffes auf ihm gelastet hatte.

Später ging er an Deck. Es regnete jetzt gleichmäßig, und die Küste von Cawsand war in grauen Dunst gehüllt; aber der strömende Regen weckte in ihm ein Gefühl der Freiheit. Er zog den Ölmantel fester um sich und erkundete das Schiff. Es war stark gebaut und mit Drehbassen auf jeder Seite bewaffnet. Das Großsegel war deutlich größer als das der *Algonquin*, überhaupt machte alles einen solideren, dauerhafteren Eindruck. Das lag wohl an dem Baumaterial Eiche und an der reichhaltigen Ausstattung; im Grunde war das Schiff mit goldenen Ornamenten ziemlich überladen. Die Spieren glänzten in dem trüben Wetter, und Drinkwater prüfte die Einzelheiten der Takelage mit großem Interesse.

Kapitän Poulter war an Deck gekommen und trat auf ihn zu.

»Nun, junger Mann, haben Sie Erfahrung mit dieser Sorte Schiff?« Sein Akzent war unverwechselbar der Londons.

»Nicht mit einem Kutter, Sir, aber ich war kürzlich Prisenkommandant auf einem Schoner.«

»Gut. Ich hoffe, daß ich Sie nicht lange dem Dienst des Königs fernhalten werde, aber ich bin auf dem Weg zu den Scillies, um dort mit Kapitän Calvert das Leuchtfeuer zu überprüfen. Vielleicht ist das auch für einen Offizier des Königs interessant.«

Drinkwater hörte einen spöttischen Unterton heraus, den er schon beim alten Blackmore und anderen Kapitänen der Handelsmarine bemerkt hatte, die damit die gesellschaftlich höhere Stellung der Marineoffiziere ironisierten. Er errötete.

»Um die Wahrheit zu sagen, Sir, ich bin sehr dankbar, daß Sie mich von diesem Wachschiff geholt haben. Ich befürchtete schon, vor Langeweile zu sterben.«

»Dann ist es ja gut«, sagte Poulter, drehte sich nach Luv und schnüffelte in die Luft. »Die Pest soll diese verdammte Küste holen. Hier regnet es immer.«

Die Trinity-Yacht verließ Plymouth zwei Tage später. Aus August war September geworden, dem Regen waren windige, neblige Tage gefolgt. Aber das Wetter konnte den frischen Mut des Fähnrichs nicht dämpfen, denn nach der beengten Atmosphäre auf dem Wachschiff war der Dienst auf der Trinity-Yacht höchst anregend. Er sah, daß hier ein hübsches kleines Schiff genauso effektiv geführt wurde wie ein großes Kriegsschiff der ersten Kategorie, aber ohne die Peitsche und die menschliche Erniedrigung, die im Dienste Seiner Majestät an der Tagesordnung waren.

Kapitän Poulter und sein Steuermann erwiesen sich als hervorragende Lehrer, und Drinkwater lernte schnell mehr über die Feinheiten der Handhabung der Vor- und Großsegel als während seiner Zeit auf der *Algonquin*.

Kapitän Calvert unterhielt sich gern mit ihm und hörte sogar interessiert zu, wenn ihm Drinkwater seine Lösungsvorschläge für bestimmte Navigationsprobleme vortrug. Eines Abends wurde er zum Dinner mit dem Eldermann und Kapitän Poulter eingeladen. An Bord behandelte man Calvert mit derselben Ehrerbietung, die man auf *Cyclops* Admiral Kempenfelt entgegengebracht hatte. Tatsächlich wehte am Masttopp des Kutters auch Calverts persönliche Flagge, allerdings lagen seine Privilegien und Verantwortlichkeiten außerhalb der täglichen Schiffsführung. Auf jeden Fall erwies er sich als ein interessanter und interessierter Mann. Während sich der Kutter bockend seinen Weg nach Westen suchte, erzählte Drinkwater wieder einmal die Geschichte von der Rückeroberung der *Algonquin*. Erst gegen Mitternacht verließ er Poulter und Calvert, um den Steuermann abzulösen. Es wehte immer noch hart, und die Nacht war schwarz, naß und ungemütlich.

Der Steuermann mußte ihm Position und Kurs ins Ohr brüllen.

»Bleiben Sie noch eine Stunde auf Backbordbug. Wir sind zwar jetzt gut frei vom Wolf Rock, halten Sie aber scharf Ausguck, wenn Sie später nach Norden steuern. Wir sollten zwar schon weit westlich des Felsens stehen, aber der Flutstrom setzt auf ihn zu und wird so wild sein wie des Teufels Augenbrauen – mit diesem Sturm dahinter. Sie sind gut beraten, wenn Sie äußerste Vorsicht walten lassen.«

»Aye, aye«, rief Drinkwater in Richtung der schwarzen Gestalt, von deren Ölhaut Regen und Gischt abliefen. Allein blieb er in der Nacht zurück, um sich mit den Gefahren des unbeleuchteten Wolfs auseinanderzusetzen. Dieser alleinstehende Felsen war mit dem Eddystone das von den Seeleuten am meisten gefürchtete Hindernis an der Südküste Englands. Ständig war er vom Seegang überspült, sogar an ganz stillen Tagen, und es sollte bis 1795 dauern, ehe ein erster schwacher Versuch unternommen wurde, dort eine Leuchtbake zu errichten. Die Konstruktion wurde schon beim ersten Sturm weggespült, und danach währte es eine ganze Generation, bis ein dauerhaftes Seezeichen auf dieser schrecklichen Landmarke installiert wurde.

Man erzählte sich, daß dort unter bestimmten Bedingungen eine unterseeische Höhle heulende Geräusche erzeugte, und so war der Felsen zu seinem Namen gekommen. Doch Geheul hin oder her, in dieser Nacht würde außer dem Brüllen des Sturms und den Geräuschen des sich nach Südsüdwest arbeitenden Schiffes nichts zu hören sein.

Poulter hatte vor der Dunkelheit vier Reffs in das riesige Großsegel stecken lassen. Er hatte keine Eile, weil er vor den Scillies beiliegen wollte, um das Feuer von St. Agnes zu beobachten. Aus eben diesem Grunde war auch Calvert von London aus angereist.

Als zwei Glasen angeschlagen wurden, schickte sich Drinkwater an, auf Steuerbordbug zu wenden, und ging nach vorn, um die Vorsegel zu inspizieren. Die Fock war dicht gerefft, aber draußen am langen Bugspriet trotzte noch ein Sturmklüver dem

Wind. Drinkwater hatte schon gelernt, daß man immer danach trachtete, ein Vorsegel so weit draußen wie möglich zu fahren, um den Druck des riesigen Großsegels auszugleichen. Er beobachtete, wie die große Spiere schon auf den nächsten Wellenberg zeigte, während der Bug noch vom Rücken der letzten See herabrauschte. Unter ihm verschwand die Galionsfigur – ein wachsamer Löwe – im weißen Schaum der See, die am gleichmäßig vorwärtsstrebenden Bug des Kutters nach achtern zischte.

Er ging wieder zurück und rief die Männer auf ihre Manöverstationen. Er kontrollierte den Kompaß und blickte dann nach oben, wo Calverts Flagge steif wie ein Brett im Masttopp stand. Zwei Männer stemmten sich gegen die Pinne, er rief sie an: »Rhe!«

Angestrengt grunzten sie ihre Bestätigung. Die Krängung verminderte sich, das Schiff richtete sich auf, die Leinwand schlug donnernd im Wind. Der Rumpf bockte und stampfte, als er die Seen von vorn bekam.

Drinkwater biß sich auf die Lippen. Es dauerte lange, bis der Bug durch den toten Winkel gedreht hatte, aber die Mannschaft verstand ihr Geschäft. Seine Befehle dienten wohl eher dazu, sein Selbstbewußtsein zu stärken, als das Manöver zu leiten. Während das Schiff langsam nach Steuerbord abfiel, wurde der kleine Sturmklüver backgehalten. Und als der Wind voll hineingriff, machte sich der lange Hebelarm des Bugspriets bemerkbar, der Kutter drehte fast auf der Stelle, das Großsegel füllte sich, dann wurde die Fock übergeholt und schließlich der Sturmklüver losgeworfen; die Leinwand knallte wie ein Kanonenschuß, bevor sie mit der Leeschot wieder durchgesetzt wurde. Die Yacht stürmte nach Nordwest, und Drinkwater atmete erleichtert durch.

Bei dem Wetter war es ihm unmöglich, die Seekarte zu studieren. Das Deck wurde fortwährend überspült, so daß die beiden Boote, die mittschiffs auf ihren Lagern standen, selbständig durch die See zu fahren schienen.

Nach einer weiteren Stunde fingen die Segel plötzlich an, einzufallen; der Wind hatte gedreht.

»Halt sie voll und bei!« rief Drinkwater dem Rudergänger zu.

Der antwortete mit einem versteckten Tadel in der Stimme: »Aye, aye, Sir, aber das ist Kurs Nord!«

Drinkwater mußte sich schnell in Erinnerung rufen, daß er sich hier nicht auf einem Schiff des Königs befand, die Antwort des Mannes also keine Insubordination, sondern eine Information war. Nord!

Er schüttelte den Kopf, um die Müdigkeit und den Portweinnebel zu vertreiben. Abdrift und starker Flutstrom, die beide nach Osten setzten, konnten sie auf den Wolf Rock treiben. Sein Magen krampfte sich in plötzlicher Panik zusammen. Erst als er sich klarmachte, daß der Felsen nicht größer als das Deck des Kutters war, bekam er seine Angst unter Kontrolle. Die Chance, auf dieses kleine Hindernis zu treffen, war verschwindend gering.

Eine Gestalt erschien neben ihm: Poulter.

»Ich hörte, wie das Schiff im Wind stand, junger Mann. Und jetzt sind Sie über den Wolf unruhig.« Das war keine Frage, sondern eine einfache Feststellung.

Drinkwater fühlte, wie die Last der Verantwortung von seinen Schultern wich. Sein Kopf wurde frei, er konnte wieder klar denken.

»Soll ich erneut wenden, Kapitän Poulter? Nach der Winddrehung wäre ein fast westlicher Kurs möglich.«

Poulter beobachtete den schwach beleuchteten Kompaß, und Drinkwater meinte, ein schwaches Lächeln in der feuchten Dunkelheit zu erkennen.

»Das wird wohl gehen, Mr. Drinkwater. Veranlassen Sie bitte alles Notwendige.«

»Aye, aye, Sir.«

Die Trinity-Yacht erreichte Hugh Town und blieb dort mehrere Tage liegen. Calvert und Poulter ließen sich nach St. Agnes übersetzen, und die Mannschaft löschte mehrere Bootsladungen Kohle: Brennstoff für das Leuchtfeuer.

Erst zehn Tage, nachdem sie Plymouth verlassen hatten, war Calvert mit dem Leuchtturm zufrieden. Als er von einem letzten Besuch an Land zurückkam, hörte Drinkwater ein Gespräch mit, das er mit Poulter führte.

»Also gut, Jonathan, wir laufen morgen früh mit dem ersten Licht aus. Heute nacht werden wir das Feuer noch einmal beobachten. Ich fahre dann von Falmouth mit der Post nach London voraus, und du kommst langsam nach.« Der Sinn von Calverts Worten entging Drinkwater, bis er das Wort Falmouth auffing.

Falmouth bedeutete Elizabeth.

In Falmouth stellte sich heraus, daß der Zweite Offizier wieder soweit hergestellt war, daß er seinen Dienst an Bord aufnehmen konnte. Drinkwater wurde deshalb von Poulter abgemustert. Er erhielt einen Brief, in dem seine Abwesenheit vom Wachschiff erklärt wurde, und ein Dienstzeugnis.

Wegen ihrer Landung in Falmouth ohnehin in den Wolken schwebend, war Drinkwater noch freudiger überrascht, als ihn Calvert rufen ließ, um ihm vier Guineen Heuer und ein weiteres Zeugnis zu überreichen. Es besagte, daß Calvert als Eldermann von Trinity House Mr. Drinkwater geprüft und ihn in Navigation und Seemannschaft für kompetent befunden habe. Mr. Drinkwater habe demnach die Prüfung zum Steuermannsmaaten bestanden.

»Hier, Mr. Drinkwater. Nach den neuesten Bestimmungen dürfen Sie damit Prisen rechtmäßig befehligen. Viel Glück.«

Drinkwater stammelte völlig überrascht einige Dankesworte, verabschiedete sich von Poulter und wurde zusammen mit dem Eldermann an Land gepullt. Nachdem er sich an der Postkutsche von Calvert verabschiedet hatte, schlug er den Weg zum Pfarrhaus ein.

Der Herbst lag schwer in der Luft, aber das kümmerte ihn nicht, am liebsten wäre er gehüpft. Sein Herz klopfte bis zum Hals vor Wiedersehensfreude.

Er öffnete die Gartenpforte. Vor der Haustür stockte er plötzlich, den Klopfer schon in der Hand. Einer seltsamen Eingebung folgend, trat er an eines der seitlichen Fenster und blickte in das Studierzimmer des Vikars. Drinnen erkannte er die Glatze des alten Mannes, sein weißer Lockenkranz war in der Entspannung des Schlafes verrutscht.

Drinkwater schlich nach hinten ums Haus und fand Elizabeth im Garten. Sie bemerkte ihn nicht, deshalb blieb er einen Moment stehen und beobachtete sie.

Sie pflückte rötliche Winteräpfel von einem Baum, dessen knorrige Äste sich unter der Last bogen. Als sie sich nach oben streckte, konnte er ihr Profil betrachten. Die Unterlippe hatte sie zwischen die Zähne geklemmt, eine Angewohnheit, die Konzentration signalisierte, wie er schon wußte. Die Szene hatte etwas beruhigend Ländliches, eine stille Süße, jedenfalls für einen Mann, dessen Augen sonst nur die Monotonie der See gewöhnt waren.

Er hüstelte, sie fuhr zusammen, die Schürze rutschte ihr aus den Händen. Eine Flut von Äpfeln ergoß sich ins Gras. »Oh! Nathaniel...«

Er lachte und rannte herbei, um ihr beim Einsammeln zu helfen. Als sie nebeneinander knieten, kamen sich ihre Gesichter sehr nahe. Er fühlte ihren Atem auf seiner Wange und war kurz davor, alle Vorsicht zu vergessen, als sie schnell aufstand und ein vorwitziges Haarbüschel im Nacken bändigte.

»Ich bin froh, daß Sie gekommen sind. Wie lange können Sie bleiben?«

Darüber hatte Drinkwater noch gar nicht nachgedacht; er zuckte die Schultern. »Wie lange soll ich denn bleiben?« lächelte er zurück.

Nun war es an ihr, mit den Schultern zu zucken. Sie lachte, wollte sich nicht in die Enge treiben lassen, aber er merkte, daß sie erfreut war.

»Ich sollte morgen nach Plymouth zurückfahren. Eigentlich sollte ich schon heute zurück, aber...« Wieder zuckte er mit den Achseln. »Sagen wir mal, ich brauche Erholung.«

»Das Postschiff aus New York ist fällig, dann wird auch eine Postkutsche abgehen. Bleiben Sie doch so lange!«

»Nun, äh, ich, äh...«

»Vater wird sich freuen, bitte bleiben Sie doch.«

Sie murmelte die letzten Worte so flehend, daß Nathaniel kaum noch eine Wahl hatte und auch kaum den Wunsch danach. Gespannt wartete sie auf seine Antwort.

»Möchten denn auch Sie, daß ich bleibe?«

Sie lächelte stumm, hatte schon zuviel gesagt. Nun sammelte sie die letzten Äpfel auf und ging zum Haus.

»Mögen Sie Apfelkuchen?« fragte sie über die Schulter zurück.

Der Tag verging vergnüglich. *Cyclops,* Morris, die Sorgen und Ängste der vergangenen Monate hätten die Erfahrungen einer anderen Person sein können, eines grünen, verängstigten Jungen, nicht zu vergleichen mit dem lebensfrohen, energischen jungen Mann, der im Pfarrhaus saß.

Wie seine Tochter schon gesagt hatte, war der Pfarrer sehr erfreut gewesen, den Fähnrich wiederzusehen. Stolz zeigte er Drinkwater seine Bücherei, die offenbar sein einziger Besitz war, denn die Einrichtung des Hauses gehörte dem abwesenden Geistlichen. Eine lange Unterhaltung erwies Isaac Bower als sehr gebildeten Mann, der seine Tochter nicht nur allein aufgezogen, sondern auch allein unterrichtet hatte. Tatsächlich war der Grad ihres Wissens – wie der Vikar Drinkwater vertraulich erzählte – dem der meisten Männer gleichwertig. Ihre Kenntnisse in Mathematik, Astronomie, im Griechischen und in Latein waren sicher vielen sogar überlegen. In der Literatur bevorzugte sie diejenigen französischen Autoren, die Gottes Existenz nicht leugneten. Und falls diese Aufzählung Zweifel an Elizabeths hausfraulichen Talenten geweckt hatte, so wurden sie beim Dinner sofort wieder zerstreut. Dem knusprigen Brathühnchen folgte ein Apfelkuchen von enormen Ausmaßen.

Nach dem Essen fand sich Drinkwater allein in einem dunkler werdenden Zimmer mit einer Flasche Portwein wieder, die Bower im Keller seines Gastgebers ausgegraben hatte. Er hatte zwei Gläser getrunken, als der alte Mann in den Raum trat, einige Holzscheite ins Feuer warf und sich ein Glas Wein eingoß.

»Es gibt ein paar Neuigkeiten, die Sie noch nicht wissen«, begann er. »Mein Bischof hat mich in eine Gemeinde bei Portsmouth versetzt. Es ist eine arme Gemeinde«, der alte Mann zuckte resigniert die Achseln, »aber das spielt keine Rolle. Immerhin bringt es uns näher an unsere tapferen Jungs von der Marine. Ich vertraue darauf«, er blickte Drinkwater bedeutungsvoll an, »daß Sie uns auch dort besuchen werden.«

Angeheizt durch den Wein, erwiderte Nathaniel überschwenglich: »Es wird mir eine große Ehre sein, Sir. Nach meinem letzten Besuch empfand ich die Aussicht, Sie und Eliz... Miß Bower wiederzusehen, als sehr angenehm.«

Bower befragte ihn über seine Lebensumstände, und er erzählte dem Pfarrer von seiner verwitweten Mutter. Einige Zeit setzte Elizabeth sich zu ihnen, dann zog sie sich zurück; das Gespräch blieb entspannt und zwanglos. Nachdem sie gegangen war, sagte Drinkwater: »Vielen Dank, Sir, für Ihre große Freundlichkeit. Sie bedeutet mir sehr viel...«

Die beiden Männer leerten die Flasche. Drinkwaters Bemerkung hatte an die geheimsten Ängste des alten Mannes gerührt.

»Mein Sohn, ich kann nicht erwarten, daß ich noch sehr lange auf dieser Welt bin«, seufzte er. »Außer meiner Tochter habe ich keinen Schatz zu hinterlassen, und ihre Zukunft bedrückt mein Herz.« Er hüstelte etwas befangen. »Am liebsten wüßte ich sie in der sicheren Obhut eines Freundes, denn durch mein Herumreisen konnte sie nirgends Wurzeln schlagen.« Er stockte scheu, dann fuhr er mit fester Stimme fort: »Haben Sie verstanden, was ich meine?«

»Ich denke doch«, erwiderte Nathaniel. »Ich werde alles in meiner Macht Stehende tun, um Ihrer Tochter zu helfen, wenn sie meine Hilfe benötigt.«

Der alte Mann lächelte in der Dunkelheit. Er hatte es vom ersten Augenblick an gewußt, als der Junge ihnen seinen Namen genannt hatte: Nathaniel hieß im Hebräischen »ein Geschenk Gottes«. Er seufzte zufrieden auf.

Ungewohntes Vogelgezwitscher weckte Drinkwater am nächsten Morgen. Und die Vorstellung, daß er mit Elizabeth unter demselben Dach geschlafen hatte, machte ihn völlig munter; er konnte nicht wieder einschlafen und stand auf.

Leise stieg er die Treppe hinab, durchquerte die Küche und öffnete die Tür. Die belebende Kühle des frühen Morgens ließ ihn schaudern, als er in das vom Tau nasse Gras trat.

Unbewußt begann er auf dem Rasen auf und ab zu gehen, den Kopf gesenkt, die Hände hinter dem Rücken, in Gedanken bei der Unterredung des gestrigen Abends. Er empfand Erleichterung und Erregung in Erinnerung an den Vorschlag Bowers und gratulierte sich lächelnd selbst. Halbwegs zwischen dem Haus und den Apfelbäumen hielt er inne und murmelte: »Du hast wirklich ein riesiges Schwein, Nat.«

Das Quietschen eines sich öffnenden Fensters und helles Gelächter brachten ihn in die Realität zurück. Aus dem Küchenfenster lächelte ihm Elizabeth zu, die Haare hingen ihr auf die Schultern.

»Schreiten Sie Ihr Achterdeck ab, Sir?« neckte sie ihn. Schlagartig erkannte Nathaniel die Merkwürdigkeit seines Verhaltens. Mit ganz Cornwall vor seinen Füßen, hatte er eine Fläche abgeschritten, die in etwa dem Achterdeck einer Fregatte entsprach.

»Na ja«, er hob entschuldigend die Arme, »ich tat es ganz in Gedanken.«

Elizabeths Lachen kam zu ihm mit dem Duft frisch gebratener Eier.

Die quälenden Widersprüchlichkeiten auf *Cyclops,* die Bösartigkeit Morris' schienen ihm nicht länger von Wichtigkeit. Wichtig allein waren dieses Lachen, dieses Gesicht – und der erregende Duft frischer Spiegeleier.

»Du hast tatsächlich ein riesiges Schwein, Nat«, flüsterte er noch einmal, als er über den Rasen zur Küchentür ging.

Die Londoner Postkutsche verließ Falmouth später am Tag mit Drinkwater auf dem Oberdeck; sein Bestimmungsort hieß Plymouth. Doch als sie Truro erreicht hatten, entschied Drinkwater, der auf einer Woge wachsenden Selbstbewußtseins schwamm, daß seine Vermögensverhältnisse es ihm gestatteten, die Fahrt nach London und zurück zu bezahlen.

Das Wetter blieb gut, und das Erlebnis der Reise durch die ansprechenden Städte und Dörfer, beides in vollster Harmonie mit seiner fröhlichen Stimmung, brachte ihn zu der Überzeugung, daß das Wachschiff noch drei oder vier Tage ohne ihn auskommen könne. Die Idee war ihm während seines Morgenspaziergangs im Garten gekommen. Das Gespräch über seine Familie hatte große Sehnsucht nach zu Hause in ihm geweckt, ganz gleich, wie kurz dieser Besuch auch sein würde. Als er die Trinity-Yacht verlassen hatte, lagen keine Meldungen über *Cyclops* vor. Poulter würde nicht extra Plymouth anlaufen, um die Behörden zu informieren, daß er ihn in Falmouth abgemustert hatte, da war Drinkwater ganz sicher. Gut möglich also, daß ein paar Tage zusätzliche Abwesenheit unbemerkt bleiben würden.

Er traf ein Übereinkommen mit dem Fahrer, daß er für den halben Preis innen in der »Bequemlichkeit« fahren könne, zog nach unten um und genoß die ungetrübte Freude einer Reise durch das grüne Südengland an einem ungewöhnlich sonnigen Tag.

Spät am nächsten Nachmittag erreichte Drinkwater, steif von der langen Reise und müde nach dem langen, mühseligen Erklimmen der Great Road, endlich Barnet. Er eilte weiter nach Monken Hadley und stand schließlich vor dem kleinen Haus. Der Wunsch, Mutter und Bruder wiederzusehen, war mit seiner wachsenden Liebe zu Elizabeth größer geworden.

Sein Aufenthalt in Falmouth war durch die Gebote der Schicklichkeit begrenzt worden, andererseits wollte er nicht auf dem elenden Wachschiff versauern. Trotz seiner Erschöpfung war Nathaniel zufrieden mit sich. Die Freiheit und die Unabhängigkeit, die er auf *Algonquin* und der Trinity-Yacht erlebt hatte, hatten ihn reifen lassen, die Verantwortung für die Prise hatte seinen Charakter gefestigt. Die wachsende Beziehung zu Elizabeth, gesichert zumindest im Grundsätzlichen, verlieh ihm Hoffnung und Stetigkeit, frühere Unsicherheiten waren abgeschüttelt.

Das hatte auch praktische Auswirkungen. Er hatte sich am kleinen Goldschatz der *Algonquin* schamhaft bereichert, dazu waren die ehrlich verdienten Guineen von Calvert gekommen. Am wichtigsten aber war sein Zeugnis über die Befähigung zum Steuermannsmaaten. Damit hatte er zum ersten Mal in seinem Leben eine gewisse Unabhängigkeit erreicht.

Leichtfüßig eilte er die Stufen zur Tür seiner Mutter empor, klopfte und drückte den Riegel auf.

Hinterher, als er Zeit zum Nachdenken hatte, entschied er, daß es richtig gewesen war zu kommen. Die Freude seiner Mutter über den Besuch wurde nur durch dessen Kürze getrübt. Ihre schlechte Gesundheit und wachsende Armut wurden erschreckend deutlich. Er hatte mit ihr gesprochen und ihr vorgelesen. Als sie einnickte, schlich er aus dem Haus, suchte den Rektor auf und bat ihn, jemanden aus Barnet mit ihrer Pflege zu beauftragen. Calverts Guineen hatten den Besitzer gewechselt.

Vom Rektor hatte er erfahren, daß sein Bruder Ned selten in Monken Hadley gesehen wurde. Er hatte in West Lodge eine Anstellung als Pferdeknecht gefunden. So war er nun seinen geliebten Pferden nahe. Er lebte mit einer der Mägde dort in wilder Ehe, was seiner Mutter fast das Herz brach. Der Rektor hatte den Kopf geschüttelt und gemurmelt: »Wie der Vater, so der Sohn . . .« Aber er hatte versprochen, alles in seiner Macht Liegende für Mrs. Drinkwater zu tun. Seine Hand schloß sich über dem Gold. Nun saß Nat in dem stillen Zimmer und beobachtete die Staubkörnchen, die in den Sonnenstrahlen tanzten. Morgen würde er nach Plymouth zurückkehren. Die Untätigkeit, die ungewohnte Stille verwirrten ihn. Während seine Mutter vor sich hindöste, setzte er seinen Brief an den Bruder fort. Er war sicherlich schlecht formuliert und ungeschickt in seinen Ermahnungen, aber er drückte auch die neu gewonnene Autorität des jungen Mannes aus.

»Was tust du da?« unterbrach ihn die Stimme der alten Dame.

»Du bist wach? Ich schreibe Ned, daß er sich mehr um dich kümmern soll.«

Er sah sie lächeln.

»Lieber Nat«, sagte sie einfach. »Kannst du nicht länger bleiben?«

»Mutter, die Pflicht ruft; ich bin . . .«

»Natürlich, mein Lieber, du bist nun ein Offizier des Königs. Ich verstehe.«

Sie streckte die Hand aus, und Nat kniete neben ihrem Stuhl nieder. Ihm fielen keine passenden Worte ein, aber er brauchte auch nichts zu sagen.

»Sei nicht zu hart mit Edward«, sagte sie leise. »Er muß sein eigenes Leben führen, er ist seinem Vater sehr ähnlich.«

Nat erhob sich, beugte sich über die Mutter und küßte sie auf die Stirn; dann wandte er sich ab, um seine Tränen zu verbergen.

Als er am nächsten Morgen aufbrach, war es noch dunkel. Er wußte es nicht, aber seine Mutter hörte ihn gehen. Erst da weinte sie.

Zwölftes Kapitel

November 1780 – Januar 1781

Neue Order

Drinkwater ging Ende Oktober wieder an Bord von *Cyclops*. Das Schiff lag einige Tage im Sund vor Plymouth, um die Prisenkommandos wieder aufzusammeln und Frischwasser zu übernehmen. Die Geschichte von der Rückeroberung der *Algonquin* war Drinkwater vorausgeeilt, verbreitet von Hagan und den anderen. Dadurch war er so etwas wie ein Held des Zwischendecks geworden, aber das kannte er schon von seinem Duell mit Morris her.

Morris hatte etwas von seiner alten Überlegenheit in der Messe zurückgewonnen, sicherlich zum Teil wegen Drinkwaters Abwesenheit, zum Teil aber auch, weil eine Reihe junger Kadetten neu eingestellt worden war: leichte Opfer für Augustus Morris. Unter den Neuen entdeckte Drinkwater aber auch einen potentiellen Verbündeten. Fähnrich Cranston war ein ruhiger Mann um die Dreißig und konnte Morris' schwülstigen Redensarten und Schikanen nichts abgewinnen. Als ehemaliger Seemann hatte er sich den Aufstieg aus dem Zwischendeck nur durch seine Tüchtigkeit erkämpft. Er war klug, hart und völlig skrupellos. Drinkwater mochte ihn sofort. Das galt auch für einen anderen Neuzugang, der allerdings sehr viel jünger war: Mr. White, ein kleiner, noch sehr kindlicher Dreizehnjähriger, das geborene Opfer für Morris.

Im Verlauf der folgenden Wochen sollte die derart überfüllte Fähnrichsmesse für ihre nach Alter und Ansichten so verschiedenen Mitglieder zum Tollhaus werden. Krawall und Streit waren unvermeidlich.

Ende November erklärte Kapitän Hope die Fregatte wieder für einsatzbereit; bald blieb Plymouth hinter ihnen zurück. *Cyclops* kämpfte sich nach Südwesten voran, um ihre befohlene Position zu erreichen. Das Wetter blieb nun gleichmäßig schlecht, ein Tief folgte dem anderen. Die unmöglichen Lebensumstände unter und die nie endenwollende Arbeit an Deck eskalierten zu einem Teufelskreis. Es kam zu Kameradendiebstahl, Rauferei, Insubordination und Trunkenheit, aber bei den herrschenden Umständen wunderte das keinen. Als ein Matrose wegen Diebstahls ausgepeitscht wurde, überlegte Drinkwater, ob es sich wohl um den Mann handelte, der bei der Rückeroberung der *Algonquin* eine Schlüsselrolle gespielt hatte. Er hatte sich nach und nach an das Schauspiel der Auspeitschung gewöhnt, wußte aber, daß es noch andere Wege gab, um Männer bei einer ungeliebten Arbeit zu halten. In den überfüllten Decks jedoch waren sie zum Scheitern verurteilt, deshalb konnte er es Kapitän Hope nicht verübeln, daß dieser die Disziplin mit eiserner Hand aufrecht hielt. Nur diese Disziplin gewährleistete die unaufhörliche Wachsamkeit der Royal Navy.

Für *Cyclops'* Mannschaft gab es nur den dumpfen, alltäglichen Trott. Ein Kampf mit dem Feind wäre sowohl von den Offizieren als auch von den Matrosen als willkommene Abwechslung begrüßt worden.

Kapitän Hope ließ sich so wenig wie möglich an Deck sehen. Er nährte seinen Groll, denn noch immer hatte er nicht seinen Anteil am Prisengeld der *Santa Teresa* erhalten. Auch Leutnant Devaux war aus ähnlichen Motiven mürrisch. Sein gewöhnlich scherzhafter Umgangston war übler Gereiztheit gewichen, und besonders Leutnant Skelton, der junge und unerfahrene Ersatz für Leutnant Price, hatte darunter zu leiden. Old Blackmore, der Sailing Master, sah alles und sagte wenig. Er hielt diese grämlichen Offiziere des Königs, die sich ihrer zweieinhalb Shilling Prisengeld beraubt glaubten, für schlechte Bordkameraden. In einer harten Schule aufgewachsen, erwartete er auf See keinen Luxus und wurde deshalb auch selten enttäuscht.

Sogar der Chirurg Mr. Appleby, sonst ein Philosoph, schüttelte traurig den Kopf, wenn er über seinem Rotwein brütete, und beschwerte sich über den schlechten Zustand des Schiffes bei jedem, der ihm zuhören wollte.

»Wohin Sie auch blicken, meine Herren, überall sehen Sie als zwangsläufige Früchte des menschlichen Geistes: Verfall.« Er stieß dieses Wort mit demselben professionellen Genuß hervor, mit dem er an einem Beinstumpf schnüffelte, um Anzeichen für einsetzenden Wundbrand zu finden. »Verfall ist ein Prozeß, der nach der Reife einsetzt. Medizinisch gesprochen, tritt er nach dem

Tode ein, sowohl bei einem Apfel, der vom Ast gefallen ist und nicht länger ernährt wird, als auch beim Menschen, der unaufhaltsam verfällt, wenn sein Herz aufgehört hat zu schlagen. Bei geistigem Verfall allerdings ist die Zeitspanne viel kürzer und unabhängig vom Herzschlag. Sehen Sie sich die Mannschaft unseres stolzen Schiffes an: Löwen in der Schlacht...« Appleby hielt inne, um einen langen Zug Rotwein zu nehmen, »... aber die feindselige Atmosphäre an Bord verdirbt sie. Setzen Sie sich, Mr. Drinkwater, setzen Sie sich und denken Sie an meine Worte, wenn Sie Admiral geworden sind. Als logische Konsequenz des Verfalls tauchen alle Spielarten des Bösen auf: Trunkenheit, Insubordination, Päderastie, Diebstahl und als Schlimmstes, weil es kein Vergehen gegen die Menschen ist, sondern eines gegen Gott, Unzufriedenheit. Und was ruft diese Unzufriedenheit hervor? Das Prisengeld!«

»Welches verdammte Prisengeld, Pille?« unterbrach ihn Leutnant Keene.

»Haargenau, mein Freund. Welches Prisengeld? Ihr habt es erstritten, es ist euch zugesprochen worden, aber wo, zum Teufel, bleibt es? Warum füllt es immer noch die Taschen von Mylord Sandwich und seiner Tory-Kumpane? Irgend jemand verdient sich allein an den Zinsen eine goldene Nase. Bei Gott, diese Leute sind genauso verrottet wie unser stinkendes Schiff. Hört meine Prophezeiung: Eines Tages wird sich diese Praxis gegen sie wenden. Eines Tages werden nicht nur die Yankees der Admiralität die Stirn bieten, sondern auch Jan Maat und Hein Mück...«

»Jawohl, und Harry Appleby!« rief eine Stimme.

Verhaltenes Gelächter lief durch die düstere Messe. *Cyclops* setzte hart in eine See ein, und kurze, erschöpfte Flüche füllten den Raum.

»Der Teufel soll die Seefahrt holen!«

Für Drinkwater waren diese Wochen leichter als für die meisten anderen. Gewiß, er träumte von Elizabeth, aber seine Liebe bedrückte ihn nicht, eher stärkte sie ihn. Blackmore war entzückt gewesen, daß Drinkwater von Calvert ein Befähigungszeugnis erhalten hatte, und führte ihn nun in die höheren Weihen der Astronavigation ein. Zu Leutnant Wheeler von den Seesoldaten entwickelte er eine feste Freundschaft. Sooft die Wetterbedingungen es erlaubten, übten sich die beiden im Fechten. Jedesmal, wenn Morris sie bei dieser Beschäftigung sah, wurde ihm seine Demütigung wieder schmerzhaft bewußt. Je länger ihn Drinkwater ignorierte, desto heftiger regte sich in Morris der Wunsch nach Rache. Er begann wieder, seine alten Verbindungen zu Gleichgesinnten unter der Mannschaft zu knüpfen. Diesmal war die Zielrichtung seiner Verschwörung klar: Drinkwater. Morris wurde psychopathisch, er verlor jeden Sinn für Realität. In ihm brannte ein nagender Haß, der bekanntlich eine genauso starke Antriebskraft sein kann wie Liebe.

Weihnachten und der Jahreswechsel kamen und gingen so unbeachtet, wie das wohl nur auf See der Fall sein kann. Es war ein trüber Tag Mitte Januar, der einen jähen Wechsel in der Monotonie des Bordlebens brachte.

»Segel in Sicht!«

»Frage: Peilung?«

»Querab in Lee, Sir!«

Leutnant Skelton turnte in die Takelage des Besans und plierte durch sein Glas. Wieder an Deck, wandte er sich an Drinkwater: »Mr. Drinkwater! Eine Empfehlung an den Kommandanten, und an Steuerbord sei ein Segel in Sicht. Es könnte sich um eine Fregatte handeln.«

Drinkwater ging nach unten. Hope döste in seiner Koje, das Klopfen des Fähnrichs weckte ihn. Er kam an Deck geeilt.

»Alle Mann, Mr. Skelton, und lassen Sie abfallen. Wir wollen mal nachsehen.«

Ein Toppsegel war schon von Deck aus klar zu erkennen, es hob sich weiß wie ein Möwenflügel von den Wolken ab. Die Sonne wurde von einem grauen Schleier verhüllt, nur gelegentlich war der schwache Schein des orangefarbenen Balls zu erahnen, den Morrison geduldig mit seinem Sextanten auf die Kimm zu setzen versuchte. Die beiden Schiffe näherten sich schnell, und nach einer Stunde waren sie dicht beieinander.

Erkennungssignale wurden ausgetauscht, und es zeigte sich, daß es sich um die *Galatea* handelte. Der Ankömmling drehte in Lee von *Cyclops* bei, und eine Kette bunter Fähnchen stieg an seinem Vormast hoch.

»Signal, Sir«, meldete Drinkwater, in den Seiten des Codebuches blätternd. »Melden Sie sich bei mir an Bord!«

Hope schnaubte verächtlich: »Was glaubt dieser Edgecumbe, wer er ist? Verdammt soll er sein!«

Devaux unterdrückte ein Lächeln, und Wheeler murmelte sotto voce: »Ein Mitglied des Parlaments vermutlich...«

Nach einer kurzen Pause – aber gerade lange genug, um impertinent zu wirken – schnaufte Hope: »Bestätigen!«

»Ihr Gig, Sir?« fragte Devaux fürsorglich.

»Wischen Sie das blöde Grinsen aus Ihrem Gesicht, Sir!« Hope war gereizt.

»Verzeihung, Sir.« Doch Devaux lächelte noch immer.

Hope drehte sich wütend um. Edgecumbe war ein verdammt nichtsnutziger Opportunist und nur halb so alt wie er selbst. Hope hatte genausoviele Dienstjahre als Leutnant auf dem Buckel, wie Edgecumbe überhaupt bei der Marine gedient hatte.

»Gig ist klar, Sir.«

Drinkwater brachte das Gig bei *Galatea* längsseits. Er beobachtete, wie die spindeldürren Beine seines Kommandanten verschwanden und das Zwitschern der Bootsmannspfeifen einsetzte. Ein Gesicht erschien über der Reling.

»Guten Morgen, junger Mann.« Es war Leutnant Collingwood.

»Guten Morgen, Sir.«

»Wie ich sehe, haben Sie heute eine saubere Hose an.« Der Offizier lächelte, bevor er in einen heftigen, entkräftenden Hustenanfall ausbrach. Als er sich wieder gefangen hatte, reichte er ein in Ölpapier gewickeltes Päckchen ins Boot.

»Post für *Cyclops*«, sagte er. »Ich glaube, es ist auch eine Epistel von einer gewissen Miß Bower dabei.«

Von Elizabeth!

»Danke, Sir«, antwortete Drinkwater erfreut und überrascht, als das Päckchen im Boot landete. Collingwood begann wieder zu husten. Es war Tuberkulose, die sich bei seinem Einsatz in den West Indies schnell verschlimmern und Wilfred Collingwood schließlich umbringen sollte. So war es sein Bruder Cuthbert, der Nelsons berühmter Stellvertreter wurde.

Elizabeth! Es war erstaunlich, wie die Erwähnung ihres Namens hier draußen auf dem grauen Atlantik Drinkwaters Herz in der Brust hüpfen ließ. Der Mann am Schlagriemen grinste ihn an. Da erst erkannte er, daß es Threddle war.

In der Achterkajüte der *Galatea* nippte Kapitän Hope an einem ausgezeichneten Rotwein, aber er genoß ihn nicht.

Sir James Edgecumbe bildete mit seinem verlebten, rotgeäderten Gesicht und den Glotzaugen einen krassen Gegensatz zu

Hopes dünner, ledriger Erscheinung. Er versuchte, ein leutseliger Vorgesetzter zu sein, aber irgendwie wurde er gleich wieder aggressiv.

»Ich will das Zögern bei der Bestätigung meines Signals auf ein Versagen Ihrer Fähnriche zurückführen, Kapitän Hope. Schließlich hatte ich das unvergeßliche Erlebnis, einen davon zu treffen. Einen rotznasigen Jungen in schmutzigen Kleidern, ganz eindeutig kein Gentleman. Nicht wahr, Kapitän?« Er schnarrte ein verächtliches Lachen, das deutlich machen sollte, daß sie Probleme hatten, die nur unter Kommandanten gewürdigt werden konnten.

Hope zuckte bei dem Angriff auf *Cyclops* zusammen und überlegte, wer der unglückliche Fähnrich wohl gewesen war. Außer einem Grunzen gab er nichts von sich, aber Edgecumbe nahm es als Zustimmung.

»Ja, mein Lieber, die Bürden des Dienstranges...« Hope sagte nichts, begann aber zu fürchten, daß Sir James sehr gute Gründe gehabt hatte, ihn kommen zu lassen. »Ja, ja, die Bürden und die dringenden Erfordernisse des Dienstes. Meine parlamentarischen Pflichten machen mir das Leben nicht einfacher, weiß Gott. Ein Leben im Dienst der Öffentlichkeit ist sehr mühsam, das kann ich Ihnen versichern. Was mich zu meiner Frage bringt, lieber Freund: Wieviel Verpflegung und Wasser haben Sie noch?«

»Für ungefähr zwei Monate. Aber wenn Sie mich hier ablösen, sehe ich nicht ein, was diese Frage soll...«

Edgecumbe unterbrach ihn. »Noch etwas Wein? Eine Ablösung ist eigentlich das letzte«, sagte er dann hart und mit boshaftem Unterton, »das letzte, was ich beabsichtige.«

Hope schluckte. »Versuchen Sie, mir etwas Unangenehmes beizubringen, Sir James?«

Edgecumbe entspannte sich, er lächelte wieder.

»Ja, mein lieber Kapitän. Ich würde es als großen Gefallen ansehen, wenn Sie mir eine ekelhafte und nutzlose Aufgabe abnähmen. Tatsächlich«, er senkte die Stimme vertraulich, »muß ich demnächst im Parlament anwesend sein, um für den Marinehaushalt stimmen zu können und für die eine oder andere Maßnahme. In diesen Zeiten muß jeder Patriot sein Letztes geben. Stimmen Sie mir zu, Kapitän Hope? Ich kann mein Bestes für das Vaterland und euch tapfere Jungs tun, wenn ich die Marine stärke!« Jetzt ließ er die Maske fallen und eine klare Drohung spüren: »Es würde *keinem* von uns nützen, wenn ich an der Abstimmung nicht teilnehmen könnte, nicht wahr?«

Hope gefiel diese Wendung des Gesprächs gar nicht; er fühlte sich in die Ecke gedrängt. »Ich vertraue auf Ihre Fürsprache, daß Schiffe wie *Foudroyant, Emerald* und *Royal George* rechtzeitig ins Trockendock kommen . . .«

Edgecumbe winkte gelangweilt ab. »Das sind doch kleine Fische, Kapitän Hope. Es gibt genug tüchtige Leute bei den Werften, die sich damit beschäftigen.«

Hope verkniff sich eine ätzende Bemerkung, weil – Gott mochte wissen woher – plötzlich Edgecumbes Steward mit einer neuen Flasche Rotwein auftauchte. Edgecumbe vermied es, Hope in die Augen zu schauen, er suchte in den Papieren auf seinem Schreibtisch. Dann blickte er lächelnd auf, einen versiegelten Umschlag in der Hand.

»Das Leben ist voller Zufälle, nicht wahr, Kapitän? Dies hier«, er tippte auf den Umschlag, »ist ein Wechsel, auf Tavistocks Banking House gezogen. Wie ich hörte, hatten Sie in der letzten Zeit etwas Prisenglück. Meine Frau ist eine Tochter Tavistocks, deshalb weiß ich, er ist ein gerissener alter Teufel. Aber ich nehme doch an, daß er einen Wechsel der Admiralität in Höhe von viertausend Pfund honorieren wird.«

Hope kippte den Inhalt seines Glases hinunter, innerlich fluchend. Rechtschaffene Empörung war gegen solche Typen keine Waffe. Er überlegte, wie viele Männer wohl alle Augen hatten zudrücken müssen, damit diese kleine Szene glatt über die Bühne gehen konnte – mit dem Ergebnis, daß er, Henry Hope, an Stelle von Edgecumbe eine unangenehme Aufgabe übernehmen mußte, damit dieser seinen Platz im Parlament einnehmen konnte. Oder schlimmer: Vielleicht hatte Sir James noch ganz andere Gründe, um sich vor seinem Auftrag zu drücken? Hope fühlte Übelkeit in sich aufsteigen und stürzte ein weiteres Glas Rotwein hinunter.

»Ich nehme an, daß Sie mir die neuen Befehle schriftlich geben, Sir James?« sagte Hope mißtrauisch, obwohl er schon ahnte, daß er sich in das Unabwendbare würde schicken müssen.

»Aber natürlich! Denken Sie vielleicht, daß ich unautorisiert handele, mein Bester?« Edgecumbes Augenbrauen hoben sich in moralischer Entrüstung.

»Niemals, Sir James«, erwiderte Hope im Brustton tiefster

Überzeugung. »Nur gibt es manchmal Augenblicke, in denen man die Weisheit der allgewaltigen Lordschaften anzweifelt...«

Edgecumbe sah ihn scharf an, reichte ihm aber einen weiteren Umschlag. »Ihre Befehle, Kapitän Hope«, sagte er schroff.

»Und die ekelhafte und nutzlose Aufgabe, Sir James?«

»Ah«, stöhnte Edgecumbe und langte nach einer großen Kassette, die die ganze Zeit unter seinem Stuhl gelauert hatte.

In der Fähnrichsmesse schwang die einzige Laterne im Rhythmus der heftigen Schiffsbewegungen. Ihr blakendes Licht warf unruhige, phantastische Schatten, die das Lesen sehr schwierig machten. Drinkwater hatte abgewartet, bis Morris an Deck auf Wache war, denn er hatte das vage Gefühl, wenn er Elizabeths Brief in seiner Gegenwart las, würde die Erinnerung an sie besudelt. Obwohl Morris bisher keinen Versuch unternommen hatte, sich wieder als sein Vorgesetzter aufzuspielen, wußte Drinkwater instinktiv, daß Morris nur Zeit gewinnen wollte. Er beobachtete seinen Gegner genau und wartete auf eine Schwäche, die er dann gnadenlos auszunutzen gedachte. Elizabeths Brief hätte ihm vielleicht eine solche Gelegenheit geboten.

Drinkwater öffnete die Sendung. Sie enthielt ein Päckchen und einen Brief, der einige Tage nach seiner Abreise von Falmouth datiert war:

Mein lieber Nathaniel!
Gerade besucht uns Leutnant Collingwood; er sagte mir, daß seine Fregatte Anfang des neuen Jahres auf Cyclops *treffen wird. Er hat die Kosten für Dein (sic!) Begräbnis bezahlt. Vater sagte zwar, das sei eine Angelegenheit Deines Schiffes, aber Collingwood meinte, er würde sich das Geld von Deinem Kommandanten zurückgeben lassen, wenn er ihn träfe.*

Drinkwater biß sich auf die Lippen, ärgerlich über sich selbst, weil er daran nicht gedacht hatte. Er fuhr fort zu lesen.

Es ist zwar nur eine Kleinigkeit, aber der einzige Weg, Dir Glück zu wünschen, und so hoffe ich, daß Dir das beiliegende Geschenk gefällt. Vater erzählte mir, daß Marineoffiziere übermäßig stolz auf ihr erstes eigenes Kommando wären. Es ist am Morgen nach Deinem ersten Besuch entstanden, aber ich fand es bis jetzt nicht gut

genug, um es Dir zu geben. Wie es heißt, werden wir im April nach Portsmouth umziehen. Ich hoffe sehr, daß Du uns dort besuchen wirst. Gebe Gott, daß Du von Verwundung und Krankheit verschont bleibst, denn ich fürchte, daß Dein Dienst die Menschen barbarisch beansprucht, wie der Husten des armen Collingwood wohl hinlänglich beweist.
Das Wetter ist jetzt umgeschlagen, und wir erwarten einen strengen Winter. Vater bezieht die Marine nun regelmäßig in seine Gebete mit ein. Ich muß nun schnell schließen, denn Leutnant Collingwood will aufbrechen. Möge Gott Dich schützen.

Auf immer Deine
Elizabeth

Drinkwater las den Brief viermal, bevor er das Päckchen öffnete. Hervor kam ein kleines Aquarell. Es zeigte ein von grünem Land gesäumtes Stück Meer und die grauen Bastionen einer Festung. Im Vordergrund lag ein Schiff, ein kleiner dunkler Schoner, der die britischen über den amerikanischen Farben führte.

»*Algonquin*«, flüsterte er halblaut, das Bild unter die Laterne haltend, »*Algonquin* vor St. Mawes.«

Er verstaute es sicher auf dem Boden seiner Seekiste, kroch in seine Hängematte und las den Brief noch einmal. Elizabeth wünschte ihm Gesundheit und alles Gute. Vielleicht liebte sie ihn. Er badete in dem warmen Gefühl dieser Neuigkeit. Ein jubelndes Lachen stieg in seiner Brust auf, zugleich Triumph und ein Gefühl der Zärtlichkeit. Er kicherte glücklich vor sich hin, während *Cyclops* sich krachend nach Luv arbeitete.

Der Januar 1781 war ein Monat, der dem Nordatlantik fortwährend schlechtes Wetter bescherte. Die Stürme, die über den großen Teich gezogen kamen, zerschlugen eine französische Flotte an den mit Klippen bewehrten Küsten der Kanalinseln. Zweitausend französische Soldaten waren ausgebootet worden, um die Inseln zu besetzen. Hunderte kamen um, als ihre Transporter zerschellten. Achthundert gelangten an Land. Beinahe hätte ihr Versuch, St. Helier zu nehmen, Erfolg gehabt, aber durch einen verzweifelten Bajonettangriff unter Führung des sechsundzwanzigjährigen Majors Pearson wurden sie zurückgeworfen; der junge Mann fiel jedoch.

Nicht nur die französische Flotte hatte Verluste zu beklagen.

Vorher, im Oktober 1780, war Rodneys Westindische Flotte durch einen Wirbelsturm fast vernichtet worden. Hothams Geschwader wurde fast völlig entmastet, sechs Schiffe sanken. Obwohl Sir Samuel Hood Rodney zur Hilfe eilte, stand es schlecht um die Sache der Briten. Die Kriegslage in Nordamerika, die von Lord North und Lord George Germaine zögernd und saumselig gehandhabt wurde, hatte sich kritisch zugespitzt. Zu dieser Zeit wußte es noch keiner der Hauptakteure, aber die Vereinigung der französischen und amerikanischen Armeen bei einer bis dahin unbekannten Halbinsel am James River in Virginia sollte den Ausschlag geben. Während Lord Cornwallis sich mit seiner jämmerlich kleinen Armee durch die Sümpfe und das Ödland Carolinas kämpfte, griff ihn sein Gegner Nathaniel Greene nach dem Grundsatz »kämpfen und wegrennen, kämpfen und wieder wegrennen« ständig an. Damit blutete er die Briten aus, die von einem Pyrrhussieg zum nächsten stolperten, jedesmal in verminderter Zahl.

In Gibraltar hielten Augustus Elliot und seine kleine Garnison aus, während *Cyclops* die Unbill des Wetters erduldete, wobei sie wie ein halbüberfluteter Felsen aussah. Die Bramstengen waren an Deck gefiert worden, und zweimal mußte die Fregatte vor dem Wind wieder in Richtung Europa lenzen. Europa, das Hope doch weit hinter sich lassen wollte, da sein Ziel die Küste Carolinas war.

Das Leben im Zwischendeck hatte wieder zu seiner vertrauten Scheußlichkeit zurückgefunden: Feuchtigkeit in jeder Ecke, Schwämme und Pilze in großer Zahl, Kranke aus Mattigkeit und Schwäche. Die Peitsche mußte wieder mit beängstigender Regelmäßigkeit eingesetzt werden. Die Männer wurden verdrießlich, und das Resultat war allgemeine Unzufriedenheit.

In diesem Klima fanden nicht nur die Sporen pflanzlicher Parasiten reichen Nährboden, es schien auch die brachliegenden Energien von Fähnrich Morris zu beleben – vielleicht weil die Crew nicht mehr so eisern in Zaum gehalten wurde oder auch weil die Männer unter den Umständen weniger daran interessiert waren, ihn an seine zurückliegende Demütigung zu erinnern.

Morris' Stellung als Messeältester festigte sich, und der junge White war meist die Zielscheibe für seine Unfreundlichkeiten. Er ließ nicht den kleinsten Anlaß aus, das unglückliche Kind zu quälen, das noch nicht im Stimmbruch war und auch noch keine Anzeichen eines Bartes auf der Oberlippe trug. White mußte den Burschen für Morris spielen, allerdings in Gegenwart von Drinkwater oder Cranston weniger offensichtlich. Diese Behandlung, die auf der Terrorisierung Schwächerer beruhte und sie zu unterwürfigen Kriechern erzog, war ganz sicher nicht die geeignete Ausbildung für die Offiziere eines Kriegsschiffes.

Eines Nachts konnte der unglückliche White nicht schlafen, denn er war von Morris grün und blau geschlagen worden. Tränen stiegen ihm in die Augen, und er lag schluchzend im Grabesdunkel der Messe. An Deck hatte es angefangen zu regnen, deshalb war Drinkwater nach unten geeilt, um seinen Ölmantel zu holen. Einen Augenblick stand er lauschend im Dunkeln, dann erinnerte er sich, daß ihn Morris einmal unter ähnlichen Umständen belauscht hatte, und ging zu dem Jungen hinüber.

»Was ist los, Chalky?« fragte er sanft. »Bist du krank?«

»N-nein, Sir.«

»Laß das ›Sir‹ weg, Chalky. Ich bin's, Nat... Was ist los?«

»Nnnichts, Nnnat... Nichts.«

Es fiel Drinkwater nicht schwer zu erraten, wer für den Zustand des Jungen verantwortlich war. Aber er befürchtete, daß vielleicht Schlimmeres vorlag als Schikane. »Ist es Morris, Chalky?«

Das Schweigen in der Hängematte war Antwort genug.

»Er ist es doch, nicht wahr?«

Ein kaum vernehmbares »Ja« kam aus der Dunkelheit.

Drinkwater tätschelte eine dünne, zuckende Schulter: »Keine Sorge, Chalky, ich bringe das in Ordnung.«

»Danke, Nat.« Der Junge schluckte, und als sich Drinkwater langsam wegschlich, hörte er noch ein leises: »Oh, Mutter...«

An Deck mußte Drinkwater einen Anpfiff von Leutnant Skelton einstecken, weil er das Oberdeck verlassen hatte.

Der nächste Tag war ein Sonntag. Nach dem Gottesdienst wurde die Freiwache zum Essen gepfiffen, und Drinkwater traf mit Morris in der Messe zusammen. Auch einige andere Fähnriche kämpften mit ihrem Salzfleisch, einer davon war Cranston.

Drinkwater stürzte den Rest seines Rotweins hinunter und sprach dann Morris absichtlich formell an: »Mr. Morris, da Sie der Messeälteste sind, habe ich ein Ersuchen an Sie.«

Morris blickte auf, eine Warnung schoß ihm durch den Kopf. Er erinnerte sich an das letzte Mal, als ihn Drinkwater so formell angeredet hatte. Seitdem hatten sie außer dienstlichen keine Worte mehr miteinander gewechselt. Mißtrauisch blickte er Drinkwater an: »Worum geht es?«

»Darum, daß Sie Ihre widerwärtigen, abscheulichen Schikanen gegen den kleinen White einstellen werden.«

Morris starrte Drinkwater an. Er errötete, dann blubberte er ärgerlich: »Wenn ich diesen doppelzüngigen Schwätzer zu fassen kriege . . .«

Er erhob sich, aber Drinkwater hielt ihn auf: »Er hat mir nichts gesagt. Aber ich warne Sie, lassen Sie ihn in Ruhe!«

»Oh, Sie lieben ihn wohl? Genauso wie dieses feine Flittchen, das Sie da in Falmouth haben?«

Das hatte Drinkwater nicht erwartet. Er erinnerte sich daran, daß Threddle im Boot gesessen hatte, daß der Brief in seiner Seekiste lag . . . Einen Moment schwieg er, aber das war schon zu lange; er hatte die Initiative verloren.

»Und was beabsichtigen Sie dagegen zu tun, Mister Drinkwater?« Morris war nun in der Offensive.

»Sie zu schlagen, wie schon einmal«, erwiderte Drinkwater fest.

»Mich schlagen? Verdammt, Sie hatten einen Knüppel!«

»Wir hatten beide einen Stockde . . .« Drinkwater konnte den Satz nicht beenden, denn Morris' Faust krachte gegen sein Kinn, er fiel, und sein Kopf schlug aufs Deck. Morris warf sich auf ihn, aber Drinkwater war schon bewußtlos.

Morris erhob sich. Rache war süß, aber noch war er mit Drinkwater nicht fertig. Nein, ein intimeres und viel schlimmeres Schicksal sollte ihn ereilen. Im Augenblick war Morris zufrieden, er hatte zumindest seine Überlegenheit über diesen Bastard bewiesen.

Zufrieden klopfte er sich den Staub ab und wandte sich an die anderen Fähnriche: »Nun zu euch anderen Bastarden: Wenn ihr mir in die Quere kommt, geht es euch genauso.«

Cranston hatte sich nicht bewegt, er saß ruhig mit seinem Grogglas in der Hand da. Es war diese geduldige Überlegenheit des erfahrenen Zwischendeckbewohners, die Morris verunsicherte.

»Drohen Sie mir, Mr. Morris?« erkundigte sich Cranston mit gleichmütiger Stimme. »Wenn dem so sein sollte, werde ich Sie dem Ersten Offizier melden. Ihr Angriff auf Mr. Drinkwater wurde von keiner Provokation ausgelöst und stellt ein Vergehen dar, für das Sie einen gemeinen Matrosen auspeitschen lassen würden. Ich hoffe nur, daß Sie unseren jungen Freund nicht ernstlich verletzt haben, denn sollte das der Fall sein, werde ich Sorge tragen, daß Sie dafür den höchsten Preis zahlen, den die Kriegsartikel vorsehen.«

Morris wurde so weiß wie die Segel von *Cyclops*. Bei der langen Rede des sonst so schweigsamen Mannes, vorgebracht mit bedächtiger Ernsthaftigkeit, krampfte sich ihm der Magen zusammen. Ängstlich blickte er auf den hingestreckten Drinkwater nieder.

Cranston wandte sich an ein Messemitglied: »Mr. Bennett, seien Sie so gut und holen Sie den Doktor!«

»Ja, ja, natürlich.« Der Junge spritzte davon.

Morris machte einen Schritt in Drinkwaters Richtung, aber Cranston hinderte ihn daran. »Verschwinde!« zischte er, ohne seinen Ärger zu verbergen. Als Appleby eintrat, einen besorgten Bennett im Schlepptau, massierte Cranston die Handgelenke des Bewußtlosen.

Appleby fühlte seinen Puls. »Was ist passiert?«

Cranston schilderte den Hergang in groben Zügen, und Appleby hob die Augenbrauen. »Mmm... Helfen Sie mir, bitte.« Gemeinsam richteten sie Drinkwater auf, und der Arzt hielt ihm Riechsalz unter die Nase. Drinkwater stöhnte, als Appleby seinen Hinterkopf betastete.

»Er wird eine Weile Kopfschmerzen haben, aber sonst nichts Ernstes.«

Drinkwater stöhnte wieder; mit flatternden Augenlidern blickte er auf: »O Gott, was ist passiert...«

»Langsam, junger Freund. Sie haben einen Schlag gegen den Hinterkopf bekommen und einen weiteren ans Kinn, aber das werden Sie überleben. Sie müssen nur eine Weile das Bett hüten. – Würden Sie das, was Sie mir erzählt haben, auch bezeugen?« Die letzte Bemerkung richtete sich an Cranston.

»Aye, wenn es nötig werden sollte«, antwortete dieser.

»Ich muß den Ersten Offizier unterrichten. Über weitere Schritte wird später entschieden.« Appleby griff nach seiner Tasche und ging.

Devaux nahm die Angelegenheit ernst. Er hatte bereits einen Verdacht, was die sexuellen Vorlieben von Fähnrich Morris anging, außerdem war er der Meinung – obwohl er den starken Einfluß Morris' auf einen bestimmten Teil der Besatzung nicht kannte –, daß der Mann eine Gefahr darstellte. Bei der augenblicklichen gespannten Atmosphäre an Bord konnte schon ein dummer Zwischenfall wie dieser großen Ärger hervorrufen. Die Unruhe würde wie ein Buschfeuer um sich greifen, deshalb ließ sich dieser Vorfall unmöglich vertuschen. Ein ungeahndeter Disziplinverstoß in der Fähnrichsmesse konnte unabsehbare Folgen haben. Deshalb suchte Devaux um ein Gespräch beim Kommandanten nach. Allerdings war Kapitän Hope mehr an den Problemen ihres Landfalls an der Küste von Carolina interessiert als am weiteren Schicksal von Fähnrich Augustus Morris.

»Handhaben Sie die Angelegenheit nach eigenem Gutdünken, Mr. Devaux«, sagte er, ohne von der Karte aufzublicken. »Darf ich Ihre Aufmerksamkeit nun auf diese Stelle lenken . . .«

Einige Minuten studierten die beiden Männer Tiefenangaben und Küstenlinie.

»Warum machen wir unseren Landfall gerade hier, Sir?« fragte schließlich Devaux.

Hope blickte ihn an: »Ich denke, es ist besser, wenn ich Sie in die Details unseres Auftrags einweihe, denn wenn mir ein Unglück zustoßen sollte, müssen Sie ihn selbständig zu Ende führen. Wir werden hier landen . . .« Er deutete auf die Karte. »Bei Fort Frederic werden wir uns mit einer Abteilung der British Legion treffen, das ist eine Art Landwehr unter Oberst Tarleton. Ein Offizier, der sich entsprechend ausweisen kann, soll das Paket aus meinem Safe erhalten. Es enthält mehrere Millionen Kontinental-Dollars . . .«

Devaux pfiff leise vor sich hin.

»Der Kontinental-Kongreß hat das Vertrauen in seine eigene Währung bereits so erschüttert, daß die Überschwemmung der Handelsplätze mit diesen Millionen den Glauben an die Führungsqualität der Rebellenregierung völlig ruinieren wird. Viele werden dann wieder zur Sache des Königs stehen. Außerdem sind ausgedehnte Strafexpeditionen ins Tabakanbaugebiet von Virginia geplant, glaube ich, um der Wirtschaft der Rebellen die Basis zu entziehen.«

»Ich verstehe, Sir«, sagte Devaux nachdenklich. »Trotzdem scheint mir das ein seltsamer Weg zu sein, um eine Rebellion zu ersticken, Sir.«

»Richtig, Mr. Devaux, entschieden seltsam, aber Lord George Germaine, Seiner Majestät Kolonialminister, scheint der festen Meinung zu sein, daß dieser Weg unfehlbar ist.«

»Puh, Germaine«, knurrte Devaux indigniert. »Hoffen wir, daß er diesmal über eine bessere Urteilsfähigkeit verfügt als bei Minden.«

Hope sagte nichts. In seinem Alter hielt er solche Ausbrüche jugendlicher Verachtung für eine absolut sinnlose Kraftverschwendung; er beschränkte sich auf schweigenden Zynismus. Ob nun Germaine, North, Sandwich, Arbuthnot und Clinton oder die Kommandierenden von Flotte und Armee in Nordamerika, sie waren alle Anführer von Gottes Gnaden...

»Vielen Dank, Mr. Devaux.«

»Ich danke Ihnen, Sir«, erwiderte Devaux, nahm seinen Hut und verließ die Kajüte.

Morris saß unter Deck, als der Erste Offizier ihn rufen ließ, und ironischerweise war es White, der ihm die Nachricht überbrachte. Da er von dem Jungen keine Gefahr erwartete, stolzierte er frech hinauf.

»Sir?«

»Ah, Mr. Morris«, begann Devaux zurückhaltend, »ich habe gehört, daß es zwischen Ihnen und Ihren Kameraden Differenzen gegeben hat. Stimmt das?«

»Nun ja, so könnte man sagen, Sir. Aber die Angelegenheit ist erledigt, Sir.«

»Zu Ihrer Zufriedenheit, nehme ich an?« Der Erste Offizier konnte kaum den Sarkasmus in seiner Stimme unterdrücken.

»Jawohl, Sir.«

»Aber nicht zu meiner.« Devaux blickte Morris scharf an. »Haben Sie zuerst zugeschlagen?«

»Nun, ich, Sir, nun...«

»Ja oder nein?«

»Jawohl, Sir«, flüsterte Morris kaum hörbar.

»Wurden Sie provoziert?«

Morris witterte die Falle. Er konnte nicht sagen, daß er provoziert worden sei, weil Cranston dann gegen ihn aussagen würde, und das mußte seine Lage noch verschlechtern. Also zuckte er nur die Schultern.

»Mr. Morris, Sie sind ein Herd der Unruhe auf diesem Schiff, und ich bin fest entschlossen, das abzustellen. Es macht mir gar nichts aus, wenn ich zu diesem Zweck Ihren Hals mit Hilfe des neunundzwanzigsten Kriegsartikels in die Länge ziehen müßte...« Morris wurde blaß und atmete scharf ein. »Aber ich würde es vorziehen, Sie auf ein anderes Schiff zu versetzen, wenn wir wieder zur Flotte stoßen. Streben Sie nie wieder einen Posten auf einem Schiff an, auf dem ich Erster Offizier bin! Denn ich lasse Sie über Bord werfen, so wahr mir Gott helfe. Bis zu Ihrer

Versetzung werden Sie sich in der Messe fein artig benehmen, verstanden?«

Morris nickte.

»Sehr gut. Und jetzt steigen Sie in den Vortopp und bleiben dort, bis ich der Meinung bin, daß Ihre Gegenwart an Deck wieder wünschenswert ist.«

DREIZEHNTES KAPITEL

Februar 1781

Das Gefecht mit *La Créole*

Seiner Britannischen Majestät 36-Kanonen-Fregatte *Cyclops* war klar zum Gefecht. Sie lag mit dichtgeholten Segeln auf Steuerbordbug hoch am Wind, einer frischen, südwestlichen Brise. In Luv versuchte ihre Jagdbeute verzweifelt zu entkommen. Sie hatte zwar noch keine Flagge gezeigt, doch herrschte an Bord von *Cyclops* die Gewißheit, daß sie amerikanisch war. Das Schiff sah aus wie ein Indienfahrer, und Zyniker erinnerten ihre Kameraden daran, daß sich Kapitän Pearson Paul Jones auf der *Bonhomme Richard* hatte ergeben müssen – das war auch ein Indienfahrer gewesen.

Auf dem Achterdeck betete Kapitän Hope still darum, daß es ein harmloses Handelsschiff sein möge, denn dann war es eine leichte Prise. Sollte es sich aber um einen Kaperer handeln, bekam er eine härtere Nuß zu knacken. Am wichtigsten aber war es Hope, daß seine Ankunft an dieser Küste unbemerkt blieb. Gleichgültig, als was sich der Gejagte entpuppte, Hope wollte ihn aus dem Verkehr gezogen wissen.

Devaux drängte ihn, die französische Flagge setzen zu lassen, aber Hope lehnte ab. Er konnte derartigen Tricks wenig Geschmack abgewinnen und ließ die britischen Farben setzen. Nach einiger Zeit geite der Gegner seine Segel auf und zeigte die amerikanischen Farben.

»Na endlich! Er nimmt die Schlacht an. Auf Ihre Stationen, Gentleman, das wird ein schweres Stück Arbeit. Mr. Blackmore, lassen Sie die Bramsegel bergen und steuern Sie den jeweils günstigsten Kurs zum Gegner!«

Mit gekürzten Segeln näherte sich *Cyclops* dem Feind, bereit für die schwerfälligen Manöver eines Formalgefechts. Im Mastkorb sitzend, spähte Drinkwater unter dem Unterliek des Vormarssegels nach vorn. Irgend etwas stimmte mit dem anderen Schiff nicht.

»Tregembo, schau dir das Schiff doch mal genau an. Fällt dir was daran auf?«

Der Mann aus Cornwall verließ seine Drehbasse und musterte den wartenden Gegner.

»Nein, Sir . . . Aber warten Sie mal, da ist so ein Blinken über der Reling zu sehen . . . Nein, nun ist es wieder weg.« Tregembo richtete sich auf und kratzte sich den Kopf.

»Könnte es das Blitzen von Metall gewesen sein?«

»Aye, Sir, vielleicht.«

Drinkwater blickte nach achtern. Cranston im Mastkorb des Großmastes winkte ihm zu, er winkte zurück, und plötzlich war sein Entschluß gefaßt. Er schwang sich in die Wanten. Auf dem Achterdeck stieß er mit Morris zusammen, der nun Signalfähnrich war.

»Was suchst du hier hinten?« zischte Morris. »Scher dich nach vorn auf deine Gefechtsstation, du Schwein!«

Drinkwater eilte an ihm vorbei und heftete sich an Hopes Rockschöße.

»Sir! Sir!«

»Was, zum Teufel, gibt es?« Hope und Devaux drehten sich ob dieser Unterbrechung zornig um. Sie waren ganz mit der Beobachtung des sich nähernden Amerikaners beschäftigt gewesen.

»Sir, ich glaube, ich habe vom vorderen Mastkorb aus Sonnenreflexe auf Bajonetten gesehen!«

»Bajonette, bei Gott . . .«

Bei der Erwähnung dieser Infanteriewaffe hatte sich auch Wheeler herumgedreht. Schnell wandte er sich wieder um und hob sein Glas ans Auge. Kaum sichtbar blitzte erneut drüben Sonne auf Stahl.

»Jawohl, das sind Bajonette, Sir! Dort drüben stehen ein oder zwei Kompanien an Deck, oder ich will verdammt sein!« stieß der Offizier hervor.

»Sie sind verdammt, wenn das wirklich zutrifft«, erwiderte Hope. »Er wird uns also entern wollen und den Nahkampf mit seiner überlegenen Infanterie suchen . . . Mr. Devaux, fallen Sie bitte ein wenig ab und lassen Sie auf seine Mastkörbe zielen.«

»Aye, aye, Sir.« Devaux wandte sich, Befehle brüllend, um.

»Danke, Mr. Drinkwater, Sie können auf Ihre Station zurückkehren.«

»Speichellecker!« zischte ihm Morris im Vorbeigehen zu.

Hopes Einschätzung war richtig. Das feindliche Schiff war tatsächlich ein französischer Indienfahrer gewesen, operierte jetzt aber mit einem von George Washington persönlich unterschriebenen Kaperbrief. Trotz seiner amerikanischen Flagge wurde es von einem Franzosen befehligt. Es handelte sich dabei um einen Mann von großer Kühnheit, der unter der Flagge der Rebellen gedient hatte, seit sich die Amerikaner zum ersten Mal mit der Bitte um Hilfe an die abenteuerlustige Jugend der Welt gewandt hatten. An Bord seines Schiffes befanden sich Teile eines amerikanischen Milizbataillons, das kürzlich durch loyale Landmänner aus Georgia vertrieben worden war. Die Milizionäre hatten durch die flammenden Reden ihres Alliierten wieder Mut gefaßt und brannten nun darauf, ihre Musketen abzufeuern.

Obwohl Hope die Taktik seines Gegners richtig vorhergesagt hatte, war es zu spät, dessen Absichten zu durchkreuzen. Nachdem die beiden Schiffe Feuer eröffnet hatten, löste sich der Feind etwas und stieß dann auf das britische Schiff herab. Aus der Nähe konnte sein Name entziffert werden: *La Créole*.

Die Großsegelrah der *Créole* verfing sich in *Cyclops'* Kreuzrah, und die Schiffe stießen mit einem lauten Krachen gegeneinander. Der Austausch von Salven wurde unvermindert fortgesetzt, obwohl sich die Geschützmündungen fast berührten. Die Schanzkleider beider Schiffe waren bald zertrümmert, tödliche Splitter pfiffen durch die rauchgeschwängerte Luft. *Cyclops* hatte die beiden Beiboote des Gegners zerschossen, ihre Querschläger und Splitter kauften der Miliz den Schneid ab. Der französische Kommandant erkannte, daß jedes Zögern jetzt fatale Folgen haben mußte. Er sprang auf das Schanzkleid und feuerte die Amerikaner mit wilden Armbewegungen zum Entern an. Seine eigene gemischte Mannschaft folgte ihm.

Die Flut der Enterer schlug über den Kanonieren des Oberdecks zusammen. Wheeler ließ im Gegenzug seine Seesoldaten in Schützenlinie vormarschieren.

»Vorwärts! Anlegen! Feuer!« Eine gezielte Salve fegte über Deck, dann luden sie wieder mit der Schnelligkeit, die nur langer Drill erzielt: Die Kugeln wurden in den Lauf gestopft, dann wurden die Kolben auf das Deck gestoßen, um die zeitraubende Prozedur des Feststopfens mit dem Ladestock zu ersparen.

Vom Mastkorb aus hielt Drinkwater mit der Drehbasse in den an Deck strömenden Haufen. Er lud wieder, drehte sich dann nach

Tregembo um und fand diesen im Nahkampf mit einem fahlhäutigen Desperado, der anscheinend aus dem Nichts aufgetaucht war. Aufblickend sah Drinkwater weitere Gegner affenartig auf den Rahen auslegen und in die Wanten von *Cyclops* springen. Vom Mastkorb des Großmastes aus erledigte Cranston alle, die versuchten, die Rahen der beiden Schiffe zusammenzulaschen. Doch weitere Feinde kamen über die Marssegelrahen an Bord und rutschten wie in einem teuflischen Zirkusakt die Vorstage herunter. Auf dem Hauptdeck versuchten die Stückmannschaften weiter, ihre Kanonen abzufeuern. Von Zeit zu Zeit wurde einer der Stopfer durch eine feindliche Pike verletzt, wenn er ungeschützt vor der Mündung arbeitete, deshalb ordnete Devaux an, daß die Stückpforten während des Nachladens zu schließen seien. Das reduzierte zwar die Feuergeschwindigkeit, schützte aber die Männer und minderte die Gefahr einer Frühzündung durch mangelhaftes Auswischen. Das Knattern von Handfeuerwaffen war über ihren Köpfen zu hören. Ein kleines Gesicht tauchte neben Leutnant Keenes Ellenbogen auf: der junge White.

»Sir, Sir, schicken Sie bitte die Mannschaften der Steuerbordkanonen an Deck, wir stehen mächtig unter Druck!«

Keene wandte sich um: »Steuerbordseite, Achtung! Piken und Entermesser klar!« Der Befehl wurde von den Bootsmannsmaaten und anderen Männern aufgenommen, sie rannten zu den Waffengestellen, die um die Masten angeordnet waren.

»Skelton, Sie übernehmen hier das Kommando!« Keene streifte sich die Schlaufe seines Degens übers Handgelenk, dann wandte er sich mit einem schiefen Lächeln an White: »Auf geht's, junger Spund . . .«

White zog seinen Spielzeugdolch.

»Steuerbordseite, Achtung! Zum Niedergang! Mir nach!«

Ein schwaches Hurra folgte Keenes Worten, kaum hörbar im Gebrüll der Backbordkanonen. Doch oben wurde daraus ein wütendes Geschrei, als die Männer auf das sonnenüberflutete Deck strömten, wo das Durcheinander nun vollkommen war. Zwar war der Versuch der Rebellen gescheitert, das Schiff durch die Stückpforten des Hauptdecks zu entern, aber auf dem Oberdeck sah es schlecht aus. Ihr erster Schwung hatte die Enterer bis in die Nähe des britischen Achterdecks getragen. Davor bildeten nun Wheeler und seine Seesoldaten eine feuerspeiende Barriere hinter einer schützenden Hecke von Bajonetten. Da hier nur blutige

Nasen zu holen waren, konzentrierten sich die Enterer auf das Vorschiff. Dort wurde der Widerstand von Leutnant Devaux organisiert. Die Offiziere und Seeleute verteidigten sich entschlossen, mußten aber Schritt für Schritt zurückweichen.

Obwohl die amerikanische Miliz eine unzuverlässige Truppe war, kämpfte sie doch gut genug gegen die britischen Seeleute, und langsam wurden die Verteidiger überwältigt. Wenn es den Amerikanern gelang, in ausreichender Stärke in die Kuhl zu gelangen, konnten sie das Batteriedeck besetzen – und die Niederlage der Fregatte war dann nur noch eine Frage der Zeit. Der Kampf wurde verbissen geführt und war ein Tohuwabohu aus Musketenschüssen, Pistolenblitzen und funkelnden Säbeln. Männer schrien vor Schmerz, Offiziere brüllten Kommandos, die Stimmen rauh vor Erschöpfung oder schrill vor Angst. Und die ganze Zeit über feuerten beide Schiffe unablässig mit ihrer Hauptartillerie: eine unaufhörliche Kakophonie rollender Erschütterungen. Pulverrauch wälzte sich über das fürchterliche Gemetzel an Deck.

Der arme Bennett starb an einer Bajonettwunde; Stewart, der Steuermannsgehilfe, geschwächt durch die Folgen seines amourösen Abenteuers in Falmouth, konnte zwar den Degen des französischen Kommandanten parieren, unterließ es jedoch, seinerseits zuzustoßen. Der Franzose war schneller, und Stewart fiel in seine eigenen Eingeweide auf das blutige Deck.

Von seinem luftigen Platz aus konnte sich Drinkwater kein rechtes Bild über den Fortgang des Kampfes machen, weil unten alles von Qualm verdeckt wurde. Die Invasion über die Groß- und Vormastrahen schien eingedämmt zu sein. Schließlich hörte er das Gebrüll von Keenes Gegenangriff und sah, daß sich auf dem Amerikaner weitere Männer bereit machten, in den Kampf einzugreifen. Er feuerte eine Ladung Kartätschen in die Kuhl des Amerikaners: Männer stürzten, wichen zurück, sammelten sich neu. Drinkwaters Drehbasse feuerte wieder.

»Zwei Ladungen sind noch übrig, Sir«, schrie ihm Tregembo ins Ohr.

»Raus damit«, brüllte er zurück. »Aber was machen wir dann?«

»Keine Ahnung, Sir.« Der Mann blickte hinunter. »Vielleicht denen da unten helfen.«

Auch Drinkwater blickte hinab. Das Geschützfeuer schien etwas abgenommen zu haben, der Wind trieb den Rauch zur Seite. Er sah White mit seinem blitzenden Dolch fuchteln, aber ein

Amerikaner schob ihn zur Seite, weil er es auf einen Unteroffizier abgesehen hatte. Der Steuermannsmaat wurde von seinem Hieb an der Hüfte getroffen. Dann aber verzog der Amerikaner das Gesicht zu einer Grimasse, als der verschmähte White ihn von der Seite erstach. Devaux wirbelte mit der einen Hand seinen Degen, mit der anderen teilte er Schläge mit dem Pistolenkolben aus. Er wütete wie ein Wahnsinniger und feuerte Keenes Männer und die Reste der Oberdecksmannschaft an.

Hinter sich sah Drinkwater, daß Cranston irgendwelche Verbindungen zwischen den beiden Schiffen zerschnitt. Natürlich, sie mußten *Cyclops* vom Rebellenschiff freibekommen.

»Wir müssen die beiden Schiffe trennen, Tregembo!«

»Aye, Sir, aber der andere liegt in Luv.«

Das war richtig. Der Winddruck hielt den Rumpf der *Créole* an der Seite von *Cyclops* ebenso wirksam fest, wie es Laschings getan hätten. Drinkwater sah wieder hinunter, sein Blick blieb an den Ankern hängen. Früher am Tag hatte Devaux schon die Trosse am Notanker anstecken lassen, weil sie sich der amerikanischen Küste näherten. Nun mußten sie den Anker nur noch fallenlassen.

»Der Notanker, Tregembo!« rief er erregt aus, nach unten weisend.

Tregembo begriff sogleich. Beide sprangen ans Vorstag und enterten nieder. Der Anker war mit zwei Ketten an der Bordwand gesichert, durch deren birnenförmige Endglieder mehrere Törns aus Hanftauwerk liefen. Tregembo riß sein Messer heraus und nahm die Schaftlasching in Arbeit, Drinkwater machte dasselbe mit der am Kreuz.

Die schreiende, brüllende Menge kämpfte nur einige Meter entfernt, trotzdem waren sie auf der Back verhältnismäßig sicher. Doch dann eröffnete jemand in einem Mastkorb des Freibeuters das Feuer auf sie. Die Kugel schlug auf eine Ankerflunke und jaulte als Querschläger davon. Schweiß tropfte den beiden von der Stirn, und Drinkwater begann seine Idee zu verfluchen. Er hatte den Eindruck, daß diese Lasching nie reißen würde. Sein Kopf schmerzte vom Durcheinander der Schlacht und Morris' Schlag. Eine weitere Kugel schlug in das Deck zwischen seinen Füßen, sein Rücken schien ihm die Ausmaße eines Großsegels zu haben und mußte dem Scharfschützen ein Ziel bieten, das er beim nächsten Schuß keinesfalls verfehlen konnte.

Tregembo grunzte zufrieden, als seine Lasching nachgab; unter dem plötzlichen Ruck brachen auch die letzten Törns der anderen, und klatschend fiel der Anker.

»Ich hoffe zu Gott, daß die Trosse glatt abläuft . . .«

Das schien tatsächlich der Fall zu sein; jedenfalls erreichte der Anker den Grund und griff, brach wieder los und griff wieder. Dadurch wurden die beiden Schiffe mit dem Bug in den an den Küsten von Florida und Carolina gleichmäßig nach Norden setzenden Strom gedreht. Er zerrte an beiden Rümpfen, aber *Cyclops* wurde durch den Anker festgehalten. Drinkwater hörte das Scheuern der Bordwände, ein erstes Anzeichen dafür, daß *La Créole* sich langsam von ihrem Widersacher löste.

»Ihr Schiff treibt ab, Jungs! Wir haben sie im Sack!«

Erst einer, dann immer mehr blickten nach oben und bemerkten die unterschiedliche Bewegung der beiden Schiffe. Der Ruf wurde von den Briten aufgenommen und weitergegeben. Mit neuer Kraft machten sie sich daran, ihre Gegner zu erschlagen oder zu erstechen. Über ihre Schultern blickend, erkannten auch die Franko-Amerikaner, was geschah. Die Miliz gab zuerst auf und stürmte zurück, Freund und Feind nicht achtend.

La Créole rutschte knirschend achteraus, blieb kurz irgendwo hängen, löste sich dann aber wieder; schließlich kam sie endgültig frei von *Cyclops*. Das dauerte ein oder zwei Minuten, jedenfalls genügte die Zeit, damit die meisten aus ihrer Besatzung zurückkehren konnten. Die erschöpften Briten ließen sie entkommen. Die letzten Szenen hätten komisch genannt werden können, wenn nicht Tote und Sterbende aus drei Nationen auf dem blutigen Deck gelegen hätten.

Mehrere Männer sprangen über Bord und schwammen ihrem Schiff nach; Kameraden ließen Seile hinunter, an denen sie an Bord klettern konnten. Einer davon war der französische Kommandant. Bevor er über *Cyclops'* Seite sprang, verabschiedete er sich mit drohenden Gesten.

Auf *Cyclops'* Seitendeck kniete ein augenrollender Neger, die Arme in der unverwechselbaren Geste der Kapitulation erhoben. Er sah den fast allein auf dem Vordeck stehenden Drinkwater und warf sich ihm zu Füßen. Hinter ihm tauchte Devaux auf, Blutrausch in den Augen, und drohte, ihn zu durchbohren.

»Nein, nein, Sir! Ich ergebe mich doch, Sir! Genauso wie es General Burgoyne gemacht hat, Sir! Ich ergebe mich!«

Es war Wheeler, der den Ersten Offizier schließlich zur Vernunft

153

brachte, indem er ihm mitteilte, daß der Kommandant ihn zu sehen wünsche. Der Neger, dankbar dafür, daß er noch einmal davongekommen war, heftete sich an Drinkwaters Fersen.

Die beiden Schiffe trieben nun etwa zwei Kabellängen voneinander entfernt. Beide waren nicht in dem Zustand, das Gefecht sofort wieder aufnehmen zu können.

»Das«, sagte Kapitän Hope zu Blackmore, mit dem er aus dem schützenden Wall der Seesoldaten trat, »das war verdammt knapp!« Der Sailing Master nickte in wortloser Erleichterung. Hope lachte kurz und nervös auf. »Der Teufel wird eben noch ein Weilchen auf uns warten müssen, nicht wahr, Blackmore?«

La Créole driftete weiter achteraus.

»Lassen Sie den Anker kappen«, befahl Hope, als Devaux ihn endlich erreichte. »Und finden Sie heraus, wer ihn geworfen hat.«

»Darf ich vorschlagen, daß wir ihn hieven, Sir?«

»Kappen, habe ich gesagt! Wir müssen den Gegner vernichten, bevor er die Nachricht von unserer Ankunft verbreiten kann.«

Devaux zuckte die Achseln und wandte sich ab.

Hope drehte sich zum Segelmeister um: »Wir können also loten.«

»Jawohl, Sir«, erwiderte der alte Mann, sich zusammenreißend.

»Lassen Sie Segel setzen, wir müssen den Rebellen erledigen.«

Aber auf *La Créole* wurde die Leinwand schon ausgeschüttelt. Der Freibeuter stand in Lee und nahm bald Fahrt auf. Fünfzehn Minuten später lag auch *Cyclops* vor dem Wind, aber etwa eine dreiviertel Meile dahinter.

In dieser Position befanden sie sich auch noch, als die Dunkelheit hereinbrach.

Unten in der Messe saß Drinkwater, während ihm der Neger die Schuhe putzte. Er hatte sich dessen Anhänglichkeit nicht erwehren können; auch schien in dem Durcheinander, das dem Gefecht gefolgt war, niemandem dieser Zuwachs der Besatzung aufzufallen.

»Wie ist dein Name?« fragte er; das ebenholzschwarze Gesicht des Mannes faszinierte ihn.

»Der Name is' Achilles, er sein Ihr Diener, Sir.«

»Mein Diener?« fragte Drinkwater erstaunt.

»Jawoll, Sir! Sie ha'm Achilles Leben gerettet. Er jetzt sein Ihr bester Freund.«

VIERZEHNTES KAPITEL

März 1781

Der Mensch denkt . . .

Bei Tageslicht war *Cyplops* allein, *La Créole* hatte sich während der Nacht absetzen können. Kapitän Hope war wütend, denn ihre Ankunft an der Küste würde nun überall bekannt werden. Ihm blieb nichts anderes übrig, als seine Befehle so schnell wie möglich auszuführen.

Ungeduldig wartete er auf die Sonnenkulmination und auf Blackmores Meridianhöhe. Nachdem der Navigator seine Berechnungen beendet hatte, brachte er das Ergebnis zu Hope: »Unsere Breite ist dreiundvierzig Grad zwölf Minuten Nord, Sir«, er schielte auf seinen Zettel, »das bedeutet, daß wir dreiundvierzig Meilen nördlich unseres Ansteuerungspunkts stehen; außerdem müssen wir die Frying-Pan-Untiefen luvwärts umschiffen.«

Hope nickte. »Sehr gut. Treffen Sie die notwendigen Maßnahmen und gesellen Sie sich dann freundlicherweise zu mir und dem Ersten Offizier. Und, äh, Mr. Blackmoore, lassen Sie dabei den jungen Drinkwater Ihre Karten tragen . . .«

Als der Segelmeister mit Devaux erschien, bat Hope sie leutselig, Platz zu nehmen. Drinkwater breitete die Karten auf dem Tisch aus.

»Äh, Mr. Drinkwater«, begann Hope, »der Erste Offizier hat mich davon unterrichtet, daß Sie den Anker geworfen haben, als wir dieses Gefecht mit *La Créole* hatten, stimmt das?«

»Nun ja – jawohl, Sir. Ich wurde dabei von Toppsgast Tregembo unterstützt, aber ich übernehme die volle Verantwortung für den Verlust des Ankers.«

»Gut so, gut so . . .«

»Wenn ich mir eine Bemerkung erlauben darf, Sir«, mischte sich Devaux ein. »Er hat damit wahrscheinlich das Schiff gerettet.«

Hope blickte scharf auf, er wähnte, die Spur eines Vorwurfs in

Devauxs Stimme zu hören. Aber Hope hatte nicht die Energie, sich zu ärgern, sein Blick traf sich mit dem Blackmores. Kaum sichtbar zuckte der alte Navigator mit den Schultern, und Hope lächelte in sich hinein. Alte Männer sahen viele Dingen eben anders ...

»So ist es, Mr. Devaux. Mr. Drinkwater, ich möchte Ihnen zu Ihrer Tatkraft gratulieren. Das ist eine Eigenschaft, die Sie offenbar im Überfluß besitzen. Ich werde für Sie tun, was ich kann, und bin sicher, wenn ich in diesem Bemühen erlahme, wird mich Mr. Devaux daran erinnern ... In der Zwischenzeit würde es mich freuen, wenn Sie, Mr. Cranston, Leutnant Wheeler, Mr. Devaux und natürlich Sie, Segelmeister, meiner Einladung zum Abendessen Folge leisten würden. Wer wird Wachhabender sein, Mr. Devaux?«

»Leutnant Skelton, Sir.«

»Sehr gut, dann kann auch Leutnant Keene kommen, und natürlich wäre ein Abendessen an Bord von *Cyclops* unvollständig ohne einen Rhetoriker wie unseren Doktor. Bitte treffen Sie die notwendigen Anordnungen. Und jetzt, Mr. Drinkwater, die Karten...«

Die Männer beugten sich über den Tisch, ihre Körper schwangen, ihnen unbewußt, im Rhythmus der Fregatte.

»Unser Bestimmungsort ist die Mündung des Galuda River«, begann Kapitän Hope, »hier in der Long Bay. Wie Sie sehen, liegt hier eine Barre und etwas oberhalb der Mündung ein kleines Fort – Fort Frederic. Unsere Aufgabe besteht darin, in den Fluß einzulaufen, die Garnison mit Ausrüstung und Munition zu versorgen und einem Agenten ein bestimmtes Paket zu übergeben. Die Einzelheiten sind Mr. Devaux bekannt und müssen uns jetzt nicht interessieren.« Hope machte eine Pause und wischte sich den Schweiß von der Stirn. Dann fuhr er fort: »Wenn wir dicht unter der Küste stehen, werden wir Boote vorausschicken, die uns den Weg zum Ankerplatz ausloten müssen.«

Devaux und Blackmore nickten.

»Um ganz sicherzugehen, machen wir klar zum Gefecht, sobald wir in den Fluß einlaufen. Während des Ankerns werden wir eine Spring auf die Ankerkette schäkeln. Ich beabsichtige, nicht eine Minute länger als nötig zu bleiben, denn ich fürchte, unser Freund von gestern wird uns mit Verstärkung aufsuchen.« Hope schlug mit dem Kartenzirkel auf die Seekarte. »Irgendwelche Fragen, Gentlemen?«

Devaux räusperte sich. »Wenn ich mich nicht irre, Sir, dann mißfällt Ihnen diese Aktion genauso wie mir.«

Hope sagte nichts, sondern blickte den Leutnant nur scharf an.

»Mir paßt dieser ganze Plan nicht, Sir. Er stinkt. Ich...«

»Mr. Devaux«, unterbrach ihn Hope scharf, »es gehört nicht zu Ihren Aufgaben, Befehle zu kritisieren. Ich gehe davon aus, daß Ihre Lordschaften ihr Geschäft verstehen.«

Hope sprach mit einer Überzeugung, die er nicht verspürte. Das Unbehagen verlieh seiner Stimme eine Schärfe, die übertrieben wirkte. Aber Devaux wußte nichts von den Umständen, unter denen Hope seine Befehle erhalten hatte; für ihn war Hope nicht mehr derselbe Mann, der die *Santa Teresa* von den San-Lucar-Untiefen gerettet hatte. Die öden Wochen des Patrouillendienstes schienen ihn ausgelaugt zu haben, die Sorge um das Prisengeld hatte ihn verzehrt. Von Wheeler hatte Devaux erfahren, daß Hope und Blackmore im letzten Gefecht vorsorglich Zuflucht hinter den stählernen Bajonetten gesucht hatten. Devauxs Reaktion war voreingenommen, aber er sah Hope nun als furchtsamen alten Mann, der blind Befehle ausführte, die von dem verhaßten Tory-klüngel ausgebrütet worden waren. Die Umstände waren gegen ihn... Er zügelte sein Temperament nur mit Mühe.

»Mit Respekt, Sir, warum senden uns die Herren in diese entlegene Gegend, um die Wirtschaft der Rebellen mit gefälschten Banknoten zu ruinieren?«

Blackmore blickte mit plötzlichem Interesse auf, Drinkwater hatte den Anstand, völlig bewegungslos zu verharren, Hope öffnete den Mund, um zu protestieren, aber Devaux fuhr fort: »Warum gehen sie nicht über New York, wo Clintons Agenten eine Abrechnungsstelle haben? Oder nach Virginia, wo der Reichtum der Rebellen wurzelt? Sogar die Neuengland-Staaten wären geeigneter als ausgerechnet Carolina...«

»Mr. Devaux! Ich muß Sie daran erinnern, daß das, was ich Ihnen erzählt habe, vertraulich war. Aber wegen der mangelnden Selbstbeherrschung, die Sie an den Tag gelegt haben – eine Eigenschaft, die ich eigentlich für eine Tugend Ihres Standes hielt – will ich Ihnen und den anderen Herren hier einige Zusatzinformationen geben. Ich muß Sie aber nochmals darauf hinweisen, daß diese Informationen der Geheimhaltung unterliegen. Carolina ist in der Hand unseres Lord Cornwallis, Mr. Devaux. Ich vermute, daß die Banknoten für ihn bestimmt sind. Er ist dabei, so glaube ich, die Operationen mit Major Ferguson weiter ins Hinterland auszudehnen. Dort wird das Geld von großem Nutzen sein. Und das ist alles, meine Herren.«

Drinkwater verließ den Kommandanten tief beunruhigt. Er wußte, daß nur seine Gegenwart Kapitän Hope daran gehindert hatte, schärfer mit dem Ersten Offizier umzuspringen. Aber es gab da noch andere Dinge, die ihn beschäftigten. Der Neger Achilles hatte in der Messe merkwürdige Geschichten erzählt, die keineswegs mit Hopes kurzer Darstellung der militärischen Situation in Carolina übereinstimmten.

Nach einigem Nachdenken suchte Drinkwater Wheeler auf und besprach sich mit ihm. Das konnte zwar als Bruch der Vertraulichkeit angesehen werden, aber unter den Umständen, die an Land herrschen mochten, fühlte er sich dazu berechtigt.

»Also, mein Junge, wir sollten uns besser noch einmal mit deinem Freund unterhalten, der behauptet, dein Diener zu sein«, sagte Wheeler.

»Er nimmt sich das einfach heraus, weil er meint, ich hätte ihm das Leben gerettet.«

»Laß ihn in die Offiziersmesse kommen.«

Es stellte sich heraus, daß Achilles ein intelligenter Mann war. Er hatte als Sklave auf einer Plantage gearbeitet. Als die britischen Militärbehörden allen Negern die Freiheit versprachen, die gegen die Rebellen kämpfen wollten, war Achilles prompt geflohen und aus der Sklaverei entlassen worden. Bald wurde er Bursche bei einem Leutnant des 23. Regiments, aber während der Schlacht bei Camden von seinem Herrn getrennt. Durch ein mißliches Geschick geriet er ausgerechnet beim Sohn seines früheren Besitzers in Gefangenschaft. Dieser war Hauptmann jener Milizeinheit, die später auf *La Créole* eingeschifft worden war.

Seine privilegierte Position, seine Intelligenz und seine gute Beobachtungsgabe hatten es ihm erlaubt, viele Gespräche der Offiziere des 23. Regiments auszuwerten. So bekam er einen verhältnismäßig guten Überblick über die tatsächliche militärische Lage in Carolina. Wheeler holte so viele Informationen aus ihm heraus wie möglich. Das fiel ihm nicht sonderlich schwer, denn Achilles hatte eine große Vorliebe für rotberockte Soldaten und genoß es, im Mittelpunkt der Aufmerksamkeit zu stehen; das entschädigte ihn für das lässige Desinteresse, mit dem seine früheren Herren ihre Grausamkeiten verteilt hatten.

»Jawoll, Sir, der Krieg is' nix gut, Sir. 's gibt nich' genug reg'läre Soldaten in Carolina, Sir. Major Ferguson war'n verdammt guter Soldat, Sir, aber die Torymiliz is'n elender Haufen und läuft aus'nander, seit Major Ferguson auf'm alten King's Mountain starb.«

Wheeler pfiff leise. Also war der brillante Patrick Ferguson tot. Damit war der beste Schütze der Armee, der den Hinterlader in der britischen Armee eingeführt hatte, gefallen. Nach einer schweren Verwundung seiner rechten Hand hatte er bei Brandywine mit der linken Hand weitergefochten. Nun war er gefallen. Der Neger rollte traurig die Augen.

»Was ist mit Lord Cornwallis, Achilles?«

»Auch'n verdammt guter Soldat, Sir! Hat dem verdammten Yankeerebellen Gates bei Camden tüchtig Prügel verpaßt. Gates is' danach sechzig Meilen in einem Stück gerannt, jawoll, Sir! Aber der arme Achilles, Sir, der is' dabei auf die falsche Seite gekommen.«

»Ja, ja, Achilles, das hast du uns ja schon erzählt. Aber was ist mit seiner Lordschaft?«

»Der marschiert weiter«, erwiderte der Neger und machte schwingende Bewegungen mit seinen Armen. »Er kämpft auch weiter. Aber er kommt nie zur Ruhe, deshalb sagen die Offiziere vom 23., er kann nicht gewinnen.«

»Was meinst du damit?«

»Nun ja, Sir, als General Gates davonrennt, mit seinem verdammten alten Schwanz zwischen den Beinen, da wird General Greene geschickt. General Greene is' auch'n verdammt guter Soldat, obwohl er'n Rebell is', sagen die Offiziere vom 23. Regiment, Sir.« Achilles sprach so zurückhaltend, als könne ihm die Bewunderung für General Greene als Sympathiebeweis für die Rebellen ausgelegt werden. Dann trat ein verwunderter Ausdruck in sein Gesicht.

»Ich hab' ja nich' alles kapiert, aber scheints weiß dieser verdammte General Greene nich', wann er geschlagen is. Er stellt sich zum Kampf, dann rennt er, dann kämpft er wieder, rennt wieder... Aber er is' nie geschlagen...« Achilles schüttelte ungläubig den Kopf, seine Augen rollten ausdrucksvoll.

»Unser Lord Cornwallis, er schickt'n Lord Rawdon hierhin und dorthin, un' er schickt'n Oberst Tarleton hierhin und dorthin. Sein zwei verdammt gute Soldaten, sie renn' in'n Sumpf auf und ab und woll'n Moorfuchs un' 'n Kampfhahn fang'n...«

»Den was?« fragte Wheeler ungläubig.

»Sin' die Rebellenführer, Sir, verdammt schlaue Burschen, Sir. Soll'n manchmal wie Bäume aussehen. Unser Tarleton, er hat sie fast erwischt, aber jedesmal sin' sie wieder entkomm'. Sin' vielleicht Geister«, Achilles blickte düster, »vielleicht Voodoo ...« Wieder schüttelte er den Kopf und rollte mit den Augen. »Dieser Krieg is' für uns Loyalisten nich' gut, Sir. Die reg'lären Rotröcke kämpfen besser als jeder verdammte Rebell, aber 's reicht nich', Sir. So isses, Sir. Achilles sagt die Wahrheit, Sir. Mit je'm Wort. Ich hab's die Offiziere sagen gehört – oft, und das 23. Regiment is'n verdammt guter Haufen von verdammt guten Füs'lier'n, Sir!«

Trotz des Ernstes der Neuigkeiten mußte Wheeler lachen. Am Ende seines Monologs war Achilles aufgestanden und hatte sich bei der Erwähnung von His Majesty's Royal Welch Fusileers kerzengerade aufgerichtet. Bedauerlicherweise war er dabei schmerzhaft gegen die Decksbalken gestoßen.

»Sehr gut, Achilles. Und nun zu dir: Du kannst freiwillig in die Marine eintreten.«

»Versteh' nix von Seefahrt, Sir«, sagte Achilles, vielsagend seine Beule reibend. »Achilles is'n verdammt guter Diener, Sir.«

»Gut, dann solltest du dich besser mir anschließen.«

»Achilles dient schon diesem Gentleman, Sir.« Er wies untertänig auf Drinkwater.

Wheeler schaute Drinkwater an. »Ich weiß zwar nicht, was der Erste dazu sagen wird, mein Junge, aber ich würde versuchen, ihn als Messehelfer eintragen zu lassen.«

Wheeler hinterbrachte die Neuigkeiten Devaux, der vor Erbitterung schnaubte, und meinte: »Der junge Nat war ganz schön scharfsinnig, daß er so schnell begriff, was für wichtige Informationen uns der Neger liefern konnte.«

»Eigentlich nicht«, erwiderte der Erste Offizier, immer noch ärgerlich über Hope; er schob ein Glas zur Seite und wischte sich mit dem Handrücken den Mund. »Schließlich war er dabei, als der Alte uns infor –, ach verdammt, als ich die Übersicht verlor und alles ausquatschte. Vielleicht ist es ja nur viel Lärm um nichts, aber zumindest haben sich meine schlimmen Ahnungen bestätigt.«

»Was sollen wir tun?«

Devaux dachte nach und goß sich dann ein weiteres Glas ein.

»Hören Sie, Wheeler, ich will das Thema gesprächsweise heute abend beim Dinner anschneiden. Unterstützen Sie mich dabei.«

Es war unvermeidlich, daß ihr Auftrag das Hauptthema während des Essens war. Die schlechte Qualität der Speisen erinnerte sie zwangsläufig daran, daß sie ohne ausreichende Verpflegung über den Atlantik gejagt worden waren. Hope selber schnitt das Thema an und erläuterte ihnen nochmals den Grund für ihre Präsenz vor Carolina.

»Ich sehe noch immer keinen Sinn darin, eine Fregatte zu dieser öden Küste zu schicken. Mir scheint das weder militärisch noch seemännisch angebracht«, begann Devaux vorsichtig. Aber Appleby, der die Chance für ein längeres Streitgespräch witterte, sprang für Hope in die Bresche. Drinkwater hörte mit offenem Mund den pädagogischen Ausführungen des Chirurgen zu.

»Wenn Sie gestatten, meine Herren, stelle ich ein Denkmodell zur Diskussion . . .« Devaux seufzte resignierend, und Hope konnte nur mühsam ein Lächeln unterdrücken. »Ihre Naivität in allen Ehren, Mr. Devaux«, Devaux wollte protestieren, »nein, nein, lassen Sie mich ausreden. Es scheint mir, bei allem schuldigen Respekt für den Kommandanten, daß unser Einsatz ein politischer und kein militärischer ist. Deshalb ist er, wenn ich mal so sagen darf, für Sie, allesamt tapfere Männer des Schwertes, nicht so ohne weiteres zu durchschauen.«

Na so was, dachte Hope. Entweder verfügt Appleby über telepathische Fähigkeiten oder er ist allwissend.

»Gehen wir doch davon aus, meine Herren, daß ein Politiker sich diese Mission ausgedacht hat. Wer sonst kann mit den parlamentarischen Regeln Blindekuh spielen? Nur ein Politiker! Bestimmt haben die Milords North und Germaine das ausgeheckt. Germaine hat wahrscheinlich North eingeflüstert, daß es ein toller Coup wäre – und noch dazu ganz billig. Nur ein paar Millionen falsche Banknoten müssen gedruckt werden, und schon ist die Wirtschaft der Rebellen ruiniert, der Kongreß in die Knie gezwungen: keine Truppen mehr, kein Geld für Generäle und Admirale, und das alles – großartige Idee – durch einen Geniestreich Ihrer Lordschaften!«

Zustimmendes Gemurmel erscholl von den um den Tisch versammelten Offizieren, die sich in ihre Sessel zurückgelehnt hatten.

»Sie erkennen die Umrisse des Plans, meine Herren. Er wurde ausgebrütet von einem Mann, den man wegen Feigheit vor dem

Feind bei Minden davonjagte, der aber ein dickes Fell hat – und einen neuen Namen, hinter dem er sich verstecken kann.«

»Sackville, bei Gott!« rief Wheeler aus. »Den hatte ich total vergessen. Hat nicht der König selbst ihn von der Dienstliste mit der Anmerkung gestrichen, daß er niemals wieder einen militärischen Rang bekleiden dürfe?«

»So war es, mein Herr; der verstorbene König hat genau dies verfügt. Und was ist diese Kreatur jetzt? Nichts Geringeres als der Kopf aller militärischen Operationen in Amerika, auf einem Kontinent, von dem er keine Ahnung hat. Oberst Barré kennt sich aus, aber die Regierung hört nicht auf ihn. Auch Burke, Fox und Chatham hatten die Schwierigkeiten begriffen, aber niemand nahm Notiz von ihnen. So steht die Sache!« Appleby stieß abschätzig den Atem aus und blickte sich zufrieden und beifallheischend um.

»Bezüglich Germaine haben Sie nicht ganz recht, Mr. Appleby.«

Appleby zuckte zusammen und schaute sich um; wer wagte, ihm zu widersprechen? Es war Cranston.

»Verzeihung?« fragte er pikiert.

»Lord George Germaine mag tatsächlich so sein, wie Sie ihn beschreiben. Aber sein Staatssekretär ist ein amerikanischer Loyalist, von dem es heißt, daß er auf den verschiedensten Gebieten Experte sei: Benjamin Thompson.«

»Bah!« entgegnete Appleby. »Thompson ist sein Lustknabe!« Drinkwater hatte nicht die leiseste Ahnung, was ein Lustknabe war, merkte aber, daß es etwas Anrüchiges sein mußte, dem Gekicher und dem Grinsen der anderen nach.

»Ich denke, daß Cranston da einen Punkt für sich buchen kann, Mr. Appleby.« Hope sprach mit ruhiger Autorität, aber Appleby gab sich nicht geschlagen.

»Ich bin nicht Ihrer Meinung, Sir«, sagte er.

»Ich auch nicht, Sir. Die Fakten sprechen für sich. Wäre Thompson wirklich so ein Genie, dann müßte er doch wissen, daß den Rebellen größerer Schaden zugefügt wird, wenn wir unsere ›Fracht‹ in New York oder Charleston löschen.« Devaux versuchte noch einmal, die Richtung des Gesprächs zu ändern.

»Ah, das ist doch der Punkt! Sehen Sie das nicht?« unterbrach ihn Appleby wieder. »Germaine sagt zu Thompson: ›Verdammt, Benjamin‹«, er ahmte den bekannt hochnäsigen Tonfall Germaines nach, »›ich kann diesen Clinton nicht leiden. Er ist ein

unentschlossener kleiner Geist und hat auch noch diesen verdammten Überläufer Arnold in seinem Stab. Wahrscheinlich
treibt der ein doppeltes Spiel. Ist wohl besser, wenn wir das Geld
nicht zu ihm schicken.‹ Germaine dreht sich zur Karte: ›Aber
wohin dann, Benjamin? Zu Cornwallis etwa? Dessen verdammte
Fischaugen mochte ich noch nie, ganz zu schweigen von seinem
Stellvertreter, dem jungen Rawdon, oder gar dem verdammten
Besserwisser Ferguson...‹«

»Ferguson ist tot«, warf Wheeler trocken ein.

Appleby hob bei dieser Unterbrechung nur irritiert die Augenbrauen. »›...Nein, nein, das ist alles nichts, Benjamin. Bring bitte
die Karte her. So, welches Fleckchen ist denn nun Carolina? Na,
wie wäre es denn damit?‹« Mit geschlossenen Augen piekte
Appleby in das Tischtuch aus Damast, dann öffnete er sie und
blickte auf eine imaginäre Karte nieder: »›Das sieht ja sehr gut aus,
Benjamin. Erledige das bitte, denn es ist schon fünf Uhr, und ich
muß mich jetzt ein oder zwei Stunden bei Tisch erholen.‹ Damit
nimmt er seinen Hut und geht ab.« Appleby sank endlich auf
seinen Stuhl zurück und faltete grinsend die Hände über dem
Bauch.

Einige Offiziere klatschten schwach Beifall, aber alle lächelten
selbstgefällig mit der generösen Geringschätzigkeit der Seeleute
Politikern gegenüber. Schließlich, schien dieses Lächeln auszudrücken, was kann man von denen da oben schon anderes erwarten...

Hope mußte seinen Männern solche Gedanken austreiben, denn
sie konnten zur Nachlässigkeit führen. Deshalb sagte er: »Ich fand
Ihre Ausführungen sehr interessant, aber leider falsch, Mr. Appleby. *Cyclops* ist angewiesen, das Bruchstück eines Plans auszuführen, den wir im Ganzen nicht überschauen; das ist im Seekrieg
nichts Neues. Die Quintessenz des Soldatenlebens besteht darin,
Befehlen zu gehorchen, denn sonst geht gar nichts mehr.«

»Sir«, begann Devaux langsam und überlegt, »Leutnant Wheeler hat den Neger befragt, der sich uns ergeben hat. Der Schwarze
hat uns darüber aufgeklärt, daß in beiden Carolinas völliges Chaos
herrscht, niemand weiß, wer die Oberhand hat. Lord Cornwallis
hat zu wenig Truppen, deshalb kann er nur einige Orte halten und
den Rebellen Nadelstiche zufügen.«

Das war zuviel für Hope. »Mr. Devaux«, er brüllte es fast,
»wieso schert uns, was ein verdammter Neger sagt? Der ist sowieso

ein Rebell. Glauben Sie etwa, er wird uns erzählen, daß wir am Gewinnen sind?«

Aber Devaux war genauso in Rage. »Um Gottes willen, Sir, hören Sie mich doch wenigstens an! Erstens ist er Loyalist und hat Papiere, die das beweisen, zweitens war er Sklave und ist von uns befreit worden. Deshalb wird er kaum mit den Rebellen sympathisieren oder freiwillig wieder in die Sklaverei zurückkehren. Drittens war er Bursche bei einem Leutnant des 23. Füsilier-Regiments.«

»Und damit«, sagte Hope ironisch, »sind alle seine Worte so wahr wie das Evangelium?« Er war wirklich tief verärgert: wütend über Appleby und Devaux, die den Zweifel in seiner Brust nährten, wütend über sich selbst, daß er den Überredungskünsten Edgecumbes auf den Leim gegangen war, wütend auf die viertausend Pfund Prisengeld, die ihm hier, auf dieser Seite des Ozeans, nicht das geringste nützten, und wütend auf das ganze System, das ihn in diese verflixte Situation gebracht hatte.

»Die Zeit wird erweisen, wer von uns recht hat, Sir«, beharrte Devaux.

»Vielleicht wird sie das, Sir, aber das soll keinen von uns abhalten, jetzt und hier seine Pflicht zu tun.« Der Kommandant blickte sich bedeutungsvoll um. Die abwehrenden Blicke und verlegenen Gesten seiner Offiziere ärgerten ihn noch mehr. Er erhob sich, und seine Gäste sprangen auf. »Sie, Mr. Devaux, können inzwischen alle Vorsichtsmaßnahmen treffen, die Sie für notwendig erachten. Gute Nacht, Gentlemen!«

Stühlescharren und Abschiedsgemurmel begleiteten den Abgang der Offiziere. Devauxs Worte klangen Hope noch in den Ohren: ›Die Zeit wird erweisen, wer von uns recht hat!‹ Das Schlimme war, daß Hope es jetzt schon wußte...

Drinkwater verließ die Kajüte mit dem Gefühl, daß er Zeuge eines Ereignisses geworden war, das er besser nicht gesehen hätte. Bisher hatte er Hopes Position für unantastbar gehalten, nun war er über den offenen Angriff Devauxs entsetzt. Außerdem hatte ihn das Gekicher einiger Gäste erstaunt, besonders das von Devaux und Wheeler, die über das, was sie angerichtet hatten, merkwürdig froh schienen. Aber vielleicht hatte ihn am meisten Blackmores Gesicht beeindruckt. Die Miene des alten Mannes unter dem straff zurückgekämmten weißen Haar war sonst immer so unbeweglich wie die einer Galionsfigur. Doch als er nun an Devaux und

Wheeler vorbeiging, hatte sein Gesicht einen Ausdruck unbeschreiblicher Verachtung gezeigt.

Drinkwater stieg hinter Cranston hinunter und fühlte sich im Schatten des Orlopdecks plötzlich am Arm ergriffen. Er unterdrückte einen Ausruf, als er Sharples erkannte, der bedeutungsvoll einen Finger auf die Lippen preßte.

»Was willst du?« flüsterte Drinkwater, den plötzlich düstere Vorahnungen bedrängten. Irgendwie kam das Auftauchen von Sharples, den er monatelang ignoriert hatte, nicht überraschend.

»Entschuldigung, Sir, aber ich glaube, daß Threddle und Morris etwas aushecken. Ich dachte, Sie sollten das wissen.« Drinkwater fühlte, daß sein Arm losgelassen wurde; Sharples wich wieder in die Dunkelheit zurück.

Drinkwater betrat die Messe.

»Na, endlich zurück vom Tisch des Kommandanten?« Morris' Stimme war haßerfüllt.

Zunächst antwortete Drinkwater nicht. Erst als er feststellte, daß Cranston noch in der Messe war, entschloß er sich, seinen Feind zu reizen: »Sag' mal, Morris, warum haßt du mich?«

»Weil du Speichellecker weniger wert bist als ein Stück Hundedreck. Du bist mir ein ständiges Ärgernis, schon seit deinem ersten Tag an Bord. Unausstehlicher kleiner Bastard!«

Drinkwater ballte die Fäuste und warf Cranston einen Blick zu. Der ältere Mann kletterte desinteressiert in seine Hängematte. »Ich werde für diese Bemerkung Genugtuung verlangen, wenn wir wieder in New York sind«, drohte er.

»Ah! Aber nicht sofort, wie? Ohne Holzprügel sind wir wohl nicht ganz so mutig. Wir achten wohl auf unser hübsches Gesicht, seit wir diese kleine Hure in Falmouth haben. Oder liegt's am Umgang mit den Offizieren, den wir jetzt so regelmäßig pflegen? Zugegeben, Wheeler ist ein hübscher Dandy, nicht wahr?«

Drinkwater erblaßte bei der Beleidigung von Elizabeth, aber er beherrschte sich. Er sah, daß Cranston in seiner Hängematte verneinende Gesten machte. Morris steigerte sich in wilde Wut hinein, eine Flut schmutziger Flüche und Obszönitäten ergoß sich aus seinem Mund. Schließlich ergriff Drinkwater seinen Umhang und ging an Deck.

»Warum hältst du nicht endlich dein dreckiges Maul, Morris?« fragte Cranston aus der Dunkelheit.

Aber Morris hörte ihn nicht. Haß, blinder, unergründlicher Haß brannte mit verzehrender Kraft in seinem Herzen. Es gab keine Begründung für eine so heftige Emotion, wie es wohl auch keine rationale Begründung für Liebe gibt. Morris wußte nur, daß Drinkwater alles besaß, was ihm selbst fehlte: Tüchtigkeit, Charme, Freundlichkeit und ein Talent, mit den Leuten umzugehen, das bei ihnen Loyalität hervorrief. Aus Morris' verzerrtem Blickwinkel hatte Drinkwater seine Karriere durchkreuzt. Dabei war er ein Opfer seiner selbst, seiner Eifersucht und seiner sexuellen Neigungen mit all ihren Begleiterscheinungen. Vielleicht war es auch der Beginn einer Krankheit, die seinen Geist verwirrte, oder die bittere Frucht einer perversen Leidenschaft: verschmähter Liebe, die sich unter den Qualen ihrer Abartigkeit wand.

FÜNFZEHNTES KAPITEL

März–April 1781

... und Gott lenkt

Falls die Besatzung von *HMS Cyclops* mit einem aufregenden Landfall gerechnet hatte, so wurde sie enttäuscht. Die Küste war flach und bewaldet, und Blackmore hatte die größten Schwierigkeiten, wenigstens einige Landmarken sicher zu identifizieren. Schließlich wurde die Mündung des Galuda River erst von dem Beiboot entdeckt, das man zum Rekognoszieren dichter unter Land geschickt hatte.

Es wurde Nachmittag, bevor die einsetzende Seebrise es Hope gestattete, die Fregatte mit einiger Sicherheit in die flachen Gewässer zu führen.

Lotgasten standen auf beiden Seiten in den Rüsten und schwangen ihre Leinen. Das Beiboot, unter dem Kommando von Leutnant Skelton, lotete das Fahrwasser vor ihnen aus; es führte einen schußbereiten Vierpfünder im Bug. Die Fregatte tastete sich unter Marssegeln, Besan und Vorsegeln an die Küste heran.

Der Galuda River mündete zwischen zwei Landzungen in den Atlantik, die sich unter Wasser als Sandbänke fortsetzten. Beide Hindernisse waren wegen der Küstenströmung an ihren Enden nach Norden umgebogen. Hier befand sich die Barre, über die *Cyclops* vorsichtig gelotst werden mußte.

Oberhalb der Mündung floß der Fluß durch dicht bewaldete Ufer, Bäche und Moore begleiteten seinen Lauf landeinwärts. Gleich hinter der Küste stieg das Land etwas an und erhob sich vielleicht zehn Meter über die Hochwassergrenze. Dort war der Wald gerodet und Fort Frederic errichtet worden.

Nachdem die Gefahren der Barre überwunden waren, richtete sich die Aufmerksamkeit aller an Bord auf dieses Fort. Seine gezackte Brustwehr war gerade über den Baumwipfeln sichtbar.

Von dem verdächtig nackten Flaggenmast wehte keine britische Flagge.

»Soll ich eine Kanone abfeuern lassen, Sir?« erkundigte sich Devaux.

»Nein«, sagte Hope. Die Spannung des Augenblicks löschte die Erinnerung an ihre Meinungsverschiedenheiten aus. *Cyclops* kroch langsam vorwärts, die Lotgasten sangen die Tiefenangaben aus. Allmählich glitt das Fort querab. Keine Seele zeigte sich, die Luft war geschwängert vom unheilvollen Geruch eines überstürzten Rückzugs.

»Verlassen, bei Gott!«

»Wir wollen das Schiff hier verankern, Mr. Devaux«, sagte der Kommandant, Devauxs Ausbruch überhörend. »Bitte veranlassen Sie das.«

Das Beiboot kam längsseits, und eine Abteilung Seeleute und Soldaten kletterte hinein. Drinkwater beobachtete, wie das Boot wieder vom Schiff abstieß.

Eine kleine hölzerne Pier, offensichtlich eigens für die Garnison gebaut, erlaubte die Ausschiffung der Gruppe. Mit gezogenem Degen ließ Wheeler seine Männer in lockerer Schützenkette vorgehen. Drinkwater sah, wie sie sich in geducktem Trott vorarbeiteten, gefolgt von den Matrosen in einem ungeordneten Haufen. Vom Boot aus deckte der Vierpfünder den Stoßtrupp.

Die Besetzung des Forts erfolgte ohne einen Schuß. In den Gebäuden befand sich kein Mann, keine Munition und keine Verpflegung. Es gab nicht den leisesten Hinweis darauf, wann die Besatzung das Fort aufgegeben und wohin sie sich gewandt hatte. Aber eine so düstere, unheimliche Atmosphäre hing über dem Ganzen, daß auch die tapfersten Herzen erzitterten.

Devaux, der den Landungstrupp befehligte, wandte sich an Wheeler: »Wenn Hope bleiben will, sollten wir besser das Fort besetzen.«

Wheeler stimmte zu: »Wir können hier – und dort drüben – ein paar Drehbassen aufstellen. Meine Seesoldaten machen das schon. Lassen Sie die ganze Zeit ein Wachboot patrouillieren?«

Devaux lächelte die scharlachrote Gestalt mit dem in der Sonne gleißenden Halstuch an. Wheeler war also nervös. Devaux blickte sich um. »Das hier ist ein schmutziges Geschäft, Wheeler, und es gefällt mir kein bißchen. Ich werde Hope erst mal Bericht erstatten. Natürlich stellen wir ein Wachboot ab, ich würde hier keinen

Hund sich selbst überlassen.«

Wheeler fröstelte trotz der warmen Sonne. Er glaubte nicht an Vorahnungen, mußte aber trotzdem an einen anderen amerikanischen Fluß denken: den Monongahela, wo er seinen Vater verloren hatte . . . Er schüttelte die niederdrückenden Gedanken ab und begann, seine Befehle zu geben. Hagan und die Seesoldaten brachten Fort Frederic in einen Zustand der Verteidigungsbereitschaft.

Auf *Cyclops* herrschte hektisches Treiben. Als Vorsichtsmaßnahme hatte Devaux die Bramstengen an Deck fieren lassen, damit die Masten die sie umgebenden Bäume nicht mehr überragten. Drei Bootsgeschütze und einige Drehbassen waren im Fort aufgestellt worden. Wheeler hatte seine düstere Stimmung abgestreift und residierte dort als Kommandant. Er stürzte sich mit Begeisterung auf diese neue Aufgabe, und es dauerte nicht lange, bis Wachen aufgestellt und Spähtrupps in die umliegenden Wälder geschickt wurden. Wheeler bedauerte nur, daß ihm Hope verboten hatte, die britische Flagge über dem Fort zu hissen. »Es ist durchaus möglich, daß wir den Posten schnell aufgeben müssen; ich möchte nicht in den Ruf kommen, ein britisches Fort aufgegeben zu haben«, führte Hope dazu aus; Wheeler mußte sich zufriedengeben.

Als Warner vor einem Angriff von See aus wurde das Beiboot unter dem Kommando eines Fähnrichs oder Steuermanns auf Patrouille an die Barre geschickt. Die anderen Boote waren damit beschäftigt, Männer oder Ausrüstung an Land zu bringen.

Nach vierundzwanzig Stunden hatte noch immer niemand mit *Cyclops* Kontakt aufgenommen. Weder Freund noch Feind ließ sich blicken, deshalb entschloß sich Hope, einen Spähtrupp ins Landesinnere zu senden. Eine Spring war an das Ankerkabel geschäkelt worden, damit konnte die Fregatte ihre Breitseiten sowohl gegen beide Ufer als auch stromaufwärts und stromabwärts zum Tragen bringen. Aber es war die Seeseite, von der Ärger kommen würde, vermutete Hope. Ein Ausguck wurde im Großmasttopp postiert, von dort aus konnte das Beiboot ständig beobachtet werden.

Auch am zweiten Abend war *Cyclops* in Verteidigungsbereitschaft versetzt worden, und als letzte Maßnahme wurden Enternetze gerigt. Sie erstreckten sich von der Reling bis zu den unteren Rahnocken. Als die Sonne untergegangen und die Flagge am Heck niedergeholt worden war, mußten die Verwundeten, die man zum Luftschöpfen an Deck gebracht hatte, wieder nach unten geschafft werden, denn die Moskitos machten ihren Aufenthalt zur Qual. Das unaufhörliche Stöhnen der Kranken und Gesunden, die unter ihren Stichen litten, erklang überall und vertiefte nur die unheimliche Stille, die über dem Wald lag. So verbrachte *Cyclops* zwei Nächte, während man auf eine Nachricht von den Loyalisten oder den britischen Streitkräften wartete.

Am folgenden Morgen wurde Wheeler von seinem Posten abgelöst, um das Kommando über eine Abteilung Seesoldaten zu übernehmen, die Devaux und seine Seeleute beim Vorstoß ins Landesinnere unterstützen sollten. Es war ein letzter, verzweifelter Versuch von Hope, seinen Auftrag auszuführen. Wenn der Prophet nicht zum Berg kam, mußte der Berg eben zum Propheten kommen, dachte der Kommandant, während er sich die schwitzende Stirn trocknete. Er goß sich einen Grog ein und ging nach achtern. Die schlammigen Wasser des Galuda gurgelten unter dem Heck, klatschten gegen das Ruder, das sich leise quietschend in seinen Ketten bewegte.

Am Rande seines Blickfeldes konnte Hope gerade noch den Stoßtrupp sehen, der an Land Aufstellung nahm. Wheeler schickte eine Vorhut unter dem Kommando von Hagan los, dann folgte er mit der Reihe Seesoldaten und der wesentlich unordentlicheren Marschsäule der Matrosen unter Fähnrich Morris. Die Nachhut bildete Fähnrich Drinkwater mit einem Trupp Seesoldaten unter ihrem Korporal. Die Spitze der Kolonne war bereits im Wald verschwunden, als Hope auch Devaux entdeckte. Der hatte Keene noch einige letzte Ratschläge für seinen neuen Posten als Fortkommandant gegeben; nun warf er einen Abschiedsblick zum Schiff herüber und nahm dann die Beine in die Hand, um seine Leute einzuholen.

Hope kippte den Rum hinunter und blickte seewärts. Dort draußen war das Beiboot unter dem Kommando von Cranston. Damit war Skelton der einzige reguläre Offizier, der ihn an Bord unterstützte. Mit plötzlicher Wärme dachte Hope an Devaux, den aufgeputzten, aber fähigen Wheeler, den jungen Drinkwater, der ihm so ähnlich war – besser: dem Hope ähnlich, der er vor Jahren gewesen war; er seufzte und sah dem Flußwasser nach, auf seinem Weg zur offenen See . . . »Von dannen unser Heil kommen wird«, flüsterte er zynisch.

Drinkwater konnte der Expedition wenig Gefallen abgewinnen. Seit sie die Fregatte aus den Augen verloren hatten, schien ihm sein Trupp plötzlich von Gefahren umgeben. Die See, nicht das Land, war ihr Element. Wie um seine Befürchtungen zu bestätigen, stolperten die Seeleute, die sonst wie Affen in der Takelage turnten, ungeschickt über Baumwurzeln.

Alle fluchten über den morastigen Boden. Drinkwater klangen noch die ernsten Vorhaltungen Achilles' in den Ohren. Der hatte sich geweigert, ihn zu begleiten, und ihm klarzumachen versucht, wie dumm es war, landeinwärts vorzustoßen. Drinkwater war deshalb sehr nervös, als sie vom Wald verschluckt wurden. Jedes Stocken der Kolonne machte ihn mißtrauisch, jeder Ausruf, selbst aus noch so geringfügigem Anlaß, beunruhigte ihn.

Trotz des ungünstigen Geländes kam die Truppe gut auf dem Weg voran, der von Fort Frederic ins Binnenland führte. Nach etwa fünf Meilen überquerten sie eine Rodung, wo eine Sägemühle und die Reste eines Blockhauses standen. Auch hier waren alle Anzeichen eines überstürzten Aufbruchs der Bewohner zu erkennen. Einige Meilen weiter erreichten sie eine kleine Plantage mit Holzhäusern und Ställen. Das Wohnhaus war teilweise niedergebrannt, die Ställe waren in eine Fliegenwolke gehüllt; Aasfresser delektierten sich an den Rinderkadavern.

Der Gestank der niedergebrannten Farm verfolgte die Kolonne auf ihrem Weg durch die bedrückende Wildnis. Sie überquerten einen Bach, der nach Norden in den Galuda floß, und schlugen an seinem Ufer ihr Nachtlager auf. Die Männer unterhielten sich leise, aber als die Moskitos über sie herfielen, wurde daraus ein allgemeiner Aufschrei. Devaux konnte für den notwendigen Lagerdrill keine Begeisterung aufbringen, aber Wheeler, durch seine Ausbildung dafür prädestiniert, fühlte sich in seinem Element. Wachen wurden aufgestellt, und die Männer setzten sich, um ihren mitgebrachten Proviant zu verspeisen.

Nach Sonnenuntergang, sobald er sich über seine Wache informiert hatte, verschwand Drinkwater im Wald, um sich zu erleichtern. Nach dem schweißtreibenden Marsch, dem andauernden Murren der Männer, der Mühe, sie ständig in Bewegung zu halten und keinen zurückzulassen, fühlte er sich plötzlich erschöpft. Es kam ihm vor, als sei das ein anderer, der da thronte und seinen Darm entleerte. Er blickte hinunter. War dieser feuchte, moosige Untergrund wirklich das berühmte Amerika? Das erschien ihm unlogisch und folglich unmöglich. Es passierte ihm häufig, daß seine Gedanken bei so intimen Verrichtungen abschweiften. Er stellte sich vor, wie er Elizabeth nach vielen Jahren erzählen würde, daß er unter delikaten Umständen in Carolina auf einer Kiefernwurzel gesessen und an sie gedacht hatte. Er war so in seine Gedanken versunken, daß er das Knacken eines toten Astes in seinem Rücken überhörte.

Selbst als ihn Morris nach vorn aufs Gesicht warf, konnte er nicht sogleich reagieren. Erst als ihm aufging, daß seine Nase ins Moos gedrückt wurde und sein nackter Hintern sich aller Welt darbot, kam er völlig zu sich. »Meine Güte, was für ein hübscher Anblick ... Und so einladend, nicht wahr, Threddle?«

Beim Klang der Stimme und der Erwähnung Threddles versuchte Drinkwater, sich umzudrehen. Doch als er sein Gewicht auf den Arm verlagerte, riß ein Fußtritt seinen Ellenbogen weg. Instinktiv zog er die Knie an und drehte das Gesicht zur Seite. Threddle stand auf seinem Arm, ein Entermesser in der Hand. In seinen Augen glitzerte es grausam, und um seinen Mund spielte ein gemeines Grinsen.

»Was sollen wir bloß mit ihm machen, Threddle?« Morris blieb außerhalb von Drinkwaters Gesichtsfeld. Dieser fühlte sich so schrecklich entblößt wie eine Stute, die für den Hengst vorbereitet wird. Als ob er seine Ängste erraten hätte, trat Morris zu. Eine Schmerzwelle breitete sich von Nats Genitalien aus, er rang um Luft, dann erbrach er sich. Threddle packte sein Haar und drehte ihm den Kopf so, daß er in seine Exkremente starrte.

»Was für eine hervorragende Idee, Threddle! Und danach werden wir ihn vernaschen. Das läßt ihn bestimmt auf seine richtige Größe schrumpfen.«

Drinkwater konnte keinen Widerstand leisten, ihm blieb nur übrig, Augen und Mund zu schließen. Als der Gestank seiner Ausscheidungen fast unerträglich wurde, ließ Threddles Griff plötzlich nach. Der große Mann fiel mit einem dumpfen Aufschlag zu Boden.

»Was ist los?« Morris drehte sich halb um und gewahrte in der Dämmerung einen Mann, der eine Pike in der Hand hielt. Ihre Spitze glänzte feucht, als sie auf Morris zeigte.

»Sharples!«

Sharples beachtete Morris nicht. »Sind Sie wohlauf, Mr. Drinkwater?« Der Fähnrich erhob sich unsicher. Er lehnte sich gegen einen Baum und schloß mit zitternden Fingern seine Hose. Da er seiner Stimme noch nicht traute, nickte er nur.

Morris machte eine Bewegung, hielt aber sofort inne, als die Lanzenspitze seine Brust berührte. »Und nun, Mister Morris, ziehen Sie die Pistole aus Ihrem Gürtel und versuchen keine faulen Tricks...«

Drinkwater hob den Kopf, um zuzusehen. Es wurde zwar immer dunkler, aber die mörderische Glut in Sharples' Augen konnte er trotzdem erkennen. »Keine Tricks, Mister Morris! Und jetzt halten Sie die Pistole an Threddles Kopf und blasen ihm das Gehirn heraus!«

Sharples' Stimme duldete keinen Widerspruch. Drinkwater blickte auf Threddle herunter; die Pike hatte seinen Bauch durchbohrt, war unterhalb der Rippen eingedrungen und hatte die Därme zerrissen. Er war noch nicht tot, Blut tränkte seine Kleider, und blutige Brocken quollen ihm aus dem Mund; manchmal zuckten seine Beine schwach. Das einzige, was an ihm noch nicht halbtot schien, waren seine Augen. Sie schrien einen stummen Protest heraus und die Bitte um Erlösung... »Spannen Sie den Hahn!« befahl Sharples. »Spannen, sage ich!«

Er stieß Morris mit der Pike so, daß dieser Threddle anblicken mußte. Das Klicken des Hammers schien in Drinkwaters Ohren zu dröhnen. Er richtete sich auf. »Nein«, flüsterte er, »um Gottes willen, Sharples, nicht!« Seine Stimme festigte sich, aber bevor er fortfahren konnte, befahl Sharples: »Feuer!«

Den Bruchteil einer Sekunde zögerte Morris, aber bei einem erneuten Stoß der Pike zogen sich seine Muskeln unwillkürlich zusammen. Die Pistole krachte, und Threddles Gesicht zerplatzte. Etwa dreißig Sekunden lang bewegte sich niemand. »O mein Gott«, stieß Drinkwater schließlich hervor, »was haben Sie getan?«

Der Mann drehte sich um, ein sanftes, kindliches Lächeln spielte um seine Mundwinkel. Seine Augen waren tiefe Seen, Tränenseen. In seiner Stimme schwang unterdrücktes Schluchzen mit.

»Die Nachricht kam mit der Post, Mr. Drinkwater, mit der Post von der *Galatea*. In dem Brief stand, daß meine Kate gestorben ist... Sie sagen, im Kindbett, aber ich weiß es besser, Sir... Ich weiß es besser.«

Drinkwater riß sich zusammen: »Das tut mir leid, Sharples, aufrichtig leid... Und vielen Dank für Ihre Hilfe. Aber warum haben Sie Threddle getötet?«

»Weil er ein Stück Dreck war, Sir«, sagte Sharples einfach.

Morris blickte auf, er war kreidebleich; langsam begann er, auf das Lager zuzugehen. Mit einem letzten Blick auf Threddles Leiche folgte ihm Sharples. Als er merkte, daß Drinkwater zurückblieb, drehte er sich um.

»Was geschehen ist, ist geschehen, Mr. Drinkwater.«

»Wollen wir ihn nicht begraben?«

Sharples schnaubte verächtlich. »Nein!«

»Aber was soll ich dem Ersten sagen?«

Sharples zog ihn mit sich fort, denn das Geräusch brechender Zweige war zu hören. Vor ihnen tauchte Wheeler mit zwei Seesoldaten auf, ihre weißen, gekreuzten Riemen leuchteten durch die zunehmende Dunkelheit. Sie scharten sich um Morris.

Sharples ließ die Pike fallen, dann traten sie zu den anderen.

»Was war los?« fragte Wheeler, auf die Pistole in Morris' Hand deutend. Dessen Gesicht war eine versteinerte Maske, er blickte durch Wheeler hindurch. Drinkwater kam heran. »Ein dummer Irrtum, Mr. Wheeler. Ich war gerade mal austreten, und Morris hat mich für einen Rebellen gehalten. Sharples ging ungefähr zehn Meter entfernt derselben Beschäftigung nach...« Er brachte ein Lächeln zustande. »War es nicht so, Morris?«

Morris schaute auf. Drinkwater fühlte, daß sich schlimme Vorahnungen wie eisige Klammern um sein Herz legten, denn Morris lächelte, ein grausiges, komplizenhaftes Lächeln.

»Wenn Sie's sagen, Drinkwater...«

Erst in diesem Augenblick wurde es Drinkwater klar: dadurch, daß er die Tat durch Lügen gedeckt hatte, war er zum Mittäter geworden.

In der nächsten Morgendämmerung erfüllte gereizte Geschäftigkeit das Lager. Da sie den Sinn ihres scheinbar nutzlosen Marsches nicht einsehen konnten, der sie aus ihrer vertrauten Umgebung gerissen hatte, da sie außerdem von den Moskitos fast bis zum Wahnsinn gequält wurden, waren die Männer nicht weit von offener Meuterei entfernt. Devaux versuchte, sie zu beschwichtigen, aber es mangelte ihm an Überzeugungskraft, da er ihre Zweifel teilte, sogar von Anfang an der Meinung gewesen war, daß ihr Auftrag nur Zeitvergeudung bedeutete.

»Also, Wheeler«, sagte er, »wir mögen ja auf einer tollen Heerstraße marschieren, aber ich sehe verdammt wenig ›Heer‹ darauf, Ihre werte Person mal ausgenommen. Meinetwegen könnten wir genausogut kehrtmachen, bevor wir von diesen verdammten Biestern aufgefressen werden.« Er schlug sich klatschend ins Gesicht, verfehlte aber das Insekt.

Wheeler wog die Fakten ab, dann einigte er sich mit Devaux auf einen Kompromiß. Man würde bis Mittag weitermarschieren, und wenn sie bis dahin ohne Kontakt mit britischen Kräften geblieben waren, würden sie umkehren. Eine Stunde später brachen sie auf.

Draußen auf der Barre vor dem Galuda River servierte Fähnrich Cranston seiner Besatzung Schiffszwieback und Wasser. Obwohl ihre verkrampften Körper nach einer im Boot verbrachten Nacht schmerzten, waren die Seeleute gut gelaunt. Mit Hilfe des Land-, respektive des Seewindes konnten sie vor der Küste auf und ab kreuzen, außerdem waren sie hier draußen sicher vor den Moskitos. Sie freuten sich auf einen schönen Tag, an dem sie einen Segelausflug machen durften, ganz wie die reichen Mitglieder im Yachtklub des Herzogs von Cumberland. Das alles schien wenig mit dem strengen Dienst auf einem Kriegsschiff zu tun zu haben. Das Beiboot fuhr ein Luggersegel, dessen Handhabung beim Kreuzen wenig Mühe bereitete. Eingelullt von derart angenehmen Aussichten, empfanden sie es als grobe Störung, als die Toppstengen eines großen Fahrzeugs draußen über der Kimm erschienen.

Cranston fiel auf achterlichen Wind ab und steuerte die Mündung des Galuda an. Er war sicher, daß es sich bei dem Fremden um *La Créole* handelte.

Die Sonne hatte fast den Zenit erreicht, als sie bei der Mühle ankamen. Auch dies war ein Holzbau, rings von Spuren menschlicher Aktivitäten umgeben, auch war die Straße, die von der Mühle weiterführte, breiter und besser gerodet und voll deutlicher Fußspuren. Nichtsdestoweniger lag sie völlig verlassen da. Lediglich ein halbgefüllter Sack Mehl und eine verschüttete Ladung Mais erinnerten an die Bewohner.

»Die sind in verteufelter Eile aufgebrochen«, bemerkte Wheeler, wobei er auf das Getreide deutete.

»Wie scharfsinnig.« Devaux ärgerte sich, denn es sah so aus, als sollten sie an ihrem Umkehrpunkt doch noch Menschen treffen.

»Denken Sie, die sind bei unserer Annäherung getürmt?«

»Keine Ahnung . . .«

»Wir sollten die Männer Essen fassen lassen, bevor wir weiter vorrücken. Mir gefällt das alles nicht.« Wheelers Zuversicht war erschüttert. Devaux bemerkte es und riß sich zusammen. Er kommandierte diese Abteilung. Zuerst würden sie essen, danach weitere Entscheidungen treffen.

»Und schicken Sie ein paar Ausguckposten nach oben in die Mühle, das sollte uns beruhigen, nicht wahr?«

»Aye, aye«, antwortete der Offizier und biß sich auf die Lippen, weil er nicht selbst an diese Sicherheitsmaßnahme gedacht hatte.

Die Männer nahmen abermals Schiffszwieback und Wasser zu sich. Sie hatten sich lässig hingelagert, kratzten und unterhielten sich nervös. Nachdem Wheeler seine Posten aufgestellt hatte, zog er sich in den Schatten zurück.

Den ganzen Morgen war Drinkwater durch die Hitze getrottet und hatte versucht, die Ereignisse des vergangenen Abends zu vergessen. Aber sein Unterleib schmerzte, und von Zeit zu Zeit überkam ihn Brechreiz. Er schluckte mannhaft und vermied jeden Kontakt mit Morris. Sharples marschierte mit den Matrosen, ein mildes Lächeln auf dem Gesicht. Mit großer Erleichterung hatte sich Drinkwater in den Schatten der Mühle fallen lassen. Er schloß die Augen und versank in halbe Bewußtlosigkeit.

Da waren die Pferde der Rebellen auch schon mitten unter ihnen.

Die Kavallerie erfüllte die Lichtung mit dem plötzlichen Donner von Hufen, mit Staubwolken und blitzenden Säbeln. Die meisten Briten wurden liegend erwischt. Ohne Deckung überrascht, waren die Seeleute über den Anblick der Pferde zu Tode erschrocken. Die schnaubenden Nüstern, die fliegenden Hufe waren für sie fremd und furchteinflößend. Dieselben Männer hätten in der erstickenden Enge des Batteriedecks ihr Leben ohne Wimpernzucken hingegeben. Nun verteidigten sie sich, so gut sie konnten, aber nackte Angst erhöhte das Durcheinander.

Wheeler und Devaux sprangen fluchend auf die Füße.

»Her zu mir, Sergeant! O Jesus Christus! Zu *mir*, Sergeant, verdammt!« Die Seesoldaten begannen, sich zum Fuß der Mühle durchzukämpfen, dort schlossen sie sich in kleinen Gruppen zusammen und eröffneten nach und nach ein organisiertes Abwehrfeuer.

Das Gefecht dauerte zehn Minuten, und in dieser Zeit wurde ein Drittel der Seeleute niedergehauen; es gab kaum einen, der nicht eine Verwundung erlitt.

Drinkwater war mit den anderen aufgesprungen. Er zog sein Entermesser, aber die schwere, unausgewogene Waffe lag ihm schlecht in der Hand. Ein Mann auf einem Braunen drang auf ihn ein. Drinkwater konnte seinen Schlag abwehren, aber der Anprall des Pferdes warf ihn um; er rollte sich zur Seite, um den Hufen zu entgehen. Eine Pistolenkugel wirbelte Staub neben seinem Kopf auf, als er sich zu erheben versuchte. Schwäche überkam ihn, in ihm wuchs das übermächtige Verlangen, einfach liegen zu bleiben. Er rollte sich auf den Rücken, diesem Impuls halb nachgebend. Ein Brite mit einer Muskete lief vorbei, kniete nieder und schoß auf den Reiter, der gewendet hatte, um Drinkwater zu erledigen. Es war Sharples. Er zog Drinkwater näher an die Mühle heran. Der Reiter parierte durch und ritt weiter, um vier Seeleute anzugreifen, die Rücken an Rücken kämpften und schon von sausenden Säbeln niedergemacht wurden.

Drinkwater kam auf die Füße und sah, daß Devaux und Wheeler ein Verteidigungskarrée aufbauten. Er deutete hin, Sharples nickte. Plötzlich war ein weiterer Mann bei ihnen: Morris. Er schlug nach Drinkwater, der gegen die Mühle taumelte. Sharples fuhr herum und trennte sie mit dem Kolben seiner Muskete. Da feuerte Morris seine Pistole auf ihn ab. Sharples knickte ein und fiel vornüber, ein großes Loch in der Brust. Drinkwater war benommen, sein Blick getrübt, er begriff nichts mehr.

Ein Reiter preschte heran und hieb nach ihnen. Morris wandte sich um und rannte um die Ecke der Mühle, der Reiter folgte ihm. Drinkwater warf noch einen kurzen Blick auf Sharples. Er war tot.

Als er wieder aufblickte, war das kleine Karrée um die beiden Offiziere gewachsen. In blinder Panik zog er den Kopf zwischen die Schultern und rannte im Zickzack zwischen blitzenden Säbeln und stampfenden Pferdehufen durch, getrieben von einem animalischen Instinkt.

Die Kavallerie der Rebellen hatte nun ihren Überraschungsvorteil verloren. Sie war nach zahlreichen Überfällen auf einsame Farmen und schlecht ausgebildete Torymilizen an einen schnellen

Sieg gewöhnt. Nachdem sie einige Minuten gekämpft hatten, begann sich die Gegenwehr der Seeleute zu versteifen. Devaux feuerte sie mit kampflustig gebleckten Zähnen an. Sie sammelten sich und hieben mit ihren Entermessern auf die Pferde oder die Hüften der Reiter ein, näherten sich langsam dem roten Häuflein Seesoldaten, die das disziplinierte Zentrum des Widerstandes bildeten.

Der amerikanische Offizier mochte spüren, daß der Kampfeswille seiner Leute am Verebben war; so versuchte er, sie anzuspornen, indem er rief: »Gebt ihnen Tarletons Pardon, Jungs, gebt diesen Schweinen Tarletons Pardon!« Er bezog sich damit auf den Anführer der Britischen Legion, einer Einheit aus loyalen Amerikanern unter dem Befehl britischer Offiziere. Sie war bekannt dafür, daß sie keinen Rebellen lebend entkommen ließ, wenn sie es einrichten konnte. Die Erwähnung dieses verhaßten Namens verfehlte ihre Wirkung nicht, die Rebellen verstärkten ihren Angriff. Aber der Widerstand der Briten war nun gefestigt, und die Amerikaner mußten sich nach und nach mit ihren schweißbedeckten Pferden zurückziehen. Sie sammelten sich knapp außerhalb der Reichweite britischer Musketen.

Langsam legte sich der Staub; die beiden Parteien starrten einander über das Niemandsland an, das mit blutigen Körpern und Pferdekadavern bedeckt war. Dann warfen die Feinde ihre Rösser herum und verschwanden ebenso schnell und lautlos zwischen den Bäumen, wie sie gekommen waren.

Die Nachricht von *La Créoles* Ankunft vor dem Galuda River überraschte Hope keineswegs. Nachdem er Cranstons Meldung erhalten hatte, schickte er Skelton zur Beobachtung des feindlichen Freibeuters in den Topp des Großmastes. Er vernahm mit einiger Erleichterung die Meldung des Leutnants, daß *La Créole* bis zum späten Nachmittag der Küste ferngeblieben war, denn das verschaffte den Briten wertvolle Zeit. Warum der Gegner sich so verhielt, konnte Hope nur vermuten. Vielleicht brauchte der feindliche Kommandant Zeit für seine Vorbereitungen. Vielleicht wiegte er sich auch in der Hoffnung, daß er noch nicht bemerkt worden sei, und wollte am folgenden Tag angreifen. Vielleicht, doch Hope wagte das kaum zu glauben, war *Cyclops* auch noch gar nicht entdeckt worden, und *La Créole* segelte noch immer auf der Suche nach ihr nach Süden. Jedenfalls war der Kommandant ein viel zu alter Hase, um sich unnötige Gedanken zu machen, wenn ihm das Schicksal eine Trumpfkarte zuspielte, mit der er nicht hatte rechnen können.

Das Erscheinen von *La Créole* erlaubte ihm einen klaren Entschluß. Er würde Devaux unverzüglich zurückrufen. Die Entschlußlosigkeit, die Devaux so irritiert hatte, war nun beendet, denn sie rührte nicht von seinem Altersstarrsinn her, sondern war eine Folge seiner ungenauen Befehle gewesen. Hope löste die Garnison von Fort Frederic auf und ließ die Fregatte in den bestmöglichen Verteidigungszustand gegen einen nächtlichen Bootsangriff bringen.

Auf der Offiziersbesprechung bat er um einen Freiwilligen, der Devaux den Rückruf bringen sollte. Die erschreckend kleine Schar betrachtete den stillen Wald mit bösen Vorahnungen.

»Ich gehe«, sagte schließlich Cranston.

»Gut gemacht, Mr. Cranston. Ich werde alles in meiner Macht Stehende tun, um Ihnen diesen Dienst zu entgelten. Will noch jemand Mr. Cranston unterstützen?«

»Das ist nicht nötig, Sir. Ich nehme den Neger mit.«

»Sehr gut. Sie können alles Nötige vom Zahlmeister und vom Waffenoffizier anfordern. Viel Glück für Sie.«

Die Offiziere atmeten erleichtert auf, daß Cranston diese gefährliche Aufgabe übernommen hatte. Nachdem sie gegangen waren, goß sich Hope ein Glas Rum ein und wischte sich zum tausendsten Mal an diesem Tag die Stirn ab.

»Ich werde mich verdammt glücklich schätzen, wenn ich Devaux und Wheeler zurückhabe. Beten wir zu Gott, daß bei ihnen alles klargegangen ist...« murmelte er vor sich hin.

Die kleine Marschkolonne erreichte am Abend den Lagerplatz der vergangenen Nacht. Die Männer schleppten schwer an den Überresten der Expedition; nun brachen sie am Ufer des Baches zusammen, badeten ihre Wunden und tranken das blutige Wasser. Die Schwerverwundeten stöhnten schrecklich, als die Moskitos über sie herfielen, und einige verbrachten die Nacht im Delirium.

Drinkwater schlief schlecht. Obwohl er bis auf eine geschwollene Schulter, durch einen flachen Säbelhieb verursacht, unverwundet war, forderten Hitze, Strapazen und Erregung ihren Zoll. Er war die ganze Zeit wie betäubt marschiert. Seine Gedanken kreisten unablässig um zwei fürchterliche Bilder: Threddle, der tot in der Abenddämmerung lag, und Sharples, steif, mit schwarzem, getrocknetem Blut bedeckt, in der Mittagsglut. Zwischen diesen beiden Leichen glitt Morris hin und her, einmal mit einer rauchenden Pistole in der Hand, dann mit einem triumphierenden Lächeln auf den Lippen. Am schlimmsten war, daß Morris' Bild langsam die Erinnerung an Elizabeth auszulöschen begann. Nat versuchte krampfhaft, sich ihr Gesicht vorzustellen, aber es verblaßte und verlor die Umrisse. Er fürchtete, in diesem dunklen Geisterwald noch verrückt zu werden. Als dann die Nacht herabsank, brachte sie ihnen keine Ruhe, denn die Moskitos reizten sie, peitschten das Bewußtsein immer wieder wach und entzogen Körper und Geist den verdienten Schlaf. Der Tod, dachte Drinkwater in so einem mitternächtlichen Augenblick, mußte eine willkommene Erlösung sein.

Auch Wheeler schlief wenig. Er ging ständig die Postenkette ab, in Erwartung des Feindes, der seinen Angriff auf die schlafenden Männer wiederholen mochte. Traurig schüttelte er den Kopf, als der Morgen grau über dem Lager anbrach: Die Männer waren zerlumpt, ihre Glieder zerkratzt von Wurzeln und Dornen, getrocknetes Blut zeichnete sich schwarz auf improvisierten Verbänden ab, Fliegen bedeckten die offenen Wunden. Einige Verwundete lagen im Koma. Devaux befahl, Tragbahren herzustellen, und eine Stunde nach der Morgendämmerung brachen sie auf, um ihren qualvollen Marsch fortzusetzen.

Am Vormittag fanden sie Cranston und Achilles.

Der Neger war an einen Baum gefesselt und bei lebendigem Leib gehäutet worden. Sein Rücken bestand aus einer schwarzen Masse von Fliegen. Hagan, selbst schwer verwundet, trat vor und schnitt den Körper los. Achilles lebte noch, sein Atem ging in kurzen Stößen.

Cranston hatte ihnen offensichtlich einen harten Kampf geliefert. Er hing an einem Baum, war aber wohl tot gewesen, bevor man ihn erhängte. Zumindest hoffte Devaux das für ihn. Kaum ein Mann konnte den Brechreiz unterdrücken, als sie die Verstümmelungen sahen, die man Cranston beigebracht hatte. Devaux ertappte sich bei dem Gedanken, ob der Mann wohl eine Ehefrau oder Geliebte gehabt hatte; dann wandte er sich schnell ab.

Wheeler und Hagan legten den Neger sanft auf die Erde und verscheuchten die Fliegen von seinem Gesicht. Devaux kniete

daneben und berührte ihn an der Schulter. Wheeler erhob sich.
»Schweine!« stieß er hervor.

Achilles öffnete die Augen und sah über sich Wheelers
scharlachroten Rock und das goldene Brusttuch. Seine Hand hob
sich langsam zur Ehrenbezeigung, dann fiel sie tot zur Erde.

Die beiden Offiziere ließen den Fähnrich abschneiden und
zusammen mit dem Neger begraben, dann setzte die Kolonne
hastig ihren Weg fort.

Am Abend ließen sie den Wald hinter sich und wankten zum
Landungssteg. Wheeler konnte nicht einmal mehr protestieren, als
er feststellte, daß das kleine Fort verlassen war. Devaux überkam
ein Gefühl der Erleichterung, weil er von der Verantwortung des
unabhängigen Kommandos befreit war und nun das vertraute alte
Gesicht Hopes wiedersehen würde. Alles, was Nat Drinkwater
sah, war die Fregatte; sie lag dunkel und merkwürdig einladend im
Zwielicht, und er wartete ungeduldig auf das Boot, das ihn an Bord
bringen sollte.

»Geht's dir gut, Nat?«

Das kam von dem jungen White, der sonnengebräunt war und
von neu gewonnenem Selbstvertrauen strotzte. Drinkwater schaute ihn an und konnte nicht glauben, daß sie beide derselben
Generation angehörten.

»Wo ist Cranston?« fragte White.

Drinkwater hob einen müden Arm und zeigte in die umliegenden Wälder. »Gefallen in Verteidigung der Kolonien Seiner
Majestät des Königs«, sagte er und stellte fest, daß Zynismus eine
große Erleichterung sein konnte. »Mit seinen Hoden im Mund . . .«

Irgendwie fand er Whites entsetztes Gesicht amüsant.

SECHZEHNTES KAPITEL

April 1781

Der Ausbruch

Wenn die Überlebenden des Stoßtrupps damit gerechnet hatten, daß sie sich nach den überstandenen Anstrengungen würden ausruhen können, so hatten sie sich geirrt. Nach kaum drei Stunden todesähnlichen Schlafs fanden sich einige von ihnen im Wachboot wieder, das sie vorsichtig stromabwärts ruderten, um einen Überraschungsangriff von *La Créole* zu verhindern. Hope war ernsthaft besorgt.

Zwar hatte *La Créole* auf ihrer Suche *Cyclops* beim ersten Mal übersehen, aber der letzte Hauch der Seebrise hatte sie am nächsten Nachmittag zurückgebracht. Eine Stunde vor Sonnenuntergang ankerte sie vor der Barre. Ohne Zweifel hatte sie ihren Gegner nun ausgemacht.

Die vierundzwanzig Stunden, die seit der Rückkehr des Landungstrupps vergangen waren, hatten sich als Belastung für alle erwiesen. Die Teilnehmer der Expedition verbreiteten das Odium der Niederlage, und ihre schlechte Moral steckte die anderen an. Ihr Mißerfolg wurde aber verdrängt durch die notwendige Pflege der Verwundeten und die Vorbereitungen für das Auslaufen. Die Bramsegelstengen wurden wieder vorgehievt und die Rahen gekreuzt. Nicht auszuschließen, daß sie gerade dadurch die Aufmerksamkeit von *La Créole* erregt hatten, aber das war jetzt egal. Man zog die Aussicht auf ein Gefecht dem untätigen Liegen im stinkenden Galuda River vor. Appleby und seine Gehilfen arbeiteten härter als alle anderen. Die Beschwerden der Wundgelaufenen mußten gelindert werden, damit sie die Kanonen bemannen konnten. Die Leiden der Schwerverwundeten wurden mit Opiumtinktur erleichtert.

Die Zeit verging für Drinkwater wie im Traum. Äußerlich erfüllte er seine Pflicht so korrekt wie immer. Bei der Musterung gab er an, daß Sharples an der Mühle gefallen sei. Als Threddles Name aufgerufen wurde, biß er die Zähne zusammen, sein Blick wanderte zu Morris hinüber. Ein rätselhaftes Lächeln spielte um den Mund seines Gegners, aber Morris schwieg.

Spannung und Anstrengung setzten Drinkwater übel zu; erst die Nachricht von *La Créoles* Ankunft vor der Barre ließ ihn wieder Licht am Ende des Tunnels sehen. Er schöpfte neuen Mut. Achilles war eine kurze, farbige Episode in seinem Leben gewesen. Cranston war tot, genau das – tot. Threddle... Threddle wurde als gefallen geführt, gestorben im Kampf bei der Mühle. Jedenfalls stand es so im Schiffstagebuch.

Er fand erst völlig in die Normalität zurück, als er die Aufforderung erhielt, sich beim Kommandanten zu melden. Im Gedränge der Kapitänskajüte stellte er plötzlich fest, daß er neben Morris stand, und die Wahrheit überfiel ihn mit aller Brutalität. Sein benommenes Hirn hatte ihm zu lange etwas vorgegaukelt. Sharples war nicht im Kampf gefallen. Sharples war kaltblütig und unter Ausnutzung des Kampfgetümmels ermordet worden. Der Mann, der jetzt neben ihm stand, hatte es getan.

»Nun, meine Herren«, Hope blickte sich im Kreis der müden, angespannten Gesichter um. Sie waren alle da: die wohlbekannten Züge von Devaux und Wheeler, das sorgenvolle, faltige Gesicht Blackmores, der jüngere Keene und der jugendliche Skelton. Hinter den Offizieren standen die alten Unteroffiziere, der Stückmeister, der Bootsmann, der Zimmermann und dann mit gespannten, doch sorgenvollen Gesichtern die Fähnriche und Steuermannsgehilfen.

»Nun, Gentlemen, es scheint, als sei unser Freund zurückgekommen, wie ich vermute, mit Verstärkung. Wahrscheinlich wird er es mit einem Bootsangriff versuchen, deshalb brauchen wir das Schiff nicht zu drehen. Wenn *La Créole* allerdings selbst näherkommt, dann müßten wir sofort drehen, aus diesem Grund lassen wir die Spring angeschlagen; allerdings rechne ich kaum mit dieser Möglichkeit. Der Wind wird nachts ablandig sein, deshalb ist ein Bootsangriff wahrscheinlicher. Ich trage mich mit dem Gedanken, ihnen eine Falle zu stellen, und aus diesem Grund habe ich Sie alle hergebeten. Der Mond geht gegen zwei Uhr unter. Wir sollten wohl kurz danach mit den Booten rechnen«, an dieser Stelle hielt Hope inne und gestattete sich ein Grinsen, das er für ein ironisch anspornendes Lächeln hielt,

»so daß der Terral uns nach erfolgter Kaperung in Richtung See treiben kann...«

Unruhiges Gedrängel unter den Offizieren verriet ihr wachsendes Interesse. Hope atmete erleichtert auf.

»Also, Gentlemen, ich beabsichtige Folgendes...«

Cyclops kam zur Ruhe und erwartete den Angriff. Die Männer waren verpflegt, das Feuer in der Kombüse war gelöscht worden. Alle befanden sich auf ihren Stationen, und mit Ausnahme einiger Wachen sollten sie versuchen, über ihren Waffen eine Mütze voll Schlaf zu finden.

Bedacht darauf, die Moral der Truppe zu stärken, hatte Hope einige Vorschläge angenommen, wie die Verteidigungskraft der Fregatte erhöht werden konnte. Der beste dieser Vorschläge war von Wheeler gekommen: Die beiden größten Boote waren mit an den Rahnocken befestigten Taljen zwischen Groß- und Fockrah gehievt worden, dadurch hingen sie nun über und außerhalb der Reling. In jedem der Boote befand sich eine Abteilung ausgesuchter Scharfschützen. Sie hielten sich versteckt und erwarteten den Befehl, das Feuer auf die Enterer zu eröffnen, wenn diese ungeschützt an der Bordwand emporklettern würden. Die Geschützpforten des Unterdecks waren gesichert und alle Männer mit Waffen für den Nahkampf ausgerüstet worden.

Eine Stunde nach Monduntergang war flußabwärts das schwache Pläschern einer Bugwelle zu vernehmen. Angestrengt aus den Heckfenstern starrend, berührte Devaux Hopes Arm.

»Da kommen sie, Sir«, flüsterte er. Er drehte sich um in der Absicht, diese Neuigkeit zu verbreiten. Hope hielt ihn zurück: »Viel Glück, Mr. Devaux...« Hopes Stimme brach vor Alter und Gefühl.

Devaux lächelte in der Dunkelheit. »Viel Glück auch für Sie, Sir«, erwiderte er herzlich.

Der Erste Offizier eilte ins Batteriedeck, um die Männer dort zu warnen. Wieder auf dem Oberdeck, hieß er die Versammelten, sich niederzulegen. Gebückt lief er eine Seite des Decks hinauf, dann die andere hinunter. Auf allen Stationen fand er die Männer voll angespannter Wachsamkeit.

Drinkwater gehörte zur Gruppe, die im vordersten Batteriedeck wartete, von Leutnant Skelton befehligt. Ihre Aufgabe war es, den Gegenangriff zu führen, wenn die Enterer erst an Deck waren.

Auf der Back kratzte der irische Koch O'Malley eine melancholische Weise auf seiner Fiedel. Mehrere Männer sangen leise dazu oder unterhielten sich gedämpft, wie man es von einer lässig gehandhabten Ankerwache erwarten konnte.

Die Feindboote kamen an mehreren Stellen längsseits. Unterdrückte Ausrufe und schwaches Poltern verrieten, wo sie festmachten. Devaux wartete. Eine Hand erschien über der Reling und griff ins Enternetz, eine weitere folgte. Eine dritte tastete vorsichtig umher, und einen Moment später begann ein Messer, das Enternetz zu zerschneiden; ein zweites folgte. Auch auf der anderen Schiffsseite erschien eine Hand über der Reling, gefolgt von einem Kopf.

»Jetzt!« Devaux stieß den angehaltenen Atem in einem mächtigen Kriegsschrei heraus, und die wartenden Seeleute taten es ihm gleich. Die Spannung löste sich in Flammen, Rauch und Zerstörung. Fünfzig oder sechzig zwölfpfündige Kanonenkugeln wurden über die Seite geworfen und durchschlugen die Böden von *La Créoles* Booten. Aus ihren eigenen Booten, hoch oben über den Köpfen, eröffneten die Scharfschützen ein mörderisches Feuer auf die Angreifer, und diese tödlichen Finessen befreiten die Bordwände der Fregatte schnell von Feinden.

Vom Deck aus wurden die Hilflosen, die im Wasser herumplanschten, mit Kugeln eingedeckt. Achtern war der Angriff erfolgreich abgewehrt worden. Hope blickte sich um und stellte fest, daß sein Schiff sich im Strom zu drehen begann. Der Bug fiel mit der Strömung ab und zeigte nicht mehr stromaufwärts. Jemand hatte vorn *Cyclops'* Ankerkabel durchtrennt. Seine lange Erfahrung ließ Hope sofort achtern nach der Spring schauen. Aufgeregt rief er nach Blackmore, damit der Segel setzen ließ, und sprang selber an das Ruder für den Fall, daß die Spring brechen sollte und das Schiff in Gefahr geriet, auf Grund zu laufen.

Vorne hatten die Rebellen ihren Angriff erfolgreicher vortragen können. Sie hatten ein Boot unter der Galionsfigur festgemacht, von dort kam man über das Rigg des Klüverbaums leicht an Deck. So waren zwanzig bis dreißig Männer unter dem Kommando eines forschen Offiziers an Deck gestürmt und hatten ein hitziges Handgemenge ausgelöst. Einige Freibeuter bemühten sich, eins der Buggeschütze binnenbords zu drehen, um damit das Deck der Länge nach bestreichen zu können. Die Situation wurde kritisch, und Devaux rief nach Skeltons Reserve.

Oben wiesen Schreie und Rufe Leutnant Skelton den Weg. Er führte seinen Trupp aus dem Zwielicht des Batteriedecks zum Gegenangriff. Hinter ihm zog Drinkwater seinen Dolch und folgte.

Auf der Back hatte der französische Offizier einen ersten Erfolg errungen. Seine Leute hatten die Steuerbord-Bugkanone gedreht und versuchten nun, sie schußfertig zu machen. Er war angewiesen, die britische Fregatte zu zerstören, wenn er sie nicht erobern konnte. Also würde er sie auf Grund setzen und verbrennen; das Schiff schien schon mit dem Bug stromab zu liegen, und er fragte sich flüchtig, warum es nicht quer zum Strom trieb.

Er wandte sich um, zwei Männern Befehle zurufend, die im Boot geblieben waren. Sie sollten Brandmaterial an Bord bringen. Danach wandte er sich um und wollte seine Männer zu einem letzten entscheidenden Angriff antreiben, wenn die Bugkanone erst das Oberdeck leergefegt hatte. Doch ein britischer Leutnant stand plötzlich vor ihm, gefolgt von ausgeruhten Männern, die scheinbar aus dem Nichts aufgetaucht waren. Der Leutnant hieb nach dem Franzosen, aber noch bevor seine Klinge nach unten zischte, wurde er schon von einem tödlichen Stich durchbohrt.

»Héla!« rief der Franzose, Skelton fiel rücklings um und riß zwei Seeleute mit. Die Augen des französischen Offiziers leuchteten triumphierend auf, er drehte sich um, den Befehl zum Abfeuern der Kanone zu geben.

»Tirez!« forderte ihn ein dünner Junge auf. Der Franzose grinste spöttisch über den kleinen Dolch, den sein Gegner in der Hand hielt. Er streckte den Schwertarm. Drinkwater erwartete seinen Ausfall, aber der andere hielt sich bedeckt, und so standen sie einander lauernd gegenüber. Der Franzose schätzte ab, wie erfahren der Fähnrich wohl war, dann griff er an.

Skeltons Blut hatte sich auf dem Deck verteilt. Der französische Offizier glitt darin aus, als Drinkwater eine halbe Drehung machte, um dem Ausfall zu entgehen. Die Degenspitze hob sich durch den unfreiwilligen Verlust der Balance und traf ihn an der Wange, riß sie auf und wurde vom Wangenknochen abgelenkt. Drinkwater blieb in diesem entscheidenden Augenblick eiskalt. Er wußte mit dem Instinkt des Fechters, daß er seinen Mann sicher hatte. Der brennende Schmerz der Wunde löste in ihm heftige Wut aus. Er stach blindwütig zu, legte seine ganze Kraft in diesen Stoß. Der Dolch drang unter dem Arm des anderen ein und perforierte seine Lunge. Der Franzose stolperte zurück, gewann sein Gleichgewicht zu spät wieder, der Degen polterte zu Boden, Blut spritzte aus seiner Wunde.

Drinkwater ließ seinen Dolch fallen, bückte sich und hob den Degen auf; der sprang förmlich in seine Hand, er war hervorragend ausbalanciert. So warf er sich wieder in den Kampf und rief seinen Seeleuten Aufmunterungen zu, die mit den Franzosen um den Besitz des Decks rangen.

Zwanzig Minuten später war alles vorbei. *Cyclops* wurde immer noch von der Spring gehalten, und Drinkwater, der als einziger Offizier vorne übrig geblieben war, traf mit Devaux zusammen. Sie ließen die Gefangenen fesseln.

Anstatt quer zum Strom flußabwärts zu treiben, lag die Fregatte vom Heck aus verankert durch die Spring, die aus einer achteren Stückpforte verlief und unterhalb der Schnittstelle am Ankerkabel befestigt worden war. Dieser glückliche Umstand erlaubte es Hope, Segel zu setzen. Als die Marssegel sich mit ablandigem Wind füllten, zerrte die Fregatte an ihrem Anker.

Drinkwater eilte nach achtern und grüßte. »Alle Enterer sind gefesselt, Sir. Welche Befehle haben Sie?«

Hope blickte achteraus. Er hörte Männer im Wasser um ihr Leben schwimmen und sah, daß die Spring zum Zerreißen gespannt war; Wasser sprühte von ihr nach allen Seiten.

Devaux hastete herbei. »Lassen Sie die Boote da oben abschneiden, und Sie, Drinkwater, lassen die Spring kappen!« befahl Hope.

Die beiden verschwanden. »Mr. Blackmore!«

»Sir?«

»Übernehmen Sie bitte. Lassen Sie einen Mann loten, und stellen Sie einen Quartermaster ans Ruder. Sagen Sie dem Lotgasten, daß ich die Tiefen *leise* gemeldet haben möchte.« Hope wiederholte die letzten Worte, während sich Keene näherte.

»Gehen Sie durch die Decks«, befahl er ihm, »und ermahnen Sie alle, absolute Stille zu bewahren. Kein Wort – nicht eins will ich hören, haben Sie verstanden?«

»Aye, aye, Sir!«

»Gut gemacht, Mister.« Hope rieb sich zufrieden die Hände, er ähnelte einem Schuljungen, dem ein Streich geglückt war. »Wir laufen aus, um dem Burschen da draußen Feuer unterm Hintern zu machen, Mr. Drinkwater«, sagte er und deutete in die Dunkelheit. Irgendwo dort draußen mußte *La Créole* auf sie warten. »Sie rechnen damit, daß ihre Entermannschaft gesiegt hat, aber wir werden ihnen eine kleine Überraschung bereiten, nicht wahr, Junge?« Er grinste.

»Aye, aye, Sir!«

»Nun laufen Sie und suchen Sie Devaux. Er soll die Steuerbordbatterie klarmachen lassen. Die Toppsgäste sollen aufentern, und die Brassen müssen bemannt werden.«

Drinkwater eilte mit diesen Befehlen los.

Blackmore ließ das Schiff von Strom und Wind flußabwärts treiben, darauf vertrauend, daß die Strömung ihren Weg am besten finden würde. Erst nachdem sie die bewaldeten Kaps passiert hatten, legte er den Kurs fest und ließ die Rahen trimmen. Drinkwater wurde nach vorn beordert, um nach *La Créole* Ausschau zu halten. Er starrte angestrengt in die Nacht, kleine Kreise tanzten vor seinen Augen. Er hob den Blick etwas vom Horizont, und sofort erschien in seinem Augenwinkel ein dunkler Schatten an Steuerbord. Im Glas sah er: Es war *La Créole*, sie lag vor Anker.

Er eilte nach achtern. »Sie liegt zwei Strich an Steuerbord, Sir. Verankert!«

»Sehr gut. Mr. Drinkwater.« Dann wandte sich Hope an Blackmore: »Einen Strich nach Steuerbord.«

Blackmores Stimme bestätigte: »Einen Strich nach Steuerbord, Sir. Nach meiner Koppelrechnung müßten wir die Barre gerade passiert haben.«

»Sehr gut. Mr. Drinkwater, lassen Sie eine Ankertrosse am zweiten Buganker anschlagen.«

Cyclops schlich seewärts. *La Créole* war vor dem zwielichtigen Hintergrund nun gut zu erkennen. Hopes Absicht war es, das Heck von *La Créole* zu passieren und sie dabei so zu beschießen, daß die Kugeln der Länge nach durchs Schiff flogen. Dann wollte er anluven und parallel zum Gegner ankern. Es war sein letzter Anker, wenn man den Warpanker nicht rechnete, also ein Glücksspiel. Er erläuterte seinen führenden Offizieren, was er beabsichtigte.

Drinkwater war mit zwei Bootsmannsgehilfen und einer Gruppe müder Matrosen damit beschäftigt, eine achtzöllige Trosse am Steuerbordanker anzustecken. Die beiden Schiffe näherten sich rasch.

»Schnell, macht schneller!« zischte er zwischen den Zähnen, aber die Männer blickten ihn nur mürrisch an. Nach scheinbar endloser Zeit war der Anker klar.

Auf seinem Weg nach achtern kam Drinkwater an einigen Gefangenen vorbei. Mangels Zeit waren sie an die Nagelbänke des Vormastes gefesselt worden. Wenn einer dieser Männer eine Warnung brüllte, war die Überraschung vorbei. Eine Idee formte sich in seinem Kopf. Er befahl den Wachen, die Horde unter Deck zu treiben, alle mit Ausnahme des französischen Offiziers, der stöhnend an Deck lag. Drinkwater hatte noch immer den Degen des Mannes in der Hand. Er durchschnitt seine Fesseln.

»Hoch, Mister!« befahl er.

»Merde«, grunzte der Mann.

Drinkwater setzte ihm die Degenspitze an die Kehle und wiederholte: »Hoch!«

Der Offizier erhob sich widerstrebend und benommen. Drinkwater schob ihn nach achtern, nachdem er dem letzten Seesoldaten befohlen hatte, jedem, der einen Ton von sich gab, die Kehle durchzuschneiden. Später war er über diese Hartherzigkeit überrascht, aber unter dem Druck der Ereignisse schien sie ihm das einzig Angemessene zu sein.

Er erreichte das Achterdeck. »Was soll das?« nörgelte Hope, verblüfft darüber, seinen Fähnrich mit blankem Degen hinter dem Franzosen zu sehen.

»Der Anker ist klar zum Fallen, Sir. Ich dachte, daß uns dieser Bursche dabei helfen könnte, den Gegner zu überraschen, Sir. Er kann den Feind anrufen, Sir, und ihm sagen, daß er *Cyclops* genommen hat.«

»Ausgezeichnete Idee, Drinkwater. Ob er wohl englisch spricht? Wahrscheinlich kann er es – bei dieser zusammengewürfelten Mannschaft –, aber mit seinem Kommandanten wird er französisch sprechen. Pieken Sie ihn ein wenig!«

Der Mann zuckte zusammen. Hope sprach ihn auf englisch an, seine Stimme hatte einen ungewohnt drohenden und brutalen Klang: »Nun zu dir, du Hund! Ich habe noch eine alte Rechnung mit deinesgleichen offen. Mein Bruder und der Mann meiner Schwester sind in Kanada gefallen, und leider habe ich einen ganz unchristlichen Hang zur Rache. Du wirst deinem Kommandanten jetzt sagen, daß sich das Schiff in deiner Gewalt befindet und daß du in Lee von ihm ankern willst. Keine Tricks! Ich habe den besten Chirurgen der Flotte an Bord, er wird deine Wunde versorgen, darauf gebe ich dir mein Wort. Solltest du aber«, Hope blickte Drinkwater bedeutungsvoll an, »ein falsches Wort von dir geben, wird es dein letztes sein. Hast du verstanden, Kanaille?«

Der Mann stöhnte wieder. »Oui«, nickte er und atmete schwer durch die zusammengepreßten Zähne. Drinkwater schob ihn an die Großmastwanten.

Hope drehte sich um. »Informieren Sie Mr. Devaux, die Kanonen sollen feuerbereit sein. Auf mein Kommando muß die Breitseite schlagartig ausgerannt und Feuer eröffnet werden.«

»Aye, aye, Sir.« Ein Melder lief davon.

Cyclops war jetzt weniger als hundert Meter von *La Créole* entfernt und lief von Steuerbord nach Backbord hinter deren Heck vorbei. Ein Ruf erscholl auf dem Freibeuter.

»So, Mr. Drinkwater, jetzt ist die Reihe an Ihrem Freund.«

Der Franzose atmete tief ein. »Ça va bien! Je suis blessé, mais la frégate est prise!«

Eine Stimme erwiderte über den sich ständig verkleinernden Zwischenraum: »Bravo, mon ami! Mais votre blessure?«

Der französische Offizier warf einen schnellen Seitenblick auf Drinkwater, dann atmete er tief durch: »Affreuse! A la gorge!«

Einen Moment herrschte betroffenes Schweigen, dann fragte eine erstaunte Stimme: »La gorge? Mon Dieu!« Der erschrockene Ausruf verriet, daß drüben jemandem ein Licht aufgegangen war.

Hope fluchte; der Franzose, der seine Linke an die Brust gepreßt hielt, wo ihm seine durchbohrte Lunge große Schmerzen bereitete, wandte sich triumphierend zu Drinkwater um. Aber der Fähnrich konnte den Wehrlosen nicht töten, außerdem hatte er nur halb verstanden, was gesagt worden war.

Die Ereignisse überschlugen sich jetzt, so daß sich Drinkwaters Dilemma von selbst erledigte. Der französische Offizier sank ohnmächtig an Deck, drüben auf *La Créole* lief die Besatzung an die Kanonen.

Eine schwache Bö füllte *Cyclops'* Marssegel, sie beschleunigte, und plötzlich war der Heckspiegel des Freibeuters querab.

»Jetzt, Devaux! Jetzt, bei Gott!«

Die Stückpforten flogen auf, mit lautem Gerumpel wurde die Steuerbordbatterie ausgerannt. Dann überwältigte sie das Brüllen der Breitseite. Die Fregatte bockte unter dem Rückstoß. Im Dunkel des Batteriedecks hüpften Devaux und Keene so erregt auf und ab, als führten sie einen wilden Kriegstanz auf. Die Kanonen waren doppelt geladen gewesen, und vor die Kugeln hatte man noch Kartätschen gestopft. Die Verwüstung, die schon die erste Salve auf *La Créole* verursachte, lähmte ihren Widerstand fast mit einem Schlag. Nachdem die Kanonen im Rückstoß binnenbords gerollt waren, drehte *Cyclops* nach Steuerbord. Ihr Schwung trieb sie in eine Position parallel zur *Créole*, und sogleich schlug eine weitere Breitseite in den Rumpf des ehemaligen Indienfahrers. Einige beherzte Amerikaner schossen nun zurück, und ein Gefecht entwickelte sich; dennoch lagen die Vorteile klar bei den Briten.

Nachdem *Cyclops* ausgelaufen war, ließ Hope den Anker fallen und die Segel aufgeien. Durch Stecken der Ankertrosse ließ er die Fregatte so lange achteraus sacken, bis er das Achterdeck von *La Créole* querab hatte. Dann wurde zwanzig schreckliche Minuten lang Schuß auf Schuß in das unglückliche Schiff gejagt.

An Bord des Amerikaners starben die Männer tapfer. Sie brachten acht Kanonen ins Gefecht und erzielten auch einigen Schaden. Doch schließlich ließ der französische Kommandant die Flagge streichen. Er lag in seinem Blut, umgeben von seiner hingeschlachteten Mannschaft. Ein amerikanischer Offizier führte den Befehl aus.

Im fahlen Morgenlicht erkannte Hope die schlaffe Flagge, die die Ruinen der ehemals so prächtigen Heckgalerie bedeckte, und befahl Feuereinstellung.

Später am Morgen begleitete Drinkwater seinen Kommandanten an Bord des feindlichen Schiffes. Hope entschied, daß es als Prise nutzlos war. Seine zusammengeschmolzene Mannschaft reichte kaum aus, das eigene Schiff sicher zu handhaben und die Gefangenen zu bewachen. Außerdem war das Rebellenschiff schon alt gewesen, als die Amerikaner es in Dienst nahmen, und der Schaden, den *Cyclops'* Kanonen angerichtet hatten, war fürchterlich.

Drinkwater staunte die durch die Breitseiten hervorgerufenen Zerstörungen an. Die Beplankung war aufgerissen, Kugeln und Kartätschen hatten sich durch das Holz gepflügt. Furchen und ganze Reihen aufragender Splitter verliehen dem Deck das Aussehen einer versteinerten Grasfläche. Mehrere Decksbalken waren in die Räume darunter abgesackt, Kanonen waren einfach von ihren Lafetten gerissen. Drehzapfen waren glatt abgeschoren, bei dreien waren die Haltetaue wie mit einem Messer durchtrennt. Verstreut in diesem Bild der Zerstörung lagen überall persönliche Dinge: ein Zylinder, ein Schuh, ein Kruzifix, ein Rosenkranz, ein

Klappmesser und eine wunderschön bemalte Seekiste, allerdings zersplittert.

Entsetzlich zugerichtete Überreste von Menschen lagen in unbeschreiblichen Stellungen, und überall gewahrte Drinkwater grellfarbige Flecken. Getrocknetes Blut glänzte dunkel neben ockerfarbigem Erbrochenem, dazwischen leuchtete das Weiß bloßgelegter Knochen, das matte Blau ausgebluteten Fleisches, das Grün und Braun von Gedärmen. Es war ein entsetzlicher Anblick. Die hohlen Augen der Überlebenden folgten dem britischen Kommandanten mit dumpfem Haß, denn er war der Urheber ihres Elends. Aber Hope, erfüllt vom schlichten Glauben des pflichtbewußten Kriegers, erwiderte ihre Blicke verächtlich. Für ihn waren diese Männer nichts anderes als Piraten, die aus Profitgier plünderten, Handelsschiffe aufbrachten und unschuldige Seeleute einem grausamen Schicksal auslieferten. Er ließ von den Vorräten auf die Fregatte herüberschaffen, was man gebrauchen konnte, und dann Brandsätze verteilen.

Bei Sonnenuntergang ging Leutnant Keene an Bord und legte Feuer. Als der ablandige Terral einsetzte, holte *Cyclops* ihren Anker auf. *La Créole* stand in hellen Flammen, eine schwarze Rauchsäule wälzte sich seewärts, fort vom dunklen Land. *Cyclops* segelte schon in sicherer Entfernung, als das Pulvermagazin auf *La Créole* explodierte.

Eine Stunde später änderte Hope Kurs in Richtung Kap Hatteras und New York.

SIEBZEHNTES KAPITEL

April–Oktober 1781

Entscheidung vor Virginia

Das Wetter war wieder einmal gegen sie. Vor dem gefürchteten Kap Hatteras waren sie in einen schweren Sturm geraten, dessen unglaubliche Wildheit alles Material aufs äußerste beanspruchte. Die Großbramstenge brach und nahm Vor- und Besanbramstenge mit über Bord. Während des Sturms mußten die Verwundeten natürlich unter Deck bleiben. Das Lazarett bot ein Bild äußersten Elends. Der Bilgenschmutz wurde durch das Wasser aufgewühlt, welches die schwer arbeitende Fregatte im Seegang machte. Das alles schwappte beim Rollen hin und her und trieb die Ratten heraus. Sie liefen ungeniert über die Körper der Sterbenden, die sich erbrachen oder urinierten, ohne dadurch Erleichterung zu finden. Die fanden sie erst im Tod. Kaum einer, der mehr als einen Kratzer erhalten hatte, entging dem Wundbrand oder der Blutvergiftung.

Drinkwater war einer der Glücklichen. Seine Wunde war oberflächlicher Natur und nicht gefährlich, entstellte ihn aber etwas. Appleby nähte sie ihm, ein Appleby, der viel von seiner Rundlichkeit verloren hatte. Seine jämmerlich geringen Arzneivorräte waren durch sein Rückzugsgefecht gegen Krankheit und Sepsis fast völlig verbraucht. Schließlich kam er durch die Strapazen und die Erbitterung so weit, daß er in seinem höllischen Reich wütend und enttäuscht weinte.

Hope gab den in ihre Hängematten verschnürten Bündeln ein Seemannsgrab. Sechs an einem Tag, neun am nächsten, während der Sturm heulte, die Fregatte bockte und Spritzwasser in dicken Wolken über Deck flog. Die Bestattungsformalitäten reduzierten sich auf das Notwendigste.

Das schlechte Wetter erlaubte es *Cyclops* aber immerhin, unentdeckt nach Norden zu humpeln. Sie befand sich nicht in einem

Zustand, in dem man an Kampf denken konnte. Um das Maß der Plagen voll zu machen, mußte die Besatzung verdorbene Verpflegung fassen. Beim Öffnen der letzten Salzfleischfässer hatte Zahlmeister Copping entdeckt, daß das auch sonst schon fast ungenießbare Schweinefleisch völlig verfault war. Die Leiden der Besatzung wuchsen ins Unermeßliche.

Endlich konnte sich *Cyclops* mit ihrem Erkennungssignal beim Wachschiff vor Sandy Hook melden und danach mitten unter der Nordamerikanischen Flotte auf dem Hudson Anker werfen.

Während der letzten Monate britischer Herrschaft über die dreizehn Kolonien lag Seiner Majestät Fregatte *Cyclops* untätig vor New York. Am letzten Apriltag des Jahres 1781 hatte sie auf dem Hudson geankert, und ohne bestimmte Befehle blieb sie dort liegen. Immerhin konnte Hope die Schäden im Rigg beseitigen lassen.

Admiral Arbuthnot schien kein großes Interesse an dem Neuankömmling zu haben, schließlich gehörte er nicht zur Nordamerikanischen Station. Tatsächlich fühlte er sich brüskiert, daß die Fregatte in seinen Gewässern operiert hatte, ohne daß er vorher benachrichtigt worden war. Dieses Mißvergnügen lud er auf Kapitän Hope ab, der seinerseits verärgert darüber war, daß er wieder einmal zwischen allen Stühlen saß. Er erklärte Arbuthnot, daß sein Einsatz geheim gewesen sei. Als er über den Erfolg befragt wurde, mußte er auch noch einen Fehlschlag eingestehen. Seine Erklärungen wurden mit offenem Unglauben aufgenommen, noch wähnte der Admiral Carolina fest in britischer Hand. Hope wollte das Falschgeld loswerden, aber dieses Ansinnen war zuviel für Admiral Arbuthnot. Er starrte den Kommandanten unter gerunzelten Brauen an.

»Sie tauchen unangemeldet in meinem Befehlsbereich auf, Sir, besetzen ein britisches Fort ohne Befehl, verpatzen Ihren Auftrag, der angeblich streng geheim sein soll, jedoch nur von einem Fregattenkapitän stammt, und nun soll ich Ihnen auch noch dieses peinliche Rebellengeld abnehmen.« Der Admiral erhob sich. »Behalten Sie das Zeug, bis Sie Ihrem eigenen Flaggoffizier Bericht erstatten können, dem Admiral ... Admiral ...«

»Kempenfelt, Sir!«

»Genau.« Für Arbuthnot schien die Sache erledigt zu sein.

»Aber, Sir, ich muß meine Bramstengen ersetzen.«

»Ihre Bramstengen, Sir, sind *Ihre* Bramstengen und nicht meine... Ich schlage vor, Sie nehmen auch in dieser Angelegenheit Kontakt mit Admiral Kempenfelt auf. Guten Tag, Sir!«

Hope ging.

Schließlich erhielt Arbuthnots Sekretär Befehl aus London, daß der Fregatte *Galatea* jede Unterstützung zu gewähren sei. Ein Zusatz besagte, daß durch wichtige politische Umstände die Fregatte *Galatea* in heimischen Gewässern verbleiben mußte, ihr Auftrag sei von *HMS Cyclops* unter dem Kommando von Kapitän Hope R. N. übernommen worden.

Der Sekretär fertigte darauf eine Anweisung aus, die es Hope erlauben sollte, alle notwendigen Ausrüstungsgegenstände zu beziehen. Arbuthnot unterzeichnete sie ohne Widerspruch, er unterzeichnete zu dieser Zeit ohnehin alles, was man ihm vorlegte, denn er war fast völlig erblindet.

Nach Erhalt dieser Anweisung verholte *Cyclops* an eine Werftpier in Manhattan, um mit den Reparaturen zu beginnen. An diesem Abend speisten Hope und Devaux zusammen. Bei einem Glas Portwein – davon hatten sich mehrere Kisten an Bord von *Créole* befunden – lenkte Hope die Aufmerksamkeit Devauxs auf ein Problem, das zu lösen sie wegen des schlechten Wetters und des wackligen Zustands ihrer Takelage noch keine Zeit gefunden hatten.

»Nehmen wir mal an, daß wir schließlich doch noch Segelorder erhalten, Devaux. Dann müssen wir über Ersatz für Skelton entscheiden. Cranston war ein schwerer Verlust für uns und für die Marine im allgemeinen.«

»Jawohl.« Devaux war in Gedanken wieder in dem dichten Wald und hatte Cranstons verstümmelten Körper vor Augen. Er riß sich von dieser schauerlichen Erinnerung los.

»Haben Sie irgendwelche Vorschläge?« fragte der Kommandant.

Der Erste Offizier sammelte sich. »Nun, Sir, der Rangnächste wäre Morris. Seine Berichtsbücher sind schlecht geführt, allerdings hat er die erforderlichen sechs Jahre abgedient. Ich halte ihn aber für völlig unbrauchbar. Deshalb möchte ich eher seine Versetzung vorschlagen, womit ich ihm auch schon gedroht habe, wenn ich mich recht entsinne. Meiner Meinung nach ist der junge Drinkwater der richtige, um als diensttuender Leutnant eingesetzt zu werden.« Er machte eine bedeutungsschwere Pause. »Aber sicherlich gibt es hier in der Flotte den einen oder anderen jungen

Herrn ...« Devaux deutete auf die Ankerlaternen der Kriegsschiffe draußen vor den Heckfenstern.

»Einen Günstling des Admirals meinen Sie, Mr. Devaux?« fragte Hope empört.

»Richtig, Sir.«

»Admiral Arbuthnot hat mich belehrt, daß das Schiff weiterhin Admiral Kempenfelt untersteht. Wer bin ich denn, daß ich seiner Weisheit zu widersprechen wagte?« spottete Hope mit falscher Demut. »Zudem will ich ihn nicht mit den Angelegenheiten meiner Fähnriche belästigen.« Er nippte an seinem Portwein. »Außerdem habe ich bereits eine Liste mit unseren Verlusten übergeben, aus der klar hervorgeht, daß wir unbedingt unsere Offiziere ergänzen müssen. Wenn er nicht in der Lage ist, von sich aus jemanden abzukommandieren, dann soll er zum Teufel gehen.« Er machte eine kleine Pause. »Nebenbei glaube ich, daß Kempenfelt unsere Wahl gefallen würde.« Hope grinste mild und kippte seinen Portwein.

Devaux hob eine Augenbraue. »Old Blackmore wird erfreut sein. Er hat Drinkwater unter seinen Fittichen, seit wir Sheerness verlassen haben.«

Die beiden Offiziere füllten ihre Gläser nach.

»Das bringt mich wieder zur Angelegenheit Morris«, sagte Devaux, die Gunst des Augenblicks nutzend. »Ich wäre sehr froh, wenn sich seine Versetzung bewerkstelligen ließe.«

»Ist das nicht ein bißchen drastisch, Mr. Devaux? Was steckt hinter Ihrer Forderung?«

Devaux umriß die Problematik des Falles und schloß damit, daß sich Morris wohl ohnehin weigern würde, unter Drinkwater zu dienen.

Hope grunzte.

»Weigern! Warum habe ich mich nicht geweigert, unter der Hälfte der Offiziere zu dienen, die mich auf der Karriereleiter überholt haben? Morris hat Glück, Mr. Devaux. Hätte ich das alles vorher gewußt, hätte ich ihn schon kirre gemacht. Merken Sie sich das bitte fürs nächste Mal: Ich möchte sofort informiert werden, wenn Sie derartige Vorkommnisse bemerken. Es ist wahrlich ein Fluch der Marine. So entstehen schließlich Offiziere wie der widerliche Edgecumbe«, ergänzte Hope etwas weitschweifig.

»Jawohl, Sir.« Devaux wechselte schnell das Thema. »Was sind denn die Absichten des Admirals?«

Wieder grunzte Hope. »Absichten! Ich wünschte, er hätte welche. Warum sitzt er wohl hier mit General Clinton in New York und schwenkt die britische Flagge? Dabei hätte er genug Soldaten, um Washington auszuradieren. Aber Clinton macht sich schon bei der Vorstellung, vielleicht New York zu verlieren, in die Hose. Er wahrt nur mühsam das Gesicht, indem er General Philips nach Virginia schickt. Allerdings habe ich gehört, daß Arbuthnot abgelöst werden soll.«

»Durch wen, Sir?«

»Graves.«

»Großer Gott, nicht Graves!«

»Er ist ein netter Mann, was mehr ist, als ich von Arbuthnot sagen kann.«

»Aber er ist doch völlig unfähig, Sir. Hat er nicht vor dem Kriegsgericht gestanden, weil er einem Gefecht mit einem Indienfahrer auswich?«

»Ja, das war damals im Jahre ’57, nein, ’56. Er wurde wegen Feigheit vor dem Feind nach Artikel 12 angeklagt, dann aber nur wegen eines Fehlers in der Beurteilung der Lage öffentlich getadelt. Sie müssen selbst zugeben, mancher Indienfahrer ist eine harte Nuß . . .« Beide Offiziere dachten mit einem beklommenen Lächeln an *La Créole*.

»Wissen Sie, John, die schreckliche Ironie des Schicksals liegt darin, daß am selben Tag, an dem Tommy Graves in Plymouth vor dem Kriegsgericht stand, in Portsmouth die Verhandlung gegen John Byng wegen eines ähnlichen Vergehens stattfand. Allerdings war das seine taktisch gesehen weitaus entschuldbarer. Aber Sie wissen ja, wie es Byng erging: Er wurde auf seinem eigenen Achterdeck standrechtlich erschossen . . .« Hopes Stimme erstarb.

»Pour encourager les autres«, flüsterte Devaux. »Voltaire, Sir«, setzte er erklärend hinzu, als Hope aufschaute.

»Ach, dieser gottlose französische Bastard.«

»Weiß denn niemand, was aus Cornwallis geworden ist, Sir?«

Hope fuhr auf. »Nein! Ich glaube, keiner von denen hier weiß auch nur das geringste, John. Und was ist nun mit meiner neuen Großbramstenge?«

Am nächsten Morgen ließ Devaux Drinkwater zu sich kommen. Der Leutnant stand da und starrte hudsonaufwärts zu den Palisaden von New Jersey, auf die gerade die ersten Sonnenstrahlen fielen.

»Sir!«

Devaux drehte sich um und betrachtete den jungen Mann. Die gezackte Wunde vernarbte schnell, sie würde sich später weiß im sonnengebräunten Gesicht abheben. Der Körper unter der abgetragenen und geflickten Uniform war dünn, aber durchtrainiert. Devaux schob sein Fernglas zusammen.

»Diesen Degen, den Sie dem Leutnant von *La Créole* abgenommen haben – befindet er sich noch in Ihrem Besitz?«

Drinkwater errötete. Am Ende des Gefechts hatte er gemerkt, daß er den Degen immer noch umklammert hielt. Es war eine gute Waffe, sein Eigentümer hatte ihren Verlust nicht lange überlebt. Drinkwater hatte ihn als seinen Anteil an der Kriegsbeute betrachtet. Immerhin schwelgten die Offiziere in der Messe noch wochenlang in den erbeuteten Weinen, außerdem nützte ihm der Dolch in einem wirklichen Kampf nur sehr wenig. So hatte der Degen seinen Weg auf den Boden seiner Seekiste gefunden, wo er nun gut eingepackt lag. Er wußte nicht, wie Devaux davon erfahren hatte, aber er nahm es als wahrscheinlich angeborene Eigenschaft von Ersten Offizieren hin, alles zu wissen.

»Nun, Sir?« bohrte Devaux um eine Spur schärfer.

»Nun ja, Sir, äh... Ich dachte, äh, ich habe ihn.«

»Dann laschen Sie ihn an Ihre Backbordhüfte!«

»Entschuldigung, Sir?« Drinkwater starrte ihn verständnislos an.

Devaux mußte über sein überraschtes Gesicht lachen. »Der Kommandant hat Sie mit sofortiger Wirkung zum diensttuenden Dritten Offizier befördert. Sie können Ihre Seekiste und sonstigen Effekten nach oben ins Geschützdeck bringen lassen.«

Er beobachtete, wie Drinkwater die Neuigkeit verarbeitete. Sein Unterkiefer klappte herunter und wurde wieder heftig geschlossen. Erst blinzelte, dann lächelte er. Schließlich stammelte er seinen Dank.

Cyclops blieb den ganzen Mai und Juni bei Arbuthnots Flotte. Während dieser Zeit war es Drinkwaters Hauptaufgabe, sich bei einem New Yorker Schneider mit einer neuen Uniform zu versorgen. Die Besatzung war vom Wachschiff aufgefüllt worden, aber es gab wenig zu tun für die Männer. Erst am zwölften Juli begannen die Dinge in Fluß zu kommen. Admiral Graves traf ein, ein freundlicher, großzügiger Mann, der aber schlicht unfähig war und seinen Teil dazu beitrug, daß der Krieg verlorenging. Dann erschien Rodneys Tender *Swallow* mit der Nachricht, daß Admiral De Grasse mit einer französischen Flotte von den Westindischen Inseln ausgelaufen war. Es wurde vermutet, daß sein Ziel die Chesapeake Bay sein würde. Graves zog es vor, diese Warnung trotz ihrer Bedeutung zu ignorieren. Lord Cornwallis hatte Carolina aufgegeben und seine Kräfte mit der Armee von Philips in Virginia vereinigt. Wenn De Grasse sich zwischen Cornwallis und seine Verbindungswege nach New York schieben konnte, war dieser von jeder Versorgung abgeschnitten. In New York ließen sich die Kapitäne und Offiziere aufgeregt von einem Schiff der Flotte zum anderen rudern und schimpften unterdrückt über die Unfähigkeit ihres Admirals, einfachste strategische Zusammenhänge zu erkennen. Cornwallis hatte sich an die Küste zurückgezogen, damit die Marine ihn unterstützen konnte – aber die Marine lag untätig in New York.

Öfter als einmal hörte man die Meinung, daß Ihre Lordschaften noch mehr als üblich danebengegriffen hatten, als sie Byng exekutieren ließen. Man hatte den Falschen erschossen.

Eine weitere Nachricht traf mit der *Pegasus* ein: Graves wurde gedrängt, nach Süden zu segeln, um sich mit Sir Samuel Hood zu vereinigen, dem Rodney krankheitshalber das Kommando übergeben hatte.

Anfang August beschloß Clinton loszuschlagen, nicht in Richtung Virginia, sondern gegen Rhode Island, wo französische Kriegsschiffe und Heereseinheiten stationiert waren. Admiral Graves schickte vorbereitend einige Schiffe nach Sandy Hook hinaus, und eins davon war *Cyclops*.

Zu dieser Zeit verließ Fähnrich Morris die Fregatte.

Als *Cyclops* vom Galuda River abgesegelt war, hatte die Besatzung kaum die Elemente besiegen, die Gefangenen bewachen und auch noch selbst überleben können. Die verbliebenen Offiziere gingen Wache um Wache, die Steuermannsgehilfen und Fähnriche waren ähnlich eingespannt. Drinkwater und Morris waren verschiedenen Wachen zugeteilt, und der anstrengende Wechsel zwischen Arbeit und Schlaf hatte keinem den Luxus erlaubt, die Ereignisse der letzten Wochen objektiv zu überdenken. Andererseits waren aber die Geschehnisse und Umstände, unter denen sie abgelaufen waren, keineswegs vergessen. Sie lagen knapp unter der Oberfläche des Bewußtseins und beeinflußten die Handlungen zwar, dominierten aber nicht. Drinkwater war davon besonders betroffen. Die Schreckensbilder, die er hatte sehen müssen, die Mitschuld, die er an Threddles Tod zu haben glaubte, erschütterten seine Selbstachtung. Und die Umstände von Sharples Tod lagen wie eine schwere Bürde auf seinen Schultern. Obwohl Sharples der eigentliche Mörder Threddles gewesen war, wußte Drinkwater, was den Mann zu dieser Tat getrieben hatte. Seine kaltblütige Hinrichtung durch Morris war eine ganz andere Sache.

Nach Drinkwaters Verständnis gehörte der Fall vor die Justiz – oder war nur durch Blutrache zu bereinigen; er schauderte bei diesem Gedanken.

Dann traf *Cyclops* in New York ein, und man hatte Zeit, viel zuviel Zeit zum Nachdenken. Drinkwater konnte alle möglichen Ursachen und Wirkungen untersuchen und sich über die Konsequenzen eventueller Handlungen klar werden. In der Enge der Fähnrichsmesse war es unvermeidlich, daß sich Kontakte mit Morris ergaben, einige Male waren gespannte Situationen entstanden. Drinkwater hatte sie stets dadurch entschärft, daß er die Messe verließ, allerdings hatte das bei Morris den Eindruck erweckt, er habe eine Vormachtstellung erreicht.

An dem Tag, als Drinkwater befördert worden war, betrat Morris die Messe, als Drinkwater gerade packte.

»Was hat denn unser tapferer Nathaniel nun wieder vor?« fragte er.

Schweigen schlug ihm entgegen. Da trat White ein: »Ich habe Wachgänger und Ölzeug schon in deine Kammer gebracht, Nat . . . äh, Sir.«

Drinkwater lächelte den Freund an: »Danke, Chalky.«

»Kammer! Sir! Was für ein verdammter Unsinn wird hier gespielt?« Morris lief vor Erregung rot an.

Nat sagte nichts, sondern packte weiter seine Seekiste. Doch White konnte der Versuchung nicht widerstehen, dem Quälgeist eins auszuwischen, unter dessen Launen er so lange gelitten hatte. Vor allem, weil er jetzt einen mächtigen Verbündeten in Person des neuen Dritten auf seiner Seite wußte, sagte er wichtig: »Mr. Drinkwater ist zum diensttuenden Dritten Offizier befördert worden.«

Morris erstarrte, während er die Neuigkeit verarbeitete. Wütend wandte er sich dann an Nathaniel: »Den Teufel bist du! Du hast die notwendige Dienstzeit zum Leutnant ja noch gar nicht zusammen, du lausiger, aufgeblasener Bastard! Wahrscheinlich bist du dem Ersten nur wieder hinten reingekrochen … Aber das werden wir bald richtigstellen!« In dieser Tonart ging es noch einige Minuten weiter.

Drinkwater fühlte wieder die eisige Ruhe, die ihn ergriffen hatte, als er mit dem französischen Offizier so brutal umgesprungen war. Sie war wohl ein bleibendes Erbe des mörderischen Marsches ins Landesinnere und würde auch künftig sein Verhalten in gefährlichen Situationen bestimmen. Aus der Erziehung seiner Mutter war er als weicher, formbarer Ton in Morris' lasterhafte Hände gekommen, aber die Ereignisse am Galuda River hatten seine Seele gestählt.

»Vorsicht, Sir«, sagte er leise und drohend, »achten Sie auf das, was Sie sagen! Sie vergessen, daß ich das Examen als Steuermann abgelegt habe, und das ist mehr, als Sie je zustande gebracht haben. Weiterhin vergessen Sie, daß ich Beweise habe, die ausreichen, Sie nach zwei verschiedenen Artikeln des Kriegsrechts hängen zu lassen.«

Morris erbleichte, und Drinkwater dachte einen Augenblick, er würde ohnmächtig werden; schließlich fing er sich und antwortete: »Und was, wenn ich Ihr Verhalten in punkto Threddle zur Sprache bringe?«

Drinkwater fühlte sein Herz rascher schlagen, aber er bewahrte einen kühlen Kopf und wandte sich an den kleinen White, der mit weit aufgerissenen Augen von einem zum anderen starrte.

»Chalky, wenn du zwischen meiner Aussage und einer Aussage von Mr. Morris zu wählen hättest – welcher würdest du glauben?«

Der Junge lächelte erfreut, seine Revanche trug wirklich reiche Früchte. »Ihrer natürlich, Sir, ganz klar.«

»Danke. Würdest du nun vielleicht so freundlich sein und zusammen mit Mr. Morris meine Seekiste in meine Kammer tragen?«

Drinkwater genoß den Luxus seiner kleinen Kammer, die zwischen zwei Zwölfpfündern auf dem Batteriedeck lag. Wenn die Fregatte gefechtsklar gemacht wurde, fielen allerdings ihre Wände. Er war nicht länger dem ständigen Kommen und Gehen in der

Messe ausgesetzt und konnte nun in Ruhe und Zurückgezogenheit lesen. Vielleicht war es das größte Privileg, daß er in der Offiziersmesse aß und dort die Gesellschaft von Wheeler und Devaux genießen konnte. Und Appleby, der in der damaligen Zeit noch nicht offiziell den Rang eines Offiziers bekleidete, war ein häufiger, fast ständiger Gast der Offiziersmesse. In New York hatte sich Drinkwater mit passender Kleidung versorgt, so daß er nun seiner neuen Stellung ohne zu protzen gerecht wurde. Allerdings erschien er selten ohne seinen erbeuteten Degen an Deck, den er, wie es Devaux ausgedrückt hatte, von der Backbordhüfte pendeln ließ.

Seine Vertrautheit mit den vielfältigen Aufgaben eines Marineoffiziers nahm täglich zu. Am gesellschaftlichen Leben nahm er allerdings kaum teil, abgesehen vom gelegentlichen Essen in der Offiziersmesse eines anderen Schiffes. Anders als Wheeler oder Devaux blieb er den regelmäßigen Einladungen der New Yorker Gesellschaft fern, teilweise aus Schüchternheit, teilweise aus Achtung vor Elizabeth, hauptsächlich aber deshalb, weil die anderen Offiziere dem Jüngsten unter ihnen an Arbeit aufbürdeten, was sie nur konnten.

Drinkwaters größte Freude war zu jener Zeit das Lesen. In den Bücherläden New Yorks und der kleinen Reisebibliothek des Chirurgen hatte er Smollett entdeckt und machte nun konsequenterweise Bekanntschaft mit Humphry Clinker, Commodore Trunnion und Roderick Random. Letzterer ließ seine Gedanken oft zu Elizabeth abschweifen. Die romantische Vorstellung von einer wartenden Frau berührte ihn so stark, daß die Ungewißheit über ihren augenblicklichen Verbleib ihn beunruhigte. Daß er sie liebte, stand für ihn außer Frage. Der Gedanke an sie hatte ihn in den Sümpfen von Carolina aufrecht gehalten. Er dachte an sie wie an einen Talisman gegen alles Böse, besonders dasjenige, welches ihm von Morris drohte.

Die Feindschaft zwischen ihm und Morris war mehr als eine tiefe Abneigung. Er war sicher, daß dieser Mann ihm ans Leben wollte. Diese Angst wurzelte in den Erlebnissen des jungen Kadetten von vor zwei Jahren und war mit den verschiedenen Erlebnissen noch gewachsen. Daraus hatte sich in seiner Phantasie eine regelrechte Zwangsvorstellung entwickelt. Daß sie aber letztlich dazu beigetragen hatte, ihn zu stärken und seine Entschlossenheit zu erhöhen, schien ihm widersinnig. Hätte ihm nicht Morris' Verworfenheit entgehen können, hätte nicht jemand anderer in jener Nacht im Rigg von Sharples um Hilfe angefleht werden können, hätte nicht ein anderer Fähnrich nach vorn zu Mrs. Sharples geschickt werden können?

Neuerdings hatte er noch viel mehr Grund, Morris einen übernatürlichen Einfluß zuzusprechen. Denn Drinkwater wurde von nächtlichen Alpträumen über die Geschehnisse in den Sümpfen von Carolina heimgesucht, die ihn mit gelegentlichem, aber beharrlichem Schrecken quälten. Zum ersten Mal hatte ihn dieser Traum nach der Eroberung von *La Créole* überfallen und war dann in den Stürmen vor Cape Hatteras wiedergekehrt. In der New Yorker Zeit hatte er zweimal darunter gelitten.

In seinem Traum kam immer eine weiße Dame vor, die sich ihm zu nähern schien; bleich wie der Tod und unerbittlich kam sie näher und näher, erreichte ihn aber nie ganz. Manchmal trug sie die Züge von Cranston, manchmal die von Morris, aber schrecklicherweise auch die von Elizabeth, einer Elizabeth, die einer Medusa glich; dann verschwand alles mit einem großen Krach, vergleichbar dem Rasseln von Ketten, rhythmischen Stößen – oder dem Geräusch, das *Cyclops'* Pumpen machten.

Er war deshalb sehr erleichtert, als er von Morris' Ablösung erfuhr. Seit seiner Beförderung hatte er nicht versucht, seinen neuen Dienstrang gegen Morris auszuspielen. Als er aber hörte, daß dieser auf ein Schiff von Konteradmiral Drakes Flottille versetzt werden sollte, schlug sein Herz in heimlicher Freude höher. Vielleicht waren seine Befürchtungen nur ein Produkt seines überbeanspruchten Nervensystems gewesen?

Am Morgen von Morris' Abschied kamen ihm diesbezüglich wieder Zweifel. Er las in seiner engen Kammer, als die Tür plötzlich aufgestoßen wurde. Morris stand in ihrem Rahmen, stockbetrunken und ein zerknittertes Stück Papier in der Hand.

»Ich bin gekommen, um mich zu verabschieden, verfluchter Drinkwater«, lallte er, die verschwiemelten Augen halb geschlossen. »Ich wollte dir nur sagen, daß wir beide noch ein Stück Arbeit unerledigt gelassen haben...« Er lachte freudlos, Speichelbläschen standen um seinen Mund. »Es ist wirklich zu lustig... Wir beide hätten richtig gute Freunde werden können...« Tränen standen in seinen Augen. Drinkwater begriff nur langsam die widerliche Andeutung in den Worten des Mannes. Morris schneuzte sich mit dem Ärmel und begann wieder zu kichern.

»Ich habe hier einen Brief von meiner Schwester... Sie kennt den einen oder anderen bei der Admiralität. Sie versichert mir hier, daß sie sich in ihrem Himmelbett für mich einsetzen wird, bis ich den Rang eines kommandierenden Offiziers erreicht habe. Ist das nicht wirklich komisch, Mister Drinkwater, ist das nicht das Lustigste, was du je gehört hast?« Plötzlich war sein Lächeln wie weggewischt und mit ihm die trunkene Verspieltheit. Die Drohung, die jetzt folgte, kam aus tiefstem Herzen: »Aber wenn ich soweit bin, habe ich die Möglichkeit, Sie und diese Miß Bower zu vernichten. Und bei Gott, das werde ich tun!«

Bei der Erwähnung von Elizabeths Namen fühlte Drinkwater wieder jene eisige Wut in sich aufsteigen. Morris wich unvermittelt zurück, stolperte und lag zappelnd an Deck. Drinkwater hatte seinen Degen schon halb aus der Scheide gezogen, als ihn der verächtliche Zustand seines Widerparts, der vor ihm zitterte, wieder zur Besinnung brachte. Er stieß die dünne Kammertür zu und den Degen wieder in die Scheide. Draußen kam Morris auf die Füße und wankte davon.

Drinkwater stand in der Mitte der Kammer, sein Atem beruhigte sich nur langsam. Er begann wie Espenlaub zu zittern und blickte hilfesuchend das kleine Bild der *Algonquin* an, das er von Elizabeth geschenkt bekommen hatte; endlich hatte er es aufhängen können. Nun streckte er eine zitternde Hand aus, um sich von seiner Realität zu überzeugen.

Am 16. August 1781 sichteten die Schiffe vor Sandy Hook Segel im Süden: Sir Samuel Hood erschien, vor Wut schäumend, da Admiral Graves' Flotte noch immer in New York lag. Der Konteradmiral ließ sich durch den Hafen rudern, um Graves Vorhaltungen zu machen, aber der war nicht an Bord, sondern wohnte friedlich in seinem komfortablen Haus an Land. Obwohl Graves dienstälter als Hood war, mußte ihn dessen Schilderung der großen französischen Flotte in amerikanischen Gewässern doch tief beeindruckt haben. Angesichts von Graves' Kleinmütigkeit unterdrückte Hood Einzelheiten über die Seeuntüchtigkeit seiner eigenen Schiffe; tatsächlich konnte sich eines davon kaum noch über Wasser halten.

Jedenfalls wurde Graves plötzlich von panischer Geschäftigkeit erfaßt und befahl seiner Flotte, in See zu stechen.

Aber es dauerte bis Ende des Monats, ehe die einundzwanzig Linienschiffe sich auf den Weg nach Süden machten. De Barras war mit acht Linienschiffen schon von Rhode Island abgesegelt.

Doch tags zuvor hatten die achtundzwanzig Linienschiffe von de Grasse schon in der Chesapeake Bay geankert, begleitet von vielen Transportern und Fregatten. De Grasse landete dreitausend Infanteristen an, die eine obskure Halbinsel mit dem Namen Yorktown einschlossen.

Lord Cornwallis war abgeschnitten, denn Washington und Rochambeau marschierten von den Höhen des Hudson nach Süden. Sie durchquerten New Jersey, ihre exponierte Flanke dem untätig in New York hockenden Clinton darbietend, vereinigten sich mit La Fayette und schlossen den stählernen Ring um den unglücklichen Lord.

Was mit Cornwallis geschah, ist Geschichte: Die britischen Flotten segelten zu spät nach Süden. Graves sicherte seine Flanke mit Fregatten, und *Cyclops* war eine davon, segelte weit im Osten und nahm so an den bevorstehenden Ereignissen nicht teil. Die Flotte lieferte De Grasse eine Seeschlacht, die unentschieden ausging – aber für Graves war das gut genug. Compte De Grasse blieb im Besitz der Chesapeake Bay. Bis jetzt war De Barras noch nicht eingetroffen. Als Graves schließlich den Umfang seiner Blamage begriff und ein zweites Mal versuchte, De Grasse herauszufordern, stellte der britische Admiral fest, daß De Barras inzwischen den Compte verstärkt hatte; entnervt zog er sich zurück.

Damit hatte er Cornwallis aufgegeben.

Der Lord machte einen tapferen Ausbruchsversuch über den James River, wo Tarleton bei Gloucester einen Brückenkopf hielt. Doch nachdem die ersten Boote über den Fluß gesetzt hatten, brach ein schwerer Sturm los, deshalb mußte der Ausbruchsversuch aufgegeben werden. Wenige Wochen später kapitulierte Cornwallis. Der Krieg mit Amerika war damit zwar noch nicht offiziell, aber doch praktisch zu Ende.

Cyclops, nach Osten aufklärend, verpaßte sowohl die Schlacht an den Kaps von Virginia, als auch die Flottille von De Barras. Schließlich kehrte sie nach New York zurück, wo dem Oberbefehlshaber etwas spät klar wurde, daß dieses Schiff zur Kanalflotte gehörte. Nachdem man den schnellen Tender *Rattlesnake* mit der Nachricht über den Verlust von Cornwallis' Armee Ende Oktober abgeschickt hatte, bedachte Admiral Graves, daß *Rattlesnake* zwar schnell, aber nur wenig bewaffnet war und so eine leichte Beute für jeden französischen Freibeuter darstellte. Mit dem für ihn typischen Wankelmut sorgte er sich um das mögliche Schicksal der *Rattlesnake* und befürchtete, daß seine Berichte in Feindeshand fallen könnten. Schließlich entschied er sich dafür, eine Fregatte mit einem Duplikat seiner Depesche hinterherzuschicken. Es schien gleichzeitig eine gute Gelegenheit – die Idee hatte ihm sein Sekretär eingegeben –, Kempenfelt auf diese Weise seine Fregatte zurückzugeben.

Leutnant Nathaniel Drinkwater unterbrach sein Auf-und-ab-Laufen, um das Großbramsegel anzustarren. Sein Körper glich mühelos die Bewegungen des Schiffes aus, obwohl ein Sturm aus Südwest in der Takelage brummte und Wolken von Spritzwasser über die Steuerbordreling trieb. Er studierte das Segel. Ohne Zweifel war der Druck auf die Luvschot enorm, ebenso die Vibration der Rahen. Es war an der Zeit, Tuch wegzunehmen.

»Mr. White!« Der Junge war augenblicklich zur Stelle. »Meine Empfehlung an den Kommandanten, und der Wind frischt auf. Mit seiner Erlaubnis werde ich die Bramsegel reffen lassen.«

»Aye, aye, Sir.«

Drinkwater starrte in das Kompaßhaus. Die beiden Rudergänger grunzten und schwitzten in dem Bemühen, *Cyclops* auf Kurs zu halten. Er beobachtete die langsam hin und her schwingende Kompaßrose; das zunehmende Tageslicht machte die Öllampe überflüssig. Der graue Atlantik hob das Heck der Fregatte an, schob sie voran, lief unter ihr hindurch und ließ sie im Wellental mit gen Himmel zeigendem Klüverbaum zurück. Dann hob sich ihr Heck wieder, und das Spiel begann von neuem, wieder und wieder, dreitausend Meilen lang, von New York bis vor den Kanal.

Drinkwater empfand nicht die Beschämung, die Kapitän Hope quälte, der sich unten in seiner Kajüte rasierte. Hope kannte den berauschenden Wein des Sieges, da er an den glorreichen Gefechten des Siebenjährigen Krieges teilgenommen hatte. Am Ende seiner Karriere war eine Niederlage für ihn eine bittere Pille, eine Untauglichkeitserklärung als Quittung für lange Jahre voller Arbeit und höchstens eine Rechtfertigung für seinen Zynismus. Versüßt wurde ihm alles nur durch den Wechsel über viertausend Pfund Sterling.

Für Drinkwater waren die historischen Ereignisse ein Höhepunkt gewesen. Auf ihrer fruchtlosen Suche nach De Barras hatten sie sich von Long Island aus die Neuenglandküste hinauf und hinunter gekämpft. Von der bedrückenden Gegenwart Morris' befreit, erlebte er eine großartige Zeit. Auch eine fruchtbare Zeit, in der er, vorsichtig zuerst, aber mit schnell wachsender Selbstsicherheit, das Schiff führen lernte.

Er blickte nach oben auf die gerefften Bramsegel. Seine Maßnahme war richtig gewesen, *Cyclops* lag nun ruhiger, ohne Fahrt verloren zu haben.

Er sah Kapitän Hope den Niedergang heraufkommen und wechselte zur Leeseite hinüber, grüßend den Hut berührend, als er am Kommandanten vorbeikam.

»Guten Morgen, Sir.«

»Guten Morgen, Mr. Drinkwater.« Hope blickte nach oben. »Irgend etwas in Sicht?«

»Es ist nichts gemeldet, Sir.«

»Sehr gut.«

Hope blickte auf die Logkladde nieder.

»Nach meiner Koppelrechnung sollten wir Lizard vor Einbruch der Dunkelheit sehen, Sir«, sagte Drinkwater eifrig.

Hope grunzte nur und begann, in Luv auf und ab zu schreiten. Drinkwater wechselte auf die Leeseite, wo der junge White im Abwind des Großsegels zitterte.

»Mr. Drinkwater!« rief da der Kommandant scharf.

»Sir?« Drinkwater eilte hinüber, Hope betrachtete ihn mit gerunzelter Stirn.

Nats Herz rutschte in die Hose. »Sir?« wiederholte er fragend.

»Sie tragen Ihren Degen nicht!«

»Sir?« wiederholte Drinkwater mit verständnislos gerunzelter Stirn.

»Es ist der erste Morgen Ihres neuen Amtes, an dem Sie ihn nicht tragen.«

»Tatsächlich, Sir?« Drinkwater errötete. Hinter ihm kicherte White.

»Sie legen wohl endlich größeren Wert auf die Erledigung Ihrer Pflichten als auf Ihre persönliche Erscheinung. Ich bin froh, daß Sie das erkannt haben.«

»Ja . . . Jawohl, Sir. Danke, Sir.«

Hope setzte seinen Marsch fort. White platzte fast vor Lachen. Mr. Drinkwaters Degen war in den Decks schon häufig Anlaß zu Heiterkeit gewesen.

Drinkwater drehte sich zu ihm um: »Mr. White, nehmen Sie ein

Fernglas mit in den Vormasttopp und halten Sie nach England Ausschau!«

»Nach England, Nat . . . Mr. Drinkwater, Sir?«

»Ja, Mr. White, nach England!«

England, dachte er, England und Elizabeth . . .

Richard Woodman

Kutterkorsaren

Leutnant Drinkwater in geheimer Mission
vor Frankreichs Küsten

Roman

Für die Crew des Kutters
KESTREL

Inhalt

TEIL EINS – IM ENGLISCHEN KANAL

ERSTES KAPITEL
Oktober – November 1792
Die Hand der Marionette   9

ZWEITES KAPITEL
Dezember 1792
Erster Blutzoll   23

DRITTES KAPITEL
Dezember 1792 – Februar 1793
Enthüllungen   35

VIERTES KAPITEL
März – September 1793
Jagd auf den Jäger   45

FÜNFTES KAPITEL
Oktober – Dezember 1793
Zwischenfall bei Ouessant   59

SECHSTES KAPITEL
Januar – Dezember 1794
Nachtangriff   71

SIEBTES KAPITEL
Dezember 1794 – August 1795
Ein unwichtiger Kutter   85

ACHTES KAPITEL
September – Dezember 1795
Der schwarze Wimpel   99

NEUNTES KAPITEL
Dezember 1795
Der Stern des Teufels   108

TEIL ZWEI – IN DER NORDSEE

ZEHNTES KAPITEL
Dezember 1795 – November 1796
Der Apotheker   115

ELFTES KAPITEL
Dezember 1796 – April 1797
Zeit der Prüfungen   128

ZWÖLFTES KAPITEL
Mai – Juni 1797
Wie ein Flächenbrand   137

DREIZEHNTES KAPITEL
Juli – Oktober 1797
Ein schändliches Ende   152

VIERZEHNTES KAPITEL
5. – 7. Oktober 1797
Ausgebootet   164

FÜNFZEHNTES KAPITEL
8. – 11. Oktober 1797
Kampenduin   180

SECHZEHNTES KAPITEL
Oktober 1797
Nachspiel   193

SIEBZEHNTES KAPITEL
November 1797
Der Drahtzieher   200

Nachwort

TEIL EINS

IM ENGLISCHEN KANAL

ERSTES KAPITEL

Oktober – November 1792

Die Hand der Marionette

»Für uns«, sagte Lord Dungarth und unterstrich seine Worte mit ausholender Geste, »werden Sie so funktionieren wie die Hand einer Marionette. Sie kennen weder die Absichten des Vorführers, noch wissen Sie, wie die Drähte betätigt werden oder weshalb Ihre Befehle so lauten und nicht anders. Wie eine Hand erhalten Sie lediglich Anweisungen, die Sie buchstabengetreu erfüllen. Immerhin wurden Sie uns wegen Ihrer Tüchtigkeit empfohlen, Nathaniel...«

Drinkwater blinzelte in das grelle Sonnenlicht, vor dem sich die beiden Lords nur als Silhouetten abhoben. Draußen vor den Fenstern sah er die dunklen Umrisse der Schiffe, die auf dem glitzernden Gewässer des Spithead verankert lagen: die Kanalflotte. Unter seinen Füßen spürte er, wie sich der plumpe Rumpf der *Queen Charlotte* nach dem Tidenstrom ausrichtete. Kurz dachte er über das Ansinnen nach, das hier an ihn gestellt wurde. Nach sechs Jahren Dienst als Zweiter Steuermann auf den Trinity-House-Yachten, welche die Seezeichen an Englands Küste warteten, kannte er zumindest den Kanal genau, auch wenn ihm der Auftrag, den der Kriegskutter *Kestrel* zu erfüllen hatte, schleierhaft blieb. Vor elf Jahren hatte er als Erster Offizier in der Kriegsmarine gedient und sich davon eine steile Karriere versprochen, aber inzwischen war er klüger geworden, verheiratet und fast schon zu alt, als daß er sich noch den schnellen Aufstieg bei der Royal Navy erhoffen konnte, der ihm einst so sicher erschienen war. Statt dessen hatte er beim Trinity House eine Arbeit gefunden, die ihn befriedigte. Trotzdem beschleunigte sich sein Puls, als Dungarth ihm erklärte, daß man ihn für den Sondereinsatz auf einem Kutter ausgewählt hatte, der unmittelbar dem Befehl der Admiralität unterstand. Die Bedeutung dieser direkten Zuordnung wurde von dem zweiten Mann im Raum nachdrücklich betont.

»Also, Mr. Drinkwater?« Earl Howes sonore Stimme riß Drinkwater aus seinem Grübeln; er hob den Blick zum großflächigen Gesicht des Oberbefehlshabers der Kanalflotte. Höchste Zeit, daß er sich zu einer Entscheidung durchrang.

»Es wäre mir eine Ehre, Herr Admiral.«

Lord Dungarth nickte zufrieden. »Freut mich, Nathaniel, freut mich sehr. Tat mir leid zu hören, daß Ihre Beförderung nicht bestätigt wurde, nachdem Hope gestorben war.«

»Besten Dank, Mylord. Ich muß zugeben, das war damals ein harter Schlag.« Im Versuch, die langen Jahre seit ihrem letzten Treffen zu überbrücken, lächelte er den Mann an, den er einst als John Devaux gekannt hatte, Erster Offizier auf der Fregatte *Cyclops*. Hatte er selbst sich ebenfalls so stark verändert? Es konnte nicht nur daran liegen, daß John überraschend den Grafentitel geerbt hatte; seine schwungvolle Spontaneität war ihm verlorengegangen. Diese ungewohnte Verschlossenheit mochte eine Auswirkung der Erhebung in den Adelsstand sein, das galt aber nicht für die Unversöhnlichkeit, die aus seinem Ton sprach; diese wirkte eher wie ein Resultat seines neuen, geheimnisvollen Aufgabenbereichs bei der Admiralität.

Einen Monat danach erhielt Drinkwater seine neuen Befehle und seine Bestallung. Der Abschied von Elizabeth fiel ihm sehr schwer. Mochte sie auch in großer Sorge sein ob seiner Versetzung auf einen Kriegskutter, so behielt sie ihren Kummer doch für sich und machte ihm nicht das Herz schwer. Es war nicht ihre Art, ihn von einer Aufgabe abzubringen, denn nicht zuletzt wegen seines zielstrebigen Eifers hatte sie sich seinerzeit in ihn verliebt; betrübt hatte sie diesen Elan schwinden sehen, als die Kriegsmarine Nat so bitter enttäuschte. Trotzdem konnte sie nicht verhindern, daß ihr der Abschied Tränen in die Augen trieb.

Drinkwaters Anbordgehen vollzog sich so unauffällig, wie es sich seine Auftraggeber bei der Admiralität nur wünschen konnten. Es war spät im Oktober, die Marschen von Tilbury lagen im Nebel, als er, auf der Suche nach einem Boot, an der Stakenreihe entlang durch den Schlamm der Hochwasserlinie stapfte. Blasentang, Stroh und verrottendes Holz erschwerten ihm das Vorankommen, ebenso die Abfälle, welche die Ufer der Themse säumten. In der Gegend von Hope fand er endlich einen Mann, der bereit war, ihn in seinem Boot überzusetzen; sie hielten auf den bleiern glatten Fluß hinaus, vorbei an einer von der Strömung umgurgelten Festmachertonne, von deren weißgekalkter Spiere sie einen Kormoran aufscheuchten. Allmählich drang blasses Sonnenlicht durch den perlmutterfarbenen Dunst und saugte ihn auf.

Wie ein Gespenst ragte plötzlich das Heck des Kutters vor ihnen aus dem Nebel, von den achteren Davits hingen Bootsfallen herab und trieben in der Tide. Drinkwater erhaschte eine kurzen Blick auf eine geschnitzte Heckreling und ein von Eichenlaub umrahmtes Namensschild: *Kestrel*. Dann kletterte er unter den gelangweilten Blicken einiger Freiwächter an Bord, fühlte einen riesigen Mast mit Baum und Gaffel über sich aufragen und sah die weiße Flagge mit dem St.-Georgs-Kreuz achtern schlaff herunterhängen. Ein kleiner, energischer Mann kam auf Drinkwater zu: etwa vierzig, mit buschigen Brauen und einem kurz angebundenen, aber nicht unhöflichen Gehabe. Er wirkte rundum tüchtig und zuverlässig.

»Was kann ich für Sie tun, Sir?« Aufmerksam huschten die blauen Augen über Drinkwaters Erscheinung.

»Guten Morgen. Ich bin Leutnant Drinkwater. Haben Sie ein Boot ausgesetzt?« Mit dem Kopf deutete er auf die leeren Davits.

»Aye, Sir. Wir haben die Gig nach Gravesend geschickt, weil wir Sie erwarteten.«

»Ich habe meine Seekiste im Fort von Tilbury gelassen. Bitte sorgen Sie dafür, daß sie so bald wie möglich an Bord geschafft wird.«

Der Mann nickte. »Ich bin Jessup, Sir, der Bootsmann«, stellte er sich vor. »Und jetzt zeige ich Ihnen Ihre Kammer.« Breitbeinig ging er nach achtern und hüpfte gelenkig über das hohe Süll eines Kajütniedergangs. An seinem Fuß stand Drinkwater in einem winzigen Vorraum; aus dem Schatten hinter der Treppe schimmerten matt Tower-Musketen und Entermesser in einem Gestell. Fünf schmale Türen führten von dem Vorraum ab, und Jessup deutete auf die achterste. »Die Kapitänskajüte ... Er is' grade an Land. Und das hier is' Ihre Kammer, Sir.« Er öffnete eine Tür an Steuerbord und ließ Drinkwater eintreten.

Auf *Kestrel* lagen die Offiziersquartiere zwischen Laderaum und Ruderschacht. Zugänglich waren sie durch den eben benutzten Niedergang, der oben an Deck unmittelbar vor der Pinne hinabführte. Die große Achterkajüte, deren Tür dem Fuß der Niedergangstreppe gegenüberlag, nahm die ganze Breite des Hecks ein. Die vier anderen Türen führten in winzige Kammern, welche die Admiralität in ihrer Großzügigkeit für die Offiziere des Kutters vorgesehen hatte. Drinkwater stellte fest, daß die achteren zwei lediglich spitz zulaufende Verschläge waren, vollgestopft mit Gerümpel und eindeutig unbe-

11

nutzt. Die beiden anderen wirkten wohnlicher. Die Backbordkammer, seiner eigenen gegenüber, war nach Jessups Auskunft »für Passagiere« gedacht. Mehr wollte er dazu offenbar nicht sagen.

Drinkwater schloß die Tür seiner Kammer hinter sich. Ein Stuhl war nirgends zu entdecken. An das Querschott aus Kiefernholz war ein kleines Bücherbord geschraubt, unter das ein winziger Klapptisch paßte, dessen Platte zugleich als Abdeckung für ein Schapp diente, das eine Pütz enthielt und wohl eine Art maritimen Nachtstuhls darstellte. Ein hölzernes Gestell für eine Flasche und ein Glas, die beide fehlten, und drei Kleiderhaken an der Innenseite der Tür – das war schon die ganze Einrichtung der Kammer. Drinkwater ging wieder an Deck.

Die Sicht war jetzt etwas besser, er konnte schon die niedrige Küstenlinie Kents erkennen. Als er Jessup auf dem Vorschiff entdeckte, ging er zu ihm und fragte ihn, ob die Gig inzwischen zurückgekehrt sei.

»Ist sie, Sir, und schon wieder weg nach Tilbury, Ihr Gepäck holen.«

Drinkwater dankte ihm und versuchte, die Neugier der Wachgänger vor dem Mast zu ignorieren. Er räusperte sich. »Vielleicht wären Sie so freundlich, mir das Schiff zu zeigen?« sagte er zu Jessup. Dieser nickte und schritt voran zum Bug.

Der lange bewegliche Bugspriet kam durch einen Eisenring am Stevenkopf binnenbords und ruhte mit seiner Hausung in der massiven Beting der Ankerwinde. Achtern davon führte ein Gang ins Vorschiff, einen langen, dunklen Raum, der bis zum Mast reichte. Der Mast selbst wuchs wie ein gewaltiger Baum aus dem Deck, umkränzt von seinen Nagelbänken, Belegnägeln, Umlenkblöcken und Tauwerkbunschen.

»Wieviel Mann Besatzung, Mr. Jessup?« erkundigte sich Drinkwater.

»Die Sollstärke ist achtundvierzig, Sir, aber im Augenblick sind wir nur zweiundvierzig . . . Hier ist die Ladeluke, Sir, sie führt nur auf eine Plattform, ein richtiges Zwischendeck haben wir nicht. Wir benützen sie als Segellast und Laderaum und schlagen darin auch die Hängematten auf.« Jessup fuhr mit der Hand übers Dollbord der Backbord-Gig, die auf der Luke stand, und schritt nach achtern. Drinkwater fielen die zerschrammten Planken der Gig auf.

»Die Boote werden hart rangenommen, wie?«

Jessup lachte kurz und trocken auf. »Aye, Sir. Und wie!«

Achtern von der Hauptluke erhob sich der Kombüsenschornstein, dann kamen das Kajüt-Skylight und der von einem bronzenen Kompaßhaus überragte Niedergang. Das Achterdeck wurde von der gewaltigen, geschwungenen Pinne beherrscht, die, mit Bronzebeschlägen gehalten, auf dem Ruderkopf gelagert war; in den Pinnenknauf war ein Vogelkopf geschnitzt, zu Ehren des Turmfalken, der dem Schiff seinen Namen gab.

Mit Besitzerstolz streichelte Jessup den scharfen hölzernen Schnabel und nickte zu einer kleinen, mit Vorhängeschlössern gesicherten Luke hinüber, die von Grätings gerahmt war und offenbar in die Achterpiek führte.

»Unser Pulvermagazin.« Jessup deutete nach vorn auf die Kanonen. »Wir haben insgesamt zwölf, Sir, zehn Dreipfünder und vorn zwei lange Vierpfünder, das gibt eine Breitseite von zusammen neunzehn Pfund. Die Länge ist zweiundsiebzig Fuß, Sir, übers Batteriedeck gemessen, und sie verdrängt hundertfünfundzwanzig Tonnen...« Er verstummte mißtrauisch, immer noch damit beschäftigt, den Neuankömmling auszuloten. »Sind Sie schon auf Kuttern gefahren, Sir?«

Drinkwater sah ihn an. Zu viel auf einmal zu erzählen, dachte er, war nicht ratsam. Jessup würde das alles noch früh genug erfahren. Bei der Frage nach seiner Vertrautheit mit Kuttern fiel ihm die Trinity-Yacht *Argus* ein; jetzt war es an ihm, ein Pokergesicht aufzusetzen.

»Du meine Güte, natürlich, Mr. Jessup. Ich habe lange auf Kuttern gedient, machen Sie sich nur keine Sorgen.«

Jessup schnaubte wortlos durch die Nase; irgendwie behielt er mit diesem Schnauben das letzte Wort, deutete damit ein geheimes Wissen an, das er mit Drinkwater nicht teilen konnte. Noch nicht.

»Hier kommt das Boot mit Ihren Plünnen, Sir.« Jessup trat an die Reling, um es anzupreien. Als wolle er seine durch den Wortwechsel bestätigte Überlegenheit unterstreichen, spuckte er kräftig in das schnellströmende Wasser der Themse.

Um die Mittagszeit des folgenden Tages kehrte der Kommandant auf sein Schiff zurück. Leutnant Griffiths nahm den Hut ab, blickte sich prüfend an Deck um und schnüffelte in den Wind. Drinkwaters militärische Begrüßung quittierte er mit einem Nicken. Der Mann war hochgewachsen, hielt sich aber gebeugt; das in traurige Falten gelegte Gesicht wurde von einer weißen Haarmähne gekrönt, die ihm etwas Patriarchalisches gab. Er stammte aus Wales, war aber ungewöhnlich schweigsam für einen Waliser und schien in Gedanken stets mit uralten Dingen beschäftigt, die keltischen, kymrischen oder gar mythischen Ursprungs sein möchten. Er war in Carnarvon geboren und hatte als Steuermann auf Sklavenschiffen gedient, mit Heimathafen Liverpool, ehe er in die Kriegsmarine gepreßt worden war. Dort hatte er es nur durch seine Tüchtigkeit weitergebracht, war vom Deckoffizier zum Offizier aufgestiegen, ohne sich dabei jene Überheblichkeit anzueignen, die viele aus dem Mannschaftsrang hervorgegangene Offiziere ihren früheren Messekameraden so verhaßt machte. Lord Howe hatte die Bestallung ausgesprochen und dabei erklärt, daß keiner in der Navy das Offizierspatent ehrlicher verdient hätte als Madoc Griffiths; dieser sei, so versicherte Seine Lordschaft in der ihm eigentümlichen, gestelzten Sprache, eine Zierde seines Berufes. Trotz seiner geschraubten Ausdrucksweise sprach der als »Black Dick« bekannte Lord damit zweifellos die Wahrheit. Wie Drinkwater bald erfahren sollte, gab es auf dem weiten Betätigungsfeld des Kutters *Kestrel* keine Ecken und Winkel, die Griffiths nicht gekannt hätte; stets blieb er Herr der Lage. Nats erster, oberflächlicher Eindruck, daß sein neuer Kommandant ein vergreistes Überbleibsel aus längst vergangenen Tagen sei, erwies sich schnell als falsch.

Seinen neuen Ersten Offizier empfing Griffiths mit Zurückhaltung. In fast schon peinlichem Schweigen prüfte er Drinkwaters Papiere, dann lehnte er sich zurück und musterte den Mann vor ihm mit kühlen Blicken.

Kurz vor seinem neunundzwanzigsten Geburtstag war Drinkwater schlank, fast hager, und von mittlerer Größe; seine braune Haut war in vielen auf See verbrachten Jahren gegerbt worden. Die hellgrauen Augen wirkten hellwach und intelligent, verrieten Konzentrationsfähigkeit und Entschlußkraft. Die Krähenfüße in den Augenwinkeln und eine helle Narbe unter dem linken Auge ließen ahnen, daß dieser Mann schon allerhand erlebt hatte. Doch die Falten, die von der geraden Nase zu den Winkeln des gut geschnittenen Mundes verliefen, waren zu tief für Drinkwaters Alter: ein Zeichen, daß sich hier ein leidenschaftliches Naturell unter Kontrolle hielt.

Gab es auch Anzeichen von Schwäche? überlegte Griffiths und musterte die hohe Stirn und den dicken braunen Haarschopf, der im Nacken zu einem Zopf gebändigt wurde. Empfindsamkeit, ja, aber keine Sinnlichkeit, dazu war das Gesicht zu freimütig. Dann begriff er: In den tief eingegrabenen Mundwinkeln lauerte ein hitziges Temperament, genährt durch Enttäuschung und verlorene Illusionen; die kühlen Augen leugneten diesen Charakterzug, aber einen Waliser konnten sie nicht täuschen. Der Mann vor ihm hielt sich eisern unter

14

Kontrolle, besaß aber eine latente Energie, deren Ausbruch zu fürchten sein mußte. Griffiths fand das ermutigend. Dieser Mann war eine Kämpfernatur, stellte er fest und entspannte sich.

»Nehmen Sie Platz, Mr. Drinkwater.« Griffiths' tiefe, ruhige Stimme paßte zu seiner archaischen Erscheinung. Er sprach langsam, betont und mit der für viele Menschen keltischer Herkunft typischen Klarheit. »Ihre Personalpapiere stellen Ihnen ein gutes Zeugnis aus. Sie haben also ein Steuermannspatent und dienten gegen Ende des Krieges mit Amerika als Kapitänleutnant, obwohl Sie in dieser Funktion nie bestätigt wurden. Warum nicht?«

»Man ließ mich wissen, daß meine Bestallung Sir Richard Kempenfelt zur Unterzeichnung vorgelegt wurde, aber...« Drinkwater dachte an die Versprechungen, die ihm Kapitän Hope gemacht hatte, als er das Linienschiff verließ, und zuckte die Schultern.

Griffiths sah hoch. »Das war die *Royal George*, wie?«

»Jawohl, Sir. Damals schien es mir nicht so wichtig...«

»Aber zehn Jahre sind eine lange Wartezeit«, ergänzte Griffiths den Satz. Die beiden Männer lächelten einander an und spürten, daß eine Hürde genommen war. »Wie dem auch sei, Sie haben sich auf den Trinity-Yachten große Erfahrung erworben, nicht wahr?«

»Ich glaube schon, Sir.« Drinkwater merkte, daß sein Kommandant mit ihm zufrieden war.

»Zu meiner persönlichen Beruhigung, mein Sohn, müssen Sie mir schwören, daß nichts, was wir beide hier bereden, über diese Kajüte hinausdringt.« Griffiths sprach leise, aber nachdrücklich, und sein Blick wurde kalt. Drinkwater drängte sich eine böse Erinnerung auf, er mußte seine Phantasie bewußt zügeln. Doch der Gedanke an ein Geheimnis, das er vor langen Jahren erfuhr und das sich als todbringend erwiesen hatte, damals in den Sümpfen von Carolina, bedrückte ihn; er seufzte.

»Sie haben darauf mein Wort als Offizier«, sagte er und erwiderte Griffiths' festen Blick. Diesem war der Schatten nicht entgangen, der kurz über Drinkwaters Gesicht gezogen war. Also auch Erfahrungen auf diesem Gebiet, dachte er zufrieden.

»Der Kutter steht unter dem direkten Befehl der Admiralität«, fuhr Griffiths fort. »Sie müssen wissen, daß wir, äh, ungewöhnliche Aufgaben haben. Wir werden zu bestimmten Zeiten an bestimmten Stellen der französischen Küste bestimmte Aufträge der Regierung ausführen.«

»Verstehe, Sir.« Aber natürlich verstand Drinkwater nichts. Um

15

nicht völlig im dunkeln zu tappen, versuchte er es mit einer Frage. »Und Ihre Befehle kommen von Lord Dungarth, Sir?«

Wieder warf ihm Griffiths einen schnellen Blick zu, und Drinkwater fürchtete fast, zu weit gegangen zu sein. Das Blut stieg ihm in den Kopf, doch Griffiths sagte: »Ah, ich hatte ganz vergessen, daß Sie ihn noch von *Cyclops* her kennen.«

»So ist es, Sir. Er wirkte sehr verändert, aber schließlich hatte ich ihn viele Jahre nicht mehr gesehen.«

Griffiths grunzte zustimmend. »Und diese Veränderung erschreckte Sie, nicht wahr?« Drinkwater nickte, Griffiths hatte abermals seine ureigenste Empfindung in Worte gefaßt. »Sie müssen wissen, daß er seine Frau im Kindbett verloren hat«, sagte der Kommandant.

Drinkwater interessierte sich nicht für Gesellschaftsnachrichten, aber es war ihm nicht entgangen, daß Dungarth Charlotte Dixon geheiratet hatte, die vielbewunderte Tochter eines auf den Handel mit Indien spezialisierten, unermeßlich reichen Kaufmanns. Und er hatte gehört, daß sogar das von George Romney gemalte Porträt ihrer Schönheit nicht gerecht wurde. Allmählich begann er zu begreifen, daß der Tod seiner Frau den einst so hochgemuten Lord verbittert und zu einem Menschenfeind gemacht hatte. Wie zur Bestätigung schloß Griffiths nachdenklich: »Ich glaube, wenn er sich nicht dem Kampf gegen die neue französische Republik verschrieben hätte, wäre er wahnsinnig geworden . . .«

Damit erhob sich der Alte und holte aus einem Schapp zwei Gläser und eine Weinkaraffe. Beim Eingießen wechselte er geschickt das Thema. »Das Schiff führt den passenden Namen, Mr. Drinkwater. Der Turmfalke, *Falco tinnunculus,* ist bekannt dafür, daß er lange über seiner Beute rüttelt und erst zustößt, wenn er sich des Erfolgs sicher ist. Er ernährt sich von Mäusen, Maulwürfen und Käfern, also von Kleinzeug, mein Junge; aber Käfer können Eichen verzehren und Mäuse eine Ernte . . .« Er schwieg und trank sein Glas leer. »Verstehen Sie, was ich damit meine?«

»Doch, äh, gewiß, Sir.«

Drinkwater füllte Griffiths' Glas.

»Ich erwähne diese Dinge aus zwei Gründen. Erstens hat Lord Dungarth eine hohe Meinung von Ihnen, weil er Sie von früher kennt und weil man Sie ihm bei Trinity House empfohlen hat. Deshalb verlasse ich mich darauf, daß Sie mein Vertrauen nicht enttäuschen. Sie werden für die Navigation an Bord verantwortlich sein. Meinungsverschiedenheiten vor einer Leeküste sind Gift bei Geheimoperationen. Verstehen wir uns?«

Drinkwater nickte, er war sich des Doppelsinns dieser Worte bewußt; sein neuer Kommandant wurde ihm immer sympathischer.

»Gut denn«, fuhr Griffiths fort. »Ihnen auch den zweiten Grund zu nennen, fällt mir etwas schwerer; ich spreche nur deshalb darüber, Mr. Drinkwater, weil die Möglichkeit besteht, daß Sie ohne Vorwarnung und vielleicht unter widrigen Umständen das Kommando übernehmen müssen...« Drinkwater runzelte beunruhigt die Stirn, aber Griffiths sprach schon weiter. »Vor vielen Jahren holte ich mir an der Küste von Gambia eine Tropenkrankheit. Seitdem leide ich hin und wieder an Fieberanfällen.«

»Aber wenn Sie krank werden, Sir, dann...«

»Kommt ein Ersatz für mich an Bord?« Unwirsch runzelte Griffiths die Brauen und wischte Drinkwaters Entschuldigung beiseite. »Hören Sie, ich habe in den letzten fünfzig Jahren kaum zwei Jahre an Land gelebt. Da werde ich mich jetzt, in meinem Alter, bestimmt nicht mehr ans Landleben gewöhnen.«

Zu Drinkwaters Erstaunen bekam der Alte plötzlich ein ganz wehmütiges Gesicht und schien sich in privaten Erinnerungen zu verlieren. Also leerte er sein Glas und erhob sich, ließ den Kommandanten in sein Weinglas starrend zurück und schloß leise die Tür.

Die weiße Nationalflagge über ihren Köpfen knatterte im frischen Wind, als der Kutter mit doppelt gerefftem Großsegel nach Luv bolzte. Die Toppsegelrah war zum Eselshaupt gefiert, die große Rah gut frei von der Fock und klar zum Fallen angebraßt. Auf halber Länge des starken Bugspriets stand der Sturmklüver so steif wie ein Brett und reflektierte, naß von Gischt, das bleierne Licht des schwindenden Tages, der sich hinter einer tintenschwarzen Kumuluswalze nach Westen zurückzog. Der Wind stand gegen den Ebbstrom und baute einen kurzen, steilen Seegang auf; grau-weiß zischten die Kämme vorbei und zerrten an dem Beiboot, das *Kestrel* nachschleppte. Doch zielstrebig schob der Kutter den runden Bug durch die Seen, dabei immer wieder Gischtflagen aufwerfend, die prasselnd über die Luvreling einkamen.

Nathaniel Drinkwater, kommissarischer Leutnant, drückte sich tiefer in seinen Ölmantel, weil ihm ständig Spritzwasser schmerzhaft ins Gesicht schlug und seine im kalten Wind erstarrten Wangenmuskeln malträtierte.

Noch einmal vergegenwärtigte er sich ihren Kurs über den Kanal, denn wenn er jetzt einen Irrtum beging, kostete ihn das bestimmt jede Chance auf die erhoffte Beförderung. Doch dann verscheuchte er diesen Gedanken und konzentrierte sich auf das Nächstliegende. Von Dover bis zu ihrem Ziel waren es fünfundsechzig Seemeilen, die sie zum Teil parallel zur französischen Küste zurücklegen mußten, einer Küste, die ihm durch die Horrorgeschichten über die blutrünstige Revolution unheimlich geworden war. Wenn es so weiterging, würden sie ihren Landfall bei Niedrigwasser machen, und das war, wie man Drinkwater eingeschärft hatte, von äußerster Wichtigkeit. Es blieb ihm ein Rätsel, warum Kapitänleutnant Griffiths diesen Punkt so beharrlich betont hatte. Obwohl sie bei dem Südwest ihr Ziel anliegen konnten, hatte Griffiths vor einer guten Stunde auf den anderen Bug wenden lassen, um mögliche Beobachter auf Gris Nez zu täuschen. Inzwischen verschwand dieses Kap achteraus im Dunst der Winternacht.

Drinkwater schauderte, teils vor Kälte, teils in einer schlimmen Vorahnung; entschlossen trat er ans Kompaßhaus. Im gelben Lampenlicht zeigte ihm die leicht schwingende Scheibe, daß ein mittlerer Kurs von Nordwest zu Nord anlag. Unter Berücksichtigung der Mißweisung segelten sie also West zu Nord. Zufrieden nickte er und ließ sich von der gedämpften Unterhaltung und dem hellen Gläserklirren, das aus dem Niedergang an sein Ohr drang, nicht weiter stören. Das seltsame Benehmen seines Kommandanten und ihres geheimnisvollen »Passagiers« konnte sein Selbstvertrauen nicht erschüttern.

Er ließ die Wache klarmachen zur Wende. Von unten klang Gelächter herauf. Griffiths hatte ihm nur die nötigsten Befehle erteilt und sich dann ganz von der Schiffsführung zurückgezogen; vielleicht wollte er seinen neuen Ersten auf die Probe stellen. Zunächst hatte Drinkwater sich brüskiert gefühlt, doch bald begriff er, daß dieses Benehmen für seinen Kommandanten typisch war. Außerdem sah der Mann, der in Deal an Bord gekommen war, nicht wie ein Spion aus. Mit seiner fülligen, untersetzten Gestalt, seinem roten Gesicht und jovialen Gehabe war er Griffiths offenbar schon seit langem ein Begriff; der Waliser bekam in seiner Gegenwart ungewöhnlich gute Laune. Was sie aber so zum Lachen brachte, konnte sich Drinkwater beim besten Willen nicht vorstellen.

»Klar zur Wende, Sir!«

Das war Jessups Stimme auf dem Vorschiff, und sie klang ein wenig herablassend. Drinkwater lächelte in die Dunkelheit.

»Pinne in Lee!« befahl er.

Mit donnerndem Großsegel luvte *Kestrel* an. Drinkwater spürte ein Vibrieren unter seinen Füßen, als der Klüver killte und den Bugspriet erzittern ließ. Dann griff der Wind in die backstehenden Vorsegel und drückte *Kestrels* Bug herum.

»Vorsegelschoten!«

Klüver und Fock knatterten laut im Wind, bis die Leeschoten dichtgeholt und die Vorsegel wieder gebändigt waren.

»Komm auf . . . Vollhalten!«

»Ist voll, Sir.« Die beiden Rudergänger legten sich mit Macht ins Zeug, als *Kestrel* auf dem neuen Bug Fahrt aufnahm, wobei das Achterliek des Großsegels nur schwach zitterte.

»Welcher Kurs liegt an?«

»Süd zu West, Sir.«

Berichtigt war das Süd zu Ost, wenn er noch zwei Strich für die Mißweisung berücksichtigte. »Sehr gut, diesen Kurs halten.«

»Süd zu West liegt an, Sir.«

Der Ebbstrom setzte hier ziemlich genau parallel zur Küste, und ihr Aufkreuzen nach West sollte sie nun weit genug nach Strom- und Windluv gebracht haben, daß sie ihr Ziel mit reichlich Manövrierraum ansteuern konnten, selbst wenn der Wind inzwischen rückdrehte. Wenigstens hoffte Drinkwater das, denn andernfalls rückte seine Beförderung in unerreichbare Fernen.

Gegen Mitternacht krimpte der Wind tatsächlich und flaute etwas ab. Drinkwater ließ die Reffs ausschütteln, bis *Kestrel* mit unterschneidender Backbordreling nach Süden preschte. Mittlerweile war er rechtschaffen müde. Seit neun Stunden ging er nun Wache, aber Griffiths machte immer noch keine Anstalten, ihn abzulösen.

Kestrel hielt jetzt auf die französische Küste zu. Drinkwater glaubte, das Land voraus in der Finsternis fühlen zu können; zu sehen war es jedenfalls nicht. Die Ebbe mußte jetzt bald auf dem tiefsten Stand sein. Drinkwater biß sich auf die Lippen, seine Besorgnis wuchs. Bei der augenblicklichen Windrichtung mußten sie die Abdeckung der steilen Klippen zwischen Le Tréport und Dieppe spüren – wahrscheinlich als erstes Zeichen unmittelbarer Landnähe. Das zweite war vielleicht der Geruch.

Bei dieser Dunkelheit und hohen Fahrt mochte *Kestrel* schon in der Brandungszone sein, ohne daß ihnen Zeit für eine Halse blieb. Besorgt schritt Drinkwater nach vorn, um den Ausguck auf der Saling anzupreien: »Wer sitzt oben?«

»Tregembo, Sir.« Die Stimme des Mannes aus Cornwall beruhigte

Drinkwater. Als einer von den sechs Leuten, die zur Komplettierung von *Kestrels* Besatzung vom Nore-Wachschiff abgezogen wurden, war Tregembo überraschend aus Drinkwaters Vergangenheit aufgetaucht. Er kannte ihn von der Fregatte *Cyclops* her, wohin Tregembo vor einer Kerkerstrafe wegen Schmuggels geflohen war. Daß er jetzt auf *Kestrel* fuhr, gehörte zu jenen Zufällen, die Drinkwater nur schwer als belanglos abtun konnte.

»Halt die Augen offen, Tregembo, hörst du?«

»Aye, aye, Sir.«

Drinkwater schritt wieder nach achtern und ließ den Kutter anluven, während gelotet wurde. Fünf Faden* Wasser unterm Kiel. *Kestrel* fiel ab und nahm wieder Fahrt auf. An Deck herrschte nun eine gespannte Atmosphäre, in deren Mittelpunkt Drinkwater stand. Jessup hielt sich verdächtig dicht in seiner Nähe. Warum, zum Teufel, kam Griffiths nicht an Deck? Fünf Faden, das hieß, sie waren schon im Flachwasser; aber schließlich gab es hier meilenweit Flachwasser. Sie konnten Gott weiß wo vor der Somme-Mündung stehen. Drinkwater unterdrückte den Anfall von Panik und kam zu einem Entschluß: Er wollte noch ein oder zwei Meilen warten und dann wieder loten lassen.

»Brandung in Lee voraus, Sir!«

Drinkwater eilte nach vorn und sprang in die durchhängenden Backbordwanten. Angestrengt starrte er voraus, konnte aber nichts erkennen. Dann endlich sah er sie, die Flecken von hellerem Grau, und bekam Herzklopfen. Krampfhaft suchte er in seinem Gedächtnis, bis es ihm einfiel: Das mußten die Ridins von Tréport sein, eine vorgelagerte Untiefe, über der bei Ebbe nur wenig Wasser stand. Allmählich begann er zu begreifen, warum ihr Landfall unbedingt bei Niedrigwasser erfolgen sollte. Für seine geringfügige Kurskorrektur berücksichtigte er einen bereits östlich setzenden Tidenstrom, parallel zur Küste. Demnach waren es noch drei Meilen bis zu ihrem Ziel.

»Verständigen Sie den Kommandanten.« Er achtete darauf, daß seine Erleichterung nicht im Ton mitschwang.

Eineinhalb Meilen vor der Küste ließ der Seegang nach, und unmittelbar darauf sahen sie den dunkleren Streifen in der Nacht: Land. Wieder auf dem Vorschiff, spähte Drinkwater durch das Dollond-Fernglas. Was er sah, überstieg seine kühnsten Hoffnungen: Links senkte sich das Steilufer zu einem schmalen Flußtal herab, nach Westen stieg das Gelände zu einem Hügel an, dem Mont Jolibois.

* 1 Faden = 1,83 m

Schwach konnte er Holzrauch riechen, das mußte das Dorf Criel sein, das sich hinter den Hügel duckte, zu beiden Seiten der Straße von Tréport und Eu nach Dieppe, die hier den Fluß querte.

»Sapperlott, Mr. Drinkwater, das haben Sie gut gemacht.« Griffiths' Stimme klang herzlich, und Drinkwater entspannte sich erleichtert. Offenbar hatte er die Probe bestanden. Nun gab der Kommandant leise die nötigen Befehle. Das Großsegel wurde skandaliert, die Fock backgesetzt. Sie holten das nachgeschleppte Beiboot längsseits und lenzten es trocken. Drinkwater stand an der Reling, als der in einen weiten, dunklen Umhang gehüllte britische Agent zu ihm trat und zum Land hinüber starrte.

»Ihr Glas, Sir, geben Sie mir Ihr Glas!« Die Stimme war befehlend, fast anmaßend, alle Bonhommie daraus verschwunden.

»Gewiß, Sir, sofort.« Er holte das Glas aus seiner Manteltasche und reichte es dem Mann. Der suchte schweigend den Strand ab und gab es dann zurück. Griffiths erschien.

»Sie übernehmen das Boot, Mr. Drinkwater, und setzen unseren Gast an Land.«

Es dauerte einen Moment, bis Drinkwater begriff, daß er immer noch nicht Feierabend machen konnte. Die Besatzung drängte sich schon in die längsseits dümpelnde Gig. Matt schimmerte Metall, wo Jessup Handwaffen ausgab. »Pistole und Entermesser, Sir.« Erfreut hörte Drinkwater aus seiner Stimme eine Wärme heraus, die früher nicht dagewesen war. Er nahm von Jessup eine Pistole entgegen, lehnte aber das Entermesser ab. Schnell hastete er noch einmal unter Deck, wobei er im gelben Lampenschein die Lider zusammenkniff, um seine Nachtsicht nicht zu verlieren, und stieß die Tür zu seiner Kammer auf. Dahinter ertastete er seinen französischen Degen. Den schnallte er sich um und eilte zurück an Deck.

Als sich das Boot dem Strand näherte, wuchs der Mont Jolibois immer drohender über ihnen empor. Links sah Drinkwater weißes Wasser, wo die Brandung um die Felsen von Muron schäumte. Jetzt war er dankbar, daß Griffiths auf einer Landung bei Niedrigwasser bestanden hatte. So wurden möglichst viele Gefahrenstellen erkennbar, konnten ihnen Deckung und einen gewissen Sicherheitsspielraum geben, falls sie strandeten. Vorn lotete der Buggast schon mit dem Bootshaken die Wassertiefe.

»Grund, Sir!« zischte er, und im nächsten Augenblick setzte das Boot auf, hob sich noch einmal und lief dann endgültig auf. Ohne daß der entsprechende Befehl fiel, kamen die Riemen leise polternd ein, und zu Drinkwaters Erstaunen sprang die gesamte Crew über Bord und stabilisierte das Boot. Dann hoben sie es in einem gemeinsamen Kraftakt an, dessen Perfektion nur langer Übung zu verdanken war, und drehten es mit dem Bug zur See. Drinkwater kam sich auf seiner Ducht wie ein überflüssiger Narr vor, als er so dasaß und wieder dorthin blickte, wo sie hergekommen waren.

»Fertig, Sir.« Die Stimme ließ ihn herumfahren. Hinter ihm erhob sich der Passagier und krabbelte auf den Rücken eines Seemanns, der daneben im Wasser stand. Ein kleiner Brecher hob das Boot noch einmal an und warf es krachend wieder auf den Sand. Mit dem Agenten auf dem Rücken watete der Seemann zum Strand; Drinkwater ließ sich nicht erst bitten, streifte seine Schuhe ab und folgte ihnen spritzend mit der Reisetasche. Oben auf dem Strand setzte der Seemann seine Last im Trockenen ab, und der Agent zupfte seinen Umhang zurecht.

»Reine Routine«, sagte er mit einem Anflug seines alten Humors und griff nach der Tasche. »Stiefel mit eingetrockneten Salzrändern haben die unangenehme Eigenschaft, die Herkunft ihres Trägers zu verraten.« Er hob die schwere Tasche an. »Also dann, *bonsoir, mon ami,* und vielen Dank.«

»Gute Nacht«, sagte Drinkwater zum Rücken der Gestalt, die schon in die dräuende Dunkelheit verschwand, hinter der sich das revolutionäre Frankreich verbarg. Eine Weile starrte er ihm noch nach, dann trottete er zum Boot.

Mit deutlicher Erleichterung pullte die Crew zum Kutter zurück – als hätte der Schatten der Guillotine sie gestreift, als wären sie dem Terror, der das nachtdunkle Land regierte, nur knapp entkommen. Müde kletterte Drinkwater an Bord und meldete sich bei Griffiths zurück.

Der Kapitänleutnant nickte. »Und jetzt sollten Sie ein bißchen Schlaf nachholen«, sagte er. »Übrigens, Mr. Drinkwater . . .«

»Sir?« Drinkwater drehte sich im Niedergang noch einmal um.

»*Da iawn,* Mr. Drinkwater, *da iawn.*«

»Pardon, Sir?« Drinkwater kämpfte gegen seine Erschöpfung an.

»Gut gemacht, Mr. Drinkwater, sehr gut gemacht. Ich freue mich, daß mein Vertrauen in Sie nicht enttäuscht wurde.«

ZWEITES KAPITEL

Dezember 1792

Erster Blutzoll

Nicht alle ihre Einsätze liefen so glatt. Manche Nacht schien ihnen endlos, wenn sie am vereinbarten Treffpunkt vergeblich warteten, wenn das in Höhe der Wasserlinie abgebrannte Blaufeuer unaufhörlich prasselte und zischte, aber niemand erschien. Stundenlang starrten sie sich fast die Augen aus dem Kopf und setzten all ihre Kraft und ihr Können ein, um den Kutter vor der Küste stationär zu halten – ohne Erfolg. Sie froren und hungerten und unterdrückten nur mit knapper Not einen Wutausbruch. Einmal entstand unvermutet Aufregung, als *Kestrel* bei schlechter Sicht mitten im Kanal ein fremdes Rendezvous störte. Unter dem Geschrei französischer und englischer Stimmen strebten die beiden Boote eilig auseinander; schnittige Luggersegel stiegen ruckartig an den Masten empor, in der wachsenden Lücke zwischen den Booten platschte es wie von versenkten Fässern. Zum Schein feuerte *Kestrel* ihre Bugkanonen auf die fliehenden Schmuggler ab, um weiterhin die Rolle des Zollkutters zu spielen.

Einmal fuhren sie selbst einen zweifelhaften Einsatz. Griffiths schickte zwei Boote aus, die vor St. Valéry nach Markierungsbojen suchen sollten, während *Kestrel* draußen immer wieder anluvte und abfiel, von Griffiths geschickt und geduldig auf Position gehalten. Drinkwater saß in dem einen Boot und überprüfte mit Doppelwinkelpeilung zu zwei Kirchtürmen und einer Windmühle wiederholt ihren Standort, rief heiser seine Anweisungen zum zweiten Boot hinüber und wischte sich die vor Überanstrengung tränenden Augen, die abwechselnd die nahe Winkelskala und Jessups ferne Armsignale erkennen mußten. Stundenlang kämmten die beiden Boote mit ihren Suchankern den Meeresboden ab, bis sie endlich fündig wurden. Was die kleinen Fässer wirklich enthielten, bekam Drinkwater nie heraus. Griffiths grinste nur, als er ihm Vollzug meldete. Möglicherweise waren es einfach Cognacfässer gewesen; Griffiths war ein Mann, dem viele Geheimnisse anvertraut wurden, da mochte er einmal der Versuchung erlegen sein, persönlich davon zu profitieren. Schließlich war das nur beste Marinetradition, dachte Drinkwater, denn auch er selbst hatte der Handvoll Goldmünzen nicht widerstehen können, die er auf der im letzten Krieg eroberten Fregatte *Algonquin* fand. Irgendwie war es beruhigend, daß sogar Griffiths eine Schwachstelle hatte – abgesehen davon, daß er gern zur Flasche griff. Jedenfalls fehlte es auf *Kestrel* nie an hochprozentigen Muntermachern; Griffiths geizte auch nicht mit einem guten Schluck, im Gegenteil, er behauptete mit listig funkelnden Augen, daß eine volle Flasche einem Mann mehr Freude bereite als jede Frau.

»Eine Frau, mein Sohn, löst dir nie so die Zunge wie eine Flasche. Sie saugt dich aus, nicht umgekehrt. Eine Flasche dagegen macht dich voll, wärmt dir den Bauch . . .« Er seufzte tief auf.

Drinkwater mußte lächeln. In den fünfzig Jahren, die der Ärmste nun zur See fuhr, hatte er nur die flüchtige Liebe von Hafendirnen kennengelernt. Er aber hegte stumm seine kostbaren Erinnerungen an Elizabeth und fühlte sich als Glückspilz. Trotzdem schlug er den Cognac nicht aus, der seit St. Valéry immer wieder aus der Versenkung erschien.

So ließen Griffiths auch die weiblichen Passagiere völlig kalt, Flüchtlinge, die *Kestrel* manchmal von französischen Fischerbooten übernahm und die unter der Kutterbesatzung eine Welle der Begehrlichkeit auslösten. Irgendwie schafften es diese jammervollen Kleiderbündel, die unter den spöttischen Blicken der Zuschauer schwerfällig über die nach Fisch stinkende Verschanzung in die wartenden Boote kletterten, die vorbildliche Disziplin auf *Kestrel* unweigerlich ins Wanken zu bringen. Einzig Griffiths blieb unberührt, sogar verächtlich, und freute sich, wenn die Frauen in England wieder ausgebootet wurden.

Während ihr Dienst sie von einem seltsamen Rendezvous und abgelegenen Landeplatz zum nächsten führte, arbeitete Drinkwater geduldig die Details seiner Navigation aus. Tidenkalender, Distanzen und die Unberechenbarkeit des Wetters hielten ihn auf Trab. Trotzdem beschäftigten die kurzen Einblicke in die Abgründe menschlicher Leidenschaften wie Angst, Haß und Gier seine Neugier und seine Phantasie. Denn all dies spiegelte sich in den Augen der französischen Fischer wider, wenn sie ihre lebende Fracht übergaben. »Wir stinken vielleicht nach Fisch«, sagte einmal ein riesiger Bretone zu ihm, »aber ihr stinkt nach Angst.«

Im Lauf der Zeit erwarb sich Drinkwater Schritt für Schritt ein aus den Vorgängen abgeleitetes Wissen, das über seine blinde Pflichterfüllung als Marionette hinausging. Nachdem er lange scheinbar sinnlos mit dem Mondkalender jongliert hatte, zeigte ihm Jessup eines Tages mit verschwörerischem Zwinkern eine Hummerreuse voller Tauben. Schweigend holte er eine davon heraus und deutete auf die kleine Messinghülse, die an einem Bein des Vogels befestigt war. »Ah, verstehe«, sagte Drinkwater und wußte die neue Information ebenso zu schätzen wie Jessups Vertrauensbeweis. Die Kette der Geheimnisse wuchs um ein weiteres Glied, als er sah, wie die Taubenreuse in der Bünn eines französischen Fischkutters verschwand, mit dem sie sich vor Dieppe getroffen hatten.

An einem sonnigen und eiskalten Dezembernachmittag, als ihre Gig sie auf dem Kieselstrand unterhalb von Walmer Castle absetzte, gab ihm Griffiths einen neuen Vertrauensbeweis. Zwischen den Bäumen zu Füßen der Bastion trat Lord Dungarth mit zwei Fremden hervor, die untereinander französisch sprachen. Sie gingen in die Kasematten, und Drinkwater breitete seine mitgebrachten Seekarten auf einem Tisch aus; dann zog er sich zurück, während Dungarth, Griffiths und der lebhaftere der beiden Fremden sich über die Karten beugten.

Drinkwater wandte sich nach dem anderen Franzosen um. Der Mann saß stocksteif da und starrte ihn mit leeren, aber intensivem Blick so aufmerksam an, als sähe er vor sich nicht Drinkwater, sondern ein Spiegelbild böser Erinnerungen. Bei diesem Anblick lief Drinkwater ein kalter Schauer über den Rücken. Unwillkürlich wollte er sich schütteln, beherrschte sich aber und trat zum Fenster.

Im fast waagrechten Licht des Wintertages lag der Vordergrund draußen im Schatten: die schwarzen Kanonen auf ihrer runden Bastion, die Bäume, die Reste des Wassergrabens und der Kieselstrand. Doch weiter draußen glitzerte die See mit Millionen reflektierter Lichtsplitter, so daß der Schiffsverkehr in den Downs gestochen scharf zu erkennen war. Hinter dem mattschwarzen Rumpf und den glänzenden Spieren von *Kestrel* machten mehrere Indienfahrer mit schon windgefüllten Toppsegeln klar zum Auslaufen, während auf der Reede von Deal eine Fregatte und ein Linienschiff dritter Kategorie verankert lagen. Die hohen, spitzen Luggersegel der Deal-Pünten und -Prähme kündeten davon, daß die ortsansässigen Händler fleißig ihren legalen, das Tageslicht nicht scheuenden Geschäften nachgingen. Fern am Horizont legte die französische Steilküste einen weißen

Riegel quer über die Kimm.

Ein scharfer Wortwechsel hinter ihm rief Drinkwater in die Wirklichkeit zurück. Griffiths schüttelte den Kopf, die Augen unter den schweren Lidern verborgen. Der Fremde redete eifrig auf Griffiths ein. Aus der Distanz erinnerte das Zucken seiner Arme Drinkwater an einen verzweifelten Frosch. Aber die gespannte Atmosphäre im Raum erstickte sein aufflackerndes Amüsement. Der schweigende Mann hatte sich nicht gerührt.

Dungarth beruhigte den Franzosen in seiner Muttersprache, dann nahm er sich Griffiths vor. Dieser schüttelte immer noch den Kopf, doch wurde er unter Dungarths scharfem, gebieterischem Ton zusehends unsicher. Drinkwater meinte, einen Blick auf den alten John Devaux zu erhaschen; dessen ansteckende Energie hätte früher Berge versetzen können.

Griffiths hob beschwichtigend die Hand. »Also gut, Mylord«, grollte er. »Aber nur unter Protest. Und unter der Voraussetzung, daß dort kein Schwell steht.«

Dungarth nickte. »Prächtig, prächtig.« Nach einem Blick aus dem Fenster setzte er hinzu: »Da der Wind auf Nordost umspringt, wird es keinen Schwell geben. Aber Sie müssen noch heute abend auslaufen . . . Mr. Drinkwater, wie schön, Sie wiederzusehen! Leisten Sie uns bei einem Glas Wein Gesellschaft, ehe Sie aufbrechen. Madoc, tun Sie mir den Gefallen und lassen Sie Drinkwaters Post mit Ihrer eigenen abgehen, ich lasse sie wie üblich gratis befördern . . . *Messieurs* . . .«
Damit wandte sich Dungarth an die Franzosen und erläuterte ihnen, zu welcher Vereinbarung sie gekommen waren. Drinkwater fiel auf, daß sich der Ausdruck des stumm Dasitzenden fast unmerklich veränderte; man konnte es als angedeutete Zustimmung auffassen. Wieder lief es Drinkwater kalt über den Rücken.

Weder der Wein noch die willkommene Gelegenheit, Elizabeth zu schreiben, hoben Drinkwaters Stimmung, als er mit Griffiths an Bord zurückkehrte. Die lichtübergossene Landschaft mit der dunklen Burg im Hintergrund, die verzweifelte Beharrlichkeit des Franzosen, der gespenstische Eindruck, den sein Gefährte machte, und vor allem Griffiths vergebliche Weigerung ließen in Drinkwater die Überzeugung wachsen, daß ihr Schicksal sie diesmal ereilen würde.

Die fanatischen Machthaber in Frankreich mußten inzwischen auf *Kestrel* aufmerksam geworden sein und sie früher oder später abfangen. Drinkwater brauchte sich nicht erst von Griffiths daran erinnern zu lassen, daß er sich als britischer Offizier widerrechtlich in französischem Hoheitsgebiet aufhielt. Als er sich nach dem Schicksal seines Vorgängers erkundigte, hatte Griffiths nur beiläufig die Schultern gezuckt.

»Ach, er war eben sorglos, hat die einfachsten Vorsichtsmaßnahmen vernachlässigt. Er starb kurz nachdem wir ihn an Land gesetzt hatten.«

Als *Kestrel* sich von der Tide durch die Gezeitenstromschnellen von Alderney tragen ließ und in Luv die hohe Silhouette von Cap de la Hague sichtbar wurde, hatte Drinkwater seine schlimmen Vorahnungen immer noch nicht abgeschüttelt. Die See floß gurgelnd und zischend an Steven und Bordwand ab, der stete Nordost schob den Kutter schnell nach Süden, bis sich an Backbord die Bucht von Vauville langsam vor ihnen öffnete und schließlich im Lauf der Nacht die niedrige Landspitze von Cap Flammanville querab erschien.

Da Griffiths sich ungewöhnlich oft an Deck aufhielt, schloß Drinkwater, daß er seine Bedenken teilte. Einmal blieb er mehrere Minuten neben ihm stehen und schien sich aussprechen zu wollen. Doch dann überlegte er es sich offenbar anders und ging weiter. Drinkwater hatte von der Unterhaltung in Walmer Castle nur so viel mitbekommen, daß ihr nächtlicher Einsatz ungewöhnlich riskant war; woher die Gefahr rührte, ahnte er nicht.

Es war eine finstere, aber klare und kalte Neumondnacht. Die Sterne funkelten mit dem scharfen, eisigen, fast bläulichen Glanz der nördlichen Hemisphäre. *Kestrel* mußte jetzt die Bucht von Sciotot querab haben, deren südliche Landspitze die Pointe du Rozel bildete, hinter der sich ein niedriger, von Dünen gesäumter Strand bis zu dem sechs Meilen entfernten Carteret erstreckte. An diesem weiten Sandstrand, südlich der Untiefe von Surtainville und nördlich der Felsen von Rit, lag ihr Treffpunkt. »Auf der Breite von Beaubigny«, hatte Griffiths gesagt, wobei er sich auf ein Dorf bezog, das eine Meile landeinwärts hinter den Dünen lag. »Und ich bete zu Gott, daß die See ruhig ist«, hatte er hinzugefügt. Drinkwater teilte seine Besorgnis. Im Westen lag der ewig unruhige Atlantik und schickte ihnen seinen Schwell, der von den Kanalinseln und ihren Riffen nur unwesentlich gemildert wurde. Vor dem Strand von Beaubigny mußte eigentlich immer starker Seegang herrschen, dessen Brandung erbarmungslos auf den steinharten Sand eindrosch. Drinkwater konnte nur inständig hoffen, daß der jetzt seit zwei Wochen wehende Nordwind seine Wirkung getan hatte und daß eine glatte See ihr Anlanden ermöglichen würde.

Er beugte sich über die abgeschirmte Laterne im Niedergang. Die letzten Sandkörner liefen durch das Halbstundenglas, er drehte es um und warf noch einmal einen Blick auf seine Kalkulationen. Dann wandte er sich an Griffiths.

»Nach meiner Rechnung, Sir, sind wir jetzt klar von der Surtainville-Barre.«

»Sehr gut, dann halten wir also auf Land zu. Lassen Sie alle Mann an Deck rufen.«

»Aye, aye, Sir.« Nat wandte sich zum Vorschiff.

»Mr. Drinkwater . . . Überprüfen Sie noch einmal die Boote. Jetzt gleich. Ich lasse das zweite Gig aussetzen, sobald Sie abgestoßen haben. Und, Mr. Drinkwater . . .«

»Sir?«

»Nehmen Sie zwei geladene Hakenbüchsen mit . . .« Griffiths ließ den Satz unbeendet.

Drinkwater schritt im nassen, festen Sand unruhig auf und ab. Unter dem Sternenhimmel dehnte sich der Strand weit nach Norden und Süden. Landeinwärts stellte die hellere Wellenlinie der Dünen den Beginn des revolutionären Frankreichs dar. Doch hier unten, an der Grenze zwischen der Hoch- und der Niedrigwasserlinie, stand er in einer Art Niemandsland. Hinter ihm schlug das wartende Gig leise polternd auf den Sand. Zum Glück gab es wirklich kaum Brandung.

»Das Wasser steigt schon wieder, Sir.« Tregembos Stimme klang nervös. Litt auch er unter Vorahnungen?

Drinkwater schoß der Gedanke durch den Kopf, daß es irgendwie irrational, sogar absurd war, mitten in der Nacht auf einem französischen Strand herumzustehen, ohne zu wissen, worauf er wartete. Um sich abzulenken, dachte er an Elizabeth. Sie mußte längst schlafen – ohne zu ahnen, wo er sich befand, daß er fror und sich in seiner exponierten Lage ziemlich fürchtete. Er sah sich nach seinen Leuten um; sie hockten eng zusammengedrängt um das Boot.

»Keine Angst, ihr könnt euch verteilen«, sagte er. »Das Terrain ist viel zu offen für einen Überraschungsangriff.« Aber seine logischen Worte waren ihnen kein Trost, sie hörten nur heraus, daß er ebenfalls nervös war. Während er noch zu ihnen hinblickte, erstarrten sie; er spürte seine Handflächen feucht werden und hielt den Atem an.

Pferdehufe dröhnten und Zaumzeug klapperte, wurde lauter und schien sich nach Süden zu entfernen. Doch dann wurden sie plötzlich von einem leichten Landauer fast überrannt, der im seichten Wasser, das seine Spuren verwischte, herangepprescht kam. Die Überraschung war auf beiden Seiten groß. Das schrille Wiehern der sich aufbäumenden Pferde wurde übertönt von den entsetzten Aufschreien der Seeleute, die sich beiseite warfen.

Holz splitterte, und Drinkwater fuhr herum. Das eine scheuende Pferd war mit dem Huf durchs Dollbord ihres Bootes gebrochen, stampfte und scharrte jetzt verzweifelt, um sich zu befreien, und vergrößerte noch den Schaden. Drinkwater schlug mit der flachen Degenscheide nach dem Tier, packte es am Zaumzeug und riß seinen Kopf herum, weg von dem Gig.

Ein Mann war aus dem Landauer gesprungen. »*Êtes-vous anglais?*« fragte er.

»Jawohl, *m'sieur.* Wo, zum Teufel, haben Sie so lange gesteckt?«

»*Pardon?*«

»Wie viele – *combien hommes?*«

»*Trois hommes et une femme,* aber ich spreche englisch.«

»Dann machen Sie, daß Sie ins Boot kommen. Werden Sie verfolgt?«

»*Oui,* ja, mein Begleiter, er ist, äh, *blessé...*« Er suchte nach dem englischen Wort. »Verwundet.«

»Schwer?«

»Ja, von Jakobinern aus Carteret.«

Drinkwater unterbrach ihn, der Mann stand noch unter Schock, außerdem war er jung und kurz vor dem Zusammenbruch.

»Steigen Sie ins Boot.« Er deutete auf das Gig und rief seinen Leuten Befehle zu. Aus dem Landauer stiegen jetzt zwei Gestalten, ein Mann und eine Frau, und blieben unsicher stehen.

»Ins Boot! Schnell ins Boot!«

Da begannen beide gleichzeitig zu sprechen, und der Mann wandte sich noch einmal dem offenen Wagenschlag zu. Ungeduld und Zorn hatten Drinkwaters Furcht vertrieben, er rief zwei Seeleute heran, die den verwundeten dritten Mann aus der Kutsche hoben, und stieß selbst den noch zögernden Flüchtling zum Wasser. »*Le bateau, vite! Vite!*«

Rauh riß er die Frau von den Füßen, packte sie sich – überrascht von ihrer Leichtigkeit – auf die Arme und scherte sich nicht darum, daß sie, wütend über diese gewaltsame Vertraulichkeit, den Atem einsog und sich versteifte. Als er sie ohne Umstände ins Boot warf, strafte schwacher Lavendelduft sein schnödes Verhalten mit Verachtung.

Aber er wandte sich schon seinen Leuten zu, die sich mit dem verwundeten Franzosen abmühten. »Beeilt euch!« Und zu den anderen: »Macht das Boot klar!« Alle packten zu, als ein hoher Brecher heranrauschte und ungeduldig an ihren Beinen zerrte.

»Verdammter Schwell«, schimpfte jemand, »kommt mit der Flut.«

»Und unser Gepäck, *m'sieur?*« Das war der zweite Mann, der offenbar seine Geistesgegenwart wiedergefunden hatte.

»Zur Hölle damit! Setzen Sie sich hin!«

»Aber das Gold . . . Und meine Papiere, *mon Dieu!*« Er krabbelte schon übers Dollbord ins Wasser. »Sie haben meine Papiere vergessen!«

Doch nicht den Dokumenten galt Drinkwaters Aufmerksamkeit. »Gold? Welches Gold?« fragte er.

»Es ist noch in der Kutsche, *m'sieur«,* murmelte der andere und schob sich an ihm vorbei.

Drinkwater fluchte laut. Also das steckte hinter diesem irrwitzigen Einsatz: klingende Münze! Ein Privatvermögen? Royalistenkapital? Oder Regierungsgeld? Es machte keinen Unterschied. Gold war Gold, und deshalb rannte der verdammte Narr jetzt noch einmal zum Landauer zurück. Drinkwater folgte ihm, drängte sich in den offenen Wagenschlag und warf einen Blick ins Innere. Zwei Stahlkassetten standen, im Düsteren kaum sichtbar, auf dem Boden.

»Tregembo! Poll!« rief Drinkwater zum Boot. »Ihr nehmt die eine Kiste. Und Sie, *m'sieur,* helfen mir mit der zweiten.«

Taumelnd unter der Last, keuchten sie zum Boot zurück und hievten die Kassetten an Bord. Das Gig arbeitete jetzt schon viel heftiger, es wurde von der Brandung immer wieder hochgehoben und hart aufgesetzt. Zischend leckte die Flut den Strand hinauf. Und dann hörten sie Geschrei aus der Richtung von Carteret. Der Sand begann unter zahlreichen Pferdehufen zu beben: Dragoner!

»Schiebt das Boot ins Wasser! Schnell!« Noch einmal rannte Drinkwater zum Landauer zurück, vorbei an dem Franzosen, der mit einer großen Leinenmappe unterm Arm ins Boot taumelte. An der Kutsche griff Drinkwater nach oben zum Bock und löste die Bremse. Dann lief er nach vorn, zog das Gespann herum und versetzte dem Pferd neben sich einen Hieb mit dem Degen; er sah Blut dunkel aufglänzen, dann gellte ihm ein entsetztes Wiehern ins Ohr, als beide Pferde durchgingen. Drinkwater sprang vor den mahlenden Rädern beiseite.

Wasser spritzte hoch auf, als er zum Boot rannte, dessen Steven gerade eine Welle durchschnitt; sie hatten schon die Riemen draußen und begannen anzurudern. Gurgelnd umspülte die See Drinkwaters Schenkel, dann warf er sich übers Dollbord. Ein Splitter bohrte sich in seine Hand und erinnerte ihn schmerzhaft an den Schaden, den das Pferd angerichtet hatte. Eine Weile lag er nur da, schnappte nach Luft und war sich vage bewußt, daß die Kutsche, dem Geschrei und Gewieher nach zu urteilen, geradewegs in die Verfolger hineingerast sein mußte. Dann pfiffen einige Kugeln über ihre Köpfe; aus dem zweiten, draußen wartenden Boot wurden sie angerufen, ob sie Hilfe benötigten. Drinkwater hob verneinend die Hand; neben ihm hatte sich ein Seemann erhoben, der jetzt die Hakenbüchse abfeuerte. Drinkwater warf sich herum und starrte achteraus. Keine zehn Meter hinter ihnen, in der Brandung, bäumte sich ein Pferd auf und warf seinen Reiter ab; beide waren von der Kartätschenladung getroffen.

»Pullt, Männer, pullt – zugleich! Wir haben's bald geschafft!« Doch ein Aufblitzen und ein Krachen straften ihn sofort Lügen. Eine Sechspfünder-Kugel prallte drei Meter entfernt von den Wellenkämmen ab: Die Dragoner hatten ein Feldgeschütz!

»Pullt, ihr Memmen, pullt!« Aber die Männer mußten nicht angefeuert werden, sie ruderten, daß sich die Riemen bogen.

Wieder ein Krachen, gefolgt von einem Splitterhagel. Schreie, Gebrüll, und dann scherte das Boot unkontrolliert nach Steuerbord aus. Die Frau stand im Heck und schrie in Richtung Strand, wobei sie sich vor Wut mit den Fäusten gegen die Seiten trommelte. Das Feldgeschütz war mit Kartätschenkugeln geladen und hatte ihnen die Steuerbordriemen weggeschossen. Das Boot trieb, ein hilfloses Wrack, durch die Brandung zum Strand zurück.

Doch dann kam von See her die Antwort, ein Aufblitzen und das Heulen einer tief gezielten Kugel: *Kestrel* hatte Feuer eröffnet. Eine Minute danach nahm sie das wartende Boot in Schlepp.

Drinkwater feuerte seinen nassen Mantel in eine Ecke der Achterkajüte. Erschöpfung und Zorn verzehrten ihn. Daß er die von Griffiths übertragene Aufgabe so schlecht bewältigt hatte, verbitterte ihn und verschärfte seine Reaktion: zwei Tote, drei Verwundete, ganz abgesehen dem Franzosen, der auf dem Kajütstisch lag. Das war ein hoher Preis für eine Handvoll Flüchtlinge und zwei Kassetten mit gelbem Metall.

»Gehen Sie unter Deck und sehen Sie nach den Verwundeten«, hatte Griffiths ihn angewiesen. Drinkwaters Protest unterband er mit dem Zusatz: »Im Steuerbord-Wandschrank finden Sie eine Schatulle mit chirurgischen Instrumenten.«

Drinkwater holte die Schatulle heraus, suchte darin nach einer Pinzette und zog sich den Splitter aus der Handfläche. Sein Zorn wurde weggespült von Schmerz, der ihn wie eine Welle durchflutete, er schwankte, wurde sich aber allmählich der Frau bewußt, deren Augen ihn aus dem Schatten der Kapuze beobachteten. Unter ihrem Blick riß er sich zusammen, dankbar für ihren stabilisierenden Einfluß, aber gleichzeitig ärgerte ihn ihre Anwesenheit; ihm fiel wieder die Feindseligkeit ein, mit der sie sich hatte ins Boot tragen lassen.

Zwei Männer wankten in die Kajüte, Becken mit überschwappendem heißem Wasser in Händen. Drinkwater legte den Rock ab, rollte seine Hemdsärmel auf und griff sich eine Flasche Kognak vom Wandbord.

Dann wappnete er sich für sein Vorhaben. Über ihm pendelte die Petroleumlampe bei den Bewegungen des Kutters, der sich mit einem langen Luvschlag nach Norden arbeitete; Licht und Schatten tanzten wild durch die Kajüte. Die Blicke der anderen im Rücken, beugte sich Drinkwater über den Franzosen auf dem Kajütstisch; die Frau stand schwankend hinter ihm, schien ihre relative Sicherheit immer noch nicht akzeptieren zu wollen. Ihre Begleiter hatten sich erleichtert und erschöpft auf das Wandsofa geworfen.

»Einer von Ihnen muß mir helfen«, sagte Drinkwater zu den beiden. *»Vite, m'aidez!«*

Er füllte ein Glas zur Hälfte mit Kognak, nahm selbst einen Schluck und reichte es an den Älteren der beiden weiter, der sich ihm als Helfer anbot; der Mann trank gierig.

»Schneiden Sie ihm die Kleider vom Leib. Mit einem Messer... Haben Sie mich verstanden?« Der Franzose nickte und machte sich ans Werk. Drinkwater rief sich die Gestalt des Chirurgen Appleby ins Gedächtnis und einiges von dem, was er vor einer halben Ewigkeit im stinkenden Lazarett von *Cyclops* zum Besten gegeben hatte. Was er davon noch wußte, schien ihm verzweifelt wenig, deshalb goß er sich Kognak nach, wobei er den feindseligen und verächtlichen Blick der Frau spürte. Als der Alkohol in seiner Kehle brannte, schüttelte er sich und ignorierte die Arroganz dieser Frau.

Er beugte sich über den Verwundeten. »Wer ist das eigentlich?« fragte er.

»Sein Name, *m'sieur«,* sagte der ältere Franzose und machte sich eifrig mit dem Messer zu schaffen, »ist Tocqueville, Comte de

Tocqueville. Ich bin Auguste Barrallier, ehemals Besitzer der Werft in Brest . . .« Er riß dem Verwundeten einen Rockärmel ab, »und der junge Mann hinter Ihnen heißt Etienne Montholon. *Mam'selle* ist seine Schwester Hortense.« Die junge Frau holte scharf Luft, entweder weil sie Barralliers Auskunftsfreudigkeit mißbilligte, oder weil Barrallier des Grafen Hemd zerriß und seine blutige linke Schulter entblößte. De Tocqueville stöhnte auf, hob schwach den Kopf und öffnete die Augen. Dann fiel sein Kopf wieder zurück. »Er hat viel Blut verloren«, sagte Drinkwater, dankbar für die Bewußtlosigkeit seines Patienten.

Barrallier warf die blutgetränkten Kleider beiseite. Drinkwater wusch Schulter und Brust des Grafen; mehr Blut sickerte aus dem offenen roten Fleisch und verunsicherte ihn.

»Die Araber waschen Wunden mit Wein aus, *m'sieur*«, schlug Barrallier leise vor. »Vielleicht können Sie etwas Kognak dafür erübrigen, ja?«

Drinkwater griff nach der Flasche.

»Man hat auf ihn geschossen . . .« Der jüngere Franzose war herangetreten und sprach jetzt zum ersten Mal. Dabei konstatierte er das Offensichtliche mit der für unsichere Menschen typischen Nervosität. Drinkwater blickte zu dem hübschen Gesicht auf: knapp zwanzig Jahre alt.

Dann schob er die Hand unter die Schulter des Grafen; er konnte die Kugel unter der Haut ertasten. Entschlossen kratzte er die Wundränder sauber, um eventuelle Stoffasern zu beseitigen, und goß dann den ganzen restlichen Kognak darüber. Aus dem Arzneischrank suchte er sich einen Topf mit bläulicher Salbe heraus, die schmierte er über die Wunde, deckte sie mit einem Mullbausch ab und machte ein Polster aus dem Hemd des Grafen.

»Drücken Sie das auf die Wunde, während wir ihn umdrehen.« Drinkwater nickte Barrallier zu, der mit blutbeschmierten Händen zugriff, dann sah er Montholon an. »Und Sie übernehmen die Beine, *m'sieur*. Zuerst übereinanderschlagen – gut. Und jetzt: zugleich!«

Sie stemmten sich gegen die Krängung des nach Luv ansteigenden Decks und rollten Tocqueville wie einen Sack herum. Drinkwaters Zuversicht wuchs, der Kognak tat seine Wirkung. Ein hyperaktiver Teil seines Gehirns überwand die Lähmung, die der Schock ausgelöst hatte, und begann, sich neugierig mit den Passagieren zu beschäftigen.

»Sie sind gerade noch rechtzeitig entkommen«, sagte er, in Gedanken mit der bläulichen Beule beschäftigt, die er neben dem Schulterblatt des Verwundeten ertastete. Deshalb überraschte ihn das scharfe Zischen, mit dem die Frau empört Luft holte. Es war so voller Haß, daß Drinkwater irritiert hochblickte.

Sie hatte die Kapuze abgestreift, das tanzende Licht warf kupferne Reflexe auf das volle, kastanienbraune Haar, das ihr auf die Schultern fiel. Sie wirkte älter als ihr Bruder und hatte ein charaktervolles, ebenmäßiges Gesicht, dessen Züge die Anspannung noch herausgemeißelt hatte. Aus kalten grauen Augen starrte sie Drinkwater an, der abermals eine Woge der Feindseligkeit auf sich zukommen fühlte. Ihre Undankbarkeit verbitterte ihn, er dachte an *Kestrels* zwei Tote und drei Verwundete – den Preis für ihre Flucht.

Wütend beugte er sich wieder über den Rücken des Grafen, setzte das Skalpell an und spürte, wie die Schneide am Schulterblatt entlangglitt. Als sie auf die Kugel traf, drehte sich ihm der Kopf.

»Dichter ran mit der Lampe«, preßte er durch die Zähne, und Hortense gehorchte.

Eine blutige Musketenkugel fiel heraus und rollte vom Tisch.

Mit zufriedenem Grunzen drückte Drinkwater einen zweiten Mullbausch auf die Rückenwunde und verband die Schulter mit Leinenstreifen. Dann fixierten sie den Arm an der Seite und hoben den Grafen aufs Sofa. Als nächstes nahmen sie sich die Seeleute mit den von Splittern gerissenen Wunden vor.

Der Morgen dämmerte schon, als Drinkwater schweißgebadet an Deck taumelte. Die frische, beißend kalte Luft warf ihn fast um, er konnte gerade noch zur Reling stolpern, wo er sich übergab. Schaudernd ließ er den Kopf auf den Handlauf sinken. Hortense Montholon lag unten in seiner Koje, deshalb streckte er sich neben der Lafette eines Vierpfünders aus und schlief sofort ein. Tregembo holte ein paar Decken und breitete sie über ihn.

Kapitänleutnant Griffiths neben der Pinne warf einen Blick auf die reglose Gestalt. Obwohl sein Gesicht unbewegt blieb, wärmte Genugtuung sein Herz. Er hatte eine hohe Meinung von Nathaniel Drinkwater gehabt und sich nicht geirrt.

DRITTES KAPITEL

Dezember 1792 – Februar 1793

Enthüllungen

Der Zwischenfall bei Beaubigny war *Kestrels* letzter Nacht-und-Nebel-Einsatz. Ohne neuen Auftrag stampfte der Kutter vor Anker in der Cawsand Bay, gewiegt vom Schwell, der sich hier trotz der Penlee-Landspitze noch bemerkbar machte.

Schwitzend saß Drinkwater in seiner stickigen Kammer und drehte den billigen Gänsefederkiel zwischen den langen Fingern. An der Decke sammelte sich Kondenswasser, weil Griffiths nebenan wieder seinen Ofen überheizte. Drinkwater kämpfte gegen die Schläfrigkeit und mußte sich zwingen, das eben in sein Bordbuch Geschriebene noch einmal zu überlesen:

Es setzt mich in Erstaunen, daß der Comte de Tocqueville meine Metzelei überlebte. Seine Schwäche beruhte auf dem hohen Blutverlust, bedingt durch eine Schramme an der Achselarterie, die aber zum Glück nicht platzte. Der Brustmuskel war durch den schrägen Wundkanal zerrissen, doch wir scheinen den einzigen Knochensplitter gefunden und entfernt zu haben. Falls die Wunde nicht eitert, wird der Graf überleben.

Die medizinischen Details hatten Drinkwater beschäftigt, weil ein alter Freund seine unbeholfenen chirurgischen Versuche nach ihrer Landung überprüft hatte: Mr. Appleby, Schiffsarzt der Fregatte *Diamond*, die gerade im Hamoaze überholt wurde. Er hatte Nathaniels laienhafte Wundversorgung gelobt, ihn aber nicht ohne eine Lektion über alle Aspekte der Verletzung davonkommen lassen.

In der Erinnerung daran mußte Drinkwater lächeln. Auch ihre Rückreise nach England war ihm seltsam vorgekommen; denn obwohl *Kestrel* schon viele Flüchtlinge aus Frankreich geschmuggelt hatte – es war nur dieses letzte Quartett, das einen unauslöschlichen Eindruck hinterließ. Der fiebernde Graf, der im Delirium Unzusammenhängendes murmelte, und der junge, aufmerksame, aber zu nichts nütze Etienne Montholon unterschieden sich stark von ihren beiden Landsleuten. Trotz seiner geschwätzigen Begeisterung war Barrallier ein lebhafter und amüsanter Reisegefährte, der an Bord nichts unbewundert oder unkritisiert ließ. Er schien alle Brücken zu Frankreich hinter sich abgebrochen zu haben und bemühte sich angestrengt, auch in Kleinigkeiten seine Anglophilie zu demonstrieren. Im Gegensatz zu ihm blieb Hortense unnahbar, kalt und verächtlich. Ihre Schönheit war unter Deck in aller Munde, wurde flüsternd bewundert, und die Offiziere, in deren Quartier sie die kurze Zeit untergebracht war, verspürten Unruhe bei ihrem Anblick.

Drinkwater blieb nicht der einzige, der sie erleichtert mit ihren Geldkassetten und der Dokumentenmappe in Plymouth an Land gehen sah. Doch ihr Andenken hing wie ein Schatten über dem Kutter. Wie viele seiner Kameraden aus dem Krieg mit Amerika verspürte Drinkwater über Frankreichs Heimsuchung durch die Revolution der Republikaner eine gewisse Schadenfreude. Manche Franzosen, die unter Rochambeau und La Fayette in den aufständischen Kolonien gekämpft hatten, Männer, die – ihre Freiheitsliebe stets auf den Lippen – bei Yorktown den eisernen Ring um Lord Cornwallis geschlossen hatten, flohen jetzt wie die Ratten vor jedem jakobinischen Terrier.

In einem anderen Winkel seines Herzens nährte Nat allerdings auch Sympathie für die Ziele der Französischen Revolution; seine Solidarität mit den Unterdrückten stammte aus seiner viele Jahre zurückliegenden Dienstzeit als Kadett im stinkenden Orlopdeck der Fregatte *Cyclops*. So konnte er die Ziele der Revolution nicht ganz verdammen, auch wenn er die Methoden der Revolutionäre verabscheute. Obwohl England den Flüchtlingen Asyl gewährte, sahen liberale Bürger und unvoreingenommene Marineoffiziere ihre Motive mit unparteiischen Augen. Auch Drinkwater ließ sich weder von den Whigs noch von den Torys vereinnahmen und besaß herzlich wenig Privatinteressen, die er mit Hilfe der einen oder der anderen Partei hätte wahren wollen.

Er warf den Federkiel hin und klappte den Deckel des Tintenfasses zu, dann streckte er sich auf seiner Koje aus. Griffiths hatte ihm eine zerknitterte Zeitung dagelassen, deren Druckzeilen aber vor seinen Augen zu tanzen begannen. Im Licht der jüngsten Ereignisse bekam Mr. Pitts Versprechen, Frieden und Wohlstand zu wahren, einen unechten Glanz. Unter Drinkwaters müdem Blick begannen die

Buchstaben wie tausend kleine schwarze Soldaten von links nach rechts zu marschieren: eine Armee ... Da schloß er die Augen. Die Leute redeten nur noch über die Wahrscheinlichkeit eines Krieges und zollten Mr. Pitts Protesten keine Aufmerksamkeit mehr.

Drinkwater wunderte sich, daß die Schießerei bei Beaubigny bisher ohne Echo geblieben war, denn zum Krieg schien nur noch der rechte Anlaß zu fehlen, ein Funke, der das dürre Stroh der internationalen Beziehungen entfachen konnte. Denn nicht nur die Jakobiner lechzten nach Krieg. Vor zwei Tagen hatte Drinkwater mit Appleby und Richard White zu Abend gegessen. White war bereits seit fünf Jahren Leutnant und schien kurz vor der Ernennung zum Kapitän zu stehen. Immerhin hatte er es bis zum Zweiten Offizier auf Sir Sydney Smiths Fregatte *Diamond* gebracht. Nun trank er auf die Aussicht, einen »glorreichen Krieg« zu führen, mit einem knabenhaften Enthusiasmus, über den Appleby abschätzig die Nase rümpfte.

Das Dinner war nur ein Teilerfolg gewesen. Das Aufwärmen alter Freundschaften brachte eben oft Enttäuschungen mit sich. White war ein weltläufiger junger Mann geworden, der vor falschem Selbstvertrauen strotzte, so daß Drinkwater kaum noch den furchtsamen kleinen Kadetten in ihm erkannte, der einst in *Cyclops'* dunkler Fähnrichsmesse so bitterlich geschluchzt hatte. Auch Appleby hatte sich verändert, die Zeit war schonungslos mit ihm umgesprungen. Die Haut des einst so stattlichen Chirurgen hing in Hungerfalten herab, seine alte, lebensfrohe Spannkraft war ihm in den Jahren der Einsamkeit und Not verlorengegangen. Immerhin blitzten unter der Asche der Zeit noch hier und da die Funken seines alten pädagogischen Eifers auf.

»Es muß Krieg geben«, sagte er und beantwortete damit Drinkwaters besorgte Frage. Lebhaft stimmte White zu. »Und zwar einen Konflikt gewaltiger Mächte, der England vor schwere Kraftproben stellen wird ... Ja, spotten Sie nur, Mr. White! Ihr Frischlinge, die es so nach Kriegsruhm gelüstet, jagt falschen Götzen nach.«

»Er ist noch ein halbes Kind«, hatte Appleby gemurmelt, als sich der Leutnant im Lauf des Abends einmal kurz entschuldigte. »Aber Gott stehe seinen Leuten bei, wenn er Kommandant wird, was nicht lange dauern kann, falls es Krieg gibt. Hoffentlich geben Ihre Lordschaften ihm einen toleranten, erfahrenen und verständnisvollen Ersten mit.«

»Ja, er hat sich verändert«, nickte Drinkwater. »Vielleicht ist es ihm zu gut gegangen.«

»Zu schnelle Beförderung, mein Bester. Einige können das verkraften, aber beileibe nicht alle.«

Nein, das Abendessen war überhaupt kein Erfolg gewesen.

Allerdings lag dies nicht allein am Zank zwischen seinen beiden alten Freunden, vielmehr hatte der drohende Krieg Nat die Stimmung verdorben. Die noch schwache, aber unbestreitbare Erregung über kommende Abenteuer mischte sich mit der Furcht, die schon am Strand von Beaubigny seinen Herzschlag beschleunigt hatte; auch jetzt fühlte er, wie sein Puls beim Gedanken an Krieg zu rasen begann.

War dieser winzige Kutter dann der richtige Platz für ihn? Welche Beförderungschancen boten sich hier? Er konnte nicht mit White konkurrieren, eine so steile Karriere kam für ihn nie in Frage. Jedenfalls war *Kestrel* ein tüchtiges kleines Schiff. Das Schicksal hatte sie zusammengeführt, und dagegen wollte er sich nicht auflehnen. Außerdem hatte er bisher Glück gehabt. Sein Blick glitt über das Wandbord voller Folianten, darunter seine Bordbücher und die Aufzeichnungen, die ihm der selige Mr. Blackmore hinterlassen hatte, seinerzeit Segelmeister auf *Cyclops*. Dieses Vermächtnis hatte ihn gerührt. Der Mahagonikasten mit seinem Oktanten war in der Ecke festgelascht, und sein Dollond-Fernglas steckte in der Tasche seines Wachgängers, der neben dem französischen Degen an der Tür hing. Das war sein weltlicher Besitz: erbeutet, erworben und ererbt. Eigentlich nicht viel nach einem dreißigjährigen Leben, dachte er. Doch dann fiel sein Blick auf das Aquarell, das Elizabeth für ihn gemalt hatte: *Algonquin* vor dem Hintergrund von St. Mawes, seine Prise.

Ein Klopfen an der Tür riß ihn in die Gegenwart zurück.

»Was gibt's?«

»Ein Boot hält auf uns zu, Sir.«

Er schwenkte die Beine aus der Koje. »Mit Leutnant Griffiths?«

»Aye, Sir.«

»Gut, ich komme gleich.« Er schlüpfte in Schuhe und Mantel. Schon unter der Tür, setzte er den Hut auf und war mit einem Satz am Niedergang. Tief atmete er oben die rauhe, frostige Luft ein.

Griffiths brachte neue Befehle vom Hafenadmiral. Nachmittags verholte sich *Kestrel* mit der Tide in den Barn Pool und machte neben der Hulk *Chichester* fest. Am nächsten Morgen kamen die Werftarbeiter an Bord und besprachen sich mit Griffiths. Gegen Mittag, als die Besatzung zum Essen gepurrt wurde, war *Kestrel* schon halb abgetakelt, und bis zum Abend war auch ihr Untermast gezogen. Am nächsten Tag arbeiteten die Zimmerleute bereits an ihrem Kielschwein, das den neuen Mast aufnehmen sollte.

»Wir bekommen eine höhere Maststenge«, erläuterte Griffiths, »damit wir über dem Toppsegel noch ein Rahsegel fahren können.« Er nahm einen Schluck Madeira und sah Drinkwater an. »Ich glaube nicht, mein Sohn, daß wir abermals Katz und Maus spielen müssen. Nicht nach der Sache von Beaubigny. Wenn die Künstler da draußen fertig sind, werden wir aussehen wie ein richtiger Kriegskutter und für die Flotte Kindermädchen spielen müssen. Doch jetzt zu anderen Dingen: Der Zahlmeister will dafür sorgen, daß die Männer vor Weihnachten ihren Sold bekommen. Aber nur die Hälfte, wohlgemerkt, die andere Hälfte nach dem Fest. Falls sie alles auf einmal kriegen, saufen sie sich um den Verstand, und wir müssen sie von den Fußstreifen aus der Gosse holen lassen. Ich will aber nach Weihnachten eine komplette Crew auf diesem Kutter sehen.«

Drinkwater leuchtete der Sinn dieser drakonischen Maßnahme ein. Nach seinem hochroten Gesicht und seiner Gesprächigkeit zu urteilen, hatte auch der Kommandant schon in Vorfreude auf das Fest gebechert.

»Und verbreiten Sie unter den Pfandleihern, daß die Leute Sold bekommen haben. Auf diesem Umweg hören vielleicht ihre Frauen davon, dann wird nicht alles verpraßt.« Er trank einen Schluck und griff in seine Tasche. »Hier, das lag im Hafenamt für Sie.« Er reichte Drinkwater einen zerknitterten Brief, dessen Anschrift von vertrauter Hand stammte.

»Danke, Sir.« Drinkwater drehte und wendete den Brief und sehnte sich nach der Ungestörtheit seiner Kammer. Griffiths hievte sich aufs Sofa und schloß die Augen. Drinkwater ging zur Tür.

»Übrigens, Mr. Drinkwater –«, ein Auge öffnete sich halb, »der lästige Lümmel mit der unverdienten Kokarde, der mir den Brief aushändigte, sagte dazu, ich solle Ihnen über Weihnachten Urlaub geben.« Drinkwater blieb gespannt stehen, nur sein Blick wanderte von dem Brief zu Griffiths und wieder zurück. »Dieses unverschämte Ansinnen kann ich nicht unterstützen.« Lange Pause, das Auge schloß sich wieder. Verwirrt trat Drinkwater in den Vorraum.

»Sie bekommen Urlaub, wenn die neue Topprah aufgeriggt ist, Mr. Drinkwater, keine Sekunde früher.«

Mit einem Lächeln schloß Drinkwater die Tür und betrat sein eigenes kleines Sanktuarium. Hastig zerschnitt er das Siegel und begann zu lesen:

Mein liebster Nathaniel,
diese Zeilen schreibe ich in Eile, denn Richd. White kam gerade vorbei,
auf dem Weg zu Sir S. Smiths Prisenagent in Portsmouth, und
versprach, einen Brief an Dich mitzunehmen, wenn er heute abend
zurückkommt. Soweit ich verstanden habe, wird er Dich in Plymouth
treffen. Dank für Deine Zeilen vom 29. Die Nachricht, daß Du auf neue
Order wartest, paßt zu den Neuigkeiten aus Frankreich, und ich mache
mir große Sorgen. Wenn es stimmt, was Richd. sagt, nämlich, daß bald
Krieg ausbrechen wird, dann kann ich mir nicht die Gelegenheit
entgehen lassen, meinen Liebsten noch einmal zu sehen. Bitte hole mich
am Heiligen Abend von der Postkutsche aus London ab.
Deine Dich liebende Frau

Elizabeth

Freudig überrascht lächelte Drinkwater in sich hinein. Vielleicht war
sein ungünstiger Eindruck von White doch voreilig gewesen. Nur ein
guter Freund konnte sich das ausdenken. Whites Fürsorge und die
Freude auf Elizabeth wärmten ihm das Herz; er stürzte sich voll Elan
auf die Neuausrüstung des Kutters. Zumindest vorübergehend war
der Schatten des Krieges gebannt.

Die Topprah und das neue Segel wurden bis zum 23. Dezember
angeschlagen. Vormittags war *Kestrel* fertig getakelt. Drinkwater
benachrichtigte den Hafenzahlmeister, und der schickte ihm einen
verhutzelten kleinen Kanzlisten mit einer Geldtruhe, einer Marine-
Eskorte und einem Kassenbuch, so groß wie ein Hackbrett. Die
Besatzung erhielt ihren Sold. Um die Mittagszeit war nur noch die
Hafenwache an Bord, zumal viele in der Crew aus Plymouth stamm-
ten. Endlich ein freier Mann, eilte Drinkwater in seine Kammer,
schnallte seinen Degen ab und zog sich für den Landgang um.
Unterwegs traf er Tregembo, der sich trotz der Kälte festlich aufge-
putzt hatte: Hut mit Band, blaue Monkijacke mit Messingknöpfen,
schwarzes Halstuch und billige, ungewohnte Halbschuhe.

»Hab' bei Wilson's das Zimmer für Sie bestellt, Sir, wie befohlen,
und halten zu Gnaden, aber die Kutsche aus London hat Verspätung.«

»Verdammt!« Drinkwater fischte ein Trinkgeld aus der Westenta-
sche und merkte, daß Tregembo sich immer wieder nervös umblickte.
Hinter ihm stand ein kräftig gebautes Mädchen von vielleicht zwanzig
Jahren, in der Gegenwart des Offiziers ebenso verlegen wie trotzig;
vielleicht ärgerte sie sich über die Unterwürfigkeit ihres Freundes.
Das rote Band in ihrem Haar war neu, aber schlampig gebunden, mit

mehr Eile als Schick. »Hier...« Er fingerte nach einer zweiten Münze, aber Tregembo wurde rot und wehrte ab.

»Nicht doch, Sir – es ist nur ... Ich frage mich, ob Sie mir bis ...« Er verstummte und blickte zu Boden.

»Ich erwarte dich am 26. bei Hellwerden an Bord zurück, und wenn du nicht auftauchst, lasse ich jede Patrouille in Plymouth nach einem Deserteur fahnden.«

Tregembos Gesicht hellte sich auf. »Danke, Sir, vielen Dank! Und ein frohes Weihnachtsfest für Sie und Mrs. Drinkwater.«

Elizabeth traf schließlich ein, müde von der Reise und besorgt wegen der Kriegsgerüchte. Sie begrüßten einander so scheu und zurückhaltend wie zwei Fremde, die eine neue Befangenheit nicht zu ihrer alten, intimen Vertrautheit finden ließ. Doch nach einigen Gläsern Wein tauten sie auf, und ihre Zweisamkeit verdrängte endlich die Außenwelt so gründlich, daß Elizabeth erst beim Frühstück am Weihnachtsmorgen dazu kam, von ihren Sorgen zu sprechen.

»Glaubst auch du, daß es Krieg gibt, Nathaniel?«

Drinkwater hob den Blick zu ihrem Gesicht, betrachtete die schön geschwungenen, jetzt gerunzelten Brauen, die feucht glänzenden, braunen Augen und den vollen Mund, dessen Unterlippe besorgt zwischen die Zähne geklemmt war. Mitgefühl überschwemmte ihn, denn er wußte: Trotz seiner Schrecken mochte der Krieg für ihn auch Gutes bereithalten, Abenteuer und Beförderungschancen, aber für sie bedeutete er nur zermürbendes Warten – vielleicht für den Rest ihres Lebens. Deshalb wollte er ihr zunächst etwas vorlügen, sie trösten, ihre Furcht mit glatten Floskeln zerstreuen. Aber dafür hätte er sich selbst verachtet. Eine trügerische Hoffnung zu wecken, war gewiß schlimmer, als die Wahrheit zu sagen.

Also nickte er. »Nach allgemeiner Ansicht muß es zum Krieg kommen, falls die Franzosen in Holland einmarschieren. Was mich betrifft, Bess, so verspreche ich dir eines: Ich werde umsichtig sein und kein unnötiges Risiko eingehen. Und nun«, er griff nach der Kaffeekanne, »laß uns auf unsere Zukunft trinken. Ich will um meine Bestallung nachsuchen, und wenn es mit den Beförderungen so schnell weitergeht wie bisher, pensionieren sie mich mit dem Halbsold eines Kapitäns, damit ich dich im hohen Alter mit Geschichten aus meinem aufregenden Leben langweilen kann...« Er sah, daß sie leicht den Mund verzog. Seine großartige Frau hatte ihn durchschaut und machte sich heimlich über ihn lustig.

Er grinste zurück. »Ich bin doch kein Draufgänger, Bess. Das weißt du.«

»Ja, das weiß ich.« Sie nahm die Kaffeetasse von ihm entgegen, und als er die Hand zurückzog, fiel ihr Blick auf die frische Narbe in seiner Handfläche.

»Das ist *Hannibal,* Sir, unter Kapitän Colpoys. Kommt gerade von Patrouille zurück. Zu spät für das Weihnachtsfest, die armen Teufel.« Beide Männer sahen zu, wie das Linienschiff auf der anderen Seite des Sunds ankerte.

Griffiths nickte. »Die dicken Brummer schütteln schon die Spinnweben aus ihren Toppsegeln, um das Feld unter sich aufzuteilen. Wird Zeit, daß wir auslaufen, Mr. Drinkwater. Jetzt braucht man kleine Vögel mit scharfen Augen. Die Elefanten können noch eine Weile warten... Meine Gig in zehn Minuten, bitte.«

Auf und ab gehend erwartete Drinkwater Griffiths Rückkehr vom Hafenadmiral. Die Crew machte das Schiff klar zum Auslaufen, bis sie von einem Nieselregen unter Deck gescheucht wurde; Drinkwater aber blieb oben und bemerkte gar nicht die grauen Schauerwolken, die sundaufwärts zogen.

Abschiednehmen, fand er, war scheußlich.

Tregembo kam nach achtern und blieb unsicher in seiner Nähe stehen.

»Was gibt's, Tregembo?«

Der Seemann starrte verlegen auf seine Fußspitzen nieder. »Ich frage mich, Sir, ob Sie...«

»Sag bloß nicht, du willst schon wieder Urlaub für dein Flittchen!« Zustimmend ließ Tregembo den Kopf hängen. »Du wirst ihr noch ein Kind machen oder dir die Pocken holen. Verdammt will ich sein, wenn ich dich dann verarzte!«

»Sie ist nicht so eine, Sir... Und ich brauch' auch nur ein Viertelstündchen.«

Drinkwater mußte an Elizabeth denken. »Verflucht, Tregembo, aber keine Minute länger.«

»Danke, Sir, danke.« Drinkwater sah dem Davoneilenden nach und fragte sich müßig, was die Zukunft wohl für sie alle bereithielt. Der Schußwechsel vor Beaubigny hätte einen Vorwand zum Krieg liefern können, denn *Kestrels* Breitseite war ein Akt der Aggression gewesen, dem zumindest einer der Franzosen zum Opfer fiel. Aber Pitt predigte immer noch Frieden, und es konnte ja auch nicht angehen, daß ein so unbedeutender kleiner Kutter wie *Kestrel* zum casus belli wurde. Auf diesem Standpunkt beharrten jedenfalls die Briten und zogen *Kestrel* aus dem Verkehr, bis sich die Wogen wieder geglättet hatten. Dennoch – es war schon seltsam, daß die Franzosen aus der Verletzung ihrer Hoheitsrechte kein Kapital schlugen.

Drinkwater verbat sich das Grübeln. Jetzt sollte der Kutter zu der wachsenden Zahl von Briggs und bewaffneten Slups stoßen, die Frankreichs Küsten unter Beobachtung hielten. Seit Lord Hood im Sommer mit Fregatten und Linienschiffen ausgelaufen war, hatte die Werft stets viel Arbeit gehabt. Wegen der Krisen mit Spanien und Rußland war die Flotte seit drei Jahren in relativ gutem Zustand. Jenseits des Kanals hatte der Mob von Paris die Schweizergarde massakriert, und im September waren die Franzosen in Savoyen eingefallen. In England wußte man außerdem, daß Konteradmiral Truguet mit neun Linienschiffen auf See beordert worden war. Im November wurden die österreichischen Niederlande überrannt, womit sich die Franzosen in den Besitz der gut schiffbaren Schelde brachten. Damit wurden Informationen über den Verbleib aller französischen Kampfgeschwader für Englands Verteidigung lebenswichtig. Man wußte, daß in Brest neununddreißig Linienschiffe lagen, zehn in Lorient und dreizehn in Rochefort. Von Beginn des Jahres 1793 an hielt die Admiralität ein scharfes Auge auf diese Seestreitkräfte.

Am Samstag, dem 29. Dezember 1792, war der Himmel den ganzen Tag mit bleiernem Grau bezogen; erst gegen Abend krimpte der Wind auf Nordwest, die Regenschauer ließen nach, und die Wolkendecke begann aufzureißen. Griffiths und Drinkwater standen an der Reling und sahen einer Brigg nach, die den Sund hinunterlief, der offenen See zu.

»Die *Childers* unter Commander Robert Barlow«, murmelte Drinkwater halb zu sich selbst.

Griffiths nickte. »Mit dem Auftrag, die Reede von Brest zu rekognoszieren«, ergänzte er vertraulich.

Am letzten Tag des alten Jahres drehte der Wind auf Nord und blies den Himmel blank. Um die Mittagszeit brachte ein Wachboot Griffiths die schon erwartete Order. Und bis Sonnenuntergang hatte *Kestrel* Smeatons Leuchtfeuer auf dem Eddystone Rock achteraus gelassen und lief nach Süden, mit dem Auftrag, die Brigg *Childers* zu unterstützen.

Während der Nacht wuchs sich der Nordwind zu einem schweren

Sturm aus, und *Kestrel* mußte beidrehen; der Bugspriet wurde einge-
zogen, Maststenge und Rahen wurden an Deck gefiert und die
Kanonen mit doppelten Brooken gesichert. Bei Tagesanbruch sichteten sie Segel in Nordwest: die Brigg *Childers,* wie der Signalwechsel
ergab. Griffiths übernahm selbst die Pinne, steuerte *Kestrel* in die
Abdeckung der Brigg und luvte an. Barlow stand in Ölzeug an Deck
und brüllte herüber: »Von der französischen Batterie in St. Matthew
unter Feuer genommen ... Ehrenschuß abgegeben, laufen zurück ...
Wahrscheinlich nach Fowey ...« Der Sturm verwehte seine Worte.

»Der hält sich wohl für den ersten Menschen, den die Franzosen
beschossen haben«, knurrte Griffiths und warf seinem Ersten unter
weißen, triefenden Brauen einen bösen Blick zu.

»Aye, Sir, und jetzt rennt er nach Hause und macht ein Riesenge-
schrei.«

Griffiths schmunzelte. Barlows Empörung war über das kochende,
gischtweiße Wasser bis zu ihnen spürbar gewesen. »Ich wette, der sitzt
in der Postkutsche, noch ehe sein Anker gefallen ist«, sagte Griffiths.
Er legte Ruder und ließ sich ablösen.

Die beiden leichten Schiffe trennten sich, strebten gischtverhüllt auf
der weißmarmorierten, hochgehenden See so weit wie möglich nach
Luv. Hin und wieder verhielt ein Eissturmvogel mit reglosen Sichel-
schwingen über ihnen und spähte herab: das einzige Lebenszeichen in
der sturmgepeitschten, monotonen Wasserwüste.

Drei Wochen später wurde Ludwig der Sechzehnte enthauptet, und
am 1. Februar erklärte der Französische Nationalkonvent dem Nie-
derländischen Statthalter und seiner Majestät König Georg dem
Dritten von England den Krieg.

VIERTES KAPITEL

März – September 1793

Jagd auf den Jäger

»Empfehlung des Kommandanten, Sir, und ob Sie ihn bitte in seiner Kajüte aufsuchen würden?« Seltsam, daß sich auf einem so kleinen Kutter ein so diplomatischer Steward hielt, dachte Drinkwater. Er nickte Merrick dankend zu, übergab das Deck an Jessup und stieg rücklings den Niedergang hinunter.

»Nichts in Sicht, Sir«, meldete er und nahm den Hut ab. »Außer *Flora* natürlich.«

Griffiths nickte, ohne von den Befehlen aufzublicken, die ihm die Fregatte *Flora* gerade überbracht hatte. »Nehmen Sie Platz, Mr. Drinkwater.«

Drinkwater sank auf das Sofa und streckte sich. Wortlos schob Griffiths ihm Weinkaraffe und Glas hin. Es war Rotwein, den sie mit ihrer letzten Prise erbeutet hatten, einem schwerfälligen kleinen *bugalet,* das von Bordeaux in die Seinemündung bestimmt gewesen war. Aber der Wein schmeckte gut, und der Verkauf hatte ein erkleckliches Sümmchen gebracht. Drinkwater trank zufrieden und beobachtete dabei seinen Kommandanten.

In den Monaten, seit *Kestrel* als Aufklärer und Handelsstörer eingesetzt war, wobei sie Nachrichten über den Feind sammelte oder ihn mit blitzschnellen Überfällen aus dem Hinterhalt demoralisierte, hatte sich zwischen Drinkwater und Griffiths ein kameradschaftliches Verhältnis entwickelt. Der Leutnant hatte bald begriffen, daß sie beide von dem gleichen Hang zur Perfektion und dem gleichen Ehrgeiz besessen waren, aus dem kleinen Schiff das Letzte herauszuholen.

Schließlich faltete Griffiths die Papiere zusammen und griff nach der Weinkaraffe. Er blickte auf. »Unsere Order, Mr. Drinkwater«, sagte er, »unsere neue Order. Noch ein Gläschen?«

Drinkwater wartete geduldig.

»Sir John Warren«, fuhr Griffiths schließlich fort, wobei er sich auf den Kommandanten der Fregatte *Flora* bezog, »hat mich wissen lassen, daß er eine Eingabe gemacht hat, wonach wir seinem schnellen Eingreifgeschwader zugeteilt werden sollen, sobald es steht.«

Drinkwater bedachte die Neuigkeit. Im Verbund mit Fregatten zu operieren, mochte sich für ihn als vorteilhaft erweisen. Aber alles hing davon ab, wie viele junge Leutnants mit guten Beziehungen auf die Offiziersstellen spekulierten. Und Kommandanten von Kriegsschiffen, die im Kanal operierten, konnten sich die Besten auswählen. Vielleicht standen seine Chancen doch nicht so günstig.

»Wann wäre das, Sir?« fragte er.

Griffiths zuckte die Achseln. »Wer weiß das schon, mein Sohn? Gottes Mühlen mahlen genauso langsam wie die der Admiralität.«

Offenbar war Griffiths nicht beglückt über den bevorstehenden Verlust seiner Unabhängigkeit. Er blickte hoch. »Bis es soweit ist, haben wir noch eine Kleinigkeit zu erledigen. Ein gemeinsamer Freund möchte Frankreich verlassen.«

»Ein gemeinsamer Freund, Sir?«

»Sie kennen ihn, Mr. Drinkwater: der Mann, den wir in Criel angelandet haben. Für Sie und mich heißt er Major Brown. Er ist Offizier der Leibgarde, obwohl ich bezweifle, daß er jemals auf einem Gardepferd gesessen hat. Soweit ich weiß, hat er sich drüben im letzten Krieg mit den Irokesen einen Namen gemacht. Jedenfalls wird er seither für ›Spezialaufgaben‹ eingesetzt«, sagte Griffiths mit Betonung.

Drinkwater erinnerte sich an den jovialen Dicken, den sie bei seinem ersten Einsatz vor nun einem Jahr nach Frankreich gebracht hatten. Einen Offizier der Leibgarde Seiner Majestät stellte er sich wirklich anders vor.

Griffiths bemerkte seine Verwirrung. »Der Duke of York reserviert einige wenige Offiziersstellen für verdiente Männer, Mr. Drinkwater«, erläuterte er lächelnd, »auch wenn sie nie mit einem Steigbügel in Berührung gekommen sind. Aber sie müssen sich diese Ehre hart verdienen.«

»Verstehe, Sir. Wo holen wir ihn ab?«

»Bringen Sie mir die Mappe mit den Seekarten, Sohn, dann werden wir das gleich sehen.«

»So ein gottverdammtes Sauwetter!« Griffiths starrte etwa zum tausendsten Mal an diesem Vormittag suchend nach Westen, aber die erhoffte Aufhellung ließ auf sich warten.

»Wir müssen noch ein Reff einbinden und den Klüver wechseln . . .« Drinkwater ließ den Satz unvollendet, denn mittschiffs war wieder eine See eingestiegen, peitschte bis zum Achterdeck mit ihren Gischt-flagen und drohte, die beiden Gigs von den Klampen zu reißen.

»Und dabei haben wir August, Mr. Drinkwater, August!« Griffiths' verzweifelter Appell an die Elemente verhallte unerhört.

Drinkwater wandte sich ab. »Mr. Jessup – alle Mann! Klar zum Reffen und Klüverwechsel! Backbordwache nach vorn – setzt Sturm-klüver! Steuerbordwache – noch ein Reff ins Großsegel!« Zufrieden sah Drinkwater die Männer durch das knietiefe Wasser auf ihre Stationen hasten.

»Klar bei Klüver!« Das war Jessups Stimme.

Drinkwater sah Griffiths nicken und beobachtete die Seen. Dann: »Anluven!«

Als der Kutter in den Wind drehte, erübrigten sich alle weiteren Kommandos; schließlich war *Kestrel* kein schwerfälliges Linienschiff; ihre kleine Besatzung bewegte sich mit der Sicherheit langer Übung. Die Segel schlugen knatternd im Wind, daß der Kutter bis zum Kiel erbebte, während die Crew fieberhaft arbeitete. Piek- und Klaufall wurden gefiert, die Großschot wurde dichtgesetzt, damit der Baum nicht schlug, während die Reffkausch am Achterliek niedergeholt wurde; auch die vordere Reffkausch wurde festgelascht, dann verteil-ten sich die Männer über die ganze Länge des Großbaums, um das widerspenstige, nasse Tuch einzurollen und mit den Reffbändseln zu sichern.

Vorn holten die Männer den Laufring am Bugspriet herein, wäh-rend andere am Mast das Klüverfall fierten; auf Leeseite bis zu den Hüften im Wasser stehend, zerrte Jessup das schlagende Segel binnen. Minutenschnell war der Kopf des Sturmklüvers ans Fall und sein Hals an den Laufring geschäkelt, die Ausholertalje bemannt, und als der schwere Eisenring wieder auf den Bugspriet hinausglitt, straffte sich das Fall. Der Klüver knallte, sein Vorliek hing weit nach Lee durch, als *Kestrel* in ein Wellental fiel, doch dann setzten die Männer mit letzter Kraft das Fall noch etwas dichter, und der Klüver stand. »Belegen, alles belegen!«

»Sturmklüver gesetzt!« meldete Jessup.

Drinkwater erspähte die vierschrötige Gestalt im Bug, der sich einmal hoch über den Horizont erhob, dann wieder tief in ein Wellental sackte; der Ölmantel peitschte um Jessups Beine: eine

Vogelscheuche im Sturm, dachte Drinkwater und unterdrückte ein albernes Kichern; er rief zurück: »Aye, aye, Mr. Jessup!«

Dann wandte er sich an den Rudergänger. »Vollhalten!« Er nickte Poll an der Großschot zu. *Kestrel* fiel etwas ab und nahm Fahrt auf, ihre Gaffel wies wieder kess aufwärts, und das Großsegel füllte sich mit Wind.

»Anluven!« Als hart Ruder gelegt wurde, schoß der Bugspriet förmlich in den Wind. Wieder bebte der Kutter in allen Verbänden, als die plötzlich leeren Segel ihren schmetternden Protest auf den Rumpf übertrugen. »An die Vorsegelschoten!«

»Voll und bei auf Backbordbug!«

»Ist voll und bei«, bestätigte der vorderste der beiden Rudergänger.

»Geht sie jetzt besser?«

»Aye, Sir, viel besser.« Der Mann schob den Priem in die Backbordwange, in unbewußtem Einklang mit dem Schiff.

Mit unverminderter Fahrt, aber weicheren Bewegungen preschte *Kestrel* weiter.

»Segelfläche vermindert«, meldete der Erste dem Kommandanten.

»Gut gemacht, Mr. Drinkwater.«

Der Sturm ließ etwas nach, als die Sonne hinter einer Wolkenbank versank, deren Ränder bis in den späten Abend hinein rosarot leuchteten. Im letzten Tageslicht hatte Griffiths lange die südliche Kimm studiert; als er die drei winzigen Zacken in ihrer sonst glatten Linie bemerkte, informierte er Griffiths.

»Einer davon könnte ein bewaffneter Lugger sein, Sir. Ich bin mir nicht sicher, aber er hält ohnedies nach Westen. Geht uns aus dem Weg, Sir.«

Nachdenklich rieb Griffiths sich den Bart. »Mmm. Der verdammte Strand ist gefährlich, Mr. Drinkwater. Sehr gefährlich. Nach dem Sturm muß noch ein oder zwei Tage lang eine hohe Brandung stehen.« Er schwieg, aber Drinkwater ahnte, was er dachte. Mittlerweile hatte Griffiths kaum noch Geheimnisse vor ihm, und Nat wußte auch, daß der Befehl von *Flora* die Worte »unbedingt erforderlich« enthielt.

»Daraus folgert«, erläuterte Griffiths, »daß Brown London wissen ließ, er könne sich nicht länger in Frankreich aufhalten; oder er hat unserer Regierung etwas sehr Wichtiges mitzuteilen.«

Drinkwater fielen die Brieftauben ein.

»Und wenn das Wetter so schlecht ist, daß wir ihn nicht abholen können, Sir?« fragte er.

Griffiths sah hoch. »Das darf nicht passieren, verstehen Sie?« Er schwieg. »Mit der Zeit bekommt man eine Nase für derlei Dinge. Brown hat lange allein in Frankreich operiert. Wenn er jetzt heraus will, ist es dringend.«

Drinkwater dachte an den Seegang vor ihrem Landeplatz und atmete langsam und vorsichtig aus. Der Wind war immer noch stürmisch, eine hohe See drückte von Westen in den Kanal herein. Doch Griffiths' Stimme riß ihn aus seinem Grübeln.

»Kommen Sie mit nach unten, Mr. Drinkwater, mir ist etwas eingefallen, das ich mit Ihnen besprechen möchte.«

»Laß fallen.« Leise wurde der Befehl von Mann zu Mann weitergegeben und der Kabelstopper gelöst. *Kestrels* Anker sank auf den sandigen Grund der kleinen Bucht, der Kutter verfiel nach Lee; ein Teil der Besatzung versorgte die Segel, wobei sie das Groß ausrefften und den Arbeitsklüver anschäkelten. *Kestrel* hatte sich gleich nach Anbruch der Nacht vorsichtig dem Land genähert, um ihr Rendezvous einzuhalten. Nun stampfte sie in der kleinen Bucht, die der Schwell mit Macht bestürmte, bis er sich in weißschäumender Wut am Halbrund des schmalen Sandstrandes brach; dahinter ragte ein Steilufer empor.

»Aufstoppen!« Das Rumpeln der ausrauschenden Ankertrosse wurde leiser, sie glitt langsamer durch die Klüse, als der Stopper biß. Der Bugspriet schwang herum, zeigte jetzt in den Wind und gegen die anrollenden Seen. »Anker hält«, kam die Meldung vom Vorschiff.

»Alles klar, Mr. Drinkwater?« Der Erste sah sich um. Seine beiden Freiwilligen grunzten bestätigend, und Drinkwater erkannte erleichtert Tregembos Stimme. Der andere war Poll, ein heißblütiger, rothaariger Bursche, der an Bord als Raufbold galt. »Aye, Sir, wir sind klar – kommt, Leute«, sagte Drinkwater.

Die drei Männer gingen nach achtern, wo Jessup im richtigen Moment, als *Kestrels* Bug von einer Welle angehoben wurde, das kleine Beiboot aussetzte. Als es in die See klatschte, wurden die Bootstaljen losgeworfen, die Jolle trieb achteraus, bis ihre Vorleine steifkam. Daran wurde sie Hand über Hand vorsichtig längsseits geholt, und Drinkwater, Tregembo und Poll sprangen hinein.

Vorn packte Tregembo das Auge einer zweizölligen Hanftrosse und belegte sie an der vorderen Ducht. Mittschiffs sicherte Poll die Blendlaterne und löste die Riemenlaschings, während Drinkwater sich vergewisserte, daß die aufgeschossene Achterleine klar zum

Ausrauschen war, ebenso die zweite, dünnere Leine mit dem Draggen. Bei all dem Tauwerk an Bord würden sie aufpassen müssen, wohin sie traten.

»Alles klar, Leute?« Tregembo und Poll bestätigten, worauf Drinkwater gedämpft zu Jessup hinauf rief: »Wirf die Vorleine los und fier die Trosse, aber sinnig!«

»Aye, aye, Sir.« Drinkwater sah oben Köpfe mit dem Schanzkleid auf und nieder wippen. »Viel Glück, Mr. Drinkwater.« Das war Griffiths' halblaute Stimme. Jessup ließ die Jolle an der Trosse abtreiben.

Grüßend hob Drinkwater im bockenden Heck den Arm und konzentrierte sich dann auf den vorausliegenden Strand. Tregembo berührte ihn an der Schulter. »Laterne ist klar, Sir.«

»Gut.« Die Jolle tanzte jetzt wild in den steiler werdenden Seen; immer wieder riß die Trosse sie herum, dann bekam sie Lose und verfiel wieder ein Stück Richtung Strand. Sowie die Wellenkämme schärfer wurden, kurz bevor sie sich zu Brechern aufbauten, ließ Drinkwater die Blendlaterne einmal Richtung Kutter signalisieren. Fast sofort kam die Trosse steif, die Jolle drehte den Bug in die Seen und blieb so liegen. Tregembo kam nach achtern.

»Wir sind ständig, Sir.«

»Gut.« Drinkwater hatte sich schon bis aufs Hemd entkleidet, nun streifte er auch die Schuhe ab. Als er sich erhob, um die eine Leine um seine Mitte zu knoten, sagte Tregembo: »Lassen Sie lieber *mich* gehen, Sir, das ist nicht Ihre Sache, halten zu Gnaden, Sir.«

Drinkwater grinste ins Dunkel. »Doch, Tregembo, es ist *meine* Sache. Nimm du nur die Leinen wahr, darauf muß ich mich unbedingt verlassen können ... Poll, gib mir den Draggen, dann sichere ich auch das Heck.«

Zum Glück war es wirklich August, dachte Drinkwater, als er übers Dollbord glitt und sich Richtung Land abstieß, den leichten Draggen an seiner Leine über der Schulter.

Ein Brecher überspülte ihn, wirbelndes Wasser schob ihn vorwärts, wobei ihn das Donnern der Brandung halb betäubte und seine Beine sich in den beiden Leinen verfingen. Verzweifelt warf er sich auf die Seite, versuchte sich freizustrampeln und schlug mit dem freien Arm um sich. Doch die Widersee zog ihn zurück, seine haltsuchende Hand pflügte hilflos durch Sand. Wieder krachte ein Brecher über ihn, raubte ihm den Atem und rollte ihn herum, wobei ihn erneut die Leinen umschlangen. Er spürte Sand und krallte sich fest, vergeblich.

Heiß durchzuckte ihn Panik.

Dann plötzlich lag er oben auf dem Sand, ein schlaffes Bündel aus Gliedmaßen und Hanf, an dem das zurückflutende Wasser zerrte; voller Angst schob er sich höher.

Wieder wusch eine Welle über ihn hinweg, und als er mühsam auf die Füße torkelte, kam schon die nächste. Nach Atem ringend, klarierte er die beiden Leinen, wußte, daß es ihm Tregembo und Poll, jeder an seinem Ende, im Boot nachtaten. Der Zwang zur Konzentration half gegen die Angst. Er bohrte den Draggen in den Sand und riß kräftig an seiner Leine. Sofort kam sie steif und hob sich tropfend und kerzengerade aus dem Wasser. Als Drinkwater nach vorn watete, konnte er jenseits der weißen Brandungslinie gerade noch die grauen Umrisse der dümpelnden Jolle erkennen. Er löste seine Sicherungsleine und belegte sie an einer freien Flunke des Draggen. Das Boot war jetzt an Bug und Heck gesichert, er konnte sich hinsetzen und warten. Bald zitterte er vor Kälte.

Eine Stunde später begann er zu bereuen, daß er Tregembos Vorschlag zurückgewiesen hatte. Er fror bis ins Mark, und außerdem schien der Wind wieder aufzufrischen. Drinkwater spähte in die Richtung, in der er *Kestrel* vermutete, und lauerte auf das Lichtsignal am Mast, das ihn zurückrufen würde. Aber er wußte, Griffiths wartete bestimmt bis zum letzten Augenblick. Wahrscheinlich hatte er Jessup und seine Leute mühsam eine Spring ans Ankerkabel stecken lassen, damit der Kutter notfalls gedreht werden und, seinen Anker zurücklassend, davonsegeln konnte. Für jedes andere Manöver lag er viel zu dicht unter Land. Mit diesen Überlegungen lenkte sich Drinkwater so gründlich ab, daß er die ersten Schüsse fast überhört hätte. Als er aufblickte, sah er Mündungsfeuer oben auf dem Steilufer und knapp darunter, wo offenbar ein Pfad zum Strand herunterführte. Er sprang hinter seinem Windschutz hervor und rannte zum Draggen, wobei er sich suchend umblickte.

Und da stürzte der Mann auch schon aus dem Schatten am Fuß der Klippen. Drinkwater sah ihn stolpern, sich wieder fangen und Sandfontänen um seine Füße aufspritzen, wo Musketenkugeln einschlugen.

»Hierher!« schrie Drinkwater und bückte sich zum Draggen. Schnell löste er die Sicherungsleine und legte sie sich in einem Palstek so um die Taille, daß ein sechs Meter langes Ende übrigblieb. Der Mann kam keuchend angerannt.

»Major Brown?«

»Eben der, eben der!« Der Mann hielt den Atem an, als Drinkwater das freie Ende der Sicherungsleine um seinen Bauch schlang.

»Ein Falke . . .«

». . . für den Ritter.« Das war das Losungswort. Drinkwater packte Browns Arm und zog ihn zum Wasser. Hinter ihnen hatten die Soldaten schon den Strand erreicht. Entschlossen wandte sich Drinkwater um und brüllte: »Holt ein!«

Er sah Tregembos Zeichen und spürte gleich darauf einen Ruck an der Leine. Alle Luft entwich aus seinen Lungen, als er durch eine brechende See gerissen wurde. Er mußte den Agenten loslassen. Dann kam er wieder an die Oberfläche und erhaschte einen Blick in den Nachthimmel, während sein schlaffer Körper wie ein Sack zum Boot gezogen wurde. Verzweifelt rang er nach Atem, als die nächste Welle ihn unter Wasser drückte. Und dann hing er neben der Jolle, tastete nach der Fußschlinge, die Poll hatte ausbringen sollen. Er fand sie, schob den rechten Fuß hinein und wandte sich nach Major Brown um, der in seinem schweren Mantel wie ein Ertrunkener im Wasser hing.

»Ihn zuerst, Tregembo«, keuchte er, »er ist bewußtlos.«

Irgendwie holten sie den Dicken längsseits, und Drinkwater half, ihn mit dem Rücken zur Bordwand zu drehen. »Halten Sie sich frei, Mr. Drinkwater«, warnte Tregembo, und Drinkwater sah verschwommen, daß die beiden den Major an den Schultern packten, ihn anhoben, hoch, noch höher, und ihn dann plötzlich unter Wasser stießen, so daß er ganz verschwand, schließlich wie ein Korken wieder hochschoß, so daß er von den wartenden Fäusten grob ins Boot gezerrt werden konnte. Drinkwater spürte den Ruck an der Leine, als Brown auf die Bilgenbretter fiel. Müde schob er seinen Fuß wieder in die Schlinge und wollte sich übers Dollbord hieven, aber seine überanstrengten Muskeln verkrampften sich. Tregembo griff zu, und im nächsten Augenblick lag er auf Browns Bauch in einer Wuling von Leinen, was jetzt aber nichts mehr schadete.

»Pardon, Sir.« Tregembo schob ihn mit einer Hand beiseite, griff sich mit der anderen das Beil und kappte die Heckleine. Im Bug signalisierte Poll mit der Blendlaterne, und auf *Kestrel* begannen alle Mann, mit der Trosse nach vorn zu stampfen. Musketenkugeln pfiffen den Männern im Boot um die Ohren. Zwei oder drei Treffer rissen Splitter aus dem Dollbord.

Müde hob Drinkwater den Kopf, er konnte es kaum erwarten, *Kestrels* vertraute Umrisse über sich aufragen zu sehen. Noch zehn

Meter, und sie waren in Sicherheit. Und dann erregte etwas draußen auf See seine Aufmerksamkeit; es sah aus wie die spitzen Segel eines Luggers.

Noch während er sich das klarmachte, waren sie längsseits geholt, kräftige Arme packten zu und halfen ihm an Bord. In rauhbeiniger Fürsorge legte ihm Griffiths einen Bootsmantel um und hörte seiner gestammelten Meldung zu.

»Also ein Lugger, wie? Ja, mein Sohn, hab' ihn schon gesehen. Geht's wieder?«

»Muß ja«, antwortete Drinkwater mit klappernden Zähnen.

»Dann lassen Sie Segel setzen. Mr. Jessup, Backbordbreitseite feuerklar!« Griffiths hatte ihm die leichtere, routinemäßige Aufgabe zugeteilt, erkannte Drinkwater dankbar, während er nach vorn stolperte und seine Crew um die Nagelbank am Mast versammelte. Fock- und Klaufall wurden gleichzeitig geholt, dann folgten Klüver und Piekfall. Die große Gaffel stieg in die Nacht empor, die Segel schlugen knatternd hin und her, daß der Mast vibrierte; *Kestrel* zerrte ungeduldig an ihrer Ankertrosse.

Seewärts zuckte ein Blitz auf, gleich danach pfiff die Kugel an Steuerbord vorbei und überraschte alle, die sich der Gefahr von See noch nicht bewußt geworden waren, sondern vermutet hatten, *Kestrel* solle eine trotzige Abschiedssalve zum Strand feuern.

Nachdem die Fallen belegt waren, trat Drinkwater wieder zu Griffiths.

»Sehr gut, und jetzt Steuerbordschoten dicht. Klar zum Kappen der Ankertrosse.«

»Aye, aye, Sir.« Drinkwater ging es wieder besser, aus einer inneren Reserve floß ihm neue Kraft zu. Außerdem hatte ihn das Segelsetzen belebt. Er rief nach dem Zimmermann, mußte aber feststellen, daß Johnson schon mit seiner Axt bereitstand. Die Segel wurden von den Schoten gebändigt, bis sie nur noch leicht schlugen.

»Backbordwache an die Kanonen, klar zum Feuern auf den Lugger!« Griffiths' Befehl wurde vom Krachen der zweiten Salve des Luggers übertönt. Dicht an Steuerbord stiegen Wasserfontänen auf. »Das war schon knapp«, murmelte Drinkwater.

»Kappen vorn!«

Zweimal biß die Axt zu. Die Trosse löste sich in ihre Kardeele auf, dehnte sich und riß, als der Zug zu stark wurde. *Kestrels* Bug fiel vom Wind ab.

»Klar bei Spring!« Das Heck wurde noch von der Spring gehalten, die von achtern nach vorn führte und an die gekappte Trosse angesteckt war. *Kestrel* drehte fast auf der Stelle, legte sich unter dem Winddruck über und begann, Fahrt aufzunehmen.

»Kappen achtern!«

An der achtersten Stückpforte schwang Jessup die Axt und kappte auch die Spring. Ihre Jolle, zwei Anker und hundert Faden Leine und Trosse zurücklassend, strebte *Kestrel* auf Steuerbordbug der offenen See zu.

Drinkwater wandte sich nach dem Lugger um und stellte überrascht fest, daß er bedrohlich nahe herangekommen war, ein eigenartiges Fahrzeug mit drei schrägen Masten und riesigen, hohen Segeldreiecken. Er starrte genau in die Mündungen seiner Backbordbatterie.

»Herr, du mein Gott! Gleich bestreicht er uns!« Drinkwater brüllte es nach achtern und vergaß dabei vor Entsetzen, daß sie – komme, was wolle – auf diesem Bug bleiben mußten, um sich aus der Bucht freizukreuzen.

»Hinlegen!« Griffiths' Baß übertönte die Schreckensrufe, seine Leute warfen sich gehorsam aufs Deck. Drinkwater duckte sich hinter die Ankerwinde, wobei ihm klar wurde, daß er weiter vorne lag als alle anderen. Und da kam auch schon die Breitseite, aber lückenhaft und schlecht gezielt, denn der Lugger hatte gerade angeluvt. Trotzdem forderte sie ihren Blutzoll. Der Luftdruck einer vorbeifliegenden Kugel traf Drinkwater wie ein Stoß vor die Brust, dennoch sprang er schnell auf, denn nun war zunächst das Schlimmste vorbei. Aber nicht alle Kugeln hatten ihr Ziel verfehlt. Mittschiffs wälzte sich ein Mann in seinem Blut, in Lee waren die Laufplanke und zwei Wanten zerschossen, und im Großsegel klafften Löcher, die zwei Kartätschenkugeln gerissen hatten. Erst bei Tagesanbruch sollten sie entdecken, daß eine weitere Kugel in der Bordwand steckte und das Freibord pockennarbig vom Schrotbeschuß war.

Griffiths stand jetzt selbst an der Pinne und hielt eisern Kurs. Der Bugspriet zeigte wie eine Lanze auf das überhängende Heck des Luggers, der auf Kernschußweite quer vor ihnen vorbeizog. Drinkwater sah, wie der Stückführer ihrer zweiten Backbordkanone die Lunte zum Zündloch senkte, dann hob er den Blick, um den Einschlag zu beobachten. In dem Augenblick, als sie das Heck des Luggers kreuzten, zündete das Schießpulver, und der Vierpfünder spuckte krachend Feuer. Drinkwater starrte in die Augen eines hochgewachsenen Franzosen, der – einen Stiefel auf die Fußreling gestützt – an den Besanwanten stand. Selbst noch im Dunkeln fühlte Drinkwater die

Autorität dieses Mannes, der nicht einmal zuckte, als die Kugel dicht an ihm vorbeiflog. Die beiden leichten Fahrzeuge arbeiteten schwer in der rauhen See, deshalb saß *Kestrels* Salve zu hoch, aber das Mündungsfeuer und Krachen hob die Moral an Bord.

Kestrel knüppelte weiter, das Heck des Luggers an Backbord lassend, und Drinkwater ging langsam nach achtern zu Griffiths. »Reparieren Sie die Wanten mit ein paar Taljereeps, Jessup«, sagte er im Vorbeigehen zum Bootsmann, der das Festzurren der Kanonen überwachte. Aber sein Ton war geistesabwesend, denn das Gesicht jenes unerschütterlichen Franzosen ging ihm nicht aus dem Sinn.

»Ob sie uns verfolgen, Sir?« fragte er Griffiths müde und war erleichtert, als die Antwort des Alten ungebrochenen Realitätssinn verriet.

»Worauf Sie sich verlassen können, mein Sohn. Wir müssen uns schleunigst davonmachen. Aber Sie gehen jetzt unter Deck und ziehen trockene Sachen an. Major Brown bricht gerade einer Cognacflasche den Hals. Stoßen Sie mit ihm an, danach setzen wir mehr Tuch; mal sehen, was sie leisten kann.«

Kestrel bewies, daß sie eine Menge leisten konnte. Bei Tagesanbruch wurden sie zwar immer noch verfolgt, aber sie hatten inzwischen Preventer aufgeriggt, die Rahsegel zogen voll, und außerdem hatten sie Leesegel ausgebracht. Als das Ende der Morgenwache geglast wurde, loggte Drinkwater elf Knoten; *Kestrel* schob als Bugwelle eine hohe weiße Schaumwalze vor sich her. Achtern beim Luvbackstag stand Griffiths und summte vor sich hin; er hatte sich kein einziges Mal umgeschaut. Nachmittags kamen die weißen Klippen von Dover in Sicht, und der Lugger drehte ab. Griffiths und Drinkwater übergaben das Deck an Jessup und speisten mit Major Brown.

»Unser Verfolger war die *Citoyenne Janine,* ein Lugger der französischen Küstenwache«, erläuterte Brown und verschlang hungrig die nächste Scheibe Schinken. »Er wurde einem verwegenen Bastard namens Santhonax zur Verfügung gestellt... Bei Gott, Madoc, diesmal hätten sie mich beinahe geschnappt. Santhonax muß von meinem Aufbruch Wind bekommen haben und wollte euch abfangen.« Er kaute hastig und spülte mit einem halben Glas Cognac nach. »Ich hatte Paris kaum eine Stunde verlassen, da waren sie mir schon auf den Fersen... Ohne die Geschicklichkeit und den Wagemut unseres jungen Freundes hier hätten sie mich gefaßt.«

Drinkwater murmelte etwas Unverständliches und nahm sich eine zweite Portion Schinken; auch er war plötzlich ganz ausgehungert.

»Mr. Drinkwater hat sich sehr gut gehalten, Major. Sie können davon ausgehen, daß er mein volles Vertrauen besitzt.«

Brown nickte. »Ist nur recht und billig. Im November vor einem Jahr haben Sie ihn ganz schön an der Nase herumgeführt.« Alle drei grinsten in Erinnerung an jene Nacht. Die Flasche machte die Runde, und sie entspannten sich allmählich.

»Eine Frage, Sir«, wagte sich Drinkwater vor. »Wieso erkannten Sie den Lugger? Haben Sie seinen Kommandanten gesehen?«

»Santhonax? Aber sicher, er stand doch am Heck. Trotzdem ist er nicht der Kommandant, darf nur über den Lugger frei verfügen. Das französische Marineministerium hat ihn mit einem Offizierspatent ausgestattet, zur besonderen Verwendung. In der Beziehung ähneln wir uns.« Er schwieg und leerte sein Glas. »Ich wette, er kennt in Südengland jeden Weg und Steg. Aber das kann ich nicht beweisen. Noch nicht. Daß der Lugger die *Citoyenne Janine* war, wußte ich mit Sicherheit, denn selbst bei Nacht war der schwarze Doppelstander zu erkennen, den Santhonax so gerne fährt. Irgendeine altkeltische Sentimentalität. Pardon, Madoc, war nicht bös' gemeint.«

Drinkwater hatte die gegabelte Flagge nicht gesehen, er wunderte sich nur über die abstrusen Details, die Brown wußte. Noch war er nicht vertraut mit der Vorliebe des Majors für scheinbar unwichtige Kleinigkeiten.

»Es wird ein verflucht langer Krieg werden«, fuhr ihr Gast fort. »Ich kann euch eines sagen: Die gottverdammten Yankees haben die Finger drin. Wir müssen schon wieder gegen sie kämpfen. Sie haben den Franzosen unbegrenzte Getreidelieferungen versprochen. Ohne diese Hilfe würde das Land glatt verhungern. Und die Aufständischen werden in Irland wieder für Unruhe sorgen ... Das sollte in ein, zwei Monaten kein Geheimnis mehr sein.« Brown runzelte die Stirn, suchte offenbar nach angemessenen Worten für seine bedeutsamen Neuigkeiten; diese Mimik erinnerte Drinkwater an Appleby. »Die werden hinter ihrer blutigen Fahne noch durch ganz Europa marschieren, denkt an meine Worte ...« Er nahm sich noch eine Scheibe Schinken. Drinkwater verstand jetzt Browns scheinbare Jovialität etwas besser. Auch er verspürte den Drang, einfach drauflos zu plappern, es mußte eine Reaktion auf die Belastungen der vergangenen Nacht sein. Und unter wieviel stärkerem Druck hatte Brown gestanden! Sobald er wieder an Land war, würde er seine Zunge hüten müssen, aber hier saß er mit Freunden zusammen und konnte sich gehenlassen. Griffiths füllte sein Glas zum xten Male nach.

»Konnten Sie Barrallier rausholen?« Browns Frage richtete sich an Drinkwater.

»Jawohl, Sir, wir haben ihn am Strand von Beaubigny aufgelesen.«

»Beaubigny?« Brown schien unangenehm überrascht. »Wo, zum Teufel, ist das? Ich hatte ein Rendezvous vor Criel vereinbart.« Fragend sah er Griffiths an.

Dieser schilderte ihm die örtlichen Verhältnisse. »Ich habe protestiert, Major, aber zwei Aristokraten lagen Dungarth in den Ohren, verstehen Sie?«

Brown nickte mit zusammengekniffenen Augen, was in dem fülligen, runden Gesicht ziemlich häßlich aussah.

»War einer davon ein – äh – menschenfeindlicher Sonderling?«

Sowohl Griffiths wie Drinkwater nickten.

»Und wurde Barrallier von Tocqueville begleitet?«

»Ja«, sagte Griffiths. »Außerdem hatte er allerhand Penunze dabei.«

Brown nickte und verfiel in Nachdenken. »Beaubigny«, murmelte er. Schließlich blickte er leicht verwirrt auf und fragte gespannt: »War auch eine junge Frau dabei? Eine Frau mit kastanienrotem Haar?«

»Das stimmt, Sir«, antwortete Drinkwater. »Und ihr Bruder Etienne.«

Brown hob die Augenbrauen. »Sie wissen ihre Namen?«

»Aye, Sir, sie nannten sich Montholon.« Es wunderte ihn, daß Brown, der doch so viele Geheimnisse kannte, über Dinge, die in Plymouth in aller Munde waren, nichts wußte. »Barrallier hat uns die Namen gesagt«, schloß er, »sie schienen kein Geheimnis zu sein.«

»Ha!« Brown warf den Kopf zurück und stieß ein kurzes, bellendes Lachen aus – wie ein Fuchs. »Guter alter Barralier«, sagte er mehr zu sich selbst. »Nein, ein Geheimnis sind sie nicht, aber ich bin doch überrascht, daß Hortense Frankreich verlassen hat . . .«

Die drei Männer verfielen in Schweigen. Brown grübelte über die Teile eines Puzzles, das langsam Gestalt annahm. Er hatte nicht gewußt, daß der Zwischenfall bei Carteret von *Kestrel* ausgelöst worden war, aber er hatte sich in Paris glücklicherweise nahe genug am Zentrum der Ereignisse aufgehalten, um beurteilen zu können, daß sie beinahe schon damals zum Kriegsausbruch geführt hätten. Der Major schloß die Augen und rief sich einige der faszinierenden Details ins Gedächtnis. Fregattenkapitän Edouard Santhonax hatte eine wichtige Rolle bei der Besänftigung des empörten Konvents gespielt. Und als ihn Brown – abgesehen von der vergangenen Nacht – zum letzten Mal gesehen hatte, war die Dame am Arm des attraktiven jungen Offiziers keine andere gewesen als Hortense Montholon. Wie ein gehetztes Opfer der Revolution hatte sie dabei nicht gewirkt.

Kapitänleutnant Griffiths beobachtete seinen Passagier und spürte, daß ein Geheimnis in der Luft lag. Er rief sich ihr Gespräch in Erinnerung, um ihm auf die Spur zu kommen; Drinkwater aber beunruhigte nur die Erinnerung an kastanienrotes Haar und große graue Augen.

FÜNFTES KAPITEL

Oktober – Dezember 1793

Zwischenfall bei Ouessant

In den nun folgenden Wochen vergaß Drinkwater allmählich die Schießerei vor Beaubigny, die Rettung von Major Brown und das anschließende Scharmützel mit dem französischen Lugger. Nur manchmal, wenn in dunklen Nächten die Kajüte vom tanzenden Schein der pendelnden Öllampe erhellt wurde, beunruhigte ihn eine wunderschöne Erscheinung mit langem, kastanienrotem Haar. Und gelegentlich fiel ihm das Einschlafen schwer, wenn er sich an das beklemmende Gefühl des Ertrinkens erinnerte, als Tregembo ihn an der Leine durch die Brandung gezogen hatte, während Browns totes Gewicht ihn unter Wasser zerrte. Aber all diese Erinnerungen verblaßten, wurden bewußt in die Tiefen seines Gedächtnisses abgedrängt, wo schon das Bild des Gemetzels in den Sümpfen von Carolina und sein Haß auf Morris ruhten, den abartigen Tyrannen der Fähnrichsmesse der Fregatte *Cyclops*.

Nur einmal nahm die Erinnerung an die Flüchtlinge von Beaubigny konkretere Formen an, und da wurde sie von Griffiths heraufbeschworen. Er zeigte ihm den kurzen Artikel in einer schon vergilbten englischen Zeitung, der vom gewaltsamen Tod eines französischen Edelmannes berichtete; man hatte seine Leiche in einer Gosse von St. James gefunden. Die Polizei glaubte an einen Raubmord, weil die Geldbörse des Grafen fehlte und er am selben Abend hoch beim Glücksspiel gewonnen hatte. Doch sein Name war de Tocqueville, und Griffiths hob skeptisch die Augenbrauen, um den Verdacht anzudeuten, daß der Graf eher einem politischen Mord zum Opfer gefallen sei.

Doch der Dienst fegte alle Spekulationen beiseite. Schon wimmelte es im Kanal von französischen Korsaren, ob nun Lugger oder Fregatten, die sich mit Feuereifer in den Handelskrieg stürzten. In das Gerangel französischer Handelsstörer und britischer Frachtschiffe mischten sich einzelne britische Fregatten mit mehr Lärm als Erfolg. Doch dann erbeutete Pellew am 18. Juni vor dem Start Point mit seiner *Nymphe* die französische *Cleopatre* und wurde dafür geadelt – eine Auszeichnung, die in der Kriegsmarine viele ehrgeizige Gemüter vor Tatendrang vibrieren ließ.

Kestrel jedoch war mit profaneren Aufträgen beschäftigt, brachte Depeschen, frisches Gemüse, Post und Klatsch zu den draußen operierenden Kriegsschiffen – ein Mädchen für alles, das stärkere Gegner mied und schwächere beutelte. Pellew holte sich, ungeachtet der Proteste des Kommandanten, einige Männer aus Griffith's Besatzung, um seine Crew aufzubessern, die aus unerfahrenen kornischen Bergleuten bestand. Aber es kam nur zweimal zu solchen Aderlässen; *Kestrels* Crew, überwiegend Freiwillige, blieb eine verschworene, kompetente Gemeinschaft, die auch dem Flaggschiff des anspruchsvollsten Admirals zur Ehre gereicht hätte.

»Besser als die Angeber der Cumberland-Flotte«, behauptete Jessup stolz und spielte damit auf die Themse-Yachten an, wo aus solchen Feinheiten wie dem Segelstand fast ein Glaubensbekenntnis gemacht wurde. Auch Griffiths hatte immer ein wohlwollendes Augenzwinkern dafür übrig, wenn *Kestrels* Crew vor der Nase eines neidischen Fregattenkapitäns, der mit seinen Landratten schier verzweifelte, ein smartes Manöver gelang. Im Geist hörte er dann wohl die Bemerkungen drüben auf dem Achterdeck über die »verdammte Frechheit unverschämter Zivilisten«.

Bei aller Betriebsamkeit war Drinkwater sich bewußt, daß er auf einem vom Glück begünstigten Schiff segelte, daß Griffiths selten die Prügelstrafe verhängte, sie auch gar nicht brauchte, und daß er eine glorreiche Zeit erlebte.

Falls er sich um seine Zukunft Sorgen machte, so ließ er sich das an Deck nicht anmerken. Das anstrengende Wache-um-Wache-Gehen, die Aufregungen einer Verfolgungsjagd oder Flucht und der bescheidene Profit, den sie mit gelegentlichen Prisen erzielten, entschädigten ihn zum Teil für seine trüben Zukunftsaussichten.

Im Dezember kreuzten sie vor der flachen Insel Ouessant. Sie suchten Kommodore Warren, um ihm die Nachricht zu überbringen, daß sich sein neues Geschwader nach vielen Verzögerungen und Streitereien mit der Werft zu Beginn des neuen Jahres endlich unter seinem Befehl vor Falmouth sammeln sollte.

Es war ein Tag mit frischem Ostwind, der den nassen Herbst mit seinen dauernden Westlagen endgültig vertrieb. Bis jetzt hatte ihnen der Atlantik einen Sturm nach dem anderen geschickt, acht Wochen lang, in denen *Kestrel* ihre Aufträge nur unter größter Anstrengung erfüllen konnte – mit einer geschundenen Crew, die nie aus den nassen Sachen herauskam, mit steinharten, triefenden Segeln und einem Kombüsenherd, der nie brannte.

Jetzt hüllte heller Sonnenschein den kleinen Kutter in Zuversicht, die Stimmung an Bord besserte sich, und die nassen Kleider, die in Luv zum Trocknen ins Rigg gehängt wurden, gaben dem Schiff etwas zigeunerhaft Unbekümmertes.

Die flache Insel an der Nordwestspitze Frankreichs lag an Backbord achteraus; von Zeit zu Zeit nahm Drinkwater eine Peilung zum Leuchtturm auf dem höheren Kap Stiff. Dabei wurde er plötzlich von einem Anruf aus dem Mastkorb unterbrochen: »An Deck: Segel in Luv!«

»Verständigt den Kommandanten.«

»Aye, aye, Sir.«

Griffiths kam schleunigst an Deck, warf einen Blick zur Insel hinüber, einen zweiten hinauf zur langen, im Ostwind nach Steuerbord auswehenden Windfahne, und befahl: »Hinauf mit Ihnen, Mr. Drinkwater.«

Behende kletterte Drinkwater in den Mast und hakte oben ein Bein über die Topprah. Er mußte nur einmal hinsehen, um festzustellen, daß es sich bei dem Neuankömmling nicht um Warrens *Flora* handelte; sein Verdacht, der auf dem Ostwind beruhte und den er unausgesprochen mit Griffiths teilte, wurde bestätigt. Die große Marinebasis Brest lag in der Nähe, und die Segelpyramide, die er da vor sich sah, mußte morgens den Goulet herabgeglitten sein. Schon erkannte er hinter der ersten eine zweite.

»Zwei Fregatten, Sir«, meldete er, sowie er das Deck erreichte. »Halten direkt auf uns zu und setzen mehr Segel.«

Griffiths nickte, er war nicht überrascht. »Mr. Jessup!«

Der Bootsmann kam an Deck gestürzt, den Wachmantel nur halb übergeworfen. »Sir?«

»Wir gehen vor den Wind; ich will Preventer gesetzt haben und so viel Tuch, wie sie nur tragen kann. Mr. Drinkwater, einen Kurs, der uns gut freihält von den Pierres Vertes und zur Einfahrt in die Fromveur-Passage führt . . .« Er deckte die herbeihastende Crew mit weiteren Befehlen ein, doch Drinkwater stürzte schon unter Deck an seine Seekarten.

Die Insel Ouessant – oder Ushant für viele Generationen britischer Seeleute – liegt etwa dreizehn Seemeilen westlich der bretonischen Küste. Zwischen Ouessant und der Landspitze von St. Matthew zeigte *Kestrels* Karte ein mit punktierter Linie eingekreistes Gebiet, in dem Felsen, Riffe und Inselchen die Schiffahrt erschwerten: »Viele gefährliche Untiefen, Felsen u.ä., zwischen denen unberechenbare Tidenströmungen auftreten«, warnte die Karte. Selbst bei ruhigstem Wetter stand hier stets eine hohe Atlantikdünung herein, dazu kam das ewige Auf und Ab von Ebbe und Flut; bei Springtide konnte der Strom sechs bis sieben Knoten erreichen. Falls dann noch Wind gegen Tide stand, baute sich eine hohe, steile und heimtückische See auf; jedenfalls war auch unter günstigsten Bedingungen hier ein exaktes Navigieren unmöglich.

Das Gebiet war so berüchtigt, daß England und Frankreich ein Abkommen getroffen hatten, wonach letzteres sich verpflichtete, auf der Stiff-Huk einen Leuchtturm zu errichten und zu unterhalten, »im Krieg wie im Frieden, zum allgemeinen Wohle der Menschheit«. Dieser Turm war nach Entwürfen von Vauban auf dem höchsten Punkt der Insel errichtet worden, und zwar schon vor einem Jahrhundert.

Zwei Fahrrinnen gab es durch die Untiefen zwischen Ouessant und dem Festland: den Chenal du Four, eine gewundene Passage zwischen St. Matthew und den Le-Four-Felsen, und den Fromveur auf der landwärtigen Seite der Insel; letzteren studierte Drinkwater.

Als er über die Karte gebeugt stand, spürte er die plötzliche Beschleunigung, die dem Lärm und der Unruhe der Halse folgte. *Kestrel* reagierte gehorsam auf die drängende Besorgnis ihres Kommandanten und preschte vor dem Wind davon. Drinkwater hangelte sich schnell in seine eigene Kammer und holte ein fleckiges Notizbuch vom Bord. Einst hatte es Master Blackmore gehört, dem Navigator auf der Fregatte *Cyclops*. Hastig blätterte er darin, fand das Gesuchte und las mit konzentriert gerunzelter Stirn. Dann verglich er Blackmores Notizen mit der von französischen Unterlagen kopierten Karte. Vor den gefährlichen Untiefen schauderte ihn, aber der Fromveur-Kanal selbst schien tief zu sein und gerade zu verlaufen. Wieder einmal verfluchte Drinkwater die Gleichgültigkeit der Admiralität, die es jedem Kommandanten selbst überließ, sich die notwendigen Karten zu besorgen. Auch *Kestrel* mit ihren Geheimaufträgen bekam nur einen Kleckerbetrag, so daß Griffiths lediglich über so viele Karten verfügte, wie er sich leisten konnte.

Drinkwater sprang wieder an Deck. Ouessant lag jetzt an Steuerbord voraus, und als er sich umblickte, sah er, daß die erste Fregatte schnell zu ihnen aufschloß. Je eher sie den Fromveur erreichten und sie abschütteln konnten, desto besser. Drinkwater erinnerte sich, wie arrogant Barrallier die Überlegenheit französischer Fregatten gerühmt hatte und wie erstaunt er gewesen war, daß Griffiths an der französischen Küste mit derart unzureichenden Karten navigierte. Nach seinen Worten hatte die alte französische Regierung schon vor siebzig Jahren eine Kanzlei eingerichtet, die sich nur mit der Erstellung neuester Karten befaßte.

Ungeduld drängte ihn zum Handeln, als Drinkwater sich über den Kompaß beugte; er stürzte wieder unter Deck, um die Werte einzutragen. Schon hatte der Kanalstrom sie zu weit nach Norden versetzt, schob sie erbarmungslos auf die Felsen und Riffe an Steuerbord. Er eilte wieder nach oben und wollte Griffiths schon zu einem Ausweichen nach Süden raten, als der Ausguck erschrocken herabrief: »Brecher an Steuerbord voraus!«

Jessup stürzte an die Großschot. »Klar zur Halse!« schrie er. Wenn sie schnell halsten, konnte *Kestrel* noch gegen den Strom von den Felsen freikommen und nach Süden anluven. Die Männer waren bereits auf ihren Manöverstationen und erwarteten Griffiths' Befehle.

Doch: »Belege das«, widerrief Griffiths Jessups Anweisung. »Sind das die Pierres Vertes, Mr. Drinkwater?«

»Ja, Sir.«

Griffiths sah zu der Stelle hinüber, wo das Wasser weiß kochte und ab und zu einen dunklen Fleck freigab: die Felsen. Aber wenn sie sich nach Süden wandten, würde die Fregatte sie noch schneller einholen.

»Kurs Nordwest«, befahl Griffiths. »Die Schoten dichter, Mr. Jessup... Mr. Drinkwater, wir segeln innen durch...« Er sprach so ruhig und selbstsicher, als sei keinerlei lebenswichtige Entscheidung gefallen. Doch Drinkwater blieb keine Zeit zum Nachdenken, denn eine Kugel durchschlug oben das Rahsegel, eine andere krachte ins Schanzkleid und überschüttete das Deck mit einem Splitterhagel; einer der langen Pechkiefer-Speere traf einen Seemann und riß eine furchtbare Wunde. Sie hatten keinen Arzt an Bord, der sich seiner hätte annehmen können.

Um den Riffen nicht zu nahe zu kommen, hatte die Fregatte leicht nach Backbord gehalten; ihr Kurs verlief jetzt in spitzem Winkel zu dem des Kutters, so daß die Franzosen die vorderste Kanone abfeuern konnten. Eine Rauchwolke hing vor ihrem Bug, vom achterlichen Wind getragen.

»Sauber Kurs halten, verdammt noch mal«, knurrte Griffiths den Rudergänger an. Wie Drinkwater war offenbar auch er im Geiste mit Dreiecksberechnungen beschäftigt. Sie mußten *Kestrel* dicht an den Pierres Vertes halten, wenn sie nicht von der Strömung nach Norden auf den Roche du Loup, den Roche du Reynard und die dazwischenliegenden Riffe versetzt werden wollten; und sie mußten der Versuchung widerstehen, scheinbar ruhiges Wasser anzulaufen, wo die Gefahr im verborgenen lauerte.

Die Pierre Vertes lagen jetzt fast vor ihrem Bug. Sie spürten den Sog, sahen die Tidenwirbel um die Felsen spielen. *Kestrel* schien im Vorwärtsstürmen kurz zu stolpern, und dann lagen die Felsen plötzlich achteraus. Vereinzelte Hochrufe klangen auf, als die Besatzung begriff, daß ihr Schiff gerade knapp dem Verderben entronnen war.

Doch die Freude dauerte nicht lange.

»An Deck! Segel voraus – sechs Strich an Steuerbord!«

Selbst von Deck konnte Drinkwater das fremde Schiff klar erkennen: eine leichte Fregatte oder Korvette, die aus dem Canal du Fromveur kam und ihnen den Fluchtweg versperrte; sie war unbemerkt herangekommen, weil sich die *Kestrels* alle auf die Untiefe konzentriert hatten.

»Mr. Drinkwater, notieren Sie den Namen des Ausguckpostens! Ich lasse ihm für seine Schlamperei das Fell gerben.«

Wieder ein Segeltreffer oben und mehrere Wasserfontänen längsseits. Ein Abpraller krachte mit halber Kraft ins Überwasserschiff.

Sie saßen in der Falle.

Drinkwater warf Griffiths einen Blick zu. Der alte Waliser strahlte stoische Resignation aus, die Drinkwater als Eingeständnis der Niederlage interpretierte. Gewiß, *Kestrel* konnte sich noch eine Zeitlang wehren, aber das war nur noch Formsache, eine Frage der Ehre. Entkommen konnte sie kaum. Griffiths war ein alter Mann, der seine Entschlußkraft eingebüßt hatte. Ihre Glückssträhne war gerissen. Offenbar war er sich dessen auch bewußt und benahm sich jetzt wie ein verwundetes Tier, das sich zum Sterben verkroch. Dieser Übermacht einen Zwölf-Kanonen-Kutter zu übergeben, war aber bestimmt keine Schande.

Als sollten sie noch schneller zur Kapitulation getrieben werden, zerplatzte achtern plötzlich ihre neue Jolle in einem Splitterhagel. Die Kugel durchschlug die Heckspiegelplanken, prallte mit hellem Klang gegen Kanone Nr. 11 und stürzte sie um, ehe sie deformiert über die Steuerbordreling davonheulte.

Griffiths raffte sich zu einem Befehl auf: »Steuerbordbatterie klar zum Schuß! – Mr. Drinkwater, nach der Breitseite streichen Sie die Flagge. – Mr. Jessup, wir luven an, und Sie lassen das Rahsegel aufgeien...«

Eine Welle dumpfer Resignation lief über das Deck. Sie stachelte Drinkwater plötzlich zu heißer Wut auf. Ein langer Krieg, hatte Appleby gesagt, und lange würde er ihm werden, wenn er eingesperrt in einer französischen Gefängnishulk saß und von Elizabeth träumte. Die Vorstellung war ihm einfach unerträglich. Griffiths würden sie ja vielleicht austauschen, aber wer gab auch nur einen Penny für einen kleinen Steuermann? Trotzdem, sie mußten jetzt anluven, eine Ehrensalve abfeuern und sich dann der großen Fregatte ergeben, die mit schäumender Bugwelle von achtern aufkam.

Bitter, daß sie dafür in den Wind drehen mußten, in die einzige Richtung, die eine Fluchtmöglichkeit bot. Oder geboten hätte, wären da nicht die Felsen gewesen.

Plötzlich durchzuckte Drinkwater eine Idee – so simpel war sie, aber so riskant, daß ihm klar wurde: Sie hatte schon längere Zeit an der Grenze seines Bewußtseins gelauert, schon seit er Blackmores Notizen studiert hatte. Aber alles war besser als eine schändliche Kapitulation.

»Mr. Griffiths!« Der Kommandant wandte sich um. »Mr. Griffiths, ich glaube, wir können durch die Riffe entkommen, Sir. Es gibt eine Durchfahrt zwischen diesen beiden Inseln...« Drinkwater deutete nach Steuerbord querab auf die Inselchen Bannec und Balanec. Unsicher folgte Griffiths seinem Blick. Dann sah er achteraus. Drinkwater nutzte seine Unentschlossenheit. »Unsere Karte ist alt, Sir. Ich habe Aufzeichnungen neueren Datums in einem Notizbuch...«

»Dann holen Sie es!« bellte Griffiths und schien mit seiner Resignation auch die Last der Jahre abzuschütteln. Drinkwater ließ es sich nicht zweimal sagen. Er stürzte nach unten in seine Kammer, riß Blackmores altes, fleckiges Journal an sich und hastete wieder an Deck, wo ihn blasse Gesichter, die noch nicht zu hoffen wagten, gespannt erwarteten. Jessups Leute waren schon oben und geiten das Rahsegel auf. Andere laschten sorgsam den umgestürzten Vierpfünder fest. Griffiths starrte prüfend zu der Lücke zwischen den beiden Inseln hinüber und schien vergessen zu haben, daß ihn zwei feindliche Schiffe in die Zange nahmen.

»Hier, Sir...« Drinkwater knallte das offene Journal aufs Niedergangsluk. Beide Männer beugten sich über die Zeichnung, und

Drinkwater fuhr die Passage mit dem Finger nach. Er hörte Griffiths etwas Walisisches murmeln und verstand die Worte: »Zwischen den Men ar Reste und dem Carrec ar Morlean...« Er sprach die alten Namen walisisch, nicht bretonisch aus und starrte in die angegebene Richtung; wie Raubtierfänge lauerten dort trockengefallene Felsen auf *Kestrels* empfindlichen Kiel.

»Kriegen Sie uns da durch?« fragte Griffiths knapp.

»Ich will's versuchen, Sir. Mit Peilungen und einem Ausguck auf der Saling.«

Griffiths kam zu einem Entschluß. »Markieren Sie in der Skizze unsere Position.« Er rief einen Seemann heran, der das Journal aufgeklappt festhalten mußte. Drinkwater beugte sich mit klopfendem Herzen über den Kompaß, während ein völlig verwandelter Griffiths hinter ihm Befehle bellte.

»Mr. Jessup, wir gehen durch die Felsen. Sie achten mir auf den Segelstand und holen alles heraus...«

»Aye, aye, Sir.« Eifrig rannte Jessup nach vorn, seine Energie wirkte ansteckend auf die Umstehenden. Die Männer eilten an die Nagelbänke, standen erwartungsvoll an Schoten und Taljen, während die Rudergänger keinen Blick von ihrem Kommandanten ließen und sich bereithielten, auf das kleinste Zeichen mit ihrem ganzen Gewicht gegen die geschwungene Eschenpinne zu drücken.

Mittschiffs ein Krachen, dann flog das Lenzpumpenhaus in Stücke, der gußeiserne Schwengel blieb grotesk verbogen zurück. Die nächste Kugel schlug in den Rumpf ein, und als Drinkwater sich umsah, ragte die Fregatte dicht und drohend hinter ihnen auf. Weniger als zwei Meilen voraus stand die Korvette, hatte bereits das Großsegel aufgegeit und versperrte ihnen den Weg. Drinkwater richtete sich auf.

»Kurs Ostnordost, Sir, und zwar auf der Stelle...«

Griffiths nickte. »Anluven! Voll und bei halten! Vorsegelschoten dicht! – Du da...« Er zeigte auf einen Mann bei Kanone zwölf. »Nimm dein Messer und kapp den Preventer dort.«

Kestrel ging an den Wind, Gischt hüllte jetzt ihr Luv-Vorschiff ein. Drinkwater warf einen Blick auf den Kompaß und nickte, dann rannte er nach vorn. »Tregembo! Hinauf mit dir und melde mir Felsen, Kabbelwasser und Wirbel...« Tregembos Augen leuchteten auf und erinnerten Drinkwater daran, daß der Mann in seiner Jugend hier Schmuggelfahrten unternommen hatte. Also fügte er hinzu: »Die Tide läuft mit – ich muß verdammt schnell Bescheid wissen.«

»Aye, aye, Sir!« Tregembo enterte in den straffen Luvwanten auf, und Drinkwater folgte ihm bis zur halben Höhe. Der Wind war zwar frisch, konnte sich hier aber nicht voll einwehen, deshalb sollten sich eigentlich die meisten Gefahrenstellen an der Wasseroberfläche gut erkennbar abzeichnen. Nervös biß er sich auf die Lippen. Niedrigwasser war lange vorbei, die Flut schob *Kestrel* schnell nach Nordost.

»Wirbel, Sir, an Steuerbord voraus...« Tregembo deutete hin. »Und noch einer an Backbord...«

Drinkwater sprang an Deck und beugte sich über Blackmores Karte. Viereinhalb Faden Wasser über der Basse Blanche an Steuerbord und nur knapp ein Faden über dem Melbian an Backbord.

»Geht's noch ein bißchen höher, Sir?« Griffiths nickte mit schmalem Mund. Drinkwater lief wieder nach vorn und enterte auf. Als er sich gerade mit baumelnden Beinen neben Tregembo auf die Saling zog, zerriß ein gewaltiges Aufbrüllen die Luft. Sein Glas – das Dollond-Teleskop, das er eben aus der Tasche gezogen hatte – wurde ihm aus der Hand geschlagen, sein Körper wurde herumgewirbelt wie damals in der Brandung. Er sah das Glas noch einmal im Sonnenlicht aufblitzen, dann kippte er hilflos wie eine Stoffpuppe nach unten weg. Doch eine harte Faust packte ihn am Oberarm. Tregembo zog ihn auf die Saling zurück, während tief unter ihren Füßen das kleine Teleskop von einer Jungfer abprallte und im weißen Wasser verschwand.

Drinkwater holte tief Atem. Beim Umsehen stellte er fest, daß die große Fregatte nach Süden abgedreht hatte, weg von der ihr knapp entronnenen Beute, der Rauch ihrer Breitseite trieb nach Steuerbord davon. An ihrem Heck konnte Drinkwater den Namen entziffern: *Sirène*. Sie würde sich mit einer zweiten Breitseite verabschieden, ehe sie sich endgültig nach Südost trollte.

Drinkwater wandte sich wieder Tregembo zu. »Dank für deine Hilfe«, murmelte er, verärgert über den Verlust seines kostbaren Fernglases. Er starrte nach vorn, verdrängte den Gedanken an die halb vom brettharten Großsegel verdeckte Korvette und an *Sirènes* letzte Breitseite.

Sie waren jetzt rings von weißem Wasser umgeben. Vor ihrem Bug öffnete sich rapide die Lücke zwischen den beiden graugrünen Inselchen Bannec und Balanec. Der Tidensog legte überall schwarze Felsen frei, an denen sich die See schäumend brach. Immer noch war nirgends eine Fahrrinne zu erkennen.

Hoch am Wind preschte *Kestrel* weiter, und die steigende Flut schob erbarmungslos mit. Plötzlich erkannte Drinkwater voraus einen schwarzen Granitblock: Der Ar Veoe lag genau vor ihrem Bug. Er zwang sich zur Ruhe und brachte das Vorsteg in eine Linie mit dem Felsen. Wenn dieser nun nach links auswanderte, dann würde er an Backbord bleiben; nach rechts bedeutete, daß sie ihn an Steuerbord lassen, aber dahinter in Gefahr geraten würden. Und wenn die Peilung stand, mußten sie ihn rammen.

Die dunklen Buckel der Men ar Reste tauchten querab auf und blieben achteraus zurück.

Aber die Peilung zum Ar Veoe stand nach wie vor. Auf beiden Seiten rückten die vorgelagerten Riffe der Inseln schnell näher, scheinbar beschleunigt durch *Kestrels* hohe Fahrt.

Drinkwater drehte sich um und rief hinunter: »Sie kommt nicht am Ar Veoe vorbei, Sir!« Er sah, daß Griffiths einen Blick auf die Skizze warf. Sie *mußten* östlich von diesem Granitblock bleiben, durften nicht nach Lee abfallen, sonst trieben sie auf die Riffe der Ile de Bannec und waren rettungslos verloren.

Die Entfernung schrumpfte, doch der Felsen wanderte immer noch nicht aus. Sie mußten wenden! Drinkwater packte eine Pardune und rutschte daran hinunter. Ohne Rücksicht auf seine verbrannten Handflächen hangelte er sich nach achtern und fuhr Griffiths an: »Wir werden nach Lee versetzt! Wir *müssen* wenden, Sir, sofort... Uns bleibt keine Wahl.«

Griffiths nahm von seinem Untergebenen keine Notiz, riß jedoch den Kopf hoch und brüllte: »Klar zur Wende! Lebhaft!«

Die Männer begriffen, worum es ging, und gehorchten wie der Blitz. »Mein Gott, hoffentlich wissen Sie, was Sie tun«, grollte Griffiths. »Entern Sie wieder auf, und wenn wir genug Luv gemacht haben, heben Sie den rechten Arm...« Die unterdrückte Spannung dämpfte seine Stimme; alle Resignation war verschwunden, ersetzt durch das Vertrauen in seinen Ersten. Kurz trafen sich ihre Blicke, und jeder erkannte, daß sich beim anderen in dieser Extremsituation Todesangst und seemännische Erfahrung die Waage hielten.

Als Drinkwater die Saling erreicht hatte, wurden die Wanten, die eben noch in Luv gewesen waren, schlaff: *Kestrel* hatte rasant gewendet. Jetzt zeigte ihr Bugspriet nach Südost, sie querte die schmale Rinne nach Luv, wurde aber vom Flutstrom immer noch in nordöstliche Richtung versetzt. Drinkwater hatte sich kaum orientiert, als ihn ein Instinkt drängte, den rechten Arm zu heben. Prompt wurde Ruder gelegt, und die Spiere unter ihm bebte wie der ganze Mast, als der Kutter abermals durch den Wind ging.

Kaum hatte sich *Kestrel* auf Backbordbug gelegt, da rauschte der bucklige, schrundige Klotz des Ar Veoe an ihnen vorbei. Die Tide zerrte am Tang zu seinen Füßen, von seiner Schulter erhoben sich zwei Kormorane und zogen mit langsamem Flügelschlag tief über dem Wasser davon. Auf beiden Seiten sahen die Männer ihr Verderben lauern: Der Carrec ar Morlean dräute querab an Steuerbord, die Riffe von Bannec lagen an Backbord voraus. *Kestrel* hielt mit nickendem Bugspriet mutig auf die Lücke zu. Dann zogen die Felsen auf beiden Seiten vorbei, und Drinkwater glitt wieder an Deck, um ihre neue Position auf Blackmores Karte einzutragen. Griffiths spähte ihm dabei über die Schulter. Sie waren fast durch, mußten nur noch eine letzte Engstelle bei den Gourgant Rocks bewältigen, die sich jetzt an Steuerbord öffneten. Die französische Fregatte hatte das Feuer längst eingestellt, auf dem Kutter dachte keiner mehr an den Feind, als sich Erleichterung auf den Gesichtern abzuzeichnen begann. Die Gourgants fielen zurück und verschwammen mit der scheinbar undurchdringlichen Barriere aus weißem Wasser und schwarzem Fels, die sie hinter sich gelassen hatten.

»An Deck!« Das war Tregembo, oben noch auf Posten. »Fels direkt voraus und nahe!«

Griffiths reagierte instinktiv. »Abfallen!«

Drinkwater war bis zur halben Höhe der Steuerbordwanten gekommen, da sah er es. *Kestrel* war zwar schon einen Strich abgefallen, aber immer noch viel zu nahe. Während ihr Bugspriet vom Felsen wegschwang, drückte der Tidenstrom ihr Heck darauf zu. Durch Drinkwaters Geist zuckte das Schreckensbild splitternder Planken, einer steuerlosen Hulk ... Er fuhr herum und schrie nach achtern: »Anluven!«

Einen Augenblick dachte er, Griffiths würde ihn ignorieren; war diese Unbotmäßigkeit zu viel für den Alten? Doch dann sah er wie erlöst, daß sich der Kommandant nach vorn warf und die Pinne nach Backbord drückte.

Der Kutter begann aufzudrehen, während der halb überspülte Felsen auf sein Achterschiff zuschoß. Aber es war zu spät. Drinkwater flog jetzt am ganzen Körper wie eine Fliege im Netz und starrte fasziniert außenbords. Er wußte, daß die Wanten, an die er sich klammerte, in zehn, fünfzehn Sekunden wie Spinnweb reißen würden, wenn der Steuerbordrumpf barst, daß der Mast wie ein Strohhalm geknickt und *Kestrel* auf die Seite gerollt werden mußte, ein hilflos kenterndes Wrack. Unter ihm stürzten Männer an die Reling. Da erfaßte der Sog das Schiff. *Kestrel* zitterte kurz, ihr Heck wurde von der Welle angehoben, die sich in Stromluv des Felsens aufbaute, dann rutschte es nach Stromlee, ins Wellental, von der See verächtlich beiseite gewaschen. Sie sahen Blasentang, rochen Vogelmist, und dann waren sie vorbei, nach Norden ausgespuckt wie ein Stück Treibholz. Kurz darauf lag Basse Pengloch, die Nordspitze der Ile de Bannec, hinter ihnen.

Mit weichen Knien sprang Drinkwater an Deck. »Wir sind durch, Sir.« Er grinste erleichtert, aber eine blutig zerbissene Lippe strafte sein Grinsen Lügen.

»Aye, Mr. Drinkwater, wir sind durch. Und ich ersuche Sie, dafür zu sorgen, daß Grog ausgegeben wird.«

»An Deck!« Wieder erstarrten alle vor Schreck, fürchteten eine neue Untiefe vor ihrem Bug. Aber Tregembo deutete achteraus.

Drinkwater enterte auf, und als er wiederkam und Griffiths das geliehene Teleskop zurückgab, sagte er: »Die beiden Fregatten und die Korvette sind immer noch vor der Kimm; aber dahinter kommen eine Menge Bramsegel auf. Sieht aus, als wären wir gerade einer ganzen Flotte entkommen, Sir.«

Griffiths hob eine weiße Braue. »Tatsächlich? Na, dann wollen wir mal *Flora* vergessen, Mr. Drinkwater, und mit diesen Neuigkeiten nach Hause segeln. Geben Sie mir den Kurs für Plymouth.«

»Aye, aye, Sir.« Drinkwater wandte sich ab. Schon legte sich die Erregung der letzten beiden Stunden und wich dem nagenden Verdruß über den Verlust seines geliebten Dollond-Glases.

SECHSTES KAPITEL

Januar – Dezember 1794

Nachtangriff

Weder Griffiths noch Drinkwater wußten, daß die Fregatten, denen sie bei Ouessant entkommen waren, zu Admiral Vanstabels Flotte gehörten. Der Admiral war unterwegs nach Amerika, um dort ein französisches Geschwader zu verstärken und einen Getreidekonvoi sicher nach Frankreich zu geleiten. Die Bedeutung der Getreidelieferungen für die ruinierte republikanische Volkswirtschaft und für das Überleben der französischen Regierung hatte Major Brown den Briten klargemacht.

Vanstabel entging der Verfolgung, aber im Frühjahr 1794 schickte die britische Admiralität endlich die langerwarteten schnellen Eingreifgeschwader auf See. *Kestrel* gehörte zum Geschwader von Sir John Borlase Warren, der seinen Kommandowimpel auf der 42-Kanonen-Fregatte *Flora* gehißt hatte. Warrens Fregatten operierten in den westlichen Zufahrtswegen zum Kanal, manchmal einzeln, manchmal im Verband. *Kestrels* Rolle dabei war in ihrem Logbuch trocken so charakterisiert: »Fahrzeug für unterschiedliche Aufgaben«. Sie brachte Befehle von *Flora* zu einer anderen Fregatte und kehrte mit Geheiminformationen zurück. Oder sie wurde mit Depeschen nach Falmouth geschickt und hatte auf dem Rückweg Post, neue Befehle oder einen neuen Offizier für das Geschwader an Bord; alle Beiboote und der Raum unter den Kanonen waren dann mit Kohlköpfen und Säcken voller Kartoffeln und Zwiebeln vollgepackt.

Die Besatzung kam nicht zur Ruhe. Jedesmal, wenn sie Falmouth anliefen, mußte Drinkwater an Elizabeth denken, der er hier im Jahre 1780 zum ersten Mal begegnet war. Deshalb wurde er auf der Reede von Carrick immer schwermütig. Trotzdem war ihm keine Pause gegönnt, denn das kalte Januarwetter hatte bei Griffiths einen Fieber-Anfall ausgelöst; während der Kommandant klaglos, schwitzend und phantasierend in seiner Koje lag, führte Drinkwater auf seinen

71

ausdrücklichen Befehl hin das Schiff, ohne daß ihre Vorgesetzten darüber informiert wurden.

Griffiths erholte sich nur langsam und erlitt immer wieder Rückfälle. Praktisch hatte Drinkwater das Kommando, was ihm auch niemand streitig machte. Jessup und die Besatzung respektierten ihn vorbehaltlos, seit er sie vor Vanstabels Fregatten gerettet hatte. »Mr. Drinkwater ist schon in Ordnung«, sagte Jessup zu Johnson, dem Zimmermann, und Tregembo erzählte von seiner Rückeroberung der *Algonquin* im Krieg mit Amerika, womit er die Drinkwater-Fama noch ausschmückte. Tregembos Treue war ebenso rührend wie ansteckend.

Ohne Warrens Wissen befehligte Drinkwater den Kutter auch beim Gefecht am St. Georgstag. Fünfzehn Meilen westlich der Roches Douvres stellte Warrens Geschwader eine etwa gleich starke Streitmacht unter Kommodore Desgaraux. Zu der Zeit verfügte Warren über die Yacht *Arethusa* unter Sir Edward Pellew, über die Fregatten *Concorde* und *Melampus* und die schwerfällige *Nymphe,* die aber zu weit abstand und nicht mehr rechtzeitig herankreuzen konnte.

Während des Gefechts fungierte *Kestrel* als Warrens Wiederholungsschiff, was von Drinkwater höchste Aufmerksamkeit verlangte, sowohl beim Manövrieren des Kutters wie bei der Weitergabe der Signale. Daß Drinkwater das ohne Griffiths schaffte, blieb Warren unbekannt. *Kestrels* Rolle wurde in dem Bericht über das Seetreffen, den die »Gazette« veröffentlichte, nicht einmal erwähnt. Warren allerdings triumphierte: Kommodore Desgareaux' *Engageante* wurde erobert, wenn auch als zusammengeschossenes Wrack, dessen Reparatur nicht mehr lohnte, wogegen die Korvette *Babet* und die stattliche Fregatte *Pomone* beide von der Royal Navy gegen Prisengeld angekauft wurden. Nur die *Resolue* konnte sich retten, indem sie der Verfolgung, bei der auch *Kestrel* eine Nebenrolle spielte, nach Morlaix hinein entkam.

»Kein Wort über uns«, stellte Drinkwater niedergeschlagen fest, nachdem er Warrens Depesche in der »Gazette« vorgelesen hatte.

»Und damit auch keine Chance für Sie, zu Ihrer Bestallung zu kommen, wie?« In Griffiths' Ton lag ehrliches Mitgefühl. Sie teilten sich die Zeitung und eine Flasche Wein. »Grämen Sie sich nicht, Mr. Drinkwater«, fuhr der Kommandant fort, »auch Ihre Chance wird kommen. Ich habe Sir Sydney Smith in der Werft getroffen, zumindest *er* hat gehört, daß wir der *Resolue* den Fluchtweg abzuschneiden versuchten.« Griffiths nahm einen Schluck Wein und wechselte das

Thema: »Seine *Diamond* wird endlich zum Geschwader stoßen. Damit haben wir dann einen exzentrischen Kopf als Ausgleich für den nüchternen des Kommodore. Was halten Sie davon?«

Drinkwater hob unschlüssig die Schultern. Ihn bedrückte es, Elizabeth nicht weit entfernt von ihrem Liegeplatz in der Haslar-Bucht zu wissen, ohne sie erreichen zu können; auch deprimierte es ihn, daß sich Richard White auf der *Diamond* nun abermals neue Aufstiegschancen boten. »Ich weiß nicht, Sir«, antwortete er. »Was wird es Ihrer Meinung nach geben?«

»Winkelzüge.« Griffiths sprach mit übertriebenem englischem Akzent, worüber Drinkwater lächeln mußte. »Tricks und Winkelzüge. Sir Sydney ist eine Spielernatur.«

»Also, meine Herren?« Warren hob den Kopf mit den kräftigen Zügen, die das Lampenlicht noch schärfer hervorhob, und blickte von der Seekarte auf. Ihm zur Seite standen Pellew, Nagle von der *Artois* und Sir Sydney Smith, neben dem wie immer alle anderen verblaßten; seine hellen Augen wanderten ruhelos über die niedrigeren Chargen in der Kajüte: *Floras* Ersten Offizier und ihren Navigator, dann den Leutnant der Seesoldaten und seinen eigenen Zweiten, der gerade einem etwas älteren Mann im Schatten verschwörerisch zublinzelte. »Haben Sie noch Fragen?« Warren war stets bemüht, die Form zu wahren, doch die drei Kommandanten schüttelten die Köpfe.

»Also gut. Demnach wird Sir Edward hier den Angriff führen... Kapitän Nagle hält sich auf See in meiner Nähe. Das einzige Problem ist *Kestrel*...« Aller Blicke wandten sich dem Mann im Schatten zu. Nicht mehr jung, dachte Sir Sydney, und ein Gesicht, aus dem Erfahrung sprach. Eine Hand legte sich auf seinen Arm, er neigte lauschend den Kopf. Leutnant Richard White flüsterte ihm etwas zu, worauf Sir Sydney abermals den Leutnant im einfachen blauen Rock musterte. Warren fuhr fort: »Ich denke, einer meiner Offiziere sollte Griffiths ablösen...« Sir Sydney sah, daß der Mann drüben den Mund zusammenpreßte, und mußte an eine lebende Auster denken.

»Nicht doch, Sir John«, unterbrach er den Kommodore. »Ich bin ganz sicher, daß Mr. Drinkwater Ihren Befehlen vollauf gerecht werden kann. Wie ich höre, hat er sich bei Ihrem Gefecht im April bestens bewährt. Also wollen wir ihm doch eine Chance geben, ja?« Der dankbare Blick der grauen Augen entging ihm.

Warren wandte sich an seinen Nebenmann. »Was halten Sie davon, Sir Edward?«

Pellew war dafür bekannt, daß er Tüchtige gern beförderte, aber auch vor schamloser Begünstigung nicht zurückschreckte, wenn sie ihm in den Kram paßte. »Ach, geben Sie ihm doch Leine, John, dann kann er sich entweder selbst daran aufknüpfen oder zu unser aller Freude eine hübsche Schuhbandschleife daraus drehen.« Pellew wandte sich an Drinkwater. »Der gute Griffiths – wie geht's ihm denn so?«

»Schon besser, Sir Edward. Sir John war so freundlich, durch seinen Arzt unseren Chinin-Vorrat ergänzen zu lassen.«

Doch diese diplomatische Antwort konnte Warren nicht besänftigen, der Drinkwater weiterhin scheel ansah. Denn er wußte nur zu gut, daß sowohl Smith wie Pellew ihre eigenen Günstlinge hatten, und argwöhnte, daß sie mit der Unterstützung eines Neutralen nur die Beförderung seines eigenen Kandidaten blockieren wollten. Doch schließlich seufzte er: »Also gut.«

Sir John Warrens westliches Geschwader war den ganzen Sommer über fast ununterbrochen im Einsatz, während Admiral Howes halbherzige Blockade, ausgehend von den bequemen Heimatreeden vor Spithead oder Torbay, von vielen kritisiert wurde. Trotzdem konnten die Befürworter einer engeren Blockade nicht anders als sich beeindruckt zeigen von der Schnelligkeit und dem Kampfgeist der Howeschen Fregatten, die sich immer wieder hervortaten, obwohl sie den Verlauf des Krieges mit ihren Bravourstückchen nicht beeinflussen konnten. Es war auch zu einem Flottentreffen gekommen, bei dem Earl Howe nach tagelangem Aufmarsch am »glorreichen ersten Juni« Villaret Joyeuse im mittleren Atlantik schlug und mehrere ansehnliche Prisen aus der französischen Schlachtlinie erbeutete. Trotz dieses scheinbar strahlenden Erfolgs mußten sich realistische Köpfe in der Kriegsmarine eingestehen, daß der Sieg in Wirklichkeit eine strategische Niederlage war. Denn der Getreidekonvoi, den Villaret Joyeuses Geleit schützen sollte, traf unbehelligt in Frankreich ein.

Gleichzeitig waren die taktischen Erfolge im Kanal von relativ geringer Bedeutung, obwohl sich die schneidigen Berichte in den Gazetten prächtig ausnahmen. Neid fraß an Drinkwaters Herz, wenn er die Artikel über sein eigenes Geschwader las. Leutnant White wurde zweimal namentlich erwähnt, wahrscheinlich dank Smiths Fürsprache, denn Warren war bekannt dafür, daß er mit Lob geizte. Drinkwater machte sich klar, daß er einen ähnlichen Gönner brauchte, wenn seine schließliche Bestallung zum Leutnant nicht zu spät kommen sollte; wenn er nicht als genau der überalterte Deckoffizier enden wollte, über den er mit Elizabeth seinerzeit gescherzt hatte.

So brannte er förmlich auf den Angriff, der an diesem Abend auf *Flora* besprochen worden war, denn er mußte jede Gelegenheit wahrnehmen, um sich auszuzeichnen. Schuldbewußte Dankbarkeit für White erfüllte ihn, weil er Smith rechtzeitig präpariert hatte, um Warrens Absichten zu durchkreuzen.

Es war bekanntgeworden, daß sich Villaret Joyeuse wieder einmal – sechs Monate nach seiner Niederlage – darauf vorbereitete, heimlich aus Brest auszulaufen. Beim Aufkreuzen westlich von St. Malo hatte *Diamond* einen Konvoi aus zwei Frachtschiffen entdeckt, die von einer Korvette und einem bewaffneten Lugger begleitet wurden. Da die Franzosen wußten, daß Warrens Geschwader draußen lauerte, waren sie nur nachts gesegelt und hatten tagsüber im Schutz französischer Landbatterien geankert.

In der Nacht des Angriffs blieb das Wetter ruhig, obwohl der Himmel bedeckt war und die Wolken knapp über den Masttoppen hingen, tief und bauchig wie eine voll Wasser gesogene Decke. Der Südwestwind war leicht, wehte aber mit einer Stetigkeit, die auf einen bevorstehenden Sturm schließen ließ; unter der mäßigen Windsee stand eine niedrige, verdächtige Restdünung und kündete von einer stärkeren Störung fern im Westen.

Durch den Ausfall des Kommandanten waren Drinkwater und Jessup empfindlich knapp an Führungskräften, doch mußten sie bei der Ansteuerung des französischen Konvois lediglich ihre Station hinter *Diamond* halten; Sir Sydney ließ zu diesem Zweck in seiner Kajüte eine einsame Lampe brennen. Im Westen stand, gerade noch erkennbar, der dunkle Umriß von *Arethusa*.

Drinkwater ging unter Deck. Die Luft in der Kajüte war abgestanden und roch nach Schweiß. Griffiths lag, von mehreren Kissen gestützt, in seiner Koje und beobachtete Nat aus den Augenwinkeln. Der Leutnant beugte sich gedankenverloren über die Seekarte und massierte seine Narbe. Nach einer Weile trafen sich ihre Blicke.

»Ah, Sie sind wach, Sir . . . Ein Glas Wasser?« Er brachte es ihm und bemerkte dabei, daß Griffiths' Hand kaum noch zitterte, als er das Glas an die Lippen führte.

»Wie steht's, Mr. Drinkwater?«

»Tja, wir nähern uns einem kleinen Konvoi, Sir, bestehend aus einer Korvette, zwei Frachtschiffen und einem Lugger . . . Mit uns segeln *Arethusa* und *Diamond*.«

»Und der Angriffsplan?«

»*Arethusa* wird die Korvette angreifen, *Diamond* die beiden Frachter – als Prisenkommando hat sie schon die Seesoldaten von *Arethusa* an Bord –, und wir nehmen uns den Lugger vor.«

»Ist es ein bewaffneter Lugger, eine *chasse marée?*«

»Ich glaube, ja, Sir. Jedenfalls war mein Freund Leutnant White dieser Ansicht. Seine *Diamond* hat den Feind ausgekundschaftet . . .« Er verstummte, denn er fühlte, daß Griffiths' nicht viel von White hielt – ein verständliches Vorurteil.

»Die einzigen Ansichten, welche dieser junge Mann mit einiger Berechtigung vertreten kann, sind nur für modebewußte junge Damen interessant . . .« Drinkwater lächelte, ohne zu widersprechen. Doch es wunderte ihn, daß ein so weiser alter Mann wie Griffiths sich mit seiner Beurteilung derart irrte. White war nur typisch für seinen Stand, ein tüchtiger Offizier, manchmal taktlos und arrogant, aber tapfer und rücksichtslos, auch gegen sich selbst.

Griffiths' Stimme rief ihn in die Gegenwart zurück. »Der Lugger wird bis zum Dollbord voller Männer sein, Nathaniel, Sie sollten verdammt umsichtig vorgehen. So unterbemannt unsere Schiffe fahren, so überbemannt sind die französischen . . . Wie sieht Ihr Plan aus?« Griffiths richtete sich mühsam auf einen Ellbogen auf. »Hoffentlich ist er überzeugend, sonst gebe ich nicht meine Erlaubnis dazu.«

Drinkwater mußte schlucken. Der alte Mann hatte sich zum denkbar ungünstigsten Zeitpunkt erholt. »Tja, Sir John hat folgendes genehmigt, Sir . . .«

»Zur Hölle mit Sir John, Nathaniel. Machen Sie nur keine Ausflüchte. Die Frage ist, ob *ich* den Plan genehmige?«

Sechs Schritte vorwärts, sechs zurück. Auf und ab, auf und ab, während *Diamonds* Glocke jede halbe Stunde glaste, bis das Läuten einmal mehrere Minuten auf sich warten ließ. »Das Licht in *Diamonds* Kajüte ist erloschen, Sir.« Das war Nichols, der beklagenswerte Ausguckposten, der nach achtern kam und Drinkwaters Gedankenfluß unterbrach.

Sobald *Diamonds* Offiziere dank der größeren Höhe ihrer Masten den Feind gesichtet hatten, wollte Smith signalisieren, an welcher Seite *Kestrel* die Fregatte zu passieren hatte.

»Alle Mann an Deck«, befahl Drinkwater, »alle Mann an Deck und auf Gefechtsstationen!«

Einige Minuten vergingen, dann: »Zwei Lichter, Sir!«

Also sollten sie nach Backbord halten, nach Osten. Er gab die entsprechenden Befehle, der Kurs wurde geändert, die Schoten wurden neu getrimmt. *Kestrel* begann, sich abzusetzen und mit ausgeschütteltem Reff die Fregatte zu überholen, die ihre Segelfläche verkleinerte. Drinkwater überließ die Leute ihren Vorbereitungen und ging ein letztes Mal unter Deck.

»Der Feind ist in Sicht, Sir.«

Griffiths öffnete die Augen, im Lampenlicht wirkte sein Gesicht eingefallen, die Haut vergilbt wie altes Pergament. Aber seine Stimme klang voll. »Sei vorsichtig, Junge«, sagte er mit fast väterlicher Zuneigung und hob eine abgezehrte Hand über den Kojenrand. Drinkwater schüttelte sie verlegen. »Nimm dir meine Pistolen dort auf dem Sofa . . .« Und als Drinkwater die Zündpfannen prüfte: »Sie sind schußbereit, Nathaniel, immer gespannt und schußbereit.« Drinkwater schob die beiden Waffen unter den Gürtel und verließ die Kajüte. An Deck schnallte er sich noch den Degen um und ging dann seine Runde. Die Leute arbeiteten konzentriert, machten ihm Platz und murmelten: »Viel Glück, Sir«, wobei sie ihm versicherten, sie wüßten, was sie zu tun hätten. Als er wieder auf dem Achterschiff stand, hob sich seine Stimmung. Jetzt beneidete er White nicht länger. Er hatte eine gute Besatzung, Männer, die er genau kannte und die seine Autorität akzeptierten. Eine Welle der Begeisterung überschwemmte ihn, so intensiv, daß er sich abwenden und achteraus starren mußte, wo sich ihr weißes Kielwasser im Dunkel verlor. Elizabeth fiel ihm ein, wie sie ihn zum Abschied geküßt und gefleht hatte: »Sei vorsichtig, Liebster . . .« Ähnlich wie Griffiths und jetzt doppelt wichtig. Denn er war dabeigewesen, sein Versprechen zu brechen, die Vorsicht einem verwegenen Leichtsinn zu opfern. Ohne sein Zutun wurden Gesprächsfetzen von den Wirbeln seines Bewußtseins nach oben gespült. »Man sagt«, hörte er Appleby dozieren, »daß ein Mann, der keine Angst empfindet, bevor er ins Gefecht geht, meist verwundet wird – als könne leidenschaftlicher Kampfeseifer irgendwie den Selbsterhaltungstrieb der Nerven ausschalten, wodurch das Unheil geradezu heraufbeschworen wird . . .«

Drinkwater schluckte krampfhaft und schritt nach vorn. Vorsichtig – wegen seines Degens und der geladenen Pistolen im Gürtel – enterte er in den Wanten auf und hielt Ausschau nach dem Feind.

»Macht euch fertig!« Der Befehl wurde in drängendem Flüsterton weitergegeben. »Rudergänger – zwei Strich nach Backbord! Backbordkanonen nach vorn ausrichten, so weit es nur geht.«

Und dann mußten sie nicht mehr auf Lautlosigkeit achten, denn eine Meile weiter westlich zerriß eine zuckende Lichterkette die Nacht: Eine der Fregatten hatte eine Breitseite abgefeuert. Der Wind trug den rollenden Donner der Abschüsse bis zu ihnen.

Drinkwater hatte den Lugger jetzt klar in Sicht. Er knüppelte nach Luv, um eine Barke zu decken, wahrscheinlich eines der Frachtschiffe. Noch einmal ließ er Kurs ändern und beobachtete, wie die Schoten dichter geholt wurden.

Auf dreihundert Meter Entfernung eröffnete der Lugger das Feuer und gab sich damit als gutgeführte *chasse marée* von zehn Kanonen zu erkennen. Drinkwater wartete noch.

»Wenn eure Kanonen das Ziel auffassen, dann feuert«, wies er seine Leute an und sah, wie sie sich im Dunkeln strafften. »Anluven!«

Mit killenden Segeln ging *Kestrel* hoch an den Wind. Dann lief das Krachen der Salve und Poltern der Rückstöße die Backbordseite entlang. Vorn hatte ein Bootsmannsgehilfe den Klüver backgestellt und zwang den Kutter damit auf den alten Bug zurück. Während sie zum Lugger aufschlossen, suchte Drinkwater drüben nach Schäden, die ihre speziell präparierten Ladungen angerichtet haben mochten.

Unmöglich, das genau festzustellen, aber er hörte Schreie und Gebrüll. Schon meldeten sich seine eigenen Stückmeister wieder schußbereit. Er wartete auf Jessups Ruf: »Backbordbatterie feuerklar, Mr. Drinkwater!«

»Anluven!«

Jetzt betrug die Distanz nur noch hundert Meter. Ein Aufblitzen, ein ohrenbetäubendes Krachen, dann Geschrei und herumwirbelnde Körper, wo die Breitseite des Franzosen einschlug. Sofort feuerte *Kestrel* zurück und richtete dann den Bug wieder direkt auf den Feind. Auf den letzten paar Metern wurde sich Drinkwater des wütenden Schußwechsels zwischen *Arethusa* und der französischen Korvette bewußt. Dann glitten sie heran, und er rief: »Klar zum Entern!«

Der Kutter beschleunigte auf den Lugger zu. Aber der französische Kommandant war kein Anfänger, er versuchte, sie noch einmal zu bestreichen. Ein Kugelhagel peitschte *Kestrels* Deck, Schrapnell und Kartätschen zischten heiß vorbei und ließen Drinkwater unwillkürlich die Augen schließen. Aber Schmerzensschreie und dumpfe Aufschläge zwangen ihn, sie wieder aufzureißen. Jetzt mußten sie den Lugger doch gleich rammen – wollte sich die Lücke denn niemals schließen?

Er hörte französische Warnschreie, dann zitterte das Deck unter seinen Füßen, als *Kestrels* Bugspriet mit klirrendem Wasserstag über die Reling des Luggers scheuerte. Krachend bohrte sich ihr Steven in die Rüsten des Luggers, das Deck legte sich über, das Heck schwang herum. Noch einmal feuerten die Kanonen, dann schor der Kutter knirschend an die Bordwand des Franzosen.

»Entern!«

Das Geschrei vorn wechselte die Tonlage, als die *Kestrels* von den Kanonen weg ans Schanzkleid rannten. Vorn und achtern wurden Laschings um die Reling des Luggers gelegt, bis die beiden Schiffe fest verbunden im Seegang aneinanderscheuerten.

Drinkwater sprang über den schmalen Spalt, stieß sich von der Reling ab und landete an Deck des Franzosen. Zwei Männer, die Gesichter nur helle, verwischte Flecken, warfen sich ihm entgegen. In seinem Rücken wußte er die beiden Rudergänger, deren Gesichter wie sein eigenes mit Ruß aus dem Kombüsenschornstein geschwärzt waren.

Mit einem wilden, gepreßten Schrei feuerte er eine Pistole auf den nächsten Franzosen ab und stach mit dem Degen nach dem anderen. Die hellen Flecke verschwanden, aber dahinter stieß jetzt ein dritter mit der Enterpike nach ihm. Er parierte ungeschickt, weil er ausglitt, und die Pike bohrte sich in seinen Ärmel; da rammte er dem anderen den Lauf der abgefeuerten Pistole in den ungeschützten Bauch. Als der Mann sich krümmte, hieb ihm Drinkwater mit aller Kraft den Degengriff in den Nacken. Irgend etwas brach unter der Wucht des Schlages, und der Franzose stürzte wie eine leblose Gliederpuppe ins konturenlose Dunkel.

Drinkwater drängte weiter und sah sich erst drei, dann vier Feinden gegenüber. Er stieß nach dem einen mit dem Degen, warf die Pistole nach dem anderen und riß die zweite Waffe aus dem Gürtel. Als er durchzog, brannte das Schießpulver ab, doch der Schuß löste sich nicht. Mit einem Triumphschrei sprang sein Gegner ihn an. Drinkwater war jetzt jenseits der rotglühenden Schwelle zu mörderischem Wahnsinn, sein Verstand arbeitete kühl, blitzschnell und völlig gefühllos. Instinktiv krümmte er sich in die Fötuslage und wandte in scheinbarer Todesangst den Kopf ab, doch seine Unterwerfung war eine Finte, von seinem Degen in eine tödliche Falle verwandelt. Er drückte den Griff in seinen Bauch, während die Schneide zwischen Ohr und rechter Schulter senkrecht nach oben ragte. Er spürte den Luftzug, als der Franzose dort zuhieb, wo er eben noch gewesen war, fühlte ihn stolpern und gegen die wartende Degenspitze taumeln. Da schnellte Drinkwater wie eine Feder in die Höhe und bohrte den von

Bauch-, Arm- und Schultermuskeln unterstützten Degen tief in die Eingeweide des Franzosen. Als er halb geduckt dastand, das schwere Gewicht des Sterbenden auf dem Rücken, ritzte ihm die Schneide das Ohr. Er schüttelte die leblose Last ab und riß gleichzeitig den blutigen Degen mit beiden Händen nach oben. Da zielte ein neuer Gegner auf Drinkwaters exponierte linke Seite. Seine Degenschneide kam im selben Augenblick frei, als der Schuß krachte, und sauste in einem blitzenden Halbkreis nieder.

Drinkwater hatte keine Ahnung, wo die Kugel einschlug. Vielleicht hatte der Bursche in der Aufregung schlecht geladen. Sein Gesicht sprenkelten jedenfalls dunkelblaue Pulverspuren, der Mündungsblitz und die Druckwelle machten ihn auf dem linken Auge blind, doch er stach auf den Schützen ein, bis dieser leblos an Deck lag.

Drinkwater dröhnte der Kopf von dem nahen Pistolenschuß, benommen blickte er sich um. Die Fremden waren verschwunden. Die Gesichter ringsum kamen ihm irgendwie bekannt vor, außerdem hatte er nicht mehr die Kraft, den Arm zu heben und sie anzugreifen. Es war still um ihn geworden, seltsam still. Und dann tauchte Jessup auf, während Drinkwater sich plötzlich fallen fühlte. Arme griffen stützend nach ihm, er hörte Glückwünsche, aber die Stimmen waren weit weg und bedeutungslos, nur Elizabeth musterte ihn mit so seltsam prüfendem Blick...

Als er erwachte, lag er in *Kestrels* Kajüte, und fahles Tageslicht fiel durchs Skylight. Er fühlte sich steif und zerschlagen, voller Beulen und Prellungen, und sein Kopf drohte zu zerspringen. Eine helle Gestalt huschte im Raum zwischen Männern herum, die ebenso hilflos dalagen wie er selbst. Jemand wand sich auf dem Kajüttisch, blaß, zitternd und blutverschmiert, und der Schemen in Weiß beugte sich über ihn. Drinkwater sah den Körper bogenförmig hochschnellen und hörte ein dünnes hohes Wimmern, das in einem Gurgeln endete, als der Körper erschlaffte. Eine Sekunde lang erwartete er, Hortense Montholon zu sehen, die sich, eine metzelnde Medusa, als nächstes auf ihn stürzen würde, und er stöhnte vor animalischer Angst. Aber es war nur Griffiths, der einen Verwundeten untersuchte und sich jetzt ihm zuwandte, das Nachthemd vorn ganz steif vor Blut. Drinkwater merkte, daß er nur auf einem Auge sehen konnte, daß getrocknetes Blut sein rechtes Ohr füllte. Er versuchte, sich aufzurichten, obwohl sich in seinem Kopf alles drehte.

»Ah, Mr. Drinkwater, das sind Sie ja wieder...« Drinkwater schob sich in sitzende Stellung. Griffiths deutete mit dem Kopf auf ein Faß, das auf dem Schränkchen stand. »Nehmen Sie sich Zwieback und einen Schluck Cognac... In einer Stunde sind Sie wieder auf den Beinen.« Drinkwater gehorchte mühsam und vermied es dabei, die keuchenden, stöhnenden Verwundeten auf dem Kajütboden genauer anzusehen.

»Ein hoher Blutzoll, Mr. Drinkwater.« In Griffiths' Ton lag gelinder Tadel. »*Diamond* schickt uns ihren Chirurgen herüber. Wir haben acht Tote und fünfzehn Schwerverwundete...«

»Aber der Lugger, Sir?« fragte Drinkwater krächzend, was ihn daran erinnerte, daß er im Kampf wie ein Besessener geschrien hatte.

»Beruhigen Sie sich, Sie haben den Lugger erobert.« Griffiths war mit dem Beinverband fertig und winkte einem Helfer, den reglosen Körper vom Tisch zu heben. »Sowie Sie sich erholt haben, übernehmen Sie ihn. Jessup ist drüben und repariert die ärgsten Schäden. Ich möchte aus bestimmten Gründen vermeiden, daß eine Fregatte dafür einen Maat herüberschickt.«

An Deck sah Drinkwater sich um. Es war inzwischen heller Tag geworden, der Wind hatte aufgefrischt. Das Geschwader lag beigedreht, im Süden war als blaugrauer Streifen die französische Küste zu erkennen. *Arethusa* und *Diamond* wirkten ebenso unversehrt wie die beiden Frachtschiffe. Doch die französische Korvette, über deren Trikolore stolz die britische Nationale auswehte, hatte eine Maststenge verloren, und an der Stelle einiger Stückpforten klaffte eine große Lücke. Gebrochenes Tauwerk hing wie Lianengewirr herunter, das Schanzkleid war zerhackt, und das ganze Schiff wirkte hoffnungslos und verloren.

Auch *Kestrel* hatte Wunden davongetragen. Eine Reihe starrer, in Hängematten gehüllter Bündel lag mitschiffs, acht im ganzen. Das Schanzkleid war übersät mit Splitternarben, die Maststenge beschädigt, und die Toppprah hing in zwei Stücken herunter, die im Seegang gegen den Untermast schlugen. Eine Gang war dabei, die Bruchstücke an Deck abzufieren.

Tregembo trottete grinsend herbei. »Denen haben wir's tüchtig gegeben, Sir.« Vergnügt deutete er auchteraus, wo in etwa fünfzig Metern Entfernung der zusammengeschossene Lugger dümpelte. Von seiner Reling standen nur noch Reste. Ihre erste, mit Doppelkugeln geladene Breitseite mußte gut gesessen haben. Denn mit der Reling waren auch die Rüsten gebrochen, worauf offenbar die Maststengen von oben gekommen waren. Dünne Blutrinnsale aus den Speigatten überzogen das Freibord.

»O mein Gott«, flüsterte Drinkwater.

»Aye, Sir, in St. Malo gibt's seit heute nacht ein paar Witwen mehr, sollte man meinen.«

»Wie viele sind auf dem Lugger gefallen, Tregembo, weißt du das?« fragte Drinkwater, der sich der Übereinstimmung von kornischer und bretonischer Mentalität bewußt war.

»Wie ich hörte, hatten sie 94 Seelen an Bord, und wir haben vier Dutzend gezählt, die noch auf den Beinen stehen konnten. Mr. Jessup ist mit seinem Gehilfen Short drüben, die beiden werden sie schon in Schach halten.« Wieder grinste Tregembo. Short war der rücksichtslosere von den beiden Bootsmannsgehilfen und hätte sich in einer größeren Crew bestimmt zum brutalen Leuteschinder entwickelt. »Nur bis Sie soweit sind, das Kommando zu übernehmen, Sir«, schloß Tregembo mit Genugtuung und dachte daran, daß Drinkwater wie das Schwert Gottes zwischen die Franzosen gefahren war. Mit der gleichen Wut wie im letzten Krieg, hatte er seinen Kumpels verraten. Fürchterlich in seinem Zorn, wenn er erst zur Weißglut gereizt war.

Ein Beiboot von *Diamond* brachte Appleby herüber, der müde an Deck kletterte. Er starrte Drinkwater nur an und schüttelte in gemessenem Abscheu den Kopf, als er das blutbefleckte Deck sah.

»Teufelswerk, Nathaniel, nichts als Teufelswerk.« Mehr sagte er nicht zur Begrüßung, und Drinkwater war zu erschöpft, um mit ihm zu streiten. Nachdem auch Applebys Arzttasche hochgehievt war, stieg Drinkwater in *Diamonds* Beiboot und ließ sich zum Lugger pullen.

Die Verheerungen auf dem Lugger, die von *Kestrel* aus schon schlimm ausgesehen hatten, erwiesen sich in der Nähe als katastrophal. Völlig erschöpft stolperte Drinkwater an Deck herum, sicherte lose Ausrüstung, schätzte den Schaden ab und versuchte, den Lugger wieder in einen Zustand zu versetzen, in dem er nach England segeln konnte. Dabei mied er die trüben Blicke der gefangenen Crew und merkte, daß er einen kleinen Leinwandball anstarrte. Er hing an der Flaggleine des Großmastes und rührte eine Erinnerung in ihm auf, doch dann lenkte ihn das Eintreffen neuer Befehle von *Flora* ab: *Kestrel* sollte alle Prisen nach Portsmouth eskortieren. Mittags segelten die britischen Fregatten schon mit Westkurs davon, *Kestrel* und ihre Schützlinge hielten nach Nordnordost.

Am späten Nachmittag erwachte Drinkwater aus einem kurzen, aber tiefen Erschöpfungsschlaf. Er fand sich in einem Sessel lehnen, inmitten einer ihm fremden Umgebung, die ihn stutzen ließ und sein Gedächtnis auf Hochtouren brachte. Sobald er bei vollem Bewußtsein war, erinnerte er sich an einen Umstand, den er sofort aufklären mußte. Er stürzte an Deck, ignorierte die verblüfften Blicke der beiden Rudergänger und ging zum Großmast. Dort fand er, was er suchte: den kleinen Tuchball, den er entrollte und in den Wind hielt. Der weiche schwarze Wollstoff entfaltete sich und erregte die Aufmerksamkeit dreier Bretonen, die weiter vorn ihren Deckspaziergang machten.

Es war der schwarze, gegabelte Wimpel.

»Mr. Short!«

»Sir?« Short kam angerannt.

»Wie heißt dieser Lugger?«

Short kratzte sich den Kopf. »Äh – *Cityee-en Jean, glaub' ich.*«

»*Citoyenne Janine?*«

»Richtig, Sir, so war's.« Shorts Krauskopf nickte eifrig.

»Wo ist der Kommandant? Wer hatte den Befehl, als wir sie eroberten? Gehört Tregembo mit zum Prisenkommando?«

Das Trommelfeuer der Fragen verwirrte Short. »Na ja, Sir, befehligt hat sie dieser Lump dort . . .« Er deutete auf eine Gestalt neben der vordersten Kanone. »Und Tregembo, tja, der ist nicht mehr an Bord, Sir.«

»Verdammt. Bringen Sie den Mann zu mir.« Drinkwater löste die schwarze Flagge von ihrer Leine, während Short den Mann nach achtern schob. Er trug einen einfachen blauen Rock und schien ein Offizier zu sein, wenn auch nicht hohen Ranges.

»*Ou est vôtre capitaine?*« fragte Drinkwater in seinem barbarischen Französisch.

Der Mann begriff nicht sofort, Drinkwater mußte seine Frage wiederholen. Als er schließlich verstand, trat ein verschlagener Ausdruck in sein Gesicht. »*Mon capitaine?*« antwortete er mit Würde. »*M'sieur, je suis le capitaine.*«

Drinkwater hielt ihm die schwarze Flagge unter die Nase. »Und was ist das?« Ihre Blicke kreuzten sich, und Drinkwater starrte dem Franzosen lange genug in die Augen, um zu spüren, daß er mit seinem Verdacht recht hatte. Noch während der andere die Schultern zuckte, wandte sich Drinkwater ab.

Ihm fiel erst jetzt auf, daß die beiden achtersten Kanonen binnenbords gerichtet waren und daneben ein Seemann mit brennender Lunte stand, jederzeit bereit, einen Schuß auszulösen. Drinkwater erinnerte sich nicht, einen entsprechenden Befehl gegeben zu haben, aber Short schien Herr der Lage zu sein und das auch zu genießen.

Kestrels Anblick, die querab in Luv segelte, war trotzdem beruhigend. »Machen Sie weiter«, sagte er über die Schulter zu dem Bootsmannsgehilfen, der ihm offenen Mundes nachstarrte. Der Franzose ging mit besorgt gerunzelter Stirn wieder nach vorn.

Unten begann Drinkwater, die Kajüte auseinanderzunehmen. Von den beiden Kojen war nur eine benutzt. Er riß eine Schranktür auf und sah seine Neugier teilweise belohnt. Denn wozu benötigte ein einfacher Luggerkapitän eine mit Goldtressen überladene Uniform nebst mehreren Mänteln mit modisch hohen Krägen?

Mit wachsender Sicherheit zog Drinkwater Schubladen auf und riß die Matratzen aus den Kojen. Sein Herz klopfte vor Erregung, dennoch war er nicht überrascht, als er unter der Heckbank eine Stahlkassette fand, die sorgsam mit Segeltuch und Werg getarnt gewesen war. Ohne zu zögern, riß er seine Pistole heraus und zerschoß das Vorhängeschloß. Noch ehe er den Deckel hochklappen konnte, stand Short in der Tür, keuchend und mit rauflustig glitzernden Augen. Drinkwater mußte lächeln, dennoch war er ihm dankbar.

»Schon gut, Mr. Short, kein Grund zur Sorge. Ich schieße nur das Schloß vom dem Schatzkästlein hier.« Short grinste. »Wenn was drin ist, bekommen Sie einen gerechten Anteil.«

»Aye, aye, Sir.« Short schloß die Tür, und Drinkwater atmete auf. Doch dieser Irre an Bord war wenigstens eine gewisse Garantie dafür, daß die Franzosen nicht einen überraschenden Gegenangriff starten konnten, um den Lugger zurückzuerobern. Ihm fiel ein, wie ähnlich die Lage auf seiner Prise *Algonquin* gewesen war. Wer hoch segelte, schoß eben gelegentlich in den Wind; kein Problem – vorausgesetzt, der Mast ging dabei nicht zu Bruch.

Er öffnete die Kassette und fand Geld darin, englisches Geld: Sovereigns, Guineen und kleine Münzen. Außerdem eine Reihe gerollter und eingebundener Karten der englischen Küste, sorgsam auf Papier mit Leinenrücken gemalt und mit einer Legende des französischen Marineministeriums versehen. Zwischen einem Bündel Briefe steckte ein kleines Signalbuch mit gekritzeltem Kode. Für letzteres hatte Drinkwater nur einen flüchtigen Blick, denn etwas anderes fesselte seine Aufmerksamkeit, etwas, mit dem er eigentlich hätte rechnen müssen, wenn es nicht so fehl am Platz gewirkt hätte.

Es war ein einzelner Brief, von einer Frauenhand auf Reispapier geschrieben und mit einer Haarsträhne zusammengebunden.

Die Haarfarbe war ein leuchtendes Kastanienrot.

SIEBTES KAPITEL

Dezember 1794 – August 1795

Ein unwichtiger Kutter

An Weihnachten entkam Villaret Joyeuse, gehetzt von Warrens Fregatten, doch noch aus Brest. *Kestrel* lag in Portsmouth neben der *Citoyenne Janine* und wartete auf den Spruch des Prisengerichts. Doch rechnete man nicht vor Beginn des neuen Jahres mit einer Entscheidung; und da auch die Werft wenig geneigt schien, mit der Reparatur des Kutters noch im alten Jahr zu beginnen, wurde *Kestrels* Besatzung entlassen und bezog Quartier auf der *Royal Williams,* einem Wachschiff. Drinkwater nahm Urlaub und verbrachte das Weihnachtsfest bei Elizabeth. Einmal stattete ihnen Madoc Griffiths einen Besuch ab. Es war amüsant, aber auch ein bißchen traurig zu beobachten, wie unbehaglich sich der alte Mann an Land fühlte. Erst gegen Abend schien er in Elizabeths Gegenwart etwas aufzutauen.

Am Ende der ersten Januarwoche entschied das Prisengericht, daß die beiden Frachtschiffe anderweitig verkauft und Korvette wie Lugger in die Kriegsmarine übernommen werden sollten. Griffiths frohlockte.

»Jetzt haben die sich selbst ein Bein gestellt, Mr. Drinkwater, und verdammt will ich sein, wenn ich ihnen nicht aus ihrem eigenen Hanf einen Strick drehe!« Er las den in der Zeitung abgedruckten Urteilsspruch laut vor und grinste Drinkwater über den Resten ihres Pflaumenpuddings breit an. Dabei wedelte er mit der von Weinflecken übersäten Zeitung.

»Tut mir leid, Sir, aber ich verstehe nicht . . .«

»Wie ich ihnen einen Strick daraus drehen will? Also: Die Fregattenkapitäne hatten eine Übereinkunft, wonach eventuelles Prisengeld in einen Topf geworfen werden sollte, damit alle davon profitierten, wenn ein einzeln operierendes Schiff eine Prise erbeutete. Da ich aber nur ein kleiner Leutnant bin, der einen kleinen Kutter befehligt, wurde ich weder gefragt noch mit einbezogen. Folglich haben wir –

abgesehen vom Anteil des Kommodore – das alleinige Recht auf das Prisengeld für die *Citoyenne Janine*. Dabei werden Sie ganz gut abschneiden, Nat, sehr gut sogar.«

»Deshalb bestanden Sie darauf, daß ich die Prise übernehmen sollte?«

»Sehr richtig.« Griffiths musterte seinen Untergebenen, weil er ein gebührendes Echo auf diese Freudenbotschaft vermißte; es ärgerte ihn, daß sein Triumph getrübt werden sollte, und gereizt schrieb er Drinkwaters mangelnde Begeisterung niedrigen Motiven zu.

»Schockschwerenot, Mr. Drinkwater, Sie wollen doch nicht andeuten, daß Ihnen der Löwenanteil zusteht, weil ich krank war?« fragte der Kommandant mit zornrotem Kopf. Drinkwater merkte plötzlich, daß er in seiner Zerstreutheit eine Taktlosigkeit begangen hatte.

»Wie meinen Sie, Sir? Um Gottes willen, nicht doch! Bei meiner Ehre, Sir...« Er riß sich zusammen. »Nein, Sir, ich habe mich nur gefragt, was wohl aus den Briefen und Karten geworden ist, die ich konfiszierte.«

Griffiths runzelte die Stirn. »Ich habe sie an Lord Dungarth geschickt, in Umgehung von Kommodore Warren, was unter den Umständen zu rechtfertigen ist. Warum fragen Sie?«

Drinkwater seufzte. »Na ja, Sir, zuerst war es nur so eine Ahnung. Ich hatte ja auch keine schlüssigen Beweise...« Er verstummte unsicher.

»Kommen Sie, mein Sohn, wenn Sie etwas bedrückt, sollten Sie besser reinen Tisch machen.«

»Also gut: Bei den Papieren war auch ein Privatbrief. Ich habe ihn nicht an Sie weitergegeben, obwohl ich das besser getan hätte, Sir, das weiß ich jetzt. Aber aus irgendeinem Grund unterblieb es, obwohl mich der Brief mißtrauisch machte...«

»Inwiefern?« fragte Griffiths ruhig, aber nachdrücklich.

»Weil er mit einer Haarlocke zusammengebunden war. Kastanienrotes Haar, Sir...« Drinkwater kam sich wie ein Narr vor, weil ihm sein Verdacht plötzlich arg weit hergeholt schien. »Verdammt noch mal, Sir, aber ich glaube eben, daß der Franzose, der sich des Luggers bediente und den wir für einen Geheimagenten halten, in irgendeiner Beziehung zu der rothaarigen Frau steht, die wir vor Beaubigny aufgenommen haben.«

»Daß Hortense Montholon eine Verbündete, gleich welcher Art, dieses Santhonax ist?«

Drinkwater nickte.

»Und der Brief?«

Drinkwater räusperte sich verlegen. »Den habe ich hier, Sir. Ich hatte ihn mit nach Hause genommen, um ihn meiner Frau zum Übersetzen zu geben. Sie wollte zunächst nicht, aber ich habe darauf bestanden.«

»Und hat er Ihren Verdacht erhärtet, dieser Brief?«

»Nur insofern, als die Schreiberin und dieser Santhonax ein Liebespaar sind.« Drinkwater schluckte, weil Griffiths fragend die Brauen hob. »Zweck des Briefes war es, den Empfänger darüber zu informieren, daß ein gemeinsamer Widersacher in London gestorben sei. Der Schreiberin schien sehr daran gelegen, die ganze Bedeutung dieses Umstands im Brief zum Ausdruck zu bringen, weil damit eine völlig neue Lage gegeben sei . . .«

»Wer ist die Absenderin?« fragte Griffiths leise.

Drinkwater rieb seine Narbe. »Sie unterschreibt nur mit einem H, Sir«, mußte er zugeben.

»Sagten Sie eben: ›ein Liebespaar *sind*‹?«

Drinkwater runzelte die Stirn. »Jawohl, Sir. Der Brief ist neueren Datums, wenn auch nicht adressiert.«

»Falls Sie also recht hätten und er wirklich von jener Frau stammt, die sich jetzt in England aufhält, dann würden Santhonax und sie zumindest eine Korrespondenz unterhalten, wenn nicht mehr?«

»Der Brief läßt auf eine engere Beziehung schließen, Sir.«

Griffiths unterdrückte ein Lächeln. Da er Elizabeth inzwischen kennengelernt hatte, konnte er sich gut vorstellen, wie sie den Inhalt des Briefes derart umschrieb. »Verstehe.« Und nach einer nachdenklichen Pause: »Weshalb sind Sie so sicher, daß diese Miss H. und die junge Frau von Beaubigny ein und dieselbe Person sind? Und wer ist mit dem ›gemeinsamen Widersacher‹ gemeint?«

Diese Fragen hatte Drinkwater gefürchtet, aber für einen Rückzieher hatte er sich schon zu weit vorgewagt; außerdem ermutigte ihn Griffiths' Interesse. »Ich bin gar nicht so sicher, Sir. Es ist nur ein Gefühl, das mich schon länger plagt . . . Na ja, Sie kennen doch mein mangelhaftes Französisch, ich beherrsche nur ein paar einfache Redensarten; aber seit der Nacht damals hat sich bei mir der Eindruck festgesetzt, daß sie gar nicht mitkommen wollte – daß sie es nur notgedrungen tat. Ich weiß noch, wie sie aufstand, als wir uns vom Strand absetzten und die Franzosen das Feuer auf uns eröffneten. Da schrie sie etwas, das so klang wie: ›Nicht schießen, nicht schießen, ich gehöre doch zu euch!‹« Drinkwater versuchte, sich genauer an die

Ereignisse jener Nacht zu erinnern. »Das sind keine konkreten Anhaltspunkte, ich weiß, Sir. Wir waren damals auch viel zu müde.« Er hielt inne und suchte in Griffiths' Gesicht nach Anzeichen für verächtlichen Unglauben; doch der Alte schien nur in Nachdenken versunken. »Und was den ›Widersacher‹ betrifft«, Drinkwater gab sich einen Stoß, »so hatte ich immer den Verdacht, daß es sich dabei um den Grafen Tocqueville handelt...« Er räusperte sich und fuhr mit festerer Stimme fort: »Ehrlich gesagt, Sir, das sind alles nur Spekulationen, und ich entschuldige mich für das Zurückhalten des Briefes.« Er merkte, daß seine Handflächen feucht waren, fühlte sich aber trotzdem erleichtert, weil er sich alles von der Seele geredet hatte.

Griffiths hob eine Hand. »Keine Entschuldigungen, mein Sohn, möglicherweise haben Ihre Spekulationen durchaus eine Berechtigung. Als wir Major Brown gegenüber die Geschwister Montholon und Beaubigny erwähnten, fiel ihm irgend etwas Wichtiges ein. Was, weiß ich nicht, aber ich weiß sehr wohl, daß dieser Kapitän Santhonax nicht nur ein wagemutiger Offizier ist, sondern auch an höherer Stelle so viel Einfluß besitzt, daß er in der französischen Politik mitmischen kann.« Er machte eine Pause. »Und ich habe mich immer gefragt, warum nach unserer Breitseite vor Beaubigny keinerlei Protest der Franzosen erfolgte. Man kann nur annehmen, daß der Zwischenfall heruntergespielt wurde.« Wieder hob Griffiths die Brauen. »Dabei haben die Franzosen ein paar Wochen später bei Barlow mit seiner *Childers* verdammt empfindlich reagiert...«

»Dieser Widerspruch ist mir ebenfalls aufgefallen, Sir.«

»Dann sind wir ja einer Meinung, Mr. Drinkwater«, beendete Griffiths lächelnd das Thema. Drinkwater entspannte sich und dachte daran, was Dungarth damals vor langer Zeit gesagt hatte. Allmählich begann er zu verstehen, weshalb der Alte einen so legendären Ruf genoß. Auch er selbst hätte bei keinem anderen den Mut gefunden, seinen Verdacht zu äußern. Nun saß der weißhaarige Waliser schweigend da und starrte die Weinringe auf dem Tischtuch an. Dann blickte er auf. »Geben Sie mir nun also den Brief zurück, Mr. Drinkwater. Ich werde ihn an Lord Dungarth weiterleiten. Die Sache dürfte näherer Untersuchung wert sein.«

Erleichtert ging Drinkwater in seine Kammer und kehrte mit dem Brief zurück.

»Danke«, sagte der alte Kapitänleutnant und musterte neugierig die dünne Strähne kastanienroten Haares. »Tja, Mr. Drinkwater, ich glaube, aus Ihrem Prisengeld sollten Sie sich nun einen neuen Mantel kaufen. Der Flicken auf Ihrer Steuerbordschulter mag ja im Seedienst noch angehen, aber sonst ...« Griffiths deutete auf die ausgebesserte Stelle, für die ihn schon Elizabeth gescholten hatte. »Verholen Sie sich zu Morgan's gegenüber dem Brunnen vor dem Haus Nummer 85. Dort können Sie sich mit allem Nötigen eindecken, sogar mit einem neuen Dollond-Teleskop, damit Sie nicht mehr Ihrem guten Stück nachjammern, das Sie vor Ushant verloren haben.« Beide lachten, und dann rief Griffiths nach Steward Merrick, damit dieser den Tisch abräumte.

Die Tricks und Winkelzüge, die Leutnant Griffiths von Sir Sydneys Einfallsreichtum erwartete, sollten sich drastisch auf *Kestrels* Geschick auswirken, wenn auch nicht in dem Sinne, wie der alte Waliser geglaubt hatte. Sir Sydney war zu der Überzeugung gelangt, daß ein in Frankreich gebauter Lugger von großem Nutzen sein konnte, um den Feind zu täuschen, seine Küstenfrachter zu plündern und Aufklärung zu betreiben. Natürlich als *seinem* Geschwader unterstelltes Schiff. Kommandant des Luggers sollte sein eigener Protegé Leutnant Richard White werden; *Kestrel* mit ihrem weithin kenntlichen englischen Rigg wurde damit frei für andere Aufgaben.

Auguste Barrallier, der jetzt für den Royal Dockyard, die Werft der Kriegsmarine, arbeitete, gewährleistete durch persönliche Anwesenheit, daß die Reparaturen am Lugger echt französisch ausgeführt wurden, und war sehr freundlich zu Drinkwater, der den Arbeiten von seinem längsseits liegenden Kutter aus zusah. Nat bemühte sich, seine Verstimmung zu unterdrücken, als White mit einer Schar Freiwilliger von Warrens Fregatten erschien. Und er mußte es White auch hoch anrechnen, daß dieser keinen Versuch machte, seinen alten Freund herablassend zu behandeln. Er brachte Briefe von Appleby mit und strahlte ein lässiges Selbstvertrauen aus, wie es nur an Bord einer erfolgreichen Fregatte unter einem unternehmungslustigen Kommandanten gedieh. Nur Appleby schien dem Fregattenkapitän nicht grün zu sein und wurde auch von White mit verächtlicher Arroganz abgetan. Trotzdem war Drinkwater erleichtert, als der Lugger endlich hinter Fort Blockhouse außer Sicht verschwand.

Da sie als Warrens Kurierschiff nicht mehr benötigt wurde, lag *Kestrel* den ganzen kalten, grauen und windstillen Januar lang faulenzend im Haslar Creek; nur die Nachricht, daß sich England jetzt auch im Krieg mit Holland befand, verursachte vorübergehend Aufregung.

Auch der Februar verging noch geruhsam, und dann waren schon die Äquinoktialstürme des März vorüber. Halbherzig war versucht worden, *Kestrels* Narben aus dem letzten Gefecht zu beseitigen, aber dabei wurde schlechte Arbeit geleistet und bald wieder aufgegeben. Griffiths war erst wütend, dann verzweifelt, bekam einen neuen Tropenfieber-Anfall und mußte ins Marinelazarett geschafft werden. Jessup suchte Trost in der Flasche, und sogar Drinkwater wurde lust- und mutlos, sympathisierte mit dem Bootsmann und ignorierte seine immer häufigeren Schlampereien.

Drinkwaters Laxheit beruhte zum Teil auf einer geistigen Erschöpfung nach dem Gefecht bei der Ile Vierge, wozu noch ein Bewußtsein der Hilflosigkeit kam, daß er die Verbindung zwischen dem mysteriösen Santhonax und Hortense Montholon, von der er fest überzeugt war, nicht beweisen konnte. Er hatte Griffiths diesen Verdacht in der Hoffnung mitgeteilt, daß der alte Marineoffizier irgendeine Patentlösung wüßte. Aber diese Hoffnung hatte getrogen: Griffiths lag krank im Lazarett, die Obrigkeit zeigte keinerlei Interesse an seinem Kutter, und es bedrückte Drinkwater, daß er so hilflos war, gestrandet im Brackwasser der Marinepolitik, ohne Aussicht auf eine befreiende Flut, die ihnen allen wieder Oberwasser geben konnte.

Bis zu einem gewissen Grad war auch Elizabeths Nähe daran schuld. *Kestrel* erforderte nur zwei- bis dreimal in der Woche seine Anwesenheit an Bord, und er verbrachte soviel Zeit wie möglich zu Hause bei seiner Frau. Das friedliche, fast ungestörte Familienleben war eine Wohltat, die er lange entbehrt hatte; jetzt konnte er seinen Verlockungen nicht widerstehen. Aber er bekam die Quittung für seine mangelnde Wachsamkeit: Sechs Mann desertierten von *Kestrel,* und Drinkwater wartete sehnlichst auf neue Einsatzbefehle, hin- und hergerissen zwischen seiner Liebe zu Elizabeth und seinem Pflichtbewußtsein.

An einem frischen, sonnigen Aprilmorgen, unter dessen klarem Licht die Dächer von Portsea wie reingewaschen glänzten, erschien ein Kapitän unangemeldet an Bord, in unauffälliger Zivilkleidung und begleitet von einem modisch aufgeputzten, exzentrisch wirkenden Mann, der sich auf *Kestrel* gut auszukennen schien. Die beiden kamen in einem Skiff der Werft längsseits und kletterten einfach über die Reling.

Der treue Tregembo warnte Drinkwater gerade noch rechtzeitig, daß es sich um wichtigen Besuch handelte, was er von der grinsenden Besatzung des Werftboots erfahren hatte. Sogar um sehr wichtigen

Besuch. Drinkwater dankte der Vorsehung, daß er an diesem Tag zufällig an Bord war, und eilte schuldbewußt an Deck, wo die Fremden jedoch nirgends zu sehen waren.

Dann steckte ein Matrose empört den Kopf aus der Ladeluke.

»He, Sir, hier unten sind zwei Vögel und stochern in den Bilgen herum. Einer davon ist ein vermaledeiter Frosch*, darauf fresse ich einen Besen, Sir...«

Entschuldigungen hervorsprudelnd, hastete Drinkwater in den Laderaum, um seine Aufwartung zu machen. Im Halbdunkel konnte er gerade noch erkennen, daß die Eindringlinge ein paar Bilgenbretter hochgehoben hatten und in das Loch spähten.

»Guten Morgen, meine Herren, und meine aufrichtigsten... Gütiger Heiland! Ist das nicht M'sieur Barrallier?«

»Ah! In der Tat, mein junger Freund. Einen schönen guten Tag. Leider kann ich Ihnen noch nicht die versprochene Fregatte bauen, aber dies ist Kapitän Schank, und wir sind hier, um Ihren tüchtigen Kutter zu – wie sagt man? – zu modifizieren.«

Drinkwater wandte sich dem Fremden zu, der sich jetzt von den Knien erhob und seine Hose abklopfte. Mit einer Handbewegung schnitt er Drinkwaters verlegene Erklärungen ab und hatte innerhalb von fünf Minuten seinen Kampfgeist und seinen Enthusiasmus wiederhergestellt.

Später am Tag schilderte Drinkwater Griffiths im Lazarett die geplanten Baumaßnahmen.

»Was er vorhat, ist folgendes, Sir: Er bolzt beidseitig des Kiels Verstärkungen an, dann schneidet er Schlitze in den Kiel, durch die er schmale Platten hinunterläßt. Er nennt sie ›Steckbretter‹. Die Idee kommt aus Amerika, dort hat man damit gute Erfahrungen gemacht. Kapitän Schank hat sie drüben gesehen, als er Steuermann war, aber«, Drinkwater grinste schief, »Steuerleute haben eben nicht viel Einfluß auf technische Neuerungen.«

Griffiths runzelte nachdenklich die Stirn. »So eine Art Mittelschwert etwa?«

»Aye, Sir, genau.« Drinkwater nickte eifrig. »Offenbar kann man damit höher am Wind segeln und die Abdrift nach Lee stark verringern.«

»Moment mal«, sinnierte Griffiths. »Jetzt erinnere ich mich an den Namen: *Trial*. Das war ein Kutter, den Schank konstruiert hat, im

---

* Frog – verächtlicher Spitzname für Franzosen (frog eaters = Froschesser)

Jahr 90 oder 91. Mit ganz ähnlichen Linien wie *Kestrel*. Doch, das ist der Mann. *Trial* wurde mit drei von diesen – äh – Mittelschwertern ausgerüstet...« Eine Weile erörterten sie die Vorteile des neuen Prinzips, dann fragte Griffiths: »Und wenn sie so viel vorhaben, gibt's dann auch neue Einsatzorder für uns?«

Drinkwater grinste. »Na ja, Sir, nichts Offizielles, aber es geht das Gerücht, daß wir in der Nordsee stationiert werden sollen, bei Admiral MacBrides Geschwader.«

Als Nat das Lazarett verließ, hatte er den Eindruck, daß die Neuigkeiten Griffiths schneller wieder gesund machen würden als alle ärztliche Kunst.

Die auf dem Kajüttisch ausgebreiteten Konstruktionszeichnungen fielen zu Boden, wo sie der Schiffbaumeister wieder einsammelte, mühsam beherrschte Ungeduld im Gesicht. Kapitän Schank kannte er, mit ihm fand er sich ab, auch geziemte seinem Rang gebührender Respekt. Aber dieser Grünschnabel, der es lediglich bis zum Steuermann gebracht hatte: Vor ihm und anderen halbgaren, neunmalklugen Amateuren sollte die Vorsehung einen vielgeprüften, alterfahrenen Schiffbaumeister eigentlich bewahren.

»Aber wenn, wie Sie sagen, der Tiefgang entscheidend ist, Sir«, beharrte Drinkwater, »der Kutter andererseits in flachen Gewässern operieren soll, dann könnte ein senkrecht aufgehängtes Schwert sehr gefährlich werden.« Drinkwater sah im Geiste, wie sich *Kestrels* neuer tiefer Kiel in eine Sandbank grub, sie zum Kentern brachte oder ihr den ganzen Unterboden herausriß. Die Vision erschreckte ihn so, daß er dem Meister Paroli bot. »Würden wir die Schwerter jedoch hier vorn«, er deutete auf die Zeichnungen, »um einen Bolzen drehbar aufhängen, könnten sie aufgeholt und in ihr Gehäuse geklappt werden, ohne daß der Kutter gefährdet würde.« Beschwörend sah er Kapitän Schank an.

»Was halten Sie davon, Mr. Atwood?« fragte dieser.

Voller Skepsis musterte der Schiffbaumeister die Bleistiftmarkierung auf seinen Plänen.

Drinkwater seufzte gequält. Alles, was von der Werft kam, wurde allmählich ein rotes Tuch für ihn. »Barrallier könnte das schaffen, Sir«, sagte er leise zu Schank und glaubte, in dessen Gesicht ein halb unterdrücktes Lächeln zu sehen.

Atwoods Rücken versteifte sich. Er konzentrierte sich einige Sekunden lang ernsthaft auf die Zeichnung, dann richtete er sich auf.

»Zu machen wäre es schon, Sir«, sagte er zu Schank, Drinkwater absichtlich übersehend. »Aber nur, wenn Sie mich mit diesem französischen Scharlatan verschonen. Ich will nicht, daß mir der affige Geck die ganze Arbeit versaut...«

Tags darauf wurde *Kestrels* Mast gezogen und der Kutter aufgeslippt. Die Arbeiten gingen zügig voran, und nach einer Woche kehrte Griffiths zurück, mit fröhlichem Gesicht und leichtem Schritt; niemand sah ihm mehr sein Alter oder seine kürzliche Indisposition an.

Er gab Drinkwater den guten Rat, seinen neuen Uniformmantel zu lüften, die Neuerwerbung von Morgan's. »Wir sind nämlich zum Dinner mit Lord Dungarth eingeladen, Mr. Drinkwater, im ›George‹... He, Merrick! Sapperlot, ich muß alt werden! Aber warum lassen die verdammten Handwerker auch ihre Arbeit immer halbfertig liegen, schlagen die Niedergangstreppen ab und riggen dafür wacklige Leitern auf? Ah, Merrick, bürste meine beste Uniform aus und lüfte auch Mr. Drinkwaters. Dann wienerst du sein bestes Paar Schuhe und besorgst ein Stück Haifischleder für diesen mörderischen französischen Fleischspieß, den er Degen nennt...« Er wandte sich an Drinkwater; die Furchen, die das Fieber in sein Gesicht gegraben hatte, waren spurlos verschwunden. »Mir schwant, daß es bei dem Dinner heute abend um mehr geht als um eine bloße Höflichkeitsgeste.«

Drinkwater nickte. Er war sich bewußt, daß der Alte manchmal hellseherische Fähigkeiten entwickeln konnte. Außerdem freute er sich, ihn wieder an Bord zu haben.

Der George Inn von Portsmouth war seit alters her ein Treffpunkt von Kapitänen und Admiralen. Leutnants wie Griffiths verkehrten in der ›Fountain‹, Steuerleute und Fähnriche im ›Blue Posts‹ neben der Postkutschenstation. Deshalb hoben sich irritiert einige Augenbrauen, als Griffiths und Drinkwater einem gar nicht frühlingshaften Windstoß und Regenschauer die Tür öffneten und sich nach dem Ablegen ihrer Mäntel als ältlicher Kapitänleutnant und bei der Beförderung offenbar übergangener Steuermann entpuppten.

Aber ihre Anwesenheit wurde durch die Herzlichkeit gerechtfertigt, mit der Lord Dungarth seine Gäste begrüßte.

»Ah, da sind Sie ja, meine Herren. Bitte, nehmen Sie Platz. Na, Madoc, wie schmeckt es, Fregattenkapitänen in den Arsch kriechen zu müssen, nachdem Sie so lange unabhängig waren?«

Griffiths grinste säuerlich. »Es läßt sich ertragen, Mylord«, antwortete er diplomatisch. Am Nachbartisch wurde ein älterer Kapitän so dunkelrot, daß ihm der Gehirnschlag ins Gesicht geschrieben stand, und murmelte etwas, wonach »der George auch schon vor die Hunde gehe«.

Doch Dungarth ließ sich nicht stören und fuhr augenzwinkernd fort: »Und Sie, Nathaniel? Wie ich hörte, haben Sie diesen Lugger praktisch einhand erobert. Eine Übertreibung, nehme ich an?«

»Aye, Mylord, eine gewaltige Übertreibung, fürchte ich.«

Dungarth kam zur Sache. »Und jetzt hält sich die Werft wie üblich an den paar kleinen Reparaturen tagelang fest, eh?«

Griffiths nickte. »Stimmt, Mylord. Ich glaube, in der Werft hält man uns für zu unwichtig, als daß man sich viel mit uns beschäftigt«, sagte er mit einem Funkeln in den Augen. Drinkwater bemerkte, daß Dungarth eine Gruppe anderer Offiziere vielsagend ansah, unter denen er einige Werftbeamte erkannte.

»Unwichtig!« rief Ihre Lordschaft aus. »Von wegen! Höchstens für diesen verdammten Haufen hinterfotziger Faulenzer. Der schlimmste Landesverrat wird in Seiner Majestät Marinewerften begangen. Von Zeit zu Zeit hängen sie einen Brandstifter, um der Admiralität ihre Treue zu beweisen . . .« Dungarth verteilte die Gläser. »Auf Ihr Wohl, meine Herren! Aber hören Sie auf meine Worte – eines Tages wird sie der gerechte Lohn ereilen. Sie erinnern sich doch bestimmt noch an die *Royal George,* Nathaniel, haben ja auch allen Grund dazu . . . Also, meine Herren, wenn Sie sich von diesem scheußlichen Wetter erholt haben, dann erwartet Sie geschmorter Hase und ein schöner Lammrücken.« Sie leerten ihre Gläser und folgten Dungarth in ein Séparée. Drinkwater war sich bewußt, daß ihr Abgang allseits mit Erleichterung aufgenommen wurde.

Beim Essen beschränkte sich die Unterhaltung auf leichtere Themen. Dungarth hatte seine Diener entlassen, sie versorgten sich selbst. Als sie mit dem geschmorten Hasen fertig waren, kündigte er noch einen vierten Gast an. »Deshalb wollen wir die Geschäfte bis zu seiner Ankunft ruhen lassen. Es ist lange her, daß ich bei einem guten Essen auch nur ein Royalsegel gesetzt hätte . . .«

Sie gingen den Lammrücken an, als es an die Tür klopfte.

»Ah, da sind Sie ja, Brown. Nehmen Sie Platz, die Anwesenden kennen Sie alle.«

Major Brown strich sich das Haar glatt und murmelte etwas von Winterwetter im Juni, dann nickte er den beiden Seeleuten zu. »Ihr Diener, Mylord. Meine Herren . . .«

»Setzen Sie sich, das Lamm ist hervorragend. Madoc, würden Sie dem Major freundlicherweise helfen? Gut . . .« Dungarth reichte eine Schüssel weiter. Drinkwater sagte sich, daß Griffiths mit seiner Ahnung, weshalb sie zu diesem Dinner eingeladen worden waren, wahrscheinlich wieder einmal recht gehabt hatte. Denn Major Brown hatte mehr als einen Hauch des schlechten Wetters mitgebracht.

Schließlich ließ Dungarth alle Bonhommie fallen und wurde sachlich knapp. »Also? Haben Sie was herausgefunden?«

Brown starrte Dungarth in die Augen. »Nichts von Bedeutung. Und Sie, Mylord?«

»Auch nichts.« Dungarth blickte Griffiths und Drinkwater abschätzend an und hatte offenbar völlig vergessen, daß sie die letzte Stunde in freundschaftlichem Gespräch verbracht hatten. Er bat Drinkwater, noch eine Flasche Wein auf den Tisch zu stellen, und sagte dann zu Griffiths: »Die Informationen, die Nathaniel an Bord des Luggers fand und die Sie an mich weitergeleitet haben, bestätigten einen schon länger gehegten Verdacht: daß Capitaine Santhonax ein Geheimagent der französischen Regierung ist und in unserem Land ausgezeichnete Verbindungen unterhält. Der spätere Hinweis über eine von Nathaniel vermutete Beziehung zwischen ihm und Hortense Montholon scheint jedoch nicht ganz so . . .«

Drinkwater schluckte. »Es war auch kein schlüssiger Beweis, Mylord, doch ich hielt es trotzdem für meine Pflicht . . .«

»Daran haben Sie ganz recht getan, machen Sie sich nur keine Vorwürfe. Wir haben Ihren Hinweis immerhin ernst genug genommen, um Brown auf Miss Montholon anzusetzen. Er sollte sie beobachten, denn es lagen auch noch andere Anzeichen dafür vor, daß Ihre Theorie gar nicht so abwegig war, wie sie zunächst schien.« Lord Dungarth nahm einen Schluck Wein, tupfte sich die Lippen ab, und Drinkwater wartete geduldig, obwohl sich sein Puls merklich beschleunigt hatte.

»Als Graf Tocqueville in London starb, wurde sein Tod Straßenräubern zugeschrieben. Und er war auch beraubt worden, eine beträchtliche Summe fehlte – aber in seiner Wohnung, nicht an seiner Person. Außerdem war sein Quartier gründlich durchsucht worden. Der oder die Mörder hatten den Grafen mit einem Degen durchbohrt. Die Polizei fand in seiner Wohnung Papiere, die darauf schließen ließen, daß er eine Heirat mit Miss Montholon nicht nur vertraglich vorbereitet, sondern auch kirchlich aufgeboten hatte. Deshalb spürten wir die Frau auf und fanden sie bei der Mutter des Grafen in Tunbridge Wells wohnen. Obwohl die Todesnachricht einen Tränenstrom auslöste, weinte doch, wenn ich mich recht erinnere, hauptsächlich des Grafen Mutter ... Major ...«

Brown räusperte sich, um den Faden aufzunehmen. »Wie ich Ihnen vor einiger Zeit sagte, war mir Santhonax als Fregattenkapitän bekannt, auch wenn er nie ein eigenes Schiff kommandierte, sondern immer – wie ich – unabhängige Sonderaufträge ausführte. Inzwischen wissen wir, daß er der Sektion des französischen Geheimdienstes vorsteht, die sich auf den Ärmelkanal konzentriert, und daß er häufig mit schnellen Luggern, sogenannten *chasses marées,* operiert, wenn er Kontakt zu seinen Agenten in England aufnehmen will. Er ist sogar kühn genug, selbst Fuß auf englischen Boden zu setzen und sich längere Zeit hier im Lande aufzuhalten ...«

Brown nahm einen Bissen Lamm und spülte ihn mit Wein hinunter. »Unserer Meinung nach ist er verantwortlich für den Tod des Grafen Tocqueville«, fuhr er fort, »und Ihr Hinweis, daß er vielleicht eine Beziehung zu Mlle. Montholon unterhält, war höchst interessant für uns.« Er zuckte auf typisch gallische Art die Schultern, was etwas deplaciert wirkte. »Andererseits – obwohl der Brief, den Sie fanden, einen Verdacht erhärtet, ist er noch kein Beweis. Die Überwachung hat bis dato kein anderes Resultat erbracht, als daß Mlle. Montholon die unglückliche Verlobte des verstorbenen Grafen ist und in ihrer augenblicklichen Notlage Aufnahme bei der Mutter des Grafen gefunden hat, die ihrerseits von der Guillotine zur Witwe gemacht wurde. Wie ich höre, soll der Kummer beider Damen ganz herzerweichend sein ...« Die Ironie in Browns Worten brachte Drinkwater auf den Gedanken, daß der Argwohn des Majors bei weitem noch nicht ausgeräumt war.

»Aber ist es denn wahrscheinlich, daß Santhonax seine Unternehmungen hier in England fortsetzt, nachdem er doch seine Papiere mit dem Lugger verloren hat?« fragte Griffiths.

»Ich glaube nicht, daß sich ein Mann seines Kalibers so schnell entmutigen läßt«, antwortete Dungarth. »Außerdem hängt es davon ab, für wie kompromittierend er den Verlust hält. In unserer Branche sind wir alle Geiseln des Schicksals, aber die Chancen, daß jemand den Brief fand und richtig interpretieren konnte, standen doch sehr schlecht. Schließlich war der Lugger in dieser Nacht bestimmt nicht der einzige, der, mit genauen Karten der englischen Küste und viel Geld ausgestattet, im Kanal operierte ...«

»Und die Paradeuniform im Schrank, Mylord?« warf Drinkwater ein.

Dungarth hob skeptisch die Schultern. »Ich glaube kaum, daß Santhonax ihretwegen seine Operation in England abbrechen wird, obwohl zweifellos der für die Abstellung des Luggers zum Konvoi Verantwortliche diesen Schritt mittlerweile bitter bereut haben muß. Nein, wir werden den Wohnsitz der Tocqueville dank Nathaniels Hinweis noch eine Weile überwachen. Und was Sie beide betrifft...«, der Earl beugte sich vor und holte aus seiner Rocktasche einen dicken, versiegelten Umschlag, »so habe ich hier für Sie die Order, im Kanal zu operieren, scheinbar um den Handelsverkehr der Feinde zu stören. In Wirklichkeit aber sollen Sie jeden Lugger, jede Punt, Smack oder Galley* zwischen dem North Foreland und den Owers anhalten und durchsuchen. Vielleicht können wir so diesem Teufel Santhonax das Handwerk legen, ehe er noch mehr Unheil anrichtet... Und jetzt, Nat, reichen Sie noch eine Flasche herüber, oder tun Sie's, Madoc. Seit Ihren Sklavenhändlerstagen wissen Sie ja einen guten Schluck zu schätzen...«

Wieder wechselte die Stimmung, wurde entspannter und fröhlicher, weil die Tischrunde mit sich zufrieden war.

»Mylord«, wagte sich Griffiths schließlich vor, »ich möchte gern Ihr Augenmerk auf eine Beförderung von Mr. Drinkwater hier lenken. Er hat sich wahrlich das Offizierspatent verdient. Sehen Sie keinen Weg, wie Ihre Lordschaften dazu gebracht werden könnten, seine Leistungen zu belohnen?«

Drinkwater tauchte aus einem Nebel auf, der nicht allein aus Tabakrauch bestand und in dessen Schutz er das Bild der schönen Hortense heraufbeschworen hatte.

Aber Dungarth schüttelte den Kopf und antwortete mit schon schwerer Zunge: »Mein lieber Madoc, nichts wäre mir lieber, als zu Nathaniels verdienter Beförderung beizutragen. Aber unglücklicherweise bin ich bei der Admiralität in Ungnade gefallen, weil ich Earl Howe dafür kritisiert habe, daß er den französischen Getreidekonvoi nicht aufhalten konnte. Die von Brown gesammelten Informationen wurden Ihren Lordschaften unterbreitet, sie waren also rechtzeitig

---

* *punt* = ursprünglich gestakter Prahm, Pünte oder Schauke, hier aber *Falmouth Quay punt,* ein Übersetz- und Frachtboot mit zwei relativ kurzen, gaffelgetakelten Masten (Yawlrigg).
Smack = Schmack (Fischkutter mit Bünn); hier *Essex smack,* ein rund zehn Meter langer, sehr breiter Kutter mit gaffelgetakeltem Mast und langem Bugspriet.
Galley = Galeere, Ruderboot

vorgewarnt und hätten den Konvoi um jeden Preis abfangen müssen. Vielleicht hätten wir Frankreich damit auf einen Schlag besiegen können.« Dungarth beugte sich vor, ein kaltes Feuer brannte in seinen hellbraunen Augen, und seine Stimme klang plötzlich scharf artikuliert. Aber dann lehnte er sich wieder zurück, sank in sich zusammen und fuhr sich mit müder Hand über die Stirn. »Doch diese Bande hirnverbrannter Narren hat meine Warnungen in den Wind geschlagen. Browns unter Lebensgefahr unternommener Abstecher nach Frankreich war umsonst . . .«

Spät in der Nacht, haltsuchend aneinandergeklammert, stolperten Griffiths und Drinkwater vom »George« zu ihrem Schiff zurück. Regenfluten gurgelten durch die Gosse oder sammelten sich in den Pfützen, durch die sie platschten, wobei ihre weißen Kniehosen von oben bis unten bespritzt wurden. Sie hatten viel gegessen und noch mehr getrunken, und Griffiths stammelte immer wieder sein Bedauern darüber, daß Lord Dungarth ihn mit Drinkwaters Beförderung enttäuscht hatte, worauf Nathaniel ebenso beharrlich versicherte, daß ihm alles schnurzegal sei. In seiner augenblicklichen Stimmung ließ er keine Enttäuschung an sich heran. Der Abend bedeutete für ihn einen kleinen persönlichen Sieg, und sein alkoholumflorter Verstand glaubte fest an eine ausgleichende Gerechtigkeit. Dank der Vorsehung fuhr er auf dem ruhmreichen Kutter *Kestrel,* und eben diese Vorsehung war damals vor Beaubigny auf seiner Seite gewesen. Nun würde sie auch dafür sorgen, daß er sein Offizierspatent bekam, wenn die Zeit reif war. Doch das Dröhnen in seinen Ohren sagte ihm, daß es damit noch gut' Weil hatte.

Erst als sie aus dem Schutz des Werfttors traten und Griffiths der Wache das Losungswort zubrüllte, begann Nathaniel zu dämmern, welch lächerliches Bild sie beide boten. Plötzlich wünschte er sich nichts sehnlicher, als neben Elizabeth in seinem warmen Bett zu liegen, statt seinem bleischweren Kommandanten durch die wind- und regengepeitschte Nacht an Bord helfen zu müssen.

ACHTES KAPITEL

September – Dezember 1795

Der schwarze Wimpel

Das Wachschiff *Royal William* war ein Veteran der Britischen Kriegs-marine. Sie hatte Wolfes Leiche* von Quebec heimgebracht und beherbergte nun jene Unglücklichen unter den britischen Matrosen, die ihre Abkommandierung auf ein neues Schiff erwarteten. Wie alle solche Hulks stank sie, und es war nicht der vertraute, von emsigem Leben zeugende Gestank eines aktiven Schiffes, sondern der schale, feuchte und faulige Gestank der Vernachlässigung, Untätigkeit und Verzweiflung. Als Drinkwater die *Royal William* besuchte, hausten an Bord nahezu dreihundert arme Seelen, aus denen er Ersatz für *Kestrels* Deserteure auswählen mußte. Es waren Gepreßte, Einge-wanderte und Kriminelle und sogar von allen guten Geistern verlasse-ne Freiwillige, eine isolierte Minderheit sozial Gescheiterter, die keinen anderen Schlupfwinkel gefunden hatten. Auch vom Pech verfolgte Handelsmatrosen waren darunter, die nach ihrer Heimkehr von langer Reise von den Preßgangs oder patrouillierenden Fregatten aufgegriffen und unter Bewachung nach Portsmouth gebracht worden waren. Die Gepreßten, Verfemten, Trunkenbolde oder nur Leichtsin-nigen waren den Offizieren des Impress Service in die Hände gefallen und in Tendern auf die *Royal William* geschafft worden, wo man sie einsperrte, bis wieder ein Schiff zu bemannen war. Gesellschaft leisteten ihnen Dorftrottel und Taschendiebe, mit denen die Kriegs-marine großzügig von patriotischen Geistlichen versorgt wurde. Alle vierzehn Tage brachte der Tender vom Tower in London eine Ladung Bankrotteure, Betrüger, begnadigte Verbrecher und das ganze elende Strandgut einer Großstadt des achtzehnten Jahrhunderts. Folglich quollen auf der alten Hulk das Unglück, der Schmutz und das Laster aus allen Plankenstößen, und sie unterschied sich nur wenig von den

---

* James Wolfe, britischer General, am 13.9.1759 nach seinem Sieg gegen die Franzosen im kanadischen Quebec gefallen

Gefängnishulks mit ihren Patrouillenbooten, blutigen Grätings und Schildwachen, die weiter flußaufwärts lagen.

Der Personaloffizier des Impress Service empfing Drinkwater mit saurer Miene. Die offene Feindseligkeit des Kapitäns war ihm zunächst ein Rätsel – bis er in ihm ihren Tischnachbarn aus dem »George« erkannte, den Dungarths rüde Worte an den Rand eines Schlaganfalls gebracht hatten.

»Sechs Mann! Sechs! Woher soll ich wohl so schnell sechs Mann nehmen, daß Gott erbarm? Und wofür? Für ein Linienschiff? Eine Fregatte? Nein! Für einen schäbigen kleinen Kutter, dessen Offiziere sich die ganze Zeit an Land herumtreiben und ihre Vorgesetzten verhöhnen. Nein, Sir! Sie glauben vielleicht, weil mein Deck voller Hängematten ist, hätte ich Männer im Überfluß. Schlagen Sie sich das aus dem Kopf! Sechs Mann für einen nichtklassifizierten Kutter...«

Drinkwater wartete geduldig, bis der Strom von Flüchen und Beschimpfungen versiegte und der Kapitän endlich einen Schreibblock hervorzog, mit dem Finger an einer Namensreihe entlangfuhr, den Kopf schüttelte und den Block wieder zuschlug.

»Scratch!« schrie er.

Ein Schreiber mit krummem Rücken trat ein, einen Klumpfuß nachziehend. »Sir?«

»Unsere augenblickliche Mannschaftsstärke und die Spezifikationen, bitte.«

»Äh, gewiß, Sir.« Der Mann überlegte einen Moment, dann ratterte er los: »291 Mann an Bord, Sir. Darunter 62 Vollmatrosen, 85 mit Borderfahrung, 91 Sträflinge, 53 von der Kirche. Es sind drei Schneider dabei, vier Hufschmiede, ein Schlosser, vier Schuster und ein Apotheker, wegen Inzests verurteilt...« Die Augen des Schreibers funkelten und erinnerten Drinkwater an eine Raubmöve, die sich von gestrandeten Halbtoten ernährte.

»Ja, ja, schon gut«, sagte der Personaloffizier gereizt und offenbar in Sorge, daß er von seinem eigenen Schreiber widerlegt werden könnte. »Und jetzt die Vorbestellungen.«

»Aha, Sir, sehr wohl: Die meisten sind für Kapitän Troubridge auf die *Culloden* bestimmt, dann gehen 38 nach Plymouth auf die *Engadine,* zwei Dutzend sind für *Pomone,* sechs müssen als untauglich entlassen werden, und der Rest soll die Lücken in der Kanalflotte auffüllen, womit nur eine Handvoll unsicherer Kantonisten übrigbleibt...«

»Die reichen uns«, sagte Drinkwater schnell, aber zur falschen Zeit, denn damit brachte er den Kapitän um seinen Triumph.

»Halten Sie Ihren vorlauten Mund!« bellte dieser und entließ den Schreiber mit einer Kopfbewegung. »Also, mein junger Naseweis, daraus geht eindeutig hervor, daß ich keinen einzigen Mann entbehren kann. Schon gar nicht für Ihren Kutter. Sagen Sie Ihrem hochmögenden Kommandanten, er kann sich seine Rekruten selbst beschaffen. Was mich angeht, so ist seine Forderung abgelehnt. Meine Leutnants sind draußen und kämmen die Dörfer nach Männern für die Flotte durch. Da kann Ihr verdammter Kutter von mir aus zur Hölle fahren!« Wieder war das Gesicht des Personaloffiziers dunkelrot angelaufen. Er winkte Drinkwater ungnädig zur Tür hinaus, und dieser folgte dem mißgestalteten kleinen Schreiber aus der Kajüte.

Wütend, aber begierig, das stinkende Schiff zu verlassen, strebte Drinkwater der Pforte zu, als er eine Hand auf seinem Arm spürte. »Nur nicht so ungeduldig, junger Mann«, hörte er den weinerlichen Singsang des Schreibers. »Bitte warten Sie noch. Für ein kleines Entgelt kann ich Ihnen vielleicht dienen, mit Verlaub, ich hätte da den einen oder anderen jungen Herrn ...«

Drinkwater fuhr herum, Empörung und Verachtung stiegen ihm wie Gallensaft in die Kehle. Aber dann dachte er an *Kestrel* und ihren verzweifelt unterbemannten Zustand, und er schluckte seine Abneigung herunter. Ihm fiel ein, daß er zwei Sovereigns bei sich hatte, und er reichte dem Schreiber einen davon, der ihn auf der offenen Handfläche liegen ließ und abschätzig betrachtete.

Drinkwater seufzte und gab dem Mann auch die zweite Münze. Wie eine Falle schloß sich die Kralle über dem Gold, und der Schreiber konstatierte von oben herab: »Nun also, junger Mann, jetzt können wir ins Geschäft kommen. Ihr Name?« Er knallte ein Hauptbuch auf sein Stehpult und las murmelnd eine Namensliste durch. Dann schrieb er sechs Namen auf einen Zettel, den er Drinkwater reichte. »Hier, junger Mann, das halbe Dutzend für Ihren Kutter.« Er kicherte boshaft. »Für den Apotheker werden Sie mir vielleicht noch dankbar sein ...«

»Lassen Sie sie morgen früh im Boot abholen«, sagte Griffiths, nahm seinen Hut ab und sank schwer auf einen Stuhl. Merrick brachte ihm eine Kanne Kaffee und einen Brief. Griffiths öffnete ihn grunzend. »Ha! Wurde auch Zeit. Es scheint, daß wir endlich in der Schiffsführung komplett sind und auslaufen können ...« Sein Gesicht wurde lang. »Oh ...«

»Was gibt's denn, Sir?«

»Sie – Sie sollen als Steuermann fahren, Ihre Interimsbestallung zum Leutnant wurde gestrichen. Da *Kestrel* nicht mehr mit Sonderauftrag segelt, wird nur *ein* Offizier an Bord benötigt.« Griffiths ließ das Schreiben sinken. »Tut mir aufrichtig leid für Sie.«

»Aber wir stehen doch unter Dungarths Befehl«, wandte Drinkwater verbittert ein.

Griffiths schüttelte den Kopf. »Inoffiziell. Nach außen hin gehören wir jetzt zu MacBrides Geschwader. Diese Bürokraten! Mr. Drinkwater, dieses ganze elende Jammertal wird von Bürokraten regiert.«

Drinkwaters Enttäuschung war grenzenlos. Gerade jetzt, da *Kestrels* Geschick sich nach dem langen Fegefeuer in der Werft zum Guten zu wenden schien, traf ihn dieser Schlag.

»Macht nichts, Sir. Wie setzt sich die Schiffsführung zusammen?« fragte er, um von dem schmerzlichen Thema abzulenken.

»Äh, aus mir als Kommandanten, Ihnen als Steuermann und Segelmeister, den Maaten Jessup und Johnson, dem Zimmermann, dazu ein Stückmeister namens Traveller, ein Zahlmeister namens Thompson und Appleby, ein Chirurg.«

»Was – Appleby?«

»Bei Gott, Mann, wir werden uns in der Messe auf die Füße treten.«

Die sechs Mann von der *Royal William* waren ein jämmerlicher Haufen und keinesfalls, auch beim besten Willen nicht, Seeleute. Selbst nach drei Tagen an Bord hatten Shorts Gerte und Jessups Rattanrohr sie nicht davon überzeugen können, daß sie jetzt der Kriegsmarine angehörten. Drinkwater hörte, wie die armen Teufel über seinem Kopf pausenlos verflucht wurden, während er mit Jessup das Verstauen von Proviant und Munition besprach. Der künftige Lauf der Ereignisse war ihm klar: Die Neuen würden so lange schikaniert werden, bis einer von ihnen auf die Provokationen mit einem ernsthaften Disziplinarverstoß reagierte. Darauf mußte unweigerlich eine Auspeitschung folgen, die alle an Bord verrohen würde. Drinkwater seufzte, denn auch er wußte keine Abhilfe.

»Also, Mr. Jessup, dann verfahren wir wie besprochen, auch wenn der Stückmeister uns noch nicht mit seiner Anwesenheit beehrt. Ich hoffe nur, daß er wenigstens rechtzeitig vor dem Auslaufen eintrifft.«

»Aye, Sir, der kommt schon noch. Ich habe ihn gestern abend auf der Gosportseite gesehen, aber Jemmy Traveller reißt sich immer als letzter von Land los. Seine Frau hat einen Pastetenladen neben dem

Zeugamt. Jemmy zählt den ganzen Tag Schillinge und Guineen...«

»Sie kennen ihn also?«

Jessup nickte. »Bin mit ihm auf der *Edgar* gefahren. Als wir Anno 80 mit Lord Rodney die Dons* verdroschen.«

»In der Mondscheinschlacht?«

»Aye, eben damals.«

»Ich erinnere mich, war als Kadett dabei**...« Doch ein Schrei oben an Deck riß Drinkwater rauh aus seinen Reminiszenzen.

»He, Sie! Was tun Sie da? Zeigen Sie dem Mann, wie man's richtig macht. Mit Schlägen erreichen Sie gar nichts!«

»Was, zum Teufel...« Drinkwater sprang auf und lief zum Niedergang. Als er an Deck kam, kletterte ein beleibter Mann gerade unbeholfen über die Reling. Und dann baute sich die vertraute Gestalt des Chirurgen Appleby empört vor Short auf.

»Ah, Nathaniel«, sagte er mit einem Seitenblick zu Drinkwater. »Ich bin als Arzt abkommandiert auf diesen, diesen...« Mit einer weitausholenden Handbewegung umfaßte er den Kutter und verzichtete auf eine nähere Beschreibung. Dann spießte er Short mit seinem Blick auf. »Wer ist dieser verdammte Leuteschinder?«

Der Bootsmannsgehilfe war wütend über die Einmischung, aber er beherrschte sich. Nur die hervortretenden Adern an seiner Stirn und das leise Vibrieren der Gerte, die er an einem Riemen am Handgelenk trug, verrieten die Anstrengung, die ihn sein Schweigen kostete.

»Das ist Short, Mr. Appleby, ein Bootsmannsgehilfe und ausgezeichneter Seemann.« Drinkwater hatte die Situation mit einem Blick erfaßt und wurde sich klar darüber, daß seine Reaktion entscheidend war für die Disziplin und das Klima an Bord, das bei dieser Enge schon vom kleinsten Zank getrübt werden konnte.

»Tja, Mr. Short«, sagte er, »wenn die Neuen noch nicht spleißen können, nehmen Sie's ihnen nicht übel. Es braucht eben seine Zeit, bis aus einer Landratte ein richtiger Seemann wird.« Er lächelte Short an, der zu begreifen begann, daß der Master ihm ein Kompliment gemacht hatte, und wandte sich dann an die neuen Männer, die in Appleby offenbar schon einen künftigen Bundesgenossen witterten. Scharf, aber nicht unfreundlich sagte er: »Ihr solltet euch endlich mit euren Pflichten anfreunden, sie sind einfach genug. Entweder macht ihr eure Arbeit ordentlich, oder ihr müßt die Folgen tragen. Und die könnten sehr viel schmerzhafter sein als Mr. Shorts Gerte oder Mr.

* Spitzname für Spanier
** Siehe Richard Woodman: *Die Augen der Flotte*, Ullstein Buch 20531

Jessups Stock.« Mehr sagte er nicht, denn die sechs sollten ihre eigenen Schlüsse ziehen. Er sah auf einigen Gesichtern Begreifen dämmern, nahm Applebys Ellbogen und dirigierte ihn nach achtern. Der Arzt sperrte sich erst, dann gab er nach. Am Niedergangsluk rief Drinkwater über die Schulter zurück: »Mr. Short! Die Leute da sollen Mr. Applebys Gepäck an Bord schaffen, aber lebhaft!«

Schon halb besänftigt, ließ Appleby sich unter Deck führen; sein umgängliches Naturell gewann die Oberhand, als Drinkwater ihn mit vielen neugierigen Fragen bombardierte.

»Wie ist es *Diamond* ergangen? Wie kommt das Geschwader ohne uns zurecht? Wieviel Prisengeld hat Richard White bekommen? Und überhaupt, was bringt Sie zu uns an Bord, Sie Unglücksrabe? Ich konnte mir einfach nicht vorstellen, daß Sie unseren kleinen Kutter freiwillig gegen eine Fregatte eintauschen.« Appleby merkte, daß er in eine winzige Kammer geschoben wurde, und hörte seinen Gastgeber nach Kaffee rufen. Drinkwater mußte über den Gesichtsausdruck seines Freundes lachen, mit dem dieser seine Umgebung erfaßte.

»Ich passe gerade so hinein«, grinste er. »Aber ein Mann Ihrer Statur könnte es hier ein wenig eng finden. Es ist meine Kammer, Ihre liegt gegenüber.« Drinkwater deutete auf die Tür, durch die gerade Applebys Gepäck bugsiert wurde. Der Arzt nickte enttäuscht. »Ist mir lieber als diese überfüllte Fregatte«, sagte er nicht ganz überzeugend. »Nicht alles, was glänzt, ist Gold, und so weiter, und so fort . . .« Doch der Scherz klang lahm.

Drinkwater hob die Brauen. »Jetzt überraschen Sie mich aber. Ich habe Sir Sydney immer für einen höchst wagemutigen Offizier gehalten.«

»Eher ist er ein verdammt exzentrischer Spinner, Nathaniel. Die Fregatte war schon in Ordnung, aber diese Pestbeule Sir William Sydney hatte eine Menge medizinischen Strohs im Kopf. Glaubte, er könnte einen Kranken besser behandeln als ich, und nannte mich einen Barbier. So eine vermaledeite Frechheit! Dabei war ich schon bestallter Schiffsarzt, bevor er sich noch als Kadett die Hosen naßmachte. Autsch! Dieser Kaffee ist ja glühend heiß!«

Wieder mußte Drinkwater lachen. »Ah, ich erinnere mich, Sie hassen jede Einmischung. Genau wie wir hier an Bord, Harry«, sagte er mit Betonung. Einen Augenblick starrte Appleby seinen Freund finster an, offenbar wollte er ihm den indirekten Rüffel übelnehmen. Doch Drinkwater fuhr schon fort, und Appleby vergaß seinen verletzten Stolz. »Ach, übrigens, erinnern Sie sich an unseren Passagier, den wir verwundet in Plymouth anlandeten?«

Appleby runzelte die Stirn. »Äh, nein... Doch, war er nicht Franzose? Davon habt ihr damals ein ganzes Nest herübergeholt, wenn ich mich recht erinnere, auch eine Frau.«

»Stimmt.« Drinkwater wartete, aber Appleby hielt Hortense keines weiteren Kommentars für würdig.

»Ich schließe aus Ihrem selbstgefälligen Ton, daß der Patient überlebt hat?«

»Wie bitte? Ach so, ja. Aber er kam bei einem Überfall in London ums Leben.«

»Ts, ts. Jetzt werden Sie meine Verzweiflung verstehen, wenn ich euereins praktisch mit meinem Herzblut kuriere, nur um zusehen zu müssen, wie ihr, kaum genesen, euch von neuem abzuschlachten beginnt.«

Genüßlich schlürften sie ihren Kaffee, aber Drinkwater war sich jetzt klar darüber, daß der arme alte Appleby einen höchst empfindlichen Bordgenossen abgeben würde.

»Und wie ist unser Kommandant?« erkundigte sich der Arzt brummig.

»Hervorragend, Harry, wirklich hervorragend. Hoffentlich werden Sie ihn mögen.« Appleby grunzte nur, und Drinkwater fuhr schlitzohrig fort: »Fairerweise muß ich Sie warnen, er ist durchaus imstande, mit eigener Hand in einer Wunde nach einem Splitter oder einer Kugel zu suchen.«

Appleby stieß einen resignierten Seufzer aus und wechselte klugerweise das Thema.

»Und Sie – ich meine, wir – werden nicht länger Mamsells von Frankreichs Küsten rauben, nehme ich an? Das schien jedenfalls eure Hauptbeschäftigung zu sein, wenn man dem Geschwätz im Geschwader glauben will.«

Wieder lachte Drinkwater auf. »Guter Gott, nein! Diesmal wird alles reine Routine. Wir gehören als Versorgungsschiff zu Admiral MacBrides Nordseegeschwader. Das heißt Konvoibegleitung, Kohl- und Kartoffelfahrten, Postsäcke, und hie und da, wenn wir Glück haben, mal ein Blick nach Boulogne hinein oder sonstwo. Verdammt langweiliges Geschäft, wenn Sie mich fragen.«

Von Lord Dungarths Geheimbefehl brauchte Appleby nicht zu erfahren, dachte Drinkwater. Schließlich war er gerade erst an Bord gekommen. Er konnte noch nicht zu *Kestrels* Kutterkorsaren gezählt werden.

»Sie müssen beim Trinity House hohes Ansehen genießen, Mr. Drinkwater«, sagte Griffiths. »Man hat dort der Ausfertigung Ihres Navigatorpatents zugestimmt, ohne auf einer nochmaligen Prüfung zu bestehen. Auch das Navy Board hat ungewöhnlich schnell reagiert«, fügte er mit vielsagendem Blick hinzu, wohl um anzudeuten, daß *Kestrels* Auslaufen jetzt keinesfalls länger verzögert werden dürfe. »Was gibt's, Mr. Appleby?«

»Diese Leute haben Ungeziefer, Sir«, klagte der Arzt und deutete auf die sechs Rekruten von der *Royal William*.

Griffiths antwortete mit einem gereizten Blick. »Aye, Mr. Appleby, und das dürfte noch nicht alles sein, was sie einschleppen. Was schlagen Sie vor? Soll ich sie etwa zurückschicken?«

»Nein, Sir. Wir werden sie in Salzwasser einweichen, ihre Kleider verbrennen und neue an sie ausgeben ...« Er verstummte.

»Also, Mr. Appleby, dann kümmern Sie sich um Ihre Arbeit, und ich kümmere mich um meine. Ihre Empörung macht Ihrer Gewissenhaftigkeit alle Ehre, nicht aber Ihrem Ruf als Arzt.«

Drinkwater sah Appleby in sich zusammenfallen wie einen Ballon, aus dem die Luft entwich. Nein, dachte er, Harry ist noch nicht einer von uns.

Die scharfe, frische Kanalbrise kam über den Backbordbug ein, als sie das Wachschiff am Warner passierten und danach die vor St. Helen's verankerten Kriegsschiffe, deren Nationalflaggen grüßend gedippt wurden. Gischt prasselte über die Luvreling und verlief sich mit munterem Zischen nach Lee. Drinkwater tat es von Herzen leid, daß er Elizabeth verlassen mußte, aber abgesehen davon war er froh, daß Portsmouth hinter ihnen lag, sehr froh sogar.

»Alles klar, Mr. Drinkwater ...« Das war Jeremiah Traveller, Jessup wie aus dem Gesicht geschnitten, der sie beide von dem anstrengenden Wache-um-Wache-Gehen erlöste: vier Stunden an Deck, vier Stunden frei, rund um die Uhr. Jetzt waren sie endlich zu dritt. Die Wache wurde nach achtern gerufen und, als es acht Glasen schlug, abgelöst. Drinkwater ging unter Deck.

In seiner Kammer holte er sein Journal heraus und sah sich noch einmal die vielen Seiten mit Notizen und Zeichnungen aus Portsmouth an, die Angaben aus der Werft – alles sorgsam für ein späteres Nachschlagen aufgezeichnet. Darunter war auch eine Skizze ihrer neuen Mittelschwerter. Beim Kreuzen aus Portsmouth hatten sie ihre vorteilhafte Wirkung bereits gespürt. Um das zu notieren, schraubte er sein Tintenglas auf und griff nach der neuen Stahlfeder, die er sich bei Morgan's gekauft hatte. *Kestrel* kam ihm vor wie ein ganz neues Schiff. Seit sich die Kajüte zu jeder Mahlzeit mit Decksoffizieren füllte, war es um die alte Intimität geschehen. Außerdem hatte Appleby einen Keil zwischen Drinkwater und Griffiths getrieben, keinesfalls willentlich, einfach durch seine Anwesenheit. Seither schien sich Griffiths völlig in sich selbst zurückzuziehen, und die größere Anzahl der Decksoffiziere isolierte den Kommandanten noch mehr.

Drinkwater seufzte. Ihre schönste Zeit war vorbei, und er trauerte ihr nach.

Novembernebel und erste Fröste vertrieben das stille klare Herbstwetter; in fast ununterbrochener Folge zogen Weststürme den Kanal herauf und zwangen *Kestrel* immer wieder, hart wegzureffen und eilig den Schutz einer Landabdeckung zu suchen.

Bei der Erfüllung von Dungarths Auftrag hatten sie kein Glück, obwohl sie viele Küstenfahrzeuge anhielten und durchsuchten oder verfolgten. Allmählich begann sogar Drinkwater seine frühere Theorie für lächerliche Einbildung zu halten. Der schillernde Santhonax war offenbar verschwunden. Griffiths ging von Zeit zu Zeit an Land, und obwohl er Nathaniel nicht mehr so oft ins Vertrauen zog, unterließ er es doch nie, ihm die spärlichen Neuigkeiten mitzuteilen. Meist aber blieb es bei einem knappen Kopfschütteln, und Drinkwater wußte dann, daß ihre Beute noch immer nicht aufgespürt war.

Eines Nachmittags, während ein Südweststurm sich auswehte, der Wind allmählich auf Nordwest ausschoß und die aufreißende Bewölkung schon hier und da einen Sonnenstrahl durchließ, döste Drinkwater auf seiner Koje, als die Tür zu seiner Kammer aufgerissen wurde.

»Sir!« Es war Tregembo.

»Ja? Was gibt's?« Drinkwater richtete sich blinzelnd auf.

»Empfehlung des Kommandanten, Sir, und wir haben einen Lugger in Sicht. Einen großen, Sir, und Leutnant Griffiths läßt Ihnen sagen, falls es Sie interessiert, Sir, er fährt einen schwarzen Wimpel im Masttopp...«

»Der Höllenhund!« Drinkwater schwenkte die Beine aus der Koje und angelte schon nach seinen Schuhen. Seine Schläfrigkeit war wie weggeblasen. Tregembo grinste breit.

Neuntes Kapitel

Dezember 1795

Der Stern des Teufels

Drinkwater stürzte an Deck. Griffiths stand an der Steuerbordreling, das weiße Haar vom Wind gezaust, das Gesicht mit dem Habichtsprofil eine Maske der Konzentration. Drinkwater stützte sich gegen die heftigen Schiffsbewegungen ab und richtete sein Glas nach Steuerbord.

Sowohl der Lugger wie auch der Kutter segelten mit raumem Wind, und *Kestrel* setzte für die Jagd gerade eilig mehr Tuch. Drinkwater beobachtete, wie der Lugger fast unmerklich größer wurde, als sie langsam aufholten. Fast automatisch stellte sein Kopf Kursberechnungen an, während sich seine Füße weit gespreizt an Deck verankerten, als *Kestrel* auf die zum Platzen vollen Segel reagierte und gehorsam voranpreschte.

Drinkwater sah Bewegung auf dem Achterschiff des Luggers und versuchte, den Grund dafür zu erraten, als Griffiths ihn ohne den Kopf zu wenden fragte: »Haben wir immer noch den schwarzen Wimpel von damals an Bord?«

»Jawohl, Sir, im Flaggenspind.«

»Dann heißen Sie ihn.«

Drinkwater gehorchte, auch wenn ihm der Sinn dieser Maßnahme schleierhaft blieb, »keltischer Schnickschnack«, wie Brown es genannt hatte. Aber für Griffiths verkörperte die schwarze Flagge des Bretonen eine Herausforderung. Jetzt hieß es: er oder Santhonax, und er wollte damit seine Bereitschaft zum Duell signalisieren.

Ein scharfes helles Krachen, als risse Kattun entzwei. Eine gut gezielte Kugel flog dicht an Steuerbord vorbei, und Drinkwater erkannte jetzt auch die Ursache für die Geschäftigkeit auf dem gegnerischen Achterschiff: Der Lugger war mit einer Heck-Kanone ausgerüstet, die jetzt auf den Kutter gerichtet war. Im Glas bemerkte er, daß die Mannschaft nachlud und ein hochgewachsener Mann in blaumem Rock durch ein Teleskop zu ihnen herüberstarrte. Als er das Glas sinken ließ, um etwas zu seinem Nebenmann zu sagen, sah Drinkwater sein Profil: unverkennbar, selbst auf diese Distanz, die dunklen, gutgeschnittenen Züge und das krause Haar von Santhonax.

Neben ihm stieß Griffiths ein bekräftigendes Grunzen aus.

»Also, Mr. Traveller«, wandte er sich an ihren Stückmeister, »nun lassen Sie mal sehen, ob Ihre Anwesenheit an Bord unsere Treffsicherheit erhöht.«

Mit funkelnden Augen meldete Traveller sich nach vorne ab. Die Kestrels hatten seit dem ersten Sichten des Luggers gefechtsklar gemacht, und jeder einzelne Mann war jetzt so gespannt wie ein Luvbackstag. Auch wenn die Stückpforten gegen eindringendes Wasser noch geschlossen waren, die Stückmannschaften waren feuerbereit, ihre Zündruten glommen in den Luntenstöcken, und die Rohre waren mit der tödlichen Mischung aus feinstem Schwarzpulver und den ebenmäßigsten Kugeln geladen, welche die Stückführer auf ihren Gestellen finden konnten. Nun beobachteten sie, wie Traveller den Stückführer von Nummer 1 beiseite schob und sich bückte, um am Kanonenrohr entlangzuvisieren.

Drinkwater hob den Blick. Das riesige Großsegel wölbte sich weit und frei nach Backbord, die viereckigen Rahsegel an Bram und Royal zogen, daß ihre Spieren sich bogen, noch verbreitert durch die ausgebrachten Leesegel, und die mächtige Breitfock zerrte gewaltig an Schot und Hals. Mit ihrem frisch gesäuberten Unterwasserschiff war *Kestrel* nie besser gesegelt; ihr tiefer Vorfuß schnitt wie ein Messer durch die brechenden Seen.

Eine Bewegung auf dem Vorschiff erregte Drinkwaters Aufmerksamkeit. Die Zündrute in der Hand, richtete Traveller sich auf und wartete auf den rechten Moment. Schnell riß Drinkwater wieder das Glas ans Auge: Das Heck des Luggers glitt durch die Linse, mit den Goldlettern des Namens auf blauem, schneckenverziertem Brett: *Etoile du Diable*, Stern des Teufels.

Kestrels Bugkanone knallte, und Drinkwater sah im Besansegel des Luggers plötzlich ein großes Loch klaffen. Dann feuerte drüben die Heck-Kanone, und er spürte den Einschlag der Kugel unter seinen Füßen.

»*Myndiawl!*« knurrte Griffiths neben ihm.

»Wir holen schnell auf, Sir«, sagte Drinkwater zuversichtlich. Er wollte den Kommandanten beruhigen, denn er spürte, daß er sich sorgte, und ahnte auch den Grund dafür: Santhonax konnte blitzschnell höher an den Wind gehen, während *Kestrel* mit ihren zusätzlich gesetzten Rahsegeln viel länger brauchen würde.

Wieder feuerte Traveller, und Jubelgeschrei kündete von seinem Erfolg. Die Besanrah drüben knickte ab, das Segel fiel ein und schlug wild, aber Griffiths fluchte abermals. Der Triumph war voreilig. Der Verlust seines Besansegels würde Santhonax nur früher anluven lassen.

»Lassen Sie Breitfock und Leesegel wegnehmen, Mr. Drinkwater«, befahl Griffiths, und Drinkwater begann, die entsprechenden Kommandos zu rufen. Männer sprangen von den Kanonen und enterten auf, um die Segel aufzugeien und die Spieren einzuholen. Short machte ihnen noch mehr Dampf. Eine Gruppe sammelte sich um die Nagelbank am Mast, eine andere am Schanzkleid, um Fallen und Schoten aufzuschießen, bis Jessup schließlich Drinkwater zunicken konnte. *Kestrel* hatte ihre Segelfläche verkleinert. Vorne feuerte Traveller abermals, aber Drinkwater wandte den Blick nicht von dem bauchigen Royalsegel.

»Schön Kurs halten«, mahnte Griffiths leise die Rudergänger, denn wenn der Kutter jetzt querschlug und aus dem Ruder lief, mußte das katastrophale Folgen haben.

Mit halbem Bewußtsein nahm Drinkwater einen zweiten Treffer im Rumpf und ein blaues Loch im Toppsegel wahr. Doch konzentrierte er sich ganz aufs Bergen des Royalsegels.

»Da, jetzt luvt er an!« rief Griffiths, als die *Etoile du Diable* nach Steuerbord drehte und ihnen dabei kurz das Heck zeigte. »Feuer!« befahl er den Stückmeistern, die an ihren Kanonen zurückgeblieben waren, während ihre Mannschaften die Segel bargen.

Aber noch in der Drehung feuerte Santhonax abermals, und diesmal war die Heck-Kanone mit Doppelkugeln geladen. Sie prallten einmal von einem Wellenkamm ab, durchschlugen *Kestrels* Steuerbordschanzkleid und rissen die beiden Rudergänger in Stücke.

Griffiths warf sich mit seinem ganzen Gewicht auf die Pinne.

»Fiert die Luvbrassen!« schrie er. »Holt dicht in Lee! Bemannt die Schoten!« Er drückte die mächtige Pinne nach Lee und brachte den Bug im Kielwasser des Luggers höher an den Wind.

Das war ihr Glück, denn beim Passieren ließ Santhonax eine Steuerbord-Breitseite feuern. Nun klatschten die meisten Kugeln, ohne Schaden anzurichten, in das glatte grüne Wasser hinter *Kestrels* Ruder, und nur zwei fanden ihr Ziel. Eine zerfetzte den Mastkorb, die andere schlug ausgerechnet in die Mündung von Kanone 2 und ließ ihr Rohr wie eine groteske eiserne Blume aufplatzen.

Drinkwater hatte jetzt auch das Bramsegel aufgeien lassen; doch solange er das zerschossene Toppsegel stehen ließ, würde *Kestrel* nicht so hoch am Wind segeln können wie der Lugger. Schon hatte die Kursänderung die scheinbare Windgeschwindigkeit an Deck erhöht. Gischt peitschte übers Luvschanzkleid, während der Kutter bei der Verfolgung zurückzufallen begann und der Winkel zwischen den Kurslinien beider Schiffe immer breiter wurde.

Es schien eine Ewigkeit zu dauern, bis auf *Kestrel* alle Rahsegel weggenommen waren. Am Bug feuerten Traveller und der Stückführer der vordersten Kanone einen Schuß nach dem anderen ab. Johnson, der Schiffszimmermann, stand wartend in Griffiths' Nähe. »Er hat uns leckgeschossen, Sir«, meldete er, als er schließlich die Aufmerksamkeit des Kommandanten erregt hatte. »Ich stelle einen Mann an die Pumpe...« Griffiths nickte.

»Alle Rahsegel geborgen, Sir.«

»Knallen Sie die anderen an und fieren Sie diese verdammten Mittelschwerter ab.«

»Aye, aye, Sir!«

Kestrel ging so hoch an den Wind, wie es ihr möglich war, und der Winkel zum Lugger verringerte sich wieder. Eine Stunde lang knüppelten Jäger und Wild nach Westen, während die Stückmeister beider Schiffe sorgsam ihre Kanonen ausrichteten und ihr Artillerieduell fortsetzten. Einige Male konnten die Kestrels noch jubeln, weil ihre Kugeln Splitter aus dem Schanzkleid des Franzosen rissen, aber sie waren nicht mehr mit ganzem Herzen bei der Sache.

Drinkwater konnte einen Blick auf das Deck der *Etoile du Diable* werfen, als sie sich in einer Bö nach Backbord überlegte. Obwohl die Franzosen alle Staukeile weggenommen hatten, konnten sie ihre Kanonen nur unter Schwierigkeiten tief genug richten, während die Kestrels ihre Keile alle hineingerammt hatten, um die Rohre so weit wie möglich zu erhöhen, und außerdem die Lafetten mühsam das krängende Deck hinaufziehen mußten.

Drei Männer waren mit Splitterwunden unter Deck zu Appleby gebracht worden, als ein Abpraller der Franzosen von unten *Kestrels* Steuerbordrüsten getroffen hatte. Die Pockholzjungfer des Achterstags zerplatzte und die Talje brach. Eine zweite Kugel zerriß das Toppstengestag, und mit einem scharfen Krachen neigte sich die Stenge oben langsam nach Backbord.

»Gottverdammich – kappt das Zeug!« Aber Drinkwater eilte schon nach vorn und sprang mit einem Enterbeil in die Wanten. Eine letzte Kugel pfiff so dicht an ihm vorbei, daß er sich um Luft ringend und zitternd an die Webeleinen klammern mußte, hilflos wie eine Fliege im Spinnennetz. Die Wanten unter ihm erbebten, als die Maststenge von oben kam, den ganzen Mast erschütterte und eine Menge Takelage mit nach Lee herabriß. Die Nock einer Leesegelrah verfing sich im Großsegel und schlitzte es auf. Unter dem Winddruck wurde der Riß schnell größer. Die Wrackteile fielen halb außenbords ins Wasser, halb in die Backbordseite der Kuhl. *Kestrel* verlor an Fahrt.

Sie waren geschlagen.

An Steuerbord voraus zog *Etoile du Diable* davon. Auf dem Achterschiff stand Santhonax und schwenkte seinen Federhut.

»*Cythral*«, murmelte Griffiths und starrte dem Feind mit glühenden Blicken nach. »Alle Schoten los!« rief er dann.

Drinkwater sprang wieder an Deck.

»Mr. Drinkwater!«

»Sir?«

»Bergen Sie von den Wrackteilen so viel Sie können.« Ihre enttäuschten Blicke trafen sich. »Hochmut kommt vor dem Fall, Mr. Drinkwater«, schloß Griffiths. »Tun Sie Ihr Bestes.«

»Aye, aye, Sir.«

Drinkwater beugte sich mittschiffs übers Schanzkleid und musterte das Gewirr aus Spieren, Segeltuch und Leinen, aus Blöcken und Eisenteilen. Dabei entdeckte er noch etwas anderes.

Am Stengeknopf hing, eine Part seiner Flaggleine gebrochen, noch der schwarze, gegabelte Wimpel. Munter flappend trieb er neben der Bordwand im Wasser und schien höhnisch heraufzublinzeln.

TEIL ZWEI

IN DER NORDSEE

ZEHNTES KAPITEL

Dezember 1795 – November 1796

Der Apotheker

Abermals hob Short den muskelbepackten Arm und ließ die neun-schwänzige Katze auf den Rücken des Delinquenten niedersausen.

»Sieben!« sang Jessup aus.

Die roten Striemen, die das gemarterte Fleisch wie ein grausames Gitter überzogen, brachen auf; Blut sickerte aus der zerrissenen Haut.

»Acht!« Jessups Stimme blieb teilnahmslos.

Drinkwater konnte von seinem Standort an Steuerbord das Gesicht des Bestraften im Profil sehen. Obwohl er die Zähne fest in den Lederriemen grub, quollen seine Augäpfel hervor und starrten blick-los über die Gig hinaus, auf deren Heckducht er mit ausgebreiteten Armen festgeschnallt war.

»Neun!«

Das Unvermeidliche war geschehen. Der Delinquent hieß Bolton und war der Apotheker, den sie von der *Royal William* übernommen hatten. Er schien ungewillt – oder unfähig –, sich mit seinen neuen Lebensumständen abzufinden. Überhaupt wirkte er wie ein Mann, den eine ganz private Hölle von innen her verzehrte. Appleby nannte ihn eine »überreife Eiterbeule in Menschengestalt«. Er wirkte apa-thisch und schien seine Umgebung kaum wahrzunehmen, war aber zäh genug, Shorts Beschimpfungen und Schläge wortlos zu ertragen; nichts schien zu ihm durchzudringen. Solchen Stoizismus war Short nicht gewohnt. Als er merkte, daß er mit Gewalt bei Bolton nichts erreichte, ging er zu boshaften Sticheleien über und konnte bald feststellen, daß seine Giftpfeile ins Ziel trafen. Noch aus den hinter-sten Winkeln seines Gedächtnisses kramte er jede menschliche Ver-fehlung, jede Perversion hervor und goß die Schmutzflut über Bolton aus, ohne den Ausdruck wachsender Verzweiflung in seinen Augen wahrzunehmen. Bolton wich aus, mied Short, so gut er konnte, stand aber schließlich mit dem Rücken an der Wand und griff seinen

Peiniger tätlich an. Ausgelöst hatte den Zwischenfall eine Unge-schicklichkeit Boltons beim Geschützexerzieren, eine Kleinigkeit, die Short aber nur zu gelegen kam.

»Bolton! Du schwachköpfiger Kinderschänder . . .« Und schon war der Ladestock Short in den Unterleib gefahren, geführt von Bolton mit einem wilden, gequälten Aufschrei.

»Zwölf!« Short keuchte jetzt, die Prellung am Bauch machte ihm zu schaffen. Harris, der zweite Bootsmannsgehilfe, löste ihn ab, über-nahm die Peitsche und zog sie, das Blut abstreifend, durch die Finger der linken Hand. Dann stellte er sich breitbeinig hin und holte aus.

»Dreizehn!«

Zum Strafvollzug hatte sich die ganze Besatzung an Deck ver-sammelt. Griffiths, Drinkwater und Traveller hatten ihre degen-geschmückten Uniformen angelegt, und aus der Kuhl starrten die gemeinen Seeleute mit dumpfen, ausdruckslosen Gesichtern herauf.

»Vierzehn!«

Kestrel lag beigedreht, ihre Fock stand back. Die Bestrafung war der Tat unmittelbar gefolgt, gerade daß die Kanonen nach dem Exerzieren wieder festgelascht wurden. Auf einem Kutter gab es keine Fußeisen, in denen man Delinquenten längere Zeit verwahren konnte, deshalb hatte Griffiths die Auspeitschung sofort angesetzt.

»Fünfzehn!«

Das Urteil lautete auf drei Dutzend Hiebe, doch der Rücken des Mannes war bereits eine einzige blutige Masse. Bolton wimmerte jetzt, seine Widerstandskraft war gebrochen. Drinkwater fühlte sich angeekelt, obwohl er einsah, daß die Disziplin gewahrt werden mußte; auch war Griffiths kein Tyrann. Aber keine noch so harte Prügelstrafe würde aus Bolton jemals einen Seemann machen. Gott allein mochte wissen, was an dem Mann fraß, auch wenn der Schreiber auf der *Royal William* von einer Verurteilung wegen Inzests gesprochen hatte. Doch welche Schuld oder Wahnidee ihn auch derart verfolgen mochte, jetzt hatte er genug gebüßt. Der weitere Strafvollzug sollte ausgesetzt werden. Drinkwater merkte, daß er Griffiths anstarrte und ihm suggerierte, der Sache ein Ende zu machen.

»Sechzehn!« Ein leises, tierisches Heulen entrang sich der Brust Boltons, das – wie Drinkwater wußte – zu einem gellenden Schrei anschwellen würde, ehe der Mann endlich das Bewußtsein verlor.

»Siebzehn!«

»Aufhören!« bellte Griffiths, und ein Seufzer der Erleichterung lief durch die Zuschauerreihen. »Das reicht. Schneidet ihn los und schickt die Freiwache unter Deck.«

Ein Krampf durchlief Boltons Körper, als ein Eimer Seewasser über seinen Rücken gekippt wurde. Dann sank er ohnmächtig zusammen. Appleby trat vor, um sich seiner anzunehmen, und Drinkwater wandte sich ab.

»Luvfockschot los, hol dicht Leeschot!«

Kamen die Männer seinem Befehl nur widerwillig nach? »Lebhaft, dort vorn! Belegen!« Er ging wieder nach achtern. Oder war er vielleicht nur zu verdammt empfindlich?

»Kurs Nord zu Ost.«

»Nord zu Ost liegt an, Sir.«

Kestrel nahm zügig Fahrt auf und folgte dem Konvoi.

Seit Portsmouth war sie kein glückliches Schiff mehr. Die Schiffsführung, eine Gruppe gegensätzlicher Charaktere, harmonierte nicht miteinander, rieb sich auf. Applebys pompöses Imponiergehabe, das in der von Konkurrenzdenken und Frotzeleien geprägten Messe einer schneidigen Fregatte am Platz sein mochte, erregte hier Anstoß. Selbst Drinkwater verlor manchmal die Geduld mit ihm, denn als alternder Hagestolz hatte er sich nicht gerade zu seinem Vorteil entwickelt. Griffiths zog sich von allen zurück, wie Drinkwater erwartet hatte; ihre frühere Vertrautheit wollte sich nicht wieder einstellen. Die beiden alten Freunde und Salzbuckel Jessup und Traveller kratzten mit vereinten Kräften an Applebys ohnehin schon dünner Rüstung, und die zu Quartermeistern beförderten ehemaligen Steuermannsgehilfen Hill und Bulman versuchten, mit Gelächter oder Stirnrunzeln, ganz wie es die Situation verlangte, über die Runden zu kommen.

Drinkwater fühlte sich vereinsamt und nahm Zuflucht zu seinen Büchern und Journalen, war freundlich zu Appleby, wenn dieser sich umgänglich zeigte, und dankte im übrigen der Vorsehung, daß ihm seine winzige Kammer ein gewisses Privatleben erlaubte. Die Uneinigkeit der Schiffsführung infizierte auch die Männer vor dem Mast und wurde verschärft durch eine wachsende Unzufriedenheit über ausbleibenden Sold und die feuchten, engen Quartiere auf dem kleinen Kutter.

Kaum hatten sie die Downs** erreicht, mußten sie Mitte November einen furchtbaren Sturm abwettern, und knapp vierzehn Tage später erfuhren sie von der Meuterei auf der *Culloden*. Als Appleby den

* Reede an der Südostküste Englands, vor der Stadt Deal

117

Zeitungsbericht laut vorlas, wurden in der Kajüte vielsagende und wissende Blicke getauscht, aber unter der Mannschaft lösten die aufgebauschten Gerüchte kaum noch unterdrückte Aufsässigkeit aus.

Auf die Nachricht, daß die vorgesetzten Stellen zugestimmt hatten, die Petition der Meuterer ohne Bestrafung zu befürworten, folgte als letzte Meldung, daß der Gesetzgeber mit ganzer Härte zugeschlagen hatte. Wer auch nur etwas Phantasie besaß, sah im Geiste die im Todeskampf zuckenden Gehenkten, die von ihren eigenen Bordkameraden zu den Rahen hinaufgezogen werden mußten, während die Trommelwirbel erklangen und die Seesoldaten ihre Musketen mit aufgepflanzten Bajonetten auf die versammelten Matrosen richteten: die ganze scheußliche, allgemeines Schuldbewußtsein auslösende Zeremonie einer Exekution in der Kriegsmarine. In der spannungsgeladenen Atmosphäre auf *Kestrel* wollte sich dieses Bild lange nicht verflüchtigen.

Griffiths blickte über den Heckbalken und das in seinen Davits hängende Beiboot achteraus. Über seinem Kopf hing die Nationale wie ein Fetzen schlapp herunter, dabei war der Morgen zwar kühl, aber klar und frisch. Madoc Griffiths war heiterer zumute als seit langem, und er fragte sich, ob das an dem Mann lag, der neben ihm stand. Drinkwater sprach mit einem Enthusiasmus, der ihm fast schon fremd geworden war.

»Ich habe die Sache gründlich bedacht, Sir, und ich glaube jetzt, es wäre eine gute Idee, Bolton achtern als zweiten Steward einzusetzen. Wir sind verdammt viele in der Messe, und Merrick könnte Entlastung gut gebrauchen. Andererseits stänkert Short immer weiter gegen Bolton ... Natürlich nur, wenn Sie einverstanden sind, Sir.«

Griffiths nickte. »Also gut, Mr. Drinkwater, veranlassen Sie alles dazu Nötige. Freut mich, daß Sie die Mannschaft so aufmerksam beobachten. Ein Kommandant kann das nicht immer selbst tun, weil er sich mit anderen Dingen beschäftigen muß, dafür sollte er sich dann aber auf seinen Stellvertreter verlassen können. Ein Jammer, daß Ihr Beispiel nicht Schule macht.«

Drinkwater hüstelte verlegen. Er war einfach nur entschlossen, alles in seiner Macht Stehende zu tun, um Bolton das Leben zu erleichtern, diesem am meisten beschimpften und am wenigsten nützlichen Mann an Bord. Doch in der Messe konnte man ihn vielleicht dazu bringen, daß er Appleby mit seinen Kenntnissen zur

Hand ging und seinen Kopf mit anderen Dingen beschäftigte als mit seinem eigenen Elend. Und vielleicht konnte Drinkwater damit auch verhindern, daß die moralische Zersetzung weiter um sich griff, die den ganzen Zusammenhalt an Bord zu zerstören drohte.

»Erledigen Sie das als erstes, Mr. Drinkwater, und als nächstes lassen Sie die beiden Gigs aussetzen. Dann fahren Sie die Backbordseite ganz aus und die Kanonen an Steuerbord so weit binnenbords, wie es nur geht. Es ist ein prächtiger Tag, um den Bewuchs von der Wasserlinie zu kratzen, und bei dem ruhigen Wetter wird auch vor dem Abend kein Wind aufkommen.«

Wenn die gute Stimmung seines Segelmeisters Griffiths' Gemüt aufgehellt hatte, so ließ sich das von seinem Schiffsarzt nicht behaupten. Dieser blickte ihn eine Stunde später über den von Sonnenflecken gesprenkelten Kajüttisch vorwurfsvoll an, während von draußen das Scheuern und Kratzen der Bürsten hereindrang, und sagte: »Er ist aber noch nicht wieder diensttauglich, Sir.«

»Wer, Mr. Appleby? Bolton?«

»Jawohl, Sir. Er ist in schlechter Verfassung. Mindestens drei Striemen saßen zu tief, einer davon scheint die linke Niere beschädigt zu haben.« Griffiths' Gesicht blieb ausdruckslos. »Der Mann hat Blut im Urin, ist weiterhin schwach, und das Fieber will nicht sinken.«

»Dann pflegen Sie ihn also, Doktor, bis er wieder fit ist.«

»Jawohl, Sir.« Aber Appleby ging noch nicht.

»Was gibt es sonst noch?«

»Sir, ich . . .« Schweißperlen standen auf Applebys Stirn, als er sich mühsam gegen die zunehmende Schräge des Kutters abstützte, verursacht durch die Verlagerung der Kanonen auf die andere Bordseite. »Ich bedaure, daß Sie es notwendig fanden, Bolton auspeitschen zu lassen. Sein Geisteszustand macht mir Sorgen. Ich hatte Sie immer für einen sehr menschlichen Kommandanten gehalten . . .«

»Bis jetzt?« fragte Griffiths scharf. Er runzelte die Brauen, sein Gesicht lief rot an und stellte Applebys Mut auf eine harte Probe. Doch obwohl sein Doppelkinn leise zitterte, senkte er in stummer Zustimmung den Kopf.

Griffiths, der sich mit Mühe beherrschte, stand langsam auf und stieß den angehaltenen Atem pfeifend aus. Dann beugte er sich vor und stützte beide Hände auf die Tischplatte.

»Mr. Appleby, Disziplinarverstöße sind auf einem Kriegsschiff äußerst ernst zu nehmen, besonders wenn es sich um den tätlichen Angriff auf einen Vorgesetzten handelt . . .« Er hob eine Hand, um

Applebys Protest zu unterbinden. »Daß er provoziert wurde, entschuldigt gar nichts. Provokationen gehören dazu. Unsere Welt ist nun einmal alles andere als perfekt, Mr. Appleby, mit dieser Tatsache hätten Sie sich eigentlich inzwischen abfinden müssen. Als Kommandant kann ich mir nicht den Luxus von Mitleid und Verständnis für einen einzelnen erlauben.« Er sah Appleby bedeutsam an. »Und selbst in bester Absicht machen die Gutwilligen manchmal Fehler, Mr. Appleby.« Er schwieg, damit der Arzt Zeit hatte, den Hinweis zu verdauen. Appleby öffnete den Mund, schloß ihn aber wieder.

Griffiths fuhr fort: »Bolton quält ein tiefsitzendes Unglück. Ah – es überrascht Sie, daß mir das aufgefallen ist? Ist mir aber.« Griffiths grinste schief. »Und Short hat die Feder berührt, die diesen seltsamen Apparat in seinem Gehirn auslöste. Nun, als Quittung hat er dafür einen gequetschten Unterleib, also ist der Gerechtigkeit wenigstens teilweise Genüge getan. Ich weiß Ihre Besorgnis zu schätzen, aber wenn Bolton ein fauler Apfel ist, dann müssen Sie auch *Kestrel* als einen Korb voll überreifer Äpfel ansehen.« Griffiths machte eine Pause und sprach erst weiter, als Appleby Luft zum Antworten holte. »Ich erkläre Ihnen das alles, nicht um mich zu rechtfertigen, sondern aus Respekt vor Ihrer Intelligenz.«

Appleby grunzte. Er wußte ja, daß Boltons Tat nicht ungesühnt bleiben durfte, meinte aber, daß sie zu einem späteren Zeitpunkt vor einem ordentlichen Gericht hätte verhandelt werden sollen. Griffiths' Pauschaljustiz war ihm gegen seine Berufsethik gegangen. Jetzt setzte der Kommandant hinzu, und es klang vorwurfsvoll: »Mr. Drinkwater hat angeregt, daß Bolton künftig achtern als Aushilfssteward Dienst tun soll. Ich hätte mir gewünscht, daß dieser Vorschlag von Ihnen gekommen wäre.«

Griffiths sah Appleby nach, der geschlagen die Kajüte verließ. Seltsam, daß derselbe Anlaß zwei Männer gleichermaßen betroffen machte und doch so unterschiedliche Reaktionen auslösen konnte. Oder lag es daran, daß *er* auf die beiden Männer so verschieden reagierte? Wieder einmal stellte Griffiths bei sich fest, daß Vorurteile und Parteilichkeit bei den Beziehungen der Menschen eine viel zu große Rolle spielten, als daß er sich diese Fragen beantworten konnte.

Weihnachten und Neujahr gingen auf *Kestrel* fast unbemerkt vorbei. Der Unabhängigkeit des Kutters war bald ein Ende gesetzt worden. Nach der Verfolgungsjagd im Kanal und dem Denkzettel, den ihnen die *Etoile du Diable* verpaßt hatte, war Griffiths von einem gebieterischen Befehl zu Admiral MacBrides Geschwader in den Downs zurückbeordert worden. Obwohl man es auf *Kestrel* noch nicht wußte, hatte Dungarths Unvermögen, den mysteriösen Capitaine Santhonax aufzuspüren, ihn bei Ihren Lordschaften noch unbeliebter gemacht als seine Kritik an Howe. Als Folge davon wurde *Kestrel* zu den niedersten Diensten verdonnert und mußte zusammen mit der Slup *Atropos* Geleitschutz fahren. Von der Themse zum Tyne und zurück begleitete sie zwei Dutzend Kohlenschuten, Schoner und Barken, alle von dickschädligen Skippern mit eigenmächtigen Ansichten geführt. Das war, wie Drinkwater seinem Freund Appleby prophezeit hatte, langweilige Arbeit. Und manchmal auch demütigend. So wurde *Kestrel* nordwärts zur Reede von Leith geschickt, um einen schnellen Passagier- und Postkutter mit einer Ladung Gold nach London zu eskortieren; dessen Kapitän benutzte den Anlaß zu einer Regatta. Der Postkutter verfügte über eine erstklassige, nicht aus Gepreßten zusammengesetzte Crew und einen durch schnelle Reisen erworbenen guten Ruf. Trotzdem hätte er wegen seines plumperen Rumpfes von dem Kriegskutter eigentlich leicht geschlagen werden können. Aber auf der Höhe von Flamborough Head segelte *Kestrel* ihr Großsegel aus den Lieken, während der Postkutter weiterpreschte und ihnen bald das Heck zeigte. Hätte der Wind nicht auf Südost gedreht, so daß *Kestrel* dank ihrer neuen Mittelschwerter höher segeln konnte, hätten sie ihren Schützling wohl nicht so schnell wiedergesehen. Schließlich holten sie ihn beim Cockle Gatt wieder ein und stürmten, von der Flut geschoben, Kopf an Kopf über die Reede von Yarmouth.

Während des Sommers segelten sie gelangweilt ihre Kreise um die weitverstreute Heringsflotte in der Nordsee, deren Kutter sie zu bewachen hatten. Die eintönige Heringskost und ihre Untätigkeit machten sie fast krank. Nur zweimal mußten sie Angreifer verjagen, Holländer, die beide nicht sonderlich kampflustig waren. Die angekündigten Überfälle durch französische Korsaren fanden nie statt, und auf *Kestrel* war man sich bald einig, daß eine Nation, die von Schnecken und Fröschen lebte, kaum erpicht auf Hering sein würde. Aber es war einfach so, daß die französischen Kaperer im Kanal lohnendere Beute fanden.

Im Krieg stand es nicht gut für England. Admiral Christians Expedition nach Westindien wurde von Januar-Stürmen gebeutelt und zerstreut; im Februar konnte ein holländisches Geschwader aus Texel entkommen, und im Spätsommer trat Spanien ins französische

Lager über.

Am Ende der Heringssaison wurde *Kestrel* zur Überholung vor den Winterstürmen zurückbeordert. Gleichzeitig mit diesem Befehl erreichte sie die Nachricht, daß Sir Sydney Smith bei einer Bootsunternehmung in Gefangenschaft geraten war.

' Harry Appleby war das insgeheim eine gewisse Genugtuung.

Drinkwater lehnte an der Reling und starrte über das schlammige Wasser des Medway und die flache Isle of Grain zum Feuerschiff Nore hinüber; ein leichtes Lächeln umspielte seinen Mund.

»Was, zum Teufel, macht Sie so fröhlich, Nat?« Die füllige Gestalt Applebys riß Drinkwater aus seinen Tagträumen.

»Nichts, Harry, nichts.« Er zerknüllte den Brief in seiner Tasche.

»Dann hat es mit Elizabeth zu tun.« Appleby senkte den Blick. »Ja, ja, nicht nur unser hochlöblicher Kommandant kann Gedanken erraten«, fügte er mit einer Spur Bitterkeit hinzu. »Und die Symptome der Liebe sind mir nicht unbekannt, obwohl alle hier zu glauben scheinen, daß ich mich nur aufs Knochensägen und Fleischflicken verstehe. Davon gibt's ja zum Glück wenig genug zu tun, also kann ich mich aufs Beobachten meiner Mitmenschen verlegen.«

»Und was haben Sie dabei in letzter Zeit so festgestellt?«

»Daß Sie einen Brief von Elizabeth erhalten haben und binnen kurzem um Urlaub einkommen werden.«

»Das ist schon alles?« fragte Drinkwater in gespielter Enttäuschung. »Nein, mein Freund, für Urlaub bleibt mir bestimmt keine Zeit, Griffiths will so schnell wie möglich wieder auslaufen. Ah – ist das nicht ein herrlicher Morgen heute?« Er wandte das Gesicht nach Luv und sog schnüffelnd die Luft ein.

»Nat.« Applebys Stimme klang plötzlich ernst.

»Hm?« fragte Drinkwater geistesabwesend. »Was ist?«

»Ich habe auch Bolton beobachtet. Was halten Sie von ihm?«

»Von Bolton?« Drinkwater runzelte die Stirn. »Seit er achtern arbeitet, scheint er mir ganz zufrieden. Aber sicherlich sind Sie besser in der Lage, diese Frage zu beantworten, seit er in Ihren Diensten Heilkräuter stampft und Salben rührt.«

Appleby schüttelte den Kopf. »Nein, ich meine seine innere Verfassung. Wie beurteilen Sie die?«

»Du lieber Himmel, Harry! Zur Sache!«

»Wissen Sie, was an dem Nachmittag vor der Auspeitschung zwischen Bolton und Short vorging?«

Drinkwater zögerte. Den Grund für Boltons Verurteilung hatte er an Bord nie erwähnt, denn die Schadenfreude, mit der der verkrüppelte Schreiber davon sprach, hatte ihn angeekelt. Er sah keinen Sinn darin, solches Geschwätz weiterzuverbreiten.

»Nein – Sie etwa?« antwortete er.

Appleby schüttelte den Kopf. »Aber ich glaube, es war irgendein beleidigender Vorwurf. Was ich meine, Nat – und bitte bedenken Sie, daß ich mich mit Zwischendecks und ihren Gerüchten auskenne –, was ich meine, Nat: Irgend etwas frißt den Mann von innen her auf.«

»Inwiefern?«

»Sein Geisteszustand grenzt an Wahnsinn. Ich kenne die Anzeichen. Er hat sich ganz in seinen Schädel zurückgezogen: ein Mann mit furchtbaren Gewissensbissen.«

Drinkwater dachte über Applebys Worte nach. Ein Schiff war nicht der rechte Aufenthaltsort für einen Mann mit solchen Problemen. »Wollen Sie damit sagen, daß er sich selbst immer mehr unter Druck setzt?«

Appleby nickte. »Wie eine Feder, Nat, gespannt wie eine Feder . . .«

Drinkwater stand am Kai von Sheerness und hielt, schaudernd im kalten Wind, unter dem Gewimmel kleiner Boote nach *Kestrels* Gig Ausschau. Neben ihm wartete Zahlmeister James Thompson mit seinem Stapel Proviant, begleitet von Merrick und Bolton. Drinkwater hatte es eilig, an Bord zurückzukehren, denn der Winternachmittag war schon halb vorbei, und der Westwind würde, wenn ihn nicht alles täuschte, bald zu Sturmstärke auffrischen.

Kestrels Überholung war beendet, sie hatten Order, sich Vizeadmiral Duncan in Yarmouth anzuschließen.

»Hier kommt die Gig«, sagte Thompson und wandte sich an die beiden Stewards. »Schafft die Vorräte ins Boot, aber flott, ihr beiden.« Drinkwater beobachtete, wie die Gig mit Mr. Hill an der Pinne heranschor. Sobald sie festgemacht hatte, reichte er dem Steuermannsgehilfen einen Stoß Seekarten, Briefe und Zeitungen. Dann trat er zurück, während ein Bündel Rebhühner, Käse, Kohl, ein Faß gepökeltes Schweinefleisch und andere Vorräte in der Gig verstaut wurden.

»Bulman ist mit dem Wässern heute nachmittag fertig geworden, Mr. Drinkwater«, berichtete Hill.

Drinkwater nickte. Thompson blickte auf. »Alles klar.«

»Na gut, James, dann wollen wir machen, daß wir an Bord kommen, ehe es losgeht.« Er deutete auf die drohenden Wolkengebirge, die das fahle Tageslicht schnell nach Westen abdrängten; nur hinter den unregelmäßigen Silhouetten der alten Dreidecker, die den Werftarbeitern als Wohnquartiere dienten, war der Himmel noch hell.

»Also los, ihr beiden, ins Boot . . .« Merrick stieg die Stufen hinab. »Komm schon, Bolton!« Der Mann zögerte am Kopf der Treppe, dann machte er auf dem Absatz kehrt.

»He!«

Drinkwater sah Thompson an. »Er läuft weg, James!«

»Verdammt soll er sein!«

»Mr. Hill, übernehmen Sie hier! Kommen Sie mit, James!«

Drinkwater sah Bolton oben auf dem Kai in Richtung der alten Kriegsschiffe rennen. »He!«

Das drohende Schlechtwetter hatte den Kai leergefegt; Bolton drängte sich zwischen zwei Leutnants durch, die sich in einem Wirbel von Umhängen und herunterfallenden Dreispitzen um sich selbst drehten. Auch Drinkwater rannte jetzt, ignorierte die erstaunten Offiziere. Bolton hatte schon die schattige Gasse erreicht, die zum Viertel führte, das The Old Ships genannt wurde, danach durch die Werftmauer und draußen dann weg vom Fort auf dem Garrison Point. Auf keinen Fall kam Bolton an den Wachen am Werfttor vorbei oder über die Wassergräben, die das ganze Gelände umgaben. Deshalb strebte er auf die alten Wohnschiffe zu, hinter denen sich ihm vermutlich ein Entkommen nach Blue Town bot, wo er zwischen den Kneipen, Läden und Wohnkaten jenseits der Werft untertauchen konnte.

Plötzlich stand Drinkwater vor einem Graben. Keuchend schloß Thompson zu ihm auf. Von ihrem Standort aus führte eine kurze Rampe ins Wasser hinunter, die jetzt mit Gras und Erlengebüsch bewachsen war. Vor dem blassen westlichen Himmel zeichnete sich eine rennende Gestalt ab: Bolton. Drinkwater setzte sich wieder in Bewegung. Thompson wollte ihm folgen, stolperte und fiel fluchend zwischen die Brennesseln.

Im Weiterlaufen scheuchte Drinkwater ein Kaninchen auf, das mit wippendem Schwanz vor ihm floh, einen Haken schlug und in seinem Bau verschwand. Schließlich erreichte er die alten Hulks und hörte mit halbem Ohr hinter sich die Rufe einer Fußpatrouille, die jemand alarmiert haben mußte.

Hoch ragten die alten Linienschiffe über ihm auf, zusätzliche

Anbauten wie Schornsteine, Latrinen und Treppen verzerrten ihr äußeres Bild. Aus ihren Ankerklüsen führten dicke, rostige Ketten in den Schlamm hinab. Männer trotteten über die Gangways an Bord und sahen Drinkwater neugierig nach, als er an ihnen vorbeikeuchte. Rauch und Essensgeruch drang in seine schwer arbeitenden Lungen, und er verhielt, um zu verschnaufen.

Ein Schatten rannte aus der Deckung der äußersten Hulk und lief gebückt an der Hochwassermarke entlang; Drinkwater bedauerte, daß er keine Pistole trug. Denn Bolton strebte auf die baufällige Holzbrücke zu, die über den Kanal führte: eine verbotene Abkürzung von den Old Ships nach Blue Town. Es war fast schon dunkel, als Drinkwater ihm über die knackenden Brückenbohlen folgte, die Schlamm und ein silbrig glänzendes Rinnsal überspannten. Der aufkommende Sturm zerrte an seinem weiten Bootsmantel und erschwerte ihm das Vorankommen. Sein Atem rasselte laut, er war diese körperliche Anstrengung nicht gewöhnt. Rechts von ihm erstreckten sich die weiten flachen Marschen bis zum Medway, der sich fahl Blackstakes und Chatham entgegenwand; links drängten sich die Häuser von Blue Town zusammen.

Er trat ins Halbdunkel der ersten engen Gasse, kam an einer Kneipe vorbei und blieb stehen. Bolton war fürs erste entkommen. Er mußte auf die Fußstreife warten und dann mit den Soldaten Haus für Haus nach ihm durchsuchen.

»Mist!« Vor Erschöpfung und Zorn begann er zu fluchen. Sie hatten wochenlang in Sheerness gelegen. Warum war Bolton erst jetzt, ausgerechnet hier, desertiert? Er wandte sich der Kneipe zu, riß wütend die Tür auf und stand völlig unvorbereitet vor einem beunruhigend vertrauten Gesicht, das ihm dahinter entgegenstarrte.

Beide Männer waren gleichermaßen überrascht, jeder suchte den anderen zu identifizieren. Aber Edouard Santhonax, gewohnheitsmäßig auf der Hut vor dem Erkanntwerden und der Festnahme, reagierte instinktiv schneller und handelte, sowie er in Drinkwaters Augen das Begreifen dämmern sah. Atemlos nach der Verfolgung Boltons und nicht gefaßt auf einen so frappierenden Wechsel seiner Beute, hatte Drinkwater das Nachsehen, als Santhonax herumfuhr und durch den Hinterausgang zu fliehen suchte.

Drinkwaters Ruf: »Halt! Im Namen des Königs!« kam nur als heiseres Krächzen heraus und ging im Lärm des Schankraums völlig unter. Er drängte sich durch einige Handwerker und Seeleute, fühlte sich von ihnen absichtlich behindert und erreichte schließlich die

Hintertür, durch die er der Patrouille vor die Füße stürzte. Ein Sergeant half ihm auf.

»Hier lang!« keuchte Drinkwater, und sie stürmten eine Hintergasse hinunter, ohne Bolton zu entdecken, der sich unter einen umgestürzten Handkarren duckte, während ihm die Brust zu zerspringen drohte und seine zerfetzten, kaum vernarbten Rückenmuskeln ihm beim heftigen Atmen Höllenqualen bereiteten.

Der Sergeant ließ seine Männer ausschwärmen und die Häuser in der Nachbarschaft durchsuchen. Drinkwater verhielt kurz, um nachzudenken und sich klarzumachen, daß sie jetzt zwei Flüchtlinge jagten, was die Soldaten noch gar nicht wußten. Er rechnete damit, daß Santhonax einen Haken geschlagen und in der Dunkelheit kehrtgemacht hatte. Drinkwater war jetzt allein, weiter unten in der Gasse verklangen die Rufe der Soldaten. Da hörte er in seinem Rücken das unverkennbare Zischen, mit dem ein Degen aus der Scheide gezogen wurde.

Er wirbelte herum.

Santhonax stand mitten in der Gasse, ein grauer Schemen, der ihm mit funkelndem Stahl den Rückweg abschnitt. Drinkwater zog ebenfalls.

Vorsichtig umtänzelten sie einander, die Schneiden klirrten. Eine Stimme in seinem Kopf drängte Drinkwater zur Eile, zu sofortigem Angriff mit äußerster Kraft, denn Santhonax war höchstwahrscheinlich ein ausgezeichneter Fechter. Vorwärts!

Drinkwater schlug die gegnerische Waffe beiseite und machte einen tiefen Ausfall. Aber Santhonax war zu schnell, sprang zurück und ripostierte sofort, auch wenn er etwas aus dem Gleichgewicht geraten war. Drinkwater parierte unelegant, aber wirksam.

Erneut gingen sie aufeinander los. Drinkwater war nach dem langen Lauf kurzatmig, schon fühlte sich der Degen schwer an in seiner Faust. Er merkte, wie Santhonax die Oberhand gewann, unendlich langsam wurde seine Waffe beiseite gedrückt, Stahl knirschte auf Stahl, und verzagt wich Drinkwater zurück. Er verlor die Balance und fiel mit einer halben Drehung gegen die Mauer. Ein scharfer Schmerz, als die Degenspitze seine Schulter ritzte, doch die Drehung hatte ihn gerettet. Als er Santhonax' heißen Atem im Gesicht fühlte, wußte er instinktiv, daß der Gegner seinen Unterleib ungedeckt gelassen hatte. Er stieß zu.

»Merde!« fauchte der Franzose und sprang zurück. Aber Drinkwaters schwacher Gegenangriff hatte seine restliche Energie verbraucht.

Er fühlte den Luftzug des *molinello*, des Abwärtshiebs, dann durchzuckte der Schmerz wie weißes Feuer seine rechte Schulter und den Arm, und er wußte, daß er verloren war.

Er hatte überstürzt gehandelt, hatte das Elizabeth gegebene Versprechen der Umsicht gebrochen. Als er ungeschickt versuchte, mit tonnenschwerem Degen den Todesstoß zu parieren, fühlte er Santhonax zögern. Schwach nahm er das Getrappel eiliger Füße in seinem Rücken wahr, spürte etwas warm und klebrig über sein rechtes Handgelenk rinnen. Dann stürzte er und fiel, fiel immer weiter, während rennende, schreiende Männer über ihn hinwegstürmten und der Wind mit einem Heulen durch die Gasse pfiff, das in Drinkwaters Ohren immer lauter wurde.

Und dann nahm er gar nichts mehr wahr.

ELFTES KAPITEL

Dezember 1796 – April 1797

Zeit der Prüfungen

»Stillhalten!«

»Verdammt noch mal, Harry...« Drinkwater biß sich auf die Lippen, als *Kestrel* abermals in ein Wellental krachte und in allen Plankenstößen erbebte.

»Fertig!«

»Und?«

»Was – und?«

»Und wie steht's um mich? Werde ich wieder fechten können? Mein Arm fühlt sich verdammt wund an.«

Appleby zuckte die Schultern. »Der Bizeps hat einen tiefen Riß und wird einige Zeit steif bleiben. Nur ständige Bewegung wird später verhindern können, daß die Muskelfasern Knoten bilden. Die Wunde selbst heilt gut, obwohl eine ziemliche Narbe für Ihre Sammlung zurückbleiben wird.«

»Sonst nichts?«

»Na ja, vielleicht ab und zu Schmerzen, wenn sich das Wetter ändert.« Pause. »Abgesehen davon, können Sie Ihr Schlächterhandwerk bald wieder ausüben.«

Aus Drinkwaters erleichtertem Aufseufzen wurde ein wilder Fluch, weil *Kestrel* abermals im schweren Seegang bockte und ihn quer durch Applebys winzige Kammer warf. Einen Arm im Mantel, den anderen draußen, konnte er sich nicht abstützen. Im Vorraum kämpfte er sich in sein Ölzeug und stieg an Deck, während Appleby sich in seiner Koje verkeilte und wieder zu seinem Buch griff.

Es schlug acht Glasen, als Drinkwater aus dem Niedergang trat. Der Sturm kreischte und pfiff in der Takelage, ein kalter Norder, der einen hohen Seegang aufbaute: graue Ungetüme mit brechenden Kämmen, von denen der Gischt flach weggerissen wurde; ihre dunklen, glasigen Hänge waren weißgesprenkelt, und sie rannten wie mit Donnergrollen gegen *Kestrel* an.

Die Luft war so voller Gischt, daß man kaum atmen konnte, und Verständigung war nur in Lee möglich. Als Drinkwater Jessup ablöste, dräute wieder eine Monstersee mit brechendem Kamm und grün-weiß marmorierter Flanke hoch über ihnen. Krachend stürzten sich die Wassermassen auf *Kestrels* Achterschiff, aber der Bug erkletterte schon wieder die nächste See.

»Wahrschau! Kurs halten!« Die Männer krallten sich fest, und die Taljen an der Pinne spannten sich wie Drahtseile. Drinkwater zog den Lukendeckel des Niedergangs über sich, als das Heulen des Sturms vom Donnern der nächsten brechenden See übertönt wurde, und klammerte sich mit schmerzverzerrtem Gesicht fest.

Kestrel kam unter dem gewaltigen Anprall der Wassermassen ins Stolpern. Und dann war die See überall an Deck, grünes Wasser riß an ihnen, drohte ihnen die Beine wegzuziehen, drang in Halsausschnitt, Ärmel und Hosenbeine und versuchte, sie wie welkes Laub über Bord zu spülen. Auf dem Rücken liegend, wurde ein Mann an Drinkwater vorbeigewaschen und mit ekelerregendem Krachen der Rippen gegen Kanone 10 geworfen. Ganze Wasserfälle abschüttelnd, hob sich der Bug mühsam über die nächste See, der stabile, auftriebstarke Rumpf ächzte in allen Verbindungen. Männer versuchten, die von ihren Belegnägeln gerissenen Leinen wieder aufzuschießen und zu verwahren, andere laschten die Gigs mittschiffs erneut fest. Drinkwater schüttelte sich das Wasser aus dem Haar und dachte mit Abscheu daran, daß er die nächsten vier Stunden pitschnaß und frierend verbringen würde. Und der Schmerz in seinem Arm war zermürbend.

Trotzdem paßte der winterliche Sturm in seiner ganzen Wildheit zu der Stimmung, in der sich Drinkwater seit dem Zwischenfall mit Santhonax befand. Seither war er überzeugt, daß ihre Geschicke unweigerlich miteinander verflochten waren. Und die Schmerzen, die er litt, gaben diesem Gefühl, das sich so irritierend in ihm festgesetzt hatte wie ein Sandkorn in der Auster, noch eine ganz private Intensität. Was nach Beaubigny nur ein verschwommenes Produkt seiner Phantasie gewesen war, hatte sich seit dem Treffen in Sheerness in brennende Gewißheit verwandelt.

Es ist wie eine Vorahnung, schrieb Drinkwater in sein Journal, *eine zunehmende Spannung, irrational und unvernünftig, aber irgendwie im Einklang mit einem animalischen Instinkt, der wahrscheinlich auf primitivsten Menschheitserfahrungen beruht.* Er ließ die Feder sinken. Außer ihm hatte niemand Santhonax erkannt, alle hielten Bolton für den Übeltäter, denn der Unselige war unter seinem Handkarren entdeckt und nach heftiger Gegenwehr mit einem Messer überwältigt worden. Der Sergeant hatte daraus seine voreiligen Schlüsse gezogen. Drinkwater war bewußtlos an Bord geschafft worden und konnte nicht verhindern, daß der Deserteur von den Soldaten zusammengeschlagen und dann in eine Zelle geworfen wurde. In der allgemeinen Verwirrung war Santhonax entkommen.

Drinkwater seufzte. Am nächsten Morgen hatte man Bolton in seiner Zelle erhängt aufgefunden; er bedauerte nur, daß er den Mann nicht mehr entlasten konnte. Aber er war erst wieder zu sich gekommen, als *Kestrel* schon auf See war, und selbst dann konnte er in seinem Wundfieber häufig Traum von Wirklichkeit nicht unterscheiden.

Auch an Bord schwieg sich Drinkwater über Santhonax' neuerliches Auftauchen aus, denn er war überzeugt, daß sich ihre Wege bald wieder kreuzen würden. Daß er ihn in Sheerness getroffen hatte, schien Teil eines teuflischen Plans zu sein, dem die Wiederkehr eines alten Alptraums etwas noch Finstereres gab. Auf seinem Wundlager träumte er, daß er zu Füßen einer weißgekleideten Frau ertrank, deren Medusenhaupt auf seine hilflose Gestalt herabstarrte. Es war das schadenfrohe, böse triumphierende Gesicht Hortenses, in deren kastanienroten Haarsträhnen er sich verstrickte, während ihm das Hohngelächter Edouard Santhonax' in den Ohren gellte. Einen ähnlichen Alptraum hatte er schon öfter gehabt, aber wenn er jetzt daraus erwachte, hörte er nicht das tröstliche Klappern der Pumpen auf *Cyclops*, das ihn früher so verläßlich in die Wirklichkeit zurückgerufen hatte. Diesmal war er auf *Kestrel*, und seine Vorahnung verließ ihn auch im Wachen nicht.

Seine Wunde heilte gut, obwohl die durch das Schlechtwetter erzwungene Notwendigkeit häufiger anstrengender Bewegung ihm oft Schmerzen verursachte. Doch wirkten sich die vielen Stürme auch heilsam aus, indem sie alle auf *Kestrel* bis an die Grenzen ihrer Leistungsfähigkeit forderten, Spannungen zwischen den einzelnen unterdrückten und im alle verbindenden Elend pausenloser Arbeit Streit gar nicht erst aufkommen ließen. Der Dauerzustand von Kälte, Nässe und Erschöpfung stumpfte die Wahrnehmungsfähigkeit ab und zwang die Besatzung, sich auf ein gemeinsames Ziel zu konzentrieren: *Kestrels* Überleben. Der Kutter fuhr jetzt im Blockadedienst, der stets eine harte Prüfung für Männer und Material war. Duncan ließ seine Kutter Aufklärung betreiben, er sandte sie so nahe wie irgend möglich an die Insel Texel heran und ließ sie das Marinearsenal von Den Helder beobachten, das dicht hinter der Lücke zwischen Texel im Norden und Nordholland im Süden lag. Die Durchfahrt zwischen diesen beiden Landmassen gabelte sich in drei Fahrwasser, die wie eine dreizinkige Forke in die Nordsee wiesen: im Norden das Molen-Gatt, nach Westen das West-Gatt und südwärts das Schulpen Gatt, das an der holländischen Küste entlangführte, vorbei an Kijkduin, einem Fischerdorf, das eine Signalstation und eine Batterie beherbergte.

Diese drei Kanäle führten durch den immens gefährlichen Haak-Sand, den Haakagronden, der bei Niedrigwasser trockenfiel und gegen dessen Luvseite bei Schlechtwetter eine gewaltige Brandung anstürmte. In den Gatts selbst gab es starke Gezeitenströme, und wenn der Wind gegen die Tide stand, baute sich darin eine heimtücki-sche, rauhe See auf.

Duncans Kutter hielten sich bei schlechtem Wetter außerhalb des Haakagronden und wagten sich in die Gatts vor, wenn es abflaute; manchmal gelangten sie sogar bis zum Stiel der Gabel, in das Zeegat von Texel, um den Feind auszuspähen. Drinkwaters Augenbrauen waren salzverkrustet, wenn er seine Kreuzpeilungen zu den Wind-mühlen und Kirchtürmen machte, die über die niedrigen Grasdünen von Texel und Nordholland lugten, eine Küste, die manchmal zu rauchen schien, so eingehüllt war sie in die Gischtwolken, die von der Brandung aufstiegen. Es war ein öder, verlassener Landstrich, ge-fürchtet wegen seiner Untiefen und Sandbänke, wandernden Fahrrin-nen und im Nichts endenden Priele. Karten waren hier nutzlos, man mußte sich auf eigene Erfahrung und Beobachtung verlassen. Drink-water zog alle Register seines Könnens, und ein Nebeneffekt ihrer prekären Situation war, daß die alte Vertrautheit zwischen ihm und Griffiths wieder auflebte. Auch die Mannschaft, obwohl immer noch irritiert über das Ausbleiben ihres Solds, hatte sich beruhigt, und Griffiths sah sich in seinem Verdacht bestätigt, daß Bolton einen schädlichen Einfluß ausgeübt hatte.

Selbst Appleby war nicht mehr so reizbar, sondern eher wieder der umgängliche Spaßvogel von früher, der sich auch mal necken ließ. Seine Freundschaft zu Drinkwater festigte sich wieder, und wenn Griffiths unter der Last seiner Verantwortung oder den Ungerechtig-keiten seiner bequem an Land sitzenden Vorgesetzten manchmal distanziert wirkte, so brachte der Arzt jetzt mehr Verständnis dafür auf.

Drinkwater überraschte es, daß das naßkalte Wetter und ihre

mangelhaften Quartiere bei Griffiths nicht einen neuen Malaria-Anfall auslösten; doch obwohl ihm das Äußerste abverlangt wurde, schien es seiner Gesundheit nicht zu schaden.

Als er mit Appleby darüber sprach, meinte der Arzt: »Das ist oft so: Wenn der Körper unter Streß steht, kann er zahllose Schocks verkraften, was sich ja auch bei Männern im Gefecht zeigt. Sobald jedoch der Streß-Stimulus wegfällt, läßt die Anspannung nach, das bis zum Äußersten beanspruchte, flexible System fällt in sich zusammen und setzt den Krankheitskeimen keinen Widerstand mehr entgegen.«

»Da könnten Sie recht haben«, nickte Drinkwater.

»Könnte? Natürlich habe ich recht. So wie ich auch mit Bolton recht hatte und jetzt...« Appleby wurde plötzlich ernst, »mit meiner Ahnung, daß es in der Flotte Ärger geben wird.«

Drinkwater blickte scharf hoch. »Wieso Ärger?«

»Verstehen Sie doch, Nat, dieser Kutter ist eine Ausnahme, wie kleine Schiffe meistens die Ausnahme sind. Aber Sie wissen schon, was ich meine: die Verweigerung jeder Freiheit, die schändlichen Verzögerungen bei der Besoldung, die Weigerung vieler Kommandanten, den Kauf frischen Proviants zu genehmigen – nicht einmal im Hafen –, und die Art, wie jüngere Offiziere rücksichtslos ausgenützt werden... All das könnte sich eines Tages bitter rächen. Denken Sie nur an den augenblicklichen Sold für einen Vollmatrosen: Für 24 Shilling und 12 Florin riskiert er Skorbut, Pocken, Typhus, Wundbrand und oft sein Leben im Kampf mit dem Feind... Ist Ihnen klar, daß dieser Betrag noch in der Zeit Cromwells festgesetzt wurde?«

Applebys Empörung war echt, und Drinkwater mußte zugeben, daß er dies nicht gewußt hatte; doch ehe er sich schuldig bekennen konnte, fuhr Appleby schon mit seiner düsteren Aufzählung fort.

»Zu all dem kommt die ungerechte Aufteilung des Prisengeldes, kommen noch die gezinkten Maße und Gewichte der Zahlmeister, die so viele ihres Berufs reich gemacht haben. Wenn ein Mann krank wird oder dienstuntauglich, erhält er keinen Sold mehr, auch wenn er im Dienst zu Schaden gekommen ist... Und bedenken Sie: Abzüge für den Geistlichen, für das Greenwich Hospital und den Chatham-Fonds...« Applebys Ton wurde immer schärfer, während er die einzelnen Punkte an seinen Fingern abzählte.

»Als ob das noch nicht genug wäre, müssen die Seeleute *mich* dafür bezahlen, wenn sie sich bei einer Hure anstecken, obwohl das doch die einzigen Frauen sind, mit denen sie sich abgeben können, *mich* für eine Behandlung, obwohl sie durch ihre Krankheit jeden Sold verlieren. Und die Familien der Seeleute verhungern in der Gosse, während die Männer an Bord wie Gefangene leben, oft jahrelang kein Geld erhalten und manchmal abermals aufgegriffen werden, ehe sie noch einen Fuß über ihre Schwelle setzen können.

Ich sage Ihnen, Nat, das sind Schandflecken auf dem hehren Bild des freiheitlichen England. Und denken Sie an meine Worte: Wenn dieser Krieg noch lange dauert, wird es Unruhen geben. Mit einer aus Sklaven bestehenden Marine kann man nicht einen begeisterten Feind bekämpfen, der die Ideale von Freiheit, Gleichheit und Brüderlichkeit proklamiert.«

Drinkwater seufzte, denn Appleby hatte recht. Die Zustände waren sogar noch schlimmer. Je dringlicher der Personalbedarf, desto höher wurde der Anteil der Gepreßten, der straffällig Gewordenen oder Zwangseingezogenen, und damit überwogen in der Flotte allmählich nicht mehr die echten Seeleute, sondern der Abschaum der Gesellschaft, Männer ohne Glück, aber nicht ohne Intelligenz, Demagogen, Zwischendecksadvokaten, denen das Beispiel Frankreichs einen Weg zur Macht aufzeigte, eine Chance, im Namen des Volkes den Umsturz zu predigen. Wenn der Topf so kurz vor dem Überkochen war, hatte dann Santhonax in Sheerness noch ein wenig mehr Feuer darunter machen sollen? Drinkwater fiel ein, daß Sheerness nicht weit von Tunbridge lag, wo sich Hortense aufhielt. Unruhe stieg in ihm auf, als hätte er eine Pflicht vernachlässigt.

»Aye, Harry«, antwortete er, »wahrscheinlich haben Sie recht. Obwohl ich das Gegenteil hoffe, denn wenn eine Meuterei kommt, wird sie blutig...«

»Sehr blutig, Nat, und die Obrigkeit verfährt mit krasser Idiotie. Denken Sie nur daran, wie sie die Sache mit *Culloden* handhabte.« Drinkwater nickte, aber Appleby war viel zu sehr in Fahrt, um sich unterbrechen zulassen.

»Man könnte meinen, die Hälfte aller Admiräle sei blind. Wie sie John Clerk von Eldin lächerlich gemacht haben, als er ihnen darlegen wollte, wie man Schlachten gewinnt! Und jetzt überschlagen sie sich fast, um nach seinen Prinzipien zu kämpfen. Denken Sie nur daran, wie die weißgepuderten Flottenärzte Linds Theorie über die Entstehung von Skorbut ignorierten, wie hart Douglas um die Anerkennung seiner Patronen kämpfen mußte. Und wer erinnert sich noch an Patrick Fergusons vorzügliche Büchse? Ach, die Liste intelligenter Männer ist endlos, die versucht haben, die Obrigkeit auf das Naheliegendste hinzuweisen ... Was gibt's da zu grinsen, zum Teufel?«

»Der Prophet gilt nichts im eigenen Land, Harry, daran mußte ich eben denken. Aber natürlich haben Sie recht.«

»Ich weiß, daß ich recht habe. Was ist daran so amüsant?«

»Mir fiel nur ein, wie wütend Sie darüber waren, als sich Sir Sydney Smith in Ihrem Lazarett betätigen wollte, obwohl er doch für Intelligenz und Einfallsreichtum berühmt ist. Sie werfen also andern vor, wozu Sie selbst nicht bereit sind. Das ist inkonsequent.«

»Nein, so ein unverschämter grüner Lümmel ...«

Drinkwater duckte sich, als Applebys leerer Bierkrug auf ihn zugesegelt kam.

So rauften sie sich zusammen auf *Kestrel*, während die britische Sache immer schlechter stand. Sir John Jervis räumte das Mittelmeer, und Admiral Morard de Galles lief mit einer nach Irland bestimmten Armee von Brest aus. Daß General Hoche und seine kampfgestählten Truppen schließlich doch nicht landen konnten, verdankten die Briten nur einem glücklichen Zufall. Der Südweststurm, der die Invasion an Weihnachten 1796 verhinderte, schien dem irischen Patrioten und Dichter Wolfe Tone ein Beweis dafür, daß es keinen gerechten Gott mehr gab; in der britischen Kriegsmarine wurde unterdessen die Moral der Offiziere durch die krasse Mißwirtschaft von Lord Bridport und Sir John Colpoys weiter untergraben und der Haß der Mannschaften verschärft.

Wieder waren es allein die Fregatten, die dem angewelkten britischen Lorbeer etwas von seinem Glanz zurückgaben. Aber es kostete sie einen hohen Preis. Pellew, der jetzt in Begleitung von *Amazon* mit der *Indefatigable* vor Brest segelte, sichtete die französische *Droits de l'Homme* bei ihrer Rückkehr von Irland und verfolgte sie. Bei Sturm zwang er sie auf die Leeküste, wo sie strandete und verlorenging. *Indefatigable* selbst rettete sich nur durch ein Wunder an guter Seemannschaft, aber *Amazon* konnte sich nicht mehr freikreuzen und wurde ebenfalls zum Wrack.

Doch Admiral Duncans Nordseegeschwader durfte nicht einmal solche Pyrrhussiege erkämpfen. Er selbst blieb auf der Reede vor Yarmouth, wo er mit London über optische Telegraphen in Verbindung stand, stationierte seine Fregatten vor Texel und schickte seine Kutter in die Baljen durch den Haakagronden so weit gegen Den Helder vor, wie die kommandierenden Leutnants es wagten. Duncans Flotte war ein bunt zusammengewürfelter Haufen veralteter Schiffe, viele darunter nur mit 64 Kanonen bestückt und kein Linienschiff größer als Klasse III. Das Flaggschiff des Admirals trug den passenden Namen *Venerable*, was viele mit »Euer Ehrwürden« gleichsetzten.

Die Holländer unter Vizeadmiral de Winter blieben eine unbekannte Größe. Aus König Charles' Tagen hatten sich in England Erinnerungen an holländische Grausamkeit erhalten, vergessen war Hollands Demütigung, als es seine Flotte an eine französische Kavalleriebrigade verloren hatte, die übers Eis galoppiert war und die eingefrorenen Schiffe erobert hatte. Doch jetzt war Holland – wie Spanien – ein Bundesgenosse Frankreichs und im Gegensatz dazu eine öffentlich ausgerufene Republik. Republikanische Ideen waren, wie von Drinkwater prophezeit, über den Rhein vorgedrungen, und England wurde mit der erschreckenden Möglichkeit konfrontiert, daß eine vereinigte französisch-holländische Flotte abermals eine Invasion in Irland versuchen könnte, diesem unglücklichen, unstabilen Land.

Doch dann, als das Winterwetter allmählich milderen Frühlingstagen wich, trafen neue, ganz ungewohnte Nachrichten in England ein. Zunächst sprach man von dem »Sieg am St. Valentinstag«*, später von der Schlacht am Kap St. Vincent. Jervis wurde der Grafentitel verliehen und der bemerkenswerte, unstete Kapitän Nelson, der die geheiligte Kiellinie in der Schlacht aufgegeben hatte, um den Spaniern den Fluchtweg abzuschneiden, wurde in den Ritterstand erhoben.

Die landesweite Erleichterung über den Sieg ließ sogar in *Kestrels* beengter Kajüte ein Gefühl des Triumphes aufkommen, als Griffiths den Bericht laut aus der Gazette vorlas, die endlich bis zu ihrem vorgeschobenen Posten im Schulpen-Gatt gelangt war. Und Drinkwater hatte einen unerwarteten Brief erhalten.

Mein lieber Nathaniel, las er. *Bestimmt haben Sie schon vom Gefecht unseres alten Eichenknorrens am Valentinstag gehört, aber es wird Sie überraschen, daß auch Ihr alter Freund beteiligt war. Wir haben die Dons ordentlich verprügelt, obwohl ich leider wenig davon sah, da ich eine Batterie Zweiunddreißigpfünder auf* Victory *kommandierte; auf dieses Schiff bin ich letzten November versetzt worden. Wären Sie bloß dabeigewesen, Nat! Herrgott, welch glorreicher Anblick ist doch eine große Seeschlacht! Wie sehr habe ich Sie um die Teilnahme an Rodneys Mondscheinschlacht hier im Jahre '80 beneidet, und wie sehr müssen Sie jetzt uns beneiden. Unsere Leute haben kühlen*

* 14. Februar 1797

Kopf bewahrt, und wir konnten Salvador del Mundo ganz fürchterlich beharken. Aber die Dons kämpften besser, als ich es ihnen zugetraut hätte, und es war ziemlich heiße Arbeit...

Drinkwater beneidete Richard White tatsächlich. Und er amüsierte sich ein wenig über seinen Stil, in dem sich jungenhafte Begeisterung und nüchterne Förmlichkeit mischten. Der Brief enthielt noch sehr viel mehr, unter anderem den Satz *Sir John war so freundlich, von meinem Einsatz Notiz zu nehmen.* Drinkwater versuchte, seine Gefühle zu analysieren. Er freute sich für White, wußte es auch zu schätzen, daß sein alter, offenbar sehr erfolgreicher Kamerad der Freundschaft zu einem unbedeutenden Steuermann in einem noch unbedeutenderen Kutter so viel Wert beimaß, daß er ihm einen informativen Brief schrieb. Auf diese Weise konnte Drinkwater, wenn auch aus zweiter Hand, an der Begeisterung über den Sieg teilnehmen. Wie es schien, hatte sich das Kriegsglück wieder den Briten zugewandt, und die Royal Navy erinnerte ihre alten Gegner daran, daß der Löwe, obwohl am Boden liegend, noch lange nicht tot war.

Schließlich rundete *Kestrel* an einem schönen Morgen den Scroby-Sand und hielt auf die Reede von Yarmouth zu, während von ihrem Masttopp das Signal für »Depeschen an Bord« auswehte. Als sich der Kutter seinem Ankerplatz dicht bei *Venerable* näherte, grüßten seine Bugkanonen mit ihrem Salut die blaue Admiralsflagge im Großtopp des Flaggschiffs. Und gleich darauf pullte *Kestrels* Beiboot mit Leutnant Griffiths auf der Heckducht hinüber.

Als Griffiths die Depeschen von den Fregatten vor Texel abgeliefert hatte und an Bord zurückkehrte, rief er seine Decksoffiziere in der Kajüte zusammen.

Drinkwater erschien als letzter, weil er noch das Einsetzen der Gig beaufsichtigt hatte. Als er die Tür hinter sich schloß, spürte er die gespannte Erwartung im Raum und sah bald, daß sie vom kalten Glanz in Griffiths Augen herrührte.

»Meine Herren«, sagte ihr Kommandant mit seiner klaren, tiefen Stimme, »die Kanalflotte im Spithead ist im Zustand der Meuterei.«

Mai – Juni 1797

Wie ein Flächenbrand

»Hört euch die Schweine an!' « Jessup ließ wie die anderen die Arbeit sinken und starrte über die dichtbesetzte Reede. Das Jubelgeschrei schien von *Lion* zu kommen und löste auf *Kestrel* bei den Seeleuten vor dem Mast eine Welle der Erregung aus. Trotzig starrten einige nach achtern, wo Jessup, Drinkwater und Traveller standen.

Neuigkeiten, Gerüchte, Behauptungen und Dementis waren zwischen den verankerten Schiffen hin und her geflogen, bis die ganze Reede zu vibrieren schien. Wie es hieß, war auch in der Nore-Flotte die rote Flagge gehißt worden; auf Duncans Schiffen schwankten die Besatzungen noch zwischen der Treue zu ihrem hochgeachteten Admiral und dem Verlangen, die Kameraden der beiden anderen Flotten in ihren Forderungen zu unterstützen, die sie für gerechtfertigt hielten.

Der Jubel war laut genug gewesen, um auch die Freiwache an Deck zu locken. Mittschiffs kam der Smutje aus seiner Kombüse, der Gruppe auf dem Achterdeck schlossen sich Appleby und Thompson an. »Ein Glück, daß wir so nahe am Flaggschiff ankern«, murmelte der Arzt. Nun, da sich seine schlimmsten Prophezeiungen erfüllt hatten, fürchtete er, in seiner Koje gemeuchelt zu werden.

Kestrel lag nur einen kurzen Kanonenschuß von *Venerable* entfernt. Auf dem Flaggschiff waren die Breitseiten ausgefahren worden, jetzt schreckte der trockene Knall eines Kanonenschusses die Reede auf. Eine Reihe bunter Tuchbälle stieg an *Venerables* Flaggleinen empor, dann wehten die Signalflaggen fröhlich in der leichten Brise dieses Maimorgens aus.

»Rufen Sie meine Gig, Mr. Drinkwater«, brummte Griffiths, der aus dem Niedergang kam. Admiral Duncan holte seine Kommandanten zusammen. Als Griffiths von der Konferenz zurückkehrte, war sein Gesicht grimmig. »Alle Mann nach achtern!« befahl er.

Jessups Pfeife schrillte, und die Besatzung versammelte sich neugierig in der Kuhl. »Meine Herren«, sagte Griffiths zu seinen Decksoffizieren, »nehmen Sie hinter mir Aufstellung.«

Mit scharrenden Füßen bezogen sie im Halbkreis Stellung und musterten die Gesichter ihrer Leute. Einige blickten freimütig zurück, andere waren neugierig, einige trotzig oder aufsässig; aber jeder war sich bewußt, daß Ungewöhnliches geschah.

»Alle herhören: Ihr wißt, daß die Matrosen im Spithead und in der Nore sich in Meuterei gegen ihre Offiziere erhoben haben...« Griffiths starrte jedem einzeln ins Gesicht, ließ trotz seiner heimlichen Sympathie keinerlei Wankelmut aufkommen. »Wenn unter euch einer ist, der mir das Recht abstreitet, diesen Kutter zu kommandieren, oder der vorhat, sich meinen Befehlen oder den Befehlen meiner Offiziere zu widersetzen«, er umfaßte den Halbkreis mit einer Handbewegung, »dann soll er jetzt vortreten.«

Griffiths' kraftvolle Stimme mit ihrem sonoren Waliser Akzent schien von einer Kanzel herabzuhallen. Seine mächtige greise Gestalt, das ernste Gesicht mit den patriarchalischen Zügen übten einen fast greifbaren Einfluß auf seine Männer aus. Es wirkte, als ermahne er sie wie ein strenger Vater, gebiete ihrer Ungebärdigkeit mit der sicheren Hand der Erfahrung Einhalt. »Seht mich an«, schien er ihnen zu sagen, »seht gut her. Ihr könnt gegen mich nicht rebellieren, egal, was der Rest der Flotte tut.«

Drinkwater hatte feuchte Handflächen und spürte, daß Appleby neben ihm vor Nervosität zitterte. Dann lief etwas wie ein kollektiver Seufzer durch die Reihen vor ihnen, und die Aufsässigkeit verebbte aus den Gesichtern. Griffiths schickte die Besatzung zurück an die Arbeit.

»Dann geht also wieder nach vorn und tut eure Pflicht. Mr. Jessup, bemannen Sie das Spill und melden Sie mir, wenn der Anker kurzstag ist.«

Da in dieser Jahreszeit auf der Nordsee wechselnde oder östliche Winde vorherrschten, fürchtete Duncan, daß die holländische Flotte daraus und aus der Meuterei bei den Briten ihren Vorteil ziehen und Texel verlassen könnte. Auf dem Kommandantentreffen, zu dem auch Griffiths gerufen worden war, sollte die Stimmung der Besatzungen in Duncans Geschwader festgestellt werden. Die wenigen Schiffe, die nach wie vor bei Texel kreuzten, waren bei weitem nicht stark genug, de Winter am Auslaufen zu hindern; dabei war es jetzt wichtiger als je zuvor, ihn zu blockieren. Es galt als höchst wahrscheinlich, daß die meuternden Schiffe in der Nore zu desertieren versuchen würden, wobei sie eher zu den protestantischen Niederländern als zu den katholischen Franzosen überlaufen würden. Dazu brauchte es jetzt nur noch einen demonstrativen Akt von de Winter, zum Beispiel die Blockade der Nore-Flotte an der Themsemündung, und die Meuterer würden sich gestärkt fühlen. Es hatte sich in Yarmouth bereits herumgesprochen, daß die meisten Offiziere von den Kriegsschiffen verjagt worden waren, bezeichnenderweise mit Ausnahme der Segelmeister. Man hielt sie an Bord der *Sandwich* fest, die der selbsternannte »Admiral« Richard Parker zu seinem Flaggschiff erklärt hatte.

Kestrel blieb noch einige Tage vor Anker liegen, während Duncan die Entwicklung abwartete. Er war persönlich bei der Admiralität vorstellig geworden, um einigen Beschwerden der Besatzungen Gehör zu verschaffen, und betrachtete die Meuterei als Strafe und Warnung für die Seelords.

Die Lage im Spithead war durch gesunden Menschenverstand gekennzeichnet, dem die Flotte eine schnelle und zufriedenstellende Bereinigung verdankte. Admiral Howe wurde ermächtigt, mit den Delegierten zu verhandeln, die sich »Black Dicks« Sympathie gewiß waren. Mitte Mai nahm die Kanalflotte nach einem allgemeinen Freudentaumel mit Feuerwerk und Festgelagen und nach einer Amnestie durch den König ihren Dienst wieder auf.

Nichts sprach dafür, daß Aufwiegelung aus dem Ausland vorgelegen hatte. Die Teerjacken waren im Recht gewesen, ihre Forderungen begründet; sie hatten beispielhafte Disziplin und vorbildliche Selbstjustiz geübt. Auch hatten sie Vertreter zu ihren Gesinnungsgenossen in der Nore-Flotte gesandt, und nun rechnete man damit, daß diese binnen weniger Tage ebenfalls Vernunft annehmen würde.

Doch dem war nicht so. Die Meuterei in der Nore war erbitterter, sie artikulierte sich aggressiver und unvernünftiger. Ihre Anführer blockierten die Handelsschiffahrt auf der Themse und verscherzten sich so die Sympathien der liberalen Londoner Geschäftsleute der Mittelklasse. Je nachgiebiger sich die Regierung verhielt, desto verzweifelter reagierte Parker. Die meuternde Flotte brachte die Öffentlichkeit gegen sich auf, und während die Hauptstadt den Mangel an Lebensmitteln, Brennstoff und Handelswaren zu fühlen bekam, sammelten sich reguläre Truppen in Sheerness; die Nore-Schiffe unter der roten Flagge der Meuterei sahen sich zunehmend isoliert.

Ende Mai erschien Captain William Bligh, den seine Besatzung von der *Director* vertrieben hatte, als Abgesandter der Admiralität in Yarmouth, um Duncan zu überreden, daß er seine Schiffe gegen Parker einsetzen sollte. Bligh brachte die Nachricht mit, daß vier Delegierte der Nore den Kutter *Cygnet* gekapert hatten und damit nach Yarmouth unterwegs waren, um die Seeleute hier zur Meuterei aufzustacheln.

Duncan bedachte diese Neuigkeiten unter dem Aspekt, daß Parker möglicherweise mit der ganzen Nore-Flotte nach Holland oder Frankreich desertierte. Danach stellte er die Fregatte *Vestal*, den Lugger *Hope* und den Kutter *Rose* nach Süden ab, damit sie die unerbetenen Besucher abfingen. Wenn Parker nach Texel oder Dünkirchen auslief, dann – aber nur dann – wollte der alte Admiral seine Schiffe gegen die Meuterer führen. Einstweilen aber schickte er *Kestrel* nach Süden in die Themsemündung, wo sie die Routen nach Holland beobachten und sofort über eine eventuelle Desertion Parkers Bericht erstatten sollte.

»Fünf Faden!«

Drinkwater verwarf die Idee, den Kutter mit Riemen vorwärts zu bewegen. Trotz des Nebels reichte das bißchen Wind gerade, um Ruder im Schiff zu halten; sie hatten jeden Fetzen Tuch hochgezogen, über den sie verfügten, und obwohl alles schlapp herabhing, machte der Kutter etwas Fahrt.

»Ich gehe eine Weile unter Deck, Mr. Drinkwater.«

»Aye, aye, Sir.« Seit Yarmouth waren sie nur mühsam vorangekommen, und Griffiths hatte nicht gewagt, das Deck zu verlassen aus Sorge, die Besatzung könnte darauf mit Verärgerung reagieren; aber jetzt waren sie alle zu erschöpft, auch der Alte. Tiefe Furchen in seinem grauen Gesicht kündigten einen neuen Malaria-Anfall an, man sah, daß er an den Grenzen seiner Kraft angelangt war. Drinkwater war erleichtert, daß er unter Deck ging.

Seit die Besatzung von der Beilegung der Spithead-Meuterei erfahren hatte, verhielt sie sich ruhiger; doch dann hatte ihre Order, die Themse anzulaufen, die Spannung wieder aufleben lassen. Wie in solchen Fällen unvermeidbar, hatte sich herumgesprochen, daß Ihre Lordschaften den Einsatz des Nordseegeschwaders gegen die Nore-Meuterer erwogen; hinzu kam, daß Bligh eine zu bekannte Figur war, als daß sich die Spekulationen über dieses Thema beruhigen ließen.

Der Lotgast sang seine Wassertiefen so eintönig aus, daß es

Drinkwater schwerfiel, sich darauf zu konzentrieren. Größere Ereignisse beschäftigten ihn und vor allem seine heimliche Überzeugung, daß die Scheußlichkeit der Nore-Meuterei mindestens zum Teil das Werk Capitaine Santhonax' war. Mittlerweile standen sie schon weit in der Themsemündung und rechneten damit, bei ablaufendem Wasser in drei Stunden die Nubb-Tonne in Sicht zu bekommen.

»Vier Faden!«

»Da vorn is' was, Sir!« Der Schrei kam vom vorderen Ausguckposten.

»Was ist es?« Drinkwater ging nach vorn und spähte in das graue, nasse Einerlei.

»Weiß nicht, Sir – die Tonne?« Wenn das zutraf, dann hatten sie sich bei der Navigation gewaltig verrechnet.

»Dort, Sir! Sehen Sie's?«

»Nein ... Doch!« Fast direkt voraus, etwas nach Steuerbord versetzt. Sie mußten dicht daran vorbeisegeln, so dicht, daß sie es bestimmt identifizieren konnten.

»Es ist ein Boot, Sir!«

Nur eine Bugsprietlänge vor ihnen tauchte die Barkasse eines Kriegsschiffs aus dem Nebel auf. Drinkwater zählte acht Männer darin und hörte eine Stimme klar und deutlich sagen: »Schon wieder 'ne verdammte Bojenyacht ...«, worauf eine andere widersprach: »Nee, 's ist ein Kriegskutter ...«

Beide gleichermaßen überrascht, passierten die Fahrzeuge einander. In der Barkasse legten sich die Männer in die Riemen, deren Blätter so nahe waren, daß das davon abtropfende Wasser in die Bugwelle des Kutters fiel. Neugierig starrten die Kestrels auf die Bootsgasten hinunter, und die starrten trotzig zurück. Dann ein plötzlicher Griff, eine schnelle Bewegung, ein Blitz und ein Knall: Eine Pistolenkugel riß Drinkwater den Hut vom Kopf und hinterließ ein rundes Loch im Großsegel. Mit einem enttäuschten Aufheulen ruderten die Meuterer wieder an, und ihre Barkasse verschwand achteraus im Nebel.

»Gott verdammich!« brüllte Drinkwater und fuhr herum. Seine Männer starrten ihn immer noch offenen Mundes an. »Los die Leesegelfallen! Los die Rahsegelfallen! Ruder in Lee! Lebhaft! Lebhaft, verdammt noch mal!«

Die Männer konnten gar nicht so schnell reagieren, wie Drinkwaters rasender Zorn es verlangte. Er merkte plötzlich, daß er sich mit den Fäusten auf die Schenkel schlug, während der Kutter ihm viel zu langsam wendete.

»Schneller, alte Hexe, *schneller*«, murmelte er, und dann fühlte er eine leichte Bewegung des Decks unter seinen Schuhsohlen, kaum spürbar, aber trotzdem erschütterte sie sein Gleichgewicht. Das war die zweite Überraschung für ihn.

Er hatte *Kestrel* auf Grund gesetzt.

Kestrel lag mit erschreckender Schräglage da, und ihr Navigator krümmte sich innerlich vor Scham. Daß er die Themsemündung aus seiner Zeit bei Trinity House so besonders gut kannte, machte ihre Lage besonders demütigend für ihn.

Leutnant Griffiths hatte sich jeden Kommentars enthalten, nur seine Anweisungen gegeben, wie der Kutter bei steigender Flut gegen einen Wassereinbruch geschützt werden sollte. Zum Glück waren sie mit aufgeholten Schwertern vor dem leichten Wind gelaufen, sonst wären die Folgen schwerwiegender gewesen. Gründliche Überprüfung zeigte, daß *Kestrel* im Gegensatz zum Stolz ihres Navigators keinen Schaden erlitten hatte.

Unter Deck hatte sich Griffiths Drinkwaters Erklärungen angehört und ihn dann eine Weile schweigend gemustert. Als er sah, daß seinem Stellvertreter langsam die Schamröte ins Gesicht stieg, hatte er müde gelächelt.

»Nicht doch, Nathaniel, jetzt holen Sie mal eine Flasche aus dem Schrank ... Es war nicht mehr als ein Irrtum, und seine Folgen sind nicht gravierend.« Mit sichtlicher Anstrengung versuchte Griffiths, seine Müdigkeit abzuschütteln. »Einen Fehler hat jeder frei, mein Sohn.«

Eine große Last wich von Drinkwater, als er den Wein über den Tisch schob. »Aber hätten wir das Boot nicht unbedingt verfolgen müssen? Es hatte Santhonax an Bord, Sir. Da bin ich mir ganz sicher.« Eine Sekunde lang fürchtete er, daß Griffiths ihn nach den Gründen für seine feste Überzeugung fragen könnte und er dann den Zwischenfall in Sheerness beichten müßte. Aber der Alte schüttelte nur den Kopf und schob ihm ein volles Glas hin.

»Bei diesem Wetter ein Boot aufzubringen, hätte uns wahrscheinlich noch viel mehr gekostet. Wer wen überfällt, entscheidet sich dadurch, wer wen zuerst erkennt, und bei Nebel wären wir als die Größeren dabei im Nachteil.« Er trank genüßlich von dem schweren, dunklen Wein. »Nein, die entscheidende Frage ist: Was hat Santhonax in der Barkasse eines britischen Kriegsschiffs zu suchen, die bei Ebbe von einer Crew zwielichtiger Burschen nach Osten gepullt wird?«

Schweigend saßen beide Männer da und dachten nach, während *Kestrel* unter ihnen stöhnte und knirschte, als das steigende Wasser ihren Rumpf anzuheben begann. War Santhonax als Delegierter der Nore-Meuterer unterwegs nach Yarmouth? Dann hätte er doch sicher den Weg durch den Swin genommen. *Kestrel* hatte man befohlen, durch den Prince's Channel zu gehen, damit auch diese von *Vestal, Rose* und *Hope* nicht abgedeckte Lücke gestopft wurde. Außerdem war es höchst unwahrscheinlich, daß ein französischer Geheimagent eine solche Aufgabe übernehmen würde.

Wenn es Santhonax' Auftrag gewesen war, die britische Marine zu schwächen, dann hatte er das durch die Meuterei bereits erreicht. Was wollte er in einem Boot? Entkommen? Brach die Meuterei zusammen? Oder fuhr er in voller Absicht und freiwillig ostwärts aus der Themsemündung? Natürlich! Schließlich hatte er versucht, Drinkwater zu erschießen, den einzigen Mann, der ihn erkennen und seine Pläne durchkreuzen konnte!

»Es scheint nur *eine* einleuchtende Erklärung zu geben, Sir . . .«

»Oh, und welche?«

»Santhonax holt Hilfe für die Meuterer in der Nore herbei.« Drinkwater erläuterte seine Gründe für diesen Schluß, und Griffiths nickte langsam.

»Wenn er beabsichtigt, eine feindliche Flotte zur Unterstützung der Meuterer heranzuführen oder um ihr Überlaufen zu decken – geht er dann nach Holland oder nach Frankreich?«

»Hinter der Insel Texel verbirgt sich die größte Flotte weit und breit, Sir. Bei einem anständigen Ostwind, den sie brauchen würden, um die Themse hinauf zu segeln, und bei einer gewissen Wahrscheinlichkeit, daß es danach bald wieder aus West weht, damit sie alle gemeinsam entkommen können . . . Ja, ich würde auf Texel setzen, denn alle anderen, aus Brest oder sonstwo, müßten sich erst durch den Kanal arbeiten.«

»Bei Gott, das stimmt!« rief Griffiths und sprang plötzlich wie gehetzt auf. »Und unsere Burschen würden mit einer Flotte niederländischer Protestanten nur zu gerne kooperieren, sie würden ihre republikanischen Genossen dankbar willkommen heißen! Sapperlot, Nathaniel, dieser Santhonax ist ein raffinierter Teufel! *Cythral*! Ja, ich würde alles auf Texel setzen.«

Beide hatten sich halb aus den Stühlen erhoben und reckten sich nun über den Tisch wie Männer in hitzigem Streit. Dann, als sich

Kestrel wieder etwas mehr aufrichtete, ließ Griffiths sich zurückfallen.

»Aber unsere Befehle lassen mir keine Wahl. Santhonax ist entkommen, und in der Zwischenzeit haben wir eine Aufgabe zu erfüllen.« Er schwieg und rieb sich nachdenklich das Kinn. »Aber«, sann er, »wenn wir erkunden könnten, in welcher Verfassung die Meuterer sind . . . Wenn es zum Beispiel Anzeichen dafür gäbe, daß sie sich zum Auslaufen von der Nore rüsten, dann – bei Gott – wären wir unserer Sache sicher.«

Drinkwater nickte. Zwar fragte er sich, wie sie das herausfinden sollten, ohne ihren Kopf in die Schlinge zu stecken, andererseits war es nicht der richtige Zeitpunkt, Griffiths von seinem Duell in Sheerness und den bösen Vorahnungen zu erzählen, die ihn seitdem verfolgten. Im Augenblick mußte er sich mit dem Erreichten zufriedengeben.

Zwei Stunden später waren sie wieder unterwegs. Der Nebel hatte sich zu Dunst verflüchtigt, eine Brise war aufgekommen, und als *Kestrel* nach Westen segelte, wärmte die Sonne schon ihr Deck. Es war später Nachmittag, als ein Schrei vom Vorschiff die allgemeine Aufmerksamkeit erregte.

»Sir!«

»Was gibt's?« Drinkwater lief nach vorn.

»Da kracht irgendwas«, sagte der Mann, die Hand hinterm Ohr. Sie lauschten, bis Drinkwater einen dumpfen Knall hörte, dann folgte ein Krachen und das Splittern von Holz. »Drehbasse?« fragte er sich mit gerunzelter Stirn. Er wandte sich nach achtern. »Alle Mann an Deck! Verständigt den Kommandanten! Klar Schiff zum Gefecht!« Verdammt wollte er sein, wenn sie ihn ein zweites Mal unvorbereitet überraschten.

In wenigen Augenblicken waren die Laschings von den Kanonen genommen und die Männer auf ihren Stationen. Griffiths erschien mit blassem, angestrengtem Gesicht im Niedergang. Drinkwater begann ihm zu erklären, was sie gehört hatten, da hob sich plötzlich der Dunst wie ein Vorhang; Sonnenlicht glitzerte auf dem Wasser.

»Was, zum Teufel . . .« Griffiths deutete voraus. Drinkwater fuhr scharf herum, dann zog ein erleichtertes Grinsen über sein Gesicht.

»Geht klar, Sir, ich kenne sie.«

Vor ihnen lag, etwa eine Kabellänge entfernt, eine reich verzierte, kuttergetakelte Yacht mit Heckschnitzereien wie ein Linienschiff erster Klasse und einem wachsamen Löwen auf der Galion vorn. Neben der Yacht dümpelte ein grell bemaltes Ungetüm, die Nubb-

Tonne: Sie wurde mit Äxten und Schrotschüssen aus einer Drehbasse systematisch zerstört.

»Trinity-Yacht ahoi!« Drüben hoben sich die Köpfe, und Drinkwater erkannte achtern, wo die Karronaden standen, den Skipper Jonathan Poulter. Die Stückpforten hoben sich, Rohre schoben sich ans Licht.

»Nicht schießen, ihr verdammten Narren!« brüllte Griffiths. »Wir sind ein englischer Kriegskutter.« Und leiser zu Drinkwater, während sie sich der Yacht näherten: »Drehen Sie bei, wir wollen mit ihnen reden.«

Die beiden Kutter lagen dicht nebeneinander, während neugierige Blicke zwischen ihnen hin und her gingen. »Habt ihr Nachricht von der Nore-Flotte? Spricht irgend etwas dafür, daß sie sich zum Auslaufen vorbereitet?«

Jetzt stand ein Mann in blauem Mantel neben Poulter, in dem Drinkwater Kapitän Calvert erkannte, einen Eldermann von Trinity House.

»Nein, Sir«, rief Calvert herüber. »Selbst wenn sie wollten, würden sie es unmöglich schaffen. Wir versenken alle Tonnen und zerschlagen alle Baken. Noch eine Nacht, dann sind wir mit der Arbeit fertig ... Ist das Mr. Drinkwater da neben Ihnen?«

Drinkwater trat ans Schanzkleid. »Aye, Sir. Wir haben gehofft, daß Sie mehr wissen.«

»Gestern abend kam eine Fregatte unter roter Flagge den Mittelkanal herunter und hat die Sandbank gekennzeichnet. Man fürchtet, daß sie Verrat planen ... Sie sind zu weit gegangen, es bleibt ihnen gar nichts weiter übrig ... Schätze, sie wollen nach Holland oder Frankreich. Seid ihr von Duncans Flotte?«

»Aye«, antwortete Griffiths. »Sind Sie sich Ihrer Sache ganz sicher, Sir?«

»Aye, Sir. Wir waren erst gestern in Broadstairs und erfuhren das mit der Fregatte von der Trinity-Yacht *Argus* aus Harwich. Und ich selbst habe auf dem Weg von London bei Admiral Buckner in Sheerness vorgesprochen.«

Griffiths überlegte. »Und Ihrer Ansicht nach werden sie einen Ausbruchsversuch unternehmen?«

»Sonst haben sie nur die Wahl, zu hängen oder zu verhungern.«

Griffiths blickte zur Windfahne hoch. »Backbordbug, Mr. Drinkwater«, sagte er. Als *Kestrel* Fahrt aufzunehmen begann, rief er hinüber: »Vielen Dank, Sir, und Gott mit Ihnen.«

Die beiden Kutter trennten sich, *Kestrel* hielt wieder auf See hinaus. Griffiths trat ins Kartenhaus, wo Drinkwater ihren neuen Kurs ausrechnete.

»Zur Black Deep, Sir?«

»Aye, wenn sie die Höhe halten kann.« Griffiths schauderte zusammen und wischte sich mit dem Handrücken den Schweiß von der Stirn.

»Das kann sie, Sir, wenn die Schwerter ausgefahren sind. Wir gehen also nach Yarmouth zurück?«

Griffiths nickte. Er winkte Drinkwater beiseite, und gemeinsam starrten sie achteraus, wo die Nubb-Tonne jetzt neben der Trinity-Yacht langsam unterging. »Es scheint, als hätten wir damit unseren Beweis, Nathaniel«, sagte er gedämpft.

»Aye, Sir. Das ist auch meine Ansicht.«

Nach der Enge auf *Kestrel* wirkte die Admiralskajüte der *Venerable* riesig, doch Admiral Duncan, ein großer Mann mit breitem schotti-schem Gesicht, schien den Raum auch im Sitzen noch zu beherrschen. Man erzählte sich, daß er *Adamants* Crew dadurch gefügig gemacht hatte, daß er einen der lautesten Schreihälse gepackt und mit einem Arm über die Reling gehalten hatte, mit der sarkastischen Frage, ob er es immer noch wage, ihm das Kommando streitig zu machen. Dies löste einhelliges Gelächter aus, und Duncans Autorität war wieder-hergestellt.

Während ein angegriffener und stark schwitzender Griffiths die Gewichtigkeit ihrer Meldung darzulegen versuchte, studierte Drink-water die anderen in der Kajüte, vor allem Kaptain Fairfax, Duncans Flaggkapitän, und Kapitän William Bligh. Besonders letzterem, dem »*Bounty*-Bligh«, galt seine nur schlecht verhohlene Neugier. Er hatte einen gutgeschnittenen Kopf mit blauen Schatten ums kräftige Kinn, dazu eine hohe Stirn mit schütterem Haaransatz, und trug die grauen Strähnen zu einem Zopf gebunden.

Seine hellbraunen, durchdringenden Augen erinnerten Drinkwater an Dungarth. Nur der Mund unter der geraden, feinziselierten Nase gab dem Gesicht etwas Kleinliches, und die Stimme, die ständig gereizt klang, verstärkte diesen Eindruck noch. Der sechste Mann in der Kajüte war Major Brown, telegraphisch aus London herbeizitiert, der jetzt an dem Hühnerbein kaute, das man ihm bei seiner Ankunft zur Stärkung vorgesetzt hatte.

»Also, mir ist noch nicht klar, warum diesem Santhonax so große

Bedeutung beigemessen wird.« Der Admiral runzelte die Stirn. »Wenn ich Gefahr laufe, meine Schiffe zu verlieren, muß ich mir dann wirklich wegen eines einzigen Mannes den Kopf zerbrechen?«

»Wenn er tatsächlich der Mann ist, für den wir ihn halten«, näselte Bligh, »dann scheint er mir höchst gefährlich zu sein. Dieser Gentleman hier«, Bligh deutete auf Brown, »sieht in ihm den Fremden, der auf einigen der meuternden Schiffe in der Nore beobachtet wurde. In diesem Fall wäre er für mich der schlimmste Aufwiegler in diesem ganzen Nest von Galgenvögeln. Sie verdienen alle den Strick, alle, ohne Ausnahme.«

»Besten Dank, Kapitän Bligh«, sagte Duncan nicht ohne Ironie. »Major Brown?«

Drinkwater kam der Gedanke, daß Brown aus irgendeinem Grunde seine Erläuterungen offenbar immer mit vollem Mund geben mußte; aber er spitzte trotzdem die Ohren.

»Es scheint festzustehen, meine Herren, daß dieser Mann tatsächlich Capitaine Santhonax war, ein französischer Agent mit dem Auftrag, die Nore-Flotte noch weiter anzustacheln. Es gibt auch Berichte, die ihn in Zusammenhang mit der *Culloden*-Affäre erwähnen. Einer der auf *Sandwich* festgehaltenen Offiziere erkannte ihn als den Franzosen, mit dem er letztes Jahr vor Trincomalee Auge in Auge focht; er konnte uns diese Nachricht mit einem Proviantboot zukommen lassen. Außerdem gibt es eine Reihe anderer Berichte«, Brown neigte den Kopf leicht zu Griffiths und Drinkwater hin, »die unser Augenmerk auf ihn lenkten ... Alles spricht dafür, daß er der Drahtzieher hinter Richard Parker war.«

Bligh nickte nachdrücklich. »Und dafür verantwortlich, daß ich mit meinen Offizieren von meinem Schiff verjagt wurde!«

Duncan versuchte immer noch zu beschwichtigen. »Wie dem auch sei, er ist uns entkommen. Also bringt uns das jetzt auch nicht weiter.«

Brown wiegte den Kopf. »Wie mir Kapitän Fairfax sagte, haben Sie die Abgesandten der Meuterer auf ihrem Weg nach Yarmouth abgefangen.«

»Aye, Major, *Rose* hat *Cygnet* vor Orfordness aufgebracht, also brauchen wir mit ihnen hier nicht mehr zu rechnen.«

Verzweifelt blickte sich Drinkwater im Kreis der Gesichter um. Begriff denn hier keiner, was für ihn so klar zutage trat? Er warf Griffiths einen hilfesuchenden Blick zu, aber der Kapitänleutnant schien erschöpft eingedöst zu sein.

»Wenn Sie erlauben, Sir ...« Drinkwater konnte sich nicht länger zurückhalten.

»Ja, was gibt's, äh – Mr. Drinkwater, nicht wahr?« Duncan sah auf.

»Mit Ihrer Erlaubnis, Sir – darf ich anmerken, daß Santhonax meiner Meinung nach in diesem Boot unterwegs nach Holland war?« Er verstummte, eingeschüchtert durch die viele Lametta, die jetzt offenbar zum ersten Mal Notiz von ihm nahm.

»Sprechen Sie weiter, Mr. Drinkwater.« Die Ermutigung kam von Brown, der sich mit leichtem Lächeln vorbeugte.

»Nun ja, Sir«, Drinkwater richtete seine Worte weiterhin beharrlich an den Admiral, »aus allen uns bekannten Tatsachen, einschließlich der Erkenntnisse der Trinity-Yacht über den Vorstoß der einzelnen Fregatte, drängt sich mir der Schluß auf, daß die Nore-Meuterer kurz vor der Desertion stehen. Santhonax war unterwegs nach Holland, um de Winters Schiffe heranzuführen . . .«

»Zur Unterstützung der Überläufer, bei Gott!« Fairfax vollendete den Satz für ihn.

»Genau, Sir«, nickte Drinkwater.

»Aber das stinkt nach Verrat, meine Herren, nach Konspiration mit dem Feind. Nein, das kann ich nicht glauben.« Der Blick des Admirals suchte Bestätigung bei Fairfax, doch dieser sagte mit der vorsichtigen Diplomatie des erfahrenen Flaggkapitäns: »Ihre Gutgläubigkeit, Sir, gereicht Ihnen zur Ehre, aber ich fürchte, Mr. Drinkwater könnte recht haben. Unsere Teerjacken sind nicht immer so gutmütig, wie die Bevölkerung gern glaubt . . .«

Gespannt hingen aller Blicke an dem alten Admiral – bis Browns Stimme dazwischenfuhr.

»Wir haben eine Frau in Maidstone einsitzen, die Mr. Drinkwaters Theorie bestätigen könnte, Sir.«

»Eine Frau! Was, um alles in der Welt, hat eine Frau mit einer Flottenmeuterei zu schaffen?«

»Das, Admiral, möchten auch wir nur zu gerne wissen.«

»Na also. Und was hat diese Frau nun gestanden?«

Brown lächelte. »Sie ist nicht der Typ, der so schnell Geständnisse macht, Sir.«

»Wohl aber der Typ, dem man Mithilfe bei einer Verschwörung zutrauen würde«, warf Drinkwater mit überraschender Heftigkeit ein.

»Sie kennen diese Frau, Mr. Drinkwater?« Die gerunzelten Brauen des Admirals verrieten jetzt Verärgerung. »Hier scheint es um Dinge zu gehen, die Kutteroffizieren bestens geläufig sind, den Oberbefehlshabern der Flotte jedoch vorenthalten werden. Aber Sie, Sir«, er fuhr zu Brown herum, »werden mir jetzt ganz genau sagen, wer und was diese Frau ist, in welcher Verbindung sie zu diesem französischen Agenten steht und was das Ganze mit meinem Nordseegeschwader zu tun hat.«

»*Kestrel* hat diese Mlle. Montholon, die wir jetzt in Gewahrsam halten, aus Frankreich herausgeholt, Sir...« Brown schilderte die Ereignisse von Beaubigny. Drinkwater hörte nur halb zu, ihn beschäftigte mehr, daß Hortense im Gefängnis saß. Also war sein Verdacht schließlich doch bestätigt worden. Er fragte sich, ob Santhonax das wußte, und wenn, ob es für ihn eine große Rolle spielte. Hortense hatte bestimmt kein Geständnis abgelegt, doch wahrscheinlich hatte sie sich in ihrem trotzigen Stolz das eine oder andere unabsichtlich entlocken lassen. Wie Browns Schergen sie wohl gefaßt hatten? Seine Neugier wurde befriedigt, als Brown zum Schluß kam: »...Und deshalb schien es geboten, die junge Dame genauer unter die Lupe zu nehmen. Ein Fall von Juwelendiebstahl führte uns – äh – zu einem Lakai, der im Hause der verwitweten Gräfin Tocqueville diente, und als wir den Wohnsitz durchsuchten, fanden wir eine Anzahl interessanter Dokumente und eine beträchtliche Summe Goldes.« Er nahm einen Schluck Wein und zuckte dann auf typisch gallische Art die Schultern. »Und damit hatten wir sie.«

Duncan schüttelte den Kopf. »Das ist ja alles ganz schrecklich, ganz schrecklich. Sie muß die reinste Teufelin sein...«

»Eine *hwyl*, Sir, sie ist eine *hwyl*, die Männer verhexen kann.«

»Doch nicht die Frau braucht uns jetzt zu beschäftigen, Admiral«, fuhr Brown fort. »Die Gefahr geht von Santhonax aus. Wir sind mit Mr. Drinkwater der Überzeugung, daß er vorhat, die Holländer herbeizuholen. Er war ständig in enger Verbindung mit Parker. Jetzt, da die Meuterei vor dem Kollaps steht, muß de Winter bei erstbester Gelegenheit auslaufen, wenn er sich nicht noch gründlicher hinter Texel eingesperrt sehen will. Falls er aber in die Themsemündung einläuft und die Nore-Flotte mit ihm gemeinsame Sache macht – dann, Sir, brauche ich Ihnen die Folgen nicht zu schildern. Mit einer solchen Streitmacht vor Londons Toren müßten wir die Kanalflotte von der Überwachung Brests abziehen, womit wiederum der Weg nach Irland frei würde – und in der Folge nach West- und Ostindien. Unter welchem Aspekt Sie es auch betrachten, wenn die Holländer auf See sind, ob mit oder ohne Meuterer, dann geraten wir in eine äußerst gefährliche Lage.

Eine entblößte Ostküste und eine Flotte republikanischer Meuterer in der Themse...« Brown hob vielsagend die Hände.

Duncan nickte. »Diese Sorge ist seit Wochen mein ständiger Begleiter. Ich beginne zu begreifen, daß dieser Santhonax eine Lunte am Pulverfaß ist.«

»In welchem Stadium der Einsatzbereitschaft sind Ihre Schiffe, Admiral?« fragte Brown.

»Das, Major, ist eben die Frage.«

In den nächsten Tagen löste sich Admiral Duncans Flotte nach und nach auf. Vor Texel hielt Kapitän Trollope mit *Russell*, einem Linienschiff von 74 Kanonen, unterstützt von einer Handvoll Kutter, Lugger und der einen oder anderen Fregatte, den Anschein einer Blockade aufrecht. Aber fünf von Duncans Linienschiffen setzten sich zur Nore ab.

Am 29. Mai gab Duncan seinen restlichen Schiffen das Signal zum Ankerlichten. Als sie klar von Yarmouth Reede waren, wandte sich eines nach dem anderen nach Südwesten. Und wiederum drei Stunden später verfügte der Admiral nur noch über fünf loyale Schiffe: *Venerable* (74) *Adamant* (50), die beiden kleineren *Trent* und *Circe* sowie *Kestrel*.

So schwierig die Überquerung der Nordsee auch verlief, Drinkwater war trotzdem erleichtert, daß sie nach Texel zurückkehrten. Auch wenn er den zermürbenden Blockadedienst haßte, spürte er doch instinktiv, daß dies im Augenblick der richtige Standort für sie war, trotz ihrer reduzierten Stärke. Auch Brown war dieser Ansicht, denn er hatte nach London telegraphiert und sich dann mit Lord Dungarths Segen auf *Kestrel* eingeschifft.

»Ich glaube, Mr. Drinkwater«, hatte er seinen Schritt begründet, »daß Ihnen die Ehre zukommt, Feuer unter dem Kessel gemacht zu haben; jetzt können wir nur geduldig abwarten, was dabei gargekocht wird.«

Und sie warteten geduldig, denn während der ersten Junitage herrschte Ostwind. De Winters Flotte, bestehend aus vierzehn Linienschiffen, acht Fregatten und 73 Transport- und Versorgungsschiffen, wurde von zwei britischen Linienschiffen, einigen wenigen Fregatten und dem Rest bei Texel festgehalten. Die britischen Schiffe befleißigten sich eines eifrigen Signalverkehrs – in der tükkischen Absicht, den holländischen Beobachtern zu suggerieren, daß draußen auf See und außer Sicht eine große Flotte auf der

Lauer lag und daß sie selbst nur die Vorhut waren.

Aber würden sich die Holländer davon täuschen lassen?

DREIZEHNTES KAPITEL

Juli – Oktober 1797

Ein schändliches Ende

Eine Wasserfontäne stieg vor *Kestrels* Steuerbordbug in die Höhe, als der Kutter im unruhigen Gewässer des Schulpen-Gatts auf den Strand von Kijkduin zustand.

»Heute haben sie die berittene Artillerie aufgeboten, Mr. Drinkwater«, sagte Major Brown aus dem Mundwinkel, während beide Männer durch ihre Ferngläser starrten.

Drinkwater sah, daß die Offiziersgruppe am Strand sie beobachtete. Einer war abgestiegen und kniete im Sand, spähte durch ein riesiges, auf der Schulter einer Ordonnanz ruhendes Feldglas.

»Der Mann im braunen Mantel – kennen Sie ihn?«

Drinkwater schwenkte das Glas, bis er das Gesicht des Mannes in der Linse hatte, aber es sagte ihm nichts. »Nein, Sir.«

»Das«, sagte Brown mit Betonung, »das ist Wolfe Tone ...«

Drinkwater sah noch einmal hin. Aber er konnte nichts Bemerkenswertes an dem irischen Poeten entdecken, der als Verräter galt. *Kestrel* stampfte näher heran, und Drinkwater wandte sich um, den Rudergängern zuzurufen, daß sie einen Strich abhalten sollten. »Na, dann wollen wir mal den üblichen Salut schießen.«

»Ja – nein! Warten Sie! Sehen Sie sich den Mann neben Tone an.« Browns Stimme klang erregt, und Drinkwater hob abermals das Glas, um die hochgewachsene Gestalt zu mustern, die hinter einem Pferd hervorgetreten war. Selbst auf diese Entfernung erkannte er Santhonax, angetan mit einer prunkvollen blau-goldenen Marineuniform. Drinkwater glaubte seinen Blick zu spüren, über die Viertelmeile brechender Brandung und überspülten gelben Sandes hinweg. Er ließ das Glas sinken und sah Brown an. »Santhonax.«

Brown nickte. »Also hatten Sie recht, Mr. Drinkwater. Und jetzt den Salut.«

Drinkwater gab Traveller vorn einen Wink. Der Vierpfünder

brüllte, und die britischen Seeleute jubelten, als die Kugel zwischen den Offizieren einschlug. Die Pferde bäumten sich erschrcckt auf, eines stürzte.

»An die Vorsegelschoten! Klar zur Halse! Ziehen Sie den Kopf ein, Major!« rief Drinkwater Brown zu, der auf Kanone 11 geklettert war, um den Einschlag der Kugel zu beobachten. »Ruder in Luv! Hol dicht die Großschot, sinnig! Sinnig!«

Kestrel hielt von Land ab, als das Feldgeschütz noch einmal bellte. Die Kugel durchschlug das achtere Schanzkleid und fuhr zwischen den beiden Rudergängern durch. Der Luftzug warf sie an Deck, wo sie um Atem ringend liegenblieben, so daß Drinkwater an die Pinne sprang. Dann wandte der Kutter dem Strand das Heck zu und halste mit knarrenden Spieren und schlagenden Segeln. »Backbord-Stengetalje!« Männer trampelten mit der großen Talje nach achtern und belegten sie, die Schoten wurden getrimmt, und *Kestrel* ging wieder auf Kurs, hinaus aus dem Schulpen-Gatt und durch den Haakagronden auf See, wo Duncan ihren Bericht erwartete.

Der Admiral stand auf *Venerables* Achterdeck, als Drinkwater die Jakobsleiter emporkletterte. Er salutierte und erstattete Meldung. Der Admiral nickte. »Und wie geht es Leutnant Griffiths heute?« fragte er.

Drinkwater schüttelte den Kopf. »Der Arzt hat die ganze Nacht bei ihm gewacht, Sir, aber es ist keine Besserung festzustellen. Das ist der schlimmste Anfall, seit ich ihn kenne, Sir.«

Wieder nickte Duncan. »Und er bleibt dabei, daß er nicht abgelöst werden will?«

»Aye, Sir.«

»Also gut, Mr. Drinkwater. Kehren Sie an Bord zurück.«

Duncan befand sich in der Ausnahmesituation eines Admirals fast ohne Schiffe und war gezwungen, umsichtig vorzugehen. Er wollte weder eingearbeitete Offiziere versetzen noch die empfindlichen Loyalitäten in seinem jämmerlich kleinen Geschwader gefährden. Griffiths, den er kannte, hatte ihm die großen Fähigkeiten seines Segelmeisters geschildert, und in der Zwischenzeit hatte er sich selbst von Drinkwaters Können überzeugt.

Als die Ostwindlage nach einer Woche zu Ende ging und damit die größte Gefahr überstanden schien, bekam Duncan Verstärkung: Sir Roger Curtis traf mit einigen Einheiten der Kanalflotte ein. *Glatton*, der umgerüstete Ostindienfahrer, der seltsamerweise nur mit Karronaden bestückt war, hatte gemeutert und war zu den Downs gesegelt, wo sich die Wogen geglättet hatten. Dort beschloß die Besatzung, ihrem Admiral doch die Treue zu halten, worauf das Schiff zum Geschwader zurückkehrte. Auch von woanders tauchten einzelne Schiffe auf, und das meiste Aufsehen erregte ein russisches Geschwader unter Admiral Hanikow. Dann brach Ende Juni die Meuterei in der Nore-Flotte zusammen, und Duncans Schiffe kehrten zurück. Zu seiner alten Sollstärke angewachsen, konnte das Nordseegeschwader Duncans die Blockade auch während der nächsten Ostwindperiode Anfang Juli aufrechterhalten.

Kestrel absolvierte ihre täglichen Patrouillen, während Griffiths fiebernd in seiner Koje lag, von Appleby wie von einer Glucke umsorgt. Von Santhonax sahen sie nichts mehr, und die Holländer unternahmen immer noch keinen Ausbruchsversuch. Major Brown fand den Gang der Dinge immer irritierender. Santhonax hatte sein Pulver verschossen. Trotzdem war die Meuterei zusammengebrochen, der Franzose hatte versagt, so wie er auch auf der *Culloden* versagt hatte. Und jetzt, falls er sich immer noch auf Texel aufhielt, schien er auch bei de Winter keinen Erfolg zu haben.

Brown seufzte. »Ein Mann der Tat, Mr. Drinkwater, kann nicht lange untätig auf dem Hintern sitzen. Diese Blockade ist für mich der Inbegriff der Langeweile.«

Drinkwater lächelte ihn über seinem Kaffeebecher an. »Sie würden anderer Meinung werden, Sir, wenn Sie ein Schiff führen müßten. Für uns ist es eine anstrengende Beschäftigung, die ständige Wachsamkeit erfordert.«

»Na, meinetwegen«, gestand Brown ihm übellaunig zu. »Aber ich habe das Gefühl, daß de Winter sich nicht rühren wird. Wenn wir dem Admiral das nächste Mal Meldung erstatten, werde ich auf das Flaggschiff überwechseln und mit dem ersten Kurier, der nach Yarmouth abgeht, verschwinden. Nein, Mr. Drinkwater, hier tut sich nichts mehr.«

»Tja, Sir«, Drinkwater erhob sich und griff nach seinem Hut, »vielleicht dauert eben alles etwas länger, als Sie erwartet haben.«

Major Brown starrte dem jüngeren Mann nach und fragte sich, ob seine letzte Bemerkung auf Impertinenz oder Hellsicht beruhte. Pikiert über Drinkwaters mangelnden Respekt für einen Major Seiner Majestät Leibgarde, wußte er trotzdem, daß der Mann nicht dumm war, ganz im Gegenteil. Das Dinner in der »Fountain« fiel ihm wieder ein und Drinkwaters Beharrlichkeit, mit der er die Überzeugung vertreten hatte, daß die Fundsachen auf der *Citoyenne Janine* –

Uniform, Karten, Briefe und Geld – auf ein Geheimnis deuteten. Außerdem fiel ihm wieder ein, daß er über seine Entdeckungen in Tunbridge Wells alles andere als freimütig gesprochen hatte.

Zwar stimmte seine Auskunft gegenüber Lord Dungarth, daß er dort nichts *gefunden* hatte; aber wo der Wolf geschlafen hat, riecht das Gras, soviel hatte er von den Irokesen gelernt. Längst zweifelte er nicht mehr daran, daß Santhonax häufig in Tunbridge Wells schlief, und zwar unter beneidenswerten Umständen. Daß er sich als Schlupfwinkel eine schöne Frau ausgesucht hatte, war typisch französisch; möglicherweise hatte er sie sogar zur Flucht nach England überredet. Wenn nicht, hatte er aus ihrem Exil jedenfalls die größten Vorteile für sich gezogen.

Doch all das konnte Brown Lord Dungarth nicht im Beisein der beiden *Kestrel*-Offiziere mitteilen. Er hatte eine Falle gelegt, und bis Santhonax ihm nicht hineinging, schwieg der Jäger darüber. Auch das hatte er von den bemalten Kriegern der Sechs Stämme gelernt.

Ob Dungarth einiges davon erraten hatte, weil er eine Überwachung des Wohnsitzes der gräflichen Witwe angeordnet hatte, spielte jetzt auch keine Rolle mehr. Santhonax war Brown entkommen, genauso wie Brown in Paris Santhonax entkommen war.

Die Erinnerung an die Umstände damals brachte Brown ins Grübeln. Hatte das Mädchen ihn entdeckt? So wie er sie am Arm ihres stattlichen Geliebten in Marineuniform gesehen hatte, seinerzeit in Paris, konnte auch sie ihn irgendwann während der Verhandlungen mit Barallier und de Tocqueville gesehen haben. Auch Etienne Montholon hatte von den Vereinbarungen gewußt. Er versuchte sich daran zu erinnern, ob er ihr während seiner Zeit als Santhonax' Schreiber im Marineministerium begegnet war. Er zuckte die Schultern. Möglich war alles . . .

Santhonax war vor ihm bei Beaubigny gewesen, hätte *Kestrel* ohne Madocs gekonnte Seemanschaft und die schnelle Rettungsaktion des jungen Drinkwater beinahe abgefangen. Hatte dieser also recht, bearbeitete Santhonax de Winter immer noch, er solle auslaufen? Brown wußte, wie skrupellos Santhonax sein konnte, und war auch überzeugt, daß er den Grafen Tocqueville hatte ermorden lassen, vor allem, weil er ihm den Zugang zu Hortenses Bett versperrte. Und der Kommandeur der in Roscoff stationierten Marine-Einheiten war dafür füsiliert worden, daß er die *Citoyenne Janine* zur Verstärkung seines Konvois mißbraucht hatte. Von Santhonax' Lugger hätte er eben die Finger lassen müssen. Brown war sich über all das im klaren, und es verstärkte noch seine Frustration über die erzwungene Untätigkeit, die dringend angeratene Vorsicht.

Hielt Santhonax sich nach wie vor in Texel auf? Hatte Drinkwater recht? Brannte die Lunte immer noch, hier vor dem Haakagronden? Sperrte sich de Winter nur gegen französischen Druck?

»Möglich wäre es«, murmelte Brown. »Und es gibt nur einen Weg, es herauszufinden.«

Der Major schauderte, als sei gerade jemand über sein Grab gegangen.

Drinkwater war sehr müde. Der regelmäßige Schlag der Bootsriemen übte jetzt, da sie im ruhigeren Wasser des Seegatts von Texel waren, eine einschläfernde Wirkung auf ihn aus. Hinter ihnen zog sich in der Nacht der weite, strandhaferbewachsene Dünenbogen bis nach Kijkduin und zum Schulpen-Gatt hin, wo *Kestrel* vor Anker lag. Sie hatten lange auf den Schutz der Dunkelheit warten müssen und standen jetzt unter Zeitdruck. Drinkwater legte die Pinne leicht nach Backbord, um dem Strandverlauf nach Osten zu folgen. Als er das Boot wieder ausrichtete, wurde er sich erneut der platzgreifenden Gestalt neben sich bewußt: Major Brown, in einen Umhang gehüllt, unter dem er eine kleine Tasche mit Vorräten verbarg.

Brown hatte darauf bestanden, an Land gebracht zu werden, und der kranke Griffiths konnte ihm diese Idee, die er für ein hoffnungsloses Unterfangen hielt, nicht ausreden. Nicht daß er an Browns Tüchtigkeit zweifelte, aber ihm schien es ein Akt der Verzweiflung, auf diese Art mehr über de Winters Pläne in Erfahrung bringen zu wollen. Deshalb hatte Griffiths verfügt, daß wenigstens Drinkwater selbst den Agenten an Land bringen sollte. Schiffszimmermann Johnson hatte ein Paar Holzschuhe beigesteuert, sorgfältig abgestoßen und beschmutzt, und Brown verkleidete sich mit Hilfe abgelegter Seemannsplünnen als schlampiger, stinkender Fischer.

Drinkwater legte Kurs auf den Strand und gab flüsternd Befehl, die Riemen aufzunehmen. Seine Männer gehorchten, und gleich danach lief das Boot sanft auf. Brown warf den Umhang ab und kroch geduckt zwischen den Bootsgasten nach vorn. Drinkwater folgte ihm, denn er wollte eine Landmarke suchen, an der sie beide diese Stelle später wiedererkennen konnten. Sie fanden einige Fischerstaken, die ihnen für den Zweck ausreichend schienen.

»Dann gehe ich jetzt, Mr. Drinkwater.« Brown schulterte seine Tasche und streckte Drinkwater überraschenderweise zum Abschied die etwas unsichere Rechte hin. »Bis in zwei Tagen dann. Wünschen Sie mir Glück... Ich kann nicht holländisch sprechen.«

Als er sich abwandte, fiel Drinkwater auf, daß die Selbstsicherheit aus seinen Bewegungen verschwunden, sein Schritt zögernd war. Aber dann verwarf er seine Besorgnis als weibisch. Das Gehen in ungewohnten Holzschuhen war schon schwierig genug und im weichen Sand beinahe unmöglich.

Am Nachmittag des Tages, an dessen Ende sie Major Brown abholen sollten, stand *Kestrel* mit der Tide auf einer ihrer routinemäßigen Patrouillen ins Schulpen-Gatt hinein. Als die über die Dünen ragenden Mastspitzen der holländischen Flotte wieder einmal gezählt waren, nicht zu vergessen die Suche nach anderen Anzeichen, wie weit de Winter mit seinen Vorbereitungen zum Ausbruch gediehen war – an dem alle bis auf Drinkwater mittlerweile ernsthaft zweifelten –, wandte sich der Kutter wieder seewärts, um bis zum Treffen mit dem Agenten draußen zu kreuzen.

Als sie vor der Festungsbatterie von Kijkduin standen, blickte Drinkwater wie immer prüfend zum Strand. Drüben wurden sie von der gewohnten Gruppe aus Offizieren und Ordonnanzen beobachtet. Dann schwenkte Drinkwater das Teleskop weiter und fing in seinem tanzenden Kreis den Brustwall der Festung ein. Da sah er etwas, das sein Blut gefrieren ließ.

Über den Schießscharten war ein neues Gerüst errichtet worden, dunkel vor dem blauen Himmel und drohend in seiner finsteren Bedeutung: ein Galgen. Und am Strick hing, unverkennbar in den verschossenen blauen Kleidern aus *Kestrels* Rumpelkammer, die Leiche von Major Brown.

Drinkwater ließ das Glas sinken und rief nach Jessup. Der Bootsmann bemerkte beim Näherkommen den kalten Glanz in Drinkwaters Augen. »Sir?«

»Sehen Sie nach, ob der Kommandant imstande ist, an Deck zu kommen.« Drinkwaters Stimme klang so eisern beherrscht wie die eines Mannes, der nur sprach, weil er mußte, und lieber geweint hätte.

»Nat, was soll das, zum Teufel...?« Protestierend erschien Appleby im Niedergang.

»Sei still, Harry!« schnauzte ihn Drinkwater an, den Blick auf Griffiths gerichtet, der dem Arzt mit flatterndem Nachtgewand gefolgt war.

Wortlos reichte Drinkwater seinem Kommandanten das Teleskop

und deutete zur befestigten Batterie. Noch während er das Gesicht des Kapitänleutnants beobachtete, hörte er den dumpfen Abschuß einer Kanone übers Wasser rollen. Den Einschlag der Kugel sah er nicht, nur das gefurchte und jetzt noch fahlere Gesicht des Walisers. Als er Drinkwater das Glas zurückgab, sprach auch er, als würde er gewürgt.

»Das war unser Freund Santhonax, Mr. Drinkwater. Lassen Sie sofort wenden.« Er wandte sich ab. »Also ist dieser gottverfluchte Hund immer noch hier«, murmelte er.

Drinkwater gab seine Befehle und sah Griffiths nach, der zum Niedergang taumelte. Jetzt merkte man ihm sein Alter an, er wirkte abgezehrt und zerbrechlich. Wieder feuerten die Franzosen, rundum spritzte das Wasser auf, und eine Kugel schlug in den Rumpf. Vor dem Wind, das Heck dem Galgen zugekehrt, liefen sie nach Süden ab, und Drinkwater glaubte, das Knarren des Stricks und das Hohngelächter der Kanoniere zu hören, die unter ihrer gräßlichen Siegestrophäe schwitzten, um ihnen Schuß auf Schuß nachzujagen.

Major Browns Tod war ein schlimmer Schlag für *Kestrel*. Der von Geheimnissen umwitterte Gardeoffizier hatte fast schon zur Mannschaft gehört; ohne ihn wirkte die überfüllte Kajüte seltsam leer. Für Madoc Griffiths, den eine lange Freundschaft mit Brown verbunden hatte, bedeutete sein Tod einen ganz persönlichen Verlust. In ihrem zwielichtigen Beruf entwickelten sich manchmal seltsame, aber starke Bindungen.

»In Wirklichkeit hieß er gar nicht Brown«, hatte Griffiths gemurmelt, und das war schon der ganze Nachruf, den der Major jemals bekam.

Sein Tod hatte offenbar die Lunte gelöscht, deren Brenndauer ihm so wichtig gewesen war. Welcher Erfolge sich Santhonax auch sonst brüsten mochte, für die britischen Beobachter stand fest, er hatte de Winter nicht zum Ausbruch überreden können.

Trotzdem blieb Duncan – und auf anderer Ebene auch Drinkwater – bei der Überzeugung, daß die Holländer immer noch zuschlagen konnten. Oder zumindest daran gehindert werden mußten, es zu versuchen. So wurde die Blockade aufrechterhalten und zermürbte Besatzungen und Schiffe, während der Sommer langsam in den Herbst überging. Beträchtliche Zeit verbrachten die Kriegsschiffe vor Anker, zwischendurch liefen sie immer wieder zu Patrouillen aus oder suchten Zuflucht vor Yarmouth, wenn das Wetter zu rauh wurde. Vom westlichen Haakagronden aus hielten die Fregatten *Beaulieu* und

Circe sowie die Slup *Martin* Signalverbindung zwischen dem Admiral und der kleinen Schar Kommandanten an vorderster Front, die mit ihren Kuttern und Luggern in den Baljen des Haakagronden operierten.

Die Kutter *Rose, King George, Diligent, Active* und *Kestrel* blieben viele Wochen lang auf Posten, unterstützt von den Luggern *Black Joke* und *Speculator.* Sie überwachten die Fahrrinnen, fungierten als Flottentender oder Kurierschiffe – ein anstrengender Dienst, bei dem sich kein Ende abzeichnete. Routinemäßig zählten sie die Mastspitzen des Feindes, versuchten sich darüber klarzuwerden, auf welchen Schiffen die Maststengen aufgeriggt und die Rahen angeschlagen waren, ständig in Sorge über Untiefen, Tidenstand oder einen plötzlichen ungünstigen Windwechsel, der sie in Reichweite eines holländischen Feldgeschützes oder einer ganzen Batterie festhalten konnte.

Griffiths erholte sich allmählich von seiner Malaria und übernahm wieder *Kestrels* Führung. Aber die Holländer kamen nicht. Im Lauf der Wochen wurde aus gespannter Erwartung Ärger und schließlich gereizter Groll. Mit der Zeit verschlechterte sich die Verpflegung, und die Offiziere, seit der großen Meuterei mißtrauisch, beobachteten ihre Besatzungen mit Argusaugen. Die Disziplin wurde zunächst fast unmerklich, dann immer fühlbarer verschärft, und in den Zwischendecks begann man einen Rückfall in die »alten Zeiten« zu fürchten. In kleinlichem Streit und Haß erstickte der solidarische Triumph der Rebellion. Die Seeleute erinnerten sich daran, daß es nach Unterdrückung der Nore-Meuterei Hinrichtungen gegeben hatte, daß ihnen immer noch keine größeren Freiheiten gewährt wurden, daß die Zahlmeister nicht großzügiger geworden waren und der Sold nicht pünktlicher ausgezahlt wurde.

Anfang September verschlechterte sich das Wetter, und der Admiral beschloß nach einer gründlichen Bestandsaufnahme seines Geschwaders, zur Überholung nach Yarmouth zurückzukehren, dort neue Vorräte zu übernehmen und die Kranken auszuschiffen. Denn zu allem Überfluß war Skorbut ausgebrochen und machte das Verweilen auf See endgültig unmöglich. Doch in seiner undichten Kajüte auf *Venerable* quälte Duncan nach wie vor der Gedanke, die Holländer könnten seine Abwesenheit nutzen und nach so langem Stillhalten doch noch auslaufen.

An die Luvwanten geklammert, die Füße gegen die wütenden Attakken des Weststurms fest an Deck gestemmt, spähte Drinkwater in die tobende Finsternis. Mit abgefierten Mittelschwertern und hart wegge- refft kreuzte *Kestrel* nach Nordwest aus dem Molen-Gatt, kämpfte um jeden Meter Luvraum und damit ums Überleben. Irgendwo im Süden, jenseits der gegen den Haakagronden anstürmenden Brandung, muß- te jetzt *Diligent* aus dem Schulpen-Gatt knüppeln, während *Rose* schon längst das West-Gatt verlassen haben sollte. Drinkwater rieb sich die vom Salz der stechenden Gischt entzündeten Augen. Der Wind war so stark, daß er nicht direkt nach Luv blicken konnte. Er hatte gehofft, ein Licht von *Circe* auszumachen, doch konnte er nicht mehr erkennen als gerade noch die nächste See, die sich an Backbord vor ihnen auftürmte, während der Sturm ihren hellen Kamm in Fetzen riß.

Kestrels langer Bugspriet bohrte sich in den Abhang aus schwarzem Wasser, das sich bis an die unteren Sülls der Stückpforten hob und weiß übers Schanzkleid einstieg; aber grünes Wasser kam nicht an Bord. Daß sich der Kutter bei dieser enormen See so gut behauptete, erfüllte Drinkwater plötzlich mit trotziger Genugtuung. Auch in den schlimmsten Momenten, wenn ihnen nichts blieb, als sich festzuklam- mern und der Kunst der Schiffbauer von Wivenhoe zu vertrauen, hatte er sie nie im Stich gelassen.

Er gab es auf und hangelte sich vorsichtig nach achtern, während ihm der Sturm den weiten Ölmantel um die Beine peitschte. Nach einem Blick auf den Kompaß sicherte er sich an der Backbordpardu- ne, indem er sich ihr Ende um die Taille knotete.

Tregembo erschien, das Gesicht ein verwischter heller Fleck in der Nacht. »Sie haben nach mir geschickt, Sir?«

»Aye, Tregembo. Wir sollten gelegentlich loten, wenn du es schaffen kannst.« Er fühlte, daß der Mann aus Cornwall grinste.

Aber heute nacht durften sie wirklich nicht auf Grund geraten.

Drinkwater drückte sich an das dicke Stag und spürte, wie es im Einklang mit dem Rumpf vibrierte. Das ließ ihn eins werden mit dem Kutter, gab ihm die Kraft, das wilde Heulen des Sturms zu ignorieren und wenigstens eine Weile den Anblick Browns am Galgen zu vergessen.

Die beiden Rudergänger an der Pinne wurden abgelöst und reckten nach der harten Anstrengung erleichtert die Arme. Dann suchten sie Schutz unter der Lee-Gig. Eine See krachte gegen die Bordwand und fegte über Schanzkleid und Deck, schäumte weiß über die Planken und brach sich wirbelnd an den Decksbeschlägen. Allmählich mußten sie das Molen-Gatt hinter sich haben und den relativen Schutz des Haakagronden verlassen.

Wieder spähte Drinkwater nach Luv, ob ein Licht von der Fregatte zu sehen war. Nichts.

Bei diesem Wetter liefen die Holländer bestimmt nicht aus. Aber es würde eine lange Nacht für ihre britischen Bewacher werden, lang, hart und nicht gerade ruhmreich, denn der Kampf mit den Naturgewalten brachte keinen Lorbeer.

Um zehn Uhr vormittags stießen sie zum Flaggschiff. Der Sturm hatte seinen Höhepunkt erreicht, tiefhängende Wolken jagten drohend über den Himmel und reduzierten die Sicht auf den eintönigen Umkreis grauer, weiß marmorierter Wellenberge, deren Gischt sich mit der Bewölkung zu mischen schien. Hin und wieder tauchten aus dem tobenden Einerlei gereffte Rahsegel oder dunkle Rümpfe auf, über deren Bordwände Wasserkaskaden strömten – mehr war von den Blockadeschiffen nicht zu sehen. Selbst die blauen Farbflecken der Nationalflaggen verschwammen mit dem Grau von See und Himmel.

Kestrel hüpfte wie ein Korken in Lee von *Venerables* Achterschiff, oder so sah es jedenfalls für die Offiziere des Flaggschiffs aus; der Admiral ließ seine neuen Befehle in einem Fäßchen wasserdicht versiegeln und in die See werfen.

Es brauchte Griffiths' ganzes Können, im Kielwasser des Flaggschiffs so zu manövrieren, daß sie das Fäßchen auffischen konnten. »Order für die Flotte, Mr. Drinkwater. Mit Ausnahme von *Russell, Adamant, Beaulieu, Circe, Martin, Black Joke* und zwei Kuttern sollen alle nach Yarmouth zurückkehren.«

»Und wir haben den Befehl zu übermitteln?«

Griffiths nickte.

»Geht klar, Sir, wir fallen sofort ab.«

Als Zeichen, daß sie ihre Anweisungen verstanden hatte, dippte *Kestrel* die Nationale und machte sich auf den Weg.

Als sie auf Kurs waren, trat Drinkwater wieder zu Griffiths. »Und wir, Sir?«

»*Active* und *Diligent* bleiben, der Rest geht ebenfalls nach Yarmouth.«

Drinkwater nickte. Aber das Bewußtsein nagte an ihm, daß sie vor Texel noch eine Rechnung zu begleiten hatten. Er sah Griffiths an, der schweigend seinen Blick festhielt. Sie dachten wohl beide an die verwesende Leiche ihres Freundes.

Vor dem Wind stießen sie auf Vizeadmiral Onslows *Monarch*

herab, übermittelten die Nachricht und segelten dann an der Reihe Schiffe vorbei, die Onslows Geschwader bildeten: die Linienschiffe dritter Klasse *Powerful*, *Montagu* und *Russell* und die mit ihren 64 Kanonen kleineren *Veteran* und *Angicourt* sowie Kapitän Blighs *Director*. Als nächste verständigten sie die abgewirtschaftete alte *Adamant*, die vor Texel so tapfer Duncans Täuschung aufrechthielt. Sie fanden auch *Circe* und *Beaulieu*; die beiden Lugger hingen an ihren Fregatten wie Kinder an Mutters Rock. Es wurde dunkel, ehe sie zu *Venerable* zurückkehren und ein Blaufeuer abbrennen konnten, als Vollzugsmeldung an den Admiral.

Drinkwater tappte unter Deck, warf sich in der Kajüte in eine Sofaecke und nahm dankbar von Merrick eine Schüssel Grütze entgegen. Mehr hatte er bei diesem Wetter auf dem Kombüsenherd nicht wärmen können, aber Drinkwater schmeckte die simple Weizengrütze mit Sirup hervorragend; er schlang sie hinunter, war sich aber bewußt, daß Appleby lauernd an der Tür stand.

»Warten Sie auf mich, Harry?« fragte er und nickte Traveller zu, der ebenfalls auf der Suche nach einem warmen Bissen in die Kajüte geschlingert kam.

Appleby nickte. »Auf ein Wort, Nat, wenn Sie einen Augenblick Zeit haben...« Am Ärmel zog er ihn in seine Kammer.

»Bei Gott, das war 'ne feine Grütze... He, Merrick, gibt's noch mehr davon?« Eben erst ausgehungert unter Deck gekommen, fand Drinkwater den Arzt lästig.

»Nat, es ist wichtig und dauert nicht lange. Aber als Sie und Griffiths oben beschäftigt waren, habe ich unter den Männern eine wachsende Unruhe festgestellt... Nichts, worauf man den Finger legen könnte, aber dieser sinnlose Blockadedienst zu einer Jahreszeit, in der kein Holländer in die Nordsee auslaufen wird, wenn er nicht lebensmüde ist, nimmt die Männer schrecklich mit. Nein, schieben Sie mich nicht als alten, wichtigtuerischen Schwarzseher beiseite. Ich weiß die Blicke zu deuten, die heimlichen Bemerkungen, die Sätze, die bei meinem Erscheinen abgebrochen werden. Verdammt noch mal, Nat, Sie kennen die Symptome...«

»Aber nicht doch, Harry. Jetzt, da wir nach Yarmouth zurückkehren, haben sie was Besseres zu tun als zu meutern.« Drinkwater verkniff sich eine ätzende Bemerkung über Applebys Verfolgungswahn. Blockadedienst in kleinen Fahrzeugen ging allen auf die Nerven, und zweifellos hatte Appleby die daraus erwachsende Unzufriedenheit mißdeutet. »Welcher Seemann schimpft nicht dauernd,

Harry? Sie machen sich unnötig Sorgen, denken Sie nicht mehr daran...«

Ein plötzliches Krachen draußen ließ die Wände der Kammer erzittern. Ein Strom walisischer Flüche, gemischt mit angelsächsischen Füllwörtern, beendete ihr Gespräch. Appleby riß die Tür auf und starrte auf Leutnant Griffiths nieder, der unbeholfen am Fuß der Niedergangsleiter lag, das Gesicht im Schmerz verzogen.

»Mein Bein, Doktor... Verdammt, ich habe mir das Bein gebrochen!«

VIERZEHNTES KAPITEL

5. – 7. Oktober 1797

Ausgebootet

»Werden Sie mit dem Kutter fertig, Mr. Drinkwater?«

Drinkwater betrachtete den Admiral, er wirkte müde, zermürbt von seiner großen Verantwortung. »Ganz bestimmt, Sir«, antwortete er.

»Also gut. Ich lasse Ihnen sofort eine Interimsbestallung ausfertigen. Sie waren schon einmal Kommandant auf Zeit, nicht wahr?«

»Jawohl, Sir. Schon zweimal.«

Duncan nickte. »Gut. Wenn Sie Ihre Aufgabe zu meiner Zufriedenheit bewältigen, werde ich dafür sorgen, daß Ihre Bestallung zum Kapitänleutnant ohne weitere Verzögerung bestätigt wird... Und jetzt nehmen Sie einen Augenblick Platz.« Duncan läutete, und sein Steward betrat die Kajüte.

»Sir?«

»Bitten Sie Sekretär Knapton zu mir. Und eine Empfehlung an Kapitän Fairfax, er möchte sich mit Seiner Lordschaft zu mir bemühen.« Duncan wandte sich wieder an Drinkwater. »Es kann nicht schaden, wenn Sie wissen, was vorgeht, da Sie auf vorgeschobenem Posten stehen werden. Gehörten Sie nicht der Prisenbesatzung an, die im Jahr '80 die erbeutete *Santa Teresa* nach Gibraltar hineinbrachte?«

»Jawohl, Sir. Kommandant war Leutnant Devaux, der jetzige Lord Dungarth.«

»Aye, jetzt erinnere ich mich auch wieder an Sie. Und hier ist Seine Lordschaft.« Duncan erhob sich mit eingezogenem Kopf, denn die Decke war niedrig, und winkte die Neuankömmlinge auf zwei Stühle. Drinkwater bemühte sich, sein Erstaunen über das unvermutete Auftauchen des Grafen mit einer Verbeugung zu kaschieren. Danach blieb er stehen, bis der Admiral auch ihn zum Sitzen aufforderte.

»Nun also, meine Herren, Mr. Drinkwater bleibt hier, denn er soll ins Bild gesetzt werden über unser Beratungsergebnis und seinen Inhalt an Trollope übermitteln. Ich habe ihn zum Kommandant auf Zeit ernannt. Und nun, Mylord, was haben Sie uns zu sagen?«

»Sie haben eine gute Wahl getroffen, Admiral.« Dungarth lächelte Drinkwater an. »Also – wann können Sie wieder auslaufen?«

Der alte Admiral fuhr sich mit der Hand übers Gesicht. »Ich brauche unbedingt noch ein paar Tage, um meine Besatzungen aufzufüllen. Ja, was gibt's?« unterbrach er sich, weil es geklopft hatte. Ein großer Mann mit verdrießlichem Gesicht betrat die Kajüte. »Ah, da sind Sie, Richard, treten Sie näher. Fairfax hier kennen Sie natürlich, und dies ist Lord Dungarth von der Admiralität in London . . .« Onslows Brauen hoben sich. »Und dies Leutnant Drinkwater von *Kestrel*.«

Drinkwater erhob sich. »Ihr Diener, Sir.«

»Was ist Griffiths zugestoßen?«

Duncan antwortete. »Hat sich das Bein gebrochen, und ich habe Drinkwater befördert, er kennt die Crew, und ich halte nichts von Bäumchen-wechsel-dich-Spielen mit anderen Offizieren auf fremden Schiffen, wenn die Lage so heikel ist wie jetzt . . .« Bedeutsam sah er Onslow an, der ihm nickend beipflichtete. Drinkwater begriff, daß es zweifellos ein Dutzend Fähnriche gab, die mehr Anspruch auf *Kestrels* Kommando zu haben glaubten als er.

»Meinen Glückwunsch, Mr. Drinkwater«, sagte Onslow. »Kennen Sie Psalm 75? Nein? ›Das Gericht kommt weder vom Aufgang noch vom Niedergang, noch von der Wüste oder den Bergen. Vielmehr ist Gott der Richter. Den einen erniedrigt er, den anderen erhöht er‹.«

Die Anwesenden schmunzelten, denn sie kannten Onslows Bibelfestigkeit und wußten, daß seine Signalfähnriche neben Kempenfelts Code stets auch eine Heilige Schrift bereithielten.

»Sehr passend. Aber jetzt zur Sache. Mylord?«

»Nun also, meine Herren, seit dem bedauerlichen Verlust von Major Brown«, Dungarth machte eine Pause, während der Schatten des Todes über die gesenkten Köpfe seiner Zuhörer glitt, »habe ich von unseren Leuten in Paris gehört, daß Capitaine Santhonax dort gesehen wurde. Er blieb jedoch nicht lange und tauchte im letzten Monat in Den Haag auf. Man nimmt mit Sicherheit an, daß er inzwischen wieder de Winter auf Texel im Nacken sitzt. Wir waren der Ansicht, daß die Franzosen seit dem Tod von General Hoche die Lust zu einem zweiten Landungsversuch in Irland verloren haben. Aber Österreich hat in Leoben eine Vereinbarung mit diesem neuen General Bonaparte geschlossen, deshalb werden französische Truppen für andere Unternehmungen frei.« Er nahm von Knapton ein Glas Wein entgegen, der mit silbernem Tablett die Runde machte.

»Die meisten von Ihnen haben vom Überfall des Direktoriums auf Fishguard im letzten Februar gehört. Er stand unter amerikanischer Führung...« Ein verärgertes Gemurmel stieg von der Gruppe auf. »Obwohl er ein totaler Mißerfolg wurde, zeigte er doch dem Direktorium, daß es durchaus möglich ist, auf Englands Boden zu landen.

Ob das Ziel Irland oder England sein wird, können wir nicht sagen. Jedenfalls ist gewiß, daß Santhonax als verlängerter Arm des Direktoriums auf de Winter großen Druck ausüben wird. Wenn er Ausflüchte macht, wird er seines Postens enthoben werden und mehr verlieren als seine Admiralsflagge. Jan de Winter ist zwar ein überzeugter Republikaner, aber vor allem Berufssoldat. Santhonax muß ihn zum Handeln wider bessere Einsicht bewegen, aber am Ende *wird er ausbrechen*, und Sie, meine Herren, *müssen ihn aufhalten*. Seine Vereinigung mit den Geschwadern aus Brest würde für uns an allen Fronten eine Katastrophe bedeuten.«

Als Dungarth schwieg, war in der bedrückten Stille nur verlegenes Füßescharren zu hören. Die bunt zusammengewürfelten Schiffe des Nordseegeschwaders ließen sich mit den kampfstarken Einheiten der Kanalflotte bei weitem nicht vergleichen, die ja nicht umsonst die »Grand Fleet« hieß.

»Wir brauchen noch ein paar Tage.« Duncans Blick heischte Unterstützung von Onslow.

»Das stimmt, Adam. Sie werden der Regierung sagen müssen, Mylord, daß wir noch etwas Zeit benötigen. Dieses Geschwader ist in schlechter Verfassung. Sehen Sie dort, selbst der Oberbefehlshaber muß sich mit solchen Dingen abfinden...« Onslow wies auf einige strategisch verteilte Eimer in Duncans Kajüte, in denen sich das von der undichten Decke tropfende Wasser sammelte.

Drinkwater hörte dem Gespräch nur mit halbem Ohr zu, ihn beschäftigten vor allem die Neuigkeiten, die sie von Dungarth erfahren hatten. Also hatte ihn sein Instinkt nicht getrogen, Texel war immer noch ein heißes Eisen für die Briten – und Santhonax für ihn. Sie beide waren noch nicht fertig miteinander. War vielleicht Irland der Schlüssel zu allem? Nicht umsonst hatte sich Brown so für Wolfe Tone am Strand von Kijkduin interessiert. Ja, Santhonax' Taktik lag nun klar zutage: Er stiftete Unruhe in der britischen Flotte und heizte die Nore-Meuterei an, und dann suchte er schleunigst holländische Unterstützung, ehe Parkers Rebellion zusammenbrechen konnte. Als auch das mißlang, sollte ein letzter großer Vorstoß von Brest aus mit den vereinigten französisch-holländischen Seestreitkräften die geschwächte Royal Navy im Osten binden, während Britanniens entblößte Westküsten einer Landungsarmee dieses neuen Generals offenstanden, der viel brillanter sein sollte als Hoche oder Moreau . . . General Bonaparte . . .

»Mr. Drinkwater? Mr. Drinkwater!«

Erschrocken fand er in die Realität zurück. »Bitte um Verzeihung, Sir, ich habe – äh – nachgedacht über das ganze Ausmaß von Lord Dungarths . . .« Errötend verstummte er.

»Ja, ja«, sagte Duncan gereizt. »Ich lasse die neuen Befehle binnen einer Stunde ausfertigen, machen Sie es sich bitte so lange in der Messe bequem. Sie werden Trollope meine Depeschen überbringen und dann so dicht wie möglich vor Kijkduin Station beziehen. Sowie die Holländer sich rühren, muß ich es sofort wissen. Verstehen Sie, Mann?«

Drinkwater erhob sich. »Aye, Sir. Besten Dank, daß Sie mich ins Vertrauen gezogen haben. Ihr Diener, meine Herren.« Er verabschiedete sich mit einer Verbeugung und ging an Deck.

»Ihr beide habt euch gegen mich verschworen, verdammt sollt ihr sein«, murmelte Griffiths mit schweißnasser Stirn; das von Appleby verordnete schmerzstillende Opium verengte seine Pupillen.

»Nein, Sir«, sagte Drinkwater sanft, »wirklich nicht. Es ist Admiral Duncans Befehl, Sir. Wenn Sie erlauben, schaffen wir Sie jetzt ins Boot und an Land ins Hospital.« Er winkte Short und seinen Helfer herbei, die Griffiths auf eine Tragbahre hoben. Als sie sich damit durch die schmale Tür gezwängt hatten, wischte sich Appleby erleichtert die Stirn.

»Uff! Aber von Ihnen hat er es sich sagen lassen, da war er lammfromm, Nat. Mir hätte er in der letzten Stunde beinahe die Augen ausgekratzt.«

»Armer alter Bursche«, seufzte Drinkwater. »Kommt sein Bein wieder in Ordnung?«

Appleby nickte. »Ja, wenn er es eine Zeitlang nicht belastet. In Anbetracht des Gambia-Fiebers kann man seine gute Konstitution nur bewundern.«

»Daß er im Hospital nicht trinken darf, wird ihm zu schaffen machen.« Sie gingen an Deck, wo Jessup seine Vorbereitungen traf, um die Bahre mit Griffiths in die wartende Gig abzufieren.

»Mr. Drinkwater«, krächzte Griffiths und versuchte, den Kopf zu heben.

»Sir?« Drinkwater ergriff die suchende Hand.

»Viel Glück, Nathaniel, mein Sohn. Sie wissen, das kann Ihre große Chance sein. Bleiben Sie wachsam, nur dann rückt der Erfolg in greifbare Nähe. Viel Glück! Und jetzt fiert mich ab, ihr Strolche. Sinnig – sinnig!«

Drinkwater sah dem alten Mann nach, wie er, warm eingehüllt, von seinem Kutter weggepullt wurde. Als die Gig, kleiner werdend, in weitem Bogen auf Land zuhielt, merkte er, daß seine Augen feucht wurden. Dann verbot er sich die Sentimentalität und wandte seine Aufmerksamkeit wieder dem Borddienst zu.

»Mr. Jessup!«

»Sir?«

»Alle Mann nach achtern.«

Er hatte Herzklopfen vor freudiger Erregung und empfand zugleich Besorgnis. So befristet und vorübergehend seine Beförderung auch sein mochte, während er *Kestrels* Kommandant war, hatte er Macht über die Männer, die sich jetzt um die an Bord verbliebene Gig drängten, war verantwortlich für jede Bewegung des Kutters, für die Leistungen oder das Versagen seiner Crew. Er griff in seine Rocktasche und holte die Pergamentrolle heraus.

Als mittschiffs Schweigen eingekehrt war, begann er laut vorzulesen.

Nach dem letzten der feierlichen und förmlichen Sätze seiner Bestallung fügte er hinzu: »Ich verlasse mich darauf, daß Sie alle unter meinem Kommando ebenso Ihre Pflicht erfüllen wie unter Leutnant Griffiths. Und jetzt, Mr. Jessup, nehmen Sie den Anker kurzstag, wir laufen sofort aus, sobald die Gig zurückgekehrt ist.« Jessup brüllte seine Befehle und ging nach vorn; Drinkwater rief Hill zu sich. »Mr. Hill, ich befördere Sie zum Master, bitte übernehmen Sie an meiner Stelle die erste Wache.«

Als die Segel ausgeschüttelt wurden, ging Drinkwater unter Deck. Der emsige Merrick war gerade dabei, die letzten Sachen aus Drinkwaters kleiner Kammer in die Kommandantenkajüte zu schaffen. Sie war etwas, aber nicht viel, größer als seine alte, stellte Drinkwater fest, doch das Gestell für Glas und Flasche war das gleiche. Als er das kleine Aquarell aufhängte, dachte er an Elisabeth, die er seit achtzehn Monaten nicht mehr gesehen hatte. Ein Jammer, daß er ihr über seine Beförderung und Duncans Versprechen nicht Nachricht zukommen lassen konnte.

Ein Klopfen an der Tür beendete seinen Abstecher ins Privatleben. Es war Appleby.

»Nat, äh, Sir...« Der Arzt strich sich mit seiner Bärenpranke das Doppelkinn.

»Was gibt's?« fragte Drinkwater, seine Bücher zurechtrückend.

»Ich freue mich aufrichtig über Ihre Beförderung, Nat... Sir... Aber glauben Sie mir, es ist äußerst wichtig, daß Sie vorsichtig mit der Besatzung umgehen. Die Stimmung an Bord ist immer noch schlecht, und unser Auslaufbefehl nach Texel wird sie nicht gerade verbessern. Es ist nichts Konkretes«, fügte er hastig hinzu, ehe Drinkwater ihn unterbrechen konnte, »ich rechne nur damit, daß sie jetzt, nach Griffiths Abgang, ausprobieren werden, wie weit sie bei Ihnen gehen können.«

»Es scheint«, sagte Drinkwater und sicherte seinen Quadrantkasten mit einer Lasching, »daß Aufruhr, Meuterei und das ganze Zwischendecksgezeter Ihren sonst so gesunden Menschenverstand getrübt haben, Harry.«

»Herrgott noch mal, Nat – verdammt, Sir –, wenn Sie meine Warnung auf die leichte Schulter nehmen, werden Sie's bereuen!«

Allmählich wurde Drinkwater ärgerlich. Der Gedanke, daß ihm ausgerechnet jetzt etwas in die Quere kommen könnte, war für ihn ein Alptraum, und Applebys Schwarzseherei machte ihn wütend. Mit Mühe beherrschte er sich.

»Hören Sie, Harry, dieser seit Wochen andauernde leidige Blockadedienst hängt uns allen zum Hals heraus, wir haben ihn restlos satt, aber er ist nun mal unsere Pflicht. Und jetzt ist es wichtiger als je zuvor, daß wir vor Texel kreuzen. Also hören Sie sofort mit diesem verdammten Gejammer auf.«

»Meine Güte, Mann, die Befehlsgewalt ist Ihnen wohl zu Kopf gestiegen!«

»Lassen Sie mich in Ruhe, Harry«, sagte Drinkwater leise, aber mit eiskalter Wut in der Stimme, und drängte sich an dem Arzt vorbei durch die Tür. Jetzt brauchte er frische Luft an Deck.

Am Niedergang trat Bulman auf ihn zu. »Mr. Hills Empfehlung, Mr. Drinkwater, der Anker ist kurzstag und die Gig nähert sich.«

Drinkwater nickte und trat an die Reling, packte den Handlauf mit zitternden Händen. Zur Hölle mit Appleby und seinem verfluchten Kleinmut! Sein Kassandrageschwätz behinderte ihn nur, er brauchte einen klaren Kopf für seine Arbeit.

Sie nahmen die Gig ein und gingen ankerauf, mit Südostkurs auf das St.-Nicholas-Gatt und die Durchfahrt südlich des Scroby-Sands.

Vorn wurden die letzten Laschings um die Gig gelegt, die letzten Fallen aufgeschossen und auf ihre Belegnägel gehängt, die steifen Schoten belegt. Hill ließ die Kettenstopper zuschnappen und reichte die Rüstleine weiter, damit der große Haken an seiner Ankerscheuer gesichert werden konnte. Schon spülten zwei Männer mit Eimern den Schlamm von Yarmouth-Reede ins Meer. Traveller schritt von Kanone zu Kanone und prüfte die Broken. Alles wirkte völlig normal. Drinkwater entspannte sich und warf einen Blick auf den Kompaß. Sie hatten Kurs auf Texel, diesen Prüfstein britischer Ausdauer.

Um Mitternacht erfüllten sich Applebys düstere Vorhersagen. Als Hill die Wache an Jessup übergab, verlangten die Männer ihren Sold. Ihre Forderung schien in dem Augenblick absurd, doch hatte diese Wunde schon seit Monaten geschwärt, und die Rädelsführer des Vorschiffs hielten eben jetzt die Zeit für gekommen. *Kestrels* Besatzung wartete seit über einem Jahr auf ihr Geld. Die Zeit vor Anker auf Yarmouth-Reede war ihnen durch James Thompsons, des Zahlmeisters, Weigerung vergällt worden, weiterhin Kredit zu geben; Thompson war ebenfalls das Geld ausgegangen. Doch nun konnten die Männer nicht einmal das Nötigste von den Proviantbooten kaufen, die von Schiff zu Schiff pullten. Daß es ihnen selbst an der kleinsten Bequemlichkeit mangelte, verschärfte die ohnedies schwelende Unzufriedenheit. Durch Zufall waren mehrere Flaschen Schnaps an Bord geraten, die während der ersten Wache geleert wurden. So kam es zu der mitternächtlichen Revolte.

Drinkwater wurde alarmiert und wälzte sich schlaftrunken aus seiner Koje. Aber der Zorn über die Nachricht, die Jessup für ihn hatte, machte ihn schnell hellwach. Während er sich ankleidete, wütete er innerlich gegen seine Leute, aber dann zwang er sich zur Ruhe. Ihre Beschwerden waren berechtigt, und sein Ärger half jetzt auch nicht weiter. Aber den Sold jetzt auszuzahlen, war nicht nur indiskutabel, sondern schlechthin unmöglich.

»Wer steckt dahinter, Mr. Jessup, nun sagen Sie's schon. Es muß doch einen Anführer geben.«

Jessup zuckte die Schultern. »Nicht daß ich wüßte ... Geben Sie her, ich lade sie Ihnen.« Er griff nach einer der beiden Pistolen, die Drinkwater aus ihrer Schatulle geholt hatte. Sie gehörten Griffiths. »Kann ich auf Sie zählen, Mr. Jessup?« fragte Nathaniel und lud die andere.

»Natürlich, Sir«, antwortete Jessup empört.

»Also gut, dann behalten Sie die Waffe. Wo sind die Männer jetzt?«

»An Deck und warten auf Sie.«

»Dann rufen Sie die Decksoffiziere zusammen.«

»Ist schon geschehen. Hier kommt Mr. Appleby...«

Der Arzt drängte sich in die Kajüte. »Das habe ich kommen gesehen, Nat, ich hab' Sie gewarnt...« Sein Gesicht war grau vor Sorge; das hastig in die Kniehose gestopfte Nachthemd bauschte sich um seine Mitte und ließ ihn noch dicker erscheinen.

»Zum Teufel mit Ihrer Besserwisserei, Harry! Sind Sie bewaffnet?«

»Gewiß.« Der Arzt hielt zwei schwere Pistolen hoch. »Die habe ich seit Wochen geladen und schußbereit.«

»Dann haben Sie jetzt hoffentlich das Zündpulver überprüft, ob es trocken ist«, mahnte Jessup, und Appleby schoß einen vernichtenden Blick auf ihn ab.

»Also los, meine Herren, gehen wir.« Im Vorraum stieß Traveller zu ihnen, und sie stiegen an Deck.

Die Nacht war klar, ein raumer Wind trieb den Kutter flott nach Osten. Hin und wieder verdunkelten Wolken die Sterne. Als Drinkwaters Augen sich angepaßt hatten, erkannte er Bulman an der Pinne und eine Doppelreihe heller Gesichter mittschiffs in der Kuhl, wo die Männer abwarteten, wie der Kommandant auf ihr Verhalten reagieren würde. Drinkwater wußte, daß er entschlossen vorgehen mußte, und wandte sich zunächst kurz an die Decksoffiziere in seinem Rücken.

»Ich erwarte Ihre volle Unterstützung. Notfalls bis zur letzten Konsequenz.«

Dann schritt er nach vorn, bis ihn nur noch ein Meter von der ersten Reihe der Wartenden trennte. Kalte Verzweiflung hatte von ihm Besitz ergriffen. Nichts würde ihn daran hindern, seine Befehle auszuführen oder diese erste und einzige Chance wahrzunehmen, die ihm die geizige Vorsehung endlich geboten hatte.

Instinktiv spürte er, daß ihn die Besatzung nicht tätlich angreifen würde. Ob er sich selbst beherrschen konnte, dessen war er nicht so sicher.

Mit einer einzigen harschen Bewegung zog er den Degen, was bei seinen Kontrahenten unwillkürlich ein Zurückweichen auslöste, das ihm nicht entging. Erschreckt holten sie Atem wie ein Mann.

»Also, Jungs, ich kenne eure Vorwürfe, aber jetzt ist nicht die rechte Zeit dafür. Wir haben einen wichtigen Eilauftrag, und ihr werdet alle eure Pflicht tun.« Er wartete, damit seine Worte auch von allen begriffen wurden.

»Bullschitt«, rief eine Stimme aus der hinteren Reihe, und Drinkwater sah im Dunkeln einige Männer grinsen.

Er riß die Pistole aus dem Gürtel und drückte sie plötzlich dem nächsten Seemann gegen die Stirn. »Mr. Jessup! Mr. Appleby! Sie schießen auf meinen Befehl!«

Wieder spürte er, daß die Männer wankend wurden, besonders in der ersten Reihe. Die hinteren schienen nach wie vor zu allem entschlossen. »Ich erschieße diesen Mann, wenn ihr nicht sofort auf eure Plätze geht. Treibt mich nicht zum Äußersten . . .«

Seine Geisel starrte ihn aus furchtgeweiteten Augen an, die weiß durch die Dunkelheit schimmerten. »Barmherzigkeit«, flüsterte er flehend.

»Verpissen Sie sich, Mr. Drinkwater, wir lassen uns nicht bluffen. Wir wollen unser Geld!« Zustimmendes Gemurmel begleitete den Ausruf.

Mit einem Klicken spannte Drinkwater den Hahn. »Ich bluffe nicht.« Sein Blick wanderte über die Versammelten.

Hinter ihm ertönte Applebys Stimme. »Mr. Drinkwaters Mut ist allgemein bekannt, Leute. Ich rate euch, rechnet nicht mit seiner Geduld . . .«

»Aye, Kameraden, Mr. Appleby hat recht. Denkt an den französischen Lugger!« Das kam von Tregembo, und Drinkwater schwieg wohlweislich, denn er war sich bewußt, welches tödliche Melodrama sich da vor ihm abspielte, auch wenn er nicht wußte, daß er als draufgängerischer Kämpfer berüchtigt war; daß man sich noch immer schaudernd erzählte, wie er das Deck der *Citoyenne Janine* geräumt hatte oder daß er im Krieg gegen Amerika einen französischen Offizier auf *La Creole* erstochen hatte und zum Beweis täglich seinen Degen trug.

Aber er spürte, daß sich das Blatt wendete. »Ich zähle bis fünf«, sagte er. »Wenn die Freiwache dann nicht unter Deck ist, drücke ich ab. Andernfalls lasse ich die Sache auf sich beruhen und werde mich persönlich beim Admiral dafür einsetzen, daß ihr bezahlt werdet. Eins . . . zwei . . .«

Der Mann, den er an sich gepreßt hielt, zitterte unkontrolliert. Drinkwater hob den Pistolenlauf. »Drei . . .«

Die Reihen vor ihm wichen zurück. »Vier.«

Scharrend machten die Männer kehrt und schlurften zum Vorschiff, untereinander leise Bemerkungen austauschend.

Drinkwater ließ die Pistole sinken. »Weitermachen«, sagte er zu dem Mann, dem vor Erleichterung fast die Beine versagten.

Die Meuterei war vorbei, sie hatte nur eine halbe Stunde gedauert.

»Meine Herren, es ist Zeit für die Koje«, sagte Drinkwater in einem Ton, den die Ohrenzeugen als eiskalt beschrieben, der ihm selbst aber kaum sein klopfendes Herz zu übertönen schien.

»Vier Glasen, Sir.«

Drinkwater regte sich schlaftrunken und kam langsam zu sich; er sah, daß Merrick sich über ihn beugte, und roch Kaffeeduft. Er setzte sich auf den Kojenrand und nahm den Becher in beide Hände, während Merrick die Lampe anzündete. Es fröstelte ihn, denn der Morgen dämmerte kalt, und außerdem tat ihm der rechte Arm wieder weh. Das erinnerte ihn an die Ereignisse der Nacht, und er war mit einem Schlag hellwach.

Merrick hängte die Lampe auf. »Mr. Traveller läßt Ihnen sagen, Sir, er erwartet bei Tagesanbruch, das Geschwader in Sicht zu bekommen.«

»Warum haben Sie mir das nicht gleich gesagt?« Drinkwater spürte kindischen Ärger in sich aufsteigen. Das Gefühl, völlig allein zu stehen, wurde noch durch die bittere Erkenntnis verschärft, daß er seiner schweren Verantwortung Duncan gegenüber mit einer rebellischen Besatzung gerecht werden sollte. Er scheuchte Merrick, der Entschuldigungen murmelte, gereizt beiseite und sah ihn mit schadenfroher Genugtuung das Weite suchen.

Erst beim Rasieren beruhigte er sich wieder. Der Kaffee tat seine Wirkung, verbrannte ihm den Mund, gab ihm aber einen klaren Kopf. Duncan verlangte schließlich nichts Unmögliches von ihm. Griffiths hatte recht, dies war seine große Chance, und verdammt wollte er sein, wenn er sie verspielte. Er wischte sich den Seifenschaum vom Gesicht, zog sich fertig an und ging an Deck.

Oben begrüßte er Traveller und trat an die Luvreling. Der Nordwest hatte die ganze Nacht durchgestanden. Jetzt zeichnete sich der östliche Horizont im schwachen Licht des kommenden Tages allmählich schärfer ab. In tiefen Zügen atmete er die frische Morgenluft ein, dann rief er nach Traveller.

»Mr. Drinkwater?«

»Alles ruhig?«

»Kein Mucks. Wenn Sie erlauben, Sir, ich glaube, Sie werden mit dem Haufen keinen Ärger mehr kriegen.«

Drinkwater sah seinen Stückmeister an. »Hoffen wir, daß Sie recht haben, Mr. Traveller«, sagte er so gleichmütig er konnte.

»Um vier Glasen haben wir neun Knoten geloggt, Sir. Das Geschwader sollte bald in Sicht kommen.«

Drinkwater nickte und ging nach vorn zu den Booten. Wie nebenbei warf er den beiden Rudergängern einen scharfen Blick zu, aber sie schienen sich ganz auf den Kompaß zu konzentrieren. Anscheinend hatte er es geschafft. Er zwang sich, die auf dem Rücken verschränkten Hände ruhig zu halten, und begann darüber nachzudenken, was er in ein, zwei Stunden Trollope zu sagen hatte.

»Der Wind läßt nach«, meldete Hill. Sie standen tief im Schulpen-Gatt, hatten die Batterie von Kijkduin recht voraus, knapp außer Reichweite ihrer Kanonen. Zum Glück war der Galgen abgeschlagen. Ohne Wind kamen sie nicht gegen die nach Süden setzende Tide an, deshalb gab Drinkwater Befehl zu ankern. Schon neigte sich die Sonne nach Westen, die Abendkühle begann sich bemerkbar zu machen. Drinkwater blickte zum Himmel. Die Bewölkung lockerte auf, die Dünen, Windmühlen und Kirchtürme der holländischen Küste zeichneten sich in der trockenen Luft mit zunehmender Klarheit ab.

»Er wird auf Ost drehen, glaube ich.«

»Aye, Sir, kann sein, daß Sie recht haben.«

Drinkwater wartete, bis die Segel unten und eingepackt waren. Dann befahl er, eine Spring an die Ankertrosse zu stecken, die Ladungen zu überprüfen und die Kanonen neu zu laden. Während die Männer eifrig hantierten, enterte er in den Wanten bis zu ihrem Angriffspunkt am Mast auf. Dort sicherte er sich und richtete das Glas ostwärts.

Die Worte des Ersten Offiziers auf *Russell* fielen ihm wieder ein, der sich um ihn gekümmert hatte, während Trollope die neuen Befehle studierte. »Ich beneide Sie um diesen Kutter«, hatte William Burroughs gesagt, »und bestimmt geht es nicht nur mir so, wenn sich erst herumgesprochen hat, daß Old Griffiths außer Gefecht ist. Zumindest kriegen Sie die Holländer zu sehen, während wir immer nur Mastspitzen hinter den Dünen zählen dürfen. Daraus die Anzahl der Schiffe zu erraten, ist so hoffnungslos wie . . .« Burroughs suchte vergeblich nach einem Vergleich. »Na, Sie wissen schon. Es ist einfach unmöglich. Doch, ich beneide Sie. Wir hier starren nur die Dünen an, hinter denen die Holländer auf ihren Ärschen sitzen und sich über uns halb totlachen.« Diese Meinung war in der Flotte weit verbreitet.

Doch Burroughs Abschiedsworte hatten nicht ganz so frivol geklungen. »Viel Glück, mein Freund, wir verlassen uns auf Sie. Hundertprozentig.«

Tja, nun mußte er eben mehr sehen als Burroughs. Er wischte sich die tränenden Augen, setzte das Glas wieder an und konzentrierte sich.

Düne auf Düne erstreckte sich, mit Strandhafer bewachsen, weit nach Süden. Hier und da wurde die Eintönigkeit der Küstenlandschaft durch kleine Weiler unterbrochen, die sich um einen Kirchturm scharten. Rauchfäden kräuselten sich in der stillen Luft. Mit seiner Linse fing er einen einzelnen Reiter ein, der an der Hochwassermarke entlangritt und dabei ein Auge auf *Kestrel* hielt. Er bog nach links ab, wo der Wall der Batterie Front zu den Katen von Kijkduin machte. Die holländische Flagge hing schlaff über der sandfarbenen Mauer, auf der er einige Männer erkannte und das gelegentliche Aufblitzen eines Teleskops oder Bajonetts. Hinter Kijkduin zog sich die Küstenlinie bis zu dem Ankerplatz hin, wo die dunklen Masten vieler Schiffe aufragten. Drinkwaters Herz übersprang einen Schlag, als ihm bewußt wurde, daß die meisten Schiffe ihre Rahen schon gekait hatten. Die Vorbereitungen zum Auslaufen waren also in vollem Gang! Lord Duncan hatte recht behalten. Drinkwater zählte mindestens zwanzig Schiffe. Dann schwenkte er das Glas nach Osten. Am anderen Ende des Seegatts verschwamm die Insel Texel in der Ferne. Im Kanal lag eine holländische Yacht: de Winters Ausguck, so wie er selbst Duncans Ausguck war.

Nach Norden zu, im Molen-Gatt, machte er einen kleinen dunklen Umriß aus, der *Diligent* sein mußte, während westwärts die drei dünnen Masten des Luggers *Black Joke* gerade noch zu erkennen waren. Zwischen ihnen erstreckte sich eine weite Fläche Sand, gesäumt von dem weißen Gekräusel der Brandung: der Haakagronden, der mit auflaufendem Wasser allmählich kleiner wurde. Rot ging die Sonne unter und warf eine goldene Bahn auf die sonst jadegrüne, leicht geriffelte See.

Drinkwater enterte nieder, bereitete das Signal »Gekaite Rahen beim Feind« vor und ließ einen Kanonenschuß abfeuern. Kurz darauf bestätigte *Black Jack*, und Drinkwater konnte gerade noch erkennen, daß der Lugger die Nachricht an Trollopes nächstes Schiff, die Slup *Martin*, weitergab. Zufrieden lächelte er in sich hinein. Wenn Elizabeth ihn in diesem Augenblick hätte beobachten können, hätte sie sein

Gehabe »pompös« genannt.

»Hast du gesehen, wie Mr. Drinkwater eben gelächelt hat?« fragte Tregembo leise den Kameraden, mit dem er an der Reling lehnte. »Ich schätze, es wird nicht lange dauern, und wir kriegen hier eine Menge heißer Arbeit, Freundchen.«

Bis Mitternacht war auch der letzte Hauch eingeschlafen, und eine gläserne Stille legte sich über das schwarze Wasser, das um *Kestrels* Rumpf strich, unter ihrem Heck gurgelte, das Ruderblatt knarren und die Pinne leise zucken ließ.

»Voller Ebbstrom jetzt, Mr. Jessup, wir wollen die Schwerter abfieren und uns eine Meile nach Norden verholen. Alle Mann an Deck!«

Drinkwater wollte die Leute nicht unnötig schinden, aber von einem nördlicheren Punkt aus konnten sie die verankerte holländische Flotte viel besser sehen. Die ausgefahrenen Schwerter würden sie bei Grundberührung rechtzeitig warnen, und die Arbeit an den langen Riemen ließ den Männern wenigstens keine Zeit, über ihren Jammer nachzudenken, mochte er nun berechtigt oder eingebildet sein.

Ein regelmäßiges Klicken kam vom Ankerspill, während auf beiden Bordseiten der Zimmermann und sein Helfer die Stopfen aus den Dollen für die Riemen schlugen. Dumpfes Gepolter mittschiffs verriet, daß die unhandlich langen Schwerter von ihrem Platz zwischen den Gigs geholt und in Position gebracht wurden. Zwei Leute kamen nach achtern und nahmen die Pinnenlaschings ab. Dann standen sie bereit, um Drinkwaters Befehle auszuführen.

Von vorn kam die Meldung: »Auf und nieder«, und bald darauf: »Anker ist los!«

»Hart Steuerbord.« Die Männer drückten die Pinne herum. »Ruder an, Mr. Jessup.«

Die langen Riemen holten aus und tauchten spritzend ein, bis die Männer ihren Rhythmus fanden. Jessup überschüttete sie mit Beschimpfungen, die aber so bemessen waren, daß sie den Takt angaben. Langsam nahm *Kestrel* Fahrt auf, von der Tide geschoben. Drinkwater brachte sie auf Kurs, und nach einer halben Stunde Plackerei fiel der Anker erneut.

»Stecken Sie eine Spring an die Trosse, Mr. Jessup, dann entlassen Sie die Wache unter Deck. Beim ersten Morgenlicht machen wir klar zum Gefecht – nur für den Fall, daß diese holländische Yacht sich bewegt hat.«

»Aye, aye, Sir.« Jessup verschwand und gab die entsprechenden Befehle. Drinkwater war mit sich zufrieden, denn die Schwerter hatten kein einziges Mal Grundberührung gehabt. Jetzt sollte *Kestrel* eigentlich auf der gewünschten Position sein. Unten in der Kajüte trat er die Schuhe von den Füßen, wickelte sich in seinen Umhang und warf sich auf die Koje. Binnen kurzem war er eingeschlafen.

Um sechs Uhr morgens wurde er geweckt und war fünf Minuten später an Deck. Es wehte ein steifer Ost. Um fünf Glasen rief er alle Mann an Deck und ließ die Kanonen laden und richten. Das Großsegel wurde klar zum Setzen gemacht und alle Fallen bereitgelegt, damit sie sofort lossegeln konnten, falls sich bei Tagesanbruch zeigte, daß sie zu nahe an der Küstenbatterie geankert hatten. Doch der Morgen brachte Dunst und schlechte Sicht.

Eine halbe Stunde später entließ Drinkwater die Freiwache und ging selbst unter Deck, um sich zu rasieren und zu frühstücken. Grütze und Sirup wärmten ihn von innen heraus, und nur seine neue Würde als Kommandant hinderte ihn daran, Appleby zu necken, der einen halbherzigen Protest loswerden wollte, weil die knarrenden Riemen ihn geweckt hatten. Aber die Tatsache, daß sie Ostwind hatten, versetzte Drinkwater in Unruhe, so daß er nicht entspannen konnte.

An Deck marschierte er auf und ab, während er darauf wartete, daß der Dunst sich vom Land hob. Falls sie an der falschen Stelle ankerten, mußten sie vielleicht die Trosse kappen, um sich schleunigst davonzumachen, ehe sie im Kreuzfeuer zwischen Kijkduin und der Yacht zusammengeschossen wurden. Immer wieder ermahnte er sich zur Ruhe, ignorierte den Schweiß, der ihm zwischen den Schulterblättern juckte, und versuchte, den schönen alten Satz zu vergessen, der sich ihm immer wieder aufdrängte: *morituri te salutant* – die Todgeweihten grüßen dich.

»Die Sicht wird besser, Mr. Drinkwater.« Das war Traveller, der es wohl nicht erwarten konnte, seine kostbaren Kanonen abzufeuern.

»Danke, Mr. Traveller.« Drinkwater ging nach vorn und enterte im Mast auf. Von oben sah er die Maststengen der holländischen Flotte aus dem weißen Nebel ragen, der die Stadt De Helder einhüllte. Doch im Vordergrund war der Strand schon zu erkennen, und bald rollte der einzelne Knall einer Kanone übers Wasser, als die Küstenbatterie Maß nahm. Die holländische Yacht lag immer noch in der Fahrrinne, etwa acht Kabellängen entfernt, und hinter ihr wuchs die feindliche Flotte langsam und dramatisch aus dem sich auflösenden Dunst.

Ohne Zweifel herrschte dort drüben emsige Geschäftigkeit. Auf den Rahen hatten Toppgasten ausgelegt, und Drinkwater begann mitzuzählen, als sich ein Schiff nach dem anderen von seiner Boje freiwarpte. Gegen Mittag kreuzte *Black Joke* geschickt durch das West-Gatt und schloß zu *Kestrel* auf. Es war vereinbart worden, daß sie am Nachmittag dieses 7. Oktober Trollope draußen aufsuchen und ihm melden sollte, daß die Holländer ausliefen. Wenn der Ostwind durchstand, war damit zu rechnen, daß de Winter den großen Ausbruch wagen würde.

Es wurde später Nachmittag, und der Wind war immer noch stetig. Drinkwater blieb an Deck. Die zermürbenden Monate des Blockade-dienstes hatten eine Spannung in ihm aufgebaut, die jetzt nach der erlösenden Tat verlangte. Und den anderen Kestrels erging es ähnlich. Die Besatzung drückte sich an Deck herum, hoffte oder fürchtete, daß die Holländer endlich die Partie eröffneten. Drinkwater schaute nach Osten. Die Yacht lag immer noch vor Anker, gehorsam wie ein Hund an der Schwelle seines Herrn, und dahinter . . .

Drinkwater griff nach seinem Fernglas. Eines der holländischen Schiffe hatte Segel gesetzt und schob bereits eine Bugwelle vor sich her. Er eilte aufs Vorschiff und richtete das Glas aus, der Stetigkeit halber an ein Stag gepreßt.

Es war eine Fregatte, die unter Toppsegeln den Kanal herunter-kam. Würde sie wieder ankern, oder sollte sie die Flotte auf See hinaus führen? Drinkwaters Mund wurde trocken, sein Herz hämmerte gegen die Rippen. Die Fregatte behielt ihren Kurs bei. Er beobachtete sie vielleicht zehn Minuten, dann entspannte er sich. Denn er hatte gesehen, daß ihre Toppsegel killten und die Silhouette des Rumpfes länger wurde. Sie drehte in den Wind, um zu ankern. Also sollte sie als Wachschiff fungieren und die schwachen Gegner aus dem Weg scheuchen, wenn de Winters Armada kam. Drinkwater atmete er-leichtert auf. Er wollte sich schon abwenden, da erregte eine Bewe-gung hinter der Fregatte seine Aufmerksamkeit. Ein Boot kam hinter ihrem Rumpf hervor und pullte seewärts, auf die Yacht zu.

Bei Sonnenuntergang setzte *Kestrel* das Signal »Feindliche Vorbe-reitungen in fortgeschrittenem Stadium« an *Black Joke* ab, die fünf Meilen weiter westlich stand. Drinkwater sah, wie es drüben wieder-holt wurde, und hatte fünf Minuten später Trollopes Antwort; drei viereckige Flaggen und ein schwarzer Ball besagten: »Ich habe keine Unterstützung.«

Duncan war noch nicht eingetroffen.

Abermals wandte sich Drinkwater nach Osten. Also mußten sie sich schleunigst vom Feind absetzen. Das Boot pullte jetzt von der Yacht zur Fregatte zurück, und er hätte gern gewußt, welche Anweisungen der Kommandant der Yacht soeben erhalten hatte. Den endgültigen Auslaufbefehl wahrscheinlich. Und dann bemerkte er ein Detail, das ihn erstarren ließ.

Die holländische Yacht hatte im Maststopp eine Flagge gesetzt.

Es war der schwarze, gegabelte Wimpel.

FÜNFZEHNTES KAPITEL

8. – 11. Oktober 1797

Kampenduin

In dieser Nacht fand Drinkwater keinen Schlaf. Bei vier Glasen der Mittelwache erhob er sich und ging in die Tageskajüte. Er öffnete den Schrank, wo Griffiths seinen Schnapsvorrat aufbewahrte, holte eine Flasche Cognac heraus und setzte sie an. Das Aroma erinnerte ihn an die Nacht vor Beaubigny und an Hortenses Augen. Er hatte das Gefühl, als schließe sich ein Kreis. Schaudernd nahm er noch einen Schluck und beschwor ganz bewußt Elizabeths Bild herauf, als sei es ein Talisman, der einen bösen Zauber bannen könne. Doch heute war ihm Elizabeth sehr fern, verborgen hinter der drohenden Hürde der nächsten Stunden. Irgendwie schien ihm sein altes Versprechen, Umsicht walten zu lassen, jetzt genauso bombastisch wie seine Versicherung Duncan gegenüber, daß er seine Pflicht tun werde.

Er warf die Cognacflasche weit von sich, daß sie an der anderen Wand in tausend Scherben zersplitterte.

»Alles nur Einbildung«, murmelte er und erklomm den Niedergang. Oben lief er auf und ab wie ein Tiger im Käfig, immer hin und her zwischen Heckreling und den Gigs; die Ankerwache ging ihm wohlweislich aus dem Weg. Ab und zu blieb er stehen und blickte in die Richtung von Kijkduin. Santhonax *mußte* einfach dort sein, fühlte er, sonst hätte er nicht diese eiskalte Entschlossenheit in sich gespürt. Wenn die kommenden Stunden den Wendepunkt in seinem Leben brachten, dann wollte er keinen Preis scheuen, um das Glück zu zwingen.

Vizeadmiral de Winter befahl seiner Flotte am Morgen des 8. Oktober den Ausbruch. Beim ersten Tageslicht lief die Fregatte, die Drinkwater am Nachmittag zuvor beobachtet hatte, nach See aus, und die Yacht folgte in ihrem Kielwasser. Auch *Kestrel* ging ankerauf, segelte mit feuernden Bugkanonen das West-Gatt hinunter, am Mast das

Signal »Feind in Luv«. Auf *Black Joke* hörte man den Alarm, wendete und folgte dem Kutter auf dem Fuße, das gleiche Signal gehißt.

Eine Stunde lang lief *Kestrel* vor der holländischen Streitmacht her, während Schiff auf Schiff die Batterie von Kijkduin rundete und sich nach Süden ins Schulpen-Gatt wandte. Der Kutter hielt Kurs auf Trollope und beobachtete sie; Drinkwater machte sich Notizen auf einer Schreibtafel. Gegen Mittag stießen sie zum Geschwader und meldeten sich beim Kommodore, um ihre neuen Befehle entgegenzunehmen.

»Wie sieht's aus?« rief Trollope durchs Sprachrohr herüber.

»Es sind 21 Schiffe, Sir, darunter Fregatten und Slups. Insgesamt wohl fünfzehn Linienschiffe. Wir haben auch vier Briggs und zwei Yachten gezählt – ich würde sagen, die ganze Flotte mit Ausnahme der Transporter.«

»Also wollen sie nicht nach Irland.«

Drinkwater schüttelte den Kopf. »Wäre immer noch drin, Sir. Die Transporter könnten mit der nächsten Tide auslaufen oder abwarten, bis de Winter uns erledigt hat.«

Trollope nickte. »Halten Sie sich in Lee querab. Wir formieren uns jetzt zur Schlachtlinie, und Sie wiederholen weiter meine Signale. Viel Glück.«

»Ihnen auch, Sir.« Er winkte Burroughs zu und wandte sich dann an Hill.

»Mr. Hill, unser Platz ist querab vom Kommodore in Lee, achten Sie darauf.«

»Aye, aye, Sir.«

Drinkwater atmete auf, eine große Last war ihm von den Schultern genommen. Es tat gut, wieder mit anderen im Verband zu segeln, den mächtigen Umriß der alten *Russell* nur einen Kanonenschuß weit in Luv zu sehen. Plötzlich merkte er, wie müde er war; aber eines mußte er noch tun. »Mr. Jessup!«

»Sir?«

»Alle Mann nach achtern!«

»Also, Leute«, begann Drinkwater und sprang auf die Lafette eines Dreipfünders, als alle vor ihm versammelt waren. »Ich bin nicht nachtragend, und ihr seid es auch nicht. Wir operieren jetzt im Angesicht des Feindes, und Befehlsverweigerung zieht in diesem Falle die Todesstrafe nach sich. Deshalb verlasse ich mich auf eure bedingungslose Loyalität. Enttäuscht mich nicht, dann verspreche ich euch, daß ich Himmel und Hölle in Bewegung setzen werde, damit ihr sofort bei unserer Rückkehr nach Sheerness euer Geld bekommt.« Er schwieg und hörte mit Genugtuung ein zustimmendes Gemurmel durch die Reihen laufen.

»Machen Sie weiter, Mr. Jessup, und zwar mit der Rumausgabe.« Drinkwater sprang von der Lafette herab. »Mr. Hill, übernehmen Sie. Aber rufen Sie mich, wenn Sie mich brauchen.« Erleichtert und dankbar ging er in seine Kajüte.

»Geben Sie die Rumration aus, Mr. Thompson«, wies Jessup den Zahlmeister an.

Dieser nickte und deutete auf die ausgefahrenen Kanonen von *Russell*, eine halbe Meile in Luv. Sie waren eine stumme, aber nachdrückliche Mahnung zum Gehorsam. »Er versteht es, den richtigen Moment für seine Vergatterung zu wählen, wie, Mr. Jessup?«

Jessup wußte nicht genau, was Thompson mit »Vergatterung« gemeint hatte, aber *Russells* Wirkung, die unter Vollzeug nach Süden brauste, um de Winter abzufangen, war ihm nur allzu klar.

»Aye, Mr. Thompson, er ist ein eiskalter Hund«, murmelte Jessup mit Bewunderung in der Stimme.

Kapitän Trollopes Geschwader segelte in Kiellinie, mit der Slup *Martin* vorneweg an Backbord, und hielt Sichtkontakt zu de Winter, der dicht an der Küste entlang nach Süden vorstieß. Später am Tag, als auch seine Nachhut vom Schulpen-Gatt frei war, hielt de Winter etwas mehr nach Westen.

Trollopes Hauptmacht war die Fregatte *Beaulieu* mit 40 Kanonen, gefolgt von der getreuen *Adamant* (50) und seiner eigenen *Russell*. In ihrem Kielwasser segelte die leichtere Fregatte *Circe* (28). Die beiden Kutter *Kestrel* und *Active* hielten sich in Lee der Formation, während *Black Joke* längst zu Duncan entsandt worden war, um ihn über den Ausbruch des Feindes ins Bild zu setzen.

Gegen Abend legte der Wind eine Pause ein, dann krimpte er auf Südwest. De Winter versuchte zunächst, kreuzend Trollope zu verfolgen, der sich zurückzog, doch als er ihn nicht einholen konnte, wandte er sich wieder nach Süden und bestätigte damit Drinkwaters Verdacht, daß er sich den Weg durch die Straße von Dover erzwingen wollte.

Während der folgenden zwei Tage wehte es sich auf West ein, und de Winters Flotte begann, nach Luv zu knüppeln, und näherte sich bei Lowestoft der englischen Küste; Trollope lag etwas voraus und achtete darauf, daß seine Verbindungswege nach Yarmouth offenblieben.

»Was halten Sie davon, Nat?« fragte Appleby beim Abendessen. »Bleiben Sie immer noch bei Ihrer Theorie, daß sie zuerst nach Brest und dann nach Irland wollen?«

Drinkwater nickte und wischte sich den Mund mit der zerknitterten Serviette. »Er blockt Duncan ab, während seine Troß-Schiffe sich von Texel absetzen. Sie werden im Schutz der französischen Küste nach Süden gehen, und dann wird de Winter ihnen den Kanal hinunter folgen.«

Appleby nickte mit ungewohnter Schweigsamkeit. »Dann sieht es so aus, als hätten wir nur unsere Zeit verschwendet.«

Am Morgen des 10. Oktober sandte Trollope *Active* auf der Suche nach Duncan und mit den neuesten Meldungen über de Winters Bewegungen davon. Um diese Zeit hatte de Winter von einem holländischen Handelsschiff erfahren, daß Duncan Yarmouth verlassen und sich nach Osten gewandt hatte. In Sorge um seine ungedeckte Nachhut machte de Winter kehrt und hielt bei Nordwestwind auf die holländische Küste bei Kampenduin zu.

Duncan war tatsächlich in großer Eile von Yarmouth ausgelaufen, als *Black Joke* noch seewärts vom Scroby-Sand mit ihrem Alarmsignal gesichtet worden war, und hatte östlichen Kurs auf Texel genommen.

Obwohl an Zahl unterlegen, hatte sich Trollopes Geschwader in der Luvposition festgekrallt, hauptsächlich deshalb, weil die holländischen Schiffe mit ihrem geringen Tiefgang ihn nicht ausluven konnten. Diese Station hielt er auch noch am Morgen des 11. Oktober, als bei den Holländern beobachtet wurde, daß seine Schiffe Signale hißten, aus denen richtig gefolgert wurde, daß Duncan mit der Hauptstreitmacht der Briten jetzt in Sicht war. De Winter hielt daraufhin direkt auf die Küste zu, wo er auch die leewärtigsten Schiffe in die Schlachtlinie einbinden und in dem flachen Gewässer, das seine Offiziere so liebten, wieder Kurs auf Texel nehmen konnte. Zwölf Meilen vor der Küste bei Kampenduin formierte er sich schließlich unter leichter Besegelung zu einer nordwärts ausgerichteten Schlachtlinie und erwartete die Briten.

Nachdem Duncan zunächst bei Texel rekognosziert und festgestellt hatte, daß die holländischen Transporter noch an ihren Bojen lagen, rief er *Diligent* zurück und wandte sich auf der Suche nach dem Feind nach Süden. Im Laufe des Vormittags stieß Trollopes Geschwader wieder zu seinem Admiral. Duncan hatte mit seinen schlecht segelnden Schiffen weder Zeit noch Lust, eine Schlachtlinie zu bilden.

De Winters Flotte trieb mit jeder Minute weiter auf die in Lee liegenden Untiefen zu, und der alte schottische Admiral akzeptierte ihre halbherzige Herausforderung mit Gusto. Per Signal gab er die allgemeine Verfolgungsjagd auf die Holländer frei, und die Briten stießen in zwei locker formierten Angriffssäulen, Duncan im Norden und Onslow etwas voraus im Süden, auf die Niederländer herab.

Die Westlage hatte feuchte Luft und schlechte Sicht gebracht, weshalb die nun bevorstehende Schlacht zunächst durch Unordnung bei den Briten beeinträchtigt schien. Kurz vor Mittag signalisierte Duncan seine Absicht, die feindliche Linie zu durchbrechen und von Lee her anzugreifen, womit er den Holländern den Rückweg abschnitt und sicherstellte, daß die nach Luv gerichteten Breitseiten der englischen Schiffe mit voller Erhöhung feuern konnten. Die Fregatten und Kutter gaben das Signal weiter. Gegen zwölf Uhr wurde es niedergeholt und »Nahkampf!« befohlen.

Dreißig Minuten später eröffnete Onslows *Monarch* das Treffen, indem sie in de Winters Rücken zwischen seiner *Jupiter* und *Harlem* durchstieß und sich neben die erstere legte. Dabei wurde sie von der schweren Fregatte *Monikendaam* und der Brigg *Atalanta* unter Feuer genommen. Mit gewaltigem Getöse begann die Schlacht von Kampenduin.

Kestrel als Relaisstation war wie die anderen Kutter kein Ziel für die Breitseiten. Hier und da mochte sie eine verirrte Kugel treffen, aber die Konventionen eines Flottentreffens wurden grundsätzlich respektiert. Den britischen Kuttern und holländischen Yachten kam die Aufgabe zu, Verwundete und Schiffbrüchige, die – an Treibgut geklammert – im Meer trieben, aufzufischen und die Signale der Oberbefehlshaber weiterzugeben. *Kestrel* gehörte jetzt Onslows Abteilung an, und Drinkwater versuchte, trotz heulender Kugeln, rauher Hacksee und steifer Brise einen klaren Kopf zu behalten. Als immer mehr Mündungsfeuer den trüben Tag durchzuckte, hüllte nicht nur Dunst, sondern auch Pulverqualm die kämpfenden Schiffe ein.

Gleich in den ersten Minuten hatte Drinkwater *Monarch* hinter der holländischen Linie außer Sicht verloren; jetzt änderte er den Kurs auf Nord, um wenigstens den Kontakt zu *Russell* nicht zu verlieren, aber auch Trollope durchbrach die feindliche Linie. Noch ehe er wußte wie, passierte *Kestrel* das Heck des holländischen Vierundsiebzigers *Brutus*, der im Besanmast die Flagge eines Konteradmirals fuhr.

Vom heranrollenden Rauch halb verdeckt, gewahrte er in Lee eine Brigg, deren Kommandant sich nicht an die Regeln hielt. Kugeln pfiffen durch *Kestrels* Takelage, und ein Stück der Steuerbordreling explodierte in einem Splitterhagel. Blutend und schreiend vor Schmerz humpelte ein Verwundeter unter Deck, wo Appleby sein gefürchtetes Handwerkszeug auf dem Kajüttisch ausgebreitet hatte.

»Pinne in Lee!« brüllte Drinkwater, und in seinen Augen spiegelte sich das Feuer des Kampfes wider, der jetzt seinem Höhepunkt entgegenging. »Hol dicht die Schoten!« Der Kutter luvte von seinem überlegenen Gegner weg und zog nach Norden davon, vorbei an *Brutus*, die gerade wendete, um de Winter weiter vorn zu Hilfe zu kommen; gleich mehrere britische Schiffe hatten sich auf das gegnerische Flaggschiff gestürzt.

Plötzlich ragte direkt voraus ein holländischer Vierundsechziger aus dem Qualm auf, der die Flagge gestrichen hatte und aus der Kampflinie zurückgefallen war. Einen Augenblick überlegte Drinkwater, ob er eine Prisenmannschaft auf den Holländer abstellen sollte, denn sein Bezwinger *Triumph* war backbords in das Gefecht mit einer Fregatte und dem Vierundsiebziger *Staten General* verwickelt und würde kaum Zeit dazu haben. Doch plötzlich erschütterte ein verheerender Krach den Kutter. Ein Mann aus der Crew von Kanone 12 fiel, in Stücke gerissen von der Kugel, die eine Gig und die dekorative Heckreling zerfetzte. Der Schuß kam von der Brigg, die ihre Bramsegel gesetzt hatte und schnell aufholte.

Mit wildem Blick sah Drinkwater sich um. »Pinne in Lee! Noch dichter die Schoten! Anluven und voll und bei halten! Runter mit den Schwertern! Und werft das«, er deutete auf die schwach zuckenden Körperteile, die eben noch ein gesunder Mann gewesen waren, »um Himmels willen über Bord!«

Kestrel richtete den Bug fast in den Wind, segelte so extrem hoch wie damals, als sie bei Ouessant entkommen war. Mit flachem, stahlhartem Tuch lag sie stark über, Gischt peitschte über die Reling nach achtern. Abermals blickte Drinkwater sich um.

»Das kann doch nicht wahr sein!« rief er aus, und Hill neben ihm pfiff überrascht. Die Brigg konnte nicht so hoch am Wind segeln und hatte ihre Verfolgung aufgegeben, schloß jetzt zu ihrem kampfesmüden Landsmann auf, der *Wassanaer*. Wohl aus Zorn über ihre schmachvolle Kapitulation pumpte sie Schuß auf Schuß in den Vierundsechziger. Binnen weniger Augenblicke stieg dort die holländische Nationalflagge wieder zum Masttopp auf und wehte schneidig aus.

»Das ist was anderes als ein Gefecht mit den Franzmännern, Mr.

Drinkwater. Ist Ihnen aufgefallen, daß noch kaum ein Mast von oben gekommen ist? Diese verdammten Quadratschädel verstehen ihr Geschäft, bei Gott... Die Schweine schießen uns leck! Herr im Himmel, es ist ein Blutbad!«

Voraus tauchte *Russell* auf, und *Kestrel* drehte in ihr Kielwasser ein.

»Direkt vor Ihnen, Sir«, schrie Drinkwater durchs Sprachrohr, »ein Vierundsiebziger, reif für den Gnadenschuß...« Er sah Trollope winken, zum Zeichen, daß er verstanden hatte.

Kurze Zeit konnten sie das Tempo des Linienschiffes mithalten, das sich riesig, majestätisch und todbringend auf seine Beute stürzte. Die Bordwand war mit Narben übersät, einige Kugeln staken noch in den Planken. Durch ein weites, gezacktes Loch, wo mehrere Stückpforten aufgerissen worden waren, blickten grinsende Gesichter zu ihnen herüber. Dünne Blutrinnsale liefen aus den Speigatten.

»Fieren Sie die Schoten, Mr. Hill, wir wollen uns zurückfallen lassen.« *Russell* zog davon und verscheuchte die Brigg mit einer einzigen verheerenden Breitseite. *Wassanaer* kapitulierte zum zweiten Mal.

Kestrel kreuzte *Russells* Kielwasser. An Backbord rollten zwei oder drei Schiffe, ineinander verbissen in mörderischem Nahkampf. Eines davon war die *Staten General*.

Plötzlich schoß hinter dem hart bedrängten Holländer ein kleines, aber nur zu vertrautes Fahrzeug hervor. Sein Bugspriet stach himmelwärts, als es abrupt Kurs änderte, um den Kutter abzufangen. Im Masttopp flatterte der schwarze, gegabelte Wimpel.

Drinkwater fragte sich, wie Santhonax de Winter dazu gebracht hatte, ihm die Yacht zu überlassen. Sie fuhr die dreifarbige holländische Nationale an der Gaffel, doch der schwarze Schwalbenschwanz hoch oben war in seiner düsteren Drohung unmißverständlich. Drinkwater dachte an die zur Schau gestellte Leiche Major Browns, an die gehenkten Meuterer der *Culloden*, an die mißbrauchten Rebellen in der Nore und die unheilige Allianz zwischen Capitaine Santhonax und der rothaarigen Hexe im Gefängnis von Maidstone. Eiskalte Wut stieg in ihm auf.

»Backbordbatterie feuerklar!«

Die Yacht segelte raumschots mit Nordostkurs an ihrer Backbordseite und kam schnell näher. Einige Minuten liefen sie nur nebeneinanderher, bis sie auf Schußdistanz waren.

Dann: »Einen Strich abfallen«, befahl Drinkwater, und lauter: »Feuer frei, Mr. Bulman!«

Fast sofort kam vom Vorschiff die Antwort. Kanone 2 krachte und ruckte binnenbords, wurde sofort wieder geladen. Vereinzelte Jubelrufe erklangen auf *Kestrel*, wo jetzt Kanone nach Kanone feuerte, als die Segel der Yacht plötzlich mehrere Löcher aufwiesen. Santhonax versuchte, vor *Kestrels* Bug durchzustoßen, um den Gegner der Länge nach zu beharken. Drinkwater kam eine Idee.

»Pinne in Lee!« befahl er. »Hol dicht Vorsegelschoten! Höher an den Wind!« *Kestrel* wendete, zeigte dem Feind trotzig den Bug, aber zu früh, als daß er daraus einen Vorteil ziehen konnte. Nur zwei Kugeln seiner Breitseite fanden ihr Ziel, doch sie rissen nur harmlose Splitter aus der aufgepallten Steuerbordgig. »Steuerbordkanonen – Achtung!«

Traveller hob bestätigend die Hand, mit einer Ruhe, die dem Kommandanten bedeuten sollte, daß nichts und niemand Jeremiah Traveller um seinen großen Augenblick bringen würde. An seinen Kanonen waren alle Richtkeile entfernt und die Rohre so hoch wie möglich gerichtet, während *Kestrel* sich anschickte, das Kielwasser des Feindes zu kreuzen.

Aber Santhonax war kein Anfänger. Seine Yacht drehte scharf nach Steuerbord, so daß sich die Geschwindigkeit der beiden Schiffe auf fast zwanzig Knoten addierte, als sie auf Gegenkurs aneinander vorbeiliefen. Entschlossen wechselten sie Schuß auf Schuß, aber sie passierten so schnell, daß jede Kanone nur einmal feuern konnte. Drinkwater sah drüben ein breites Stück des Schanzkleides splittern: Traveller hatte mit Doppelkugeln laden lassen.

Das holländische Feuer verwandelte *Kestrels* Deck in ein Chaos; verwundet oder tot fielen Männer an fast jeder Kanone auf die blutigen Planken. Auf dem Achterschiff zielte Drinkwater mit seiner Pistole auf einen hochgewachsenen Mann neben der Pinne und drückte ab. Doch die Kugel ging fehl, und der Bursche drüben lüpfte lächelnd den Hut. Drinkwater fluchte, blieb aber innerlich eiskalt; ein berechnender Haß hatte jede Furcht aus ihm vertrieben. Fatalistisch unterwarf er sich dem launischen Kriegsglück, dachte längst nicht mehr an das Versprechen, das er Elizabeth gegeben hatte, denn sie lebte in einer anderen Welt und hatte mit dem Geschehen an diesem trüben, blutigen Oktobernachmittag nicht das geringste zu tun. Dies war auch nicht der Nathaniel, den sie kannte, es war der Mann, der den französischen Lugger erbeutet und die Meuterei seiner Besatzung schon im Entstehen erstickt hatte. Es war ein denkender Mensch, der seine Mitmenschen abzuschlachten suchte, und zwar mit beträchtlichem Geschick.

»Pinne in Luv! Klar zur Halse!«

Ein kurzes Tohuwabohu an Deck, als Jessup, der Drinkwaters Absicht erriet, die geschockten Männer mit Schlägen auf ihre Plätze trieb. Er hatte einen Splitter im Bein, fühlte aber noch keinen Schmerz. *Kestrel* schwang mit starker Krängung herum, als der riesige Baum, von seiner Schot nur eben noch gehalten, beängstigend schnell überging. An Steuerbord rollten die ungesicherten Kanonen so weit zurück, wie die Broken es zuließen, und ihre Gegenstücke an Backbord krachten gegen das Schanzkleid, standen halb im Wasser, das durch die offenen Stückpforten einkam. Aber der Kutter richtete sich wieder auf und preschte hinter der Yacht her. Jetzt konnten sie auch ihren Namen am Heck erkennen: *Draaken*. Ihre Segel waren von Durchschüssen wie punktiert, und von ihrem Mast wehten gebrochene Leinen nach Lee aus.

Auch während der Halse hatte Drinkwater den Blick nicht von seinem Gegner gelassen; er beobachtete mit Argusaugen, wie die Distanz zwischen ihnen kleiner wurde. Die Yacht machte mit ihren Seitenschwertern zuviel Abdrift nach Lee, *Kestrel* hingegen kam von Backbord achtern auf. Wie nebenbei nahm er wahr, daß Jessup eine Jungfer in ein beschädigtes Luvwant setzte, das bei der Halse fast gebrochen war. Unter seinen Sohlen spürte er eine Schwerfälligkeit in *Kestrels* Bewegungen, die auf Wasser im Rumpf schließen ließ. Noch während er dies im Unterbewußtsein verarbeitete, hörte er schon das Rasseln der Lenzpumpen; Johnson war also auf dem Posten.

Er rief: »Mr. Traveller!« und bekam keine Antwort. Schließlich antwortete Jessup: »Jem hat's erwischt, Sir . . .« Eine Pause, wie zum Nachruf auf einen Freund. »Ich übernehme die Steuerbordbatterie, wenn Sie die brauchen . . .« Jessups Stimme klang höher als sonst und gepreßt, Drinkwater kannte den Ton auch an sich selbst: Er verriet Blutdurst, die Bereitschaft, bis zum Äußersten zu gehen, und gab den Worten in diesen Augenblicken erhöhter Wahrnehmungsfähigkeit eine Bedeutung, die sich ins Gedächtnis eingrub.

»Stimmt, Mr. Jessup, ich brauche die Steuerbordbatterie«, bestätigte er und glaubte zu spüren, daß sich die Moral an Deck wieder festigte. Die Opfer waren von Merrick und seinen Helfern beiseite geschafft worden, Appleby kümmerte sich um die Verwundeten.

Von dem Gefecht rundum nahm Drinkwater nichts mehr wahr. Er konzentrierte sich ganz darauf, *Draaken* zu überholen und Santhonax' nächsten Zug im voraus zu erraten. Jessup trat zu ihm.

»Ich habe die Steuerbordbatterie mit Kugeln und Kartätschen geladen, Sir«, meldete er, »und die Backbordmannschaft hält sich zum Entern bereit.«

Drinkwater wandte seine Aufmerksamkeit mit einer bewußten Anstrengung dem Mann neben sich zu. Jessups Verläßlichkeit und Tatkraft, die ihm gleich aufgefallen waren, machten sich jetzt bezahlt. Das mußte er in seinem späteren Bericht erwähnen. Falls er überlebte, um ihn abfassen zu können.

»Danke, Mr. Jessup.« Sein Blick ging über den Bootsmann hinaus nach vorn, wo James Thompson den Zündsatz in seiner Pistole überprüfte und von Short ein Entermesser entgegennahm. Short hatte sich sein Halstuch um den verschwitzten Kopf gebunden und rieb liebevoll ein Pike blank. Am Niedergang prüfte Tregembo die Schärfe einer anderen mit dem Daumen und warf ab und zu einen besorgten Blick nach achtern. An Steuerbord knieten die Stückmannschaften wie beim Exerzieren hinter ihren Kanonen. Drinkwater erkannte Polls roten Bart, der aggressiv auf den Feind zeigte.

Einen schrecklichen Augenblick lang erfaßten ihn Mitleid und Bedauern. Ihm schien der Kutter mit all seinen Männern in den Händen irgendeiner dunklen Macht gefangen, die sich allein aus seinem Rachedurst nährte. Sie alle konnten doch unmöglich von der gleichen irrsinnigen Zwangsvorstellung erfaßt sein, die ihn zur Jagd auf Santhonax trieb, oder wie er von Hortense Montholon behext.

Er schüttelte den Gedanken ab und sagte sich, daß er nur das Resultat eiserner Disziplin vor sich sah. Und dann vergaß er alles andere, als *Draaken* vor ihm anluvte.

Da sie nicht entkommen konnte, wollte sie sich zum Gefecht stellen, solange sie noch einen Vorsprung hatte, wollte sich vor *Kestrel* legen, sie Schuß um Schuß beharken und dann nach Norden abdrehen, wobei sie die zweite Breitseite abfeuern würde.

»Hinwerfen!« befahl Drinkwater, sprang selbst mit an die Pinne und drückte *Kestrel* einen Viertelstrich nach Steuerbord, wodurch sie jetzt direkt auf die Yacht zuhielten.

Unter den Einschlägen von *Draakens* Breitseite geriet der Kutter ins Stolpern. Das Piekfall wurde zerschossen, so daß das mächtige Großsegel zusammenfiel. Das vordere Schanzkleid löste sich in einem Splitterhagel auf, und ein heller, nachhallender Knall verriet, daß mindestens eine Kugel eine Bugkanone getroffen hatte und abgeprallt war. Ein Mann schrie grell auf, der eine Rudergänger fiel lautlos vor Drinkwaters Füße. Dann vollendete *Draaken* die Drehung und setzte dazu an, den Kutter auf der anderen Seite zu passieren, kaum zwanzig Meter entfernt in Luv.

»Jetzt, Jessup! Jetzt!« Die Stückmannschaften kamen wieder hoch und sammelten sich um ihre Kanonen.

Draaken stand jetzt querab. »Feuer!«

Drinkwater sah drüben die Verschanzung in die Luft fliegen, bevor der Qualm von *Draakens* Breitseite alles einhüllte und auf *Kestrel* zutrieb. Als er sich wieder hob, schlugen die Segel der Yacht unkontrolliert. Santhonax hatte alle Schoten loswerfen lassen und driftete jetzt mit dem geringen Tiefgang auf *Kestrel* zu, die mit ihrem nutzlos gewordenen Großsegel und ihrer aus den Stagreitern geschossenen Fock schnell an Fahrt verlor.

»Alle Schoten los! Klar zum Entern!«

An *Kestrels* Steuerbordseite pumpte jede Kanone so viele Kugeln in die herantreibende Yacht, wie in der Hast nachgeladen werden konnten. Es war ein einziges Morden, ein Inferno, zu dem die knallenden Segel, das Brüllen der Kanonen und die tierischen Schreie Verwundeter die Begleitung abgaben. Und schließlich lag *Draaken* in all dem Qualm und Chaos längsseits, mit dem Mast auf Höhe von *Kestrels* Pinne.

»Enterer nach achtern!« brüllte Drinkwater, riß seine Pistole aus dem Gürtel und zog den Degen. Zwischen den Rauchschwaden erkannte er die Gesichter von Tregembo, Short, James Thompson und ein halbes Dutzend anderer, die ihm plötzlich so wichtig dünkten wie alte Freunde.

Kestrel erbebte, als *Draaken* gegen sie stieß und von den Holländern festgelascht wurde, wo es nur ging. Der Wind riß die letzten Rauchfäden von den endlich verstummten Kanonen, und sie sahen den Feind zum ersten Mal von Angesicht zu Angesicht.

Die Holländer lauerten sprungbereit an der Bordkante, die runden Gesichter eingerahmt von Messern, Beilen und Piken. Drinkwater suchte Santhonax, aber nur kurz, dann vergaß er ihn, als die Holländer an Bord strömten. Die Kestrels wurden auf ihrem eigenen Deck abgedrängt, wichen schlitternd, hauend und stechend bis zu den Gigs zurück. Drinkwater griff an und parierte, Tregembo grunzend und fluchend zu seiner Rechten und James Thompson zu seiner Linken. Er spürte, daß er auf Körper trat, die noch zuckten, wagte aber nicht, hinabzublicken, weil er den ungeschickten Ausfall eines blonden Jungen mit verzweifelter Blutgier in den Augen abblocken mußte. Wieder stach der Junge zu, ungenau, aber mit den schnellen Reflexen des Überlebensinstinktes. Drinkwaters Waffe hackte grausam zu, durchtrennte den allzu weit vorgereckten Arm, und der Junge sank wimmernd zu Boden.

Drinkwater blickte sich um. Der holländische Vorstoß geriet ins Wanken, als die Briten, im Rücken durch die massiven Heckspiegel der Gigs geschützt, sich immer entschlossener verteidigten.

»Mir nach, Kestrels!« Drinkwaters Schrei klang krächzend, wurde aber in seiner Umgebung mit neuem Schwung der Piken, schnelleren Hieben der Entermesser beantwortet; die Bewegungsrichtung kehrte sich um, jetzt wurden die Holländer zurückgetrieben. Mit irrem Gebrüll kam Short über eine Backbordkanone gesprungen, stieß mit seiner Pike einen Mann über Bord und trieb zwei weitere vor sich her gegen die Backbordreling. Dort wurden sie entwaffnet und von Short wie Abfall ins Wasser geschubst.

Drinkwater drängte sich nach links durch, zur Heckreling an Steuerbord hinüber, wo die Feinde sich zurückzogen. »Entert den Bastard, James, entert den Bastard!« schrie er, und Thompson neben ihm grinste.

»Ich bin dabei, Mr. Drinkwater!« Tregembos Stimme war immer noch da, und jetzt stieß auch Hill dazu, gefolgt von Bulman mit den Mannschaften der Bugkanonen, die sich auf Steuerbordseite nach achtern durchgeschlagen hatten. Dann waren sie über der Reling und sprangen auf *Draakens* Deck hinab, vom eigenen Schwung nach vorn getragen: Männer, die monatelanger Blockadedienst hart und skrupellos gemacht hatte, die bösartiger fochten als die durch das Drängen eines ausländischen Drahtziehers von ihren bequemen Liegeplätzen gerissenen Holländer.

Ihr Widerstand verlor seinen Schwung, fiel allmählich in sich zusammen, und saftige englische Flüche begannen das Stöhnen verwundeter oder sterbender Holländer zu übertönen.

Mit weiten Schwüngen seiner Waffe mähte sich Drinkwater die Bahn nach achtern frei. Ein holländischer Offizier stellte sich ihm mit gezogenem Degen entgegen, und aus Instinkt nahm Drinkwater die gleiche Fechthaltung ein, aber Short warf sich an ihm vorbei nach vorn, das Gesicht eine grinsende Maske des Irrwitzes, die Pike auf den Bauch des Franzosen gerichtet. Eine Pistolenkugel traf Short ins Auge und riß ihm den halben Hinterkopf weg, trotzdem stieß er zu; aufgespießt von der schrecklichen Waffe, brach der Offizier unter Shorts zuckender Leiche zusammen.

Drinkwater trat einen Schritt zur Seite und sah sich dem Mann gegenüber, der die Pistole abgefeuert hatte.

Es war Edouard Santhonax.

Der Franzose ließ die Pistole fallen und griff mit dem Abwärtshieb an, den er auch in Sheerness angewandt hatte. Drinkwater riß seine Waffe senkrecht hoch, parierte, und die Schneiden stießen klirrend zusammen. Dann war Tregembo da und setzte mit der Pike zum Stoß auf Santhonax' entblößte Mitte an.

»Lebend, Tregembo, wir wollen ihn lebend!« Mit einer letzten Kraftreserve konnte Drinkwater das Handgelenk drehen und sich befreien; er zog seine Schneide quer über Santhonax' exponierten Unterarm.

Von zwei Gegnern angegriffen, scheute Santhonax mehr die stoßbereite Pike und versuchte, sie beiseite zu hacken, gerade als Tregembo sie, Drinkwaters Befehl gehorchend, anhob. Die scharfe Spitze traf den Franzosen im Gesicht und riß ihm die Wange auf. Über und über mit Blut aus der entstellenden Wunde bedeckt, wich er zurück.

Drinkwater ließ den Blick über *Draakens* Deck wandern, das wie ein Schlachthaus aussah. Auf den Niedergangsstufen stand wankend James Thompson und hielt, ungläubiges Staunen in den Augen, mit beiden Händen seine hervorquellenden Eingeweide zurück. Erschüttert wandte sich Drinkwater ab. Eine seltsame Stille senkte sich über die Szene, das Stöhnen des Windes im Rigg übertönte das Klagen der Verwundeten. Dann sagte Hill: »Das Flaggschiff signalisiert, Sir . . . Apostelgeschichte 27/28 . . .«

»Um Himmels willen . . .

Auf ganzer Länge der Flottenformation war der Pulverqualm vom Wind fortgetragen worden. Admiral de Winter hatte kapituliert. Wer von Onslows Kommandanten noch Männer auf dem Achterdeck hatte, die eine Bibel öffnen konnten, der gehorchte dem Befehl und ließ loten. Doch statt fünfzehn Klaftern fanden sie nur neun Faden Wassertiefe. Unter großer Gefahr sicherte sich die siegreiche britische Flotte ihre Prisen.

Und mitten unter ihnen segelte *Kestrel*, so gut ihr lädiertes Rigg es zuließ, die Verschanzung in Trümmern, das Deck mit Gefallenen bedeckt.

SECHZEHNTES KAPITEL

Oktober 1797

Nachspiel

»Wie geht's ihm, Harry?« Im Licht der pendelnden Lampe wirkte *Kestrels* Kajüte wie eine Vorhölle und der vor Erschöpfung fahle, blutbespritzte Appleby wie ein Folterknecht. Gemeinsam starrten sie auf den geschrumpften Körper des Zahlmeisters Thompson nieder, dessen Leib mit durchbluteten Bandagen umwickelt war.

»Es geht schnell zu Ende«, antwortete der Arzt so kurz angebunden und formell, wie es unter diesen schrecklichen Umständen angebracht war. »Die bläulichen Lippen, die Kontraktur der Nüstern und Augenbrauen deuten auf baldigen Exitus ... Außerdem hat er eine Menge Blut verloren.«

»Ja.« Drinkwater schwindelte es; obwohl tausenderlei auf Erledigung wartete, wollte er die Kajüte mit ihrem Gestank und den stöhnenden Opfern nicht verlassen, als ob er sich durch seine Anwesenheit für das Morden bestrafen müsse, das erst wenige Stunden zurücklag. »Ja«, wiederholte er. »Man hat mir berichtet, daß er mir beim Entern sehr tapfer zur Seite gestanden hat.«

Appleby antwortete nicht.

»Sie geben ihm doch schmerzstillende Mittel?«

Appleby war zu erschöpft, um auf diese Frage gereizt zu reagieren; er nickte nur. »Er ist bis obenhin voll Laudanum und wird in diesem Zustand auch vor seinen Schöpfer treten.« Ein Vorwurf lag in seinem Ton.

Drinkwater verließ die Kajüte und ging an Deck. Dabei kam er an seiner früheren Kammer vorbei, in der jetzt Santhonax mit genähtem, wachsbleichem Gesicht lag, die Hände in Fesseln. Der Wind hatte inzwischen Sturmstärke erreicht, und die britische Flotte kämpfte sich mühsam von der Festlandküste frei, wobei jedes Schiff auf sich selbst gestellt war. Die finstere, von Sturmgeheul erfüllte Nacht brachte Drinkwater nach langem Aufundabwandern an Deck endlich genug

Entspannung, so daß er sich hinlegen und den Schlaf an sich heran-kommen lassen konnte, den sein Körper so dringend brauchte.

Der Sturm brachte Regen mit, der die Wellenkämme beharrlicher peitschte als die Gischtflagen, von denen die Wachgänger durchnäßt wurden. Weit draußen in der Nacht blinkte manchmal ein Licht auf und verriet, wo ein britisches Kriegsschiff nach Luv knüppelte; zweimal hörte Drinkwater Bulman die Ausguckposten zur Wachsam-keit ermahnen.

Er war sich bewußt, daß er dem Brutalisierungsprozeß nicht entgangen war, der vor so vielen Jahren in der Fähnrichsmesse von *Cyclops* begonnen hatte. Auch die Ereignisse in den Sümpfen von Carolina hatten ihn gezeichnet. Die Wildheit, zu der er im Kampf fähig war, ging auf einen archaischen Charakterzug zurück, den diese Erlebnisse in einem primitiveren Teil seines Wesens freigesetzt hat-ten. Diese Brutalität ließ sich nicht vereinbaren mit den in einer behüteten Kindheit eingepflanzten Maximen, und als Ausweg flüchte-te er sich wie viele seiner Zeitgenossen in die Sentimentalität.

Er beruhigte sich mit dem Gedanken, daß er seine Pflicht getan hatte und sein Schicksal ohnehin vorherbestimmt war. Müdigkeit dämpfte das Gefühlswirrwarr, das seit der Schlacht in ihm tobte, und nahm den Erinnerungen einiges von ihrer Schärfe, bis er sich imstande fühlte, seinen Bericht abzufassen.

Die Fahrzeuge wurden Bord an Bord gebracht, und nach hartem Gefecht ergab sich das Kurierschiff Draaken, schrieb Drinkwater sorgfältig und langsam. *Ich erlaube mir hervorzuheben, daß der Feind sich mit großer Tapferkeit verteidigte und den Enterern schwere Verluste beibrachte. Die letzteren jedoch schlugen sich so gut, wie es britischen Seeleuten ziemt, insbesondere James Thompson, Zahlmei-ster, Edward Jessup, Bootsmann, und Jeremiah Traveller, Stückmei-ster, der im Kampfe fiel.*

Er hielt kurz inne und überdachte die kalte Förmlichkeit seiner Redewendungen. Noch einen Zusatz mußte er machen, ehe er die Liste der Toten und Verwundeten anheftete.

Unter den Gefangenen, schrieb er, *ist ein französischer Marineoffi-zier, Fregattenkapitän Edouard Santhonax, Euer Ehren bekannt als Agent der französischen Regierung. Bei seinen Papieren wurden die beigefügten Dokumente gefunden, die sich auf eine geplante Invasion Irlands beziehen.* Sorgsam setzte Drinkwater seine Unterschrift dar-unter.

Als er die Verlustliste angefügt hatte, ging er an Deck. Der schreckliche Blutzoll, den sie entrichtet hatten, schien die Moral der Besatzung nicht zerrüttet zu haben. Allen Kestrels gemeinsam war die Erleichterung, daß sie überlebt hatten. Außerdem einte sie der Stolz auf ihre Prise *Draaken*, die ihnen unter Hills Kommando im Kielwasser folgte.

Drinkwater nahm der Besatzung die gute Stimmung nicht übel, er wußte, daß er und Appleby in ihrer Niedergeschlagenheit allein standen. Es war nicht Gefühllosigkeit, was die Männer sich so verhalten ließ, sondern eine selbstverständliche Hinnahme der Vergänglichkeit aller Dinge. Drinkwater stellte fest, daß er sie beneidete, als er sie nach achtern rufen ließ, um ihnen für ihre Tapferkeit zu danken. Seine Worte klangen ihm selbst unerträglich pathetisch, aber die Besatzung lauschte in aufmerksamem Schweigen. Elizabeth hätte sich darüber amüsiert, dachte er. Der Gedanke an sie munterte ihn etwas auf und machte ihm klar, daß er nicht gewagt hatte, an eine Zukunft für sich zu glauben, seit die Holländer von Texel ausgebrochen waren. Der graue Morgen mit seinem steifen Wind war plötzlich nicht mehr ganz so deprimierend und das Bild der am Rande seines Blickfelds segelnden *Adamant* fand er jetzt bewegend.

Er beendete seine Ansprache, und die Männer stießen ein paar Hurrarufe aus. Danach wandte sich Drinkwater den grauen Bündeln zwischen den Kanonen zu. Es waren dreizehn im ganzen.

Er hatte gemordet und sich dessen gerühmt, nun mußte er mit einer offenbar sinnlosen Folge widersprüchlicher Rituale die Opfer bestatten.

Aus der schadhaften Tasche seines schmutzigen Mantels holte er das in Leder gebundene Gebetbuch, das einst seinem Schwiegervater gehört hatte, und begann zu lesen: »Ich bin die Auferstehung und das Leben, sagt der Herr . . .« Über ihren Köpfen knatterte die Nationale scharf im Wind.

Duncans Flotte ließ in der Nore unter dem Applaus des Parlaments und dem Aufatmen der ganzen Nation die Anker fallen. Zunächst traten die strategischen Konsequenzen der Schlacht hinter der allgemeinen Erleichterung zurück, daß das Nordseegeschwader trotz der Meuterei nicht versagt hatte. Die Seeleute hatten sich rehabilitiert, die Unnachgiebigkeit der Regierung war gerechtfertigt. Der Ruhm des Sieges strahlte auf alle Beteiligten aus, Euphorie wurde das vorherrschende Allgemeingefühl, und die Sieger sahen sich mit Ehren überhäuft. Admiral Duncans ursprüngliche Hoffnung, sich mit einem schottischen Adelstitel unauffällig zur Ruhe setzen zu können, wurde durchkreuzt, man machte ihn zum Baron und Viscount von Großbritannien. Onslow wurde Baronet, Trollope und Fairfax wurden zu Rittern geschlagen. Alle Ersten Offiziere der Linienschiffe wurden zu Kapitänen befördert. Es wurden Medaillen geprägt, Ehrensäbel verliehen, die beiden Häuser des Parlaments sprachen der Flotte einstimmig ihren Dank aus. Letzteres war genauso überflüssig, stellte Tregembo treffend fest, wie seine Brustwarzen.

Bevor er sich bei Duncan meldete, verhörte Drinkwater noch einmal Santhonax. Der Franzose konnte nur unter Schwierigkeiten sprechen, denn die von Appleby grob genähte Gesichtswunde machte ihm fast jede Mundbewegung unmöglich. Unter Druck hatte er seinen Namen gesagt und dabei die englische Aussprache benutzt, doch danach ließ Drinkwater ihn in Ruhe, denn er hatte mit dem beschädigten Kutter und einer um die Hälfte reduzierten Besatzung mehr als genug zu tun.

Aber an dem Morgen, als sie in der Nore ankerten, ging es Santhonax etwas besser, und er fragte nach Drinkwater.

»Wer sind Sie?« wollte er wissen; er sprach durch zusammengepreßte Zähne, aber fast ohne französischen Akzent.

»Mein Name, Sir, ist Drinkwater.«

Santhonax nickte. »*Boireleau*...« murmelte er, den Namen wörtlich ins Französische übersetzend, als wolle er ihn sich einprägen. Etwas lauter fragte er: »Sie sind nicht Kommandant dieses Schiffes?«

»Doch, jetzt bin ich es.«

»Aber der Alte... Griffiths?«

»Sie kennen ihn?« Vor Überraschung vergaß Drinkwater seine kalte Distanziertheit. Santhonax setzte zu einem Lächeln an, ließ es aber aufstöhnend bleiben.

»Wie die Beute den Jäger kennt... Ihr Schiff trägt den passenden Namen, *La Crécerelle*.«

»Warum haben Sie Brown hingerichtet?«

»Er war ein Spion und wußte zuviel... Ein Feind der Revolution und Frankreichs.«

»Und Sie?«

»Ich bin Kriegsgefangener, Monsieur Boireleau...« Diesmal kräuselten sich die Fältchen in seinen Augenwinkeln.

Erbost hielt ihm Drinkwater entgegen: »Wir haben genug Beweise, um Sie zu hängen. Hortense Montholon ist in unserem Gewahrsam.«

Santhonax' Spott versiegte plötzlich, er wirkte wie ein Mann nach einem unerwarteten Peitschenhieb. Auch die letzte Farbe wich aus seinem Gesicht.

»Schafft ihn weg«, sagte Drinkwater zu Hill, der nervös hinter dem Gefangenen gewartet hatte. »Und danach brauche ich meine Gig.«

»Drinkwater, wie schön, Sie zu sehen! Was sagen Sie dazu, wie wir ihnen Zunder gegeben haben? Und haben sie sich nicht großartig gewehrt?« In bester Laune und mit der funkelnden neuen Kommandanten-Epaulette erwartete ihn Burroughs an *Venerables* Eingangspforte. Mit einer Handbewegung umfaßte er die verankerte Flotte. »Kaum eine Spiere geknickt, aber die Rümpfe löchrig wie Schweizer Käse ... Mein Gott, bin ich froh, daß wir sie erledigt haben, möchte das ums Verrecken nicht noch mal durchmachen müssen ... Keine einzige Prise, die sich zu übernehmen lohnt – vielleicht mit Ausnahme der Ihrigen, wie?«

»Aye, Sir, aber auch die hat einen hohen Preis gekostet.«

Burroughs wurde ernst. »Ja, das stimmt. Unsere Verluste waren furchtbar, über tausend Tote und Verwundete ... Aber kommen Sie, der Admiral will Sie sprechen. Ich wollte schon einen Fähnrich nach Ihnen schicken.«

Drinkwater folgte Burroughs in den Schatten des Hüttendecks und wurde an dem wachestehenden Seesoldaten vorbeigeschleust. »Mylord, hier ist Mr. Drinkwater.« Burroughs kniff ein Auge zu und verschwand. Drinkwater trat vor den Schreibtisch, an dem Duncan hinter einem Stapel Papiere saß und schrieb.

»Nehmen Sie Platz«, sagte der Admiral müde und ohne den Blick zu heben. Vorsichtig ließ sich Drinkwater auf einen hochlehnigen Stuhl nieder, denn die Blessuren von Kampenduin machten ihm noch zu schaffen. Irgendwie fühlte er, daß in den letzten 24 Stunden schon viele vor ihm auf diesem Stuhl herumgerutscht waren.

Endlich hob Duncan den Kopf. »Ah, Mr. Drinkwater, wir haben noch ein paar offene Punkte zu klären, wie?«

Drinkwaters Herz übersprang einen Schlag. Plötzlich glaubte er, irgendeinen schweren Fehler begangen zu haben; vielleicht hatte er einen Befehl nicht ausgeführt, ein Signal nicht wiederholt ... Er schluckte trocken und hielt dem Admiral ein dickes Couvert hin. »Mein Bericht, Mylord ...«

Duncan nahm ihn und brach das Siegel auf. Sich immer wieder die müden Augen reibend, begann er zu lesen, während Drinkwater seinem eigenen Herzschlag lauschte. Der weiße Innenanstrich der großen Achterkajüte war rissig und abgeblättert, wo holländische Kugeln in *Venerables* Bordwand gekracht waren, und an einer Stelle sah man hastig über ein Loch genagelte Planken. Kalte Luft zog durch den Raum, und ein etwas dunklerer Fleck auf dem geschrubbten Boden verriet, wo einer aus *Venerables* Crew viel Blut verloren hatte.

Duncan fragte: »Sie haben also einen Gefangenen gemacht, Mr. Drinkwater?«

»Jawohl, Mylord.«

»Dann lassen Sie ihn besser gleich herüberschaffen. Ich gebe Ihnen eine Abteilung Seesoldaten mit.«

»Danke, Mylord.«

»Kapitän Trollopes Geschwader, dem auch Sie angehörten, hat sich tapfer geschlagen, und ich habe hier ein Papier für Sie.« Er hielt ihm ein Dokument hin, und Drinkwater erhob sich, um es entgegenzunehmen. Es war die Bestallung zum Leutnant.

»Danke, Mylord, vielen Dank.«

Duncan war schon wieder mit seinen Papieren beschäftigt und murmelte ohne aufzublicken: »Sie haben das redlich verdient, Mr. Drinkwater.«

Die Hand schon auf dem Türknauf, fiel Drinkwater noch etwas ein. Er wandte sich um. Duncan schien völlig absorbiert von seinen internen Problemen, es hieß, daß Williams von *Agincourt* vor ein Kriegsgericht gestellt werden sollte. Drinkwater hüstelte. »Mylord?«

»Hm?« Duncan schrieb weiter.

»Meine Besatzung hat seit langem keinen Sold erhalten, Mylord. Dürfte ich Sie bitten, eine entsprechende Anweisung zu erteilen?«

Duncan legte die Feder weg und blickte auf. Er war ein viel zu erfahrener Marineoffizier, um nicht zu ahnen, daß sich hinter dieser simplen Bitte eine Menge verbarg. Schwach lächelte er dem ernsten jungen Mann zu. »Sprechen Sie mit meinem Schreiber, Mr. Drinkwater, meinem Schreiber.« Wieder beugte sich der alte Admiral über seinen Papierkram.

Kestrel lag in Saltpan Reach, und die Werft tat ihr möglichstes, um sie wieder zusammenzuflicken. Drinkwater wurde als Kommandant bestätigt, zumindest für die Zeit der Reparaturen, und gab ein Abendessen für seine überlebenden Decksoffiziere. Es war eine recht bescheidene Angelegenheit, bei der sie von Merrick und Tregembo bedient wurden, der sich dazu freiwillig gemeldet hatte und mit seiner Aufgabe überraschend gut fertig wurde. Nach dem Essen paßte er

Drinkwater ab.

»Mit Ihrer Erlaubnis, Sir«, begann er, verlegen von einem Fuß auf den anderen wechselnd. Schließlich faßte er sich ein Herz. »Ach, verdammt, Sir, ich bin keiner, der erst lange auf den Busch klopft. Aber da Sie also nun befördert sind, möchte ich mich bei Ihnen gern als Ihr persönlicher Bootsmann bewerben, Sir.«

Drinkwater lächelte den Mann aus Cornwall an. »Ich bin nur zum Leutnant befördert worden, Tregembo, nicht zum Kapitänleutnant, das wissen Sie doch.«

»Wir sind nun ein, zwei Jahre auf demselben Schiff, Sir...«

Drinkwater nickte, er fühlte sich sehr geschmeichelt. »Hören Sie, Tregembo, ich kann Ihnen nichts über Ihren Marinesold hinaus bezahlen, und das reicht auf keinen Fall für Sie und Ihre künftige Frau...« Weiter kam er nicht.

»Oh, es reicht, Sir. Ihr Prisenanteil reicht für ein hübsches Haus, und meine Susan kann Mrs. Drinkwaters Köchin werden, Sir.« Tregembo grinste triumphierend. »Danke, Sir, danke vielmals...«

Konsterniert konnte Drinkwater nur: »Das haut doch den Stärksten um!« murmeln und dem Davoneilenden nachstarren. Er erinnerte sich an Tregembos Susan, sie war eine resolute, kräftige junge Frau und mochte an der Entwicklung der Dinge nicht unschuldig sein.

Am besten setzte er sich jetzt hin und schrieb an Elizabeth, um sie darüber zu informieren, daß er seine Bestallung bekommen hatte und sie – wie es schien – eine Köchin.

Siebzehntes Kapitel

November 1797

Der Drahtzieher

»Die neuen Befehle, Sir.« Hill reichte dem Kommandanten das in Wachstuch eingeschlagene Päckchen, das vom Wachboot gebracht worden war. Drinkwater schob die letzte Flasche aus Griffiths' Vorrat über den Tisch zu Appleby und öffnete das Bündel.

Je länger er las, um so tiefer furchte sich seine Stirn. Schweigend suchten Appleby und Hill im Gesicht ihres Kommandanten nach irgendwelchen Anzeichen für ihr künftiges Geschick. Endlich sah Drinkwater auf.

»Mr. Hill, wir laufen abends mit der Ebbe zur Nore hinunter aus. Und um fünf Uhr brauche ich ein Boot, das mich zur Gun Wharf übersetzt . . .« Er blickte auf die Papiere nieder.

Hill wiederholte seine Anweisungen und verließ die Kajüte. »Was gibt's denn?« fragte Appleby.

Drinkwater hob den Kopf. »Es ist leider vertraulich, Mr. Appleby«, sagte er kühl und distanziert. Aber nicht Applebys neugierige Frage machte Drinkwater zu schaffen, sondern die Unterschrift unter der neuen Order. Sie stammte nicht von Admiral Duncan, sondern von Lord Dungarth.

Der Lord entstieg als erster der Kutsche, die auf dem windigen Kai hielt. Drinkwater trat vor, um ihn zu begrüßen, aber Dungarth half dem zweiten Insassen heraus. In der abendlichen Dämmerung war die in einen Kapuzenmantel gehüllte Gestalt nicht zu erkennen, doch kam sie Drinkwater irgendwie bekannt vor.

»Also«, sagte sie mit einem Blick in die Runde, »also wollen Sie mich deportieren und doch nicht erschießen, wie?«

An der Stimme erkannte Drinkwater Hortense Montholon.

Dungarth antwortete: »Aye, Madam, aber ich kann Ihnen versichern, daß dies meinem Rat und meiner Neigung zuwiderläuft.« Er wandte sich Drinkwater zu. »Guten Abend, Leutnant«, sagte er mit einem schmalen Lächeln, das ein Glückwunsch sein sollte.

»Guten Abend, Mylord.«

Lord Dungarth holte ein Paar Handschellen aus der Manteltasche und sagte zu der Frau: »Reichen Sie mir jetzt freundlicherweise Ihr rechtes Handgelenk.«

»Müssen Sie wirklich so barbarisch sein?« fragte sie mit gerunzelter Stirn und warf Drinkwater einen Blick voller Hilflosigkeit zu. Aber dieser ignorierte ihn.

»Wir sind Männer, keine Heiligen, reizende Dame«, zitierte Seine Lordschaft, schloß die andere Handschelle um seinen Arm und führte die Gefangene zu dem wartenden Boot.

Kestrel ging ankerauf und lief mit günstigem Wind aus der Themse aus. Um Mitternacht kam Drinkwater unter Deck und fand Lord Dungarth im Lampenschein am Tisch sitzen, während Hortense Montholon auf der leewärtigen Bank schlief.

Leise holte Drinkwater eine Flasche aus dem Schrank. Er füllte zwei Gläser und reichte Dungarth eines. Der Kreis hatte sich geschlossen: In *Kestrels* Kajüte hatte die Affäre begonnen, hier ging sie nun auch zu Ende. Dungarth hob sein Glas.

»Auf Ihre Kokarde, Nathaniel. Sie haben sie verdient.«

»Danke, Mylord.« Sein Blick glitt zu der Frau hinüber. Das kastanienrote Haar fiel ihr offen über Nacken und Schultern, das Gesicht wirkte nach dem Gefängnisaufenthalt blaß und abgezehrt, was ihr etwas Märtyrerhaftes gab. Die Wirkung auf Drinkwater war ihm vom Gesicht abzulesen.

»Sie ist gefährlich wie eine Schlange«, sagte Dungarth, und Drinkwater wandte sich schuldbewußt ab.

»Was geschieht jetzt mit ihr?«

Dungarth zuckte die Schultern. »Wenn sie ein Mann wäre, hätten wir sie standrechtlich erschossen; wäre sie als Engländerin in der gleichen Situation von den Franzosen aufgegriffen worden, hätten sie sie guillotiniert. Aber wie die Dinge nun mal liegen, wird sie freigelassen.« Dungarths zynischer Ton unterstrich, daß er diese Entscheidung keineswegs billigte.

»Ihr Bruder hat einigen Einfluß in Emigrantenkreisen, von da her wurde Druck auf die Regierung ausgeübt.« Er seufzte. »Ich wollte, der arme Brown hätte solch einen Fürsprecher gehabt.«

»Aye, Mylord . . .« Drinkwater sah im Geiste wieder den Galgen über der Batterie von Kijkduin. »Und was wird aus Santhonax?«

»Ah!« grunzte Dungarth schon zufriedener, ein grausames Lächeln um den Mund. »*Ihn* haben wir in sicherem, sehr sicherem Gewahrsam. Sie haben ja sein schönes Gesicht ganz entstellt, Nathaniel, ts, ts.« Drinkwater reichte ihm die Flasche hinüber, da *Kestrel* gerade wieder in ein Wellental sackte. Er deutete damit auf die Schlafende. »Sie weiß noch nicht, daß wir ihn ergriffen haben. Da erwartet sie bei der Heimkehr eine ziemliche Enttäuschung.« Lächelnd nahm er einen Schluck Wein.

Wieder sah Drinkwater zu Hortense hinüber. Sie regte sich, als *Kestrel* schwer rollte, und öffnete die Augen. Verwirrt setzte sie sich auf, schauderte und zog mit einer seltsam kindlichen Bewegung den Mantel enger um ihre Schultern. Dann erblickte sie die Anwesenden, begriff ihre Lage, und ein Ausdruck huschte über ihr Gesicht, der an Genugtuung grenzte.

»Nehmen Sie sich in acht vor ihr, Nathaniel«, warnte Dungarth. »Sie ist mit allen Wassern gewaschen und täuscht jeden Mann. Ein Jammer, daß die jakobinische Empörung, die sonst keine großen Unterschiede macht, in Carteret nicht höher schlug und uns die Mühe ersparte, eine solche Viper zu retten. Man sollte nicht glauben, daß ein solches Engelsgesicht den eigenen Verlobten verraten hat.«

Drinkwater sah Hortense fragend die Stirn runzeln und erinnerte sich an den armen Tocqueville und seine unerwiderte Liebe.

»Was meinen Sie mit ›verraten‹?« fragte sie.

»Halten Sie mich nicht für dumm, Madam. Ihr Geliebter Santhonax hat den Grafen Tocqueville in der Gosse von London abschlachten lassen, das wissen Sie sehr gut.«

»Nein, nein... Davon habe ich nichts gewußt.« Sie schwieg und schien die Nachricht zu verarbeiten, dann hob sie den Kopf. »Ich glaube Ihnen kein Wort. Sie lügen... Sie lügen, wie Narren lügen, um sich zu schützen. Ihre Marine ist von unseren tapferen Republikanern dezimiert worden, und jetzt kommen uns auch bald die Holländer zu Hilfe, alle Schiffe des Kontinents werden zu den Schiffen Frankreichs stoßen, dann steht die stärkste Marine der Welt unter unserem Befehl...« Aus ihren Augen leuchtete die feste Überzeugung eines Menschen, der sich im Gefängnis mit derlei Gedanken aufrecht erhalten hatte. »Und jetzt sparen Sie mich auf, um in Ihrer Not Kapital aus mir zu schlagen.«

Drinkwater hörte, daß Dungarth neben ihm leise zu lachen begann. Er sagte: »Die Meuterei ist gescheitert, Madam. Die Holländer kommen nicht mehr, ihre Flotte ist vernichtet.«

»Wie Sie sehen«, warf Dungarth ein, »sind Ihre Pläne restlos schiefgegangen. Wir beherrschen den Kanal, und Irland ist gerettet.«

»Dann ist Irland verloren«, rief Hortense mit neuerwachter Überzeugung. Doch der Glanz in ihren Augen erlosch, als Dungarth erwiderte: »Aber Santhonax auch.«

Erschreckt hielt Hortense den Atem an, blickte erst den einen ihrer Bezwinger an und dann den anderen, fand aber keinen Trost in ihren Augen. »Er ist in Frankreich«, sagte sie unsicher.

»Er *war* in Holland, Madam, aber Mr. Drinkwater hier hat ihn gefangengenommen, vor kurzem in der Schlacht mit den Holländern.«

Sie öffnete den Mund, um zu protestieren, um ihnen vorzuwerfen, daß sie nur blufften; aber sie las die Wahrheit in ihren Blicken. Drinkwater verhöhnte sie nicht, er war kein Falschmünzer der Worte, kein Intrigant. Sie erinnerte sich daran, wie er hier in dieser Kajüte Tocquevilles Wunde versorgt hatte – vor einer Ewigkeit, wie ihr schien. Nein, Drinkwater war ein Mann der Tat, deshalb begriff sie, daß Santhonax wirklich in Gefangenschaft geraten war, eingekerkert wie sie selbst von diesen barbarischen Engländern.

»Und ich glaube, sein Gesicht wurde von einer Pike ganz entstellt«, sagte Dungarth scheinbar beiläufig.

Sowohl Dungarth wie Drinkwater gingen in der Gig mit an Land. Über ihnen wuchs der Mont Jolibois in den Nachthimmel auf, den Gipfel von leichtem Dunst verhüllt, den die Landbrise herantrug. Die See war ein schwarzer Spiegel.

Zwischen den beiden saß eine verhüllte Gestalt, unkenntlich für die Bootsgasten. Die Gig wurde auf den Strand gezogen, Drinkwater nahm Hortense auf die Arme, watete spritzend mit ihr an Land und setzte sie ab.

»Bitte sehr, Madam«, sagte Dungarth, der ihnen gefolgt war, mit Nachdruck. »Hoffentlich sehen wir Sie niemals wieder.«

Im Dunkel der Nacht fing Hortense Drinkwaters Blick auf. Aus ihren Augen funkelte Haß auf diesen unauffälligen Engländer, der ihren Geliebten festgenommen und entstellt hatte. Abrupt wandte sie sich um und stapfte durch den Sand davon. Drinkwater sah ihr nach und hatte Dungarth neben sich völlig vergessen – bis der Pistolenschuß krachte.

»Mylord!« Entsetzt starrte er Hortenses Rücken an, fühlte Dungarths Hand auf seinem Arm, der ihn daran hinderte, ihr nachzustürzen. Sie stolperte kurz, dann begann sie zu rennen und verschmolz mit der Nacht.

Drinkwater und Dungarth sahen ihr lange nach und hörten hinter sich die gemurmelten Kommentare der Bootsgasten.

»Die Pistole war nicht geladen«, sagte Dungarth schließlich. »Ich wollte Madam nur Beine machen.« Er lächelte Drinkwater zu. »Aber, aber, Nathaniel, Sie werden doch nicht schockiert sein. Beinahe wären Sie ihr erlegen.« Er kicherte in sich hinein. »Tja, manchmal unterläuft dem Drahtzieher eben ein falscher Griff.«

Sie wandten sich um und gingen schweigend zum Boot zurück.

Nachwort

Nathaniel Drinkwaters Taten in der Zeit von 1792 bis 1797 haben authentische Hintergründe. Kutter wurden für alle möglichen Kriegsdienste eingesetzt und entledigten sich ihrer Aufgaben, wie es der zeitgenössische Historiker William James ausdrückte, »sehr eindrucksvoll für Fahrzeuge dieser niederen Kategorie«.

Tatsächlich floh ein gewisser Barrallier aus Frankreich und baute Schiffe für die Royal Navy; auch verschwanden kurz vor dem Zusammenbruch der Meuterei in der Nore acht Männer mit einer Barkasse der Flotte, und ihr Ziel blieb bis heute ein Rätsel. Unter dem Schock der Meuterei kursierten im Land wilde Gerüchte, daß rätselhafte Fremde auf den Straßen von Kent unterwegs seien. Die breite Masse glaubte an französische Aufwiegelei hinter den Unruhen.

Viele der hier auftretenden Figuren gab es wirklich. Ganz abgesehen von den Admirälen gilt das für Warren und seine berühmten Fregattenkapitäne, für die Kommandanten der Schiffe Duncans und für Kapitän Schank. Kapitän Anthony Calverts und Jonathan Poulters Zerstörung der Fahrwassermarkierung in der Themsemündung ist verbürgt, als vorbeugende Maßnahme gegen ein Entkommen der Meuterer.

Der genaue Grund, warum de Winter schließlich auslief, ist bis heute nicht geklärt. Doch steht fest, daß aus seiner Flotte und den mit ihm bei Texel liegenden Versorgungsschiffen eine große Landungsstreitmacht gebildet werden sollte; ihr wahrscheinlichstes Ziel war Irland. Wolf Tone hielt sich 1797 zeitweise bei de Winter auf, wie auch im Vorjahr bei de Galles in Bantry. Andererseits gibt es die Version, wonach de Winter auslief, um Duncan zu vernichten, von dem es hieß, er kommandiere eine unzuverlässige Flotte, oder daß er einfach das Ansehen Hollands wiederherstellen wollte. In Wirklichkeit zog sich de Winter zurück, ehe er auf Duncan stieß. Aber bei anderen Gelegenheiten, wenn ein Kampf unausweichlich war, schlug sich seine Flotte mit großer Tapferkeit.

Vielleicht veranschaulichen die Rollen, die Drinkwater und Edouard Santhonax in diesem für die holländische Flotte so verhängnisvollen Feldzug spielen, die verzweifelte Spannung, die das ganze Jahr kennzeichnete.

R. W.

Richard Woodman

Die Drinkwater-Romane

Die Augen der Flotte (23154)
Nat Drinkwaters Feuertaufe
auf der Fregatte Cyclops

Kutterkorsaren (22776)
Leutnant Drinkwater in
geheimer Mission vor
Frankreichs Küsten

Kurier zum Kap der Stürme
(23247)
Leutnant Drinkwater auf
Vorposten im Roten Meer

Mörserflottille (20666)
Leutnant Drinkwater in der
Schlacht von Kopenhagen

Die Korvette (22559)
Kapitän Drinkwater und die
Walfänger von Grönland

Die Wracks von Trafalgar
(20787)
Kapitän Drinkwater in
Nelsons letzter Schlacht

Der Mann unterm Floß
(20881)
Kapitän Drinkwater auf
Horchposten in der Ostsee

In fernen Gewässern (22124)
Kapitän Drinkwaters Kampf
mit Kap Hoorn

Der falsche Lotse (22375)
Kapitän Drinkwater in der
China See

Unter falscher Flagge
(22553)
Kapitän Drinkwaters
Handstreich auf Helgoland

Das fliegende Geschwader
(23230)
Kommodore Drinkwater im
Kaperkrieg

Ullstein

Alexander Kent

Die Richard-Bolitho-Romane

Die Feuertaufe (40044)
Richard Bolitho – Fähnrich zur See

Strandwölfe (40065)
Bolithos gefahrvoller Heimaturlaub

Kanonenfutter (22933)
Leutnant Bolithos Handstreich in Rio

Zerfetzte Flaggen (23192)
Leutnant Richard Bolitho in der Karibik

Klar Schiff zum Gefecht (23063)
Leutnant Richard Bolitho – Kapitän des Königs

Die Entscheidung (22725)
Kapitän Bolitho in der Falle

Bruderkampf (23219)
Richard Bolitho – Kapitän in Ketten

Der Piratenfürst (3463)
Fregattenkapitän Bolitho in der Java-See

Fieber an Bord (22460)
Fregattenkapitän Bolitho in Polynesien

Des Königs Konterbande (22330)
Kapitän Bolitho und die Schattenbrüder

Nahkampf der Giganten (23493)
Flaggkapitän Bolitho bei der Blockade Frankreichs

Feind in Sicht (20006)
Kommandant Bolithos Zweikampf im Atlantik

Der Stolz der Flotte (20014)
Flaggkapitän Bolitho vor der Barbareskūste

Eine letzte Breitseite (20022)
Kommodore Bolitho im östlichen Mittelmeer

Galeeren in der Ostsee (20072)
Konteradmiral Bolitho vor Kopenhagen

Admiral Bolithos Erbe (20485)
Handstreich in der Biskaya

Der Brander (20591)
Admiral Bolitho im Kampf um die Karibik

Donner unter der Kimm (20973)
Admiral Bolitho und das Tribunal von Malta

Die Seemannsbraut (22177)
Sir Richard und die Ehre der Bolithos

Mauern aus Holz, Männer aus Eisen (22824)
Admiral Bolitho am Kap der Entscheidungen

Das letzte Riff (06722)
Admiral Bolitho – verschollen vor Westafrika

Ullstein